犹未悔斋诗文集

文选卷

张举鹏 著

兰州大学出版社
LANZHOU UNIVERSITY PRESS

【目　录】

嬴秦故国探源

公元前221年，是中国历史上具有划时代意义的一年。这一年，曾是战国七雄之一的秦国，剪灭群雄，结束了春秋战国以来长达500多年的列国争霸、诸侯纷争的战乱局面，建立了中国历史上第一个统一的、多民族的、中央集权的封建国家，由此开启了中国长达2100多年的封建皇权专制统治的历史。带领秦国完成统一大业的君主就是秦始皇，他姓嬴名政，13岁为秦王，21岁亲政，在位期间，先后诛杀被太后宠信而专权的宦官嫪毐，罢免了权相吕不韦，接着任用李斯、王翦等文臣武将，仅用10年时间，就迅速扫灭韩、赵、魏、楚、燕、齐六国，完成了统一，秦始皇也就成为名副其实的千古一帝。

秦王朝在中国历史上虽然只存在了短暂的一瞬，但其影响特别是它漫长的崛起与迅速灭亡成为后世人们永远探究的课题。

一、秦族源及其西迁

秦非土著，它来自遥远的东方，是东夷族的一支。原居地在今山东、河北近靠海岸的一带，始祖曰女脩。传说她一次正在窗前织布，心情像春花一样荡漾，几只可爱的小燕子从窗前掠过，伴随着几声呢喃燕语，落下一颗鲜红的鸟蛋。女脩可能受到了神的启示，预感到什么，便三步并作两步地跑到院子里，毫不犹豫地将鸟蛋拾而吞之，从此一个民族诞生了。在神话学上，吞卵而感应，属“卵生说”，反映了一个民族经历过母系社会的某些痕迹。无独有偶，商人的祖先也是燕子生的。《诗经》有云：“天命玄鸟，降而生商。”

女脩以后，秦人的传承在《史记·秦本纪》中又给我们一个颇具神话色彩的线索。从大业排起至于大骆，期间直系有大费（伯益）、大廉、仲衍、胥轩、中潏、蜚廉、恶来、女防、旁皋、太几。这些人或鸟身人首、或善走、或善御，不同于一般人。由此可见，秦人之历史，在大骆之前，深深浸泡在传说之中。在秦人这些神通广大的先祖中，其中一位划时代的人物曰大费，也就是伯益，佐大禹治水有功，与大禹一同受到舜的封赏，舜以宗族姚姓女许配，为舜主司畜牧业，“鸟兽多驯服”，于是受封嬴氏。

商汤灭夏，东夷九夷族的畎夷参加战争。战后，一部分人留在关中和陇东一带，其中就有秦人的先辈。商朝建立，嬴姓秦人和商王室关系密切，位居显要。商朝中后期，关中一带的周人和鬼方强大起来，商王深感不安。于是以驱逐戎狄为名，将可靠的秦人安插到周人居住的关中西部一带，到中潏时定居天水及天水以西，“在西戎，保西垂”，时间大抵和商王武丁时期相当。周武王灭商，周人对商王的追随者大施镇压，秦人首当其冲，亡国灭祀，剥夺其伯益以来取得的嬴姓，并取消其祭祀少昊的权利。殷人造反，东方一些嬴姓秦人又积极参与。周公东征，中原嬴姓十七国被灭，部族四散奔走，一部分秦人第三次迁至天水一带，与前两次西迁的秦人会合，以西犬丘为中心定居下来，这时的秦人无权无势，地位形同奴隶。秦人在沉寂中酝酿着复兴的情绪，崛起的力量在积蓄。

二、非子和秦

西迁的秦人磕磕绊绊生息繁衍，真正时来运转的日子是非子催化的。“秦”这个族号和国号以及以后的朝代名，都始自非子。

非子是大骆的儿子，他的出生，就意味着他不可能坐享其成。秦人善牧的本性熏陶了他，年纪轻轻就成为犬丘地面最出名的牧马好手。非子的本领让周孝王知道了，于是征而召之，特别提拔他为周孝王主持周王室的马政，牧马于汧渭之间（基本上在渭河上游宝鸡、天水一带），之后此地一片生机盎然，人欢马叫，马匹马群成倍增长。周孝王面对这一前所未有的新景象，心花怒放，决定重赏这位经营高手，“分土为附庸”（附属于诸侯曰附庸），就是说孝王为非子赏赐了一块土地，“邑之秦，使复续嬴氏祀，号曰秦嬴”。秦邑故地，在今清水县秦亭，有人故弄玄虚，以为在张家川自治县附近，《辞源》从之，实误矣。“秦”，按秦公簋及礼县大堡子出土的文物看，本字即双手持舂杆锤舂“禾”于皿中，是一种农事活动，至于所舂系何种谷物，今人认为是黍子，亦即糜子，和大地湾遗址出土的碳化黍子相类。此时的秦人并非逐水草而居的马背民族，而是农牧兼营，且农业在社会经济中占相当比重。秦人显然将农牧关系处理得相当到位，秦人被剥夺了姓氏权之后，又给予恢复，而且合法化，意义非同小可，说明非子一族已有身份地位了。于是在非子领导下，秦人挺起胸膛干事业，地位、荣誉、声望等等，节节拔高，在这个意义上，非子是秦人的祖先。当然，孝王还有一个想法，就是让非子家族世世代代为周王室服务，子子孙孙都尽心竭力地为周王室养马。

公元前822年，四世孙秦庄公率兵恢复被犬戎攻灭的大骆族领地犬丘，被周王室分为西垂大夫，从此秦人拥有两块根据地，即秦和犬丘。

公元前770年，五世孙秦襄公率兵护送周平王迁都洛邑，因功封诸侯，划岐山以西作为秦国领土。公元前762年，六世孙秦文公举族迁徙汧渭之会，跨越陇山，挺进关中，有效控制岐西之地，收编周余民，势力迅速膨胀。

公元前221年，37世孙秦始皇扫灭关东六国，建立大一统王朝，傲视天下，奴役天下，轮到小儿子胡亥和赵高玩起了“指鹿为马”的把戏。公元前209年，陈胜率900戍卒起义，天下响应，不到四年，原泗水亭长刘邦攻入咸阳，秦亡。秦二世的继任者子婴头挂白丝绳，带着白马素车，将传国玺拱手让出，从此秦作为国号消亡。秦以养马起家，以好马开国，以不辨鹿马亡天下。

西汉以来，秦称秦亭，成为县以下行政设置。区域虽小，凭借辉煌的历史，依旧声名显赫。晋代称秦州，“秦”源于此。

三、秦公簋

相传秦公簋出土之处山高水寒地凉，不宜耕地，自然成为牧羊之所。一次，几个放羊娃在放牧间隙闹着玩，无意中发现一窖铜盆铜罐。时礼县红河街上的“聚源当”做废铜收集，其中一只铜器完好无缺，留出作为厨中盛残浆之用，其余皆倒入炼铁炉中融化作铁块销售。留出的这个器皿，就是现在闻名中外的秦公簋。时附近正有收文物的贩子，闻红河出现大批文物，心花怒放，即刻赶到，只得秦公簋一件，心知是一件宝物，照略高于废铜之价收得，赴兰州贡献于甘肃省长兼督军张广建，张离甘时，把簋随身携至天津，民国二十四年作价2000元售于大兴冯恕，后归中国历史博物馆收藏，该馆又将原件复制一件送天津市博物馆。

关于研究情况，民国十二年，王国维见此物，以《秦公敦跋》为题加以考证，接下来就是中国一流的大学者商承祚、马叙伦、郭沫若、刘文炳、吴其昌诸人纷纷考证，对铭文“十又二公”的解释各执一端，分歧很大。民国三十三年，天水学人冯国瑞出版专著《秦公簋器汇考》，其中在《秦公簋器名考释》中认为是秦景公之物。20世纪90年代，秦西垂陵园部分墓葬现世，有学者论定簋属秦襄公时物。著名学者张政烺先生认为“十二之数，起于实数，由于他成了天之大数，又变成了虚数……秦公钟铭，秦公簋铭的十又二公，当是虚数，下面可增，上面可斫，并不是实有所指，对考证器作者没有什么意义。”《辞海》在“秦公簋”条有这样的注释：“秦公簋，春秋时期秦国青铜器，1923年出于甘肃天水。两耳，有盖，铭文104字，分铸于器及盖上。器和盖上又各有秦汉间刻款9字，是秦公作以奉祀陵墓的祭器，作于秦景公时，现藏中国历史博物馆。”这一词条错误之处不少，根据最新研究成果，重作“秦公簋”词条如下：

秦公簋，春秋时秦国青铜器，出土于今甘肃天水市秦州区秦岭乡和礼县红河乡交界的庙山。器高19.8厘米，口径18.5厘米，足径19.5厘米，最大直径23厘米，由体盖两部分组成，盖顶圆形，上附盘形捉手柄，敞口鼓腹，附兽首长舌形双耳，圈足外撇，盖口沿、器口肩及足等部位饰弦纹、蟠螭纹，腹下部饰瓦纹。器内及器盖分别铸有铭文54字和51字，共计105字。另外器身处和器盖处各有汉代刻款9字，共18字，是西垂秦公陵园的宗庙祭器，西汉时是西县官物，作铸时间不早于秦襄公或秦文公时。

八卦和《周易》浅介

人祖伏羲不仅教民捕鱼打猎，而且还创造了八卦。

一、关于八卦

八卦的基本符号是“—”和“— —”。“—”象阳，谓之阳爻；“— —”象阴，谓之阴爻。由三个爻组成一个卦。最初是由不同的三个爻相互通过排列，组成八种符号，称为“八卦”。八卦各代表一种物质或自然现象。如下图所示：

上古之时，人民混混沌沌，茹毛饮血，无文字书契，用结绳的方法来记事，大事结大结，小事结小结。传说伏羲氏聪明绝顶，善于思考问题，他“仰则观象于天，俯则观法于地，观鸟兽之文与地之宜，近取诸身，远取诸物”，于是画了八卦，成为文字符号的先声。阳爻和阴爻，乃矛盾对立的两种事物。这种矛盾对立，在当时被认为是一切事物的普遍规律。如天与地、日与月、火与水、昼与夜、明与暗、暖与冷、男与女、美与丑、善与恶等等。伏羲氏归纳了这些矛盾对立的现象，逐渐形成了阴阳两个概念，创造了“—”“— —”两个符号以象征阳和阴两性。同时认为天、地、雷、风、水、火、山、泽这八种物质是构成宇宙的根本。

可见阴阳两爻和八卦的创造，反映了我们伟大的祖先伏羲氏认识到宇宙事物的矛盾对立现象，开始对宇宙事物进行初步分析，这也是他辩证观点的初步体现。但是，又由于当时对事物认识的有限性，对诸如晴阴、风雨、生死等在当时还无法解释的现象，又苦索不得其解，于是画八卦“以通神明之德”，认为“神”（即神明）是存在于宇宙间主管物质的灵物，主宰人的吉凶、祸福、生死等等，因此对神明是敬而畏之，有事就求神问卜。卜原生于无知，同时又是对无知的反抗，而渴求有知。

二、关于重卦（即六十四卦）

八卦的发明，是我们祖先对人类文明和社会发展的伟大贡献。随着人类思维能力的提高和生活实践的发展，一直到周文王时代，觉得只有八卦还说明不了世间千差万别的事物现象，于是在八卦的基础上通过两两相重，合为六爻，组成八八六十四卦，又名重卦[注]。周公还给每一个卦象作了爻辞，从而成为初期的《周易》。如同八卦是四对的矛盾对立面一样，六十四卦又组合成三十二对矛盾对立面，而各有不同的含义与解说。在这里，我只就六十四卦的最后两卦（也就是两个对立面）“既济”和“未济”，就我的理解来略述一下其中的哲学含意。

“既济”卦是坎上离下，即水在火上。《周易·象传》中说：“水在火上，既济。”以救火而言，是象征水势压倒火势；以烹饪而言，就是象征烧火做饭。

“未济”卦是离上坎下，即火在水上。《周易·象传》中说：“火在水上，未济。”以救火而言，象征水不压火，烹饪则更不能烧水煮饭了。俗话说：“水火不能相容。”因为两者是对立的两种物质，水在火上和火在水上是矛盾对立的两种关系，从而得出人事的已经成功和未成功的矛盾对立的两种象征。

“济”，古人作“渡河”讲。既济，就是已经渡过河了。但是人生的道路是漫长的，前边还有很多“河”，还有很多“未济”在等待着你。

“济”，从现代汉语来说，是救济之意。例如某个地区人民生活困难，政府救济了是好事，也就是“既济”了。要知道救济只是解决了燃眉之急，今年救济了，对今年来说是“既济”，但是明年还得救济，对明年来说是“未济”。总不能年年在“既济”“未济”这一矛盾对立的关系上兜圈子，必须是变“输血”为“造血”，让他们组织起来，生产自救，自力更生，尽快达到对立面的统一。

以孔子的天才和功力，晚年喜读《易经》到“韦编三绝”（古时用竹木简写的书，以牛皮筋串在一起，他反复研读，牛皮筋断了三次）的地步，大有相见恨晚之势。因而著成《易大传》，对《周易》里所包含的事物矛盾的发展作了全面而深入的阐发，其中含有古朴的辩证法因素，所蕴藏的思想使卜筮在长期发展过程中发生了一次质变，从而使《周易》已不是纯卜筮之书了。

《序卦》中说："有天地然后万物生焉。"在这里"天地"指乾坤二卦，"万物"就是包括乾坤在内的全《易经》的六十四卦。在宇宙里，时间、空间都是无限的，物质运动也是永恒的，不会停止的。《序卦》于"未济"中说："物不可穷也，故受以未济终焉。"就是这个道理。

三、后人对《周易》的研究

八卦中带有数学"二进制"的启示，因此带有若干探索宇宙奥秘性能的起步作用。这在当代自然科学界中已经广泛开展探索了，像现代人这样高深的数学，远古人不可能懂得，但有些道理，仿佛已经摸索到了。譬如素数（只有1和它本身两个因数的自然数），古人似乎有所察觉。古人对当代数学中的"排列、组合、几率"，当然还不深通，但在八卦、六十四卦、三百八十四爻中已贯穿进去"排列"的原理。试看单卦是由三个符号组成，于两个符号中依次取三个，$P=m^n$，$2^3=8$，八卦就出现了。重卦由六个符号组成，$2^6=64$，六十四卦就出现了。64还不足以表现宇宙事物的复杂性，64×6=384，三百八十四爻就出现了。"爻者交也"，目的在于表现事物现象的复杂化。到战国、秦、汉之际，阴阳术数因素浓厚起来，乾爻乘以36，坤爻乘以24，共凑成360之数，曰"策"，这又与天文历数挂上了钩。因为"策"数与"期年"（即周年）之数只差5日，比较接近了。总之，迷信中带有科学，科学中带有迷信，这就是西汉时期为什么谶纬迷信如此浓重，而天文历法又如此精进的道理所在。

朱熹在孔子学易之下注释说："圣人深知《易》道之无穷。"这条注解注得很好。试想从伏羲、文王、周公到孔子，在几千年以前已有如此高度的思想，而且能把这一思想熟练地应用于实际，不禁令人肃然起敬。作为龙的故乡的子孙，作为龙的传人的炎黄子孙，理应引以自豪。

［注］关于六十四卦的作者，在现存的古籍中，有出自伏羲和出自文王的两种说法，我是按后一说法来写的。

伏羲·龙·龙的传人

历史的发展召唤明天，时代的文明回眸昨天。今天，中华民族以其悠久的历史，璀璨的文化，开创的精神，崭新的风貌，巍然屹立于世界民族之林。继往开来，勇往直前，在探求宏观世界运动规律和微观世界无穷奥秘的同时，海内外龙的传人，又把追溯人文始祖太昊伏羲氏的足迹和伏羲文化，提上了日程。这是弘扬民族文化，激励时代精神的大事。在此，我愿意加入这一行列，以实际行动，钩沉史料，也来谈人祖、说神龙。

一、伏羲是龙的化身

按照摩尔根和恩格斯对史前文化的分析方法，史前文化最主要的有两个时代，即蒙昧时代（相当于旧石器时代）和野蛮时代（相当于新石器时代）。在我国，先秦诸子的传记，虽不是专为记载历史事实而作，但无意中却保存了不少史料，特别是对于远古传说的记载，有些还是弥足珍贵的。例如有巢氏、燧人氏、伏羲氏、神农氏，这些名词最初在周秦诸子的著作《易大传》中发现，不是毫无根据的。本来，在远古连文字都没有出现，只能靠世代相传的口述，到周秦之际才凭借历代口述记录下来，是完全合乎逻辑的。而这四位古代领袖人物，其所处的时代，又恰恰符合与蒙昧和野蛮两个时期的四个发展阶段，也符合人类进化的特征和次第，因而说，这种记载是科学的。

蒙昧时代有三个发展阶段：第一阶段（也称最低阶段），是以住在树上为特征之一，领袖人物是有巢氏；第二阶段（也称中级阶段），是以开始用火为特征之一，领袖人物是燧人氏；第三阶段（也称高级阶段），是以渔猎为特征之一，领袖人物就是伏羲氏。

野蛮时代，是以栽培植物为特征之一，领袖人物是神农氏。

伏羲这一名称，在古籍中还有包羲、庖羲、炮羲、宓羲、羲皇等许多种名称。其传说的渊源很古，但被命名为伏羲而且在社会上被广泛崇奉为神来崇拜则在战国时期，而被列为三皇之一则在秦以后，最早提到伏羲的古籍是《庄子》和《易·系辞传》。《庄子·人间世》中称："是万物之化也，禹舜之所纽也，伏羲、几蘧之所行终，而况散焉者乎？"《庄子·大宗师》中又讲到得道的好处时说："伏羲氏得之以袭气母。"《易·系辞传》中说："古者包羲氏之王天下也，仰则观象于天，附则观法于地，观鸟兽之文与地之宜，近取诸身，远取诸物，于是始作八卦，以通神明之德，以类万物之情，作结绳而为网罟，以佃以渔，盖取诸离。"伏羲氏得其他名称，大多也是由《易·系辞传》中引申而来的。如《世经》中说："取牺牲以供庖厨，故曰庖牺氏；养牺牲以充庖厨，故曰庖羲。"汉人应劭著的《风俗通义》中引用伏生著的《尚书大传》中说："燧人为遂皇，伏羲为羲皇，神农为农皇也。"

从伏羲的命名来看，名字本身就带有人民歌颂狩猎生活中功绩之含义，是人们歌颂发明制伏猛兽和巧猎飞禽走兽的人神。当人们使用网罟、标枪、石斧、弓箭能比较顺利地捕获猎物时，必然会对工具发明者的伏羲氏有所纪念和歌颂。特别是他还创造了八卦，这就更增加了人们对他的神话和崇拜，而这种崇拜的产生年代还要早些。从后汉时期制作的武梁墓葬画像石雕的伏羲氏形象即可得到证明，雕像共有十位古代帝王，依次是：伏羲、祝融、神农、帝皇、颛顼、帝喾、唐尧、虞舜、夏禹、夏桀。九位都是人头人身，唯独伏羲氏是人面蛇身，蛇身的下半体与同样是人面蛇身的女娲交结在一起，仿佛是由龙转化成的。据传，伏羲和女娲结婚而生人类，所以他们是中华民族的始祖。

这里，我们不妨再参考一下清人陆次云著的《峒溪纤志》中的一段话："苗人腊祭曰报草。祭用巫，设女娲、伏羲位。"闻一多、常任侠等学者为了查明少数民族对女娲和伏羲的信仰，曾在四川、湖南、广西、云南等地作了一些有关传说的调查。发现传说的主要内容是，在古代一次洪水为灾时，只有兄妹二人（一说姐弟）坐在葫芦里得救，"葫芦兄妹俩"便结为夫妻，繁衍了后代。闻一多认为"伏羲"即葫芦，女娲即"女葫芦"，人们据此把伏羲和女娲当作祖神来崇拜。西南少数民族的这一传说，竟然和汉族对两位始祖的传说如此巧合，不是没有原因的。而且根据古籍记载，我国北方的匈奴人，南方的楚人、粤人、西南的哀牢人和苗人，都是以龙为标志（即龙图腾）的。因此，我们有理由可以这样说，伏羲是中华民族的始祖，伏羲和女娲是龙的化身，繁衍的后代是龙的子孙，中华民族当然就是龙的传人，龙的后代所居住的国土，也就是龙的故乡了。

二、关于图腾崇拜

为了说明世界上有没有龙，龙的传人所崇拜的龙到底是什么？还得从图腾崇拜说起。

世界宗教学者研究认为，图腾崇拜是自然崇拜和祖先崇拜结合在一起的一种产物。图腾崇拜最显著的特点是，迷信其崇拜的对象是本团族的祖先，而其对象又同时是该团族崇拜的对象或标记。因此，有的以某种灵物当作图腾祖先遗留的标记，或立柱为记，或在室中绘上标记，有的甚至在人身上文身为记，以此表现图腾之神经常和本族在一起，并庇佑着大家的平安。

我国曾有过图腾崇拜是可以肯定的，在我国有些少数民族中，解放前还存在着图腾的残余。但是古籍对图腾崇拜的资料则极不充分，目前一般学者都是把古代宗教中具有某些上述特点的标志，认定是图腾崇拜。《左传》昭公十七年，郯子说的“纪”和“名”，就是指图腾标记和名称。“秋，郯子来朝，公与之宴。昭公问焉曰：‘少皞氏（以）鸟名官，何故也？’郯子曰：‘吾祖也，我知之。昔者黄帝氏以云纪，故为云师而云名；炎帝氏以火纪，故为火师而火名；共工氏以水纪，故为水师而水名；大皞氏（即太昊氏）以龙纪，故为龙师而龙名。我高祖少皞挚之立也，凤鸟适至，故纪于鸟，为鸟师而鸟名。’”由此可以认为，我国古代，以黄帝为领袖的一团族是崇拜云为图腾，以炎帝为领袖的一团族是崇拜火为图腾，以共工为领袖的一团族是崇拜水为图腾，以太昊为领袖的一团族是以龙为图腾，太昊就是伏羲氏。

早在远古时期的华夏大地上，我们的祖先对风、雷、雨、电这些大自然现象无法理解，便生敬畏感，期望有一种至高无上的神灵能保佑他们，随之出现了历史上最早的图腾崇拜。每个部落或团族都寻找各自信赖的某一种生物（动物或植物）作为他们的保护者，成为他们所崇拜的图腾象征。凤、狮、虎、豹、鹿、鱼等等，都被当作团族的图腾。

那么，有没有选“龙”为图腾的呢？这有多种说法。其中有一种说法是，龙诞生在三皇（人皇伏羲氏、天皇神农氏、地皇燧人氏）、五帝（黄帝、颛顼、帝喾、唐尧、虞舜）时期。其中以伏羲氏为首的团族，即以大蛇为图腾。因为龙的基调最初是蛇，他们把蛇画在一个类似徽记的标志上，一遇天灾人祸，便朝它顶礼膜拜，祈求保佑。但伏羲氏团族的人们，渐渐发现他们所崇拜的大蛇，与其他团族用生物所作的图腾相比要弱得多。蛇只能在草地上爬行，比不上猛虎、苍鹰、雄狮那样疾走善斗，搏击长空。后来，伏羲氏团族的人们逐渐战胜了以其他动物为图腾的各部落和团族，便把其他兽类身上最精华之物集中于蛇的一身，使蛇摇身一变，成为天下无敌的龙了。因此说，对龙这个图腾的崇拜，来源于对蛇的崇拜。也就是闻一多在其《伏羲考》中所说："现在所谓龙，便是由原始龙（一种蛇）图腾兼并了许多旁的图腾而形成一种综合的虚构的生物。这综合式的龙图腾团族所包括的单位，大概就是古代所谓'诸夏'和至少与他们同姓的若干夷狄。他们起初在黄河上游，即古代中原的西部，成了我国四千年文化的核心。"并且认为："这种龙族的诸夏文化才是我们的本位文化，所以数千年来，我们自称为'华夏'。"

三、幻想中的神龙造型

汉代许慎的《说文解字》中云："龙，鳞虫之长，能幽能明，能细能巨，能短能长，春分而登天，秋分而潜渊。"《易·乾卦》："见龙在田""或跃在渊""飞龙在天"。由此而知，人们幻想中的龙是可以腾空入水的。但对龙的造型细节和神性观念并不一致，这从王充的《论衡·龙虚》中有关龙的描写就可以看出来。王充说，有人认为龙生活在天上，所谓"以龙神为天使""云至而龙乘之"；有人认为龙生活在水中，"龙之所居，常在水泽之中"；有人把龙看作是"鳞虫之长""鱼鳖之类"；"世俗画龙之象，马首蛇尾""属马蛇之类"。可见当时，龙的形象还没有统一起来，例如龙的头上没有角和须，西周铜器"周鼎著倕"的龙就是这样。

再从考古新发现来看，数年前，在辽西大凌河流域的红山文化遗址上获得过豕首蛇身、躯体卷曲的玉龙，把我国文化历史从四千年提到五千年。更晚一些的晋南陶寺遗址中，有在陶盘上蟠伏的龙纹彩绘。1987年底，在河南濮阳西水坡仰韶文化遗址中，发现了六千年前的贝壳摆塑的龙形，鹰爪、鱼尾、蛇头，身躯修长（有的在一米七以上），昂首曲背，尾朝南，头朝北，似欲飞腾之势，被认为是我国出土的龙造型艺术中最早的作品，因此有"华夏第一龙"的美称。而最新信息，内蒙古又发现了有关龙的文物，把我国历史再次提前到八千多年。青铜器和古陶器上龙的形状，很像长了脚的蛇类，也像鳄，当然也和恐龙中的一个属种有类似的地方。而恐龙在人类出现以前就灭绝了，和人没有联系，人们不会把它神化。但是，正由于那些远古文化的汇集融合，龙的形貌也日益丰满成熟，却仍然形貌繁多，造型各异。秦统一六国（公元前221）后，在"书同文，车同轨"的同时，龙的造型也变得比较规范化了，成为身躯修长，鳞甲遍体，四足有爪，顶生长角的外貌。南北朝以后，龙的体态由汉代的过分修长转向较为丰满，背脊起竖的鬐甲日趋明显。龙也有了“生日”了，宋代范致明在《岳阳风土记》中载：“五月十三日谓之龙生日，可种竹，《齐民要术》所谓‘竹醉日’也。”南宋诗人陆游的《放翁逸稿葺圃诗》中也有了“曾求竹醉日，更问柳眠时”的诗句。

因此可以说，世上本无龙，我们崇拜的龙，是经过我国古代劳动人民几千年来锤炼创造、艺术加工，神化出来的一种头角峥嵘、披甲利爪的合成物，是人们心目中无可匹敌的至神至圣、尽善尽美的神物，是原始的宗教信仰、原始的意识形态和文化艺术发达的产物，可以说是一个诸种文明因素的结晶。它撷取了各种动物的既有威力又有美感的器官于一身，请看：

猛虎一样的眼睛，象征着威严；
雄狮一样的鼻子，象征着荣华富贵；
宽阔的前额，象征着聪明才智；
利剑一样的眉毛，象征着英武；
马一样的牙齿，象征勤劳善良；
牛一样的耳朵，象征名列魁首；
虾一样的长须，象征吸水灵敏；
鹿一样的双角，象征健康长寿；
骆驼一样的脑袋，象征能抵御风沙干旱；
蛇一样的身躯，象征攀缘飞腾；
鲸鱼一样的长鬃，象征可以“掀东海”，破万里浪；
鳄鱼一样的嘴巴，象征能吞并其他动物；
鲤鱼一样的鳞甲，蜃（蛤蜊）一样的腹，象征可以防护自己的身躯；
金鱼一样的尾巴，象征可以在水中遨游；
虎一样的掌，鹰一样的利爪，象征可以腾云驾雾，劈开生死路。

这样，龙就成为可以腾云驾雾，掀浪兴霖，无所不能，是无所不在的神物了。所以《礼记》一书中，把龙和凤凰、麒麟、乌龟合称为“四灵”。

四、龙和封建帝王

我国劳动人民群众历来认为，龙会给人们带来祥瑞或能化身为天子和伟人的神力。在古代，人们作龙旗以象征龙在身边，认为这样就会给人带来吉祥。《诗·玄鸟》曰："龙旗十乘，大禧是承。"《诗·戴见》曰："龙旗阳阳，和铃央央。"《礼记·郊特性》曰："旗十有二旒，龙章而设日月，以象天也。"《周礼·春官》曰："日月为常，交龙为旗。"以上说法，表明了人们相信龙与天帝有密切关系，只有帝王才有资格乘龙。《大戴礼》曰："颛顼乘龙而至四海""帝喾春夏乘龙"。《山海经》曰："大乐之野，夏后启……乘两龙。"《史记·封禅书》中也说："黄帝采首山铜，铸鼎于荆山下，鼎即成，有龙垂胡髯下迎黄帝，黄帝上骑，群臣后宫从上者七十余人，龙乃上去，余小臣不得上，乃悉持龙髯，龙髯拔堕，堕黄帝之弓。百姓仰望黄帝既上天，乃抱其弓与胡髯号，故后世因名其处曰鼎湖，其弓曰乌号。"

不但如此，人们还认为皇帝是人龙结合的产物。例如："轩辕黄龙体"（《史记·天官书》），"庆都与赤龙合婚，生赤帝伊祁，尧也"（《诗纬含神雾》）。连《史记》中也说汉高祖刘邦是其母刘媪与龙交配而生的，不但说神农、黄帝、虞舜都是龙颜，刘邦也是龙颜，而且喝醉后常现出龙的原形。帝王是龙转世的迷信，历代帝王沿袭成例，似乎只有皇帝才是真龙天子（秦始皇就称祖龙），才能穿龙袍、戴龙冠、住龙宫，希冀借助龙的威严来维持他们的封建统治。

五、龙是中华民族的精神象征，是全世界炎黄子孙团结的纽带

数千年来，统治阶级借龙来加强统治，而广大人民群众却将龙喻为"祥瑞""吉庆"的化身，是鹏程美好、万事如意的象征。龙在中华民族中有着至高无上的殊荣，是中华民族的精神象征。

我国许许多多的景、物、地的名称，以及文化艺术，很多是和龙字紧密联系在一起的，在龙的身上凝聚着中华民族的文化特征，中国是当之无愧的龙的故乡。

在寺庙的雕塑和壁画中，在织锦的图案中，给神龙还配之以蝙蝠与铜钱，寓意为"福在眼前"；配以银锭与毛笔、如意，谐音为"必定如意"；配以磬与方胜，则表示"欢庆胜利"；在两龙相对之间配以"避火珠"，称"二龙戏珠"，避火珠又名"轩辕镜"，相传可以镇水避火，说明中华民族对龙是何等的崇尚和热爱！

在汉语里，我国人民在长期实践中还创造了许多寓意深刻、形象生动的龙的成语：龙飞凤舞、龙马精神、龙腾虎跃、龙蟠凤逸、藏龙卧虎、龙争虎斗、龙潭虎穴等等，为我国积累了珍贵的文化遗产。

逢年过节，我国广大城乡人民都会表演龙灯，伴之以耍狮子、扭秧歌、踩高跷，敲锣打鼓，热闹非凡。每年端午节，大江南北的水乡，处处划龙船、赛龙舟，群龙竞技，万人争看，又是一番热闹景象。特别值得一提的是，在欢度节日的时候，不论在祖国大陆，或是台湾等沿海岛屿，乃至侨居在世界不同地方的炎黄子孙，总忘不了演出那欢快火炽的龙舞，它散播着光明和欢乐，抒发出奋发向上的豪情壮志，象征着不畏艰险的民族传统精神。它也像一条闪闪发光的纽带，把生活在地球上的所有龙的传人的心连结在一起。今天，中华民族已经挺立于世界民族之林，飞龙在天，遨游宇宙。今年是龙年，愿祖国建设事业突飞猛进，伟大的民族像巨龙一样昂首腾飞；愿天涯海角的炎黄子孙万事如意，奋发有为！

《天水市志通讯》1988.2（总第5期）

人面鲵鱼瓶到龙文化

1957年10月，甘肃省甘谷县西坪乡人民在大搞农田基本建设时，发掘出一个陶制瓶子，瓶子表面绘一大鲵鱼，头作人形。经过考古学家考证，认定其属于仰韶文化。1995年5月被定为国家一级文物，2013年1月列入《第三批禁止出国（境）展览文物》，是不可多得的国宝。因为它是我国先民龙文化之母，是伏羲部族自己的原始龙图腾，也是原始龙的雏形。

远在上古的伏羲时代，伏羲部族流动迁徙，将文明的火种播撒四方。随着部族的大交融，伏羲部族在自己的大鲵（原始的雏形龙）图腾中融入了其他部族的马、牛、狗、鹿等图腾，因而形成了多图腾组合的综合图腾——龙。三皇五帝之中，只有伏羲的形象是人首蛇身（即龙身），因此伏羲实际是中华龙祖。西坪乡出土的仰韶文化时期的人面鲵鱼彩陶瓶。恰似伏羲人首蛇身的漫画像，可证源远流长的龙文化是由原始的鲵鱼图腾发端的，而甘谷县是中华龙源所在，中华龙就成了伏羲部族的图腾。多元相融的龙象征团结、强大，象征和平、统一，象征智慧、理想，成为我国传统文化中内涵博大、最富有魅力的形象。龙文化兼容并包的精神，在华夏大地代代相传，已成为中华民族生生不息的见证。

龙和伏羲是密不可分的，伏羲的形象，在许多史籍中都被描绘成人首蛇身。《太平御览》引《帝系谱》中说：“伏羲人首蛇身，以十月四日人定时生。”曹植在《女娲赞》里说：“或云二皇（指伏羲女娲），人首蛇形。”类似的记述在《列子》《帝王世纪》《拾遗记》等古籍中都有。其实，将传说中的圣人描绘得奇形怪状，并不是亵渎神灵，而正是表示崇拜和敬仰。据统计，一部《山海经》中所载的神灵有454个，其中龙身、蛇身、龙首的“神人”多达138位。透过这些光怪陆离的现象，来探讨伏羲的人首蛇身的形象，隐喻着一个深层次的含义——伏羲时代的伏羲部族是以蛇为图腾的。

由“蛇”推开去探究古籍所述或文物所见，伏羲的“蛇身”，实质上就是龙身，蛇只是简化了的龙形象。《左传》中载：“昭公十七年，郯子曰：‘大皞氏以龙纪，故为龙师而龙名。’”（杜玉注：“大皞伏羲氏，风姓之祖也，有龙瑞，故以龙命官。”）这恰恰说明了龙是伏羲部族的图腾。

现在有一种很流行的说法，认为蛇是龙的原型，龙的形象是蛇演化而来的。其实这是一种似是而非的见解。蛇是爬行类动物，而传说中的龙和水密切相关，能腾云驾雾。所谓“云从龙，风从虎”是也。《周易·乾卦》中说：“飞龙在天，利见大人。”《左传》昭公二十九年引史官蔡墨语解释春秋时龙不常见的原因时说：“龙水物也，水官弃矣，故龙不生得。”《管子·水地篇》中说：“龙生于水，被五色而游，故神。欲小则化为蚕蠋，欲大则藏于天下，欲尚则凌于云气，欲下则入于深泉。变化无日，上下无时。”《荀子·劝学篇》中说：“积水成渊，蛟龙生焉。”《说文》释“龙”说：“龙，鳞虫之长，能幽能明，能细能巨，能短能长。春分而登天，秋分而潜渊。”看起来这个“龙”水里能游，陆上能走，空中能飞，变化大时能充塞宇宙，变化小时能像发丝一样看不见，时隐时现，变幻莫测。有如此高强之本领，是蛇无法可比的。显然，龙和蛇是不相干的。就形体而言，龙有足而蛇无，故龙的原型不可能是蛇。至于十二生肖上习惯称蛇为小龙，是因为蛇和龙除足以外其他形象相似所致，同时称蛇为小龙，寓意好听而已。由对龙的崇拜延伸到对蛇的崇拜，并含有祈福的意思，这和鸡爪雅称凤爪，公鸡雅称凤凰是同一道理。

那么龙的原始形象到底是什么呢？与龙同为“水物也”，且是“鳞虫之长”的，只能是鱼类了。《山海经·海外西经》中所载的“龙鱼”和龙非常相似，其说曰：“龙鱼陵居在其北，状如狸。一曰鰕。即有神圣乘此以行九野。”（郭璞注曰：“龙鱼一角，似狸而陵居，候时而出，神圣攸乘，飞骛九域，乘云上升。”）这就是说，神化了的龙鱼能驰骋大地，遨游蓝天，本领和龙一样高强，而且能为圣人服务，背负圣人飞翔。

那么龙鱼又是何物？据《尔雅·释鱼》曰：“鲵之大者谓之鰕。”就是说鲵鱼中个头大的称鰕鱼。前引《山海经》说龙鱼的别名就是鰕，可见龙鱼就是鲵鱼的别称。鲵鱼又称人鱼，俗称娃娃鱼，古人视为神圣之物。所以，“始皇之葬也，以人鱼膏为烛”。（《史记·始皇本纪》）

大鲵属两栖大鲵科。一般身长60～70厘米，大者可达180厘米，是现存的最大两栖动物。栖于山谷溪流中，以鱼、蛙、虾为食。头大，身体长而扁，四足，体外受精，卵生，叫声和小孩啼哭声相似。现天水市南部林区曲溪风景区尚有成群的鲵鱼生活着。可以想象，在伏羲时代（今天水市所属地区）的自然环境比现在该优越多少倍，水草茂盛，森林葱郁，湖泊星罗，溪水长流，非常适宜鲵鱼繁衍、活动。鲵鱼既然是常见之物，水陆两栖，叫声如小儿哭啼，还能体外受精，显得非常神秘。伏羲部族以此为图腾（或族徽）当然是很自然的事。天水市甘谷县西坪乡出土的人面鲵鱼彩陶瓶，就是伏羲人首蛇（龙）身的真实写照，再明晰不过了。

龙的原始形象就是鲵鱼（或者说是大鲵），鲵鱼正是原始四足龙的创作原型，也就是伏羲部族的图腾神，人面鲵鱼彩陶瓶偏偏出土在甘谷西坪乡，足以证明伏羲部族最初就在甘谷大地上繁衍生息。随着强大的伏羲部族（包括继承伏羲名号的部落），由渭水上游向中原大地、四川盆地、云贵高原流动迁徙，黄河中下游及西南地区的许多部族被征服（逐渐渗透、同化），从而融入了伏羲部族，而这些部族的马、鹿、牛、狗、鱼等图腾也就融入了伏羲部族的图腾之中。鲵鱼形的原始龙由此兼并各式图腾，形成综合的龙图腾，构成华夏民族团结的纽带。各部族团结奋斗，创造了丰富的原始文化，开启了中华民族的文明之光。

伏羲以下，炎帝神农、勾芒、共工、颛顼、祝融、轩辕黄帝等远古文化的帝王英雄们，都继承了龙图腾。三皇五帝是一脉相承的，夏后氏部族是龙族，长期雄居北方的匈奴也是龙族，大西南的彝族、瑶族等少数民族至今仍有着伏羲、女娲是其始祖的传说。这样，不论是“华夏”还是“夷狄”全部包容在龙图腾旗帜之下了。

中华人民共和国成立以来，与伏羲时代相当的古文化遗址，不时有龙纹彩陶器或龙形雕塑等文物出土。甘谷相邻的武山县、西安的半坡村、河南濮阳的西水坡遗址、阜新古文化遗址、内蒙古的翁牛特旗红山文化遗址、山西陶寺龙山文化遗址等等，都为我国远古龙文化的发源和发展提供了强有力的证据。可以说，中华先民从洪荒进入文明门槛时，就已同龙结下了不解之缘。

因此我认为，中国是龙的故乡，中华民族是龙的传人，龙是中华民族的精神象征，是世界炎黄子孙团结的纽带。伏羲是中华民族的人文始祖，龙也是伏羲部族的图腾，伏羲代表的龙图腾是中华民族的象征。龙是融合了许多部族的动物图腾，综合了各种动物既有威力又有美感的器官于一身，经过劳动人民千百年艺术加工，神化出来的一种头角峥嵘，披甲利爪，可以腾云驾雾，掀浪兴霖，无所不能，无所不在的合成神物。

而龙最早的形象脱胎于大鲵，上古时期的天水地区盛产大鲵，至今也是大鲵的繁衍生息之地，伏羲氏出生和活动于天水地区，天水也称“羲皇故里”，神秘的鲵鱼自然也就成了伏羲部族的图腾。人面鲵鱼彩陶瓶出土于天水地区甘谷县，同时甘谷县白家湾乡“古风台”，背面有太昊山，群众多称八卦山，相传即伏羲诞生地，由此可以推出甘谷就是伏羲的诞生地，甘谷也就是龙文化的发源地。

人类的祖先——大哉羲皇

从人类进入文明的初级阶段开始知名知姓的记忆起，中华民族的祖先首推三皇，他们依次是伏羲、神农、黄帝，伏羲氏则是三皇之首，很幸运的是伏羲氏出生在甘肃省天水市甘谷县。

在遥远的蒙昧时代，人们的生产力还十分低下，大自然在给人们以泽惠的同时，又时时受着疾病、损伤、饥荒，特别是洪水猛兽的威胁。人们迷迷茫茫，显得孱弱渺小。正当此时，伟大的伏羲氏应运而生，带领部族，艰苦奋斗，顽强抗争，作八卦，制网罟，兴嫁娶……探索发明新的生产手段和生活方式，结束了茹毛饮血的蒙昧时代，带领人类走向文明，为中华民族的文明史树起了不朽的丰碑。

在古籍中，伏羲的名号繁杂，如包牺、炮羲、宓羲、虑羲、大昊、泰昊、羲皇、牺皇、戏皇等等，他们或因伏羲的事迹而起名，或以训诂结合民俗而起名，或由于语音的时空演变，或因文字别体（如“宓”为“伏”之古文）所致，并非“后世者谬，或谓之虑羲”。（语见《资治通鉴外记》）

伏羲对人类文明的贡献，首先是作八卦。《周易·系辞》中说：“古者包牺氏之王天下也，仰则观象于天，俯则观法于地，观鸟兽之文于地之宜，近取诸身，远取诸物，于是始作八卦，以通神明之德，以类万物之情。”又说：“是故易有太极，是生两仪，两仪生四象，四象生八卦。”这就是伏羲在原始社会简单质朴，无常规可循的文化环境中以超常的智慧大胆思考，在凡人俗事背后找到一个思维制高点，对人与自然的关系进行了深层次的考究和探索，从而感悟到天地万物运行变化的规律。从具体事物中抽象出“阴”“阳”这两个天地间最基本的对立面，并用“—”（阳爻）和“— —”（阴爻）的符号组成，以阴阳变化说明世间万物的消长，通过每三爻的排列组合，用八卦这种特殊“文字”表达出来。这就是乾（☰）、兑（☱）、离（☲）、震（☳）、巽（☴）、坎（☵）、艮

（☶）、坤（☷），而且各代表一种自然现象，依次为天、泽、火、雷、风、水、山、地。以后周文王在演八卦的时候认为八卦（八种物质）不足以包容宇宙间的森罗万象，又将八卦重叠为六十四卦，六爻的微妙奥秘和一切活动就包含在内了。

其次是发明渔猎工具。捕鱼猎兽，维持生活，这是原始人的基本技能，要发展生产力，先进生产工具的制造和改革创新是至关重要的。说明当时已开始了原始农业，社会进入了农牧并举时代，伏羲二字从字面上讲，又成了畜牧文化的代表。直至近代，渔猎行业仍流行着将伏羲作为祖师爷的习俗。

再次是兴嫁娶之礼。氏族社会早期，人类过着原始群居生活，有男女之别，而无夫妇共同组织家庭的习惯，于是族内婚、群婚、抢婚等行为成为家常之事。随着社会的向前发展，这种群婚等行为的害处逐渐显露出来。伏羲提倡一夫一妻制的对偶婚，提出了“以俪皮为礼”的婚姻制度，俪皮就是两张鹿皮，表示希望这桩婚姻能成双成对，佳偶天成，使婚姻制度发生了革命性的变化。从此提高了人口素质，推动了社会的进步。这种制度，经过人们不断改进和完善，到了周朝，终于形成了婚嫁的“六礼”。

其他如造书契、作历法、钻木取火、制瑟作乐等，这些发明创造古书上都有记载，也就不再叙述了。对于一个伟大人物，在他身上多加几层光环，在古籍中是正常的。伏羲时代是中华文明的肇始时代。在渭水流域的黄土高原上活动的伏羲部落发展壮大以及和东方各个部落的斗争融合，使这一部落的生产力水平大大提高，于是就有了许许多多的创制。伏羲正是这个时代的杰出代表，为社会的发展作出了巨大贡献，人们将这一时期的发明创造统归在他一个人身上，以表示对这个杰出部落杰出首领的崇拜和颂扬。所以我国的楚辞大家、学者文怀沙先生于2008年参谒天水伏羲庙时，奋笔书写了“大哉伏羲”四个大字，表达了他对伏羲无以复加的崇敬心情，也就是表示他再也没有什么更好的词汇来加在伏羲身上，在他身上的只是伟大，伟大，最伟大！

现在剩下的是伏羲到底生在何地。本文一开始，我就说伏羲生在天水甘谷，现在我仍然持此观点。今甘谷白家湾乡就有“古风台”，背面有山曰太昊山，群众多称八卦山，相传即伏羲生地，一峰耸立如峙，群众传为伏羲画卦笔，有巨石如砚，群众传为伏羲砚，特别奇怪的是白家湾当地居民擅长于竹编鸡罩、灶台、提篮等，形如八卦，和甘谷其他地方的就是不一样。当地居民说，是从人宗爷手里一辈一辈传下来的。据说这种八卦鸡罩编织的诀窍还是辈辈单传，辈辈对外保密。有称赞甘谷出人杰的民谣是这样说的：“伏羲皇帝姜伯约，石麻夫子冠卿王。巩爷黄爷还不算，出了个赵云桂镇四川。”又曰：“别看伏羌地方碎，伏羲皇帝头一辈。桑叶衣裳脸上黑，伏羲爷生在古风台。”到今天古风台乡民的锅台还有八卦形的，表示不忘祖宗，慎终追远之遗风。古风台在甘谷县城西南十里许，属白家湾乡，有简易汽车道可直达。已经修了简易的伏羲享殿，有石碑二通，一曰“羲皇故里”，系民国十七年（1928）立的，一曰“古风台”，系新置的。他们已成立了“中国·古风台伏羲文化研究会”，将以期刊的形式，在古成纪的黄土地上，耕耘一块以《雷泽古地话伏羲》为主题的风韵田园，以便溯本求源，钩沉史料，探觅佚迹，以今焕古，以古研今。为弘扬民族文化，激励时代精神，2002年5月，他们还在古风台代表全县人民第一次公祭人宗爷，得到了好评。

伏羲及其部族在长期的社会实践中，勇于探索，敢于创造，一画开天，从而在华夏大地率先劈开愚昧，以非凡的业绩点燃中华文明的智慧之光。伏羲文化的精华阴阳八卦，设定了中华民族认识主观世界和客观世界的主基调，构成中华传统文化的核心。以伏羲为起始的龙祖，融合各部族的图腾，形成中华民族共同的综合图腾——龙图腾，奠定了龙文化的根基，龙也就作为中华民族的标志。所以说，伏羲是当之无愧的人文之祖，智慧之灵，教化之圣，铸魂之师。

人们对伏羲的尊崇，实质上是对文明和进步的礼赞，是对劳动和创造的尊重，这与开创富强康乐文明进步的新时代精神是一脉相承的。因此对伏羲文化的研究，既有历史意义，又有现实意义。

（一）可以展示伏羲文化亘古不衰的魅力，追寻中华文化精神及其发展源泉，进一步增强民族凝聚力，提高民族自豪感，激发爱国主义激情。

（二）可以展示羲皇故里深厚的历史文化底蕴，激发故土情结，提高人们热爱家乡、建设家乡的感情，提高地域文化素质；有助于提高天水市的知名度，推动天水的对外开放和旅游事业发展，进一步带动整个社会和经济的全面发展。

史载"三皇五帝"中的伏羲名序

《周礼·春官外史》中载："（春官）掌三皇五帝之书。"据《史记·注》："黄帝受命有云瑞，因以名官。春官青云，夏管缙云，秋官白云，冬官黑云，中官黄云。"此春官之由来也。按"三皇五帝"之说不一。兹分述之。

一、三皇

（一）《河图三五历》：天皇、地皇、人皇。

（二）《尚书大传》：遂人、伏羲、神农。

（三）《白虎通》一书中三皇之说有二：一曰伏羲、神农、遂人；二曰伏羲、神农、祝融。（按：燧人氏掌火，祝融即火神也。《礼·月令》曰："孟夏之月，其神祝融。"《汉武梁祠堂画像》中，伏羲氏下为祝融氏，题字曰："祝融氏无新造作，未有嗜欲，刑罚不施。"是祝融与燧人皆与火有关，或即一人欤）

（四）《春秋运斗枢》：伏羲、神农、女娲。（东汉学者郑玄从此说）

（五）秦博士以天皇、地皇、泰皇为"三皇"。（此为始皇议帝号时之说法）

（六）孔安国《尚书序》及皇甫谧《帝王世纪》，皆以伏羲、神农、黄帝为"三皇"。（按：《尚书大传》云："燧人以火纪，火，太阳也，阳尊，故托燧皇于天，伏羲以人事纪，故托羲皇于人……神农悉地力，植谷蔬，故托农皇于地。"据此，创所谓"三皇"者，实取义于天地人也）

以上诸说，除第一说无稽外，余说以今古文别之，《尚书大传》与秦博士之说为今文说，郑玄所从《春秋运斗枢》之说为古文说。

此外，孔安国依月令序列为：春太昊、夏炎帝、中央黄帝，以为"三皇"，当是别说。

二、五帝

五帝亦曰“五帝人”，有数说：

（一）《礼·月令》以大皞（伏羲）、炎帝（神农）、黄帝、少皞、颛顼为“五帝”。

（二）《世本》《大戴礼》《史记》以黄帝、颛顼、帝喾、唐尧、虞舜为“五帝”。

（三）孔安国《尚书序》、皇甫谧《帝王世纪》以少昊（同皞）、颛顼、高辛（帝喾）、唐尧、虞舜为“五帝”。（按：《后汉书·贾逵传》，“（逵言）五经家皆言颛顼代黄帝，而尧不及为火德。左氏以为少昊代黄帝，即画谶所谓帝宣也。”据此，则以少喾列入五帝，是左氏一家之说）

以上各说，若以今古文区别之，创《史记》《世本》《大戴礼》皆今文说，左氏为古文说。既有今古文之别，宜其各说互异也。

对毛主席的深切怀念

从兰州解放到“文化大革命”以前的十多年里，因为在甘肃省委和省政府领导机关工作，以后还经常工作在个别领导身旁，听到过领导人对全省大政方针的议论和决策，看到过当时比较机密的文件，并且兼任了一个时期的干部学习班高级组的秘书，比较系统地学习了《毛泽东选集》。特别是在党和国家的大型会议上，我基本上是以甘肃代表团工作人员、大会工作人员等身份参加，因此有机会看到毛主席。

毛主席，我们从解放之日起，就在毛泽东思想严格教育熏陶下出来的这一代人，谁不想亲自去仰望他老人家的风采呢？第一次见到毛主席是1958年5月在党的八大二次会议上。由毛主席创议的“鼓足干劲，力争上游，多快好省地建设社会主义”总路线，就是在这次会议上通过的。当时我们知道毛主席是要来主持召开这次会议的，但是又怕他老人家因事不能出席。5日上午开幕，与会代表都到齐了，我们工作人员坐在会场的最后几排，都用一种急切、幸福的心情盼望毛主席的到来，所以大多数人是站在自己的座位前的。9时整，毛主席、刘少奇等党和国家的领导人出现在主席台上时，只听见旁边一个同志在悄悄地说：“毛主席！”这时我们都看见了！当时我感觉到他的全身乃至内心甚至包括讲话都凝聚着一种中华民族不可战胜的坚定意志，有一个伟大革命家和人民领袖所独有的海纳百川的气概和一往无前的魄力，是20世纪中国的列宁。我心情激动，甚至握笔记录的手也有些发抖。回来以后，半夜不能入睡，凑了一首诗，以志当时心情。诗曰：

无限激情望救星，神京盛会看飞腾。
工农革命开新纪，并世东西两列宁。

1960年下半年，中央发现了甘肃饿死人和其他工作中的严重问题。在中央工作组的主持和参与下，广大干部揭发批判了甘肃省委主要领导人的错误。大约是当年10月，省委向党中央写了专题报告，检讨了甘肃刮“一平二调”“共产风”的错误。11月28日，中央对这个报告的批语中写道：“毛泽东同志对这个报告看了两遍，他说还想看一遍，以便从中吸取经验和教训。他自己说，他是同一切愿意改正错误的同志同命运、共呼吸的。他说，他自己也曾犯了错误，一定要改正。”内部传说是毛主席草拟的。我看了这个批语后，曾经不相信毛主席这样的伟人竟然也有错误。要我在这个问题上急转弯，自己感情上是不能接受的。

1961年。我有幸以工作人员的身份参加了元月11日召开的中央扩大工作会议。参加的各方面负责人达七千多人，就成为人们常说的“七千人大会”。这次会议是在三年“大跃进”造成严重困难，经过调整，形势开始好转，而党内外思想上各种疑问还很多的情况下召开的。会上，毛主席虽然主持了会议，但明显看出他老人家心情是沉重的，公开号召大家给他提意见，畅所欲言，他说自己的“官僚主义，大有可观”，他建议延长会期，欢迎大家在北京过春节。记得他形容当时的会议情况是“白天出气，晚上看戏。两干一稀，皆大欢喜”，要大家把要说的话都说完。1月30日，毛主席在大会上作了长篇讲话，中心是讲民主集中制，让群众讲话，让党外人士讲话。他说：“凡是中央犯的错误，直接的归我负责，间接的我也有份。因为我是中央主席。”他说：“在社会主义建设上，我们还有许多未被认识的必然王国，会后要下苦功夫加深认识。”对有几个省委主要领导人工作中的缺点错误进行了比较集中的批评。会议的民主精神和自我批评精神给我以深深的鼓舞，给我这个知识分子出身的党员以无限信心和力量，对毛主席的认识更进了一步。纵观古今中外有不少历史人物、帝王将相，他们大多是智足以拒谏，文足以饰非，刚愎自用，一意孤行，结果真正成了孤家寡人，千古罪人。毛主席不愧是伟大的无产阶级政治家、革命家、军事战略家的一个重要原因，就在于知过必改，继续领导我们的党和人民奋勇前进。这就更显得这位伟大革命家的伟大气魄了。

1962年9月，我随邓宝珊先生在北京。当时国内经济经过两年的调整，形势逐渐好转。在临近国庆节的半月里，天安门广场布置一新，人们喜气洋洋，一派节日气氛和太平盛世景象。国庆节前一天，接到要邓先生晚上上天安门城楼观看焰火的请帖。邓先生的女儿邓团子高兴地说，我们又可以看到毛主席了。我也心情十分激动。当天晚饭后，我们兴高采烈地催促邓先生提前赴会。陪同邓先生去的有邓团子、邓的保健医生和我。我们陪同的三人都是第一次登上天安门城楼。这时城楼上尚无一位来宾，就随邓先生漫步于城楼后边，发现后面的楼门已经敞开。邓先生小声说："这里是供来宾休息用的。"他边说边走到门前，向里一瞥，忽然看见只有毛主席一人在东边的沙发上坐着。邓看见此情景，迈进门里的一只脚又收回来，似乎不敢打扰毛主席的片刻休息时间。邓团子想见毛主席心切，机智地将他父亲向前轻轻一推，邓随推而进，我们三人也怀着激动而胆怯的心情鱼贯而入。此时毛主席早看见了我们，起身笑容可掬地走向邓先生说："邓省长来得好早啊！"邓趋前几步，和毛主席边握手边说："不早，我们已经来到主席后边了！"在邓的介绍下，毛主席和我们一一握手，第一个是邓团子，第二个是我。当毛主席握着我的手时，我万种心思，汇集了一句话，仰望着毛主席慈祥的面容说："祝福您老人家身体健康！"当毛主席知道我担任秘书工作时，他说："是弄笔杆儿的，可不容易啊！要当好助手，都是为人民服务嘛！"毛主席和何医生握手后，来宾也陆续来了几位，我们三人向毛主席深深一鞠躬，退了出来。临出门时，看到周总理也迈着潇洒的步子走进去了。

这次会见一转眼已经整整三十年了。三十年中，每当我遇到困难或存在或处在逆境之中，总要不由得想到毛主席，想到伟大的党，认为困难可以克服，逆境是暂时的，增加了我战胜困难和在逆境中安之若素的信心和乐观情绪。到今天，毛泽东时代的那种政府廉洁、社会安宁、物价稳定，全国上下团结一心，克服重重困难、勇往直前、努力创造的精神，永远值得深深留恋和无限怀念。

"文革"时期，我珍藏的毛主席和中央其他领导人接见我们全国民族工作座谈会的全体与会同志的照片，也被"造反派"们抄走不知去向了。现在，我的孩子一再要我通过北京熟人设法再印一张挂在家中。我总是认为热爱毛主席要在自己工作行动中表现出来，努力为人民服务，也就是对毛主席的永恒纪念。就拿我来说，离休以后，仍然无时无刻不想着毛主席对我们的教诲，一头又扎在修志的海洋里，继续"弄笔杆儿"，以修志为乐，为家乡的文化事业做一生中最后冲刺。并且时时以毛主席的言行教育孩子们，要他们永远热爱祖国、热爱党、热爱社会、热爱人民、热爱家乡、热爱自己的工作，努力做"四有"新人，为邓小平同志倡导的建设有中国特色的社会主义而奋斗终生。

1993年12月24日

回忆邓宝珊先生

邓宝珊先生是国民党中一位少有的有远见卓识的爱国将领。少年投身民主革命，多谋善战，迭立战功，一直是我党的好朋友。中华人民共和国成立后，在党的领导下主持甘肃政务，为甘肃各族人民繁荣幸福努力工作，直到他生命的最后一息。凡此种种，在《邓宝珊将军》一书中都有比较详细的记述，现只就回忆所及，写一些琐事，以寄托我对邓先生的思念之情。

我是20世纪50年代调到省政府做省长秘书工作，但是邓先生的声名，我在小学念书的时候从父辈谈话中就知道了。1946年夏，我在兰州投考大学，听说邓先生由榆林因公来兰，要在当时甘肃学院“致公堂”讲演，我多方设法，也参加了那次大会。第一次见到邓先生，主持大会的人作了介绍，称邓先生为“抗日名将”“功在党国”等语。接着，邓先生用浓重的天水乡音发表演说。他说：“我是抗战胜利以后第一次来家乡的。说我是抗日将军，盛名之下，其实难副。接着说，我国抗战的胜利，不是某一个将领之功，在抗日前线，十几万三陇健儿为国牺牲，家乡父老勒紧裤带支援抗战，要记功，我看记在他们名下最合适，我是愧不敢当的。”这些话，现在听起来并不是惊人之谈，但是我当时是个农村学生，孤陋寡闻。邓先生就以法国文学家罗曼·罗兰的一句名言“人生就是一个奋斗不息的过程”为题，结合自身经历，讲了他在榆林的“三大”（即风大、沙大、困难大）的实际情况，也讲了他三次去延安的情况，勉励大家刻苦自励，奋斗不息。邓先生的那次讲话深入浅出，比喻生动，有时还夹杂以诙谐语言，趣味横生。特别是说到“现在抗战总算胜利了，应该给全国老百姓一个休养生息的机会，而不应该再有什么”时，听众报以热烈的掌声。十四年抗战，民穷财尽，现在再打内战，有心人是会忧心如焚的。邓先生的那几句话，也就是反内战的沉痛呼声，说出了全国人民的心里话，难怪当时与会者是那样的激动了。邓先生那次讲话给我留下了深刻印象，觉得他确是一位有正义感的、带有西北高原淳朴气息的爱国将领。

邓先生平易近人、和蔼可亲，对人从不疾言厉色，没有丝毫官架子，和他说话，可以说是一种享受。我到他那儿去，他再忙，总是让我坐下来休息一下，一面让我吃园中自产的苹果，一面谈工作，工作谈完，又是论古道今，嘘寒问暖。他知道我是一个旧诗爱好者，因此与我谈话，总要谈一阵儿与旧诗有关的事情。他主张旧诗要改革，不改革就要自取灭亡。首先要革“韵脚的命”（就是说要用今韵不用古韵）；同时要将民歌、山歌（包括“河州花儿”）入诗，给旧诗注入新鲜血液，然后让它在百花园中继续开放。他说，有些意见他给郭沫若先生谈过，请沫若登高一呼，沫若很同意。

据他说，他对我国的古代诗人无所谓偏爱，只是杜诗更合口味些。说着，就一字不差地背起杜甫的《秦州杂诗》来了。对邓先生的学识才华，连陇上学人天水冯仲翔先生也是十分敬佩。冯曾说：有一次他去邓先生处，邓正在阅读清人仇兆鳌的《杜少陵诗集详注》。邓劈头问他：“你是诗人，你说这本书注得好吗?”冯说：“是好书，注得精细。”邓摇头说：“我看问题就出在‘精细’上面，引经据典，不厌其烦，总要考出杜诗是‘无一字无来历’来，把一首诗反而弄得支离破碎，兴味索然了。”当时我没有见过仇注本，过了几年才读到的，可能由于邓先生的见解先入我心，总觉得注释有时失掉原意，不明快，那部书我最终没有读完。

有一次，邓先生出示他给天水杜甫草堂写的新作一首曰：

万丈光芒笔有神，少陵一老百酸辛。
幸逢此日非当日，不薄今人厚古人。
东柯南郭记流寓，麻鞋草笠资写真。
林泉绚丽新歌颂，双玉兰开处处春。

从邓先生的叙述中，我知道了天水的甘泉寺有工部草堂，院中有千年以上的玉兰树两株，绿荫覆地，银干撑天，每到春季，繁华满枝，游人如云。郭沫若说这是全国最大的两株玉兰树，邓先生请齐白石老人题写了“双玉兰堂”匾额一方，准备悬于草堂之上，托人为杜甫画像一帧，准备悬于草堂之中，供人瞻仰，这首诗就是准备题画用的。我读了之后，觉得功力深厚，音韵铿锵，吊古颂今，造诣很高，暗暗佩服他一生戎马，还把诗写得这么好。他还要我对诗提出意见。我再三推敲后，只将第二句“百酸辛”三字提出来请他考虑，觉得还是“光明”一些为好。邓先生接受了我的意见，想了一阵，改为“歌人民”三字。党的十一届三中全会以后，我落实了政策，分配到天水工作。有一次见到邓先生那首诗的照片，他将那三字改为“歌万民”了。现在看，“歌人民”也好，“歌万民”也好，都不如原稿“百酸辛”三字概括力强。这首诗的意境可以说是由我而破坏的，我希望今后有人在引用该诗时，仍以恢复原状为好。

邓先生对毛主席诗词的解释也有很多与众不同之处。以《水调歌头·游泳》为例，最后几句是：“更立西江石壁，截断巫山云雨，高峡出平湖，神女应无恙，当惊世界殊。”他解释说，将来三峡水库建成，就高峡出平湖了。现在有些民主人士一直在担心会不会将巫峡的神女峰也给淹没？为了保护名胜，解除忧虑，毛主席才采用“神女应无恙”词句来回答，同时他也请神女来看看“换了人间”的世界，让她吃惊去吧。诸如此类，还有很多，不再一一枚举。

1960年春，我随邓先生去北京，我知道他曾在洛阳驻过军，对洛阳一定是熟悉的。车过洛阳时，由于我对洛阳北面一带的土山是不是北邙山产生怀疑，便问了他。他做了肯定的回答，然后吟诵起唐人王建的诗句：“北邙山头少闲土，尽是洛阳人旧墓。旧墓人家归葬多，堆着黄金无置处。”又吟道：“人居朝市未解愁，请君暂向北邙游。”他问是谁的诗，我茫然了。他还吟道：“风云庆会消磨尽，也作北邙山下尘。便是君，也唤不应；便是臣，也唤不应。”他想不起是谁的作品，我说，可能是郑板桥的吧？他摇了摇头。前几年，我在友人处偶尔翻阅卢前（冀野）校的《乐府群珠》，居然有这首曲子，是元代张养浩的《山坡羊·北邙怀古》，我惊喜不已，深感邓先生既娴熟于诗词，又娴熟于曲子。

邓先生广交朋友，又笃于友情，久而不衰。20世纪60年代初，邓先生在北京开会，香港《大公报》记者来访。访问一开始，他就由衷地表达了他对台湾袍泽老友的深切思念之情，而且首先提到的就是于右任。他说，于先生是他的师长加朋友，是国民党元老中他最崇敬的人（邓先生凡是提到于右任，都呼先生而不名），现在人为地隔阻两地，使人倍加思念。他说，于先生被胁迫去台以后，对大陆亲友同乡怀念不已，往往寄托于诗词之中，如“白头吟望中原路，待我归来奉一杯！”“同人争向中原望，天放晴光亦快哉！”“垂垂白发悲游子，隐隐青山见故乡”等。特别摧肝裂肺，催人泪下的，要算《补岁寒三友遗字》诗：“破碎山河容再造，凋零师友记同游。中山陵树年年老，扫墓于郎已白头。”这种怀念故土亲人的强烈感情表达了去台人员的共同心声。邓先生一再呼吁台湾当局捐弃前嫌，与大陆对话，共同完成统一大业。

1950年元月，邓先生由北京返兰州主持甘政后，即一直住在慈爱园的公寓中。1956年，朱光潜、冯洁、常任侠等文化教育界人士组成西北观光团，去玉门油矿、敦煌莫高窟、青海柴达木等地参观。到兰州时，邓先生曾在园中设宴招待，宴后又吃瓜果消暑，宾主尽欢。席间不少人挥毫濡墨，吟诗作字，盛赞西北与兰州之雄美，感谢主人之高情浓意，佳句琳琅，美不胜收。1957年，梅兰芳先生来兰献艺时，在邓先生招待的宴会上又即席赋诗。先后原作我都一一抄录珍藏。

邓先生对中央领导同志非常敬佩。他曾对我说，毛主席的才华，中国历史上找不到第二个。20世纪50年代，他去北京开会，晋见毛主席，在毛主席请他便餐时，兰州中医院张汉祥医师也在座。张精于医道，经常给中央领导同志及其夫人看病。席间，中医也就成了谈话的中心议题。毛主席对中医的“四诊”“八纲”很赞赏，认为这是中国人民几千年来在实践中总结出的有中国特色的医学理论，丰富了世界医学宝库，是中国人民的骄傲。用新医、旧医来称呼西医、中医，这实际上有贬低中医的味道，中西医要互相学习，取长补短。邓先生接着说：“现在中医的社会地位还是比较低的，要中西医平起平坐，才能谈到互相学习。”毛主席立即说：“这是个存在的实际问题，也是个很好的意见。我看《人民日报》要加强这方面的宣传，先发表个社论鼓吹鼓吹。”果然两天之后《人民日报》就有社论出现了，这是党报第一次为中医说话的社论。邓说，从这里也可以看出毛主席尊重党外人士意见和建议的一个侧面来。邓先生对刘少奇同志领导才能和艺术是由衷佩服的。1962年3月下旬，由国家主席刘少奇同志召开了一次最高国务会议，周恩来同志也参加了。第二天我去邓先生处，他兴致勃勃地给我说，刘主席对这几年不少地区发生的高指标、浮夸风、瞎指挥以及官僚主义等现象，作了严肃认真的自我批评，承担了责任，表示了改正的决心和信心。还引用孟子的话：“古之君子，其过也，如日月之食，民皆见之；及其更也，民皆仰之。”刘主席恳切地希望中共和各民主党派互相监督，和衷共济，渡过困难，把中国的事情办好。其襟怀坦白，光明磊落，确实让人感动。

1962年，我调到西安工作。1963年秋，我出差到青海牧区，路过兰州，特意去看望邓先生。他特别热情地对我下牧区表示关切，并嘱咐我要多带些御寒之物，注意饮食，学藏话，尊重藏民的风俗习惯等。这一时期，各地正在进一步贯彻党中央扩大的工作会议（即“七千人大会”）精神，慈爱园门口园林处牌子也没有了。我顺问了园子落实政策的情况，他说："还好，只是花卉有些损失，几种墨菊不见了。"我再能说什么呢？次年夏，我又去甘南牧区，中秋节后经兰州返西安，在兰州逗留时，又去看望了邓先生（也是最后一次），并在园子里转了一回。邓说，国庆五十周年快到了，甘肃日报社要他赋诗志感，他答应了，正在构思。然后用低沉语调缓慢地说："十五年来，我们的成绩有目共睹，全世界也公认，缺点错误也是严重的。社会主义制度是好制度，走定了。怎么个走法？还要摸索前进，要'如临深渊，如履薄冰'，走一步回头看一步。别出心裁，一哄而起的教训是深刻的，要吸取教训呵！这不是'办会秧秧'，闹不好就要大片大片的死人呵！"（天水土语把小孩玩叫"办会秧秧"）说罢，半晌不语，似有无限感慨。他说，这诗，没时间听听你意见了，等写好后寄给你留个纪念吧。果然，10月初，我在西安收到了他亲笔在宣纸上写的《国庆贺诗》五首，并附有当年9月13日《甘肃日报》一大张。这诗刊在报头右角，邓先生还用毛笔打了个记号。诗曰：

建国丰功孰与俦，红旗三面树红猷。
河流让路山低首，虎跃龙骧十五秋。

三座大山一扫平，工农六亿庆翻身。
银锄铁臂惊天地，万里神州面貌新。

曾闻水旱困尧汤，灾害空前岁尚穰。
万众争夸公社好，天堂欲到有桥梁。

思甜忆苦立场坚，夺秒争分干劲添。
万马飞奔追大庆，高歌跃进写新篇。

苍蝇碰壁日嚣嚣，桀犬公然吠圣尧。
一切害虫须扫尽，亚非拉美起狂飙。

邓先生生于1894年，那年正是中日甲午之战的一年。因此，邓先生经常说他生于忧患，饱经忧患，说他经历了一段曲折的路程，在党的关怀和帮助下，终于走上了社会主义的光明大道。20世纪50年代初，邓先生常常说，他要克服"作客思想"，和大家一起全心全意地为人民服务，不能有半心半意、三心二意。这种严于律己的作风，对每个人都有教育意义。

“鸳鸯七志斋墨”与邓宝珊评墨

古时以竹梃（棍）点漆而书，这漆实际上是黑色颜料。以后有以漆烧烟和松煤为之者，谓之墨丸；继而研石炭为汁而书，谓之石墨。汉以后多用松烟、桐烟为之，石墨遂废。三国魏时长安人韦诞（字仲将）以制墨著称于世，他总结了前代墨工经验，制品人称“仲将墨”，所谓“仲将之墨，一点如漆”，后人尊为制墨之祖。五代南唐的李廷珪，易县人（宋灭南唐后移居徽州），改进了前人制墨中捣松、和胶等技术，制出的墨，史称“丰肌腻理，光泽如漆”。时人有“黄金易得，李墨难求”之说，称“廷珪墨”，与澄心堂纸、龙尾砚（歙砚中的极品）并称“文房三宝”。其弟廷璋、其子文用皆袭其业不衰，成为徽墨之祖（徽是指旧时的徽州府，府治在歙县）。从此以后，当时所属的歙、黟、休宁、绩溪等县历出制墨良工，配料精益求精，秘不示人。明代歙县有方于鲁，清代绩溪有汪近圣、曹素功等，所制之墨后来居上，成为中华文化中的一枝奇葩，是文人鉴别墨质优劣之样板。清末民初，凡是书画名家，官宦遗老，直接向徽墨名工定做专墨，鉴赏馈友，甚至打通关节，“鸳鸯七志斋墨”即其一也。欧风东渐，外国钢笔用的瓶装墨水流入中国，于是我国市场上开始有“曹素功墨汁”“中华墨汁”等，但书画家仍沿用研墨，或在研墨中兑以墨汁，图便捷也。

“鸳鸯七志斋”是于右任先生斋名。于为一代书法名家，尤以草书驰誉中外。所藏古碑、墓志最富，墓志中，有七对夫妇合葬的墓志，而且皆系魏碑，为此，即将书斋起名曰“鸳鸯七志斋”。

1929年，我国国内渐成统一之势，于先生在南京就任新职，生活趋安定，即回家探亲扫墓。归途绕道安徽，向歙县曹素功后裔定制高档油烟墨，从一两到八两计14个规格，并亲题墨锭曰“鸳鸯七志斋墨”六字，墨锭两侧则刻有“曹素功十一世孙叔琴监制”和“民国十八年荷花生日”等楷书（俗传六月廿四日为荷花生日），图案由当时地方绘画名家肃屋尔、江有兑所绘，墨形设计古朴大方，图文并茂；墨上端分别镌有“国产油烟”和“五石漆烟”各四字。邓宝珊先生说，货是由曹叔琴父子直接押送南京的。当时几乎有一半由于先生送给了南京新贵，有一半赠给了亲朋好友，因而他也得了一份。以后抗战即将爆发，邓即将这些墨专门珍藏于三原邓家花园，以后陆续给友人送了一些，聊表与大家共赏之心意。说这话的时间约在20世纪50年代初期，不几天，他邀来当时在兰州的老书法家如范振绪、水梓、裴建准、冯国瑞、王垣等人小聚，说明情况后，然后分赠此墨。他风趣地说，今天扫库清盘，就这几锭了，大家分光拿完，作个纪念。当时给他们一人两锭，或长或短。只记得范禹老（振绪）一迭一声说：“好墨好墨！”又说：“以前听过于先生的墨，没有见过，今天见了，拿回去还要用，荣幸荣幸！”水梓说：“中用中赏，确是好墨，得此好墨，足慰饥渴！”其他人赞不绝口。邓先生说：“我现在要在诸位面前‘弄斧’一番。”邓接着说：“于先生对我说，品赏墨的优劣，大有学问。传世廷珪墨的选料是：松烟一斤，珍珠三两，玉屑、龙脑各一两，和以生漆捣十万杵，因而‘有其墨而藏者，不下五六十年，胶败而更调，入水三年不坏’之说。于先生这墨，则是在廷珪墨选料的基础上还配了些秘料，力求气压群伦，一枝独秀，所以价等黄金。”大家接着说：“七志斋墨制成到现在还不到三十年，正是它的黄金时代，一定要管好用好。”邓随即在书房取出正在使用的半锭墨，对大家说：“鉴别上好的墨只有八个字，‘质细胶轻，色黑声清’。可以从磨出的横断面上看，以空孔极小极少者为好，以肉眼看不出空孔者最佳。所谓色黑，可以从磨出的墨埂上迎着日光细看，墨中现出紫光、绿光或者蓝光都是好的，泛白光，说明胶质较多，是为劣品。声音可以用物击墨锭，清脆为好，浑浊为差，在研磨时声清细而不粗浊。”邓随说随示范，大家看到七志斋墨在受力的磨面上似镜面一样，磨时声响极细，墨色乌黑而有光泽，在日光下看，只见绿筠反映，紫光闪烁。邓说：“这就是好墨！”

以后，在平常的接触中，邓还不止一次地谈到墨的研法用法和保管法等，因已超出本文范围，从略。

此事在当时过后不久，我就写成记事短文，欲送报社刊登，作为党的统战政策下的一段佳话，以后因种种原因，打消了此念头。转眼已半个世纪矣，往事萦怀，时劳梦想，当时前辈，皆归道山，如烟情景，徒增感喟耳。

冯国瑞先生学行简述

——在冯国瑞90诞辰学术纪念会上的报告

冯国瑞，字仲翔，别号麦积山樵，晚年自号石莲谷人，书斋名“绛华楼”，甘肃省天水市人，故居在今秦州区共和巷，1901年（清光绪二十七年辛丑）生，1963年卒，享年63岁。

先生幼年受业于前清进士任承允（文卿），翰林哈锐（退庵）之门，青年时期入东南大学（今南京大学的前身），得海内著名学者吴梅、罗振玉、商承祚、胡小石等指导，凡金石龟甲、考据、词曲都有师承。接着考入北平清华学校国学研究所（后改为清华大学国学研究院），从梁启超、王国维、陈寅恪、赵元任、吴宓学，梁启超目为“英才”，誉为“美才”“奇才”。1929年毕业后回甘肃，受聘为甘肃通志局分纂。1930—1935年任青海省通志馆馆长、省政府秘书长等职。1939年起，任东北大学、西北师范学院、兰州大学教授，西北图书馆（今甘肃省图书馆）特藏部主任等职。1949年兰州解放后，任甘肃省政府文化教育委员会委员，省文物管理委员会主任，省政协委员、省文史研究馆馆员等职，1957年被错划为“右派”，1961年摘掉帽子，1963年病逝兰州（有《年谱初稿》可资参考）。

现将先生在文化学术上的贡献及其在甘肃学术界的地位，就我所知作一介绍。

一、在学术上的成就和贡献

先生天资颖悟、才华横溢、勤奋好学、博闻强记，在文化学术上造诣很高。著作和文论很多，除有五十多种著作稿本已于1962年由郭沫若派人取去，至今下落不明外，据邑人胡主如目前搜集到的资料，已经刊印行世的著作8种，文论21篇，有目无书者8种。已行世的8种著作中，有关考古和辑存秦州先儒遗著的有《秦州记》《天水出土秦器汇考》；表彰甘肃乡贤、辑录甘肃乡贤文献的有《张介侯先生年谱》《守雅堂辑存》；有关甘肃石窟的发现与勘察的有《麦积山石窟志》《炳灵寺石窟勘察记》；诗集有《壮游草》《绛华楼诗集》等。

文论有题跋6篇，考古及考证8篇，有关石窟艺术的7篇。

此外，近来陆续在各种报刊发现和有心人收藏后影印捐赠的手稿，计诗词200余首，其他题跋、考绎、考古、信札、随笔等约有40篇。在这里，我以先生门生的名义，同时接受冯先生家属的委托，特向仰慕冯先生，对先生遗迹遗墨积极搜集并慷慨捐赠的朋友们、同志们表示诚挚的感谢和由衷的敬意。

先生的成就是多方面的。在考古、训诂、历史、古典文学、诗词等方面都有创造性的研究成果。特别是对甘肃石窟艺术的研究、整理和发掘进行了开拓性的劳动，有着突出性的成就和贡献，为甘肃的文明和文化史增添了光辉篇章。先生书法遵北魏，得《龙门·始平公》精髓，中年以后，参以章草笔意，注重整体结构，凝重厚实，直逼汉魏，笔酣墨饱，但又流畅轻松，朴中见秀，飘然不俗。有时也作篆隶，篆书宽博舒展，饱满圆润；隶书骨肉匀停，豪迈清新。至今片纸只字，人争宝之。间亦作画，疏笔淡墨，远水秋山，韵味无穷。清进士、书画家范禹勤认为先生之画，在甘肃文人画中有它一席之地。

先生已出版的著作，有的今天将由专家、教授写的专文进行评述，兹不复赘。今天只是浅谈一下《秦州记》和《天水出土秦器汇考》，想从这一点上窥知先生的学术成就。

5世纪，南朝刘宋南郡王从事郭仲产（？—454）著有类似地方志的《秦州记》一书（按：晋朝的秦州，所辖领域甚广，奄有6郡24县，包括今天水、临夏、定西、陇南等地区，以及陕西千阳、陇县等地），此书对这些地区的风土民俗、地理沿革、山脉河流、物产名胜等都有记述。唐朝著作家、注释家写到甘肃时，都以此书为主要依据，所谓“断简零缣，群书引证”。以后迭经战乱，此书即告佚失。为了复活这部名著，先生从北平求学时代起，就在浩如烟海的古代史籍中不断搜集遗文，抉微钩沉，积14年之久，到1941年才纂缀成书。每条之后，都作了按语，广引群书，对原文作了精详考证。这样，先生的笺注，其字数竟比原书多5.7倍。这实际上是先生的一部力作，为后人研究甘肃历史地理提供了宝贵资料。成书后经于右任、吴稚晖审阅，还分别为该书题写了书名，认为在复原前人原著中是一部不可多得的好书。这里试举二例，以说明此书之价值。

其一，对于上邽的治所问题。上邽到底在清水，还是在天水，历来天水修志者各有解说，莫衷一是，不能尽如人意。冯先生在《秦州记》的注释，要言不烦，引证精辟，论据充分，对历代上邽治所，考证精详，使人信服。从近几年在放马滩出土的木板地图残片看，先生的论据，基本符合历史事实。虽然是一个地名的考释，却为尔后的修志工作和文史工作者提供了诸多便利条件和史料依据。

其二，杜甫在《秦州杂诗》中有“藏书闻禹穴，读记忆仇池”的诗句，其中“禹穴”在何处，历来笺注家各有解释。有的说在河南，有的说在陕西洵邑，有的说在浙江绍兴的会稽山上，也有的说禹穴指禹的出生地即今成都。于是有的笺注家以此为根据，说杜甫在这句诗里透露了他要去四川的打算。事实上杜甫来天水，是为了避乱和求食，下一步去哪里，连他自己也不知道，流寓同谷（今成县）以后，因衣食仍然无着，才决定入蜀的。诗中的“禹穴”和“仇池”这两个地名，只是杜甫在贫病交加的情况下，强打精神，故作旷达闲适罢了。那么“禹穴”到底在何处？冯先生广征博引，据《水经注》引《秦州记》的记载，确认“禹穴”指现在永靖县炳灵寺石窟。《秦州记》里说，那里“河峡崖旁有二窟，一曰唐述窟，深四十余丈，高四十余丈……其西二里，则曰时亮窟，高百丈，广二十丈，深三十丈，亦有泉水，藏书古五卷。”又据《嘉庆统一志》载，河州有折桥，在州东十里，两岸禹凿石迹尚存。同时大禹治水，曾“导河积石，至于龙门”，炳灵寺属积石山系，所以炳灵寺石窟也叫“禹穴”。杜甫当时身在秦州，自然听到了这些传说，读到了这些记载，见诸吟咏了。这在冯辑《秦州记》的按语中，冯先生已有简要笔注。此书当时冯先生只用石印印了300本，流传不广，冯先生便在1953年勘察炳灵寺石窟中又重申了这一观点。天水师范学院教授李济阻等先生在《杜甫陇右诗注析》一书中，首先引用了冯先生的观点，认为这种治学的精神是正确的，值得提倡的。

《天水出土秦器汇考》一书，系先生在中华人民共和国成立前对当时曾经先后出土的秦人前期文物（秦公簋、秦公钟、秦公镈等）及其铭文考释的汇集。书成于1944年，是他在考古学领域里很有分量的著作之一，当时已经为国内外专家所肯定，也是他“平生癖嗜耽金石”诗句的有力注脚。其中最有名的即人们常提到的“秦公簋”。簋是古代盛食物或祭祀用品的圆形器皿，是一件与“毛公鼎”“散氏盘”齐名的青铜器铸制品，为研究当时秦人生产生活、政治、经济、文化以及科学发展提供了宝贵的实物证据。簋是1917年在天水红河乡出土，由一无聊文人偶然得之，即贡献于当时甘肃省长兼都督张广建，以便谋得一官半职，冯也是偶然得到了簋器拓片及铭文拓片，在北平、重庆，与一些专家鉴定。王国维认为是秦德公（公元前710—前676）时物，马叙伦、罗振玉认为是秦文公时（公元前765—前716）物，郭沫若认定是秦襄公时（公元前778—前766）物，而先生从簋的质量，出土地点，并参考铭文及古籍，认定绝非秦景公（公元前577—前537）以前之物。虽然如此，先生为慎重起见，仅命名为“秦公簋”，并未肯定为某一先王所制，并对铭文逐一释成现今通用的汉字。铭文大意是秦公为其先祖歌功颂德，以便巩固政权之作。先生认为铭文书法瘦劲大方，有流动感，秦统一六国后所作的诏版、权量文字以及小篆书体，都是从这里发展而来的，在秦国书体的发展中起承先启后作用，在我国书法史上占有重要地位。这一观点已经为海内学者所接受，并且确定为景公时产物。

此簋现存于故宫博物院，因为手头暂无此书，仅凭先生口述，时隔半个世纪，加以我不懂古物考释，现只能谈到这里。这也说明先生缜密的科学考证方法，其成就超过了清末民初的学者，发展了我国历史考据和文物训诂学，对我国学术研究作出了新贡献。

二、对古典诗词的继承和创新

在我国历史上，诗人多不屑于考据之学，专一考据、训诂的学者，一般不善写诗，或者说写出的诗缺少韵味，意境不高。清代诗人王渔洋曾谈到他的一位老友“于九经注疏悉能成诵”，但不善为诗，说：“老夫每欲效颦（作诗），则汉高祖、唐太宗追逐笔下矣。”冯先生首先是一位学识渊博的学者，是考据家、训诂家、石窟艺术家，但同时又是在甘肃享誉很高的诗人，在诗词领域里也作出了开创性的功绩。这样一位多面手学者在甘肃学术文化史上是不可多见的。诗作因为人为的原因，大部分丢失，已无法窥见全貌，但从现存的400多首诗词里，我们完全可以说，他的创作思想和艺术风格是匠心独运，另具特色，而且在继承前人诗歌优秀传统的基础之上不断开拓、创新和发展的。在西北师院任教时，每有新作出现，同学争相传抄传诵。所作诗词或刚健雄浑、沉郁顿挫，或清新明快、涧底流莺，特别是先生受到不公正待遇后，意志并未完全消沉，在他的诗歌里，仍一如既往地倾泻出他热爱新中国、歌颂甘肃人民建设热情的思想感情。

先生热爱祖国文学传统，对诗无所不学，但不被古人所拘囿，学《诗经》、《楚辞》、唐诗、宋词，都能得其神而不袭其貌，推陈出新，无斧凿痕迹。元稹常称杜甫的诗是"盖得古人之体势而兼今人之所独者"，把这种评价今天移用到冯先生诗词成就上，真是确切不易了。也只有像先生这样虚心地向古今诗人学习，取长弃短，敲字炼句，才能达到那种炉火纯青、出神入化、恰到好处的境地，才能把现实主义和浪漫主义有机地结合起来。

典故入诗，是千古文人的积习，先生也未能免俗。但是他却能做到典而不拗，古而不奥，读起来更能增加诗的醇厚典雅之气。特别是绝句、小令，则清词丽语，朴素白描，朗朗上口，情趣盎然。从这里也可以窥见先生在诗词上的真功夫。下面引一首先生在1957年春的作品《双调江城子·与杭州吴朴同游小西湖》：

杏花村馆柳条青，夕阳明，照边城。尘起沙飞，堤上共闲行。笑指钱塘江口路，天莽莽，大河横。　芦根蝌蚪几时生？蛙初成，为谁鸣。两岸风光欠个小舟停。难得西泠桥畔客，来此际，过清明。

小西湖在兰州七里河附近，北临黄河。千古诗人面对奔腾澎湃的黄河，都要激发起他百丈豪情，吟出他最激越高亢的调子。但是先生一反其意，用较短词牌，写得明白如话，悠闲安适，一片天籁。写眼前景物，是那样自然妥帖，造句如行云流水，让人如目睹先生正在与多年不见的老友谈心对话，亲切异常。比起前人来，已经是另辟蹊径，有所创新和发展了。只这一首词，足令我们细细咀嚼，在继承创新、开拓诗境上一提千醒了。

古典诗的句型和句子的数量都因诗体不同而有不同的限制和规定。但先生作诗，并不是强拼硬凑，矫揉造作或者无病呻吟，故弄玄虚，而是意在笔先，神余言外。对学生的作业，重视现场批改，边改边讲，务使学生有所收获。有时只改换一字，便有点铁成金，变废为宝之妙，非名家老手不能有如此功力。他作诗似乎意到句成，信手拈来，不费什么工夫。如果细细品味，就会发现他的每首诗，都是经过精心锤炼，反复推敲，抓住了作诗的个中三昧。这就是他经常说的："辞断意连，粗细相对，顺其自然，刻意求工。"现在看，这应当是初学作诗的十六字真言。它虽然说的是表现技法，也是遣词造句、构意表情的基础诀窍，再加上诗人洞察入微的观察能力和敏捷的形象思维，就可以做出如火如荼，激情充沛，感人肺腑的诗句来。

先生是位学者，一生六分之五的时间生活在旧社会，经历了清朝统治，军阀混战和国民党政权。在如此社会环境中，一个有良心的知识分子如果不关心民生，不面对现实，不与祖国同呼吸、共命运，而是将自己锁在象牙之塔里，专门研究学问，这是不可想象的。已经搜集到的先生诗词中，有20多首反映先生对国民党苛捐杂税压榨下的劳动人民的无限同情，对国难当头，国民党不抵抗主义的失望和抗议，对汉奸傀儡政权的唾弃和对抗战胜利的决心和信心的诗篇。这些诗，虽然只占他的诗篇的十分之一，但是应该说，这是我国知识分子最可贵的品质，也是他的思想最升华、最闪光的地方。这些诗篇的确可以折射出这位爱国主义诗人的灵魂。诗句因限于时间，不再引用，笔者正在对现存遗诗进行整理和校对，将来出版后，各位可以阅读、欣赏和评价。（笔者注：先生遗诗已于先生百周年纪念日由家属私资发行）

三、治学方法

"同中观异，异中观同"，这是梁任公的治学方法，冯先生不止一次地述说过。他说，梁先生认为研究学问要在"同中观异，异中观同"，就是要用归纳法、统计法，"鸟瞰"和"解剖"相结合。我认为这种方法是朴素的认识论。因为人们认识事物的过程，就是在事物共性中识别它的个性，积个性而成为共性，也就是从特殊到普遍，再从普遍到特殊的循环往复的过程。这是一个哲学命题，也是一个思维命题。冯先生首先身体力行，特别在麦积、炳灵、莫高三大石窟的综合研究过程中，冯先生运用这一命题得出了很有价值的结论。

例如，过去研究敦煌艺术的人，总是生硬地要说它与古印度的犍陀罗艺术一脉相承，或者说它是融合的，甚至说在某些地方还存在西方作风。先生经过几次实地勘察，并与麦积山石窟艺术兼及陕西彬县大佛艺术精心比较（以后又与炳灵寺石窟相比较），认为敦煌莫高窟的始建在晋代（366年），而麦积山石窟建筑时代比敦煌更早，因而"这一艺术传统可能是由晋、魏、北周、唐的政治中心长安附近的彬县、天水、炳灵寺发展到敦煌，而不可能由敦煌倒回到长安（关内）。根据敦煌武周写经时，题尾注明由长安写好送去的材料，以及中唐帝王及侍臣的壁画，很显明与阎立本《历代帝王图》是一脉相传的"。先生接着说："固然，在东西交通枢纽关系上也吸取了不少的外来艺术作风，但毕竟掩不了自己的传统。"他认为"自己的传统"就是"我们祖国劳动人民不断创造优良传统的代表作品"。同时，他还从麦积山、莫高窟两大石窟艺术所在的石质结构和地理环境上进一步作了比较研究，然后得出麦积山石窟形成以建筑艺术为其主要特色，例如"七佛阁"是全国现存的石窟中凿有窟廊建筑形象的最大的一个洞窟。莫高窟则以壁画艺术为其主要特色的结论(现存的壁画有45000平方米，都是精工细描，气象万千，其所存数量之多，也是我国石窟艺术之最)。并对其造像、建筑、壁画、背光（佛光）等方面的艺术特色作了比较以后，认为莫高窟石窟艺术在很大程度上来自麦积山石窟艺术，均有脉络可寻。当然，我国石窟艺术到底是西来的、东来的，还是东西混合的，当代学者正在深入研究，但从先生的观点里，也说明他对我国劳动人民创造性劳动成果的歌颂，对于祖国石窟艺术事业的热爱，也是对当时藐视中国文化艺术遗产的“全盘否定论”或“全部西来说”者的一个有力回击。

对中国石窟艺术作综合比较研究，从而发现其中的异同，以求得我国石窟艺术的来龙去脉，这一流脉是近年以来才兴起的一门新兴科学。冯先生却在20世纪40年代首先问鼎，20世纪50年代初写成论文，而且颇有创见和收获，对此不能不为冯先生的魄力和远见所折服。冯先生不仅在发掘、保护石窟艺术中有着杰出贡献，而且完全可以公允地说，他是用科学方法对我国石窟艺术作比较研究，为我国《比较石窟学》披荆斩棘、开辟草莱工作中做出了艰巨劳动的奠基人之一。

先生的治学方法是在他深厚的国学基础之上吸收了近代科学的考证方法，对一些资料穷本溯源，核定确切，决不满足于比堪文字，对证材料，重要的是除一般事实的考据外，注意对史实的综合分析和实地调查，即从许多事物的联系中考证出某一事物是否存在和发生以及发展变化的情况，以求得历史面目的真相。

在勘察炳灵寺石窟时，先生熟练地运用了这一方法，这就叫“二重证据法”，是王国维研究学问的一种方法。首先慎重选取了《法苑珠林》《水经注・河水》《元和郡国志・积石山》等历史典籍中有关唐述石窟的记载，然后再与眼前的实际情况一一印证，最后才下论断。与典籍相合则加以肯定，与典籍不合的则于以纠正，增补缺漏，互相引证发明，把文学、历史、古考熔于一炉的治学方法，在他的著述中随处可见。这种认真的科学态度和严谨的治学精神，我们只能高山仰止了。

四、对家乡文化的贡献

冯先生生在这片深厚的黄土高坡上，对黄土地，对祖国灿烂的文化，对家乡，大至麦积山石窟，小至故乡的一草一木，都有着深厚的感情，甚至倾注了他的心血。“小团庄外听麦枷，李广坟前噪暮鸦。秋水迂回无限意，双堤祠废梦黄花。”这是他1934年回乡之作，字里行间流露出绵绵乡情。因此，他也时刻不忘为家乡办好事，以实际行动来寄托他剪不断、理还乱的悠悠故乡情。这里，我只谈两件至今鲜为人知的事情。

（一）现在陕西各州县地方志书约50000册，完好保存在天水市图书馆（此段另有介绍，不赘）。

（二）对于“双玉兰堂”的修建。在距天水市60公里的甘泉镇，有两株玉兰树，树干参天，枝叶繁茂，每当春夏之交，游人如织，郭沫若曾说是全国最大的两株广玉兰。冯先生从杜甫流寓秦州的诗里，考证出现在生长玉兰树的地方，乃唐时太平寺，其旁有泉，清冽甘醇，即杜甫所称“太平寺泉眼”。20世纪50年代初，他即向当时甘肃省省长邓宝珊建议，希望能将这一与杜甫有关的名胜古迹设法保护起来，建亭悬挂杜甫画像供人瞻仰。邓虽竭力赞成，但考虑到中华人民共和国成立之初，百废待兴，遂只答应为太平古寺题写匾名。经先生提议，定名为“双玉兰堂”，并商定由邓请白石老人画杜甫行吟图立轴一幅，大画家陈半丁画双玉兰立轴一副，先生作文以记其事。1955年冬，榜书也由白石老人写好了，还面允“行吟图”正在构思。直到1957年拿到兰州时，先生开始身处逆境，我即送请先生过目，先生观赏很久，欣慰之情，异于往昔。他说，这四字铁画银钩，古峭峻拔，当为老人书法中不可多见之珍品。说罢，凄然泪下。以后白石老人逝世，“行吟图”未能画成；冯先生眷恋桑梓之感情无法泯灭，命令他的长子补成此图，邓宝珊、吴鸿宾、范振绪等人在画上均有题诗或赞语。只有冯先生已不可能再题诗和作记了。邓每谈及此事，不禁感慨系之。榜书系1960年张自振（甘泉农民，先生世交）激于义愤，出资刻制悬挂的。1961年，先生摘掉帽子，由张自振领他又去双玉兰堂，并写了《双玉兰堂记事长诗》，对白石老人的榜书认为“书成能骇俗，技尽绝笔竦”，并希望半丁老人画能早日完成，仍然寄托了对双玉兰堂的无限深情，写成长卷后，交张自振“其世守之”。张即精裱保存，卷后又存有邓宝珊、裴建准等人观后的题跋。

仅以上两事，就足以说明冯先生热爱家乡和对家乡文化事业的贡献。其他如发起组织“陇南丛书编印社”，手辑《陇南金石记》《陇南耆旧传》《成纪李氏族系考》等，就不一一赘述了。

纵观先生的一生，是学者、是诗人，有侠骨热肠，是一位踏踏实实、勤勤恳恳做学问的人，也是一个爱国知识分子。他十分鄙视那种“外国月亮比中国圆”的所谓“学者”，但他又不闭关自守，抱残守缺，力争抓住时代脉搏。解放以前，他一直积极支持青年学生的爱国行动，1935年12月9日，北平学生在党的领导下，发动了抗日救亡运动（简称“一二·九”运动)，遭到国民党军警的血腥镇压，当时他避地北平，当晚听到后激愤难眠，披衣起床，写了《十二月九日书事》一诗，诗曰：“士气峥嵘未可非，剑南翁语岂容讥。陈东慷慨言无状，仲举模糊血满衣……”(见《绛华楼诗集·下篇》)充分表现了一个爱国知识分子对热血青年的无限同情和对国民党卖国政府的强烈抨击。1949年，在西北师院任教时，又拍案而起，用行动积极支持“三二九”学生运动，在师院大礼堂慷慨演说，声泪俱下。中华人民共和国成立后，拥护共产党，热爱新中国，歌颂劳动人民，积极学习马克思列宁主义和时事政治，关心国家大事，对学术研究也愈益勤奋。他说：“士为知己者死。共产党看得起我，我只能将我的一切力量献给党，来报答知遇之恩。”对社会上一些不合理的事情，敢于直言疾谏，无所隐讳和顾忌。平日除研究学问以外，没有别的嗜好，甚至连他“有时吸纸烟”也认为是坏毛病而写在自传里，向组织作了交代。表现了对党肝胆相照，心底无私的坦荡襟怀。

今天是先生九十诞辰之际，我们纪念他，向他学习的东西有很多，但是我认为，作为一个知识分子，特别应当学习他对事业执着追求，锲而不舍，披荆斩棘，不怕困难的开拓精神；学习他平易近人，热爱青年，诲人不倦的高尚品德；学习他热爱祖国文化，热爱家乡，时刻不忘为家乡办好事的可贵的思想感情，为振兴中华，振兴天水，弘扬祖国文化遗产，为社会主义精神文明建设做出应有的努力！

1990.12.12

简论冯国瑞的两种专著

冯国瑞（1901—1963），博学多才，在文史、诗词、书法、古文辞等领域都有很高造诣，尤对甘肃石窟艺术之研究、整理和发掘，倾注了大量心血，贡献巨大。他对石窟艺术的涉猎，首先是从研究家乡的麦积山石窟艺术开始的。现只对先生的石窟艺术和诗词艺术简述如下。

（一）

民国三十年（1941），冯国瑞应西北师院之聘，由东北大学（时迁在四川三台）来甘任教，途经老家天水小住，得暇约同好同学及其弟国珍等人于农历四月初九日游览麦积山石窟。初到名山，历代艺术珍品纷纷映入眼帘，冯大喜过望，观赏造相、壁画，分抄碑刻，至晚方回。之后，翻阅群书，两月多的时间写成《麦积山石窟志》。其成书始末，在他当年为此书所作的序文中有较详记载，特录如下：

顾余生长梓乡，百里名刹，自幼年即耳熟山中事，长而里校旅行，同学归，多津津道其胜，而未一往游焉。比岁倦游里居，董理丛残，校碑湖亭，因有麦积览胜之意。而裹粮虑盗，犹豫久之。王鼎三丈有甘后村别墅，村即古西枝杜老流寓之所栖迟也，东去城六十里而遥，村距山仅二十里，丈欣作东道，诸友同往者赵尧臣（绍祖）、胡楚白（宗珩）及张自振、舍弟国珍，凡六人。晚抵别墅，憩“度云亭”，亭取杜诗“山云低度墙”意，花木扶疏，地甚幽敞。次晨，策蹇入峡，值浴佛之次日，游人络绎。寺僧具茗餐，登山瞻礼，始于东岩罅见诸石刻；继升石级，摩崖颗颐遍岩际，喜极；贾勇登七佛阁，于石柱及西壁复见题名殆遍；又获见古散花楼藻井画；更拾级至牛（耳）堂，堂西堕毁，与中阁绝，遂返寺，为来僧题“瑞应寺”榜，悔未能备毡椎之具。寻复登山分抄诸刻，摩挲崖壁，不觉日昃，而无数之摩崖佛迹，窦窟窈冥，尘积藓封，非度架浣剔不为功，又匆匆穷探诸胜。暮色欲来，僧劝勿宿。揖别山灵，仍返别墅。烛跋酒酣，听雨信宿，归后翻阅群书，自振又为往拓数碑，阅月成《石窟志》，都二万四千余言，山中故实略得五六。

志稿完成后，由当时青年书法家陈柳州缮写、陇南丛书编印社石印发行。因限于条件，当时只印了300册，但因其特殊的价值，不胫而走，在国内引起普遍关注。《大公报》《益世报》《燕京学报》等先后作了专题报道，1943年的《说文月刊》予以全文刊载，麦积山因此而声名大振，探奇访胜者接踵而至。

《麦积山石窟志》共分12部分：

一、甘肃诸石窟之麦积山佛龛

二、秦汉间麦积山之史迹

三、西魏大统时之再建麦积山佛龛

四、北周李允信之建造麦积山七佛阁与庾信之作铭

五、散花楼遗基间之六朝壁画与藻井画

六、造像

七、建筑

八、六朝唐宋明人之摩崖

九、宋明清人之石刻

十、瑞应寺

十一、胜迹

十二、艺文附录

本志文字虽简练，而体例完备，对石窟的历史、地理、人文、造像、摩崖、碑碣、建筑等，作了当时力所能及的扼要说明和探究。开拓之功值得大书特书。正如刘文炳教授在本志序言中所言："秦州麦积石窟之有志，则自天水冯公仲翔始。此志也，将秦汉以来兹山所关之文献，证以群籍，录于现实。虽在岩豁深邃之中，上下古今，批郤导窾，丝缕毕见，有此而地方时代文化之史性，继起而征者，自公令之。"

初识麦积山，麦积山以其特有的艺术魅力深深地吸引了冯先生，从此他寄情于此，钟情于此，与之结下了不解之缘。

1946年假期，相邀当时天水专员第三次考察麦积山，事后，吁请其拨款补修栈道围栏，并筑成"麦积山馆"凡五间，请吴稚晖先生题写馆名。

1947年，他撰写了《调查麦积山石窟报告书》（载同年5月26日

《和平日报》），约天水县长方定中第四次考察麦积山，请当地木工文得全以木板绳索等工具攀缓探险，才到达西崖万佛洞，欣喜之余，乃依庾子山铭之韵作《麦积山石窟万佛洞铭（并序）》，文采飞扬，起伏跌宕，拟在适当时机刻石立碑；并撰《麦积山近六年来文艺写作简记》，同载当年9月11日《和平日报》画刊上。

1951年撰《天水麦积山石窟介绍》，载当年《文物参考资料》第10期。

1952年9月，参加炳灵寺石窟勘察团，考察结束后，及时向西北行政委员会文化部社会文化事业管理处处长赵望云（时任勘察团长）、敦煌文物研究所所长常书鸿（时任副团长）建议，以勘察炳灵寺石窟的人力趁热打铁，勘查麦积山石窟，报请西北文化部同意后，遂组成麦积山石窟勘察小组，于当年10月中旬至11月底，对石窟进行了中华人民共和国成立后的首次勘察，勘察取得了大量第一手资料。1953年1月，《文物参考资料》作了报道，认为“发现具有民族风格和高度艺术价值的雕像和壁画”。冯先生作为东道主，在其中起了至关重要的作用。当年同行的孙儒僩在《我曾参加过的几次石窟考察》一文中回忆说：“每到晚上，大家围坐在火盆旁边，各人都在整理笔记或画画，有时冯先生给我们讲古人传奇或背诵古诗文，因为冯先生满腹经纶，谈笑风生，使我们能够轻松愉快地度过寒夜。”

1953年撰《麦积山石窟的古代民族文化艺术》，载当年7月《甘肃日报》。同月，中央文化部组织麦积山勘察团考察麦积山，团长为吴作人，团员有王朝闻、常任侠、罗工柳、邓白等，都是全国文物、美术界一流的专家，冯是唯一的一位以特邀身份参加的成员。因情况熟悉，为勘察工作提供了诸多方便，并与西崖第一、二层中访得北魏残碑。据他考证，系北魏法生造像碑，此“法生”与洛阳龙门石窟景明四年《比丘法生造像记》之“法生”是同一个人。对此为郭沫若、吴作人等所认同。

郭沫若为此石碑拓片跋云：“麦积山石窟之发现，为中国美术史增添了宝贵资料。石窟为良匠所造成，惜未著有姓名耳。1953年10月题魏石造像记后记，由仲翔发现于麦积山。”

吴作人跋云：“北魏法生造龛碑之发现，为此次勘察石窟工作中收获之一，虽不能明确认定何龛为法生所造，但与在115号窟造像须弥座上所发现墨迹‘景明三年’之百余字发愿文与北周庾信为李允信为王父造龛铭之重要等齐。”

事后，冯先生被抽调去北京参加考察资料的整理。

1960年，先生被错误地定为右派分子，在兰州监督劳动，但他热爱麦积山的眷眷私怀仍是与日俱深，并函告家人，将天水家藏各类文物5大箱悉数捐献麦积山文管所。赠品以唐宋御窑陶瓷珍品石刻拓片和书画为主，拓片自汉至民国共143件。其中有大量精品甚至是孤品，书画作品中有王了望、董其昌、张大千、金农、翁同龢、于右任等人的书法作品。另有西夏人所绘的《西夏古佛图》一件更是无价之宝，价值连城了。

1961年，也就是先生去世前两年，卧病在床，欣闻麦积山石窟被国务院公布为第一批全国重点文物保护单位时，先生兴奋异常。有顷，跃然而起曰："夙愿已偿，我将瞑目无憾矣。"

冯先生对甘肃石窟艺术的发现与探索，西北师大教授陈守忠（先生之弟子）在其大著《甘肃古代史》中有专章论及，不再赘述。

(二)

先生在古典诗词研究方面，也有创造性的成果，早已是甘肃乃至西北享誉很高的诗人。可惜诗作大部分散失，无法窥见全豹。先生幼时，学诗于天水进士任文卿之门，文卿诗主三唐，先生得其法乳，律绝倚声，皆有规矩可循。1924年南游，而阻兵长安，山川形胜，多有题咏，《壮游草》即刊行于此时。其中《昭陵六骏歌》得南通状元张季直先生所激赏，引入其《九录题跋》中。《壮游草》因印数不多，沧桑变迁，原书已觅不可得，不能不说是甘肃文化界的一大损失。1935年，避地北平，《绛华楼诗集》即成于此时，全书分4卷184首，吴宓题词，谢国桢作序，柳诒徵题签。起自1928年，止于1935年。此后虽焚坑迭见，尚能苟存全貌，亦一幸事也。以后将近30年中，先生长歌短吟，估计在千首开外。1990年，经过他的弟子张举鹏各方搜寻，得到先生家人、故友、门人的大力支持，积十年之久，得诗、词、曲约200首，作为《绛华楼诗集续集》，原集为上册，续集为下册，于2001年先生百岁冥寿时期出版。出版后，得到各界各方面的称颂。从这些作品中可以看出，先生的创作思想和艺术风格是匠心独运，别具特色，而且在继承前代诗人的基础上，不断开拓、创新和发展。

乡先辈谢鸣凤在《绛华楼诗集》序言中说："先生于古今人诗无不读，尤喜近代诸家，开拓诗境，以为超越古人，不知者以为狂，故其诗未可规规于一家一格也。"霍松林教授在台湾出版的《绛华楼诗集》序言中说："洎乎游学两京，为政西海，才情日富，波澜益阔。自兹厥后，倭寇猖獗，山河破碎，国是蜩螗，生灵涂炭，兵戈迭起，沧桑屡更，举凡治乱兴衰之故，危急存亡之感，与夫士气民风政局世运之可歌可泣可长太息者，悉以纳诸诗。扬葩振藻，牢笼百态。其风格意境，已非三唐两宋及近代闽赣诗派所能范围也。”可知其诗风是多样化的，神思卓异，自铸伟词。如《自兰州飞长安歌纪事》诗作于1935年秋，是先生第一次乘飞机远行。面对着新事物，引起了新感受，俯视下空，但见“祁连罗列如儿曹”“黄河如带巧钩缭”。飞机进入云中，更看到白云变化无定，万态纷呈，思维驰骋，迭发幻想。并且责问天帝，为何不管地上人民的死活，只图自己享乐？长歌运用了惊人的想象，大胆的夸张，表达了浪漫主义精神。

奇伟瑰丽，雄浑豪放的尚有“自临夏乩藏山西行十里而遥，群山环峙，广漠碧无涯际，列幕其中，做野营三日游，深山逐猎，寒夜说虎，阴晴雷雨，一日数异，殊俗奇境，记之以诗，得一百韵”（1932年6月作），诗里描写了山水的奇丽，回民的歌唱（漫花儿），打猎的盛况，藏民的礼佛，在读者面前展开了五光十色的画卷，令人目不暇接。其中写天气变化的几句：“傍午雷殷南山阳，金蛇掣电鼓声镗。忽如煮茧急跳踉，惊虹倏走见晴旸。”真是一句一景，迭忽变化，令人心惊目眩。这首长歌七百字，句句押韵，一韵到底，显示了先生驾驭文字的功力。置之太白集中，几不可辨认矣。

典故入诗，是文人创作的积习，先生也未能免俗。但他却能做到典而不拗，古而不涩，特别是绝句、小令，则清词丽句，朴素白描，朗朗上口，意趣盎然。使读者更佩服于先生化腐为宝，点铁成金的艺术手法，也可以窥见先生在诗词创作上的真功夫。

“杏花村馆柳条清，夕阳明，照边城。沙起尘飞，堤上共闲行。芦根蝌蚪几时生，蛙初成，为谁鸣？两岸风光欠个小舟停。难得西泠桥畔客，来此际，过清明。”（《双调江城子·与杭州吴朴同游小西湖》1957年作）

小西湖原为左宗棠时所建，解放时因地质变化，地层水位下降，已非原来面目。原址在雷坛河，滨临黄河，河北正对金山寺。千古诗人，面对波涌湍急的大河，都要吟出最激越高亢的调子来。但是先生一反其意，用字数较短的词牌，表达得明白如话，毫无雕琢生造之词句。写眼前景物，是那样自然妥帖，悠闲安适，造句如行云流水，使人如目睹先生正和多年不见的老友在堤上散步，亲切交谈。比起前人来，已经是另辟蹊径，有所发展了。

先生生在旧社会，经历了清朝统治，军阀混战和国民党政权。在如此的社会环境中，一个有良知的知识分子如果不关心和面对现实，不与祖国同呼吸、共命运，而把自己锁在象牙之塔里去研究学问，探索人生，吟诗作画，那是不可想象的。《绛华楼诗集》在续编中，已载有41首诗是反映先生在国民党苛捐杂税压榨之下，对劳动人民的无限同情，对日寇侵略，采取不抵抗主义的失望和抗议，对汉奸傀儡政权的唾弃和对抗战必胜的决心和信心的诗篇。先生力争抓住时代脉搏，与时俱进，中华人民共和国成立前就一直支持青年学生的爱国行动。1935年，北平学生在党的领导下发动的抗日救亡运动，史称“一二·九”运动。遭到国民党政府的血腥镇压，激起了全国人民的公愤。当时先生避地北平，当晚听到不幸的消息后，激愤难眠，披衣起床，写了《十二月九日书事》诗一首：“士气峥嵘未可非，剑南翁语岂容讥。陈东慷慨言无状，仲举模糊血满衣……”充分表现了一个爱国知识分子对热血青年的无限同情和对国民党卖国政府的强烈抨击。1949年发生在兰州的“三二九”运动，他在学校礼堂慷慨演说，声泪俱下。学生游行回来后。他又比较隐蔽地到学生宿舍祝捷，并写下《有感》的祝捷诗（当时很多同学都看了，以后我在收集佚诗时再未发现）。应该说，这些有骨有肉的诗，才是我国知识分子最可宝贵的品质之体现，也是先生思想最闪光的地方，这些有人民性的诗篇，的确可以折射出这位爱国主义诗人的灵魂。

冯国瑞与“双玉兰堂”

天水市麦积区甘泉镇，距天水市主城区约30公里，为天水主城区去麦积山石窟的唯一通道。在镇西北小巷尽头，有一寺院，原为财神殿，院内并列两株玉兰树，相距约5米，树干参天，枝繁叶茂，高25米，直径90厘米。花色右株绯红，左株素白。每年清明至谷雨，花开似锦，淡香袭人，游客如织，乐而忘返。现为全国现存最大的两株玉兰树，树后就是白石老人榜题的“双玉兰堂”。那么，它和冯国瑞又有什么联系呢?

1952年，冯国瑞被任命为甘肃省文物管理委员会主任。到职后，首要任务是普查全省现有的文物古迹（确切地说，当时只是重点访查）。到天水后，正当玉兰花开，甘泉镇人张自振，系冯家世交，(另外，红25军长征过境时，张曾收留、医治和资送红军流落伤员，因不在本文叙述范围，从略）一再向冯谈及此树此花，约冯到甘泉赏奇花，赋新诗。

20世纪40年代初，冯在考察麦积山石窟艺术时，曾多次路过甘泉，当时此花尚不为人所知，当地群众只称之为木莲花，人们认为是庙院之树，神灵所附，砍伐攀折，皆属不祥。每到花期，镇上儿童，只能相率到树下拾落花，做游戏，禁止有过分之举。这次冯观赏后，到底是辛夷、是木兰、还是玉兰，他吃不准，同来的一位古树专家确认是玉兰树，与辛夷、木兰、厚朴等同属木兰科而各有区别。这位专家又说，玉兰树在江南不足为奇，但如此高大的则罕见。即用携带的简单仪器测量了一下，得出树龄约在1400～1500岁之间。冯大为惊异，立即量了高度、树干周长、覆盖面作为资料带回兰州。此后，张自振则到处宣传，奔走呼号，认为甘泉有了奇树名花，引以为荣。这就是冯先生在以后诗中形容的“野老张自振，走告频呼号，奇花人罕识，未厌说滔滔”了。此树以后经北京派人来测探结果，确定树龄为1200年，约在晚唐。

冯先生在甘泉考察访问期间，还发现了唐朝有名的太平寺故址，原来就在现生长玉兰树的这一大片土地上。现在叫财神殿的后山脚下，有片宽阔的平台地，群众一直称为“寺坪”，也就是在杜甫诗上说的“招提凭高冈”了。另据一口唐铸大钟记载，当时常住僧侣约200人，可以想见香火之盛。千余年来，沧桑变迁，几经兴废，而寺院轮廓，依稀可寻。特别是在群众称为“大寺门”的那块地方，一泓清泉，昼夜激流不息，清凉甘洌，沁人心脾。759年，杜甫流寓秦州时所作“取供十方僧，香美胜牛乳”的《太平寺泉眼》诗中，其所说的“泉眼”非此莫属了。冯先生大喜过望，逢人便说他来甘泉的两大收获，就是发现了玉兰树和证实了太平寺泉眼。接着便和随行人员去了麦积山、仙人崖等处，又发现和命名了“石莲谷”景点。几天返回时，张自振已将“太平古刹”草图根据冯先生等人的考察粗测绘制出来了，再与冯先生等几经修改，返回兰州，即连同两株玉兰树的生长情况向当时甘肃省长邓宝珊先生作了汇报。建议将玉兰树和太平古寺残存古迹设法予以保护，财神殿改为杜甫纪念堂，悬挂杜甫画像，再逐渐规复。邓虽很赞成，但认为此时百废待举，如何规复，要缓一步，只答应为太平寺题写匾名。冯提议，财神殿小院可定名为“双玉兰堂”。他说，我国地域辽阔，南北风情各异，气候差别很大。玉兰树在江南也比较稀有，原来扬州蕃厘观就有两株，是宋朝遗物，人称“宋玉兰”，那个寺观也就成为“双树庵”或“双玉兰堂”。有清嘉道之际，阮芸台制军致任后常邀江南名士在树下作文酒之会，颇有名气。清初蕃厘观琼花凋枯，不久死而复生，清末宋玉兰又枯死，从此群芳无主，引为憾事！我们的是唐玉兰，比宋玉兰要早三四百年，却一直养在深闺，未识罗绮。这样的名花，在目前还没有比这更早的，我们要努力宣传，使它名播西北，在国内独擅胜场。告诉人们要赏玉兰花，就到天水来（这就是他以后诗中说的“涉江休问花，揽胜快度陇”一诗的含义）。邓听后大加赞赏，还说：“你学问渊博，闻一知十。”“双玉兰堂”的名称就这样定下来了，仍由邓榜题，由白石老人画《杜甫行吟图》，国画大师陈半丁画《双玉兰图》，冯先生作文以记其事，共同悬于新辟的杜甫纪念堂内，供人瞻仰和凭吊。适逢此时，有人托邓请白石老人为庆阳县“周旧邦”牌坊和当时在省委机关北城墙上，下临大河的“望河楼”题匾，邓就连同“双玉兰堂”这三块榜书一起让白石老人题写，约于1955年写成，但从北京取回来时，已是1957年初。齐向邓表示，《行吟图》正在构思，即将动笔。邓命我将另外两份榜书分送当事人。秋天的一天，我奉命将“双玉兰堂”榜书送冯先生过目时，他已开始身处逆境，心情很不好，但对此四字却观赏很久，立即双钩临摹一纸保存之。可以看出他的欣慰之情。他说，这四字铁画银钩，古峭峻拔，每一笔有千钧之力，当为他老人家书法之精品，真可谓笔力透纸背也。

不几日，张自振来兰州，邓亲手交他转给有关人员。张回天水后，即交麦积山文管所。至于如何刻制悬挂，张虽多次催询，总是不得要领。先议木刻制匾，又议石刻立碑，最后不了了之。接着“大跃进”开始，那所财神小院，一夜之间变成公社兽医站了。张自振认为对榜书迟迟不刻，就表示是他自己对不住邓、冯两先生的托付。1959年，邓来天水视察工作，专程去了一次“双玉兰堂”，未见白石老人匾额，了解情况后，即催张自振与当时公社书记急速完成此事。张自振激于义愤，自己出资，请来甘泉书法兼篆刻家吉仲五刻制在椴木上，匾长两米，高一米，靛兰底黑字，光彩熠熠，悬挂在那所财神殿卷棚上。原墨迹仍交麦积山文管所。

1957年冬，白石老人逝世，《行吟图》的绘制终于落空。次年，冯先生逐日在雁滩劳动，但对“双玉兰堂”的建设仍时刻在心，随即写信给其长子安石（在天水某单位工作中定为“右派”，“开除公职，自谋出路”，也擅长书画）补画一幅，已完初志。安石受父命绘制完成后，辗转送到邓处。邓与吴鸿滨、范振绪等在画上皆有题诗，只有作文以记的任务，冯已无法完成了。邓每谈及此事，不胜感慨系之。

《行吟图》上，只记得吴题的是五言诗，范题七律四首（或八首），邓题七律一首。邓诗（原始稿）如下：

万丈光芒笔有神，少陵一老百酸辛。
幸逢此日非当日，不薄今人厚古人。
东柯南郭记流寓，麻鞋草笠资写真。
林泉绚丽新歌颂，双玉兰开处处春。

1979年，我落实政策到天水后，还在一个展览会上看见过这幅画。劫后重逢，如见故人，眷念师门，触怀良多！以后，此图不知再流落何处。希望至今仍藏有此图的那位先生，应该到公之于众的时候了。独乐乐，何如与大家同乐！

邓为行吟图题诗不久，又撰联曰：

万丈光芒传老杜，
双柯磊落得芳兰。

据悉，此联已制成楹联，悬挂在甘泉寺。当时我已调到西安，故对制作过程不详。

1961年，冯由兰州漂泊到故乡天水，为避人耳目，在张自振的山庄彭家堡子（在甘泉附近山上）和云雾山先后度过了他一生中最困难、最痛苦的时期。不久，政府宣布对他“摘掉帽子”，召还兰州。行前，在张自振的陪同下，最后一次去双玉兰堂，并在张的家中完成《麦积公社双玉兰堂诗纪》长卷，五言古风，计六十一韵，加上注释，共约750字。诗中仍然饱含激情赞扬了甘泉山水林泉之胜，认为扬州宋玉兰早已枯萎，而此唐玉兰由于“寂处老深窠”，才能“斧斤竟能越”，盖有深意存焉。对张自振从发现玉兰树到奔走宣传，作了概括性却是高度溢美的描述，终于使玉兰花定位，“堂以树得名，树以人知重”，张自振“多事愿显微”之功不可抹煞也。对张出资请人制匾一事虽然没有反映在长卷里，但却口头给予热情赞扬，在为张写的一张字画中，称张为“虎贲中郎”（意为无私无畏的勇士）。描述白石老人的榜书是“齐璜工草隶，题榜力扛鼎。书成能骇俗，技尽绝笔竦”，对老人“画未成现殒”，表示了无限痛惜之情，同时希望半丁老人的《双玉兰堂图》能顺利完成。诗中写道：“玉兰双写真，夙获半丁允，早晚促动笔，甘泉耀光宠。”诗中将邓先生比作《淮南子》中的邓林，“昔来正开花，麦积穷窟洞。更游仙人崖，家山兴未尽”。冯先生畅游了家乡山水林泉，乐无穷也。见到邓对《行吟图》的题诗后又无限深情的吟出了如下七绝一首：

迟放玉兰待数辰，年深天宝过千春。
题诗壁上无虚语，今日花间忆故人。

在长卷最后，写上了“自振老弟其世守之”的话句。临行，又将他毕生研究王了望事迹中所购得并相携于患难中的一方石狮纽印章赠给张（印文曰：“陇西菏泽”），兼以感谢他几十年不变的纯真友情。

冯先生回兰州后，张自振即将此长诗精裱成五米长卷，后边有意留出空白，视如家珍保存，卷后空白，只准名人雅士观赏后题跋。题跋的陆续有邓、裴建准、陈伯希等，为这一件不寻常的文物增光溢彩。张自振逝世后，张家珍藏的文物字画多所流失，此长卷也曾流失20年之久才物归原主。今年（2001年）3月，我曾在一个场合见到北道区文化局负责人，建议将此长卷从张家备价收回，列为文物保护起来。但是就在我说这个话的同时，张家已以五千元成交，售给某一私人；那方印章，因买卖价尚有很大差距，暂未售出。看起来，一件文物要“其世守之”，可真不容易啊！

现在再说那块“双玉兰堂”匾额的遭遇。

“文革”开始不久，尸骨未寒的白石老人也横加了“莫须有”的罪名，这就直接牵涉到这块匾额的生死存亡问题。甘泉有见识的群众，反复商议，决定这个匾不能毁，巧妙地将匾身用红笺裱糊严实，红笺上写了当时“革命”口号中最流行也最有威慑力的五个字，确实吓唬了一些“革命群众”。即使如此，这块木板也是在劫难逃。约在1968年，就被人卸下取去作床板使用。好在正面刻字，凹凸不平，就翻转过来将里作面，凑合使用。粉碎“四人帮”以后，仍然窃为己有，心安理得，据“床”高卧，不知汉魏。1979年，公社开始寻找匾额下落，经多方查询，才知道卸下作床板使用的是当时公社建筑队的负责人，公社即命人抬来。但是这块匾额原是由两块木板结合起来的，由于受潮，一块已略有变形，两头略有翘起，原粘合处也有很大裂缝，油漆剥落殆尽。所幸字迹尚称完好，遂重新刷洗打磨，油漆改为白底黑字，改悬在院内正房门首。在写本文以前，笔者又专程驱车去了一趟甘泉，但见正房已于去年（2000年）新建成带回廊歇山式三开间大厅，明亮宽敞；大匾已镶嵌边框，油漆一新，焕然耀彩，作为杜甫纪念堂，相得益彰。又据闻，陈半丁老人虽未完成玉兰杰作，已书就“杜甫纪念室（或堂）”这几个字，有人私自收藏，大有掠为己有之势，如能主动献出，制匾悬于厅内，那真是功德无量了。

现在甘泉寺（即唐太平古刹）正准备扩建，将辟为甘泉公园，为山灵水秀的天水古郡又增添一处新的旅游景点，接待四海嘉宾。不由得让人想起20世纪50年代邓、冯两乡贤的一次谈话了。邓说：“景是人造的。苏杭固然秀美，人造则是锦上添花，使平常的变美，美的更美。甘泉有全国列名第一的唐玉兰，有老杜的诗，现在就看我们的文章作到什么程度了。”还说：“麦积山有个冯国瑞，甘泉有个张自振，再多出几个就好了。”冯先生听了，兴奋地说：“甘泉赢人的资本就在于此，要好好利用，为天水服务。”今天，不能不佩服于邓的远见和冯先生为故乡的一片拳拳赤忱了。重修甘泉寺，有杜少陵诗，有邓将军诗，一文一武，像双子座一样照临着甘泉和秦州大地，更何况有全国第一的玉兰树。像这样的景点，全国也是少见的。千载巧合，千载机遇，办成全国一流公园，已是条件具备，得天独厚了。今天的扩建，在某种意义上说，也是对邓、冯两位乡贤遗愿的初步实现。因此，可否考虑，在未来的甘泉公园中，将杜甫《太平寺泉眼》诗和邓将军《题少陵行吟图》诗分别镌刻立石，放置在公园显著位置上，冯先生写的长卷（哪怕是复印的）展放在纪念堂内，供人观赏。邓诗杜诗，由谁来写？我认为，创一流公园，起手要高，不能兴之所及，因陋就简，就地取材，请人乱画。邓、冯两位乡贤请全国一流的艺术家为全国列名第一的玉兰树题写了榜书，已为我们树立了绝好的榜样。在此基础上，杜、邓两诗包括园内一切匾对书画诗词等也一定要力争一流的，宁缺毋滥，这是创一流公园，提高天水知名度所需要的，也只有这样，似乎才能对得起邓、冯两乡贤生前对天水、对甘泉的一片苦心了。

注：这是冯国瑞先生百年诞辰纪念会上的一篇发言稿。关于玉兰花，我在写本文前曾查阅了一些资料，请教了一些专家，说法尚不统一。最近古树专家万惠宇先生考查确定为武当木兰。甘泉双玉兰，为我国武当木兰分布的最北界。

回忆兰州“三二九”学生运动

“三二九”学生运动这一名词，是我们在那次学生游行示威以后自行命名的，一叫就响彻当时的陇原大地。中华人民共和国成立以后，我以工作之便，曾向有关方面反映过这一事件，要求予以调查并承认这一运动的进步性，有关方面未置可否，更谈不上正确估价了。而且逐渐人言各殊，有的人甚至认为运动系被人利用。众口铄金，积毁销骨，每一忆及，心里很不是滋味。现在母校既然以学术研究的态度重新予以估价（指当时学校发来调查提纲），这对当时的参加者也是一种慰藉，能不感从中来乎？我想这次调查提纲发出后，参与其事的同学对其前因后果及其过程必有详尽之叙述，我就不再重复了，现仅就当时发生的一些小事（也可说是运动花絮吧）就回忆所及，写在下面。四十年了，记忆不全之处，请同学校友指正。

解放战争经过三大战役，国民党在甘肃的统治者已经知道他们的好日子不会太长了。当时甘肃省主席郭寄峤（兰州人称银圆曰“椭椭”，由于郭最爱银圆——“椭椭”，群众又送给他雅号曰“郭椭椭”），急于要搜括一笔钱准备逃跑，乃与其幕僚精心策划，异想天开地向省内发行300万银圆的“建设公债”，要国民党的甘肃省参议会予以通过，以便给这笔逃跑费披上合法的外衣，并许诺给参议员送十多名肥县县长去做。参议员们见官眼红，官迷心窍，也就顺利地通过了。当时我在国立西北师院读书，寒假回家一次，我家在农村，在一个月的假期里，耳闻目睹当时农村残破凋零状况，真是一言难尽。我根据这些情况，写过几首诗，当时就誊抄在我的《十里诗草》中，现拣抄几首如下（所抄的诗，即《回家即事》两首，《奉和箪瓢先生岁暮》诗三首，因这几首诗已载在《犹未悔斋诗文集·诗词卷》中，故略）。我就是带着这样悲愤难忍的心情回到学校的。第二天是三月十五日，我照例要进城看望一位嫡亲长辈，从他的言谈中，才知道发行“建设公债”的消息。这位嫡亲当时是甘肃省政府的中级官吏，做过上一届省参议员。兰州解放后我才知道他还参加我党的一个外围组织西北青年救国会，给党做过一些上层统战工作。他对这次发行“公债”的看法是，现在甘肃民穷财尽，还要搜刮，太残忍了。当时全省人口是六百万，这就是说每两个人得摊到一元，如果将在发行中各级政府官员层层加码（分肥、中饱）的数字算上，可能要超过千万元。记得当时我们在饭桌上吃饭，他边吃边说，还用筷子使劲敲着桌子：“哼！什么建设公债，到头来恐怕一半要‘建设’到郭椭椭的腰包里去了。”他夫人还一再制止他不要胡说。这些情况，我当然听之有意，当天回学校后，想给中共陇右工委师院支部书记何基臣（我们同系同级）汇报，以便商量对策。一找，才知道他寒假尚未到校，仓促间我就用当时最通行且最容易表达思想感情的方式写了一张揭帖（当时不叫“大字报”，也不叫“揭帖”，在此姑以“揭帖”名之）。揭帖是以“快邮代电”四个大字开始的，标题有韵，大意是“三百万元建设公债，全省人民急起反对”两句话。揭帖中写明了事情的原委，号召全校甘籍同学团结起来，反对政府掘地三尺的强盗行为。甘肃的父老要活命，有良知的甘肃学生，要用坚强的实际行动，誓死反抗，不达目的决不罢休，下署“一群甘肃学生的呼吁”。晚上我去张贴时，“民主墙”似乎已有两三张不知内容的揭帖，我在张贴时，已有三五同学边读边帮助张贴，张贴一完，看揭帖的同学已围成一团，踮足伸颈，争相观看，义形于色，蔚为壮观。次日一早，我见到国文系同学令作宪（当时地下支部宣传委员）对我的做法很赞赏，并说，我们要举行示威游行。我乘机提出要以师院甘肃同学会的名义出面领导为好。他说，事情正在进行，我们还要在学生中多做发动工作。当时我和几个同学正在办一种墙报式的刊物《驼铃》，编辑人员中有王亚森（西宁人），还有一个临洮人，其余都记不得了。为了给我的那张揭帖造成声势，我自作主张，以刊物名义出了一大张“号外”，表示了对“甘肃一群学生”的“快邮代电”的热烈同情和支援，接着学校“民营”的各种报刊也相继以各种方式表示了声援。同宿舍的许文杰同学对我赞扬说：“吾（指我）道不孤也。”

为什么将时间定在三月二十九日？主要是当天恰好是星期日，第二天即开学上课，这样不致影响学习。同时，1911年阴历三月二十九日是黄花岗七十二烈士死难纪念日，国民党政府在一段时间内曾规定该日为“青年节”，我们认为在这一天举行示威游行就更有特殊意义。因此事情准备得比较仓促，例如和兰州市各学校的联系工作就做得很不理想。大约在三月二十六或二十七日，作宪约我出外散步，散步中给我传达了下列事情：游行时共产党员可以不出面或少出面，但必须参加游行；一切由甘肃同学会出面（暗中受党控制），如被抓，不能泄密，不能叛变。作宪并向我布置，要我们用一切可能利用的关系，到兰大去联系游行事宜。兰大的甘肃同学，我也认识几个人，比较说得来，而且长于交际，从小学同学到大学同学的莫如张鹏翼（甘谷豹子坪人），当时在历史系二年级，我即找到他，谈了即将举行游行，以及派人与各校联系情况，希望得到兰大甘籍同学的共同行动。他听后十分惊讶，认为如此重大问题他们连一点消息也不知道。我表示了要和他们领导人物见面的愿望。他立即领我找到当时兰大甘籍同学会的负责人K. J.，此人倜傥健谈，对我说："师院游行一事，我们兰大的甘籍同学都很支持，昨、前两天，贵院已有同学与我联系过，因为我们在闹学潮中死过人，现在不好再闹。"张鹏翼接着说："那次学潮和这次学潮有本质的不同，作为甘肃人，对郭楠楠的行径无所表示，无动于衷，就对不起甘肃的父老乡亲，就对不起这块生我养我的地方。"我也再三劝说，K. J.不为所动。鹏翼愤然说："等到游行那天，我们自发行动，你作何感想？"他考虑了一阵说："同学们可以自由行动，但是同学会不好出面了。"我和此人是初次见面，话不投机，基本上是不欢而散。临行，鹏翼向我表示了他一定要发动一些同学参加游行的强烈愿望。

三月二十九日，师院游行队伍打出"兰州市各大专院校甘籍学生游行请愿大队"的横幅标语，一路喊着口号，雄赳赳、气昂昂地从学校出发了。过了中山桥（黄河铁桥），为了争取兰大甘籍同学，又派人进行联系（当时兰大还在西关翠英门内），游行大队等了40～50分钟，才见兰大同学有百余人陆续出来，尾随师院大队之后。事后得知，由于当天是星期日，兰大的当地同学多数回家，其他甘籍同学正在睡大觉，张鹏翼和几个同学狠命敲钟，惊醒了部分同学，知道情况后才踊跃参加。当天游行完毕后，我们重返兰大开会，兰大甘籍代表（不是那个K. J.）还代表甘籍同学作了检讨。我们出来时，即发现兰大校园墙上有大幅漫画贴出来，说K. J.是国民党某要员的狗腿子，有意封锁消息，不让兰大同学参加游行。本来，我们游行口号都是事先制定好的，在绕当时中央广场游行时，兰大同学即兴编凑了一些口号，我看见兰大一同学带头高呼"打倒郭楠楠！"这样十分露骨的口号，其他人紧接着喊起来，通俗简短，切中要害。此人为了振臂高呼之目的，看他紧握右拳，弯下腰去，将右臂成弧形举上来，其对国民党腐败政府激愤之情可见。这足以说明当时兰大甘肃籍同学是爱国爱乡，深明大义的，只是领导人物选择不当而已。

次日（即三月三十日），兰州《和平日报》用“本报讯”的形式报道了这一事件，而且是排在第一版。标题引用《诗经》“风雨如晦（恰巧该日是阴天），鸡鸣不已”的话句，副标题是“本市各大学生昨日游行”，并对这次示威游行作了比较接近实际的报道。当时甘肃去京津等地念大学的学生组织同乡会，出版有《陇声》杂志，在运动过后的某一期上，专门刊登过此事的经过。虽远道传闻，似乎议论多于事实，但他们总的认为这次甘肃学生运动是正义的，是爱国爱乡行为，是为甘肃人民请命的壮烈行动。

中华人民共和国成立后，我见到有几种文史资料煞有介事地说这次运动系受了国民党宁夏主席马鸿逵的指使，为虎作伥，说得活灵活现。据我所知，当时西北师院甘籍学生根本不存在受人利用问题，而是青年学生爱国爱人民的纯真热情。例如当时美术系陡剑民同学就是最激进的一位，游行中他表现得也最突出。沿途张贴、书写标语，在省政府门口当众讲演，毫无惧色（即不怕特务暗探），真是天低三陇，眼空无物。我一直以为他是一位地下党员，但三十年以后第一次通信，才知道他一直是位党外人士。青年学生对事物的嗅觉是比较敏感的，不平则鸣，又是青年人的特点。在水深火热的甘肃人民已经到无可忍受的时候，学生激于义愤，当仁不让，凭着满腔热血站出来仗义执言，能说是受人利用了吗？那些对于这次学生运动评头品足，无理指责的人，最好能虚心检查一下自己是否受人利用！

中华人民共和国成立后，也有人自诩为将毛泽东思想学到家的人发出这样的疑问：中华人民共和国成立前，许多城市游行示威，多有和国民党军警冲突、流血、死人等事，唯独你们游行就没有，不悲壮，令人费解！说这话的人只抓住了矛盾的普遍性，却忘记了矛盾的特殊性。诚然，中华人民共和国成立前有不少学生运动发生了流血抓人事件，但是为民请命，自己首先要有牺牲精神，否则，就只能寸步不前，受制于人了。这是问题的一方面，但是还有问题的另一面，就是当时的政治形势，也就是矛盾的特殊性。当时在决定中国命运的三大战役中，国民党150万武装力量被解放军彻底歼灭，南京、上海、武汉等重要城市已处于我军直接威胁之下，毛泽东为新华社写的新年献词《将革命进行到底》的文章也发表了，宣告了人民解放军将渡江南进，把解放战争进行到底的决心，并且提出了以彻底消灭反动势力为基础的八项和谈条件。蒋介石被迫“引退”，“代总统”李宗仁不得不表示愿以中共提出的八项条件为基础，派代表到北平谈判。就在我们举行游行的前几天，国民党以张治中为首的和谈代表名单已经公布，和平空气在兰州上空已隐约可见。兰州的舆论也希望和谈早日成功，一般中小商人对我们的行动更是积极支持。我们由学校出发时，曾分派一些同学在沿途墙上用粉笔书写标语，但进城以后，准备的粉笔用完了，我们就在附近文具店掏钱买粉笔，所有的文具店硬是不要钱，抬出整箱整盒粉笔供我们使用，使人感动不已。在这样的形势下，国民党在甘肃的代理人不是傻子，他们也会审时度势，认为政治形势对他很不利的时候同示威同学动起武来，他们的主子也不会欢迎的。因此，他们将公开冲突变为背后分化瓦解，我想这恐怕是这次游行没有造成流血、抓人而且取得胜利的基本原因。奉劝那些认为必须死人才叫学生运动的人，最好还是读一读毛泽东主席的《矛盾论》，洗一洗“左”倾思想的余毒，再来评价这次学运吧！“尔曹身与名俱灭，不废江河万古流！”

这次兰州的“三二九”学生运动，是西北师院地下党组织发起，在师院全体地下党员发动全院甘籍同学以及全市大中学校同学广泛参与下取得彻底胜利的。至于为什么将当天游行示威的领导权让给师院甘肃同学会呢?

当时甘肃各大学中，甘肃学生都有小同学会（即以县为单位组织起来的），外省的同学则是以省为单位组织的，称为大同乡会。师院部分甘籍同学，一直有成立全省同学会的意向，于是借这次学运匆忙成立，没有什么活动，领导人多系“青年军联谊会”的人，就更引起同学的不满。这次运动，认为既然是甘籍学生自发行动，当然以同学会的名义组织游行更为妥当。而且由这些人出面领导，当天万一发生什么意想不到的事情，也可以有缓冲的余地。而他们从出风头这一点出发，也极想取得领导权。现在看，他们毕竟也是青年，有抱打不平的勇气和看不惯不合理现象的一面，而且也知道这次运动，他们只能在表面上去领导，而不能由他们来指挥一切，因为众怒难犯。同时当时游行大队的总领队一直掌握在几位地下党员手中。因此，利用这些人的复杂矛盾心理去领导这次运动，基本上是可取的。当然，在当天游行日程上，也包括最后到省参议长公馆去行动的决定，然而没有去。当时我在队伍中部，对前边领队的行动一无所知，我们一直怀疑是否有这些人的手脚，为此当时在队伍中曾引起一阵骚动，结果回兰大临时在一间教室里开会，再讨论是否去议长公馆之事，由于个别学校的代表不同意再次游行，大家似乎不欢而散。

果然，运动过后，师院甘肃同学会的几位领导人身价倍增，不知什么时候他们又和兰大的甘肃同学会共同自封为“甘肃大学生代表”，得到国民党政府的器重，背过全体甘肃同学，同郭寄峤私下谈判，成为郭寄峤的座上娇客，似乎还接收了拉拢，奴颜婢膝，要够洋相，不再细说。这在师院甘籍学生中也曾引起轩然大波，声讨这些人的大字报在学校民主墙上雪片似的飞来，同宿舍的张耀祖、许文杰皆为文声讨过，我曾编为章回小说的回目予以揭露，使那些人成了过街老鼠，灰溜溜地一直抬不起头来。

这次游行示威，使国民党在甘肃的代理人震惊了。游行前夕，郭寄峤派他的财政厅长李子欣和教育厅长宋恪来校阻止未成，基本上是轰出去了。游行归来的当天晚饭后，郭寄峤又派在国民党政府中的甘籍中级官吏数十人来校，劝说不要再闹学潮了。事实上这些人都很会做官，他们知道上命难违，但要不辱使命是办不到的。来校以后，各找熟人闲聊天。例如我的那嫡亲也来了，我还奇怪这么晚来做什么？他只说有些事情，因系长辈，我不好再细问了。在谈话中根本没有提到当天发生的事情，约一时许即回。以后我去他家时，他才说他们那次来校是有使命的。他说，你们把厅长的小车都敢砸毁，我们还能再干那种蠢事吗？上命差遣，碍不由己而已。

可能在游行后的次日，郭寄峤又搜罗了当时甘肃籍的八位头面人物来校和息事件。通过学校将甘肃籍学生召集到大礼堂。当时首位大佬水梓先生（国大代表、甘宁青考铨处处长）首先讲话，开口就说他“既无官守，又无言责”，全是为乡亲子弟的安全而来的。事后我们即在《驼铃》月刊投诗以嘲之。诗曰：“既无官守无言责，全为学生请命来。火热水深关甚事，一车一马一奴才。”（水老先生当时上下班途中经常坐一马牵引的马车）

其次讲话的尚有冯国瑞先生（师院国文系教授），他毕竟是一辈子也不懂世故的知识分子，一讲话就说这次学生运动是正义的，他很支持。接下去的大意是说，甘肃人民现在的确已到山穷水尽的地步了，再也不能经受风吹雨打了。甚至说，最近他家乡的老百姓来他家，一问，不是逃避捐税，就是逃避抓兵，把一个好端端的家园搞得四散分离，说着说着，就泣不成声。这无疑是给这次学生运动再次煽风点火，上火加油。这和他本来是奉命来讲和的使命背道而驰，不由人想起1957年反右派斗争中，他不识时务，只说了农村统购，是竭泽而渔如出一辙。最后有一位大佬，向大会代表省政府表示了以下意见：(1) 建设公债立即停止发行；(2) 保证不追究此次事件的一切行为；(3) 在今后一个时期内，不向农村派款派丁。同学们鼓掌结束。

为庆祝此次学运，我曾有小诗一首，曰《三月二十九日纪实》，今录之如下：

乙丑三月二十九，八百健儿列队走。
不游名胜不追花，壮气直吞独夫首。
斯民憔悴天雨血，三陇多难地欲裂。
景仰黄冈人如在，一片丹心照日月。
阵列初过黄河桥，怒潮澎湃撼云霄。
行人额手走相告，山河欲动星斗摇。
要民主兮反独裁，还我自由幸福来。
民意机关奸民意，挥拳愤指屠民贼。
三百万元逃亡费，巧立名目“建设债”。
建设别馆与离宫，建设独夫避难寨。
小民呼天谁闻声，小民困死谁同情?
石壕村里夫妇别，只今户户荆棘生。
威阵如龙过辕门，积怒如雷撼昆仑。
黎庶夹道观如堵，喜极还看泪沾巾。
示威已到日卓午，矫龙直捣民贼府。
民贼奴才走一空，平日如狼今如鼠。
信知团结力无穷，万众一心谁敢攻?
世间自古无仙佛，陇上今日有卧龙。
黄冈精神高无比，兰州学运开新纪。
黄冈之风日月高，人民世界从此始。

白朗农民军两过甘谷纪实

一、义军简史

白朗起义，是北洋军阀统治时期策源于河南的一次规模较大的农民起义，是民国初年的一件大事，也是我省特别是陇南一带的大事。

辛亥革命前，地处中原的河南，广大人民在封建主义和帝国主义的残酷压迫和剥削下，无法生活，纷纷反抗，“贫者率流于盗”，有些地方“几乎无人不匪”（清代陈善同的奏折）。民国初年，袁世凯篡夺了革命果实，为了厉行专制统治，又派其表兄弟张镇芳为河南都督，横征暴敛，为所欲为，加以连年欠收，天灾人祸，河南人民铤而走险，武装斗争更趋活跃，义军首领白朗就是在这种形势下产生的。白朗是河南宝丰人，农民出身，1873年生。1911年在家乡跟他一同起事的仅有二三十人。此人“性豪爽，善驭人，疏财仗义，以是能得众。先奔走于汝（临汝）、鲁（山）、郏（县）、宝（丰）之间，结识豪侠，渐成气候”。（乔叔五：《记白狼事》）“穷苦之家，甘为窝主；乞丐游民，愿作彼探。消息灵通，行踪诡秘，故各县兜拿，究未能破其老穴。”（王仲霖：《麻黄支队防匪记》）当时正是二次革命失败，河南进步青年不甘张镇芳的大屠杀，亦多归白朗。官军贪财惜命，谎报战绩，故能在很短时间就扩展到数万人，纵横于豫、鄂边区，远近闻风归附，实力骤增。乃至1913年春已成气候，5月攻占唐县、克源潭、逼裕州；6月攻占禹州、趋郏县、袭卢氏；7月攻克淅川、进围镇平、威逼南阳；8月破唐县、禹城、方城等处、入泌阳；9月至年底，进随县、克枣阳，袭鲁山、占宝丰。1914年初又出奇兵，连克皖省的六安、霍山、商城等地，鄂、皖为之震动。围鄂督兼鄂军总司令王占元师于商城之南，几成瓮中之鳖。3月初，攻占鄂西重镇老河口，14日攻克入陕门户荆紫关。据当时《东方杂志》载，“陕西叛军亦多加入，被裁之退伍兵及各地土匪，或闻风归附，或遥为呼应。”

袁世凯除对张镇芳撤职留任处分外，加派护军使陆建章为剿匪督办，统兵20万，前往征剿。义军以大军压迫在即，乃决定避实击虚，向西北发展。当时国民党人士参加者很多，已取得相当联络（附一），乃定番号为“公民讨贼军”，白朗自任总司令，李鸿宾为参谋长，分为前、中、后等军，各有司令，首领中尚有宋老年、白瞎子等。《甘宁青史略》谓：“闻其首领有学士登瀛之数（按即18人）”，而实不止此。发布文告，声讨袁世凯（附二），又拟定“打富济贫”等口号，此时有众约30万，规模渐备。3月中下旬经武关，连下龙驹寨（今丹凤）、商县、兰田，直逼西安。陕督张凤翙派兵抵挡，接仗即败，张龟缩城中，急电请援。4月初，义军乃西趋周至、户县、眉县，渡渭水，经武功，克乾县，趋醴泉、三原，所向披靡。时陆建章军已分两路入陕，白朗知西安不可图，乃连克永寿、邠州、破麟游、祁山。4月底由固关入甘肃，下清水、通渭马营、陇西通安驿，宁远（武山）、伏羌（甘谷）、克秦州（天水）。5月初更由徽县、成县、阶州（武都）、文县、西固（宕昌）入岷州（岷县），止于洮州（临潭）。到临潭后，甘肃各路军事设防部署已经完成，加之义军水土不服，地广人稀，给养困难，义军中成分复杂，饱掠思归，领导层中去留意见分歧，军心涣散，遂决定返回河南。于是5月底6月初又经漳县、武山、甘谷、秦安、清水等地出甘肃，过关中，返于河南，沿途付出重大牺牲，李鸿宾、白瞎子等已先后在河南阵亡，义军逃亡日众。白朗知无可挽救，且身已受伤，不克复振，气愤成疾，于8月间病殁于鲁山之石庄附近，尚余千人，推宋老年为总杆首，不久亦被官军消灭。

二、义军第一次到甘谷

下面的故实来自三个方面：

（1）走访故老；

（2）慕少堂《甘宁青史略》有关部分；

（3）王士霭《白匪陷害陇南见闻录》（士霭系甘谷学者王心如之子，白朗军两次来甘谷时作者正在伏羌模范学校任校长，地址在今文庙所在地，此书手稿现存省图书馆）。

1914年（民国三年）4月，白朗军陷通渭城，抵马营镇，窥兰州，沿途张贴檄文，声讨袁贼。甘督张广建以兰州系全省省会，心腹重镇，已调甘州提督焦大聚扼守定西以保兰州。焦闻义军已过通渭，即抢先到马营以扼其锋。一路虚张旗鼓，虚置烟火，以期出奇制胜。义军以百胜骄兵，认为马营一小镇尔，不虑其他。时正午夜，忽闻山头有众声大呼曰："定西救兵至矣！"敌酋不明真相，而各山头烟火大起，焦军拼死喊杀，义军损失较重，遂折而南，经通安驿入陇西，知县陆恩泰又以计逼走之，遂入武山。

当时，伏羌（以下统称甘谷）尚有新派来的甘州镇总兵陈正魁，驻防秦州的总兵马国仁也派其帮统马国礼率所部由秦入援，驻城南三里之大象山，与陈正魁军会合。4月30日，忽得宁远急报，谓义军已逼城下，请速援救。马国礼畏缩不前，陈愤然鲁莽前进，不明地势，孤军深入，到距伏羌70里的洛门镇以西，即与义军接触，陈军仓皇迎战，而辎重车辆反搬入三面死角的堡寨内，各队之间毫无联络，义军三面包围，陈军大半覆灭。堡内子弹五万余发，枪械180余支，饷银六千余两全为义军所有，陈正魁仅以身免。此时马国礼尚驻大象山，毫不设防。5月2日，义军大股至甘谷以西，马国礼闻风即避入山峡小路，直奔秦州，甘谷遂陷。自义军过关山（固关），下清水以后，甘谷城内人心惶惶。4月25日，县令徐兆藩急邀翰林王海涵、进士任廷扬、拔贡宋挺生等开会研究，咸以无械无兵，不能言守，权宜之计，只有欢迎入城，地方或可免于糜烂。乃令父老箪食壶浆，届时相迎。陷武山后即趋甘谷，时5月3日（农历四月初九），父老酒肉壶浆，迎义军于西城门之外，以知县为首的甘谷官绅也鹄立道左，恭待义军。不一刻，义军整队入城，有的骑马，有的坐轿，有不少是穿着沿途抢来的妇女衣服，马身上也佩挂着妇女的首饰、银佩、珠串，五光十色。当官绅们一再询问"你们的大头领到了没有"时，入城义军总是说："还在后边。"这样等了一个多钟头，仍未与大头领接上头。此时原先入城的义军已经抢掠而出，招摇过市。忽见一义军身穿王海涵的紫毛出锋马褂，海涵大惊，急给众官绅悄悄说："不好了，那人穿的马褂正是我的，城里已经大抢了，赶紧向河北（渭河以北）逃吧！"于是官绅相率逃过渭河躲避。

起义军是人不是神，是要吃人间烟火的。他们一开始就没有巩固的大后方，半年之间，由豫而鄂而皖，穿关中，越陇山，完全成为"流寇"式的大行军，枪支弹药粮秣给养伤病医疗，都要就地筹措，加上农民军良莠不齐，饥附饱飏，还说什么革命性，硬要说他们所到之处，纪律严明，公买公卖，不掳不抢，那才真正是新的"天方夜谭"了。历史不能有所臆造，来不得半点虚假。正如《甘宁青史略·正编卷十》所云："其来也突如，其去也飘然，其遇官兵也闻枪即退（也不尽然——笔者注），逢山便入，日行二百余里毫无休息地，据（甘肃）十四县而不知抚绥，为首领者又不知军风纪为何物，所至抢掠欲壑既填，众心瓦解。观其第一次之过伏羌，官与兵各不相顾，利心重则义气轻，其败也宜哉。”这一段评论也不失公允。

义军到甘谷后，东方发白，即拔营去天水。在甘谷半天一夜的情况，我们还可以从王士蔼的《白匪陷害陇南见闻录》中窥见一斑。义军进城后，笔者尚在学校，整天人喊炮响，到下午，“炮声渐远，闻白匪出东门，欲往天水。适大雨沛然，贼复折回……迨至午后，先有二匪来校，虽系背炮持刀，然观其面貌，似非咄咄逼人者。余急延之上座，与道寒暄……施又来二匪搜寻衣物……又来四五人向余要衣服，余婉言曰：‘穷读书人，有什么衣服！’此二人硬将皮箱、皮匣铜锁扭坏，肆行搜刮。余向前长揖曰：‘老哥，拣上好衣服拿去，随便小衣似可留于弟用。’渠不顾而乱挈。计匪拿去皮、棉衣夹单衣服并眼镜、靴帽、褥毯、钱帖、银两等项约值二三百金……匪去后，急唤厨夫命做晚餐。城人王耀祖忽慌张跑至校内，通身战栗，惴忽不安，伊曰，我固挨打不过逃入校内者。城中士绅之被匪凌辱者实繁有徒，余殆幸而免者耳……傍晚，城民老幼七八人来校，欲从后门往文庙潜匿，且言，先生亦宜躲避。”到了四更，炮声愈烈，“幸校内再未来匪，然已饱受虚惊矣”，东方已明，“传闻启队东行，盖从甘往秦矣”。

义军去尽后，作者急去东街一亲戚家问安。“甫入大门，即见人迹马粪，泥泞杂沓，院内阶前，箱箧破裂，衣服狼藉，均放声大哭。”

又据甘谷书法家武克雄告诉笔者，现在甘谷城中的小水坑附近有某姓家，义军入城后，即以该家为据点，对搜罗来的大烟土，系数集中该家。大烟土有“生土”与“熟土”之分，初采自田间的曰“生土”，生土加工熬炼后取其精华，弃其糟粕，一般可得70%的“熟土”，为烟土中的上品。本来在中英鸦片战争以后，清政府在国内外舆论谴责下，曾一再照会英帝国主义停止向我国运输鸦片，但英国政府借口烟土系中国境内所产，强词夺理，久未达成协议。到1909年（宣统元年）2月1日万国禁烟会议在上海召开，英政府受到各国指责，才于1911年5月8日订立《中英禁烟条约》，规定英国每年递减对华的鸦片输出量，截止1917年完全停止。辛亥革命后，不少省也曾厉行禁烟，但甘肃军阀及执政当局反以烟土为利薮，迄无禁烟之明文，大片沃土水田，皆成烟苗之世界，各县有土行土店，专门从事烟土购销业务。因之起义军一到甘谷，为筹集军饷，一夜之间，搜罗到大量烟土，集中在此家院内，派专人进行熬炼，他们因时间仓促，只提炼一次，精益提精，载运而去，其余大部随手倾倒。尚有部分未来得及熬炼的，义军走后，该院主人将倾倒之烟土重新回炉提炼，数日之内即成富翁。中华人民共和国成立前30多年，一直以销售大烟土为生，家计颇裕。中华人民共和国成立后仍在暗中销售，为政府查获，该人之媳慨然承担责任，谓与他公公无关，遂收媳妇治罪。又据王士蔼书中说："白匪搜刮财物，烟土为大宗""银帖、钱票及细软衣物，往往用包烟土"。另据《白狼猖獗记》（民国三年上海时事报馆出版）所载："义军由甘返秦后，乃窜入子午峪山中，见男女老幼，即逼令速为觅食，否则刀枪交加。匪中最悍者，皆一人率骡马数头，满载所掠烟土，银两，无骡马者用行囊背负，勒令人民代为转运。然山路崎岖，稍息肩立，则以鞭棒从事，虽妇稚莫或免。"也可作为义军纪律之佐证。

三、义军二次来甘谷

自从义军第一次来甘谷后，徐知县、王翰林等为防止再次来甘谷，劝城乡士绅办团，并取出前清标营所遗存大炮（所谓"二将军""九节灵"）置之城头，以土法造火药；又恐民团力量有限，电省城速发防兵。而这时省城对各县派兵也约略就绪，派到甘谷的有管带杨世培的200人守城，至此防务略有头绪。

义军于临潭返回时，于5月31日入漳县境内，并围县城。知事李香国率民兵60余人登埤固守，义军环攻不克。次日黎明，统领吴炳鑫援军到，部署略定，借大雾接战，义军大败。据官方战报称，义军战死2000余名，毙坐轿匪9人，毙头目1人，夺获骡马145匹，枪械36件，当时称为漳县大捷。攻漳不利，即转向宁远，攻陷车家岸、杨家店、至陈家庄，败于省防军统领吴炳鑫，转攻四门堡，又为尾追之毅军截击，遂转入武山，有所焚杀，6月2日到甘谷了。

到甘谷之先一日，即有秦州驻军侦察人员自武山驰马而来，带来的消息是他出武山县城东门时，义军已进西门了。甘谷即进入紧张备战状态。次日（即6月2日）上午，甘谷探马急报说，义军已到二十铺。徐知县先令刘营官率队至五里铺接仗，击毙义军数名，夺回马匹若干，小胜进城，徐知县亲为刘营官挂红贺喜，即促绅民上城助军队堵击，徐、王等在城头激励士气，安置甫毕，义军已到西门。即有一义军首领坐绿呢大轿，面有骄色，一路还喝道："把老爷抬到世和盛。"世和盛，系城内一当铺号名，义军第一次去甘谷时，有一首领即住在这里，主人热情款待，好酒肥肉，不敢怠慢，这次再过，到谁家住宿首先想到的就是世和盛。轿夫在五里铺就见到义军尸体，相顾失色，就对轿中首领说，西城门可能有防守，暂歇一下吧！此首领大声斥叫道："你们大胆抬，我到，城门自然开了。”一直到西城门下，城上守军知此人可能是头目，遂照准开了一炮，轿中人股析而仆，轿夫四散。义军遂悉力攻城，城上城下，一夜炮声不绝，而赵倜之毅军又至，义军惊溃，大股奔渭河以北，东去张四家村，攻克堡寨，惨杀居民30～40人（有资料说是300余人），然后由金山镇经秦安、清水入陕西而去。

附一：起义军布告

中原扶汉军大都督白：为布告事。

父老伏处于异族专制几三百年，水深火热，控告无门。势极则变，物极则反，相摩相荡，于是始有往岁革命之举。方幸君权推倒，民权伸张，神明华胄，自是可以自由于法律范围，而不为专制淫威所荼毒。熟料袁贼世凯，狼子野心，以意志为法律，仍欲帝制自为，摈除贤士，宠任爪牙。以刀锯刺客待有功，以官爵金钱励无耻；库伦割弃而不顾，西藏叛乱而不恤；宗社党隐伏滋蔓，而不思防制铲除，惟日以植党营私，排除异己，离弃兄弟，变更法制，涂饰耳目为事。摧残吾民，盖较满洲尤甚！海内分崩，民不聊生，献媚者乃称为华盛顿，即持论者亦反目为拿破仑。实则吕政、新莽，不如其横酷也。朗用是痛心疾首，奋起陇亩，纠合豪杰，为民请命，故号称“扶汉”。孔子曰：“颠而不扶，则将焉用彼相?”今汉虽复，若一任袁贼自为，而不早为扶持，行将即颠，则又焉用吾民？夫天下之大，匹夫有责。秦民夙称强武，而又热心爱国，岂其见神奸主政，群凶盈廷，河山之断送，汉族之沦胥，而遂漠然不一援乎?朗幸赖黄帝在天之灵，起义以来，所向皆捷。兹者兵指秦陇，坚城雄关，望风披靡，随则由我师武，要亦民苦虐政，人无斗志。现已逾秦岭、出大峪、耀武咸宁，观兵长安。城克之日，但申沛公三章之约，不举项王三月之火，我诸父老昆弟，其各安堵勿恐。此布。

(起义军以大都督白名义发布的各种文告较多，我收集的资料即有三份，内容皆讨袁扶汉，义正词严。此布告原载1915年出版的《时事汇报》第八号《白狼猖獗记》中。另据《甘宁青史略》载：“（义军）由通渭出发时，沿途张贴布告，大意宣布袁总统罪状，长甘者系袁私人，宜并讨之。”其中脍炙人口者则有：“世凯罪浮操莽，地据幽燕。四世三公，自诩识时之俊杰；千秋万岁，难逃乱世之奸雄。”等语，惜缺乏全文。)

附二：黄兴致白朗函

敬启者：自足下倡义鄂豫之间，所至风靡。豪客景从，志士响应。

将来扫清中原，殄灭元凶，足下之丰功伟绩可以不朽于后世。现在东南各省均已宣布独立，江西战胜袁军，五次告捷，苏军在徐州与袁军酣战亦获胜利。现北有蒙警，苏赣又合力进攻。袁军以大兵分道南来，内地空虚，乘虚直捣，必获优胜。足下占领鄂、豫之间，相机进攻，可以窥取豫州。断彼后援，若能多毁铁道，使彼进路阻碍，为功实非浅鲜！抑有进者，此次兴师专为讨袁，以谋吾民之幸福。苏下饷械，两无接济，刍粮所出，不能不稍取于民间，然必义不苟取，师出以律，无伤地方恶感，使人人晓然于吾辈之举动，实有吊民伐罪之意，则士民乐服，响从者众，而大局可以挽回矣。现有阎润苍、夏焕三二君进谒台端，希予接见，俾资进行。临风响望，不尽欲言，此请勋安！

江苏讨袁军总司令黄兴启七月二十日

（此函载于民国二年八月二十一日天津《大公报》。文前有下列说明："此封信系匪闫作林被搜出黄兴致白永丞即白狼一信。"）

谨案：本文是专门针对一篇极"左"文章有感而发的。他们认为只要是起义军，就一定爱民如子，不住民房，公买公卖，军纪严明，虽然不行"三大纪律，八项注意"，实际上也相差不多。例如白朗军入甘谷时，他们编造的是夜不闭户，道不拾遗等等，对甘谷秋毫无什么犯，得到人民欢迎；并且说他们是农历"四月八"来的，第二次来也在这一天，说明其中大有能人（神测妙算的人）等奇谈怪论，因为文以辟之。

白朗起义军攻陷秦州始末

白朗起义军于1914年4月下旬破固关，过张家川，走通渭，由马营折返陇西，陷宁远（武山），5月3日入伏羌（甘谷），4日到天水城郊，5日拂晓，天水五城俱陷，当日下午义军全部南走徽、成县，阶、文告急，陇南大震。现根据甘肃旧督署档案，私人笔记以及走访所得，对当年起义军攻陷天水的史实概述如下。

1914年，天水驻军有天水镇总兵马国仁所部五营约600人，其弟马国礼分统三营驻伏羌。马国仁于4月24日率所部并巡防营至清水远门镇堵击，以防义军入秦州。城防遂由渭川道尹（相当于以后的专员）向燊督理。25日，新任天水县知事张绍文到任，向燊遂委其为城防总办，设总局于县署。又电省请准予添募练军300名，以游击石某为管带，但又认为募兵恐奸人混入，需取殷实铺保，于是应募者甚少，才招数十人，而起义军已到了。

起义军入通渭以后，甘肃张广建即令马国仁率兵回天水防守。当时天水州城，由西向东依次为伏羲城、西关城、中城、大城、东关城，五城并列，长达五里之遥，又居北山之下。马国仁于5月1日回城后（回城时又将张川民团马元章所部带回防守），以为义军若据北山俯攻，殊为可虑，遂决定出城远堵，先发制人，使敌人不得至城下为上策。又于城上加筑垛墙，开挖深沟，以避北山之弹。次日，率兵演习开花炮，以壮军威而安民心。5月3日，谍报人员称，敌已至洛门；又接马国礼自伏羌来函，谎称他在伏羌击贼，已毙敌300余人。贼败，分两股窜秦州，一股取道渭河，一股取道关子镇。马国仁信以为真，飞函嘱马国礼即率所部于60里的渭河石峡中堵击，自率所部于午后驰抵西三十里铺夜伏以待。义军未至，遂于次日黎明返天水城西之王家磨，又将中营埋伏北山中梁，马元章民团驻扎泰山庙。部署既定，义军已骤至天水城西，马国仁率兵数十人奋勇迎击，亲毙有白须的义军首领一名，义军溃退，马直追到三十里铺。时义军大队分股而至，马因寡不敌众，且战且退，至王家磨，急调城防军40名并开花炮一尊。马国仁下马亲自燃放数炮，而义军又分两股由耤河和北山麓包抄而来，马队前营管带马国栋闻炮先逃，亲兵见势危急，亦皆逸去。马国仁独自骑马断后，行至马家下头，距伏羲城约里许，与义军相隔仅数十步，中炮坠马阵亡。坠马时犹大呼杀贼，年39岁，时人壮之（另据甘肃学者慕少堂《甘宁青史略》28卷记载，马国仁系“被开花炮倒曳，受伤坠马而死”，附存此疑）。

马国仁战殁后，全军溃乱，义军直逼伏羲城下，防守绅民开炮堵击，义军虽小有伤亡，并未能扼其锐锋。时埋伏在北山的壮凯中营闻炮声后，即下山与义军接仗，毙敌较多，义军又退至西二十里铺。军士遂将马国仁尸体置放城北之清真寺（马国仁系河州回民）。时城中尚不知马国仁死讯，犹以为获胜，而向燊恐乱民心，遂密其事。大城为官员及商民所居，形势重要。于是向燊召壮凯中营后旗马队入大城驻守，左哨守西城，右哨守北城，防兵、民团则分守各垛口。仍守马国仁号令，不点灯，不敲梆，不言语。

城西门矮而墙薄，由绅民防守。午后，义军大至，攻城甚急，而踞北山的义军又俯击城中。值雷雨交作，城墙狭而滑，守城军民渐乱，义军梯城而上，伏羲城遂陷。时正初更，忽传马国礼军已到，向燊邀入大城并请其代理其兄所遗总兵之职。午夜，马国礼军由中和门进入大城，当时义军攻西关城甚急（西关城亦由绅民防守），一股已缘西城之北作人梯而上，被城上刀砍石击，未能得逞。义军乃专攻城门，而西关城门门缝宽约三寸，义军瞄准门缝，炮毁闩木，蜂拥而入。中城无西门，以西关之东门为门。于是西关、中城相继失守，城防绅民范深等30余人皆死亡。义军遂逼大城，而南北之围攻也很凌厉。马国礼乃召集道尹、知县、游击、绅董等人提出议和之策，道尹以为不可，说：“彼此交战，相臣（国仁字）阵亡，恶感已深，已无和可议。”马国礼不听，派哨官在城上喊话。攻城义军提出需吊下炮十杆，方可言和，因向燊反对作罢。先几日，义军有扮作杂货小商混入天水的，这时趁机纵火，城外火光烛天，城中汹汹。马国礼即欲率部出城避其锋，绅民跪请留城助守。马国礼奋然曰：“你们守城，我率军出城杀贼。”遂率所部并带其兄马国仁的四姨太出东关而去，不少文武官吏也背向燊随之，马国仁余部亦被召随去。而壮凯中营尚在城墙守御。时已四更，大城人心浮动，绅士环跪，向燊前曰：“兵尽出城，其如全城之生命财产何？”向燊智穷，唯退而占卜易卦，得《大过》之二爻，其爻曰“枯杨生稊”，认为义军将缘杨树登城，命人将南门外靠城墙的杨树一并剪伐。及天明，义军炮声更猛，并从西门外梯城而入，防守绅民周登善等17人皆战死。义军登城时也有一首领被击毙。城陷后，义军将其尸抬至马郎巷周家院内，裹以红绸，强拉民夫八人抬至娘娘坝的莫家坝，价购民地葬之。其尸后被崔正午军掘发，当时即盛传死者系义军总司令李鸿宾。这和一月以后义军二次来甘谷被击毙之首领讹传为宋老年一样，都是想当然耳。据当时文电及报纸所记，李于1915年阵亡于河南；白朗病死后，宋老年又率其残部。袁世凯及陆军部文电中屡有“对宋老年务必缉拿归案”等语，说明李并未战死在天水，宋并未战死在甘谷。

义军进城后，执向燊，欲枪毙，绅民跪求得免，又有义军剥去其衣，拥至今红旗剧院门口，要向将马国仁所统的马部枪炮交出，向坚称不知，义军即以拳脚交加，向多处受伤。忽有一市民诳义军说，此人系某店掌柜，何必与之为难？义军疑信参半，遂还其衣服，拥至伏羲城同春当铺。见到一首领，问向系何官，向以实告，并诡称有西军（马安良所部）二三十营即到，劝他们急速撤出。该首领似有惊骇状，即骑马去，向燊脱逃至中城，火光冲天，义军人马塞途，即避居下河里一百姓家，是时天已微明。

义军以五城抗拒，城克之后，商店民家，恣意抢劫，拷掠哀号之声不忍闻。日午，始相继向南撤队而去，马蹄腾踏，傍晚始尽。历皂角、梁家坝、李子园、高桥等地，又有损害，高桥之焚烧尤甚。义军均乘马，故沿途所掠，以马匹为多；其次为大烟土、金银。沿途裹挟群众500余人，为之扛运财物以及阵亡义军之尸体，力不能胜者或行稍缓，鞭打立至，甚至立时枪毙，无人敢为收尸。

这次义军陷天水，城内外死300余人，被伤及凌辱自尽者当时再未统计，城内损失财物约合银圆百万元。

起义军由豫破荆紫关入陕后，袁世凯即委赵倜为“西路剿匪会办”，统北洋军阀陆军第八营尾追遥击，但义军行动神速，一昼夜行二百余里而不知疲。入甘后穷追三日，忽不见义军踪影，而探报义军已破天水，赵即率军回救，于5月6日上午始抵天水，义军已于先一日南去。赵军长途跋涉，军士病足不能行，及休息三日后，始电请行止，而义军又远去矣。时甘军吴炳鑫、马忠义各部皆到，总数几达万人，唯在城乡日事搜刮，借“追剿”为名，自天水井至高桥160里，又遭蹂躏。马国礼远遁清水，此时亦全师而还，又纵兵四处掳掠，诬良为匪，甚至掘地三尺，人民备受荼毒，天水元气为之大伤。一月后，闻义军二次到伏羌，马又欲远遁，有壮凯军某哨官力争曰："敌人来否尚不可知，军门（当时军中对长官的尊称）有面目出城，我们无面目入城！"同时听到马国礼一出城，百姓即闭门不准再入之谣，始怏怏助守，而商民已疲于供给了。

事后，张广建于5月14日致袁世凯及参陆两部电中，竟异想天开地嫁祸于民国元年秦州反正，说什么"秦州自黄钺独立后，余党尚多，竟有不肖劣绅，怂恿官吏开城迎降，匪遂大肆蹂躏"。倒是当时壮凯军一连长给甘肃都督府的报告中，其结尾有几句话，评论比较切当，特录如下：

"总之，此次固关之失守，误于马分统之赴援不速（赴援事不在本文范围，从略）；马镇（按即马国仁）之阵亡，误于马分统之来信不实；秦城之失陷，误于马分统之见敌潜逃（按当时大城上有开花炮四尊，如军民合力防守待援，义军未必攻克）。"

另外，马国仁阵亡后，袁世凯褒恤有加，特授陆军少将衔，并在天水建祠树碑，岁时祭祀，碑文为天水回族翰林哈锐所撰，对马国仁评价很高，文载《天水县志·艺文志》。

云南靖国军第八军援甘始末述略

再上晒药场谒滇军葬阵亡将士处：

春满晒药场，登高哀国殇。
南军何事去，东道谁能忘？
转战怜衣食，挥戈遍雍梁。
传闻余部曲，再起出荆襄。

三谒晒药场滇军将士公葬处：

茫茫侠骨伴名山，万里西征竟不还。
欲奠英魂难靖难，忝为地主亦惭颜。
魂归金马碧鸡上，泪湿秦关蜀栈间。
晒药场前春草绿，春风吹起土花斑。

以上两首诗是1921年（民国九年）春，当时担任陕西靖国军总司令的于右任先生悼念云南靖国军第八军阵亡将士的诗。原来在陕西耀县县城东北有药王山，即医圣孙思邈修真之处，山上有晒药场，相传即孙真人晾晒草药处。云南靖国军第八军在陕西阵亡的将士均丛葬于此。

中华人民共和国成立后，邓宝珊先生不止一次地对我们朗诵过这两首诗。他在朗诵中，有时甚至声泪俱下（那时邓先生正在陕西靖国军中担任军官），并一再叙述滇军援甘特别是进攻天水的片段。他要我走访一些当事人和见证人，将这一段史实写下来，也算陕甘民主革命时期一段大事。接着我调陕西工作，临行，邓先生又嘱我在陕西找一些旧人和查一些资料。今年是邓先生逝世二十周年，又是云南靖国军进攻秦州的七十周年，谨以此文来纪念邓先生和为民主革命牺牲的烈士们。

1917年护法军兴，孙中山任护法军政府大元帅，积极准备北伐。当时甘肃的情况是，袁世凯于民国三年派其亲信张广建为甘肃督军兼民政长以来，即以所带来的吴攀桂、吴桐仁、吴仲英等进驻省城，不断扩兵买马，力逼甘肃地方军队西军马安良离开兰州，培植甘肃各地的“五马”势力，达到“以回制回”“以回制汉”之目的，为北洋政府效力。至于他的大小官吏，都以搜刮民财为第一要务，大开烟禁，苞苴公行，巧取豪夺，纵兵殃民，这些文武官吏，不一年工夫，都是官囊累累，腰缠万贯，人民则离乡背井、鬻儿卖女、死亡枕藉，陇原山川，赤地千里。时有甘肃政法学校毕业生师仲吾（临洮人）倾向革命，遂去广州晋见孙中山，希望在孙中山领导下参加革命护法的意愿。孙中山正以护法军政府尚无甘肃人为憾，师仲吾的到来，孙大为嘉许，衔命在甘肃军队中策反护法。师仲吾于1917年返回甘肃后，利用马安良与张广建的矛盾，运动马的西军响应护法运动。事情进展比较顺利，同年11月准备在临洮发动事变，因以事机不密而失败。时甘肃的邻省陕西，被北洋军阀收买的原同盟会人陈树藩督理陕西军务，仰承段祺瑞意旨，排除异己，树党营私，甘当北洋军阀鹰犬压制和摧残陕西革命力量。而陕西革命志士秉承孙中山指示，起义护法，从1917年12月高峻白水起义开始，从未间断。1918年在三原建立了以国民党人于右任为总司令的陕西靖国军司令部，令部下郭坚、樊钟秀、曹世英、胡景翼、高峻、卢占魁依次为一至六路军，不断向西安发起进攻，并派代表面见孙中山要求派兵援助。而甘肃则夜气如磐，仅有的一点星火也被反动派扑灭。时师仲吾尚稽留在粤，建议以武力支援甘肃，孙中山考虑到天水是甘肃的门户，自辛亥革命在甘肃首举义旗以来，一直得风气之先，决定派兵先攻下天水，在西北打下根据地，北上进军兰州，消灭张广建，得手以后，与陕甘川滇黔联为一体，再协同陕西靖国军出函谷关东向，完成民主革命大业。遂命令川滇靖国军总司令唐继尧，以滇军第八军军长叶荃（守香石）出师支援关陇，由大元帅府颁发关防印信，于1918年10月率滇军两师，经四川东进，至汉中，镇守使管金聚闭门自守，遂出石泉、汉阴，绕道汉阴佛坪至虢镇，溯渭河西上，直扑天水。时天水驻军有两个部分，一为秦州镇总兵胡立成所带的建威巡防军三营，另一为张广建亲信新建陆军左军统领吴攀桂五营共三千余人，其枪械皆优于甘军。先是1918年6月前，四川将军刘存厚为川滇靖国军所逐，刘率残部退至陕西宁羌州（今宁强），段祺瑞即电令张广建派兵护送回川。张乃以吴攀桂为援川军司令，率军至天水后，踌躇不前，旋得滇军入陕谍报，动向如何，尚不可知。当时如走天水，只能出陇县，越固关，过清水、秦安而到天水。此道亦即东汉刘秀派来歙攻隗嚣时所开之大道，以后过往客商多利赖之。但渭水河谷，单人行旅亦视为畏途，行军则更不敢设想。吴遂派出陆军学校毕业生十余人连夜去凤翔一带分途侦查，去后渺无回报，而滇军出敌不意，以奇兵入渭水峡谷，在羊肠鸟道中行数百里无人之地，纪律良好，公买公卖，行动神速，10月18日晨已到市郊七里墩，尚不为驻军所知。而滇军当时误认七里墩为天水市，遂设炮轰击。城中闻炮声和报告，才仓促设防，滇军已如飘风急雨之骤至，占据东郊大校场（今岷山厂即其旧址）。吴军退入城中，胡立成所守的天靖山、南郭寺，同时为滇军所夺。这时五城昼闭，两军相持。入夜，侦查人员揭得滇军布告，有“转战业经五省，大军所向披靡，区区陇右张逆（张广建），敢以螳臂当车”之句，系叶荃用六尺宣纸以颜鲁公书法写就，雄秀特出，英气逼人。军事倥偬，而叶军长有此逸致，令人敬佩！19日夜，守军以滇军突占南北二山，而北山的泰山庙旧有城堡，距城咫尺，势若建瓴，也为滇军所得，现唯有攻其背后，或可以败为胜，且以秦州之地势言，得北山，则南山不战而退矣。吴乃在营中选勇士百人名曰敢死队，拂晓出北城，绕道北山之背，距城十里以外，由小道猿攀而上。而此时滇军复架云梯攻城甚急，城几不可守，东关的天主教堂已悬了白旗。滇军不明地形，对于北山之背未予设防，吴军前后夹击，滇军转败，牺牲多人，俘虏官兵39人。是时已下午四时了。南山滇军闻北山已失，退至七里墩。滇军以孤军无援，决定不再久攻坚城，遂于21日清晨佯攻州城，而且弹如雨飞，攻击甚猛。约下午二时许，滇军忽退。守军只在城上观望滇军整队远去，不敢追击。以后七里墩居民在滇军驻地捡得南方报纸和滇军战报一束，多载有南方护法政府近况以及调查到的甘肃地方情况。可以想见叶军长多日在枪林弹雨之中，而日有报纸，对提高士兵素质，鼓舞士气起到了很好作用。与当时甘肃军营的腐败情形形成鲜明对比。滇军在马跑泉小住两日，然后整军徐徐退去。临行叶荃召宴当地绅耆，并说：“我军非不能攻克秦州，只以孤军千里，贵在速战。兵屯坚城，而粮运不济。四出抄掠，与寇盗何异？而兰州援军可朝发而夕至。吾虽欲东走凤翔，其可得乎？”同时留手书一封，托当地绅老务必转交吴军门，内言靖国军第八军不是为争城掠地而来，其目的在打倒北洋军阀，维护约法，解民倒悬。某团长已牺牲于南郭寺，请为备棺暂寄萧寺；被俘官军请按战时国际公例予以遣返，如不欲释放，请从优照顾。所需食衣医疗等费，将来由大元帅府归还等语，并将天水攻城之役电告大元帅府，而后通电全国。北京、上海各报多载此一消息。

吴攀桂击败滇军，段祺瑞政府一再表扬，有时北洋政府陆军部与吴函电来往，不再经过张广建。张意不能平，遂调吴为阴平（今文县）镇守使，渐至士兵骄悍，不可统御。其驻天水、徽、成等县的士兵，不久即次第哗变，入林为匪，人民受害匪浅。甚至连驻武都的卫从和部属全部哗变，全县机关、商号、居民被洗劫一空。次日正当人民抢天呼地，号啕痛骂之际，而卫从和部属持枪威胁群众，令出具未被抢劫的甘结，以便蒙混了结。这些丑行，张广建、吴攀桂均讳莫如深，力予遮掩。但众口铄金，千夫所指，吴攀桂自觉无颜，也就辞职东归。

1918年11月，滇军靖国军第八军退入凤翔、陇县后，与陕西靖国军第一路郭坚部会合，于右任派副总司令张镐偕同郭坚在凤翔与叶荃会晤，代表陕西靖国军总司令部对叶军慰勉有加。12月，于右任又派陕西靖国军总指挥井勿幕由三原至凤翔劳军，并开军事会议，研究今后动向。叶荃以奉大元帅命令援甘，此志不移。乃决定滇军可由固关或长武入甘，郭坚部可相机援助。但1919年1月，陕督陈树藩向北洋政府请援，奉、直、晋、甘、皖各军相继入陕援陈；2月陈树藩会各军总攻靖国军，叶荃部退耀县；3月与郭坚部会合攻长武、彬县、永寿等地，均以有陇东镇守使陆洪涛的甘军防守而无所进展，仍退凤翔。1920年4月，叶荃合并卢占魁部（实为收编），进攻栒邑之职田镇，也遭到甘军的抵抗和伏击，滇军遂去彬县的太极原，甘军以八营之众尾摄其后，叶荃挥军奋战，毙甘军管带一人，甘军败走，滇军乃下太极原直趋亭口，而陇东军分统李义乘滇军半渡击之，滇军有所损失，再接再厉，攻克麟游，败陇东军管带白玉堂部，进驻陇县。

当时陕西靖国军只辖渭北十余县，担负着数万军队的给养，加以渭北连年天旱，农业歉收，给养确实困难。叶荃进入甘肃尚遥遥无期，而军士多为南方人，思家心切。于右任等陕西靖国军领导人商议，同意了叶荃部返滇。滇军遂于5月佯袭两当、徽县，陇南戒严，甘督军张广建急调西军扼守河州，而滇军趁陇南空虚之际迅速回归滇军建制矣。

谭嗣同诗论略

望门投止思张俭，忍死须臾待杜根。
我自横刀向天笑，去留肝胆两昆仑。

——谭嗣同《狱中题壁》

有心杀贼，无力回天。
死得其所，快哉快哉！

——谭嗣同《临终语》

这是19世纪末叶中国资产阶级改良主义运动中杰出的思想家和文学家谭嗣同在封建主的屠刀之下所发出来的慷慨悲歌。他凭着对封建专制猛烈冲击的战斗精神，把个人生命看作是“虮虱千万分之一之不若”“复何不敢勇不敢说之有?”（谭嗣同《上欧阳瓣疆师书》第二十八）。他决心要用自己的生命去撞击这个闭塞陈腐的社会，用自己的鲜血去唤醒沉睡麻木的人们，希望从他的流血开始来燃起一场改革社会的大火。《临终语》和《狱中题壁》就是这位改革先驱者的至性血泪之作。如果说他的英勇殉难是戊戌政变中最有声色、最悲壮动人的一幕，那么他的遗诗也可以说是资产阶级改良派中少有的战斗之歌。固然，谭嗣同在那时以等死来对待封建主的血腥镇压是消极无力的，有点近乎堂·吉诃德式的味道，然而却使他的牺牲带有更浓重的悲剧色彩，因而也是那个时代最有代表性，也最值得我们好好研究的历史人物之一，包括记录了他短促一生复杂的思想感情变化的二百多首遗诗在内。

诗歌总是与诗人的世界观有关的，随着当时社会生活的急骤变化，谭嗣同的世界观也处在不断的发展之中，经历了艰苦曲折的探索和变化，这一切都渗透在他的激荡起伏、苦闷悲壮的咏叹之中。

作者所处的时代乃是帝国主义各国不断侵略、蚕食，使中华民族危机日益深重的时代，整个国家处在风雨飘摇，人心思变的危殆境地，作者在很多诗中写到这种动荡的时局。如在《武昌夜泊》中所悲吟的“但忧悬磬室，兵气寓无形”“青山终不改，人事费兴亡”。在《安庆大观亭》中所写的“霜严露冷犹常事，劫火烧残草不肥”的那种荒残河山，看到了新兴阶级被窒息的情形，并为之焦急苦恼。他清楚地看到了这一切的祸殃来自“一举而弃”“四百兆人民之身家性命”的清政府，对于这个“以犬马土芥于天下”的封建专制制度、封建礼教及其代表者发动了猛烈的攻击。他在诗歌中慷慨高唱：“一朝马革孤还日，绝胜牛衣对泣时。”（《汉口别仲兄》）诗中一再咏叹的“志”，已经升格为救亡之志，是从四百兆人民的国家出发的具有强烈战斗性的爱国壮志，他所吟唱的这种思想感情在很大程度上反映了当时人民，特别是一些开始觉醒了的知识分子的共同心理和精神要求。

但是作者的这种崇高理想是通过一段相当曲折的探索才逐渐形成和明确的。他在少年时代所写的大“志”还是一般的，如十八岁时所作的《述怀》，诗中以黄鹤、白鹤自况，慨叹“嗟彼燕雀群，安能测其高”就是如此。二十岁时所作《河梁吟》，唱出“束发远行游，转战在四方”。《角声》中“壮怀消不尽，马首向临洮”等诗句已经可以辨出诗人想为国效劳、从戎作战的壮怀。二十岁后，诗人开始了漫游生活，为他的思想变化提供了有利的条件，也看到了祖国“风景不殊，山河顿异，城郭犹是，人民复非”（《三十自纪》）的景象。这不能不引起作者思想上的极大震动和忧虑，他在少年时代仅仅想有一番作为的个人抱负，在那时逐渐融入了为祖国为人民而奋斗的思想，于是他的诗篇就成为“升峻远览以写忧，浮深纵涉以骋志”的作品。

在游历生活中，首先是祖国锦绣河山，雄伟奇特的风景激起了诗人对祖国的热爱，令读者仿佛可以听到那种沸腾澎湃的热血。当他看到“崤函罗半壁”的潼关，“秦晋界长河”的黄河，不禁喷发出“为趁斜阳渡，高吟击揖歌”（《出潼关渡河》）的壮怀。看到“横空一往茫无际”的陇山；看到漠漠古道，塞月残照的卢沟桥；看到耸立于浮云与地沉星没之间的衡岳祝融峰，这都引起了诗人无限的感慨豪宕之情。不论是甘肃兰州的拂云楼还是安徽安庆的大观亭，亦不论是秦岭、崆峒的崇山峻岭，还是武汉、兰州的湖泊山道，它们的壮丽景色都引发了诗人的无限挚爱，策励着诗人报国壮志的奔腾。因而再一次提到马革裹尸，“生平渴慕矍铄翁，马革一语心渐摩”（《秦岭》），这一切瑰丽斑斓的画面，都被诗人摄入诗中，喷涌出豪迈雄壮的感情洪流。

正因为这样，自己崇敬守边战士，崇敬文天祥，还崇敬“快马轻刀”

“江湖卖舞”的大刀王五，甚至是一个与风浪搏斗，曳车入港，救全一舟生命的十龄儿童。诗人以他远大的抱负来观察世界，在漫游生活中，他不是漂浮于上层宴游应酬之际，而是有心观察民情，交结下层侠义之士，和各地秘密会社团体发生了联系，所谓“燕市臂交屠狗辈，楚狂名溷牧猪奴”（《述怀》）。

这位出身士大夫家庭过着公子少爷生活的谭嗣同，虽然对封建秩序进行了猛烈抨击，但在他的前期，亦不能免俗地对于做官殊多追求，只是由于屡试不第使他情绪低落，“自笑琼浆无分饮”，说明还摆脱不了因为这种失意而引起的苦闷，以至于在《宿田家》中表现的鄙弃世俗，醉心自由隐逸的生活，到后期笃信佛教，诗中更渗透了神秘消极思想。

这一切，构成了这个启蒙英雄的矛盾性格，振作和消极、雄图和衰颓、理想和虚无、国家和个人等等对立的思想感情统一在诗人身上，上下求索的苦闷、崎岖探求的历程，在这许多诗歌中抒发的乃是这个时代的苦闷之音，乃十九世纪末叶一个顽强寻找出路的思想家、政治活动家的形象体现，它生动地说明了在暴风雨将要来临的前夕，那些窒息沉闷的时代气氛和我国开始觉悟了的知识分子正在努力要求挣脱桎梏的精神状态。在维新派诗人中，他的诗是最有代表性的。

中日甲午战争的发生，《马关条约》的签订，给每一个有血性的中国人以极大的震动。诗人更是在思想上引起了轩然大波，他“屏弃一切，专精致思”，以致“绕屋彷徨，未知所出”“当此之时，自觉鞭之不痛，杀之无血”，然后得出结论是：“今日中国能闹到新旧两党流血遍地，方有复兴之望，不然则真亡种矣。”乃决心以“杀身灭族”相许，达“救亡保命”之志，其哲学论著《仁学》也在此时完成了。在诗歌创作方面，他慨然以为过去的诗作乃“无用之呻吟”“愤而发箧，毕弃之”。此后即集中精力搞政治活动，三年后即殉难，故遗诗不多，但通篇洋溢着热烈的爱国主义激情，鲜明的战斗感情。如《有感》，一章曰：

世间无物抵春愁，合向苍冥一哭休。
四万万人齐下泪，天涯何处是神州？

他还对罪恶的清廷迫害维新党人发出了严重的抗议：

中原击楫几何时，廊庙伊谁发杀机。
岂有党人危社稷，竟教清议付诸夷。
令名寿考原难并，郭太申屠匪所思。

忍绝读书真种子，先生如此我安归。

（《阻风洞庭湖赠李君时敏之二》）

诗中表现的沉痛之情和为维新事业受阻发出的怨恨，如“那知无限伤心泪，积向今朝哭碧空”等句是多么激励人心！诗人对于朝廷毁坏和出卖祖国的可耻罪行作了无情的揭露，《秦淮河》《自题山水画扇》《淮阴侯墓》《丁酉金陵诗》等对清廷作了尖锐的讽刺和抨击。过去诗人曾经苦恼过的“满腔热血不知洒向何地，十多年来梦寐以求的东西到现在终于明确了”，所以他在死前几个月离家留给其妻的诗中已表达了牺牲的决心，意识到此番进京参与变革会引起的严重后果，以致后来他牺牲在野蛮的封建主的屠刀下时亦认为“死得其所”。谭嗣同的遗诗中所洋溢的乐观从容，视死如归的精神正是殉于自己崇高理想的表现，是爱国主义精神迸发的结果。

韩愈说：“大凡物不得其平则鸣。”谭嗣同的诗，正是诗人愤愤不平的鸣声，内心所积郁的忧愤苦闷在诗人胸中表现为诗，喷薄而出，悲壮苍凉，具有激动人心的艺术力量。其诗风特点在他写景中最为突出明显。例如《潼关》：

终古高云簇此城，秋风吹散马蹄声。
河流大野犹嫌束，山入潼关不解平。

气势磅礴的黄河，雄伟突兀的潼关，通过诗人强烈的感受而得到突现。情景交融原是中国古典诗歌的传统特点，诗人却将这种表现手法掌握得很好，常常是通过崚嶒不平之情突现傲岸危耸的景物，通过奇伟瑰丽的景象写出奔放开拓的情感。我们再看《崆峒》一首：

斗星高被众峰吞，莽荡山河剑气昏。
隔断尘寰云似海，划开天路岭为门。
松拿霄汉来龙斗，石负苔衣挟兽奔。
四望桃花红满谷，不应仍问武陵源。

这是一首为很多人称赞的佳作。岭峰、星斗都是那么高不可仰及，云海、山河、古松、奇石，都成为具有生命活力的生物，一切都在奔荡激动之中，就像波荡不定的现实。在这里，诗人寄托了自己的雄心斗志，反对隐退逃避，这样的深情和全诗情调气势结合得多好。而这又必须依赖诗人奔驰奇幻的想象力和炼字锻句功夫，也是诗人语言艺术高度概括的证明。

古典诗歌发展到晚清，在进步的革命诗人手里获得了新生，发出光彩，这在客观上对当时反动的“同光体”是一种有力打击，梁启超称赞谭诗是“独辟新界而渊含古声”，这不应视作过誉之词，但这二百多首诗，也应视作这位启蒙思想家留给后人珍贵的精神遗产之一。

学写旧体诗的基本功

——给初学诗词青年的一封信

很多青年人找我或给我来信，要我谈一谈如何学写旧体诗。这个题目很大，因限于篇幅，我只想就写作旧体诗的立意、选材、布局、表达这四个方面谈谈肤浅的心得，也就是学写旧体诗的基本功。

一、立意

在动笔写诗之前，必须把主题想清楚，主题是一首诗的灵魂和统帅。只有这样，才符合“意在笔先”的创作规律。缺乏中心，就只能是下笔千言，离题万里了。

古人将立意说成是“灵感”，要善于抓住灵感闪动的那一刹那，善于从所掌握的材料中提炼和确立鲜明、深刻、新颖而有针对性的题目，这是作诗所不可缺少的一环。某青年以《菜市场》为题学写了一首诗，写了他见到市场上万头攒动，摊贩叫卖，顾客争价等热闹景象，到此戛然而止了。而另外一位也以此为主题，将繁华热闹点到为止，立即转到开放政策和市民参与竞争意识上来。可见，同样的材料，由于认识水平的不同，所确立的主题也就出现了新旧深浅的差别。因此，必须在实践中对客观事物经常分析比较，抓住事物的本质，逐渐使诗写得深刻而有内涵。

二、选材

如果对占有的材料选择和剪裁不当，也可能抓不住要领，写得杂芜臃肿。因为材料是为表现主题服务的，材料的取舍完全取决于诗作的主题。必须紧扣主题，对材料的含义有透彻的了解，认清每个材料在表达主题时能起到的作用。一首诗能否选出最有说服力和在读者心灵中引起共鸣的东西，与作者对客观事物的分析鉴别能力有直接关系。要提高选材本领，平时就要对生活素材经常加以比较和鉴别。此外还得多写多练，多精读古今著名的诗词，仔细琢磨人家是怎样围绕主题来选择材料的。

三、布局

一首诗，只有布局合理，才能纲举目张，主次突出，疏密得当，上下一气。诗的格律和音韵是有规定的，但是布局却没有死板格式。诗的形式是为内容服务的，不同的主题和材料，也可以采取不同的布局方法，但不能仅仅把布局理解成为技巧问题。这主要取决于作者思想的逻辑性，如果脑子里一团乱麻，就难以将事物表述得有条有理。从不断提高对事物的观察、分析入手，做到思想明晰，结构严密，主要靠平时的辛勤锻炼，养成勤于观察、肯于思考的良好习惯，不浮光掠影，浅尝辄止。

四、表达

经过构思之后，内容还必须通过一定的方式表现之，其目的就是要达到深刻生动，余味无穷。表达能力与作者语言文字水平是密切关联的，初学者的通病是词汇贫乏，语句干涩，形成创作困难。也有的青年，喜爱堆砌辞藻，写些陈词滥调，还误认为是辞藻华丽，语言丰富。读者稍一留意，就会发现它词不达意，强拉硬凑，以辞害意等等毛病来。要提高表达能力，必须下苦功夫锤字炼句，力求能运用最恰当的字词和最精确的诗句来状物、叙事、抒情、议理。关键在于积累和掌握词汇，精读和熟记古人表情达意、真切生动的诗句，融会贯通，尽快融化入自己的语言宝库，逐渐达到信手可拈，俯拾即是，运用自如，得心应手。

只要多读多记，勇于观察，善于思索，勤于动笔，持之以恒，肯定会逐渐写出好诗来。

一得之愚，仅供参考。

（刊于《吟草》第八辑）

对于当前诗词创作之我见

我国古典诗词到现在已经出现了喜人的形势，形成了广大的诗词作者队伍，出现了大量的诗词作品，开辟了相当数量的诗词园地。不少作品能够成功地或比较成功地从不同角度、不同侧面反映现代和当代生活，达到思想性和艺术性和谐的统一，为我国社会主义建设作出了微薄贡献，也表明了中华诗词自从《诗经》以来深厚根底和强大生命力。但是在创作中也存在一些值得重视的问题，就是继承和创新问题，现就这一方面略述一二。

（一）我国诗歌形式很多，但都发源于民歌，根植于人民的土壤。诗词体裁各异，但其共同的艺术特点是：语言精练，节奏和谐，音韵铿锵，意境深远，耐人寻味，发人深思，使人易诵、易记、易懂。同时，诗词是在历史发展中总结出了它自己的规律性，如讲究平仄、对仗、押韵，讲究一定的格式等，这种形式是需要认真继承的。否则，内容再好，读起来却佶屈聱牙，无法朗朗上口，创新就无从谈起。

（二）创新首先表现在内容上。就是说首先要有时代精神，从不同角度、不同侧面反映这个空前伟大时代的精神风貌和丰富多彩的社会生活。诗是一种抒情手段，只有感情真挚、真实，用现实主义的笔触，歌咏当代，有的放矢，诗歌才有生命力，才能无愧于伟大时代。这样，即使在个别字句之间有些失协，也可以得到人们的谅解。古人有“不以辞害义”的话，原因即在于此。要有生气勃勃的新内容，就不能成天在窄狭的个人小圈子里找题材，伤春悲秋，离愁别恨，陈词滥调，人云亦云，无病呻吟，颓废自放，甚至热衷于无聊应酬之作而沾沾自喜。

（三）要雅俗共赏，力求通俗。表达意境最直接的工具是语言。要反映当代人的生活情感，却不用当代人嘴里的语言，硬是要引经据典，以能用生字、僻字、怪字、僻典为荣，这是不可思议的，有些人觉得不用典故就不能显示其高雅和博学，这种想法是要将现代诗词引到绝路上去。

“床前明月光，疑是地上霜。举头望明月，低头思故乡。”这种用白描手法写成的诗句，学语儿童都能背诵，应当大力提倡。

（四）诗人要无休止地吸取营养和炼字锤句。不能设想，一个知识贫乏、视野狭隘的人，能把握住时代脉搏的跳动，创作出文化科学日益发达发展的时代新篇章来。因为“推”“敲”二字而颇费周折的故事，历代传为美谈。

在这里，引梁任公的话作结：“余虽不能为诗，然常好论诗，以为诗之境被千余年鹦鹉名士占尽矣。虽有佳章佳句，一读之，如在某集中曾相见者，是最可恨也……欲为诗界之哥伦布、玛赛郎，不可不备三长，第一要新意境，第二要新语句，而又须以古人之风格入之，然后成其为诗。”这是对继承创新的最好注脚。

（本文发表于《吟草》第五辑）（1990年）

我对毛主席《清平乐·六盘山》一词的体会

根据正式发表的毛主席诗词看，长征中毛主席共写了一诗四词，《六盘山》就是他在长征途中越过国民党设置的最后一道防线六盘山时写下的。

根据《词谱》规定，清平乐又名“忆萝月”“清平乐令”“醉东风”，双调八句46字，前片四句，四仄韵，后片四句，三仄韵。清平乐是小令，短小精悍，不像《沁园春》（114字）或《莺啼序》（240字）那样可以有畅想回旋的余地，供作者书怀言志，尽情发挥。这样窄小的范围内，要容纳诸多内容，就必须惜景如金，“一句话顶一万句”，不只是“唯陈言之务去”，还必须沙里澄金、澄金、再澄金！否则就是失败之作，就不能引起读者的共鸣。所以，一般的说法是小令难下笔，中、长调可以堆砌成篇。但是毛主席不论小令、长调，都能得心应手，左右逢源，做到意到笔随，字里行间，总是洋溢着一股革命的乐观主义和革命的浪漫主义激情，让人一读就受到鼓舞，受到感染，甚至激发出革命的万丈豪情和作者一起共鸣。

如果说毛主席的七律《长征》是对这场震惊中外战史的精辟总结和艺术概括，那么《六盘山》就写出了红军今后奋斗的目标和宏伟愿望。万里长征，“历史上曾经有过我们这样的长征吗？长驱二万余里，纵横十一个省”“帝国主义者和他们的走狗蒋介石等辈则是完全无用的”。今天，他站在六盘山的顶峰，红军虽然仍有不少困难，但已经算不了什么，“腾细浪”“走泥丸”“爬雪山”“过草地”，一路斩关夺塞，战胜强敌，高奏凯歌，“不到长城非好汉”！像钢铁一般的铮铮誓言，是给红军指方向，也是给全国人民展示的红军今后的方向。

全词上阕说明红军到达的时间和目的。红一方面军到达这里已经徒步二万多里了，这就是一个大无畏的英雄气概和革命乐观主义精神的具体体现。唐朝的王勃在《秋日登洪府滕王阁饯别序》中，有“雁阵惊寒，声断衡阳之浦”的句子，千古传唱，毛主席从中央苏区一路北来，这“望断”的衡阳雁，在他的这首词中也许有更深层次的理解。绝大多数红军的故乡就在南方，南方苏区人民正在遭受血光之灾，白军烧杀抢掠，红军短期内又不能打回，沉痛的心情不可言喻。在这里，不由让人想起瑞金苏区的一个美丽传说。

红军要离开苏区进行长征时，当地群众问毛主席：“红军这去，几时能够回来?”毛主席爽快地回答：“不出三五年，我们就会回来的。”过了三年，苏区人民没有盼回红军；五年，又没有盼到。那么，三加五是八年，八年又没有盼到。一等等了十五个年头，才见红旗招展，中国人民解放军打回来了，而且打败了蒋介石，解放了全中国。于是苏区人民才知道毛主席说的三五年不是三年，也不是五年，更不是八年，而是三乘五等于十五啊！当然，毛主席不是神，回来的时间不可能从《天书》《推背图》什么的书上查出来，只是说明苏区人民对红军深切思念之情。

由于国民党的不抵抗主义，使日本帝国主义的铁蹄深入到祖国长城沿线。长城，已经成为我们抗击侵略者的第一道防线，红军也可以庄严地实践1935年在长征途中向全国人民发出的“共同抗日，打击日本侵略者”的《八一宣言》。

在这座高峰上，所看到的是秋风阵阵，秋日融融，猎猎红旗迎风招展，红军士兵正像一条红飘带一样从祖国的东南到了西北，到了祖国的六盘山。所以下阕开头，就以高屋建瓴的气概，以简练凝重的笔墨，只用两句十二字烘托出祖国壮丽的河山，词中有景，景中有情，情中有人，人与物俱在这猎猎的红旗之中。今天，长征就要结束了，长缨在手，何日能以缚住日本帝国主义？言简意赅，但却气象雄浑，大气磅礴，令人心气豪爽，精神振奋。

这里指的苍龙，古籍中亦作青龙、仓龙等。按我国传统天文学说法，苍龙是东方七宿之总称，七宿是角、亢、氐、房、心、尾、箕，苍龙星火在东方，故借指日本侵略者。既然是龙，只有“缚”之一法，使它永远不能作乱。如果缚苍龙是指最后战胜日本，那么，这还是十年以后的事；如果这句话只是指：“什么时候抗日开始成为中共和红军的事业?”那么，回答是：“很快！很快！”

〔编者按〕这是应天水市老年书画研究会之命，为配合书画刊物纪念长征胜利七十周年而作。

试评会员咏《唐明皇》电视剧的诗

电视连续剧《唐明皇》，基本上是在历史的真实性上作了某些演绎和集中，加上整齐的演员阵容和演出的全力以赴，在电视特有的视听效果下使人如临其境，如闻其声，如见其人，赏心悦目，感叹不已。

诗人们看了以后，各有感受，发为吟咏，在《渭滨吟草》上屡屡见之。尝考历代咏唐明皇，特别是杨贵妃的诗词很多很多，今天要旧调重弹，而又不因袭前人，忧忧乎难矣。《吟草》第九辑有五人的六首此类作品，我曾仔细阅读了。这些诗大都能够翻出新意，在遣词炼句上力求清新明快，各有特色。安其超先生的“养虎范阳君误国，飞龙灵武子称王”一联，道出了禄山得宠，实由明皇不明，养痈遗患，落得明皇幸蜀，太子“继”位。而且“养虎”对“飞龙”，“君误国”对“子称王”，构思精巧，对仗工稳，寓意深远，韵味无穷。蒋望宸先生的“痛抛真爱伴君王”，王道清先生的“沉香亭畔百媚生”，王克俊先生的“马嵬泥土自年年”，也都是耐人回味的好句子。这三句初读似乎是作者信手拈来，细细再读，就会发现是精心雕琢，心血所注之作。试想，当年明皇看中杨玉环而演出父纳子妻的人伦丑剧，玉环和寿王这一对恩爱夫妻分袂时，其生离死别之情，也许要比以后的太上皇思妃之情还要伤心百倍吧！望宸先生只凝练在七字中，而且一个“痛”字道尽了此中辛酸味。道清先生的“沉香亭畔”四字，显然有抄袭之嫌，但是接着用了“百媚生”三字，竟然抄袭得了无痕迹，高手也！而且将玉环“婉娈万态，以中上意”之情，基本上到了传神之妙。他接着写道：“千秋皆责杨妃罪，作鬼黄泉恨不平。”将历史上只责女祸的封建思想作了无情批判，为贵妃鸣冤。玉环有知，也当引以为知己，含笑九泉了。克俊先生的一句，则是从贵妃墓的泥土也年年生香，更使人联想到一些民间流传的诸如“以土敷面”等故事。可谓结语似平而奇，有味非味。李蕴珠女士的一首则是抓住了唐明皇也就是大唐王朝由盛而衰的历史轨迹，单刀直入，只写太上皇。末两句曰："开元一代明天子，寂寞余生作上皇。"这个倒叙叙得好。而且太上皇当时的处境确是"秋草长"，是"狂风吹雨"，是"寂寞余生"。女诗人给读者发出信息，让读者遐想。这样笔力看似微观，实是宏观，写历史人物之精髓。据说有人率尔向女士提出将"寂寞"改为"谁料"，女士没有同意。这两个语词内含孰优孰劣，读者自会品味的。

（注：本文发表于《吟草》第10辑，发表时署名为"蕙文"。）

发扬传统，开拓新风

（节录天水市诗词学会十年工作汇报）

（1994年12月4日）

（上略）

本刊创办之初，即公开揭示了它的办刊方针，以后随着时间的推移，这一方针一直在不断完善中。总的来说是八个字：发扬传统，开拓新风。包含三条，也称创作三原则。

第一，要有鲜明的时代特色和浓郁的生活气息，将爱国主义精神贯穿到热爱祖国壮丽河山，热爱家乡的建设事业和改革开放中去，反映城乡新面貌，讽喻社会丑恶现象，力求做到选题新、炼句新、构思新，言之有物。

第二，新风提倡通俗清新，平易近人，反对使用冷僻字词，自造词汇，少用或不用典故；不因袭前人，重弹旧调；不伤穷怨卑，无病呻吟；不刊登“三应诗”（应酬、应景、应制之作）以及“口占”“即兴”一类的诗。

第三，诗词格律不能变，但用韵则旧韵（佩文诗韵）和新韵（汉语诗韵）任意选用，不受限制，各随习惯。

以上方针，已为广大会员所接受，因此诗作年年有新的提高，天水《渭滨吟草》的声誉和影响不断扩大。在神州大地的诗社同行们，也以能在《渭滨吟草》上选登他们的作品为荣。这一成绩的取得，应当和必须向大家汇报。在此，我谨代表全体会员向我会发展壮大，为我会经费奔波不辞辛劳的已故名誉会长赵建基同志，向现任会长张子芳同志，副会长汪都同志，向不畏艰苦，没有报酬只讲奉献，不顾年老体弱，全身心扑在诗稿编辑工作上的编委同仁以及主持本会秘书事务工作的秘书处同仁们致以崇高的敬意和亲切的慰问！没有他们的共同努力，本会要取得今天的成就是无法想象的。

为了使会员进一步了解《渭滨吟草》的编辑方针，特再作如下阐述。

第一，所谓时代特色，就是作品一出手就能使人嗅出是今人的作品，而不是古人的作品。这就需要和大时代合拍，把自己融于大时代之中，和大时代同唱一出戏，同念一本经。现在是加快步伐实现改革开放的时代，是加强中国西北开发，建设有中国特色的社会主义的时代，是弘扬爱国主义精神的时代，如果有人还闭门觅句，离不开“秦关汉月”“晋代衣冠”，把自己有意无意地禁闭在“桃花源”中，“不知有汉，无论魏晋”，那就离时代主题太远了。

有些人在诗中向前看的成分少了些，向后看的成分多了些。像我们这样年龄的人，谁没有一本“文革”辛酸史？现在痛定思痛，写一些追忆和感受，未可厚非，但要适可而止。不能年年有回忆诗，给人的印象是，似乎只有他才是“文革”的真正受害者了。关键是他向前看得少了一些。“潮平两岸阔，风正一帆悬。”奉劝这些同志，过往云烟，还是烟消云散去吧。现在是“潮平两岸阔”的时代，诗人们只有扬起希望的风帆，顺应时代潮流，乘风前进。

第二，关于诗风问题，也就是编辑方针的第二点。通俗易懂，不等于不要雅。雅和俗，是对立的统一。要俗不伤雅，达到雅俗共赏。作诗不是写文章，既曰诗，出句就要优美动听，就要有诗的语言和诗的韵味。俗，除了忌用冷僻字，少用或不用典故以外，在写作上要求严肃认真，要有社会主义诗人的使命感和责任感。禁止“三应”诗、口占诗，因为这些急救之章，是逼出来凑出来的，在这种场合之下自然不会出现好诗的。

第三，关于格律和用韵问题。我国向来享有“诗国”的称号，天水从南北朝以来，就有庾信、苏蕙、杜甫等诗人留下了光辉的篇章；明清以来，天水诗家辈出，写下了数以千计的优秀诗篇。他们不但善于抒情，表达理想和情感，而且有精美完善的艺术形式，其中包括格律声韵。押韵就是有关格律声韵的程式之一。它像木匠的准绳规矩，像象棋手的行子规则，像音乐家的音节一样，操作起来一件也离不开。没有韵律的诗，再好，也只能称之为民歌、山歌、数来宝等等，决不能称之为诗。韵律格式是诗的载体，是自《诗经》以来特别是由南北朝诗人开始不断摸索，发展到唐朝才定型了的一种格律，故曰律诗。古往今来的无数实践证明，押韵之于诗歌，是从声韵方面来增强艺术效果的一种手段，它不但是我国文学艺术史中一种悠久的民族形式，而且和我国的语言文字有着不可分割的血肉联系。唐诗宋词之所以千古传诵，其中音韵和谐，合乎格律，则是一个重要的因素。以鲁迅、胡适、郭沫若的博学恣肆、才气横溢，以毛泽东的宏深博大、汪洋无际，一作起古典诗词来，就言必合规律，字必讲四声。鲁迅甚至在诗中熟练地运用了双声叠韵这样已不为今人所重视和熟悉的律调来，可见其对旧体诗研究之深邃与格律运用之精通。

我国历史上，作诗、填词、度曲，在一定时期内大致有一个用韵的共同标准，这就是各种韵书。目前，我国汉字诗韵，正处在一个过渡时期。在此时期内，老年诗人仍旧用《佩文诗韵》(共有韵目106个，其中平声韵目30个，仄声韵目76个)；青年诗人喜欢用以现代汉语为依据所制定的新韵（新韵共18个平声韵目，仄声都依据平声韵目归并到同一平声韵目之中)。旧韵窄，新韵宽。一般有识之士主张，两者应并行不悖，人们称这种现象为“双轨制”，两轨并行，互不干扰。押韵作为一种手段，是为诗人创作服务的，而且是随着时代前进而变化的。平水韵（实即《佩文诗韵》）距今已超过700年，由于字读和语言的不断变化，前人特别是清代人对这一韵书早有许多不同意见。“五四”以后，有些音韵学家在这方面作了艰苦努力，获得一定成绩。最明显的就是我国国学大师黎锦熙先生在1943年前后吸收了现代汉语音韵研究的科学成果，采取了过去韵书的一些程式，编纂了《中华新韵》，当时国民党教育部仿照历朝惯例，发表文告，定为国定官韵。

中华人民共和国成立以来，党和政府正在逐步推广普通话，力求语音的统一和正确使用。黎先生又根据各地要求，将《中华新韵》改为《汉语新韵》，于1950年和1964年两次出版发行，在我国音韵界和诗词界引起极大反响。半个世纪以来，已为不少诗人所采纳和实践运用，为新韵的开展奠定了良好的历史渊源和深厚的群众基础。在今天，要创作古典诗词，允许双轨并存，各行其是，但为了进一步达到思想上、艺术上的效果，用新韵来押韵，对于现代化、群众化也是极有好处的。从汉语发展的局势看，押新韵也是大势所趋了。现在再谈一谈有些同志提出对古典诗词的革新问题，古体诗词要有格律，前边已经谈过。现在，我国有些名家在作新体诗的探索，这是极为可贵的，但尚无成功经验。我们认为，变，这是必然的发展规律，但要循序渐进，任何人不能勉强。今天如果忽然废除古典诗词的格律，又没有新的成熟的创作体制可以取而代之，势必给诗词创作造成不可收拾的混乱局面。如果会员中有些想作新体诗试验的同志，最好是一面不废除对格律诗的研究和实践，在此基础上，一面再作新体诗词的探索。否则，肯定是徒劳的。不亲口尝一下梨子的味道，就无法完成对梨子的变革，这一带哲理性的比喻，我们要再三体味。

（下略）

革死韵　换新声

诗词格律改革和诗词声韵改革，是时代要求，也是诗词艺术自身生存发展的需要。所谓“文律运周，日新其业，变则可久，通则不乏”，刘勰提出的这一包括诗韵在内的文学变通法则，是不以人们的意志为转移的客观规律。只要考察一下我国诗歌发展史，就可以看到诗词格律的变革，通常是以两种形式出现的。

其一，像鲁迅指出的，旧形式不断地采取删除、增益的结果，“是新形式的出现”。比如唐代近体律、绝以及宋词、元曲的产生，相对以往的诗律，都是新形式的出现。不过这种新形式的出现，不是一两位诗人天才创造的，而是几百年无数诗人探索创造的结晶。

其二，是固有诗体形式诸因素，随着时代生活和语言、语音的变化，所引起某些局部的自我调整、自我完善和自我更新。这即是我们说的韵律改革，其中，最明显的变革，即声韵的变革。在诗歌史上，相继出现《切韵》《词林正韵》《广韵》《平水韵》《中原音韵》《中华新韵》《现代诗韵》等诸多韵书的兴替，便是声韵改革曾经不断进行，今后还必将长期进行下去的有力证据。

基于以上认识，我以为坚持诗词格律改革首先要尊重并精通诗词格律。当代一位伟人曰：要知道梨子的滋味就要亲口尝尝。那种不知道格律为何物，便说格律为束缚，企图以改革的名义，随便打破格律的幼稚做法可以休矣。写近体诗、填词、度曲，要老老实实地讲究平仄韵律。所谓“名理有常，体必资于故实”，这个“故实”，就是诗、词、曲各文体定型后所形成的平仄交错、对粘的声律法则和韵字数量、平仄规定及其位置的韵律法则。它们具有“通则不乏”的恒文稳定性，这一点不能动摇，不然，就不是近体格律诗了。但是，实现格律美的审音用韵标准，却应当而且必须根据当代语音变化了的实际有所改革，而且必须改革。所谓“通变无方，数必酌于新声”，道理很简单，当代人写诗、填词，是供当代人民大众阅读和欣赏的，不是给古代的死人当贡品摆设的。这自然应当运用在全国推广了半个世纪的普通话语音作为诗词创作的审音用韵标准。再也没有必要抱着照抄平水韵的那本《佩文韵府》的“死韵”雕词凑韵了。不过，考虑到目前诗词队伍中用韵的实际，改革的步骤还是以慎重为好。比如，暂时采取平水韵、新韵两条腿走路的措施，在好诗面前，两韵平等（但一首诗或一组诗中，两韵不能混用）。发展的趋势是：与普通话推广的程度同步，按新诗韵写诗的人会越来越多，最保守的估计，再有半个世纪，必将是新诗、新韵、新声的一统天下。

回顾十年诗词格律改革实践和半个世纪还多的声律改革实践取得的成绩，是令人鼓舞的。这是因为：

一、与改革开放的时代精神相呼应，诗词格律（包括声韵）改革的讨论日益深入、活跃，从诗人、词家、诗词爱好者到中华诗词学会的衮衮诸公纷纷著文，各抒己见，大会小会，长文短文，此呼彼应，不同观点，渐趋一致。为进一步推动诗词格律改革向纵深发展，奠定了广泛的舆论基础。

二、适应改革开放的时代需要，在传统诗词曲体的基础上，再创一个格律新品种的探索，已从理论的论证呼唤，走向严肃的创作实践。令人兴奋的是，当代活跃在新旧体诗坛上的几位著名诗人并马争先，为我们做了新体诗的开路先锋。战绩辉煌者，在贺敬之的“古新风”、袁第锐的“曲子词”、台湾范光陵的“新古诗”的创作中，都有深受广大读者喜爱，且为评论界关注并予以肯定的佳作。当然，这几位诗人自我命名的新的诗体尚处在初步实验阶段，在我们习惯以古人留下的固有诗体格律为第一衡诗标准的眼里，被看作是“非驴非马”，是秧歌、芭蕾舞的“变种”而报之以一笑也不足为奇。因为人常说的，考据者不可与言诗。诗就是诗，格律诗之外，还有一个自由体、半格律体的诗的世界。我们新诗体的开拓者们，不妨把那种嘲笑看作一种鼓励。“非驴非马”的骡子，拉车负重，远胜驴马；引进的芭蕾，吸取一些戏曲武打和民族舞蹈的动作不是更适合中国人的审美趣味吗？而我们的秧歌，吸取了一些disco步伐，轻盈摇曳的舞步中多了几分矫健的力度不是更好吗？文化上的“洋为中用”即使有那么一点点“变种”，而为当代老百姓所喜闻乐见，有什么不好呢？其实，唐诗、宋词、元曲的辉煌和勃勃生机，都曾经接受过外来文化和少数民族文化的影响。历史上一种新诗体的形成过程中，或许都有过“非驴非马”的形态，比如唐初的“半对仗”的律诗就是最好的说明。历史证明，一种新的诗体从初创到成熟绝非一朝一夕之功。只要我们的开拓者认准方向，抓住机遇，锲而不舍地探索下去，在21世纪的这100年中，必将有一个既有别于近体诗词曲，又不同于当代新诗，却为未来的新一代诗人易于驾驭，更为未来广大读者所喜闻乐见的新格律诗，在有中国特色的诗歌百花园里大放光彩，这是可以预期的。

在这里，要忠告各位诗人，创新体当开路先锋，不是任何人可以企及的。还是哲人的话："要吃梨子。"我认为创新体，必须具备如下的基本功：（一）有深厚坚实的古文学根底；（二）对于格律诗词的熟练运用；（三）达到诗词的一定境界。以毛主席的诗词水平和诗词境界，凭着他旋转乾坤，扭转历史的伟大气概，在写诗上尚不敢越雷池一步，可见改革之艰难。我们贸然要创一个什么体来，只是一种痴人说梦话而已。

三、以现代汉语诗韵代替传统诗韵已成为不可逆转的诗词创作态势

首先，以臧克家、刘征、李汝伦、刘章等为代表的著名新诗人，他们各自以风格独特，足以令广大读者耳目一新的旧体新诗创作，早已突破了平水韵的死韵限制，带头以普通话语言押韵，"我手写我口"，造成格律诗的现代声韵美。其中有的诗人不免偶然有方音入韵的不和谐，需要改进，但是他们的那种变死韵为活韵的自觉创造精神，是值得充分肯定并使之发扬光大的。

其次，称多坚持以平水韵写诗大半生的诗人，近几年也自觉地放弃了严守旧韵的主张，有的撰文提倡推广普通话诗韵，有的纷纷声明改用"词韵"或《诗韵新编》，乃至以《现代诗韵》写诗。值得注意的是，霍松林先生今年二月在《中华诗词》上的一篇七律新作，却特意注明"用中华新韵"。这就不能不使人兴奋不已了。我会80多个诗人的统计中，用平水韵的有13人，占16.25%。可惜没有统计历年的对比情况。肯嘉先生是用新韵的急先锋，也有时用旧韵，就觉得很不入口。

也有青壮年诗人尚用平水韵，其心理分析似有二：一曰用平水韵就显得古色古香，原汁原味，列入正统；二曰因为编辑用旧韵，新韵不选。例如王成刚对我的诗不用。

最后，有些诗人在写作中发现平水韵与自己口语不合，于是干脆以自己的地方方音为依据，对平水韵任意合并，平水韵也被打破了，随之而来的是近体诗押韵的乱而无序。

针对这种乱韵现象，近几年有人惊呼，传统诗韵只能继承，不能改革，所谓"原汁原味"。据说，康熙以皇权形式颁布的那部平水韵翻版的《佩文韵府》是"祖宗成法"，即使发现问题，也只能"恪守祖制""保持原状"，一句话，要回到平水韵那里去。

那么，还回得去吗？如果平水韵还是和当代人口语保持一致的活韵，自然可以回去，也没有讨论改革的必要了。但是，据黎锦熙先生的细致研究，远在康熙主持编纂《佩文韵府》前的元代，平水韵早已成为半死韵。比如其中分作十七部的入声字，在北方广大的官话区，早已在人们口语中消失。到了清初，就是近体诗用以押韵的那十三个平声韵部中，也有大半韵部因脱离了全国各地的语言实际而成为死韵。如果那位康熙还懂得一点诗，也知道这一点任何韵书只能在一定时期服务于韵法及其"韵于新声"，而且少一点文化专制主义，多一点开明襟怀，早就应当在《中原音韵》的基础上为后人留下一部和当时官话口语大体一致的新诗韵了。然而出于封建帝王钳制读书人思想的需要，竟然完全不顾韵书更替的自身规律，人为地扼杀了新韵产生的契机，竟然原封不动地把那个半死不活的平水韵硬性保留下来，这就怪不得后来有一位进入翰林院的名叫高心夔的人，在两次例行的官职考绩（相当于干部考察）中，吃尽了这部死韵书的苦头。都因限押了十三元韵，用了别一部的字，所谓出韵，被列入四等，不及格。当时，有个文人王恺运作了一副对联，对此发出"二年双四等，该死十三元"的调侃。国学大师、新韵学家黎锦熙谒见西北历史专家慕少堂时有"蓬门初履惊新韵"的惊呼。

说实话，岂止"十三元"一个部该死。据一位严格按平水韵选稿的王成刚在仔细考证后也不禁发出"该死的十三元，的确该死"的感叹。他还说："其中四支、五微、六鱼、七虞、八齐、九佳、十灰、十一真、十二文、十四寒、十五删……也都存在这种别扭的现象。"我想这些韵部之所以"别扭""该死"，就是各韵部所收的字，其中有不少的韵母已经与韵目字韵母不同，因此，也就失去了审音用韵的资格。说得客观一些，平水韵在我国诗歌史上发挥过它的应有作用，在《佩文韵府》出版的康熙五十年（1711）早就该寿终正寝了。

有的诗友又说：改革是可以的，但是必须以平水韵为基础。此派之最著者曰《江南新韵》，说："新韵之编辑，一依平水合之并之。"把平水韵汇为10部，把侵、庚、青、蒸与真文元（en）合并，符合当代读者的实际。恰恰相反，经过这样"合之并之"的平水韵七韵合为一部，是不符合当代读者的读音实际的，它背离了以普通话为审音用韵的标准，这样的韵书，当然不具备在全国推行的价值。"合之并之"的方法之所以越合越乱，其原因是已死的平水韵已失去了作为改革基础的资格。

目前出现的乱韵现象，应当说是新诗韵取代旧诗韵的必然过程。一是它打破了人们对平水韵的建议，也打破了平水韵动不得的"祖宗成法"

的神话；二是它终于使近体诗摆脱了死人的束缚，开始向当代人活生生的口语韵转化。应当指出，近体诗格律的精华，是汉语四声的平仄律造成的抑扬顿挫的节奏美，和押韵合辙所造成的往复回还的声韵美，两者结合起来，就构成了汉语格律诗（包括词曲）形成特有的音乐美。这种音乐美来之于不同时代的诗人的“我手写我口”。历史上的任何一本韵书，如果与诗人的口语背道而驰，强诗人之手写死人之口，那就走上了格律诗形成音乐美的反面，勉强维持下去，必将导致一种诗体的衰亡，乃至死亡。

由死韵到活韵，出现了若干地区方言乱韵现象不足为怪，下一步该是用什么样的口语语音统一梳理乱韵的问题了。我国的方言还很多，历史上不同阶段的韵书，可以找出一种大体公认的语音作为审音用韵标准。那么，斟酌当代语言的发展趋势，以现代汉语普通话为当代诗词的审音标准，以现代诗韵取代平水韵，统一方言韵，难道不是历史的必然选择吗？

用现代诗韵规范诗词曲创作，可以赋予格律诗形式全新的音乐美，可以大幅度地解放诗词创作的生产力，可以更广泛地普及诗词艺术，进而可以更有效地培养一代诗词新人，重振诗国声威，开新世纪的一代诗风的理想是可以实现的。

试论“馆阁体”

因为上期发表了我写的一篇文章，认为“乾隆体”有浓重的“馆阁体”味道，有好几位同志要我说一说“馆阁体”，怂恿我再写一篇有关“馆阁体”的文章。

首先应当说“馆阁体”也是一种书体，它有它存在的一定道理。然而却被人们一概抹杀，一口否定是不公平的。使人费解的是不知何时何人何朝何代竟然好端端地将“馆阁体”一巴掌打入冷宫，宣判成书法界的“罪犯”，却使人大费周章。正像“五四”运动时期，在提倡新文化运动的同时，将传统诗词宣判死刑，要白话新诗占据“正统地位”一样，真是“长太息以掩涕兮”，却又无法可想。

《辞源》曰：“馆阁体流行于馆阁及科举试场文字的书体。其特点为字形匀称，墨色乌亮。明成祖命沈度书诏令，文正圆润，其所以名为馆阁体者，成为标准的官体，清代益加工整，程式甚严。”那么，何谓“馆阁”？宋代中央以史馆、集贤院、昭文馆为三馆，又有秘阁、龙阁、天章阁诸阁统称为馆阁，处其中者，皆为文学儒臣一时俊彦，后世官制亦有馆有阁，各设大学士，“馆阁”之名亦相沿不废。这里我们只能理解到书写“馆阁体”的难度以及“馆阁体”严谨不苟的字形，找不到“馆阁体”的弊端。老实说，“馆阁体”其实就属于正楷的范畴，要求极严，甚至有人极有学养，但因书法没有过关，入不了翰林院。据传，郑板桥就因“馆阁体”书法还没有练到家，屡试进士，以后虽中了进士，却点不了翰林。明清时代，科举制度要求入试者必须写好一笔端端正正的楷书，其目的无非是叫人写字要老实认真，不准敷衍了事，今天的学书者不也应如此吗？

有人批评“馆阁体”呆板，无变化，阻碍了书法的革新和发展。我认为这是对“馆阁体”偏颇的看法，世间任何事物都具有两面性，既有它的优点，同样有它的不足，没有绝对好与坏。“馆阁体”在严正端庄上要求太过，似乎严肃有余而活泼不足，要掌握它，非下苦功不行。从这个意义上讲，似乎是刻板了些，但这并不能说明“馆阁体”限制了其他书体而不能创新了。明清时期，书家辈出，书体也各有千秋，谁限制了谁？林则徐、何绍基等等皆可为证。下面提供的秦州哈锐的考卷“馆阁体”，工整圆润，笔酣墨饱，但并没有限制他以后一笔老颜而独擅胜场的书家地位。可见问题不在于“馆阁体”限制了谁，而是那些平时惯于马马虎虎，以丑为怪为奇的人，感到了在学习传统的楷书时有一条严酷的绳带束缚着，他们不愿受这种束缚，反过来就痛恨它，情不自禁地倒向了“馆阁体”的对立面，专门找一些千奇百怪的字体和“馆阁体”对抗，美其名曰“创新”“革新”，甚至置祖国优秀的传统文化知识于不顾，去寻洋味，搞空中楼阁，我看最终是要被历史淘汰的。

志书的资用价值

本来志书是让人看的，它的使用价值远不止章实斋提出的“存史、资治、教化”这三大功能，但是我认为除此三大功能而外，应当还有以下诸功能。

一、搜集资料，为发展当地工农业生产提供现实依据

人类赖以生存的基本活动就是物资生产活动。旧志忽视经济，很少记述劳动人民的生产活动和创造发明；新志则首先把经济放在首位，以体现方志为生产建设服务的观点。我们看见修志同志在修纂期间广搜博采，编辑了《天水市历代自然灾害资料》，从有文字记载的春秋时期起，到1980年间发生的水、旱、风、冻、雹、虫、疫情、地震等资料汇编成书，受到有关领导和生产、基建、科研、教育、卫生等部门的欢迎。《秦州区志》较详细地记载了本区地下资源情况，发现了某种矿石，现经初步探测，蕴藏量还不菲。这就为这个区开发矿藏资源提供了信息。

二、为开发和引进科技人才的智力搭桥牵线

人才是第一生产力。在当今，说是经济实力的竞争，毋宁说是人才的竞争。有了人才，就可以平地起家，开拓创新，战胜一切。天水市所属各县区，有一批在外地甚至在海外工作的科技人才，他们很多人热爱家乡，眷恋故土，很想对家乡有所贡献。修志办的同志知道这一情况后，立即向有关部门反映了这一信息，打印了他们的通信地址，还利用他们春节回家之便组织座谈，有些单位还请其中的专业技术人员进行短期技术培训。甘谷县志的地理地质部分，就是甘谷籍新疆大学教授、专家李某利用回乡探亲之际义务写成的。秦安、张家川等县也在《县志通讯》上介绍在外地的专业知名人士，以供领导和有关部门参考，激发他们热爱家乡，建设故土的热情。甘谷、秦州、秦安等区县，多有海外人士回

乡捐资兴学的。

三、为开发旅游资源和保护文物提供了历史资料

随着社会的前进和人民生活水平的提高，旅游业得到较快的发展，也将成为国家积累资金的重要手段。天水市是一座历史文化古城，名胜古迹甚多，蕴藏着丰富的旅游资源，全国四大石窟之一的麦积山石窟，就坐落在天水，旅游资源得天独厚。这次修纂的志书，即将石窟文化列有专章，使旅客深入了解石窟文化和天水古代文明。清水县根据旧志资料，仅有“轩辕谷”这一名称，经过修志工作者根据这一线索的大力挖掘，并参考《山海经》和民间传说，已初步在轩辕谷辟有轩辕故里的标志，县上领导拟在该地大力开发，作为清水县的旅游项目，供人游览。759年（唐乾元二年），大诗人杜甫流寓秦州达三个多月，成诗100余首，其所居地主要在东柯谷（今麦积区柳家河村），而具体地点还是这次修志在查阅不少资料和走访口碑里得到的。已在这里仿建了杜甫草堂，来观光旅游者通过实地考察才知道这一段史实。市领导正在大力规划，在此建成永久性的纪念标志，辟为风景名胜区，供人游览瞻仰。

在甘谷、清水旧志中，多处记载了所谓“唐王墓”。据传系唐高祖李渊的先祖之墓，县上正在组织调查访问，为开展旅游业服务。

四、为青少年进行热爱家乡、建设家乡、开展爱国主义教育提供依据

我们所修的新志，横跨清末、民国和中华人民共和国三个时期，又有民主革命和社会主义革命两个阶段，它所涉及的内容相当广泛，也相当生动。特别是共产党领导人民群众走向胜利的光辉历程是教育青年后代的最好教材。近来由于有关单位的努力，已弄清了党在天水市革命斗争中特别是红军长征的史实。1935年，红军举行了伟大的长征，红军某部师长张辉转战到秦州区娘娘坝境时，突遭国民党军包围，张辉师长在突围中不幸牺牲，当时由红军战士就地掩埋，1949年后在原地重新安葬。2005年纪念红军长征七十周年时，当地政府组织群众在张辉烈士的墓前举行了隆重的纪念活动，以作为爱国主义教育基地和共产主义思想教育基地，对加强两个文明建设，培育社会主义道德观念产生了很好的影响。

总之，修志是为现实服务的，而为现实服务的方面还很多。例如还可以为各个时期的中心工作服务，为本系统一些特殊课题服务等等，只要本着一片为人民服务的雄心，就可以为现实服务而无愧。

新地方志中人物篇编纂之商榷

——《天水历代名人》札记

在地方志中，人物志（篇）的编写占有重要地位。一部二十四史，人物传记就占很大篇幅。以前四史为例，人物传记的比重，《史》《汉》都在百分之八十以上，《三国志》全部是人物传志。因为讲历史，就涉及人与人、人与事、人与物的关系，丢开人，就没有社会历史可言。马克思说："历史不过是追求着自己的目的的人的活动而已。"（《神圣家族》）恩格斯说："有了人，我们就开始有了历史。"（《自然辩证法·导言》）方志乃"一方之全史"，丢开人，就无法了解和研究一个地方政治、经济、军事、文化等的兴衰隆替，也就不可能更好地显示出乡土的可爱。清代学者兰鼎元就说："人物为一郡之柱础，乡邦之光耀。"主张地方志中的人物要"多多益善"（见《鹿洲全集》）。但是人物传又是历来修志中最难解决的部分，涉及很多具体问题，如给什么人立传，如何立传等等，所以古人就有"修志所难者人物耳"之叹。特别是在新方志中，对近代人物的褒贬，更是一个政治性很强的问题。因此，编好人物志已经是摆在修志人员面前的一个严肃的现实问题。

最近，有幸参加了天水市秦州区政协编写的《天水历代名人》的定稿工作，因而在阅读中也促使我翻阅了一些史籍、史料和一些政策理论书刊，有些感触，提出来，作为一得之愚，并向专家请教。

一、编写人物志的主导思想问题

一定时期的方志是为一定的阶级利益服务的。封建时代的统治者大力提倡修志，是从巩固封建统治秩序的需要出发，因此修志者不乏通儒硕士。但由于时代局限，大都不自觉地用剥削阶级的观点去反映历史，品评人物。随便翻开旧志，在人物、名宦、节烈各篇里，大量记载了官僚士绅的所谓"政绩""善行"，记载了所谓"三从""四德"的节妇烈女，把她们当作人民利益的正确代表。而把当地的农民暴动或起义则一概污蔑为“匪”为“盗”，罪在不赦。社会主义新方志是为人民大众的利益服务的，评价一个人物，就要看他对社会进步、人民生活和社会道德诸方面所起的作用如何而定。即使他们在这些领域的一个方面做了有益的工作，起了积极作用，也当给予应有的肯定。作用越大，要肯定的越多，反之亦然。新的方志，只有以无产阶级史学工作者的科学性为指导，拨开封建主义的层云障霾，去粗存精，去伪存真，由此及彼，由表及里，透过现象，抓住本质，才能揭示历史人物的发展规律，正确处理好人民群众和个人在历史上的作用和关系，实事求是地处理好具体编写中的具体问题。要注意历史人物的大节，也就是主流和主导方面。因为历史人物总是在一定的历史条件下产生和活动着的，都有着特殊的时间性和空间性。他们之中，有的是先好后坏，有的是先坏后好，或者功大于过，或者过大于功，或者瑕瑜互见。这就要一分为二地正确评价一个人的好与坏、功与过，防止以偏代全或者以偏概全的极端倾向。对于某些非主流的事情，一般应相对从略，或者用某种“隐笔”，点到即止。做到既要不可不记，又要记述得体，那种避开人物的主流和主导思想，一味追求董狐式的“秉笔直书”，将史笔与丰富复杂的历史生活与现实生活对立起来的做法是不足取法的。明代学者康海所修的《武功县志》，以文简事赅见称于世。它还有一个显著特点，即在人物方面有褒有贬，看其主流。对此，清代方志学家章学诚给予肯定，认为“惟《官师志》褒贬并施，尚为直道不泯，稍出于流俗耳”。旧方志在传人物时，多是“隐恶扬善”，认为方志在于表彰忠孝节烈、善行义举，这种态度是片面的。“褒贬并施”是我国方志的一种优良传统，新方志还应该继承下来。

二、关于“详近略远”和对近现代人物立传问题

历史的发展，离我们的时代越近，和我们现实生活的关系就越密切，对我们当前的工作也就越有参考价值。因此旧方志也都强调了“详今略古”“详近略远”这一修志原则，也总是以近几年的地方历史为重点。这样，不仅可以避免同前志的内容重复，更重要的是可以为后代留下当时当地更多的新材料，从而体现出方志的特点来。当然，如果不写历史，只记现状，这也是不正确的。观察任何自然现象和社会现象，都离不开历史发展过程，否则，对事物就不可能获得正确、完整的认识，也失去了方志为现实服务的意义。特别应当提出的是，我们这个时代的特点是充满了人民的觉醒和人民的斗争，也充满了人民的苦难与人民的欢乐。

在我们的时代里，产生了伟大的中国共产党，人民翻身做了主人，进行翻天覆地的伟大变革，正在建设一个社会主义现代化强国。在我们的时代里，英雄辈出，志士仁人为国牺牲、前仆后继，谱写着可歌可泣的无数动人事迹。这是任何时代所无法比拟的，新方志就必须满腔热情地正确反映这一历史横断面的真实面貌。在不排斥古代人物的同时，以近现代人物为主，详近略远，为当地革命烈士、英雄模范、爱国者及一切对社会发展有贡献的人立传。他们是中华民族的精英，地方人民的骄傲，应该把他们的革命精神、爱国激情以及奋斗业绩记录下来，彪炳史册，流芳千载。作为向人们进行爱国主义教育、共产主义教育和艰苦奋斗革命传统教育的生动教材。这是人物志的主体，不能有丝毫动摇。在《天水历代名人》所辑录的四十五人中，近现代人物只有九人，都是进士出身。近现代人物少的原因是多方面的，有的作者似乎用旧方志的眼光来看待和衡量新方志，虽然没有“言必称尧舜”，但是眼睛老盯着几个当官的，“非进士不录”的陈旧框框还在作怪，只在科名、职位上打圈子。有的作者虽然意识到眼光要放开一点，要在帝王将相和封建士大夫之外再找一些新的人物，但是这些新人物无现成资料可抓，只能调查访问，这就费时费事，而组织材料评价人物方面又没有成规可循，畸轻畸重，远不如翻译旧志或史籍来得稳妥省事。结果是对于距我们时代越远的人物记载得越详细（因为有史籍列传可抄，如李广、赵充国等），越是近现代人物记载得越简略（因为无史籍可抄，只有州志、县志，而记载又很简略）。“详近略远”的修志原则无形中成了“详古略今”，这种现象是和这个伟大时代极不相称的。应当看到，人生的价值在于创造，在于对社会历史的贡献，而不在于科名、官阶的高低。真正创造历史的是劳动人民，是被封建士大夫所不屑一谈的“百工贱役”“引车卖浆者流”。司马迁作《史记》，在刺客、游侠等列传中，对劳动人民中的出类拔萃者给予了一定地位，有些劳动人民在司马迁笔下，真是有声有色，栩栩如生，光彩闪耀，千载而下，想见其人。这一宝贵的史笔遗产，我们责无旁贷地要继承发扬起来。今天我们面对东方雕塑艺术之宫的麦积山石窟以及宏伟严整的伏羲庙、纪将军祠等建筑群，到底是何人设计、何人建造，方志上早已找不到。麦积山的“东方微笑”，雕塑论者以为几可与西方维纳斯比美，但雕造人是谁，也只能望艺兴叹。往者已矣，来者可追。建议有关方面能不能组织一定的社会专业技术力量，在全市两区五县以内近百年以来或者“辛亥”“五四”以来在各行各业出类拔萃的大师、工匠、土木专家，以及在穷乡僻壤默默无闻、乐育英才且有突出成就的教师等等，通过家访、普查、座谈、搜集等扎实工作，生者理出资料，由方志办公室统一保存，作为续修时的基本参考；死者写出小传，将这些无名英雄的珍贵资料经过筛选，同烈士模范等“有名英雄”的事迹一起作为新人物志的两个重要来源，把我市地方史志工作提高到一个应有的高度。这是一项有时代意义的工作，也是对劳动人民中优秀分子事迹的抢救工作。

1938年抗战期间，西北联大迁于陕西城固，黎锦熙在那样艰苦的岁月里，倡修《城固县志》，首重调查，而且提出修志人员要和“当地官绅切实合作”，得到他们的支持与参与，则“组织易精，牵涉至广，然后调查无碍，宣传（此处指对于抗日的宣传——笔者注）可资”了（以上见《方志今议·序》）。可见各级领导的重视，是修志工作成败攸关的大事，业务部门也要千方百计、见缝插针。例如在报刊上撰文，宣传呼吁，扩大《市志通讯》的发行范围。在各级人民代表大会即席发言，提出议案等等。要有“时不我待”的紧迫感，再不能将这些平凡而伟大的无名英雄的业绩断送在我们这一代手里。我们要对历史负责啊！因此，可不可以在人物志的编纂工作中提出这样的口号：领导重视，各级动员；眼睛向下，各行拔尖；抢救历史，调查为先。

三、为古代人物立传问题

为古代人物立传，在详近略远的原则下，我认为以下问题必须注意：

（一）对于古人的事迹，由于受现在材料的限制（越远古材料越缺乏），我们只能根据史籍、方志现有材料来编写了，但不能原文照搬。封建时代撰写中由于阶级偏见，漏记、错记，拔高或贬低人物等现象是存在的，这就需要我们用新的观点即历史唯物主义的观点，新的材料和新的文体（语体文）来重新认真编写，该补记的补记，该纠谬的纠谬。特别是历史上的农民暴动或起义中杰出的领导人一定要重新立传，还历史以本来面貌。唐代史论家刘知几在《史通·直书》中说：“然则历考前史，征诸直词，虽古人糟粕，真伪相乱，而披沙拣金，有时获宝。”在《天水历代名人》里，令人非常高兴的是，这个“宝”初步拣了出来。这就是北魏后期领导关陇人民大起义的农民英雄秦州人莫折大提、莫折念生父子（莫折是复姓，羌族）的事迹有了合传，洗刷了历史的灰尘和污垢，莫折父子在历史舞台上以正面人物的崭新姿态站起来了。可见在我们时代，只要有正确的历史观，然后在大量史籍中精心挑选，去伪存真，就可以分清延安和西安而拣金获宝的。

（二）对史籍有传而新志需要立传的，不能只用浓缩（缩写）的办法来移植。世间任何事物都不是孤立存在的，它总是同周围其他事物相互联系、相互制约、相互作用的。以李广为例：《史记》本传约2500字，旧志浓缩到1000字，是颇费匠心的。但是我们知道，一部史籍是用传、记、表、志等各方面的史料来勾画出一个复杂错综的历史横切面的，方志人物篇则是从史籍中摘写有关人物的事迹。如果不把所摘取的历史人物放在当时历史的具体环境中去写，有些问题在现代人眼里就无法解释。因此，写李广，就不能不写当时北方游牧民族匈奴经常深入西汉领土进行的掠夺战争。为了保卫王朝和人民生命安全，必须对匈奴作战这一历史事实进行叙述，飞将军李广的形象才能更正确反映出来，起到烘云托月之效。同是作为李广故里，就必须提到现在的“飞将巷”和“李广衣冠墓”等有关历史文物。以引起人们的联想，激发人们热爱家乡和进行爱国主义教育。《天水历代名人》在这方面还没有完全改变过来。

（三）有时还要广征旁引，发现线索，“跟踪追击”，才可得到“全豹”。有两种情况。一种是史籍有传的。史家对这些人，为了行文方便，一些事迹甚至重要事迹却散见于有关列传。南宋秦州人张俊，其铁像至今跪在杭州岳王墓前和秦桧一起供游人唾骂。他本人在《宋史》是有传的，但连篇累牍记载了他的战功（包括镇压“群盗”）。对岳飞谋反的记述只三言两语，却散见于张宪等有关列传中。方志写张俊，必须参考有关传记，才能写出这个民族罪人的丑恶面貌来，从反面教育后人。另一种情况是史籍无传的，如汉初纪信。旧志只写了他的一件事，就是在荥阳代汉王诳楚被焚，却对“鸿门之宴”中与樊哙等四人“持剑盾”保护沛公狼狈潜逃之事只字不提，而一般人也不知道有这一段情节（以上两事均见《史记·项羽本纪》）。但是，我认为后者是一个很重要的史料，它说明了纪信等人在当时严峻的政治形势下，时时刻刻注意着宴会中事态的发展变化，必要时准备以生命来维护沛公安全的。也只有先写出这一史实，以后被焚之事才有思想脉络可寻。

（四）对历史人物的某些情节无可考的，应当存疑或诸说并存，才是史家求实的态度。司马迁在《韩申老庄列传》里对老子其人存疑的态度已经做了很好的榜样。《秦州志》不同时期的两种版本里，在“纪信传”之后都附有小注。一种版本写：“（里籍）史无考。旧志云是此州人，或云华州人。”一种写：“《史》《汉》皆不言（纪）信何地人；《明一统志》云安汉，又云成纪；《荥泽志》云成纪人。今从之。”这种存疑态度值得提倡。据我现有的资料看：(1) 今四川南充市（即古安汉）有纪将军庙。他们认为西充县（古属安汉）紫岩乡即纪信故里，该县木角乡还竖有

“汉将军纪信故里”石牌（明万历四年立），至今犹存。（2）黎锦熙师在《方志今议》里也说：“城固柳林铺之辅德王，世俗属之纪信……则皆待考。”不过黎锦熙先生持怀疑态度。想以后的《城固县志》对此一定有所考证的。（3）最近又有人说：河南郏县也有纪信祠墓等等。纪信是汉朝的功臣，所谓“纪信殒，炎汉兴”。加上他又无籍可考，世俗都想认他为同乡人，众说纷纭，也就在所难免了，深望有心人在此基础上能深入考证之。

另外，这次编写《天水历代名人》过程中，所辑录明清两代进士出身的若干人，据我所知，其后多保存有家传、墓志铭（拓片）以及手迹遗稿等。有的撰写人员之家与其故居近在咫尺，与其后代朝夕相见，也不想就近进行访问调查。只是翻方志，找省志，伏案辛劳，煞费苦心，但是写出来以后，连起码的生卒年月也付缺如，事倍功半，给新方志的引用造成困难。

四、为国史性人物立传问题

明代康海所修的《武功县志》，在人物和烈女中收有后稷、文王、唐高祖、唐太宗等帝王，姜嫄、太姜等后妃，遭到章学诚的猛烈抨击，认为：“夫诸侯不祖天子，大夫不祖诸侯，严名分也。历代帝王后妃，只尊纪传，不籍方志，修方志者，遇有帝王后妃故里，表明其说可也，列帝王于人物，载后妃于列女，非惟名分混淆，且思王者天下为家，于一县何有？”这是从“严名分”的封建教条出发的，在新方志中应予以扬弃。《新编方志工作条例（草案）》中也规定了对全国有影响的人物可不必立传，在凡例中加以说明即可，其家乡的事迹依类载入有关篇章。这种体例，好则好矣，但是，我却认为：对于近、现代史中，越是全国有影响的人物越要在方志中立传，不立传就不能完整地反映本地人物的全貌。本地人民也有这种强烈的感情要求，不立传本地人民是通不过的。也有人认为可以采取折中的办法，即在写法上侧重于写家乡活动和与家乡有关的事迹，以便与国史有所区别。但这里存在着征集资料、褒贬品评和审批把关等非常现实的问题。例如邓宝珊将军，他从十四五岁就离开天水，以后很少再来。去年有人写邓将军的历史小说，对其儿时与少年时代的活动史料征集就颇感困难，因为同时代的老人基本上不在人世了，所以给这样的人物立传时，不妨采取“拿来主义”，即将中央或有关史料部门写定的传记移植于方志之中，以便与国史的观点保持一致。在有关篇章中，仍应标明其出生地和曾来天水活动的情况。

清代学者洪亮吉在《泾县志·序》里说："一方之志，简略不可，滥收亦不可……滥收则或采之传闻，不披载籍，借人才于异地，移景物于一方，以致讹以传讹，误中复误。"这几句话，切中了一般旧志的通病。要弄清什么是籍贯，习惯的说法是指父系祖辈居住地或本人的出生之地。《新编方志工作条例（草案）》在籍贯条下是这样规定的：人物立传，以原籍（出生地区）为主，兼顾主要活动地区。因此方志立传，对于出生地是很重视的。在天水旧志中，不但列了李渊，也列了其祖父李虎（《天水历代名人》甚至连李世民也列入）。考之史籍，李广的十六世孙李暠（凉武昭王）、李暠的七世孙李渊，由于李广的原因，对后世子孙，也就不问籍里，一律以天水人目之，列入地方志。李暠本人的籍属何地，《周书》和《北史》皆无记载。《旧唐书·高祖本纪》中称："其先陇西狄道（今临洮）人，凉武昭王暠七世孙也。"这样，连李暠里籍在天水的习惯说法也动摇了。据李白家世权威学者张书城考证，李广的后代，有一部分移居狄道，于是有成纪房与狄道房之称。又据《旧唐书》中称：李渊的四世祖李熙在北魏"为金门镇将，领豪杰镇武川（在今内蒙古呼和浩特市北），因家焉……（祖父李虎）与周文帝及太保……以功参佐命，当时称为八柱国家……（李渊）周天和元年（566）生于长安"。至于李世民，《旧唐书》里说："隋开皇十八年（593）十二月戊午生于武功之别馆。"以上说明李虎生于武川，李渊生于长安，李世民生于武功，这些人从史籍上考察不到与天水的蛛丝马迹，在天水更无生里可考（现在清水县鲁湾村的李虎墓，不少人对其持怀疑态度）。在《天水历代名人》中也有李白传。李阳冰的《草堂集·序》记载：李白是李暠的九世孙，"中叶非罪，谪居条支……五世为庶"。说明李白自五世祖时流放到碎叶的（碎叶一说在今吉尔吉斯，一说在今新疆境内），五岁随其父潜逃回来，定居在今四川江油青莲乡，一生与天水挂不上钩。另外还有南宋中兴名将刘琦，《宋史》本传载其里为德顺军（今静宁）人，但旧志则称其父为天水人，也在旧志中立了传。

天水是历史名城，文化古都，传说中有伏羲、女娲；秦汉以来，更是名将辈出，名相继起，在甘肃一直得风气之先。辛亥革命时期，在夜气如磐，黑云压城的甘肃，天水平地一声雷，首先宣布独立，旧民主革命在甘肃打开缺口。新民主革命时期，天水的爱国儿女前仆后继，为祖国和人民作出了贡献，付出了牺牲，邓宝珊将军又促成了北平的早日解放。天水解放后，在党的领导下，各族人民在社会主义建设中流血流汗，成绩辉煌，所有这些，皆足以为天水增光添彩，使名城更加绚丽多姿，是邦家之光，比之其他同等城市，也无所逊色，这些历史人物，在新志中一定要充分反映出来。

五、关于人物表的问题

史家立表，义取简明，表在先秦的史籍中就开始应用，而真正创立表体的，则始于司马迁。这正是《史记》体例的一大特点。其中人物年表，有事迹者则列传，其余不胜传者，则以表记之。首尾有序，使表与史传相辅相成，历代史学家皆仿效而不衰。章学诚说："史家列传，自唐宋诸史，繁晦至于不可胜矣。欲使文省事明，非复人表不可""人表于史篇，则人分类例，而传不必曲析求备。列传文既省，则事之端委易究，而马班婉约成章之家学，可牵而复也"。所以他十分推崇班固的《古今人物表》，并把它运用到方志之中。他认为列表的好处有三：一是前代帝王后妃，去取皆宜；二是志书中人物立传，列表登记，可做到"密而不猥，疏而不漏"；三是便于记载地方上的各种人物。可见有表有传，表传结合，是我国史志的优良传统，新志更应该继承下来，为我所用。

在方志人物传中，表传结合，还可以避免左右重复，把上下的交叉关系处理得很好。有些旧志，不仅省志抄统志，县志抄省志，层层因袭，相互转引，重重叠叠，乱而无序。有了人物表，则纲举目张，一目了然。在新志人物篇中，可否这样设想：各县（区）志中有传的，只列表以明之，不再立传。当然，对于旧志有谬误者则仍需纠正，特别是农民起义（或暴动）的领袖人物必须立传或重新立传。对于近现代史人物，除主要人物立传外，多数都应分类列表处理。这样，可以分为历代人名表、干部表、劳模表、烈士表、科技人员表、优秀教师表等，做到有表有传，点面结合，精粗巨细，交叉有序，疏而不漏，博而能断。不仅是史志的体例，而且是一种特殊的语言文字。如能用得恰到好处，做到左右逢源，确有"济文字之穷""一表抵万言"之功效。

六、关于发扬民主集思广益问题

古今中外，凡从事写作的，大都重视修改，甚至多次易稿。写文章要修改，修志要修改，人物志更不能有丝毫马虎。编写人物志，在众多的编写人员中，就有明确分工，或纵或横，各把一关。稿成之后，必须互相研究，群策群力，增删损益，取长补短，才能写出有水平的人物志来。智者千虑，必有一失，"众人是圣人"。人们把编纂志书形象地称为"修志"，道理也在于此。修者，改也，修改的过程，也是总结经验教训，扬长避短的过程。康熙初年，大学士卫周祚在《曲沃县志》序言里提出了著名的修志“三长”理论。他说：“尝闻作史有三长，曰才、学、识。修志亦有三长，曰正、虚、公。”其中的“虚”，就是说要虚怀若谷，广纳群言，主观武断是修志的大忌。

先秦时代，百家争鸣，发表见解的书籍日渐增多，社会上需要一种总结式的荟萃群言之书，于是战国末期，秦相吕不韦便适应客观需要，大规模组织人力，从事这一浩繁的工作，由食客共写了一部书，“以备天地万物古今之事，号曰《吕氏春秋》”。现在看来，此书并不是无懈可击，首先是由于“使其客人人著所闻，集论以为八览、六论、十二纪，二十余万言”，因此就没有形成一个比较统一的思想核心和体系。但是大商人出身的吕不韦却很自负，“布咸阳市门，悬千金其上，延诸侯游士宾客，有能增一字者，予千金”。我的天！在当时秦国那样的严刑峻法下，吕不韦是相国、文信侯，号“仲父”，一人之下，万人之上，即使有人真想增删一字，这是提着脑袋作儿戏的事情，敢乎？今天时代不同了，一个人的智慧是有限的、渺小的，长于此者或短于彼，不可能具有各方面的知识。摆在我们面前汗牛充栋的史籍资料，内容又是如此丰富繁杂，如果说一个人的精力，闭门造车、闭目塞听，或冥思苦想，或坐而论道，就自负能编出一部“游夏不能赞一辞”的完美无缺的一方人物志来，那简直是不可想象的事。章学诚在刘知几提出的史才、史学、史识是史学家三长的基础上又加了史德，作为品评史家的标准与编写方志的原则。我想，有这四项还不够，史志家还必须是作风民主、广纳众议、扬长避短、群言修志。这也就是卫周祚所说的“虚”字。

在人物志的编写问题上，还有不少问题需要商榷，先写出这些作为读了《天水历代名人》以后的心得札记和断想。

谈谈专业志的主次、点面关系
——兼评《天水市物价志》

市物委同志用不到十个月的时间编写了一部二十余万言的《天水市物价志（初稿）》（以下简称《物价志》），我怀着敬佩的心情读过好几遍。内容翔实，资料丰富，体例完善，脉络清晰，是一部有分量的专业志书，为我们编写《商业志》提供了很好的借鉴，也对我们努力编好《商业志》起了积极的促进作用。

现在根据《物价志》中出现的个别瑕疵和我们写《商业志》的一些经验教训，来谈谈写专业志的一些问题。

一、主与次

专志是记载一地之某项事物专业和某项事物基本面貌的专著，是整个志书的一个有机组成部分，必须在“专”字上做文章，着重记述本专业兴衰起伏的状况，以反映本专业性。所谓“志乃一方之全史”中的“全”字，主要应体现在整部志书上，而“专”则体现在部门编写的专业志上。人常说的“专志贵专”，要专内容就不宜过宽，这是专业志最本质的属性，也就是特点，亦称个性。我们写《商业志》时，把主要精力和笔墨花费在商业的经营管理上，对为保证事物开展而进行的工作活动，则穿插在事物活动中来记述，我们认为这样主次比较分明，不致喧宾夺主，模糊个性。《物价志》在这方面作出了较好的样板，在此表示敬佩。但是我读过一些外地专业志，他们将大力气花在本部门机构沿革和历届领导人变动上边，有的甚至用了大量篇幅以记述之，有的把一个机构内各科室人员的名字，包括以工代干、被落实政策人员也写入志书，成为志书中的“花名册”，似乎不妥。丢开历代志书不说了，即为现代修志规则，对人物入志也有严格限制（立传、简介和列表），《物价志》在这方面也能否注意一下。

详今略古，相近略远，乃修志之光荣传统，“今”是主，“古”是次。我读过的一些专业志对详今略古的原则处理不够恰当，一是对事物的溯源过去过远。如写商业志，一定要追溯到传说人物伏羲，因为《易经》上有“日中为市，聚天下之货，致天下之民，交易而退，各得其所”的记载。对秦安大地湾古人类遗址，只要能沾上边的都要去写。二是对事物的溯源，先全国，再全省，然后落到本地区。我认为为了说明某事物的产生和发展，其历史状况能以追溯到什么时候就什么时候，无法追溯就可以略而不写，但必须把握住是写本地区专业志的这一原则，《物价志》在这方面还需要进一步探讨。

这里有一个重要问题是资料的真实性和资料的可比性。曾三同志说：“资料是修志的基础，资料的真实性是志书的生命。”专志是科学的资料书，资料必须全面翔实。对此国内有两种主张：一曰韩信将兵法，一曰沙里淘金法。各有道理，各有片面性，前者以数胜，后者以质胜。我们知道，数量与质量是辩证的统一，质量制约数量，数量表现质量。无质量则认识不了事物，无数量则体现不出质量。但在资料的运用中并不那么简单，缺乏分析，就不可能在大量资料中体现事物的可比性，就不可能体现事物发展的轨迹。正确的做法应是数量和质量有机结合，在数量（博）中求质量（约）。博是基础，约是目的。刘熙载曰：“真博必约，真约必博。”光博采，所收的资料不等于全面翔实；光精收，所搜集的资料并不说明科学性和准确性。关键在于有没有抓到说明事物本质的科学资料，这种资料，只有在对大量材料的筛选中才能把握。正确的做法应是博中求精，由博返约，在吃透资料的基础上选出那些最能说明问题的资料入志。从事物的量来说，既有外延（广度），又有内涵（深度）；从事物的质量来说，抓住了特殊的本质属性，避免无效劳动，达到最佳效益。《物价志》在由博返约的“约”字上似应再作考虑。“不贵应有之尽有，而贵应无之尽无。”（寿鹏飞：《方志通义》）

二、点与面

方志的述写，除按由远及近的时间顺序，以事物的兴衰起伏为主线，记述事物的基本情况外，还要细述事物的细节，即“点”的情况，做到有点有面，点面结合。面的记述反映事物的全貌与发展过程，“点”则反映事物的细节及特征。一部志书如仅有概括情况的记述，而无点的情况来衬托或证实，容易成为摆工作情况的流水账，缺乏应有的深度；如仅择其中几个事项或几个点的情况来记述，又难以反映事物的全貌与发展变化的轨迹，也给人以只见树木不见森林之感。

在点面结合中，很重要的一点是如何选取典型资料加以记述。典型资料与“点”的资料是有区别的。一般说来，“点”的资料范围广，是共同的；而典型资料范围小，是各异的。“点”的情况不一定都是典型，但典型情况一般说来必是“点”的情况，是“点”上情况的重要部分。某些旧志的编志是花了很大气力去搜集、运用典型资料的，这给我们留下了宝贵遗产。我们编新志，要宣传社会主义建设的伟大成就，为两个文明服务，也必须对这个时代的典型事物认真搜集，恰当地反映到志书中来，此点请《物价志》能予以注意，似乎还应注意以下几点：

（1）在运用典型资料时一定要注意它在同类事物中的代表性，切忌举个别的没有代表性的事例。如随便抓住几个十万、百万元户去证明当地人民生活水平的高低，随意挑选一两个生产发展速度较快的单位去证明一地农业发展的高速度等等。这种方法过去在“左”的思想指导下写总结报告中屡见不鲜，当然只能起到相反的效果。

（2）必须与党的十一届三中全会以来的路线、方针、政策相一致，为“一个中心、两个基本点”服务。因此在政治观点上要是非清楚，观点鲜明，不能不加分析地把有错误的观点带入志书。如《市志通讯》发表的“民国大事记”称军阀王均之死为“遇难”，称烈士之死为“处死”，其他如美化孔繁锦“修公路”“办工厂”等，可以说是大错特错。

（3）有时为了总结经验教训，也可选用一些反面典型。但总的来说，志书应以选取正面的典型资料为主，选用一些新生的、先进的、能反映事物发展方向的以及能向广大干部、群众进行革命传统教育、民主和法制教育、共产主义教育的典型资料加以记述。如《物价志》中只出现物价监督员名称而无典型资料，似应在志书中有一席之地。

《天水市志通讯》1990.1（总第7期）

怎么样当好地方专业志的主编

主编是编辑群体中的首脑，编务工作的主持人，是决定专业志编纂成败的重要角色。因此，当好专业志的主编，就显得十分重要。现将我主编《商业志》工作中的一些做法和体会作以下发言。

一、要有专业精神，热爱修志工作

全国著名教育家李湘宸博士对专业精神的解释是敬业、乐业、勤业的总和。当时他只针对教师这一行业而言，但在我编纂《商业志》中，也觉得适合于修志工作的精神标准。

一曰敬业。天水市（上溯到以前的天水地区）从来就没有专门的商业志，旧的几部志书中，对商业也只是三言两语交代过了，要使人知道天水商业的来龙去脉、发展变化，只能望洋兴叹了。因此，写好本行业第一部社会主义新志书，就可以为领导机关确定方针政策、制定规划、加强科学管理、实施正确领导提供历史借鉴和科学依据，就可以对人民群众进行爱国主义、共产主义教育，为坚持四项基本原则和革命传统教育提供乡土教材；为国史以及各门社会科学和自然科学的研究提供基础资料。所以它是社会主义精神文明建设所必需，是“志以信后，文以行远”的传世之作，是一项老传统、新事业。这就需要我们修纂各行各业志书的主编严肃对待这一事业，当作党和人民交给我们的一项无比光荣任务，不要在我们这一代手里造成“一代失修，千载难补”的失误，也就愧对前人，给后代交不了账。所以，要以高度的政治责任感、使命感，用当仁不让的精神来勇敢地献身这一事业。

二曰乐业。一个人要做好某一项工作，不外乎具备这样三个条件，即动力、能力和精力。愿不愿做，取决于动力；会不会做，取决于能力；能不能做，取决于精力。其中居首位的是动力。现代心理学知识告诉我们，人的工作动力与他从事这项工作的情趣之深浅是成正比例的。孔子说过："知之者不如好之者，好之者不如乐之者。"意思是说，对于任何学问和事业，懂得它的人不如喜爱它的人，喜爱它的人不如以它为乐的人。孔子此言，显然是从心理学角度来立论的。修志是个苦差事，修志办公室无权无钱不管物，是个"清水衙门"，这也正是有志于修志者的安身立命之所。一个有事业心的人，只有除去名利之念，才能对这个千秋大业具有高度的责任感。对我本人来说，离休以后要做和必须做的事情很多，并不清闲，而且有些工作已经开始动手了。但是，当有人请我修纂《商业志》时，我愉快地接受了，只身搬到办公室，星期天很少回家，与朋友基本上停止通信和会面，以能够参与修志为最大乐趣。《离骚》曰："亦余心之所善兮，虽九死其犹未悔！"善者乐也。宋词曰："衣带渐宽终不悔，为伊消得人憔悴。"因为乐在其中。

三曰勤业。修专志是一项系统工程，是一项艰巨复杂的劳动。章学诚说修志有"五难"（清晰天度难，考衷古界难，调剂众议难，广征藏书难，预杜是非难）。到现在，经过科学的手段，学者专家的研究和国家图书馆的建立，"五难"之中，三难已经不难或基本不难了，而新的难点何止五种。诸如建立机构难，挑选人才难，精通专业难，资料齐全难，鉴别资料难，史料翔实难，观点无误难，体例完善难，突出特点难，记述准确难，详略得体难，文风端正难，继承创新难，合乎志体难，反复修改难，知识渊博难等等。

一个有事业心的主编，面对困难，必须坚韧不拔，百折不挠，以身作则，身先士卒，勤奋修志，不知疲劳，为同志们作出榜样。传曰："一勤天下无难事。"

根据我的实践，敬业、乐业再加勤业，则天下无不可克服之困难。有此六字，什么修志中的酸、咸、苦、辣会一齐抛到九霄云外，即使你的才能和知识差一些，也会在干中学、学中干，不断增长才智，成为专家里手了。我是时刻以此六字来鞭策自己和勉励同行的。

二、要求高标准、高质量

专业志的质量在于价值高，即具有最大的社会功用；在于寿命长，即能够流传千秋。因此，在修纂时有"五事"一定要注意：一曰观点正确，二曰资料完备，三曰特点突出，四曰体制完善，五曰文风端正。在这五点上，这几天有的同志讲得很多，兹不赘述。只提出以下两个问题，请同志们注意。

一忌抢先成书。有的同志仓促上马，不管资料齐全与否，真实与否，采取边采边写，总想早日成书。写专业志贵实不贵速，速度要服从质量。我并不反对高速度，也不提倡旷日持久。问题是，速则质劣，质劣则高速度也就失去意义，必然是“夹生饭”，还得付出更多时间去“回炉”。想事半功倍，结果是事倍而功不到半，何苦呢？正确的做法应当是，既要高速度，又要高质量，在保证质量的前提下加快速度。

二忌应付差事。有的同志至今还没有树立起修一部高质量专业的雄心壮志。在他们看来，什么高标准，能早日成书就不错了；有的同志平素工作不称心，困难得不到解决，一肚子怨气和冤气，临时抽调来了，因而想早成书、早拉倒；还有的同志出于领导再三请托，推脱不掉，欠了人情债，现在想早完成任务，另就他适。修志中遇到这样或那样的困难、阻力和闲言碎语，是在所难免的，关键在于主编有没有不获全胜决不收兵的雄心壮志。只要想到修志是党的委托，人民的需要，历史的使命，牺牲一点个人利益也是必要的。能在修志方面有所造就，这不也是一个很好的进步吗？

三、要胸怀几个全局

专志的主编，应当是一个胸怀全局、运筹帷幄的指挥员。除了用马克思列宁主义、毛泽东思想统帅修志，学些修志知识和本专业知识，学点近现代史，都是非常必要的。《孙子兵法》对于一个指挥员的要求是“知彼、知己、知天、知地、知时”。

一是专业历史的全局。对天水商业来说，伏羲氏时代，就“日中为市”“聚天下之货，致天下之民，交易而退，各得其所”。从这一脉络出发，历朝天水商业的兴衰起伏，一直到中华人民共和国成立四十年的发展变化，心中要有一本账，要闭上眼睛就能了然于怀，才能像孙子说的“故知兵者，举而不迷，动而不穷”；才能在修志中纵横捭阖，左右逢源；才能高瞻远瞩，指挥若定，运筹帷幄之中，决胜千里之外。

二是专业特点的全局。各行各业都有自身的特点，特点就是个性，共性寓于个性之中，来源于个性。只有写好个性，才能更好地发挥共性。修志最怕的是千志一面，毫无特点。

三是资料工作的全局。资料是基础，资料不全就无法修志。有资料而无价值或价值不高，就无法修出好志来。抗战军兴，黎锦熙先生主持修《城固县志》时，在资料工作上强调要“杂览周谘”和“清谈闲话”相结合。我在积累商业资料时，有不少珍贵材料或线索就是在和老朋友闲谈中得来的。现在有的同志对“杂览周谘”注意了，对“清谈闲话”

还注意得不够，要加强。孔子曰："博学之，审问之，慎思之，明辨之，笃行之。"博学之，就是收集要博；审问之，就是挖掘要深；慎思之，就是整理要精；明辨之，就是鉴别要准；笃行之，就是选用要当。搜集资料这五个步骤，缺一不可。

四是专志编纂工作的全局。把握进退，成竹在胸，灵活运用，才不致造成指挥上的失误。在这里，抓人才是十分重要的一环。宋朝司马康对《资治通鉴》的评价是："《资治通鉴》之成书，盖得人焉。"可见抓人才的重要。因此，作为主编，要善于发现和培养人才，保持修志人员的相对稳定性。

四、要讲求志体（略）

五、要善于协调上下四方

首先要善于取得本部门领导的支持。（中略）其次要取得下属单位和各科室的配合，使各个部门认识到提供资料不是额外负担，而是分内之事，是为本部门的两个文明建设服务的。在我们索取资料的过程中，不管遇到多大的困难也不灰心丧气，唯一的目的是千方百计把资料搞到手。当然，与下属单位及各科室的关系要摆正，做到不卑不亢，心平气和。最后是要善于团结一班人通力合作。专志办一班人的团结，很大程度上关系着主编的民主作风和以身作则。要敢于自以为是，又勇于自以为非，不泥古不化，善于疏导，勇于开拓。德、才、识要力争高一些，劳动要力争多一些，才能组织一班人分工合作，各司其事，做到有条不紊，变一支"御笔"为千手千眼观音。

六、要经得起失败

目前，《商业志》正处于二审阶段。自四月初开始，每周用三个半天进行评审，现在已花了将近四十个半天，评审了三分之二。评审中逐字逐句斟酌，逐章逐节推敲，文义不妥者更改之，史料不确者订正之，引用不当者复核之。将近三个月的实践证明，一部专业志想一举修成，想一稿定乾坤，是很难办到的。在评审中的失败是难免的，而在于一个主编如何对待失败。

失败，可分为局部的失败与全面的失败。一部专业志几十万字，初稿中没有局部的失败，是不可能的，要尽量避免全局性的失败。目的不明、内容贫枯、史料失实、体例不当、详略失体、不见全貌等等，都是可以预料到的。无论修修补补的小改，补充调整的中改，推倒重来的大改，都应认真对待。在失败面前不能泄气，不能刚愎自用，打退堂鼓，撂担子，当逃兵。而要带领打了败仗的队伍去夺取最后的胜利。屈原曰："路漫漫其修远兮，吾将上下而求索！"

（本文系1990年6月19日由天水市地方志编委会召开的区、县志负责人及专业志主编经验交流会上的发言）

天水市的四个特色商品专业市场

天水地区贸易起源甚早，代有盛衰。西汉武帝时，丝绸之路开通，天水周边地区，来自西域的贸易渐趋繁荣。唐代，天水秦州城店铺林立，一派商贸繁荣景象。宋代茶马互市的设立，天水成为商业贸易繁华地带。明清时期，官方的茶马互市、盐马互市日渐衰微，但民间贸易依然繁盛，并形成若干场地、区域、期日固定的集贸市场。清末民初，商品经营者成立商会，管理商业贸易，并有专营洋货的店铺销售洋货。1945年，宝天铁路通车后，外来人口剧增，工商业户增多，纺织、五金、电料、西药、照相等行业相继兴起，并且具有较大规模。新中国成立以后，随着国家对粮棉油实行统购统销，对私营工商业实行社会主义改造，限制农村集市贸易，商贸流通领域形成国营商业单一经营局面。改革开放以后，改革商业管理体制，扩大商品供货渠道，实行承包经营，开放商品价格。进而，多种流通渠道、多种经济成分、多种经营形式并存的开放式流通体制逐步形成，集体和个体商业网点以及从业人员大量增加，集市贸易日渐繁荣，商品流通更加活跃。涌现出秦安小商品市场、甘谷成衣市场、武山蔬菜市场、张家川皮毛市场等各具特色的专业市场。因我应邀编制《天水市国营商业志》，有机会对这四个市场进行了调研了解，现简述如下。

秦安县小商品市场

这个市场是1980年发展起来的，当年经商的有13户13人，1983年增加到254户311人，已初具规模，到1988年发展到907户，从业人员1917人。

这个市场是以经营三类小百货为主，批量销售，从业人员基本上是农民，经营的小百货、小五金、布匹、成衣、针织、鞋袜、花线、毛线、交电、食品等十大类，近400个品种、3300个规格花色。1988年营业额达1400多万元，在业务发展的同时，加强和改善了管理。自1984年以来，连续被评为省、市、县文明集贸市场。

这个市场主要供货对象是活跃在农村的货郎担，经营的商品都是根据广大群众的要求开展的，其特点是：

1.商品小而全。这个小商品市场一开始就瞅准一些国营生产企业和经营企业追求利润，出现“重大轻小”倾向，不愿意生产经营日用小商品，使小商品在不少地方，特别是在边远山区的农村，经常脱销断档，给当地群众生产和生活带来不便的现状。小商品市场拾国营商业之遗，补市场需要之缺，经营群众所急需的日用商品，如妇女扎头用的网子、包头，老人用的拐杖、旱烟锅，儿童用的玩具、学习用品，还有商店不时脱销的衣服扣子等，从而有效地繁荣了市场供应。

2.价格活而廉。由于摊贩的商品多是从工厂直接购进的，中转环节少、费用低，价格一般是国营商店的10%～20%，这就给商品随行就市、客主协商议价提供了较大的可塑性，达到摊贩和货郎担都有利可图。

3.销售整而专。他们主要供货对象是农村货郎担和外来商贩，因此在经营方式上批发的约占总销量的90%以上。有些商品专业化程度很高，橡胶鞋、布匹、锦纶丝线等，一个摊点一般是一个品种、多种规格，有的摊点摆出的商品，价值只有几百元或几千元，但都备有许多数量的现货，专门批发给货郎担。

4.信息灵而快。小商品市场，对市场需求反应灵敏，应变力强，对不同地区、不同民族、不同季节的销售特点，掌握得一清二楚，并能及时反馈生产厂家，组织生产适销对路的产品。因为一些较大的商户在外地还设有联络点，有些人常年不在家，走南闯北地选购货物，还有一支庞大的货郎担常年累月活跃在各地，这些人即是推销采购员，又是市场信息员，推销商品、了解情况，一举数得。

5.运销多而远。这个市场，立足于秦安，面向西部农村，成千上万的货郎担，肩负着商品的外运任务，地不分南北，货不分公私，生意做到青海、宁夏、新疆、内蒙古、陕西、西藏、四川等省区，甚至翻越“世界屋脊”到尼泊尔、巴基斯坦、俄罗斯。人们形象地把这些人誉为“西北高原的吉卜赛人”是有道理的。他们有些是一户或联户用汽车向外运销货物，他们运到边远山区，销售很快。他们除了把农民需要的小商品购进来、销出去，又把那里农牧民的农副土特产品以及一些废旧物资收起来，售给国家或集中起来搞加工，真是利国利民利自己。为了进一步扩大流通，适应商品经济的发展需要，县上有关部门在加强市场管理的同时，在兴国镇修建了占地3.54公顷，建筑面积35364平方米的市场，作为第一期工程，已交付使用。建成营业用房420间，其中有85%作为个体营业用房，另有玻璃瓦货棚2栋。

甘谷县成衣市场

甘谷人民历史上就有编织毛衣的习惯，即使在最困难的时期，为了活下去，他们也会偷偷地用毛衣或其他物品（包括成衣），外出换回一些粮食糊口。改革开放以后，也就是在1980年上半年，城关蔬菜市场内只有几个裁剪户，以化纤布料加工成衣，很快就发展到几十户。到同年12月，已初步形成一个专业市场，每集上市销售固定摊位有150多个，临时摊位近百个。1982年成交成衣7万件，成交额37万元，并由政府正式挂牌表示承认。还开放了纯化纤布市场，允许批零兼营，允许成衣外销，从而促使成衣的加工生产和市场交易得到了发展。到1984年，加工成衣200万件，从事成衣经销活动的有2854户4160人，上市场销售的固定摊位270个，临时摊位70多个，全年成交80万件，成交额282万元。到2001年，固定摊位增加到860个，临时摊位160多个。每逢集日，成衣上市量8万件左右，成交量约2万件，全年成交额达600多万元。现已成为全县最大的专业性批发市场，从原料购进、加工生产、市场销售、专业贩运等，已经形成了一条龙的生产流通服务体系。

甘谷的成衣市场，由于它本身的特点，除了本县人的运销户外，还吸引了陕西、河南、青海、宁夏等省区和武都、定西等地区的县以及武山、秦州、北道、秦安等县区的贩运户也参加到甘谷运销成衣的行列。每逢集日，约有8000人参加交易活动。

甘谷成衣的原料从起初时的棉布、的确良、涤卡、锦纶等发展到锦纶丝、丝绸、平绒等20多个品种，原料来源于南京、广州、河南、武汉、浙江、咸阳、青岛等地的纺织厂、丝绸厂、印染厂。有些外地厂家还专门来甘谷设点供应，有些是本县个体工商户购进供应，市场附近就有34家原料供应户。生产加工过程是分工配套相结合，有的是自裁、自缝、自销一家承包，有的是专门承担加工，有是专门承担网锁，有的专搞贩运，有的上市销售，有的在家批发。据1986年底统计，全县有专供加工成衣的缝纫机将近1万台，锁边机600余台。附近的5个乡镇中有20多个加工专业村，狄家村有67%的家户专搞成衣加工，至于贩运成衣的专业村不下30个。如艾家坪村有151户，贩运成衣的占总户数的88.7%，年销售成衣17.7万件，获利14万元，户均千余元，已成为全县农民致富的主要门路之一。这个市场发展到现在，上市的品种已由原来的成人中装几个品种增加到童装、女装、冬装、夏装、中装、西装、时装等30多个品种，50多种颜色。其他薄利多销，交易方式灵活多样等不再详细介绍。

在当地成衣市场蓬勃发展的同时，又陆续出现了100多家经销尼龙衫的个体户，他们从江苏、浙江、上海等地购进成衣，再运到这个市场批发零售，已有固定摊位100多个，1988年成交各种尼龙衫40多万件，成交额在123万元以上。因此，这个市场又成为省内一家尼龙衫的中转批发市场。

武山县蔬菜市场

当你在冬春之际，乘陇海线列车穿行于武山县渭水河谷时。只见沿河两岸的田地里，白茫茫一片连一片，看不到边，这就是武山农民种植蔬菜的塑料温棚。棚外冰天雪地，棚内温暖如春，各种蔬菜在棚里茁壮成长，人们把这种塑料棚称之为“武山县的银腰带”。由于有了冬暖棚，武山的蔬菜种植才像雨后春笋，蓬勃发展，产销量超过历史上最好水平，为农民打开了致富之门。

武山县人民有种植蔬菜的习惯。但是改革开放以前，农民只种少量蔬菜自己食用和上市出售，仅仅是为了得到一部分油盐钱，不在这一行道谋生计。尽管武山具有土肥水美、适宜种植蔬菜的优越的条件，但谈不上什么规模发展。党的十一届三中全会以后，农民对土地有了经营自主权，激发了农民的生产积极性，蔬菜种植面积逐年扩大。到2001年，武山县已有100多个蔬菜专业村，16000多户菜农，有36000多人从事蔬菜专业生产，还有洛门、城关两大蔬菜交易市场，为生产和流通疏通了渠道。

推广科技种菜，发展塑料大棚，提高种菜效益，就是武山蔬菜发展较快的主要因素之一。1978年，洛门镇东街村农民王义仁从天水引进塑料温棚种菜技术，结果棚内韭菜比露天韭菜提前40天上市，每亩产值达2500元，引起了菜农们的注意。在县科协的帮助指导下，反复试验，1982年研究成功三层塑料大棚种植韭菜新技术。种植的韭菜比露天生产的提前102天上市，价格也很可观，由露天正常上市的一斤一角左右，可卖到提前上市的一元左右。一个温棚可收获三茬，每亩产量可达5000～8000斤。以洛门镇为例，这里有光、热（温泉）、水资源，肥沃的土地和先进技术的应用，使蔬菜瓜果优质高产，淡季不淡，四季有鲜。

大宗菜和零星细菜互为调剂，棚内和露天互为补充，有了良好经营效益和社会效益。温棚由原来单一的韭菜生产发展到现在的茄子、黄瓜、辣子、豆角、芹菜、西红柿等20多个品种。露天蔬菜以大面积的白菜、大葱、胡萝卜、西红柿、洋芋为主，既满足居民生活消费的需要，又可远销外地。现在洛门已成为全省有名的蔬菜生产基地之一，人们一谈起洛门，总要和蔬菜连起来。2001年，蔬菜面积6200多亩，其中大棚蔬菜5270亩，日光温室930亩，科技示范园建设和辐射带动作用明显。

在武山的城关镇，他们立足镇情，按照“冬暖棚大发展，普通棚上档次”的思路，大力发展蔬菜果品业，研究和种植反季节蔬菜，特别是韭菜，其中一个村以生产的韭菜肉厚、味佳、鲜嫩而驰誉省内外。

繁荣的市场刺激了蔬菜的蓬勃发展，洛门蔬菜市场，是名扬省内外的蔬菜交易市场，因此也是天水农村规模最大、标准最高的专业市场，形成停车、住宿、寄存、信息咨询、期货贸易于一体的服务体系。市场摊点3000多个，年外销蔬菜2亿公斤。运销全国24个省、市、自治区，2001年已升格为农业部定点市场。

张家川回族自治县皮毛市场

张家川县是一个回族群众聚居的地区，大部分地方都是土地瘠薄，光靠农业不能够维持温饱。但回族群众吃苦耐劳、熟悉营销。中华人民共和国成立前，群众农闲时到宁夏、内蒙古、青海等地收购皮张，天长日久，通过实践掌握了鉴别皮张质量的技能，有的长期在作坊中鞣皮、缝皮，积累了皮毛粗加工的经验，技术世代相传。早在明朝末年，张川、龙山二镇就有皮毛作坊，1939年以后，美、英等国商人也来和当地人合办洋行，经营皮毛生意，一桩两三千件，集中发往上海、汉口、天津等地，同时也促进了皮毛加工业的发展。

党的十一届三中全会召开后，在改革开放方针指引下，张、龙二镇被摧残的皮毛市场逐渐出现空前繁荣兴旺景象，增强了吸引力和辐射力，突破了临时摆摊交易的状况，由自发的简陋的交易市场向具有一定设施的固定市场发展，突破了行政分割的束缚。到1983年，二镇货栈已由11家发展到49家，皮毛贩运户由48户64人，发展到5400户1.03万人。贩运形式已发展到汽车拉运、火车起运、邮寄托运等多种形式，过去人背肩挑，已被开放的车轮所淘汰。皮毛销售渠道畅通各地，收集到张川、龙山两镇的各类皮张和经过加工的皮毛产品销往全国17个省市，特别在河北、山东等地享有盛誉。河北省某县的21个乡级供销社有13人长期在张家川采购皮张。随着市场的扩大，外地前来经商的人数不断增加，长期从事经营的有340人，其中从事皮毛业的有290人。

皮毛交易量的扩大促进了税收的发展，张、龙二镇皮毛市场各种皮张，每集上市量2.5万张，年上市量达300万张，成交量240万张，成交额1400万元，占全县整个集贸税收的一半以上。

皮毛市场的繁荣给张家川县经济建设带来了生机，使全县三分之一的群众增加了收入，也有不少农民靠皮毛贩运发了家。事实证明，皮毛贩运和加工，成为张家川人民脱贫致富的一条重要途径，张、龙二镇真不愧为甘肃最大的皮毛集散地。该县实际年产皮张不足1万，上市的皮张绝大部分都是个体商贩从外地收购来的，他们足迹遍及西北以及西藏、云南等省区，把大量的皮张收到两镇的集市，又通过各省、市、地区的皮张货商销往全国10多个省市，流通数量大、销售速度快、上市量大、种类多。张、龙二镇市场每集上市皮张2万多张，以牛羊皮为主，还有其他各类大小兽皮20多种，收购容易成庄，所以，一些外地客商不愿在本地零星收购，都来张、龙二镇大量成庄采购。

从发展情况看，皮毛销售市场，逐步趋于销售与加工并举，皮毛加工由粗放向精细、单一向纵深发展，传统工艺向现代新工艺、名优产品发展。裘皮荃揉、除臭新工艺正在起步。引进蓝皮加工的由一家已发展到10多家。张川镇有21户从事皮张贩运时间较长、资金积累较多的群众联合集资，分别办起了阿胶厂和皮毛染色厂，阿胶厂的产品质量已达到省优标准。

天水市这4个市场的创建和兴旺，促进了商品经济的发展，对疏通流通渠道、繁荣城乡经济、开展市场调节、促进贫困地区的脱贫致富，都起到了不可低估的作用。因此应当说，这是在党的好政策指引下，个体农民创出来的、逼出来的、干出来的。

“创”。这四个市场原先都属于农村集市贸易范畴，特别是在1976年以前，把私人贩运甚至简单的商品交换，概名之曰“投机倒把”，是资本主义尾巴，概在取缔“割掉”之列。一提起自由市场就谈虎色变，还谈什么活跃经济。“小荷才露尖尖角，早有蜻蜓立上头。”1980年，当党中央“对内搞活，对外开放”的信息一经传开，很多人还在徘徊观望，有的人不敢相信，但是秦安的13户13人，甘谷的几个裁剪户，就凭一股势不可当的创劲，闻风而动，立在小荷尖尖角上，为天下先。不料星星之火，却越烧越旺，丰富了人民生活，也为全县乡镇企业、专业村、专业户提供了取之不尽的原材料市场和产品销售市场。因为他们闯对了路子，这也许是他们始料不及的，不是吗？鲁迅先生说："这正如地上的路，其实地上本没有路，走的人多了也便成了路。"

"逼"。这里今天的生意人，昨天还是农民。多年来，在深沟大山的农民，祖辈相传，只单一地进行农业生产，一遇灾害，群众生活就相当困难。生产责任制后，只秦安一县就出现了8万多剩余劳动力，不得不另谋出路。时势造英雄，逼迫他们之中有些人在集市上找到了用武之地，摆摊设点、长途贩运，也为城镇闲散人员创造了就业条件，开辟了新的就业门路。天长日久，他们见识多了、脑子灵了、思想活了、手脚勤了、胆子大了，许多朴实的农民变得有经济头脑了。凡是这样搞的人，大都是一年脱贫、两年发展、三年致富。武山县塑料温棚种菜能手王仁义，盖起了两栋200多平方米的楼房，已成为远近闻名的富裕户。过去不少山区女青年，中学一毕业，考不上大学就在家待业待嫁，现在很多跳出"农门"，百折不挠，跌倒爬起，成了做生意的行家。她们说："金凤凰是逼出来的。"

"干"。农民进入流通领域，成千上万的货郎担、成衣客和长途运销商贩，充分发挥自己特长，苦干硬干，不会就学，学了再干，农闲做生意，农忙种庄稼，风餐露宿，不怕困难，拼搏奋进，出大力流大汗，找到了致富门路，也搞活了经济，增加了收入，疏通开拓了城乡之间的流通渠道。

在这里，不由让人想起我国的四大镇来，这四大镇就是河南的朱仙镇、江西的景德镇、湖北的汉口镇和广东的佛山镇。甘肃也有四大镇，是兰州的阿干镇、通渭的马营镇、庆阳的西峰镇和文县的碧口镇。他们当时商务繁盛主要原因就是区位优势，水陆交通便利，时过境迁，区位优势已失，四大镇也成为历史的回忆。现在天水市的这四大镇也就是四大市场的崛起，应当说除了他们的区位优势，就是党中央颁布的富民政策指引下，靠群众创出来的、逼出来的、干出来的，因此他们如日中天，方兴未艾，与时俱进，健康发展。

2001年6月

甘肃文化界悼念追忆张举鹏先生逝世文章

我有疑难可问谁
——追念张举鹏先生

刘雁翔

学问渊博、可敬可爱的张举鹏老先生在卧床多日之后，在精神尚可的情况下，溘然长逝，让所有热爱他的人都始料未及。可以说，先生的离开意味着天水传统文化界失去了一柱栋梁，也使好学上进的青年人失去了一位良师。我们大家都很悲伤。我和先生交往有年，也是其渊博学问的直接受益者，下面写几段与先生问学、交往的片段作为对他的追念。

或许算是一种文化的缘分，1987年我一经工作就认识张先生。当时我在天水市地方志办公室供职，而先生是方志办的常客，经常为《天水市志通讯》撰稿，也做顾问，也做方志编撰的场外指导。我们都叫他张老师，一来他在学校工作过，二来他学问好。我的印象——这是一位能写美文的天水地方通。接下来也就知道了他不是天水人，而是甘谷人；他曾在天水师专当过办公室主任；那个特殊年份他在农村待过多年；他曾给邓宝珊将军当过秘书……这些传奇经历，让人肃然起敬。20世纪90年代初的几年，张老师应邀接连编写《天水市国营商业志》《天水供销社志》等部门志，为新编方志作贡献。我因工作之便，时不时地去烦老先生，问这问那的，每当提及我的老家武山，他总是说："哎！贵县……"幽默风趣，我搭上岔子也开有关他的老家甘谷"贵县"的玩笑，其乐融融哉也！

我的第一篇论文《伏羲传说事迹辨正》出来了，自然要请我的张老师过目，数天后我再次讨教时，他连声说好，并建议投什么地方发表。

我拿到稿子，见上面有好几处他改正的错别字和注出需注意的地方，最后还不忘写上一批语："此乃吾生平所见第一大草也。"那稿子的确是乱，当然要被老先生幽然一幽，这是他的好玩和可爱之处。说到张老师的可爱，顺便列举一事。张老师是市志办特邀的审稿小组成员，有审稿会每会必与，有时审稿紧张了就住宾馆，晚间闲暇，审稿小组几位老先生便抠抠麻将。他们的麻将和赌钱无关，是赌情趣，谁输了就顶枕巾。有一次，我看见张老师头上扣一枕巾，并在后面扎了一结，如电影上的冀中农民状，他们"业内人士"唤作《地雷战》里偷地雷的。此后要打麻将，即以"偷地雷"指示之。张老师可爱好玩之处还在于他的高雅玩笑。张老师的老家甘谷和我的老家武山都在渭河正源的上游，1958年"大跃进"搞"一大二公"，甘谷一度还并入武山，所以甘、武两县人平素爱以上下县称之，互相承认是半个老乡。不过，或许是亲近的缘故，两县各自流传着揶揄对方的小段子。一次我和张老师闲谈，说了一段"甘谷饿老鸹"在武山着活（挨打的）的段子。他老人家不动声色、不慌不忙就抛过来一段"宁远（武山）周楞"的段子。说宁远周家楞下有一老读书人叫周楞，屡试不第，闲来无事喜作诗而不会作诗，但诗多了自然就结成了集，想请名人来一序。"贵县"科举寥落，名人自然得到邻县的甘谷去请，声名远扬的巩翰林巩爷无疑是最佳人选。面对××不通的周楞诗，巩爷以打油诗一首代序：

周家楞下有周楞，清早越来发诗性。
周楞何以能做诗，吃上五谷生百病。

哈哈哈！有意思。张老师不善言谈，说话间或还带些结巴，正是这样的语言讲起笑话来韵味绵长，使听者忍俊不禁。扯远了，接下来再说两件问学的事。我自信古文学得还算可以，而清朝人的文章难读，用着资料断句标点，不时会有"拦路虎"，每及此，当然就想到老资格的打虎将——张老先生。张老师在我标点的稿子上三改两画，原先读不来的句子就全通了。拙著《伏羲庙志》收录的碑文标点全经张老师审阅，于是乎我也就很有自信地放在书上了。另有一事，我研读《二妙轩碑帖》时，其中王一经跋文落款呈"当亭长古吴门人王一经述"式样，我读如"当亭长古/吴门人/王一经述"，"当亭"是甘谷的雅称（北魏当亭县辖今甘谷境），这我清楚，但"长（时误读为cháng）古"所指者何，百思不得其解。请教张老师，他微笑着："哎！哎！你老兄，应该这样，'当亭长/古吴门人/王一经述'。"我恍然大悟。王一经在顺治十年至十三年（1653—

1656）任伏羌县令，"当亭长"（应读如zhǎng，秦汉时万人以上县称令，万人以下为长）是指王伏羌县令的身份而言的，至于"古吴门"乃是吴县（今江苏苏州市）之别称。这不是很清楚了吗？老先生学问在那儿放着，高人就是高人，你不服不行。

人固有一死，而先进的文化是长久的。我们可敬可爱的张老师乘鹤西去了，而他对地方文化的贡献是会不断生根发芽成长的。遗憾的是，他的诗文尚未结集，我们缺少一个有地域特色的学习古典诗文的范本。张老师身为甘肃诗词学会副会长、《渭滨吟草》主编，以深厚的学养、古典文学功底创作了大量诗词对联，名山大寺时有所见，期刊时有所刊；同时还有大量的序跋文字、文史随笔散见于报纸和相关图书，如能萃为一集，对地方文化善莫大焉。老先生在世时，我几次提及，而他始终以"不足为外人道也"推脱。这是先生的虚怀若谷。我们作为受先生良多教益的后学理应在这方面做些工作，力争使其诗文集早日面世。我想，这就是对张老师最好的纪念。

张老师爱串门子，也爱到我们家串门子。张老师很好招待，烟、茶即可。卧病之前，张老师冷不丁会爬上六楼敲我的门，和我说些社会、学问什么的。送到楼下回来后，妻子常说："看人家张老师，人开朗，身体好，八十多岁了还能爬这么高的楼，还能找对地方，人爱的吆！"是啊！我是多么希望有一天我的张老师还能来敲我的门，来我们家串门子，我们爷儿俩好没老没小地海阔天空。

学无止境。我是在学业上有些许所谓的成绩，但不懂的东西很多，现在我可敬可爱的张老师走了，我有疑难可问谁呀！每念及此，不由让人叹天地之悠悠，感人生之无常，吾心怅怅焉！怀念张老师，怀念张老师动辄以"哎！哎！你老兄"开头和我打趣的那些美好时光。

（发表于2009年11月15日《天水日报》）

刘雁翔，1964年生，甘肃武山人。现为天水师范学院历史文化学院教授，西北师范大学古籍研究所兼职教授，甘肃省人民政府文史研究馆研究员。著有《伏羲庙志》《杜甫陇上萍踪》《天水金石文献辑录校注》《走进天水》等9部专著。

张举鹏先生印象

薛林荣

我认识张举鹏先生较晚，大约在十二年前，先读他的很多诗文，后来才有缘一睹先生风神，渐渐因公因私过从有加，终于忝列为先生的一名小友。

张举鹏先生诗书俱佳，炼句一字三酌，古典诗词功底醇厚。最早时读到他的“敢有豪情超旧韵，能无椽笔颂新人”句，觉其格高调古，不由联系到鲁迅的“岂有豪情似旧时，花开花落两由之”，何其快意耳！诗以书名，书因诗扬，张老的书法浸淫着古典诗词的余韵，文心芳菲，笔墨所至，多力丰筋，尺牍稿本等虽随意挥毫，已显雄厚苍秀之相，极受业内尊抬。

多年前的一天，市政协文史委主任刘少荣先生带我专程拜访张举鹏先生。张老住在耤滨市场之侧的师专家属院，家门两侧是他手书的对联。先生身材高大，面庞红润，说话带着较浓的甘谷口音。他自号“我佛乡人”，盖因世居甘谷，不忘大像山大佛庇佑之故；书斋则叫“犹未悔斋”，盖以表明心迹。面前的张老非常谦逊，是一位举手投足间有君子之风的蔼然长者，没有普通文人身上常有的那种狷狂气。他清澈、安静，眼中春和景明，总呵呵而笑，像看惯了春华秋月。张老的夫人刘老师是一位画家，她一头银发，面容清癯。两位老人就像代表着喧哗过后的一段平静岁月。我向张老求字，他慨然应允。几天后，我即拿到了他的墨宝，内容是李白的《听蜀僧濬弹琴》，题款为“林荣老弟大雅即正”，我大感承当不起——我可比先生小52岁呢！后来，我因围绕天水历史文化作过一些学舌之文，先生都看在眼里，居然法书一挥，写了四个大字“直追鼎堂”，托人捎给我，以示表彰与鞭策。郭沫若字“鼎堂”，这四个字重逾千金，我受宠若惊，简直手足无措。张老潜不遗世，清不绝物，真醇儒也，而其对年轻人宽容、宽厚、奖掖、扶助之切，简直到了迂阔的地步。

张举鹏先生是“陇上文宗”冯国瑞的弟子，冯国瑞是清华大学国学院“四大导师”之一梁启超的弟子（另三位导师是王国维、陈寅恪、赵元任），梁启超是戊戌变法运动领袖康有为的弟子，康有为是一代鸿儒九江先生朱次琦的弟子，朱次琦是越华书院山长陈莲史的弟子……沿着这条线，可以看到张老的师承关系，明白其深厚的学养功底的渊薮。张老是陇右当代为数不多的有着旧学根基的学人之一，他参与发起了中华诗词学会，被誉为陇右诗坛的大梁，举凡诗词、文典、辞采、音韵、华章等等诸项文字生计，莫有敢绕过先生而行者。以《龙年祭伏羲氏文》例之："时维龙年，神龙诞辰。殿宇巍巍，古柏森森。千秋之明德惟馨，旷代之隆仪备举。龙的家乡，笙簧并奏；羲皇故里，少长欢腾。物润时雨，瑞霭缤纷；暖送熏风，景行仰止。"仅此五句，与普通祭文故弄玄虚、词不达意的做作相比，驯野了然，高下立判，堪称伏羲氏祭文中的经典。先生为同道、诗友所写序跋等文字又透着高出常人的慧眼与抱负，写得典雅、华丽而又精致，字字珠玑，篇篇美文。以《书〈王海帆诗文集〉后》例之："吾尝见夫古今士大夫流，其困居乡里也，或好行小惠，或言不及义，甚或武断乡曲，白马非马，乡人有饥溺者，视之如秦越。王公之乡居不尔也，独善以修其身，兼济以成其志，地方史料，本修志之必需，贤士不屑为，王公优为之。集积地方史志资料之所渐，乡贤事迹之表出，王公不遗余力，情有独钟焉。谓为国之长者、乡之贤者，其谁曰不然！"先生在一篇普通的跋文中知人论事，跳出世俗评判议论短长，信手而出皆是大文章，读之令人服膺。此外，先生的楹联作品，举重若轻，化实为虚，用典得体，对仗工稳，如有凌波微步之功，玉泉观三清殿门柱上所悬之联，即为张举鹏先生所撰："金阙壮灵山，一气全真，参贞元于开阖；玉泉朝圣迹，三生万物，朔大象之充盈。"

认识张举鹏先生后，我便经常在市上组织的各类文化活动中见到他的身影。市政协编辑文史资料请他把关时，他总提一个布袋，腰身稍有些佝偻，从容不迫地步行前来，呵呵而笑的音容笑貌犹在昨日。2007年4月14日，杜甫研究会组织会员赴甘泉杜甫草堂采风，张老也参加了。那时先生虽然拄着拐杖，但行动尚敏捷，他跟随大部队坚持走到八股槐下面的油菜地，神采奕奕，兴味盎然，看不出是一位年届八秩的老者。在农家乐午餐时，杨荫浓先生表演了幽默夸张的快板《夸天水》，逗得大家哈哈大笑。我注意到坐在前排的先生不仅笑，脸上还有一种极期待极欣赏极新奇的表情，那种率性、质直与童真，使我印象深刻。当时我拍了几张照片，今日不期已成为珍贵的纪念。

今年6月19日，我约朋友一道探访病中的张老，其时张老已有两个月没有下楼，每天就在书房起居。下午四时许，先生和夫人还在休息。两位老人耳背，敲门半晌，刘老师听见了迎我们进门。老人发如白雪，极憔悴，精神不太好，盖因这段日子照看先生劳累过甚之故。先生的书房看上去比较乱，主人显然没有精力打理他们，桌上散放着手稿、眼镜、墨盒等物，以及几本《散文》《民间对联》等杂志，书桌后贴着一张用来统计文章长度的字数表，地下堆着各类书籍和书画卷。乱是乱，却也适得其所，每个细节显出读书人特有的印记，特别是书架上辛启荣先生创作的一尊张老半身雕塑，以及桌上写在甘肃工业大学学报稿纸上的一叠手稿，让人倍感亲切。先生和衣面壁卧在书房的床上，听见有人来，面露熟悉的微笑，向我们打完招呼，复又沉沉睡去。刘老师对我们的来访十分高兴，还难得地展示了她的刺绣作品，临别时硬要我们带上甘谷王月亮油圈圈。从先生家出来后我不禁有些失落，不知道老人今后是否还能重捡如椽之笔，镇守陇右诗坛。

若冰先生告诉我张老去世的消息时，我正在三阳川，听到后只觉心里咯噔一下，如闻琴弦之铮然而断，但愕然之后，便觉释然。天水亲友送别先生时，我因任务在身，没能为先生执绋。先生就这样离我们而去了，今夏所见竟是最后一面。

为人复何求？仰不愧天，俯不怍人，张举鹏先生得之矣。先生笔耕不辍，宽厚处世，实践着孔子所云之，“不忧不惧，自省不疚”。和一个时代沉默的大多数一样，先生也有被曲解遭打击受委屈的时候，但他以静制动，持志养气，固有风雨压顶，亦能处之泰然。他的书斋名曰“犹未悔斋”，矢志不悔，何其通透。先生无机心、少俗虑，以一生的坎坷经历洞悉了世事真相，练达了人情，举手投足便显出不慌不忙，是一位道德文章俱为楷模的读书人。我对以张举鹏先生为代表的这些文化老人十分崇敬，他们身上那种侠客般的古道热肠和儒士的气节风骨影响了我们这些后学之人，我们在做人做事上得到了一点体悟和在文字工作中取得一丁点进步，仰仗着他们的启发与扶持。张举鹏先生的辞世，使陇右诗坛少了一座高标，我们痛失了一位可亲可敬的蔼然师长，憾何如哉！风范长存，先生走好。

谨以此文纪念张举鹏先生。

（发表于2009年11月15日《天水日报》）

薛林荣，1977年生，甘肃秦安人，中国作家协会会员。业余从事鲁迅微观研究，著有《鲁迅草木谱》《鲁迅的饭局》《鲁迅的门牌号》等。现在甘肃天水市政府某部门工作。

忆张举鹏先生

汪　彤

张举鹏先生身高而肩宽厚，面方正，额头高，长寿眉下目光淳朴，与人对视，特别是听人说话时，仔细打量对方的眼眉，似在思谋，听到有趣的事，便全神贯注地沉浸在自己的心情中，嘴角留笑，目光炯炯。

这是2007年杜甫研究会东柯谷之游，一张剪影照片中张举鹏老人表情的永远定格。张老博学和蔼，对人没有架子，自与张老相识，每过两三月，我便去张老家闲聊一会。张老在我的印象中是个温和而有善意的老者。

再见张老是今年立夏的第二天，约友人在耤滨菜市场巷口见面。巷口摆放着许多青花瓷器，由青花瓷想到张老，他曾为甘肃省第一任省长邓宝珊将军做过秘书，他这样的老人，似上好的青花瓷，“稀有”，被人赞叹。

去张老家之前，给他打了很多次电话，却没有人接。这让我疑虑重重，总担心张老腿病加重，回老家休养。辗转问来张老儿子张笑青的电话，笑青哥听到我的名字，电话里的声音很热情，他早知道我是他父亲、母亲忘年的小朋友。笑青哥告诉我，父亲已经有两个月没有下楼，家里有人。

张举鹏先生已经85岁，他的老伴刘蓉阿姨，比他还要大两岁。炎热的午后，我敲门的声音似雷滚，老人耳背，很久刘蓉阿姨才轻轻开门，她银色剪发下皱纹沟壑的脸，满是疲惫。看到我，午睡后惺忪的眼里都是埋怨，拉着我的手问：“你怎么很久都不来？”

进门时，已是下午五点，屋子里静悄悄的，刘阿姨说张老还在午睡。去卧室看张老，刘阿姨轻轻摇醒张老：“看谁来了？”张老缓缓转过身，头微微抬起，皱着眉头，仔细打量我们，似乎认清了，嘴里“嗷嗷”点着头，微微笑着，头落枕，翻转身子，即刻又沉沉睡去。他的笑依旧憨态可爱，可笑容随即便消失在消瘦的脸颊上，望着他半盖着毛巾被的脊梁，我心里阵阵酸楚。我想这宽厚的脊背，曾背负着怎样的戎马生涯，而病痛衰老的身体，无论再有顽强毅力的老人，也经不起漫长岁月的磨砺。

曾记得诗词学会的韩玉林老师过生日时，张老在四尺的红宣上写了很大的一个“寿”字，那“寿”字的苍劲有力，是不久的昨天，张老赠给老朋友最好的礼物。而如今，笔墨依旧在案头，几本古诗词书籍上落满了灰尘，病痛对一个人的折磨，扼杀了他所有的喜好。想起那些无数个晴天或雨天的午后，张老午睡起，要在案头读书、写字。张老的书法，不论谁求字，他都不会推辞，摊开纸笔立刻书写，而作为中华诗词学会的发起人，作为甘肃省诗词学会副会长，他妙笔下竟是“珠玉”。我收藏一本留言簿，扉页便是张老题词的“仙乡嘉言簿”；还收藏一本印谱，扉页也是张老用小楷毛笔书写的“石缘堂印谱，张举鹏题，汪彤收藏”。无论多大年龄，无论学识高低，张老的仁爱从来都是那样博大，从来没有轻视过任何一个对诗词和文学喜欢的人，张老就是这样，常常鼓励和支持着晚辈们。

张举鹏先生号“我佛乡人”，与人言谈，甘谷口音很浓，虽话不多，却满腹经纶。1988年曾写《龙年祭伏羲氏文》，而类似这样的文章，在张老一生中曾写过无数。天水诗词学会、杜甫研究会有很多威望高的老人们，而张举鹏先生就是其中一位。张老在研讨或者开会时很少有意见，也很少发言，但他是实干家，《杜甫陇右诗集》及每期的《渭滨吟草》，张老和其他几位老人一遍一遍，甚至数十遍地读稿、校稿。张老对每一件事认真负责任的态度，是我们年轻人应该学习的精神。

张老仁爱，感情细腻不外露。记得在一次生日宴会上，端来一盘馒头做的小寿桃，红粉的寿桃鲜亮惹人喜爱，夹了一个给张老，他却摇摇头，示意让我包好，临走时带回去，给比他大二岁的刘蓉阿姨。“文革”时张老在农村夜里放水浇地，冻坏了双腿，这些年，张老的行动越来越不方便，一切饮食起居都由刘阿姨照顾，他看到寿桃，心里想着老伴。

张老一生出口成章，书写诗词无数。2008年第一次杜甫学术研讨会，张老因腿病不能来，连写三首诗差人送来。

（一）

九陌红尘十丈深，三郎消瘦泪如潮。
马嵬更有如雪貌，隔着黄土不能生。

（二）

黄四娘家花满溪，推梨让枣邻心知。
无端激起仁者想，一回思去一沾衣。

（三）

四郊多垒狙公死，九歌痛楚长者心。
千载山中作胡语，更向何来精气神。

2009年10月25日，张举鹏老人仙逝，享年85岁，一个仁爱、智慧的老人离我们远去。2009年10月28日，天气阴冷，张老院子里的槐树下挤满了人，天水各界同仁为张老开了追悼会，回忆老人的音容笑貌，人们擦拭着眼眶里的泪水。泪眼朦胧中我仿佛看到张老就站在院子的阳台上，在那些不能下楼孤寂的日子里，张老就是看着院子里这些翠竹、松柏、绿叶红花，他的心很安详，与他逝去时安详的面容一样。

（发表于2009年11月15日《天水日报》）

汪彤，女，中国作家协会会员。鲁迅文学院第33届高研班学员，作品发表于《人民文学》《天津文学》《芳草》《美文》《飞天》《红豆》《文艺报》《人民政协报》等省内外各杂志刊物。出版散文集《心若琴弦》。获第6届冰心散文奖；甘肃省第四、五、六届黄河文学奖；入选2014、2015、2016、2017、2018中国散文排行榜。

追思张举鹏先生

侯金保

原甘肃省诗词学会副会长、天水市诗词学会副会长张举鹏先生离我们而去十年了。时间算长也不长，说短也不短，而思念之情从未消减。恰逢他的诗文遗著将由子女付梓，借此以抒怀念之情。先生诗文盈箧，誉满陇上。尤其为培养诗词人才，发展天水诗词事业，费尽移山心力，功不可没！

我与先生交往是从1980年开始的。先生刚恢复工作，被安排到原天水师专（位于七里墩与东十里铺之间）工作，我从原天水地委调到原天水地区锅炉厂，都在东十里铺，相距一公里许。师专有我几位西北师大校友，诸如刘红岩、徐启文、段石头、成瑜等，我常去那里清聊。聊叙时，总有先生在，年轻人都称他张主任，也不时开他几句玩笑，他总是笑而不语，乐呵呵的。从此知道他是中华人民共和国成立前西北师大的学生，亦为我的校友加师长。他离休后，我去市商业局和市供销社，都能见到他，说他在主编市国营商业志和市供销志，我心里暗暗想，老人这么大年龄还干这样重的文字活，真不容易！我还从市志办编审的口里得知，老人知识渊博，满腹经纶，为一轮市志的编辑作出了很大贡献。尤其《市商业志》不仅坚持了志书的规范要求，更表现了浓厚的文学性，引进了不少民间顺口溜，显得尤为生动传神，增强了人们对史实的深刻印象。

直至1993年，我被介绍加入天水市诗词学会，才知道先生为天水市诗词学会成立的发起人之一，长期担任副会长，并被会长苏爱生先生称为学会扛大旗的人物。既与先生为老相识，在诗会圈里请教就更为便当。经先生斧正过的作品发表在省报省刊，对我激励很大。我要为原副会长刘肯嘉先生的《垦稼诗词稿》写一篇评论，先生积极支持，并强调要体现马克思列宁主义文艺观。这篇评论发表在当时的地方报纸上，先生对此赞赏有加，鼓励我多写，说这会推动诗词创作的繁荣发展。2006年，我整理了自己的诗文集，他和几位诗友还帮我推敲，定名为《三余杂录》，又由天水籍我国著名文学评论家雷达先生题写书名，由中国文联出版社出版。承蒙厚爱，经先生和刘肯嘉等几位前辈举荐，让我担任了市诗词学会副秘书长。在先生几位前辈的指导下，我积极参与学会管理，常常组织采风，联系交通工具，主持会议，协调学会与四大组织相关领导和部门的关系，工作有声有色，先生看到这些非常开心，同诗友们戏称我是市诗词学会的“安南”（科菲·安南，第七任联合国秘书长）。先生逝世后，我和蕴珠参与了其生平介绍（诗词和地方文化部分）的起草。先生走了，却给我们留下了珍贵的精神财富。

居功不自傲。先生于1946年9月入西北师范学院教育系学习，1949年6月加入中国共产党，1949年10月提前离开学校投身革命工作。他胸怀远大理想，在兰州市、省政府和省委机关、中央西北局统战部认真工作，贡献出了自己的青春年华。应该引以为荣的是他还给省委常委副省长马青年当过秘书。1979年6月，落实政策后到原天水师专，先后在图书馆、校长办公室、教务处工作，期间积极协助学校领导，处理繁杂的日常事务，协调各种关系，为学校的制度建设和规范管理作出了自己应有的贡献。老党员、老革命、老领导、离休老干部，多少耀眼的光环，但从未听到先生自我炫耀，向组织讨价还价，或伸手要过什么好处。先生有着正确的人生观、价值观，他热爱党、热爱社会主义祖国，严以律己，善待同志，表现出了一名老共产党员对党的事业的无限真诚。他把对党的认识和追求，把对党的路线、方针、政策的理解，都表现在了自己的工作和生活实践中。他生活俭朴，待人随和。他的崇高风范，永远值得我们铭记、怀念和学习。

处逆境而不坠志。1965年1月至1979年5月，这十四年，本应是年轻才俊的先生为实现自己的理想抱负而大显身手的时期，却受到不公正的对待，返回原籍。在天冷季节，涉水灌溉农田，让腿子留下终身残疾，可谓受尽折磨。此期间，先生并未消沉下去，而是牢记共产党人的理想，坚定革命信念，相信司马迁“古者富贵而名摩灭，不可胜记，唯倜傥非常之人称焉”的名言，多时与羊群为伍，同圣贤会话，发奋读书，积累了雄厚的古诗词和国学功底，创作了不少诗词力作。他的“犹未悔斋”“更生斋”两斋名就是一种励志的表达。

才高而又谦逊。作为教育专业的老大学生，先生却没有专职从事文化教育工作，而是从政。他的才华更多地表现在了诗词楹联创作和地方文化的发掘整理上。他力主提倡新韵，改革旧诗，创作的诗词歌赋，在严守格律的基础上，常以口语入诗，无不体现出以古词唱新声、旧瓶盛新酒的鲜明风格和特色。他和老干部桐树苞等发起成立了天水杜甫研究会并任副会长，还将天水市诗词学会大部分会员集体转会，壮大杜研会的队伍。为第一届公祭伏羲大典撰写了祭文，编辑了有关伏羲传说和龙文化的文章；策划了纪念陇上文宗冯国瑞的活动，编辑了《冯国瑞诞辰九十周年纪念册》，撰写了宣传和评价冯国瑞的诗词和文章；筹划和举办了明尚书门克新诞辰680周年纪念活动，积极宣传和评价门克新的历史功绩；参与、指导市政协《邓宝珊将军》《天水名札》《文化天水》等文史资料的编写；为天水的许多风景名胜人文景观树碑立传，写诗作联。于是，先生著成了《犹未悔斋诗词》《犹未悔斋文选》《犹未悔斋文钞》《犹未悔斋联话》《犹未悔斋墨迹选》。先生才华过人，诗文行世，却非常谦逊。从未听到他自我炫耀，或者摆什么学者权威的架子。当有人向他请教时，他总是面带微笑地说："不敢，不敢!"然后以讨论的口气娓娓道来，让人如沐春风，受益匪浅。

诲人不倦堪称导师。先生积极发现并扶持天水诗坛新秀，为天水培养了一大批格律诗词新人。先生培养诗词人才，尽其所学，多种手段并用，不遗余力。手把手地个别指导，通过雅聚小范围辅导，编辑会刊大面积提高。以自己作品示范教学，同时在会刊上发表创作论文进行理论普及，诸如此类，不一而足。令会员们印象最深刻的是小范围雅聚。有人给先生呈上自己写的一首诗，出了一个好句，哪怕一个好词，或有人讲了一个有趣的事，他都会在与会者面前由衷地喊一声"哎呀"，且面带真诚的微笑。这一声"哎呀"，被后学者认为是先生对自己最大的奖赏。此一赞叹词，激励了不知多少后学新秀。先生的诲人不倦，后学者的学而不厌，使天水出了不少诗词名家，诸如艾叶、廖海洋、王君明等，在陇上诗坛声名鹊起，为天水诗界增色不少。

除上述外，先生毕其一生相信党，相信群众，团结同志，顾全大局。我们天水诗界后辈一定要把先生留给我们的精神财富学习好、实践好，让天水诗词事业更加辉煌灿烂，望先生泉下笑口常开!

二〇二〇年三月十三日

侯金保，天水市秦州区人。毕业于西北师大中文系，高级经济师。中华诗词学会会员、中国楹联学会会员；天水诗词学会会长、天水市楹联学会副会长。著有《三余杂录》一书，与人合编《天水古今诗词选》均由中国文联出版社出版。

我的父亲

张笑青

我的父亲张举鹏先生（1925—2009），甘肃省甘谷县人，中共党员，离休干部，中华人民共和国成立前从西北师范学院教育系毕业。生前除担任公职外，是中华诗词学会发起人之一、甘肃诗词学会副会长、天水诗词学会副会长、天水杜甫研究会副会长、天水门尚书研究会副会长、天水市地方志编审。

家父1925年3月23日出生于甘谷县渭河北部农村一个亦工亦商的耕读之家，从小接受传统文化和新文化教育，同时受家庭文化影响，从小学、中学到大学，勤奋好学，成绩一直很优秀。上大学时加入中共地下党，中华人民共和国成立后先后在兰州市农会、市政协、甘肃省委、省政府工作，后调入中共中央西北局工作。“文革”前夕受不公正对待，遣回甘谷县农村老家——新兴镇磐石村，1979年6月落实政策后到天水师专工作至离休。离休后积极投身到天水文化事业中，为挖掘传承、发扬光大优秀历史文化，扶持文学新秀、奖掖诗词后学、推进天水文化事业发展做了大量工作，受到省、市领导的充分肯定和省、市文化界人士的高度赞扬。著有《犹未悔斋诗文集（四卷）》（《诗词卷》《文选卷》《文钞卷》《联话卷》）和《犹未悔斋墨迹选》一册。

一、一个亦工亦商的农村耕读之家

祖父张仲五先生（1887—1960），未成年时家道中落，十三四岁即辍学，被家长送到县城给杂货店老板当店员，起早贪黑、辛苦劳作，一干就是四五年。由于年龄小，白天要在店铺里跑前跑后、忙里忙外，给老板端茶倒水、端饭洗碗。晚上要给老板夫妇端洗脚水，天亮后要倒夜壶，时不时还要受老板和老板娘的气。即便如此，忙完活后，一直坚持自学文化，潜心向文化人请教，不耻下问，又下功夫学习珠算。到后来不但文化水平上到新的层次，还能两只手左右开弓熟练地同时打两个算盘。能文能武、诚实干练，是店铺里的全才，深得老板赏识，成了老板的左膀右臂，生意上放心倚重他，并给他传授一些经商的实践和经验。

祖父上有父母下有妻子儿女、兄弟子侄，全家十多口人的生活重担主要落在了他的身上。随着家庭成员的不断增加，消费不断增长，他只有拼命工作以增加收入。年龄渐长，他跟随老板下四川贩运茶叶，常年奔波于陇蜀茶马古道上。老板规定挑夫和他都挑八十斤，他经常挑一百斤，多出的二十斤是自己购买捎带的“私货”，除了工资外，“私货”卖出去也有可观的收入。这样日积月累挖到了第一桶金，不但家庭生活日渐改观，自有资金也不断增加。

此后，祖父从一位能人处学得一手鞣制皮革加工皮毛的手艺，旋即辞职离开老板，筹集资金自主创业，在本村开建了皮毛加工工场。自己既是场长又是技术员，同时亲自带领员工一起干活，走上了白手起家、艰苦创业的道路。收购生皮子于河西、青海、宁夏等牧区地方，经工场加工鞣制成商用皮毛后，再用骆驼运输到潼关装上火车，贩运到上海、天津、南京、武汉等东部沿海和长江主要码头城市销售。他走南闯北跑遍了半个中国，东到西安、郑州和东部沿海、沿江大中城市，北到张家口、包头、太原等地，西到河西、青海、宁夏等地，南到成都、重庆等地。经年以后，生意逐渐做大，成立了公司（字号），名曰“天成西”，在河西、西宁、银川还设有分号。

祖父在辛苦繁忙的商品加工营销途中，见识不断丰富，阅历不断增长，眼界不断开阔。同时，手不释卷，不忘学习，常与县内外文化名人、乡绅耆老交流，所闻所见有感而发，时有诗作、联作问世，已有一定的名气，并受到当时本县清末举人马河图的称赞，曰：“吾乡文尊，其在斯乎！”由于作词赋诗不是他的专业和职业，因而所流传下来的不多，家父的《犹未悔斋诗文集·联话卷》中记录了几副对联，文学水平可见一斑。祖父还有一个爱好，就是每到一地喜爱逛书店和文玩市场，每每还有一些收获。兵荒马乱年代，商埠码头地方，明清及以前的孤本、善本古籍和名家字画多有流出在售，祖父见之必购回家，学习、欣赏、交流、收藏，文化积淀日渐深厚。同时钻研中国珠算，到晚年颇有发现和心得，著《珠算窥微》八万多字，文图并茂，因故未能出版，手稿在“文革”中被造反派抄走。

当时正值民国初年，祖父在贩运皮毛走南闯北的途中，目睹和经历了列强欺凌、内忧外患、军阀混战、苛捐杂税、天灾人祸和民不聊生的社会环境。一次去河西经商，路过张掖的乡村时，收了一名男童为义子，取名召鹏，抚养成人，娶妻生子，分给家产，成家立业，我们称他为“大大”，现老两口已去世多年，子孙满堂，家业新旺。像这一类扶贫济困、助人为乐之事，祖父只要遇到一定倾力相助。

社会的动荡使得生意越来越难做，尤其西北地区军阀混战、匪患蜂起，疯狂抢掠，无恶不作，弄得“士农不安，商旅裹足”，尤其以20世纪二三十年代最为猖獗。这些土匪流窜于牧场、乡村、城镇之间，给当地人民的生产生活造成了很大伤害，成为西北地区社会不稳定的重要因素。祖父在青海、宁夏、河西等地的产业也遭到土匪抢劫，元气大伤，几十年的积累和心血毁于一旦。抗日战争爆发前夕，祖父便弃商务农，课侄教子，恤邻济友，热心乡间公益，助人读书成才。

经过这些变故，使祖父深刻认识到，时局动荡、社会不安定，老百姓永远没有好日子过，在这样的社会环境下，任何人都不可能独善其身。国无宁日则民无宁日、家无宁日。只有社会安定、政治清明，老百姓才能安居乐业，士农工商才能发展。要想“齐家，治国，平天下”，只有念书受教育，走教育报国之路。因此，祖父坚决供给自己的孩子上学，最后都学有所成。祖父除收养了一名义子外，自己生了一女三子，女孩子年龄最大，我父亲上小学时已嫁人，男孩子里我父亲是老大。

二叔张仰鹏（1932—1984），优秀中学语文教师。最初在小学任教，之后由于其他原因回村务农。打倒“四人帮”后，又被聘为甘谷县土桥附中语文教师。他任教以后，兢兢业业，废寝忘食，循循善诱，因材施教，面批面改学生作文，编印《学生优秀作文选》，所教学生的成绩有很大提高，多次被学校、学区评为优秀教师。同时，他深感自己知识有限，不顾年龄大、身体弱，坚持自学大学中文专业课程。星期天他经常去向县一中的语文老师请教，寒暑假还专程住到我父亲的学校天水师专，向中文系的教授学习。几年下来，师专中文系学生的主要课程他全学了一遍，水平已达中文专科毕业。1984年中考前，按照学校安排，义务给学生补课，下学返家途中乘坐某位学生的自行车，不慎跌入沟底，摔成重伤，抢救无效逝世。这事属于因公伤亡，学区和学校组织了隆重的葬礼，县教育局也给予了高度的评价，他的学生和广大家长也因失去一位优秀教师而痛惜万分。

三叔张高鹏（1937—），新华社上海信息社社长，中共党员，高级编辑（高级记者）。长期从事新闻工作，1960年进入新华社，先后在甘肃、福建、浙江、西藏、上海等新华分社和新华社总社国内部工作，任记者、编辑、业务组长、主编、采编主任、党组成员等职。1990年受命组建新华社上海信息社，任首任社长，直至1997年退休。在长达几十年的新闻生涯中，他深入基层，深入群众，深入调查研究，写出了一大批反映基层实际情况的稿件和相当数量的调查报告，有许多稿件刊登在《新华社内参》上，供各级领导和有关方面参考。这方面影响较大的有几十篇（组），其中党中央和国务院领导批示的就有20余篇。同时出版专著多部，其中重要编著有：《福建名产》（张高鹏编著，香港经济导报社1989年出版）、《外向型经济与改革——张高鹏调查报告选》（山东人民出版社1992年出版）、《新华社信息系统理论研究》（张高鹏等主编，新华出版社1996年出版）、《港资企业在上海》（张高鹏主编，新华出版社1997年出版）等。

二、勤奋辗转的求学之路

家父年少时家境殷实，家学环境好，本人天资聪颖，四岁时《百家姓》《三字经》《弟子规》《千字文》等倒背如流，六岁入村学磐石小学堂，成绩过人。得到了舅父王耀辰（国立中央大学学生）赠送的一套商务印书馆出版的《小学生文库》后，潜心学习，知识大有长进，尤其在对课、作文等方面显露天赋，深受老师赞许。村学是初级小学，上高级小学就转到县城甘谷县立东街小学校就读，食宿在县城的姐姐家。就学期间愈加喜爱文学，努力学习新文化运动中涌现出的许多新文学作品，如鲁迅的《阿Q正传》、冰心的《繁星·春水》等；阅读中国传统优秀古典文学作品，如《三国演义》《水浒传》等四大名著。大量的阅读，丰富了家父的文学知识，语文水平不断提高，作文屡得老师表扬。

1939年秋，家父以全县第一名的成绩考入甘谷中学初中部。初中时期年龄见长，课余时间偷偷阅读了一些进步书籍，如《两万五千里长征纪事》《十月革命》等，在知识渐长的同时思想也有了变化。初中二年级时，由于当时学校的教学质量下滑和学习氛围不佳，家父感到学校已经学不到真正的知识，又考入兰州师范就学。一年后因家庭经济情况不允许，于1942年返回故里做了两年多邻村村学的小学老师。任职期间，不但继续学习文史知识，而且还阅读教育家陶行知先生的“山海工学团”和“小先生制”等书刊，接受陶行知的教育思想，鼓励学生多注意时事，多读新旧小说，多观察自然，手脑并用，深得同学们的喜爱。但是也受到一些同事的嫉妒而造谣生事，家父决然辞退了延聘书又去上学。

1944年秋季，家父久闻通渭中学校长阎文宸治校有方，学识渊博。

同时抗战爆发后，北京、天津、河北、山东等大城市名校的老师西迁到内地，通渭中学阎校长以优厚条件，延聘了不少东部来的优秀教师，学校教学质量倏然高于周边各县。家父直接考入通渭中学读高二，在校期间经常关注时事政治，潜心学习中外名著、李杜诗集和毛泽东的《新民主主义论》等进步书刊。思想认识进一步提高，文史知识日渐增长，与同学成立“绿洲文学社”，研究杜甫，所写的作文和新体诗、格律诗已在学校崭露头角，常常受到老师们的赞赏。

1946年9月，家父以优异的成绩考入国立西北师范学院教育系学习。他常对子女说：“本想学国文，舅父（时任甘肃省教育厅教育科长）却动员让他学教育，说：“教育是立国之本，国之振兴必靠教育。”那时的晚辈不敢违抗长辈的意愿，也就选择了西北师院教育系。可自己对文学的爱好丝毫没有减退，尤其对古典文学更加努力修习，在诗词歌赋、经史文辞、诸子百家等方面广泛涉猎。家父经常抽出时间去国文系听课，向老师请教诗词格律知识、与同学切磋诗词艺术，并且自己也不断习作，诗词新作，时出笔下，为同学所刮目。家父去听国学大师黎锦熙、陇上学人冯国瑞先生的课次数最多，学上层楼，业臻于精，也得到两位老先生的赞赏。尤其课余饭后，他经常拿着习作向冯先生请教；先生当面评讲、立时批改、顷刻而就，使之如沐春风，受益匪浅，倍感珍贵。冯国瑞先生曾对父亲说：“陇南文化积厚，代有传人，近今士子多不屑此道，耆旧垂垂老矣。异日雷门布鼓，重振诗风，吾子莫辞焉。”这些话言辞恳切，语重心长，既是鼓励，又是鞭策，既是肯定，更是期望。

家父大学几年里有诗词成集曰《十里诗草》，有对联研究成册曰《十里联话》（因国立西北师范学院地址在兰州十里店而作此名）。诗词多为反对内战、追求民主，针砭时弊、怜工悯农，四时即景、赞美山川之作。或语言犀利、辛辣诙谐、直击要害；或伤感动情、直抒胸臆、为民请命；或情真意切、言辞婉丽、讴歌祖国。联话有评时事政治之联的，有评婚庆节日之联的，有评历史掌故之联的，有评名人乡贤之联的等等，语言生动、有据有理、发人深省。

三、追求进步参加革命

家父在国立西北师范学院上学期间，在老师和学长的引导下，阅读新哲学、唯物论、辩证法以及恩格斯的《家庭、私有制和国家的起源》、毛泽东的《中国革命和中国共产党》等书籍，更加关注时事政治，视野更加开阔，思想觉悟不断提高，追求进步、追求光明、追求真理，义无反顾地向党组织靠拢。与同班同学何基臣（西北师院地下党的支部书记）组织了“黄河秦剧社”，并被推选为副社长，经常以该社做掩护，进行政治理论学习，也以该社为核心参加党的外围活动。当时正值内战全面爆发，国民党向解放区大举进攻，解放区军民按照党中央和毛主席的指示开始了反击，在运动中歼灭敌人。国民党也加紧了对国统区人民的盘剥，苛捐杂税多如牛毛，人民生活在水深火热之中。同时加大了对进步青年学生的迫害，全国各地掀起了“反饥饿、反内战、反迫害”运动，当时兰州经常有共产党员和革命群众被国民党特务杀害，白色恐怖笼罩着陇原大地。家父就是在这样的形势下，经过中国共产党两年多的培养和考验，于1949年6月，秘密参加了党的地下组织，成为一名共产党员，开始了为共产主义事业而奋斗的人生。

解放战争经过三大战役，国民党在甘肃的统治者已预感到末日即将来到。当时甘肃省主席郭寄峤，因酷爱钱财，人称“郭椭椭”（兰州人称银圆曰“椭椭”），急于搜刮一笔钱财准备逃走，异想天开地向省内发行300万银圆的“建设公债”。家父听到消息，回校后给中共陇右工委师院支部书记何基臣汇报，因他寒假，尚未到校。情急之下写了一张揭帖，以“快邮代电”的形式，晚上张贴到师院的“民主墙”上，标题是“三百万元建设公债，全省人民急起反对”。揭帖中写明了事情的原委，号召全校甘籍同学团结起来，反对政府掘地三尺的强盗行为，以实际行动，誓死反抗，不达目的决不罢休，下署“一群甘肃学生的呼吁”。甫一张贴，看揭帖的同学已围成一圈，踮足伸颈，争相观看，怒形于色，场面热烈，气氛高涨。次日一早，家父向国文系同学令作宪（当时地下党支部宣传委员）提出建议，以师院甘肃同学会的名义出面领导举行示威游行。同时在墙报式刊物《驼铃》上，出了一大张《号外》，表示了对“甘肃一群学生”的“快邮代电”的热烈同情和支援，接着学校“民营”的各种报刊也相继以各种方式表示了声援。“三二九”的前两日，令作宪向家父传达了举行示威游行的指示，同时按党组织的要求利用一切可能利用的关系，家父又专门到兰州大学去联系游行事宜。

1949年3月29日，师院游行队伍打出“兰州市各大专院校甘籍学生游行请愿大队”的横幅标语，一路喊着口号，雄赳赳、气昂昂地从学校出发了。过了中山桥，兰大有百余名学生陆续赶来，跟随在师院大队之后。游行队伍到中央广场省政府门前时，兰州大学一同学带头振臂高呼：“打倒郭椭椭！”其他人群起呼应。虽然有大批军警荷枪实弹戒备，但是游行队伍绕圈游行，没有冲击省政府，军警也没有实施镇压，游行到下午，整个队伍安全返校。

这次游行示威，使国民党在甘肃的代理人震惊了。游行前夕，郭寄峤派他的建设厅厅长李子欣和教育厅厅长宋恪来校阻止未成。游行归来的当天晚饭后，郭寄峤又派在国民党政府中的甘籍中级官吏数十人来校，劝说不要再闹学潮了。游行后的次日，郭寄峤又搜罗了当时甘肃籍的八位头面人物来校和息事件。最后有一位大老向大家代表省政府表示了意见：（1）建设公债立即停止发行；（2）保证不追究此次事件的一切行为；（3）在今后一个时期内，不向农村派款派丁。同学们鼓掌结束。为庆祝此次学运，家父曾作长诗一首《三月二十九日纪实》，记录当时示威游行盛况。

四、省政府工作与邓宝珊先生的特殊情缘

1949年8月26日，兰州解放。9月1日，家父到兰州市委登记党组织关系，回校协助军管会接管学校工作，并被任命为西北师院党支部宣传委员。与党员同学和进步同学组织“行知读书会”，吸收进步同学七八十人，以该社为核心，掀起了同学学习政治的热潮。同时由家父负责向校外发展，组织“工友学习会”。9月下旬，学习会开始学习，课程有政治常识、国语、珠算、笔算、音乐等，教员由家父聘请“行知读书会”会员担任。一时间工友兄弟们纷纷前来学习，到后来达到了一席难求的地步，取得了非常好的效果。家父正准备乘势组织学校周边农村农民开展“农友学习会”，但是工作有了变动，“农友学习会”未能组织起来。

10月份，组织调家父到兰州市农会工作，任宣传科长；1950年1月至12月，又调到兰州市政协工作，任秘书；1951年1月至1957年4月在甘肃省委办公厅工作，任秘书、副科长；1957年5月至1961年4月在甘肃省政府办公厅工作，任秘书。作为行政干部，与共和国一起成长，亲身参加和经历了中华人民共和国成立后至“文革”前的各种运动：清匪反霸、镇压反革命运动、土地改革运动、抗美援朝、“三反”“五反”运动、“一化三改造”运动、农业合作化运动、反右运动、大炼钢铁、人民公社化运动、反右倾运动等；同时还参加和经历了甘肃特有的一些大的历史事件，如引洮工程等。家父长期从事省委、省政府领导的秘书和办公厅工作，职务不高，位置重要，埋头工作，谨言慎行。他从事文字工作，起草文件、撰写材料是他的主业，经常加班加点，有时一连干几个通宵，开会搞材料十天半个月回不了家。他是解放初甘肃省委、省政府

办公厅里学历最高、文化水平最好的秘书人员，当时省委、省政府的许多重要文件和重大材料他都参与起草，经常得到省委、省政府领导的赞许和表扬，到后来一起工作的同志们戏称他为“大秘”。家父曾经对子女说：“在省上工作时再苦再累那都是分内之事，没有什么值得一提，但是做邓宝珊省长秘书工作的那一段时间，是最令人终身难忘的。”

家父在20世纪50年代有很长一段时间被调去做邓宝珊省长秘书工作。邓先生是国民党中一位少有的有远见卓识的爱国将领，少年时投身民主革命，多谋善战，迭立战功，一直是共产党的好朋友。中华人民共和国成立后，在党的领导下主持甘肃政务，为甘肃各族人民繁荣幸福努力工作，直到他生命的最后一息。家父小学念书的时候从长辈谈话中就知道了邓先生的声名，1964年夏，在兰州当时甘肃学院“致公堂”聆听过邓先生的讲演。邓先生说抗战的胜利，十几万三陇健儿为国牺牲，家乡父老勒紧裤带支援抗战功不可没；讲了他在榆林的“三大”（即风大、沙大、困难大）的实际情况，也讲了他三次去延安的情况，勉励大家刻苦自励，奋斗不息；他说：“现在抗战总算胜利了，应该给全国老百姓一个休养生息的机会，而不应该再有什么。”全场报以热烈的掌声。邓先生那次讲话给家父留下了深刻印象，倍感邓先生侠气正义、气息淳朴、爱国爱民。

邓先生平易近人，和蔼可亲，对人从不疾言厉色，没有丝毫官架子，他和家父既是上下级工作关系，又是见多识广的老师和勤学好问的学生关系。家父去“邓家花园”向邓省长汇报工作，他再忙总是让家父坐下来休息一下，一面让吃园中自产的苹果，一面谈工作，工作谈完，又是论古道今，嘘寒问暖。邓省长在古典文学、古诗词方面功力深厚，造诣很高，知道家父是一个旧诗爱好者，因此谈话时总要谈一阵与旧诗有关的事情。有时邓省长还将自己的诗词新作展示给家父看，要家父提出意见，邓省长为天水双玉兰堂题诗就采用了家父的建议，将诗中“少陵一老百酸辛”改为“少陵一老歌万民”。家父跟随邓省长外出，闲暇之时也多谈今论古，谈诗说赋。中华人民共和国成立初期邓省长每去北京，就住在铁狮子胡同的寓所里，工作之余，经常邀请文化艺术界名人郭沫若、齐白石、徐悲鸿、李可染、梅兰芳等，以及国民党起义将领张治中、傅作义等到寓所聚会吟诗酬唱、写字作画。家父若随邓省长进京，必在场招待，酬唱泼墨之余，一些墨宝也被家父珍藏。

1956年，朱光潜、冯洁、常任侠等文化教育界人士组成西北观光团，去玉门油矿、敦煌莫高窟、青海柴达木等地参观。到兰州时，邓省长在园中设宴招待，席间挥毫濡墨，吟诗作字。1957年梅兰芳先生来兰献艺时，在邓先生招待的宴会上又即席赋诗，其中原作家父都一一抄录、珍藏。

1962年，家父调到中共中央西北局（西安）工作。1963年秋，出差到青海牧区，路过兰州，特意去看望邓省长。他对家父下牧区特别关切，并嘱咐要多带些御寒之物，注意饮食，学藏话，尊重藏民的风俗习惯等。次年夏，家父又去甘南牧区，中秋节后经兰州返西安，在兰州逗留时，又去看望了邓先生。邓省长说，国庆十五周年快到了，甘肃日报社要他赋诗志感，他答应了，正在构思，并说这诗没时间听听你的意见了，等写好后寄给你留个纪念吧。10月初，家父在西安收到了邓省长亲笔在宣纸上写的《国庆贺诗》五首，并附有当年9月13日《甘肃日报》一大张，这诗刊在报头右角，邓先生还用毛笔打了个记号。

五、西北局工作二三事

1962年，家父调到西北局工作，担任西北局统战部秘书，继续干他的文字工作。当时政治运动多，随领导下基层检查、调研指导工作是经常性的，因而通宵加班写调研报告等材料也是经常性的。当年全家住在西北局第二宿舍的平房里，由于家父要经常加班写材料，为此房屋管理部门专门给他在宿舍院里另批了一间房子用于办公，这在他们同级别的干部里是没有的，这间房子窗户的灯光经常亮到黎明。

1963年，根据中央精神，西北局派出工作队赴青海牧区开展“社会主义教育运动”，家父作为工作队员，参加了这次运动，历时近两年。两年来家父跟随带队领导，按照中央精神开展工作，努力克服高寒缺氧、交通不便、语言不通、交流困难的问题。语言不通就下决心学习民族语言，就像中国人学外语一样，在笔记本上记上藏语表达的意思，再用汉语标注发音，半年下来记下了密密麻麻的两大本，一年以后和少数民族群众交流已经没有多大问题了。当时牧区乡镇以下基本没有公路，交通全靠骑马，家父也是赶鸭子上架，硬是把骑马的技术学会了。每天跑二三十公里是常事，最长一次是从一个县到另一个县去，从早到晚跑了一百多公里。刚开始骑马还出现过一次很危险的事故，他一个人骑马去另外一个牧场，途经一户原牧主的帐篷，牧主对工作队心怀不满，偷偷放出藏獒狂奔过来咬向父亲，马受惊跳跃狂奔，将家父从马身上掀了下来，由于不太会骑马，一只脚还套在马镫里，被惊吓的马拖着跑了好一段路，被人发现拦住了马，才将父亲救了下来。赶紧送往医院，由于伤势比较严重，又从县里的医院送往西宁的医院，经过紧急救治，住院治疗，终于死里逃生，西北局领导和青海省领导专程到医院看望和慰问他。大夫说，骑马受惊人被“套镫”是很危险的，轻则没腿，重则没命，多亏是在草原上，并且发现得早，不然后果不堪设想。人是被救下了，可是落下了腿疼、胳膊疼的毛病。后来遣回农村，冬季为麦田灌水，经常要光着腿下到冰水里去堵水，腿被冰水浸渗引发旧伤，伤情更加严重，到快去世的前几年，步行困难，只能坐到轮椅上行动。

家父在西北局工作时，还经常主动接待村民来访，了解基层实际，并且专门电话县上领导，核实了解情况后，向上级领导汇报。经西北局领导指示，陕西、甘肃两省有关部门参与，妥善解决了甘谷外流人口问题，家父也干了一件深得人心的大好事，深受本县外流妇女家人和亲戚朋友的尊敬。

我的母亲虽然是家庭妇女，但因为她中专毕业，参加过工作，所以被邀请参加当地居委会工作。她积极配合父亲的工作，给来访的老乡烧水做饭，热情接待。同时向家属院的住户和周边的居民宣传党和国家的政策、法律法规，参与家属院的环境卫生打扫和管理，组织开展便民服务活动，慰问生病的老人，加强小区的治安巡逻，向上级反映居民的意见、建议和要求等，工作干得有声有色，多次受到街道办事处的表扬。

母亲还在父亲的指导下进行文学创作，其中一篇议论性散文《漫话家谱》，发表到当年的《西安晚报》上，还领到了稿费。母亲受此鼓舞，创作热情迸发，接连写了好几篇文章。经过我父亲的指导和修改，装订成册，准备逐一投寄发表，但是由于后面发生的事情，发表文章之事也就不了了之。

六、返回原籍，躬耕陇亩

1965年，“四清”运动在全国如火如荼地开展。这次运动中家父也未能幸免，没了公职，被遣送回原籍，监督劳动。那年年底，隆冬的气温比往年更低，寒风刺骨，大雪扑面。父亲领着家人在风雪交加的傍晚，踩着没过脚踝的大雪，深一脚、浅一脚步行到达了故乡——甘谷县新兴公社磐石大队。乡亲们拉来了五六个架子车到火车站来接我们，除了一两个架子车拉了全家的简单行李外，其余的架子车全拉的是家父的各种书籍和一些收藏的字画，家父从此开始了长达十四年监督劳动的日子。

他是个行政干部、文弱书生，地里的农活没干过，也不会干，家里也没有一件称手的农具，所有的一切都要从零开始。这个没有难倒他，农活不懂就问、不会就学，铁锨、锄头买回来后自己安装手柄。担粪挑土压烂了肩膀，挖土翻地磨破了双手，他都默默忍受，从不叫苦。两三年以后已经比较熟练掌握了常用的农活技术，比如翻地、除草、收割庄稼等已经得心应手。甚至一些技术含量比较高的农活，比如碾场、扬场、撒种子等，也能做得入规入矩。尤其几年以后，一些只有农村匠人可以完成的工作，比如打墙、安装大门、盖房子等，在家人的协助下都可以完成，有些小工程，村里的老把式见了都称赞不已。他和生产队队员一起，早出晚归、上山下沟、顶风冒雨、出力流汗，生产队长派什么活就干什么活，每次都能按时完成好任务。有一次天下大雨，按照生产队长的指示，检查灌溉渠道有无漏水。家父冒雨爬上了八九层楼高的灌溉渠堤顶上，当时既无雨衣又无雨鞋，灌溉渠堤太滑，家父从渠堤顶上摔了下来，摔断了胳膊……

他和其他壮劳力干一样的活，挣少于壮劳力的工分。当时的生产队，没多少可以赚钱的副业，全靠种粮食。粮食收获按“人七劳三”的比例给每家进行分配，我家人口少，如果挣的工分再少，就意味着分的口粮更少。家里所有的吃穿用度，全靠卖口粮得来的钱。年景好时粮食还比较宽裕，大人小孩可以吃饱肚子，还能添置必需的衣物。年景不好粮食歉收，全家人吃了上顿愁下顿，温饱都成了大问题。由于家父受人管制，无法外出，解决全家温饱的问题就落在了母亲身上。口粮不够吃，母亲起早贪黑挖来野菜甚至野草（当地叫“水柳儿”）在锅里煮熟，然后在凉水里浸泡数日、换水数次，漂掉野菜、野草中的毒素，然后捣碎和到高粱面里做成菜饼子用来充饥；或将两个孩子寒暑假放到舅舅家去“藏口”；或去亲戚家借来一点粮食，贴补着度过青黄不接的“困生月”。衣服不够穿，母亲除了经常性地缝缝补补，还把旧衣服拆了洗干净，再买几包染衣服的染料“煮蓝”或“煮青”，架起铁锅把旧衣服和染料放在一起煮，捞出晒干后又和新的一样，再将其裁剪、拼接缝制成衣服，全家人一穿又是几年。

这期间，我们当地还发生了一件与家父有关的事情，值得一叙。我们村子属于甘谷县新兴公社，位于渭河的支流散渡河流域的川地上。兴修水利时修了一条渭济渠，该渠从朱圉山脚下起，沿渭河北岸的山坡下顺流向东而下，到龙眼山脚下折向北至土桥村，再通过水泵提灌，最后流到磐石村。这条渠道保障着沿途几万亩土地的灌溉，也保障着生活在这片土地上数万农民的温饱。渠道下游的村庄，每到浇灌季节，需要派出村民巡逻维护沿途渠道（简称巡渠），防止渠道破裂造成漏水，一旦发现要及时处理。由于当时的形势，上游经常被截流，水渠通畅很成问题，这就需要有人前去协调，这样一来，巡渠的工作也就派给了我父亲。他巡了半个月渠道，渭河水沿着渠道顺畅地流到了磐石村。原来，沿途村庄的村民知道前来巡渠的是家父，是上报西北局领导，解决甘肃外流人口问题的他老人家，这些村民不但不截流，还给他端茶送饭，保证了村子里的庄稼能及时得到灌溉。以后几年里，一直是我父亲承担巡渠工作。由于当年家父参与解决外流人口的问题，大家给他起了个大号——“西北局”，还有些老乡为了表示尊重，称他为“老西北”。当时在我们当地，说家父的名字，不一定有人知道，但是说“西北局”或“老西北”一定就知道是家父。这个故事一直流传了许多年，这个大号也一直叫了许多年，至今还有老人不时提起。

父亲是文化人、老党员，即使身处逆境，没了党籍，但是党员的初心没有忘，知识分子的良知没有忘。不论干农活多累，晚上回来后都要在煤油灯下捧着书看。经常吃饭时一手拿着筷子一手掌着书，一边吃饭一边看书，这事常被一些老乡笑话。地里干活工间休息时，总有年轻人围了上来，听家父讲历史故事、讲百科知识等，年轻人问古问今、问东问西，父亲一一解答。尤其是天下雨不能出工和冬天农闲时节，家里经常有人来串门，老的少的、男的女的，少则三四人、多则七八人。马恩列斯、中国革命、历史掌故、文学常识、天文地理、传统文化、书法绘画等都是家父经常给大家讲的内容。家父还经常拿出自己的藏书，供大家阅读，对好学者有问必答、乐于施教。家里几乎成了村里年轻人的图书馆、阅览室，既有阅读和浏览，也有询问和指点，还有讨论和讲解，全都充满着正能量。他也成了大家的知识库、活字典，很多年轻人也听有所得、学有所获。时间长了，大家也忘掉了我父亲被监督劳动的身份，把他当成大家的良师益友。尤其是每当运动来了，大家回避些日子，运动过后，大家又来家里看书、学习、讨论。家父常说：“长夫子、短艺人。”只有夫子，才会将自己所学、所知无保留地传授给别人。因而，这个时间也是家父最高兴的时候，他忘掉了烦恼，忘掉了痛苦，觉得将自己的学问和知识无保留地讲给年轻人，有一种得天下英才而育之的快乐。

农村里结婚、春节这样的喜庆日子，家家都要写喜联、写春联。由于他是文化人，书法也写得很好，大家都来请他写春联、喜联。因“文革”时期的政治形势，毛主席诗词成了他必写的内容。

20世纪五六十年代，每个村子里到处都要写标语、写毛主席语录，还要把毛主席的头像喷涂在墙上。村子里没人会弄这事，又自然地落到了家父的身上。村子里马路两旁的墙上，全部抹平刷白，写上了毛主席的语录和各种标语。喷涂毛主席头像的底板，都是家父在牛皮纸上采用剪纸的手法剪出来的，喷涂到墙上逼真传神。当时村里戏楼的后墙有100多平方米，它正好坐落在村口的马路边，是写标语的好地方。家父通过测量和设计，自制写字的红色颜料，搭着梯子顶着烈日，写了一个礼拜，将“毛泽东思想万岁”七个红光闪闪的大字写到了墙上，每个字高3米、宽2米，还是立体美术字，几里路以外都能看得见，人们都说写得漂亮、写得气派。

七、落实政策参与天水师专建设

1976年10月，平地一声雷，党中央一举粉碎了“四人帮”。1977年8月，党的十一大在北京召开，大会宣告“文化大革命”结束。1978年12月，党的十一届三中全会在北京召开，大会作出了全党工作的着重点转移到社会主义现代化建设上来的战略决策，提出了实行改革开放的战略方针，确定了解放思想、实事求是的思想路线。1979年6月，家父落实政策，恢复党籍，恢复工职，到天水师专工作。

“文革”过后，百废待兴。天水师专是在原中专的基础上成立的，为两年制师范类大专学校。当时学校机构不健全，专业教师少，有一些人刚从周边高中学校调来。学生是恢复高考后的高中应往届毕业生和基层厂矿、农村、单位考来的“老三届”学生。教学资源少，实验设备、图书仪器陈旧，办学条件简陋，有一栋三层教学楼、一栋单面三层办公楼和两栋学生宿舍楼，并且都是砖混结构，用现在的标准看，全部是D级危房，教师全部住在平房宿舍。学校有一个不到300米环形跑道的操场和一些简陋的体育器材，这就是当时天水师专建校之初的办学条件现状。

家父落实政策后就到这样一个单位来工作，到天水师专的第一个工作是学校图书馆的馆长。图书馆当时在教学楼一楼的大房子里，不但图书资源陈旧，书刊破损丢失严重，而且门类不齐全、分类不准确，同时藏书条件差，阅读环境破旧。有的老师长期借书不还已成习惯，而且一些图书也没有有效地向读者开放借阅，利用率较低，一定程度上影响了教育教学工作，师生们意见很大。家父进行了深入地调查了解，广泛征求了教师、学生和学校领导的意见，针对学校的实际和图书馆的现状，开展了图书馆治理“整顿、巩固、提高”三步走。首先是建章立制，重新完善制定图书管理、借阅、采编等制度和图书管理员岗位职责等一系列规章制度，严明了馆规馆纪，规定了借阅程序、借阅时间、损坏赔偿等办法，并带头遵守、严格执行。其次是对现有馆藏图书进行整理归类、重新登记和上架入库，特别是对学校现有的古籍典藏，进行妥善保管。清理长期只借不还的图书，对丢失、损坏图书的，进行罚款处理。不但为学校挽回了损失，也加快了图书的流通，赢得了师生的普遍好评。最后是在征求师生意见、了解教学需求的基础上，派专业人员按需采编新书，使学校的图书逐渐丰富起来，门类越来越全，质量越来越高，成为当时全省四所师范专科学校里，藏书最多、图书最新、资料最全的图书馆。

一年以后，家父又调任学校办公室副主任（离休前任教务处调研员），因没有任命办公室主任，由他全面负责办公室工作。在学校办公室工作的四年里，他有在省委、省政府办公厅工作的经历和经验，驾轻就熟、游刃有余。协助学校领导工作，处理复杂的日常事务，制定学校规章制度，起草工作报告，撰写文件材料，当时学校出台的一系列规章制度和下发的重要文件基本都是出自家父之手。下情上传，上情下达，充分发挥了作为学校的枢纽和对外交流的窗口作用。1983年初，学校又派家父去主持学报编辑工作，将天水师专《教学研究》，改刊名为《天水师专学报》，也就是今天《天水师范学院学报》的前身。到任以后，家父立即投入工作，积极开展封面设计、栏目设定、组稿编审、印刷校对等工作。《天水师专学报》保持《教学研究》服务教学的宗旨，同时突出了“师范性、学术性和地方性”的特色，形式上继续以社科版为主，兼及自然版，时有社科自然混合版。出版的学报刊登了一些有质量的文章，受到了读者的好评。

1983年10月，党中央在全党开展了整党运动，任务为“统一思想、加强纪律、整顿作风、纯洁组织”。甘肃省也同时开展了整党运动，全省宣教口的整党工作由省委宣传部牵头，家父被抽调参加全省宣教口的整党工作。作为工作组成员，进驻兰州大学。兰州大学的整党结束后，又转到甘肃工业大学开展整党工作，一直到1986年下半年结束。工作期间家父严格按照中央和省委精神开展工作，召开动员大会、传达文件精神、开展分组讨论、进行个别谈话。按照文件规定的程序，稳步推进，顺利地完成各项工作任务。

家父落实政策，恢复党籍、恢复工职，又能为党为人民工作，内心激动不已，他作诗抒怀：

尧天雨露润如酥，五四年华入画图。

寸心自许尚如丹，报国激情言外传。

他给自己的书斋起名“更生斋”，笔名张甦，寓意自己落实政策、获得新生，在有生之年又能为党和国家的事业做贡献，为党育人、为国育才。他作诗言志：

老冉冉其将至，泉涓涓而始流。

揽镜未应发似絮，作梯还看气如虹。

他联合天水诗词界名人马永慎、马永惕、朱据之、董晴野、刘肯嘉等，于1984年7月成立“天水诗社”，吸收天水古诗词爱好者加入诗社，吟诗酬唱、作词对句。歌颂党拨乱反正、改革开放，歌颂党领导全国人民建设社会主义现代化，歌颂祖国的大好河山和天水的风物美景，歌颂人民的美好生活和昂扬向上的精神状态……创办社刊《渭滨吟草》并任主编，发表诗社社员作品，促进相互交流学习，引领诗词创作方向。该社团当时已初具规模，是全国成立最早的诗社之一，也为今后天水诗词学会的成立打下了坚实的基础。

八、离休后投身天水文化事业

1987年12月，家父离职休养，没了工作的羁绊，再无案牍劳形，全身心投入传承、发扬、光大天水文化事业上来。离休后的20余年，他为天水文化事业作了很多贡献，值得一叙的有十个方面。

（一）成立诗词学会，主编《渭滨吟草》。天水是历史文化名城，文化底蕴深厚，人杰地灵，人文荟萃。历史上涌现出东汉著名辞赋家赵壹，唐代大诗人李白，散文家、哲学家李翱，诗人赵徵明，唐末五代文学家王仁裕等文化名人，特别是一千二百六十年前，唐代大诗人杜甫流寓天水三个多月，留诗100多首，成为天水乃至中华民族宝贵的精神文化财富，也为文化史添上浓墨重彩的一笔。天水文风鼎盛，诗人辈出、各领风骚、文脉不断，天水民众爱诗、学诗、写诗群体庞大、作品繁多、诗风盛行名扬省内外。古诗词是天水文化百花园中的一朵奇葩，天水的古诗词创作理应在全省诗词界独树一帜，乃至在全国也应占一席之地。1984年7月，由家父倡导牵头、组织联结天水诗词界马永慎、马永惕、朱据之、董晴野、刘肯嘉等几位诗词界元老，发起成立“天水诗社”。诗社以歌咏时代、颂扬天水、继承传统、开拓新风为主旨，带领全体社员，不断朝这个方向努力。诗社的活动丰富多彩，吸引力不断增强；诗社社刊《渭滨吟草》发行量迅速增加，发行范围不断扩大，参加诗社的人数不断增加，人们读诗、学诗、写诗的兴趣很浓，热情高涨。家父倍感欣慰，创作激情迸发，新诗作不断刊出。

1987年4月，根据市委、市政府进一步繁荣天水文化事业的相关要求和诗词组织发展形势的需要，“天水诗社”决定升格更名为“天水市诗词学会”。按当时民间组织管理的要求，“天水市诗词学会”挂靠市政协，由市政协领导兼任学会会长，原“天水诗社”社长、副社长担任学会副会长。“天水诗词学会”的成立，标志着天水诗词组织的水平又上了一个大台阶。家父除了担任学会副会长外，还担任《渭滨吟草》主编，并被推选为“甘肃省诗词学会”副会长。

家父多次在诗词学会举办诗词讲座，撰写如何写好格律诗的文章，悉心修改前来请教的年轻一代的作品，利用采风活动给大家点评诗作，给许多诗人出版诗集作序鼓励，培养了一大批青年诗人。涌现出李蕴珠、艾叶、廖海洋、侯金保、张根存、李秋明、李桥、王君明、杨玲玲、张向红、赵黎明、赵根明、王静、张晓刚、张鹏展等在全省乃至全国诗词界有一定影响的佼佼者。

“天水市诗词学会”力量不断壮大，到2005年天水诗词学会成立二十周年时，会员已达二百人之多，覆盖五县两区，成为天水重要的民间社团和全省最有影响的诗词组织之一。每年出一期会员诗词作品集《渭滨吟草》，已出二十集，在全国同类刊物中脱颖而出，影响越来越大，供不应求，为天水社会主义精神文明建设作出了积极贡献。

（二）积极参与修志，指导编审工作。盛世修志、传承文明，存史资政、继往开来。改革开放以后，各级政府都成立了地方志办公室，各部门、各单位都成立了专业志领导小组和办公室。县志、市志、省志、商业志、教育志、供销志……遍地开花，各级政府、各部门、各单位在上级的要求下，陆续开始方志的编写。这些工作需要大量的人力和一定的专业知识，各个单位人员紧张，尤其是缺乏有专业知识的人员。在这样的背景下，家父被邀请去主持《天水市国营商业志》的编写。他指导工作人员（有时两三人，经常他一人），到处收集资料、现场考证真伪、走访当事人物，力求记录史实。家父夜以继日，废寝忘食，历时两年多，20余万字、上下两册的《天水市国营商业志》编写完成。尔后又被请去编写《天水市供销社志》，一年多后编写完成。同时家父又兼任天水市地方志编审，对地方志的编修进行了研究，撰写《怎样当好地方志的主编》等文章，在市地方志办公室主办的修志人员培训班上，为参训人员讲解史志知识、修志要领，提高修志人员的专业水平。家父参与了天水市各县区志和部门志的审定，工作积极、任劳任怨，获得全省和全市修志先进个人荣誉。

（三）祭祀人文始祖，传播伏羲文化。伏羲是人文始祖、三皇之首，天水是羲皇故里。历史上多次祭祀太昊伏羲，有公祭和民祭，公祭时间是每年的公历6月22日，民间祭祀一年两次，分别在正月十六和农历七月十九。官方伏羲祭祀大典明代最盛，清代渐冷，后转入民间。民国年间，战乱频发，但祭祀依旧，由民间上元会主办，到后来伏羲祭祀活动基本停止。

1988年，天水市委、市政府为了改革开放、搞活经济、发展旅游、宣传天水，继承发扬中华优秀传统文化，打造世界华人寻根祭祖圣地，6月22日，举行了盛大的公祭伏羲大典。邀请周边省、市领导、商业团队和港澳台同胞、海外华人前来参祭、观光旅游。祭祀伏羲活动，其中最重要的仪程之一就是宣读祭文。传统祭文有严格的格式要求，多为四言韵文。公祭伏羲大典的祭文要面对海内外众多来宾，不仅要缅怀颂扬伏羲的功绩，还要在伏羲精神的鼓舞下，继往开来、开拓创新。不仅要语言优美、文字精练，还要朗朗上口、便于诵读。尤其是中华人民共和国成立以来首次公祭伏羲，来宾多、影响大、时间紧、任务重。家父是省、市诗词学会副会长，古典诗文水平俱佳，经市领导选定，这个任务就交给家父承担。他查阅资料、引经据典、几易其稿，撰写出《龙年祭伏羲氏文》，参加了天水市首次公祭伏羲大典活动。同时编辑和撰写了有关伏羲传说和有关龙文化的文章，传播伏羲文化。

天水是伏羲的诞生地和伏羲文化的发祥地，自1988年举行第一届公祭伏羲大典以来，2005年升格由甘肃省人民政府主办，至今已成功举办31届，在全国乃至全球华人世界产生了巨大影响。现在，公祭伏羲大典及天水伏羲文化旅游节，相继被有关机构授予“中国最具发展潜力十大节庆”和“最具国际影响力节庆”活动。

2002年，甘谷县士庶各界在伏羲诞生地甘谷县古风台祭祀人文始祖伏羲，受甘谷县有关方面邀请，家父又为活动撰写了祭文（以上两篇祭文和相关文章都收录在家父《犹未悔斋诗文集》里）。

（四）校印先师遗文，组织纪念活动。1989年初，家父作为陇上文化名人、甘肃著名学者、诗人冯国瑞先生的学生，积极牵头搜集整理先生遗稿遗文。1990年12月，在市委、市政府领导的大力支持下，在冯先生门生故旧和后代亲属的共同努力下，发起、策划和组织了冯国瑞先生90诞辰学术纪念会。征集冯先生遗文、撰写纪念文章、开展学术讨论、编写冯先生年表、校勘重印冯先生遗著《麦积山石窟志》《绛花楼诗集》，编辑《冯国瑞九十诞辰学术纪念会汇刊》。2001年10月，家父又参与和策划冯国瑞先生百年诞辰学术纪念会，撰写回忆文章，编辑《冯国瑞百年诞辰学术纪念会会刊》等。

（五）参与邓亭修建，纪念爱国将领。邓宝珊将军是著名爱国将领、中国共产党的忠实朋友，甘肃天水人。天水市人民为了纪念邓宝珊将军的丰功伟绩，市人民政府在南郭寺景区修建邓宝珊将军纪念亭，请邓小平同志为纪念亭题写“邓宝珊将军纪念亭”匾额。展出邓宝珊将军一生热爱祖国、探求真理、渴望和平、追求光明、勤政为民、关注民生、实事求是、与时俱进的光辉事迹。1994年11月，天水市隆重举行了“邓宝珊将军诞辰100周年及邓宝珊将军纪念亭落成典礼”。家父作为邓宝珊省长曾经的秘书，跟随邓先生多年，与邓先生和子女建立了特殊的情缘，这在家父的文章里多有体现。纪念亭建设之初，家父积极主动参与并提出了许多有益的建议。同时在市领导的提议下，为纪念厅撰写了纪念碑文。因为家父在纪念亭建设过程中作出了突出贡献，受到市政府的表彰。

（六）整理乡贤政绩，纪念历史人物。门克新（1326—1396），明朝洪武礼部尚书，甘肃天水人，一代名臣、博学多才，为官期间兴学育人、教化乡俗，为秦州的教育事业做出了重大贡献。他不怕得罪权贵，敢于直言上陈，深得明太祖朱元璋器重。2004年、2005年相继两年，家父与天水市有关单位人员和门克新的后裔，在其故里天水市秦州区皂角镇门家河村组织祭祀活动，撰写祭祀文章，发掘搜集文物，整理逸文轶事，开展研究活动。2006年4月，在市四大组织的支持下，与天水有关民间团体、学者和门尚书的后裔，发起成立了“天水门尚书研究会”，任副会长。并撰写文章、赋诗作联、筹划举办了门尚书诞辰680年纪念活动，积极宣传和评价门克新的历史功绩。

（七）研究秦州杂诗，宣扬杜诗文化。唐代大诗人杜甫，在安史之乱中，携妇将雏、翻越陇坂、流寓秦州（759年7月）。短短三个月，写下了100多首诗，（现存117首），日均一篇，多有名篇佳句。这些诗在“杜诗”中占有很重要的地位。秦州由于杜甫的到来和“秦州杂诗”，使得天水文化气息更浓，使历史文化名城的称号熠熠生辉。为了纪念杜甫、研究杜甫，2006年8月，家父与老干部桐树苞、天水师院教授聂大受等老领导、教授、学者发起成立“天水杜甫研究会”，任副会长。起草章程，撰写文章，参加会议，开展交流，大力宣扬杜甫秦州诗文化，积极开展“杜甫在秦州”的研究，为天水历史文化名城增光。

（八）发掘乡贤事迹，颂扬高尚品德。张玉景，女，甘谷县人。明成祖永乐三年钦赐武状元，也是中国科举制度发展史上第一位由封建皇帝亲赐的女状元。玉景年少时，聪明秀美，不爱红妆爱武装，练习弓马刀枪，立志为国家出力。经其父同意，女扮男装，与男孩子一起学文习武。十五岁获得武监生，十九岁入贡京师时，女扮男装事情被发现，按律问斩。张玉景在回答皇帝询问时说，我不是为了博取功名，而是为乡亲们能住上瓦房，虽死而无憾。皇帝感慨：一个弱女子，能心系乡亲，博取功名，其胸中的志向不小啊！特赐武状元。这段历史在乡间流传了五百多年，状元后裔和当地村民为纪念状元忧国忧民的高尚品德，为其新建祠庙。但此事仅仅是传闻，没有史料可以证明。2005年10月，家父受甘谷县政协和甘谷县八里湾乡张家坪瓦房村村民的委托，历时三个多月，查阅明代史书典籍百余种，从《国略记闻》中考证整理出甘谷县明成祖永乐年间女状元张玉景史料，并撰写《钦赐女状元张玉景女史传》，赋诗作联，纪念乡贤，以励后人。

（九）追忆校长功绩，撰写纪念碑文。马建元（1911—1956），字乾一，甘谷县人。原甘肃省立甘谷中学校长，1941年任职，1949年底离任。任校长期间，尊师重教，礼贤下士，唯德是举，唯才是用；扩建学校，增加班级，创建师范；捐己薪俸，奖助优秀；设置高中，变县立为省立。教学质量逐年攀升，不断有学生考入京沪名校，为甘谷县解放以前的教育事业做出了积极贡献。2009年4月，马建元校长的学生、甘谷县教育界人士和马校长的亲属以及社会各界，为纪念中华人民共和国成立前为甘谷一中的发展壮大，乃至甘谷县的小学教育作出巨大贡献的马建元校长建设碑亭。专门请家父为碑亭撰写了碑文，并且又作联赋诗、追悼逝者、激励后人。

（十）讴歌天水风物，情感倾注笔端。家父热爱祖国、热爱家乡，因甘谷县位于丝绸之路之要冲，境内佛教文化资源丰富，自古就有“佛乡”之称，晚年他使用“我佛乡人”为号，以表达热爱和思念家乡之情。他将爱家乡、爱人民的情感倾注笔端，为天水市、县许多名胜古迹、人文景观树碑立传、撰写诗、联，多署“我佛乡人”。先后为天水玉泉观、秦州香山观、天水文庙、天水镇青龙观、甘谷县女状元张玉景祠、甘谷一中老校长马建元纪念亭等地撰写碑文，刻字勒石，记述历史事件，歌颂历史人物；为天水伏羲庙、玉泉观、南郭寺、麦积山景区各大景点、齐寿山轩辕庙、门尚书纪念馆、秦州文庙、香山观、秦州秦岭乡分水阁、甘谷大像山、姜维庙等地撰写楹联，悬挂于大门之上；还写了大量的诗词讴歌山川形胜之美，记述名胜古迹之精。

家父一生研修现代文学和古典文学，尤其酷爱中华古典文学，在诗、词、歌、赋、曲、联、文等方面倾注了毕生的精力。从小到大，对课习句、平仄押韵无不学习，经常吟诗填词，浇心中块垒。岁月渐逝，研修不停，诗词歌赋、联文曲令，日臻纯青，老而弥新，到了晚年，几欲达到炉火纯青的地步。他热心古诗词的创作与推广，是中华诗词学会的发起人之一，并长期担任甘肃省诗词学会和天水诗词学会副会长，《渭滨吟草》主编。他力主提倡新韵，改革旧诗，创作的诗词歌赋在严守格律的基础上，常以口语入诗，无不体现出以古词唱新声，旧瓶盛新酒的鲜明风格和特色。他团结和带领天水古诗词爱好者，繁荣天水诗词创作，讴歌壮丽河山、风光物产，宣传天水历史人物、盛世新事；扶持文学新秀、奖掖诗词后学，给许多天水诗词老人、文学新秀著书立说撰序写跋，为天水培养了一大批格律诗词新人。先后给天水老年大学、老年书画研究会的学员和甘谷诗词学会会员讲授古诗词的鉴赏和写作课程。诗友送给他的挽联、挽诗“有弟子三千，留诗笺八百”“文史双修映渭滨，诗留珠玉仰斯人！”“痛思文苑举旗手”“陇上诗坛折大梁”等，就是对他为天水中华传统诗词的发展所作贡献的高度评价。

天水诗词学会也给予了家父很高的评价：“张举鹏先生是天水继任士言、哈锐、汪剑平、冯国瑞等老一辈大学者之后的硕果仅存者。他对文章、诗词、歌赋、楹联无所不精，是天水学界、诗词界当之无愧的执牛耳者。”“他的诗词歌赋以古调唱新声、旧瓶装新酒，在严守格律的基础上，以口语入诗，咏出时代的主旋律。他的七言绝句，清纯靓丽，绰约多姿，自成一家；他的五言七言律诗，典雅厚重，意境高远，饱含学识；他的词清丽婉约，深得北宋三昧；他的对联透出清逸灵动之气，信手拈来，皆成妙句，置之古贤句中亦为上品。”

家父是秘书出身，搞了一辈子文字工作，各种文体的现代文得心应手。或语言清新、言之有物，或诙谐风趣、轻松幽默，或论据充分、论证有力，或说理清楚、通俗易懂。用文言文、四六骈体或半文半白、四言韵文来叙事状物、写景记人、议论述评更是信手拈来如行云流水，文字优美、用典得当、言简意赅、发人深省，比现代文还能抒发情感、表达思想。正如原天水市委报道组组长、天水诗词学会副会长刘肯嘉先生说过："天水古典文写得好的人有，现代文写得好的人也有，但是集二者于一身，把古文和现代文都写得这么好、水平这么高，天水再无二人。"

家父一生留诗词750余首、对联248幅、联话70篇、文章60篇、碑文10篇、序跋26篇，家传、寿序、祭文14篇，共32.6万多字，其中90%以上的作品是"文革"结束、落实政策后所作。

家父是中华人民共和国成立以前入党的老党员，六十年的党龄，对共产主义的信仰终生不渝，离休后取屈原《离骚》中的"虽九死其犹未悔"句意，改书斋名为"犹未悔斋"，以表明心迹，同时离休后所做的一系列工作，也践行了一个老党员的初心和使命。2008年5月12日汶川大地震发生后，家父给师院党委写信，捐助人民币一千元，请学校转送灾区，数字虽小，但表达了一个老党员己饥己溺之心、爱心相助的一片情意。

家父晚年参与和指导了市政协《邓宝珊将军》《天水名札》和《天水文化》文史资料的编写；考证天水重大历史事件，撰写述评文章，整理撰写天水文史资料；挖掘保护、传承宣传、发扬光大地方优秀传统文化，为推动天水历史文化名城建设作出了积极贡献。

犹未悔斋诗文集

文钞卷

张举鹏 著

兰州大学出版社
LANZHOU UNIVERSITY PRESS

目录

纪念伏羲祭文两篇

一、1988年（天水首届公祭伏羲大典）

公元一九八八年，岁次戊辰，六月二十六日，即夏历五月十三日，天水各界代表隆重集会于甘肃省天水市太昊宫先天殿前，虔诚肃穆，以馨香、鲜花、雅乐之仪，致祭于华夏民族始祖人皇太昊伏羲氏之遗像前曰：

维我羲皇，华夏始祖。钟河岳之灵奇，诞生成纪；准天地而立极，建都于陈。象天法地，乃画八卦；自西徂东，孕育文明。兴婚姻嫁娶之礼制，开渔猎畜牧之先河。神州十亿同胞，谁非龙种；海外五洲华族，尽是传人。凡有血气，莫不尊亲。

时维龙年，神龙诞辰。殿宇巍巍，古柏森森。千秋之明德惟馨，旷代之隆仪备举。龙的家乡，笙簧并奏；羲皇故里，少长欢腾。物润时雨，瑞霭缤纷；暖送熏风，景行仰止。社会建设，方朝阳之喷薄；民主法治，随国运而崇隆。深化体制改革，党风好转；坚持开放搞活，众志成城。实现一国两制之构想，捐弃前嫌；奠定千秋万代之宏基，责在龙种。致古国之繁盛，看巨龙之飞腾。卦台山高，渭水流长，赫赫祖灵，来格来歆！

伏惟尚飨！

二、2002年（甘谷）

维公元二〇〇二年岁次壬午，阴历五月初六日，甘谷全县士庶人等代表，第一次隆重集会于羲皇诞生地——甘谷古风台，谨以馨香、时果、肴馔、酒醴之仪，虔诚恭敬，致祭于人文始祖太昊伏羲氏之神位前曰：

粤若太古，宇宙洪荒；六合蒙昧，鸟兽孔张。惟天挺圣，临下有赫；

冀城钟毓，群盼圣洁。白家湾近，古风台侧；华胥启佑，履迹雷泽。华夏始祖，于焉育孕；羲皇故里，毓秀绵亘。故事流播，口碑有证；遗迹般般，迭见史乘。游猎成纪，乃渐东进；根在冀城，荣此祖荫。立极同天，开物成务；则彼图书，启此卦数。以佃以渔，渔猎畜牧；德合乾坤，道传今古。嫁娶婚姻，人伦乃兴；兴德立业，乃孕文明。瓜瓞世替，乃子乃孙；神州十亿，尽是传人。

今日何时，人祖圣诞；明德惟馨，旷代盛典。暖送熏风，物润时雨；老少欢腾，乐奏律吕。高唱开放，民康物阜；社会建设，龙翔凤翥。众志成城，新曲共谱；常备不懈，经文纬武。瑞气为云，四海归心；一国两制，一脉是亲。宏基巩固，古国繁荣；亿万斯年，彤日融融。朱围吐瑞，渭水流金，赫赫皇祖，来格来歆！

尚飨！

邵力子捐赠图书记

邵力子（1882—1967），浙江绍兴人，早年慧敏，中举人后留学日本，参加同盟会，1921年参加共产党，在上海办报更是成绩斐然。大革命中任黄埔军校秘书长。1932年1月任甘肃省政府主席，1933年5月—1936年任陕西省政府主席，1937年调任国民党中央宣传部部长时，将所藏图书5242种，计16616册，合碑帖拓片等约5万卷悉数捐献天水图书馆。

邵力子先生平生嗜好藏书，官迹所到之处，一有机会，便到旧书铺、书摊搜购书籍。主政陕甘时，尤注重有关西北文化、教育、历史、方志文献的搜购，并配备专人整理、登记和保管。政暇时常流连书房，潜心研究西部的历史及风土人情。1937年春，邵力子聘冯国瑞为陕西省政府顾问，议政论文，颇相契合。6月，邵力子调南京任职，冯随后也到南京。此时抗日战争爆发，日机到处狂轰滥炸，西安时在威胁之中。几万册图书的安全无法保证，邵时在焦虑之中。邵起先打算将图书转移到陕南某山中，经冯陈说利弊，遂决定抢运天水。10月，冯衔命返西安，在孙蔚如、杜斌丞积极协助下，这批图书始得启运。

数万册图书运往天水，首先是交通不畅，运输工具奇缺，迫不得已，冯决定先把全部图书运至陕西凤翔，存放在天水赵某的“秦州店”中，三次派人联络转运。第一次由当时天水教育局长聂幼莳转运，未能成功；第二次由冯派其弟冯国瑛组织转运，因其他物资积压，仍未能完成任务；第三次又由聂幼莳去凤翔，发现装书籍和字画的部分楠木箱子被人撬开，书画被盗过，他立即和“秦州店”主人商量，经多方周旋，雇佣盐商骆驼，途经陇县、清水，终将图书全部运抵天水。到天水后，冯复与邵先生往返函商，希望将此图书捐赠天水，“使天水人民披读感激，知所奋进”。并给于右任、吴雅晖等人去信，请其从旁劝说玉成。邵先生慨然应允，并说：“我在甘肃陕西收藏的书籍，应该仍然还给陕甘人民。”同意全部图书捐赠天水。

得到邵氏藏书后，冯即积极与地方当局协商，于1939年7月将设在城南水月寺的民众阅览室扩建为天水县图书馆，专辟邵力子先生纪念室贮藏。冯国瑞、汪剑平、王新令、聂幼莳等人考订整理，登记造册，历三月有余，成《力学庐书目》一册，详细地记录了图书的现状。整理后的图书，每本封面或扉页都加盖红色竖排长方形“甘肃省天水县图书馆”印章，设“邵主席存书目录”二联登记卡，编有登记号；同时注明名称、作者、出版处、出版日期、部册数、失去册数、现有册数、价目、备考等登记栏目，并加盖登记人员私章等，在管理上算是严格细致了。

1943年，邵力子先生根据冯国瑞所编《力学庐书目》，就其所捐赠图书情况在国民党《中央日报》发表了《天水图书馆记》，引起社会各界极大反响。时在天水的教育部战区教师第七服务团团刊登专题文章予以赞扬，认为邵氏捐赠的图书为“抗战救国时期西北方面仅存之藏贮”，天水县图书馆是“西北的文化宝藏”。邵力子捐赠私人书画于天水，正反映了他“仍以西北文物还之西北，选地存储，公诸社会”的大公思想。所捐图书，按类可分为五种：

（1）丛书十余种，多为陕西学者编辑，以记陕西当地文物及文化动态为主。

（2）方志、游记及地理类图籍，以陕西地方志为主，甘宁青等次之。

（3）著作主要是陕西及甘、宁、青等西北学者著述。

（4）国内学者关于陕西及西北各省的著作。

（5）陕西及西北各省的地理实境照片。

以上各类图书中，多罕本、抄本，属珍贵文献。

1990年，天水市图书馆大楼正式开工建设，邵力子先生夫人傅学文获悉后非常高兴，来函说：“邵先生送给甘肃天水图书馆保存的这些书，都是用他个人工资收入购买的，是为不使甘、陕等省文史资料遭受损失，为供今后两省人民阅读而收集的。希望天水图书馆将邵先生所赠书籍专辟一个阅览室陈列，尤盼读者珍惜爱护文史资料，衷心感谢。”今天，邵夫人的愿望已变成现实，天水市图书馆已专馆珍藏邵先生捐赠的图书，并向公众开放。

读门克新《长江万里图记》有感

据《明史》记载，门克新，系明巩昌府秦州人。明朝开国皇帝洪武二十六年，门克新在秦州任教谕秩满，入京述职，在皇帝面前，除了应对称旨外，还毫不隐讳地陈述了民间疾苦和施政得失，引起了皇帝的注意，即授以左赞善之职（是太子属官）。不几年擢为礼部尚书。那时，元朝统治者已被驱走，明朝统一了全国。国都金陵（今南京市）雄踞大江，扼全国之形胜，于是皇帝命画家画下了长江万里图这样的长卷呈上，为了给万里图增加气势，即命门克新为之题记。

给皇帝写文章可不是那么好写的，特别是像朱元璋这样的皇帝，立意深了皇帝看不懂，写得浅了则认为是文人有意轻视他这个小牧童、小沙弥。加上明太祖生性猜疑，宰相胡惟庸被定为叛国罪而伏诛；对龙凤年间（距明朝开国尚早13年）跟随朱元璋起事的一些老干部也未能放过，弄得金銮殿上杀气腾腾，文武百官人心惶惶。在这样的气氛下，要写一篇文章不容易，不是不会写，而是不敢写。但是门克新本着中国古圣先贤一脉相传的儒家忠君爱国之道，在这种思想指导之下，著《长江万里图记》，气势跌宕而错落有致，大气凛然却溪流涓涓，令人想见门尚书的声音笑貌，并为我天水有过如此卓尔不群的乡贤名宦而肃然起敬。

全文一开头就概述了长江的地理形势，是众水所归，物产富饶，城邑罗列，云烟万状，“可以通中国之漕舟，可以来番夷之献贡，浩荡汪洋，诚卫国之保障，湍悍奔疾，实壮势于神京。所谓天堑之险，自古为然也”。接下来说，以前以中原（开封——引者注）为国郡，所以大河也跟着繁荣起来，“今我圣朝，海宇一家”，长江则无可替代地成为众水聚会之要冲，同样担负着“天下之来贡者”。看了这图以后，皇上应当“慎固疆域，保民致治”“中土奠安，四夷臣服，而巩固皇图于亿万世”，这才是文章的关键所在。读完全文，只觉一股忠君爱国之豪情，回肠荡气，激扬太空，令人一读三叹！

在封建社会里，维系世道人心的正统思想是儒家学说，而儒家学说的核心就是忠君爱民。爱国爱民就要通过忠君体现出来，要皇上一豫一游，都要励精图治，不忘人民。所谓“上致君为尧舜之君，下泽民为尧舜之民”“致君尧舜上，再使风俗淳”（杜甫诗），是有范仲淹说的“先忧后乐”的人生境界。这就是我国历史上代代相承的优良传统，门尚书的言行自然应包括在这一优良传统之内的。

门尚书裔孙祭其先祖文：

唯我皇考，慈惠温良。裔孙后代，济济苍苍。
想我皇考，教谕有方。生徒广众，入室成行。
秩满入朝，京师观光。敷陈时务，垂询周详。
博学敢谏，忠荩贤良。民间疾苦，直言端庄。
长江图记，为国孔张。讽喻得体，笔法汉唐。
深合上意，赞善赞祥。于役东宫，竭智履霜。
不次之迁，六曹之纲。礼部尚书，国之栋梁。
运筹中枢，协赞圣皇。为国宣劳，慨当以慷。
忠厚敦仁，日就月将。兼济天下，泰岱气量。
方期大用，二竖为殃。不辍禄养，御赐药汤。
一病不起，帝为震伤。九天须诏，护葬乡邦。
钦赐祭文，圣德汪洋。石马石阙，声名显扬。
荣封三代，陇上之光。秦州孔庙，新建祠堂。
祖传至今，六百八年。及不肖身，二十一传。
皇考子孙，门家河湾。三百余户，聚族相联。
各执其业，各乐天年。士农工商，祖德绵延。
今兹家祭，情满山川。合族代表，共奠祖先。
永沐祖恩，明德象贤。循声鹊起，永葆平安。
清吉福顺，乐以昌年。祖其有灵，鉴兹愚虔。

犁云锄雨望中兴

——读胡楚白先生诗词以后

抗战期间，我国大词人卢冀野在于右任的帮助下，创办《民族诗坛》诗刊，提倡诗人应歌讴抗战，反映时代精神，“则其诗永存，其时代亦永存”。并在其诗集《中兴鼓吹》里咏抗日、盼中兴、爱国忧时，慷慨悲歌，读之令人气壮。这种现实主义的创作道路，给我启迪很大。解放战争时期，我在西北师院读书，先师冯仲翔教授在课余不时说到天水诗坛之盛，心向往之。他还出示《偕梅集》一卷，这是抗战时期天水诗人酬唱之作，不少诗人还是来自沦陷区，叠“鞋”“柴”韵有达十次之多的，却无一语涉及国仇家恨。当时我少年气盛，好臧否人物，就率尔对曰：“揽鬓已惭张绪柳，伤心莫向孝陵柴。”此十四字可抵一篇《西台恸哭记》，其余不便评论了。吾师为之怃然，旋命女世兄寰拣出《黉门笳奏》一册说：“这和前诗都是以前同窗好友胡楚白所作，其诗常虎虎有生气，吾不如也。”我一看此书，也成于抗战时期，多是胡公为天水中学毕业生以诗词形式作的临别赠言。该书谈为学方法，谈理想前途，纡余为妍，卓荦为杰，直抒胸臆，不事雕琢，初读已如入山阴道中，及读到“百二山河犹故土，八千子弟当今世”“有阿谁长剑倚崆峒，难言已！”等句时，觉一股爱国忧时之浩气，直冲云霄。不禁失声说：“真是甘肃的‘中兴鼓吹’啊！勿谓秦无人，只此一编，陇坡黄河当为之扬眉舒胸了。”因写小诗一首，以寄仰慕之忱。原诗是：

读《黉门笳奏》呈胡公楚白

墨和血泪写中兴，敌忾同仇剑气腾。
笳奏凭君栽化雨，骚坛许我看峥棱。
国魂何处伤燕市[①]，鼙鼓依然哭孝陵。

且喜琴庐[②]春正好，可容登上最高层。

注：①时北平学生正在举行反美游行；

②琴庐为先生书斋名。

仲翔师阅后莞尔一笑曰："楚白又得一知己矣。此一片心情必代为转达。"

岁月迁延，已到解放。忙于改造思想，不敢公开学诗。不久风云突变，仲翔师开始了他艰难困顿的处境，十年动乱中，我也过着画地为牢、与世隔绝的生活。落实政策后始来天水，即访楚白其人，才知道与仲翔师齐罹浩劫，同归道山了。感念师门，实增恻凄！幸得又读到胡公遗作《秦州光复见闻杂咏》二十首，以竹枝体裁，寓庄于谐，戏谑俱来，补史料之不足，正传闻之有误，而当时刁斗铁马之声，歌哭含笑之状，如闻如见，直可作为辛亥革命在秦州的史诗来读。十年浩劫，胡公大量作品虽遭秦火，我认为只《黉门箭奏》和《秦州光复杂咏》这两组与时代同脉搏的好诗得以幸存下来，其人其诗已经可以两不朽了。

友人胡圭如君和楚白公为堂兄弟行，几年来，偕同楚白哲嗣达生老弟于百丈劫灰中居然搜集到胡公的一批佚诗，要我校点评介。像胡公这样的诗坛前辈，只能高山仰止，岂敢妄加续貂？为了再次表示对先辈的无限钦敬之情，只能讲胡公与我的诗词姻缘概述如上，也就是了。

我来天水十年，曾有将仲翔先师佚文佚诗访求整理的愿望，徒以俗务劳人，尚无头绪。每一念及，惭汗交并！胡公有贤子弟，能使遗著重光，为地方留下宝贵文献，令人兴奋不已，也更激励我下决心加快步伐，使先师遗著早观厥成，以告慰先师于地下。

1989年5月后学张举鹏谨记

利满天下话牛魂

——读《百牛迎春》印雕以后

陈冠英、张维萍夫妻积十余年之久，将我国民间十二生肖，以印章形式各刻100方，总计1200方。我看了以后，首先被他俩在艺术道路上像苦行僧一样的执着追求精神所折服、所感动。因我属牛，对《百牛迎春》图情有独钟，为此，在丁丑年初，就牛印牛魂为题，写上几句。

中华文化是一只巨大的宝盆，它不仅储藏着有形的文物，还储满了无形的历史。这历史伴着日光和月光，从远古一寸寸、一层层，一直储到今天，要弄懂它，要挖掘它，好不容易啊！羲皇故里的这两位作者，不仅有丰富的生活经历，而且对生活有很好的艺术悟性，又有系统的文化教养，有着近三十年的艺术创作实践，具备比较扎实的文字功力和书画篆刻的修养，尤其可贵的是他们对金石篆刻艺术勤奋而严谨，自觉地追求大气魄和高品位、高格调的境界，顽强拼搏之后，已经有了一份充实的成就，为半生辛勤耕耘、播种，获得丰硕果实而喜悦。因此说，这幅《百牛迎春》图，是一个倩影，她需要我戴上理智的眼镜，洞穿她的心灵，破译她的表象，还原她的本质。陈、张夫妻俩所追求的是更高层次的真善美，这才是值得一辈子追求的，哪怕地老天荒，海枯石烂。

我国是牛的发源地之一，六畜之中，列名第二。我国劳动者对牛有着独特的偏爱和钟情。明人诗中就有："田家养牛如养子，爱惜皮毛少鞭楚""全家性命系一牛，牛肥即喜瘦即愁。木阑土屋护乾煖，出入更防人夜偷"等诗句。也难怪，看它奋蹄时的执着，用力时的发奋，给人以韧性和力度。凡是有血性、灵性、悟性的心灵，都不能不被那耕耘的黄牛所感动。这是动人的情景，也是力的启示。那么，这牛，就是中华民族的象征，是中华民族的化身。如果说十二生肖是中华远古民族社会的图腾，那么，今天在郑州的黄河之滨，就耸立着这样一个"华夏之魂"的雕塑，它弯弯的牛角，古朴粗犷，斑痕累累，记下了中华民族的历史；

倔强有力，撑起了华夏整个的蓝天；傍着滔滔的大河，似乎在大吼：让我和黄河一起奔腾！这难道不是新时期中华民族的图腾？

每当一年一度的秋天大张旗鼓地到来，万顷稻海轰轰烈烈地黄了，千亩棉田风起云涌地白了，转瞬之间，风高霜洁，水落石出，成为人们忙碌的收获季节。这种收获，实际上是向老牛的索取。对老牛来说，这索取如同刻骨铭心的爱情一样，是一种心甘情愿的奉献。当耕耘者和非耕耘者把秋天索取一空的时候，当有些人见秋霜而悲白发，见归鸿而思故乡，见寒蝉而叹余生，见秋风秋雨则更是“夜雨闻铃肠断声”一唱三叹的时候，牛，斜卧在残阳之下，慢慢地反刍着秋草，似乎在潇洒地品味着一种生命文学，从不抱怨人情冷暖，也从不诅咒世态炎凉，像一个成熟的哲人，用自己硕大而乌黑的眼睛，看看天外的日出日落，云卷云舒；那瞳仁依旧辉映着黄土地的春天，那没有浸染尘灰的瞳仁里，纯得一清如洗，任寒霜侵袭而不动色。北宋诗人孔平仲就有一首《禾熟》诗曰：“百里西风禾黍香，鸣泉落窦谷登场。老牛粗了耕耘债，啮草坡头卧夕阳。”优哉游哉！可是它的“耕耘债”并没有“粗了”，来年冰融雪消，依然在这渲染着芬芳与美丽的大地上拉着沉重的铧犁，希望着大地的丰收。这样年复一年，周而复始，从少年走向青年，又从青年走向老年。尽管这老牛不语，可是它已经功满人间，利满天下，终于“耕犁千亩实千箱，力尽筋疲谁复伤？但使众生皆得饱，不辞羸病卧残阳”（宋·李纲），去做它“牧童短笛横牛背”之梦了。

不知为什么，总觉得我国知识分子也很像牛。他们一样不慕荣利，善良聪慧；一样甘心奉献，坚韧刚毅。作为独特的知识分子群体，天性中的独立思考与求索精神，与生俱来的独立人格与平等意识，使得他们为两千多年来推行愚民政策的封建统治者所不容。中华人民共和国成立以后，知识分子的地位得到了很大的提高，也还是遭受了一些风风雨雨甚至是狂风暴雨。但是这些并没有使他们迷失自己的本性和拳拳爱国之赤忱。风暴过去，劫后余生的知识分子没有怨言，没有泄气，仍以赤诚报效祖国。他们在历史长久的痛苦反刍中，懂得了飞奔，懂得了效率和生命，懂得了金钱和时间。他们褪尽浅薄，洗尽浮华，站在祖国最坚实的大地上，吟唱着“老牛自知夕阳晚，不用扬鞭自奋蹄”的激越诗句，以新的视角更真切地理解和正视现实。历史造就了中国知识分子的性格，耕耘奉献造就了牛的形态。历史在演变，地球在进化，人在变，牛也在变。当今中国，用知识武装起来的劳动者掌握着最先进的生产力，拥有大量的多方面信息，占据着最高程度的文化层次，正在起于青萍之末的这场信息革命，将使他们享有最广泛的民主权利，最有效地发挥他们的主体优势。伴随着我国的现代化进程，这个群体也在不断成长，不断壮大，并日益发挥着越来越大的作用。这幅《百牛迎春》图中的百牛，只是作者概略言之罢了，实际上应当是百万头牛、千万头牛来迎接这万紫千红、风和日丽的春天，为春光平添着无限生机。今天的牛应该多一些勤朴，少一些笨拙。中国的知识分子已经从“俯首甘为孺子牛”的时代迈开了更新更坚实的脚步，赋予了更新的历史使命，形成了更新的性格。这历史使命就是祖国正处在开拓的时代、腾飞的时代，拓荒、腾飞已经是知识分子最低的起点，也是人生真谛的最高追求。在深圳的政府大厦前，那一头雄健勇敢、坚韧刚毅的拓荒牛雕像，不就是中国新知识分子的典型形象吗？为了祖国更美好的明天，在它前进的道路上，什么贫穷愚昧、封建意识、人为禁区以及一切腐朽落后的东西，都会把它们连根拔掉，披荆斩棘，一往无前。拓荒牛啊，你已经成为中华儿女新的图腾，也永远占据在全国知识分子心中！

十二生肖是中华民族优秀品格和情操的写照，是整个民族世代相传的文化形态之一。正是这些不同层面，不同特色的优秀文化，才汇成了我们伟大中华民族滔滔不息的历史文化长河。作者对十二生肖印刻的成功实践，不但显现了他俩的智慧和胆识，也反映了时代的进步，历史的演进。只以《百牛迎春》的印面来说，泼辣生动，气雄力厚，以狂草入石，把牛表现得活灵活现，呼之欲出，气势磅礴，刚柔浓纤，仪态万千。不似中有似，而线条愈简愈整，冲拓的白底朱图也分外斑驳，更有汉魏金石之气，容纳了自然生态美与人生美两种结合之美，合成有韵律的只有心灵才可以听懂的生命的流动，与凝重简洁的刀法相映成趣的洗练构图，使人感悟到一种精神力量，也串起了一片又一片坚厚的群雕，似热情讴歌改革大潮中的弄潮儿和新典型，而这种赞美又是有着自己独特的思维与独特的角度，也似乎呼唤着对现代人所感到的一种缺憾，一种思考。新一代人在丰厚的享受中缺少了什么？是孺子牛精神，是拓荒牛精神，这正是民族自立、国家兴旺必不可少的重要东西，也正是作者在刻石中所蕴含并力求要表现的那种渴望吧！

孺子牛也好，拓荒牛也好，都是伟大的，是时代的骄子。我很幸运属牛，心甘情愿地做牛的追随者，同时也愿和作者一起，将我们的忧，融入你的行列里；将我们的喜，融入你的脚步里；将我们的心，融入你的灵魂里；将我们的爱，融入你的奉献里。

石不能言自可人

——写在潘自强先生奇石展览之后

中华民族是一个爱石的民族，在悠久的民族文化中，不仅善于编织美丽的奇石神话，还善于发现美的石头，更善于将丑的石头变美，美的变得更美。我从老友潘自强先生奇石展览中得到了深刻的启迪。它的展出，给这充满魅力的陇上文化又涂上了鲜艳和浓重的一笔。

有人把近年出现的“奇石热”形象地称之为“奇石文化”，把奇石说成是“发现的艺术”，是一门“猜不透看不厌的艺术”。自强先生爱上了这门艺术，执着地酷爱了十余年，至今老而弥坚。这充分反映了奇石主人向往自然，返璞归真，寻本求源，追求真善美的迫切心态，它必将或者已经汇入于中华大地的文化与文明的象征之中。

自强先生的奇石约有千余枚，这次展出的不过百十枚而已。体积有大有小，大的重约三几百斤，因为太重，无法抬入展览大厅与更多的观众见面。祖国的名山大川，他几乎都去过，回来总是满载而归。这和他平日的留心、有心、匠心以及慧眼是分不开的，持之以恒，积少成多，作出了如此巨大的成就。他的任何一块奇石，只要你粗略审视一下，就可以发现它身上的每一道刻痕，都是岁月无情的积累或水磨、风霜赋予的苍老气质和历尽沧桑的风貌，甚至给人以高风亮节之喟叹。这就是大自然的绝妙创造，它创造了各不相同的形状与特征，或为鸟兽虫鱼，或为山川花卉，有深沉思考宇宙人生的哲人头像，有翩翩起舞的月宫仙子，都是栩栩如生，呼之欲出。我们知道，美的生命离不开生活与自然，这奇石，无法像外部世界那样形象逼真，惟妙惟肖，只能是象形与传神。有一枚奇石反映了三位古人围坐的形象，是三游洞外的三人，还是东坡、少游和佛印，或另有其人呢？扑朔迷离，似像非像，似是而非，任你挖空心思去琢磨，去理解，去左右端详。还有一石，画面恍若天外来客，什么也不像，但它是朦胧诗，是太空舞，是一曲无标题的音乐。“大象无形”，不像才是“大象”，“无形”正是它的妙不可言处。丑陋也罢，丑到好处也是美，丑到极处就是美到极处。真是一石一神韵，一石一世界，就看你能不能发现，能不能读懂这无字天书。此刻使人悟到的，是那些激发人产生美感的形象，不正是人化自然的事物吗？那无言的石头，不再是扮演无生命的角色，而是变得通灵可人了。

石头的年龄是以“亿年”来计算的，远比人类要早得多。奇石不仅展示了美的天趣，也带来了远古的气息。当我们诵读着“天地玄黄，宇宙洪荒”的时候，这展厅里的石头，不就是它的缩影吗？玩石赏石，实际上就是今与古的对话，人与自然的融合，真正算得上是返璞归真，寻求善之源和美之源。

当今的收藏日渐繁多，什么邮品、火花、粮票、布证等等，不可胜数，雅则雅矣，但无一不是人为。自强先生选择了石头，也只有石头，吸日月之精华，聚山川之灵秀，大璞不雕，浑然天成，洗去了一切模式，摒弃了一切观念，自在、自如、自持、自然，艳而不俗，娇而不媚，奇不要宠，巧不夸饰。其姿采，其神韵，是任何人工雕琢无法完成的，这才是大雅。

看了奇石，谈了这些闲语。

读陈泽著《西垂文化研究》

去年，我正在绕开红尘，安度晚年的时候，忽然收到一本新书，名曰《西垂文化研究》，一看才知道著者是陇南的陈泽先生，这就勾起了一段往事。

1985年，我去陇南作教育调查，任务基本完成后，顺便到西和访问了一位老同学，在这位老同学的席上，初次认识了陈泽先生。先生衣着朴素，好学深思，最大的特点是平易近人。因我在冯仲翔教授诞辰九十周年纪念会上写过和他谈论有关“秦公簋”的文章，而陈泽先生恰恰是研究西垂文化历史的人，也许以为我是冯先生的弟子，就应当和冯先生一样博学多识，向我不停问起他在研究西垂文化中的好些疑点和问题，我很惭愧，只能一问三不知。他却能背诵“秦公簋”“不期簋”“格伯簋”等钟鼎上的铭文，有的朗朗上口，有的滚瓜烂熟。这便引起了我的注意，开始心仪其人，认为在陇东南山区的古西垂之地总算出了一个扎扎实实研究学问的人，预祝他事业有成，开花结果。之后逐渐了解到他个人的一些情况：论学历，高中程度；论资历，当过小学教员，地方干部。那个时代是讲阶级的时代，成分不好，工作中免不了磕磕碰碰。1990年退休后，他的女儿也从意大利留学回来，现在北京某银行工作，收入颇丰，对他也很孝顺。“东隅已逝，桑榆非晚”，他就该像大多数人那样老老实实地毫无一点装模作样地在家里享几年清福，名正言顺地“饮且食兮寿而康，无不足兮奚所望”，心安理得，无所苛求。可是他偏不，在“一个人生下来就要给后人留点什么”的思想指导下，髀肉复生，闲坐不住，下决心选择了“考古”（考西垂之古）这一冷了再冷不过的学科去钻研和探索，你说怪吗？钻考古，必须要有广博的文史知识，深厚的国学基础，要懂得古音韵学、古生物学、地质地理学、文字学等等，所有这些，像我们这样“双鬓向人无再青”，只能惋惜“等闲白了少年头”的时候，在西和这样的下邑小县或者在陇东南，要钻出个名堂来，可不是那么简单的事了。但是，陈泽先生用锲而不舍的ascetic practices精神，积十年之苦功，硬是钻出一个大名堂来。

记得他曾经对我说，他钻研西垂文化，是从秦公簋开始的。我想，研究西垂文化谈何容易，即使西垂古时真有文化，现在也只存于出土的钟鼎盘簋之中（那个时候，礼县大堡子山还没有被发现），那上边的文字佶屈聱牙，艰深费解，虽然没有“一个字顶一万句”，但至少一字一句都要旁搜远绍，费好大劲儿去注解，才可以从中让人想象出一丝半点来，成不了大气候。何况二十四史中，就根本没有专门的《秦史》《秦书》一类的史籍可供参考。秦的一族，从有史可据的周共和行政元年（公元前841）算起到秦二世灭亡（公元前207），也有600多年的历史。而秦人作为一个族团，从公元前1090年（约在殷末），就聚居在犬丘，也是秦的祖先中潏至非子八世的居邑。这样到秦朝灭亡约有1200多年的历史，其年限之长久，是中国各个朝代尚无可比拟的。但是对于秦国，历史上惯用“暴秦”“虎狼之秦”，与夷狄、野人并列，造成历史的偏见，给历代和现代秦史的研究者造成了一定的困难。面对秦人披荆斩棘，开拓发展的开国史，学者只能读其概略，无法知其详尽。他却依然入虎穴，探个究竟，以西垂人特有的开拓进取精神和反传统精神，去寻踪探源，打破砂锅问到底。

梁山好汉武松在景阳冈山下的酒店里多喝了三碗酒，就一反上山常规，单人带醉提着哨棒上山，明知山有虎，偏向虎山行，而且在冈上漫不经心，大睡其觉。不是一声虎啸风动，连哨棒也飞落天外，武松才动了真格，一场惊心动魄的人虎相斗，打死了吊睛白额的猛虎（可能是“华北虎”）。在杀死张团练一家后，才敢在张家粉壁墙上从容不迫地大写“杀人者打虎武松也!”，扬长而去。打虎与武松从此联结起来，打虎英雄也就声名远扬了。今天，西垂文化的开拓研究工作，就比之于当年吊睛白额的华北虎，一些人立志想钻一钻，但是最初或最后都被这只（或者说那么多的）老虎挡住了。他们只能虎头蛇尾，草草收场；或者谈虎色变，一叹了之。而先生却能在西垂两去中川，三上天台，踏遍祁山无数次，单枪匹马，虎穴探奇，虎穴追踪，积年累月，才有此累累硕果，澄清了历史上对西垂的模糊记述和迷离疑案，成为今人在西垂研究上的第一次突破。全书光彩四溢，高潮迭起，特别是对秦金石文字的研究，更具体地说，对秦公簋的研究，可以说是与先生西垂研究相始终，花的时间最长，精力最多，厚积薄发，无征不信，才敢向国内权威挑战。这正是先生古典文学和文字音韵学深厚的见证。郭沫若的《秦公钟韵读》，人人都承认是权威论著，先生却认为“读起来大成问题”。他通过古读古韵和古义古训作了改动后，读起来确是音韵和谐，而且优美动听。郭沫若在《殷周青铜器铭文研究》一书中，确定秦公簋为景公作，由于郭老在中华人民共和国成立后学术界的显赫地位，这种“景公说”曾被学术界多数人所附和，几成定论。但陈泽先生详细考证，广征博引，订正了秦公簋为襄公所作，这实际上是先生公开向国内权威、专家、学者挑战，而且言而有证，证而能信。国内古史专家李学勤等教授也去函肯定，承认其研究成果了。以前京师某大学某教授对此成果多有诘难，经先生据理力争（北大教授李思孝称之为“舌战群儒”）后，某教授不得不信服了。

祖国有四大发明，人们都耳熟能详了，这是中华民族对世界人类所作出的巨大贡献。但是经陈泽先生总结提炼，在当时的秦国，也有四大发明，同样对人类发生过巨大贡献，遥遥领先于世界。这就是铁的冶炼和铸造、四轮车的创制、陶泥制字的发明及印玺的首制。这四大发明，是秦国科学技术以及生产力高度发展的产物，这是中华民族的骄傲。但是我认为木制地图，也是秦国的一大发明，是对全世界的贡献。

天水放马滩木板地图虽然绘制于战国末年的邽县，可能已不属于陈先生所论的西垂文化的时间范围之内，但作为西垂人的故地和西垂文化的发生地，我们从战国时期当地文化的发展中又反观西垂文化发展的走向和进步程度，无疑向我们展示了西垂文化的一个侧面。这样，西垂文化中就不只是四大发明而至少是五大发明了。

当前，世界上已发现的具有严格意义的最古地图，即二世纪罗马帝国时代托勒密（约100—170）《地理学指南》一书中的地图，但它比公元前300年绘制的地图已晚出将近五个世纪。况且该书是否为原书附图，人们还有不同看法。所以放马滩地图作为目前世界上最古老的实物地图，为中国乃至世界科技史、地图学史增添了新的篇章，具有多方面的科学价值和历史意义。放马滩地图的绘制，无疑是将中国古地图图式体例发展到新阶段的代表作。现代地图注记的图式符号尽管五花八门，也不外文字、符号和色彩这三大类型，距今2300年前的放马滩地图除色彩一类之外，其余两类已大体具备，可以毫不夸张地说，它已经奠定了中国古代地图绘制的基本规范，在中国传统地图绘制中有承前启后的作用和规范功能。其他如大比例尺、小区域图以及鲜明的主题特征，再证之以先秦文献，这就再现了先秦时代秦人认识自然的客观历程和已经达到的认识高度，也表明秦人从入关直到完成统一之前一直高度重视对其故地天水的管理经营了。

诚如陈泽先生所言，西垂文化的发展，曾伴随着秦人—秦族—秦国的发展演变而产生而形成的文化，发生于陇东南，经过春秋战国时期的发展壮大，最终因秦统一中国而成为统治中国的文化，因而它在中华民族和华夏文化发展史上产生了深远而巨大的影响，这是无可非议的。不知陈泽先生以为然否?

简述《曹真残碑》

20世纪40年代后期，我在兰州冯仲翔教授处见到一碑石拓片，冯题曰：《曹真残碑》，小注曰："道光末，出土于秦州州城之东郊。"从拓片看，碑宽约一米，高约二米以上，正面和碑阴皆有刻字。正面很多地方已剥落残损，仅存者约四十行，每行也残损不堪辨认。前五、六行处有"蜀贼诸葛亮称兵上邦"九字相连，第十行以后又出现"屠蜀贼"三字，末行有"□和六□"字样。冯说，此四字当系立碑时间。考魏明帝年号有三，依次为太和（共七年）、青龙（共五年）、景初（共三年）。此处当系太和六年无疑，也是蜀汉建兴十年（232）。诸葛亮第二次出祁山是建兴九年，其年夏即班师回汉中。次年，曹真在兵荒马乱、惊魂初定之际，尚不知蜀兵再来与否，即立碑以记其事。冯仲翔叹曰："古人办事效率之高，令人惊讶!"

拓本之末，尚有"张平来书"四字，当系作者姓名。冯说，以后的拓本，也因残损剥落，此四字已无法拓得。

史载，诸葛亮于228—234年曾五次进攻曹魏，以求实现他"隆中对策"中提出统一全国的最终目标。其中他两次出兵祁山（今礼县东）。第一次是蜀汉建兴六年（魏太和二年）正月，他采取声东击西的战术，派疑兵进据斜谷（今陕西眉县城北），待魏国大将曹真驰援时，诸葛亮已亲率主力沿西汉水上溯，迅速攻占天水、南安、安定三郡，但之后街亭败绩，战机已失，便收兵回汉中。第二次是建兴九年二月，时曹真在病中，魏明帝诏司马懿委以陇右军事重任，由南阳移师长安，不听张郃建议，度陇坂，出上邽。奉懿之命由狄道出兵会攻祁山的郭维得知蜀军意图，急与上邽守将费曜相约，夹击蜀军，反为蜀所败。懿到祁山，始知上邽形势危急，回救上邽，而上邽已失，只能屯军城之东山，持重不出。蜀军占领上邽后，因粮秣不济，亮命军士刈尽上邽麦，然后南撤，途中懿又两次被蜀军击败，其部下骁将张郃也在木门山（今称木门道，在天水市秦州区）遇伏身亡。

诸葛亮几次攻魏，都是击强敌于难攻之地，“知其不可为而为之”。首先遇到的困难就是国力不济，只能以攻为守，保全蜀中。正像他在《出师表》中说的：“然不伐贼，工业亦亡；惟坐而待亡，孰与伐之。”

碑文中所称“上邽”，到底是今何处？上邽治所，有今清水、天水市秦州区、天水西南、天水东南诸说，以主张在清水、秦州两说为多。而且引经据典，各有根据，言之成理。冯仲翔主张在天水市（今秦州区），他引《汉书·地理志》和《元和郡县志》之说，认为邽县和上邽县治同为一地。邽山、邽县、邽戎，互为因果，不可分割。《水经注》载：“藉水，即洋水也，北有蒙水注焉，水出县西北邽山，翼带众流，积以成溪，东流南屈，径上邽县故城西，侧城南出。”他说，蒙水即今罗玉河，邽山即今凤凰山，为天水之镇山。秦州州城东郊自宋以来即有“诸葛军垒”遗址，民间还有不少传说故事，这个遗迹看来不是凭空捏造出来的。今天，随着各地修志工作的深入开展，上邽治所这一问题又提出来了。在这里将冯仲翔教授的观点，就现在以能回忆到的写在这里，供修志同仁和关心这一问题的人士参考。当然，这里必须说明的是，要把治所和辖地分开，这是两个不同而又互有联系的概念。

冯先生当时说，《曹真残碑》他存的是初拓本，之后有人出于对诸葛亮的爱护，将碑文中出现有“蜀贼”二字的地方都予铲平，后来拓本再无此二字了。因想到诸葛亮称曹魏为贼，每以“汉贼不两立，王业不偏安”来论述当时的蜀汉政治形势。从这个拓片中得知，曹魏也称蜀汉为贼。特别是“屠蜀贼”三字，令人想到两次祁山之战，尤其是街亭之败，蜀兵战死的不说，其余除投降之外，一定俘虏了不少，曹魏的政策只有一杀了之，可谓惨矣！诸葛亮在第一次从祁山撤退时，也是“拔西县千余家还于汉中”。此千余家在强迫迁移中恐怕也是按“准战俘”对待的，一路携儿带女，老弱病残，死于沟壑的当然不会少的。不禁使人想起元曲有“兴，百姓苦；亡，百姓苦”的名句了。

碑阴刻有立碑之人姓名，残存可辨的尚有五六十人，以姜、赵、尹三姓为多，各约十余人，其余现尚能记起的有兆、古、成、孙等。这些姓氏，今天在天水已是最古的了。可见古人列赵姓为天水郡望，是有一定历史根据的。

冯仲翔说，此碑出土后，到民国初年，已几经辗转，藏于天水某私人家中（此人冯曾指名道姓，但当时我对天水父老根本一无了解，只是姑听之耳，事后即遗忘了）。

这几年，我一直关注这一残碑拓本的有关消息而不可得，已出版的天水文物资料也绝无人提及此事；我也曾访问过一些地方文人和仲翔在兰州的后裔，更是茫然不知所问。我想，天水如尚有珍藏此碑拓片的，哪怕初拓后拓，何妨公之于世，也是天水文物界一大喜讯。

现将冯先生《题曹真残碑摹本》的一首诗一并附抄如下：

论才三代后，吾慕诸葛君。天水军垒在，东郊眺斜曛。断甓遗槛外，寂寞清渭滨。弄险到西城，讹误亦可欣。故老传遗事，风流想其人。残碑少长文，魏人颂曹真。铲损“蜀贼”字，识并童稚邻。碑阴端可喜，列举二州民。天水姜赵古，希姓良足珍。不赖此碑存，何由识乡亲？当时收三郡，义气薄青云。西县拔千家，艰险济危军。畏蜀真如虎，宣王安钗裙。蜀窃终粉碎，浩劫念贞珉。

【按】近十年以来，天水突然出现所谓有五大文化的提法，就是伏羲文化、大地湾文化、秦文化、三国文化和麦积山石窟文化。通过各方面的大力宣传，在天水上下达成共识。其中天水的三国文化，我一直认为值得商榷。我们知道，文化是人类在社会发展过程中创造的物质财富和精神财富的总和，而战争则是为了一定的政治目的而进行的武装斗争，它的基本原则是保存自己，消灭敌人。一提起战争，不由得一下就和毁灭、屠杀联系起来。战争只能摧残文化、毁灭文化、而不是发展文化、繁荣文化。三国时期，蜀汉在天水只有几次行军和打仗，当时或者疾风骤雨，过后就雨霁天晴，烟消云散了。这样的三国文化，在当日，在现在，在将来，不知到底是属于什么文化？诚然，天水是有几处三国古战场的遗迹的，我们总不能成天在那里去“自将磨洗认前朝”吧！省史志编纂委员会知道了天水有共识的“五大文化”以后，希望市志也能以五大文化为纲，写出有自己地方特色的《天水市志》来。因此，我的这篇文章在《天水文史资料（第七辑）》一刊登，就被市志编辑同志像宝贝一样转引去了。因为天水的三国文化太少了，违背了“述而不作”的编辑原则也在所不惜。

新的《天水市志》对五大文化的叙述共约28万字，平均每一文化5.6万字，最多者9万字，而三国文化实际上只有1.5万字，关键在天水有关三国的文化太少了。天水还有古民居、古树、杜（工部）诗，等等，都可以排斥在五大文化大门之外，以不够格来告终，唯独三国文化不能少，令人费解。

注：此碑出土于西安东郊，现藏故宫博物院。冯先生记误。

观梁任公《荐士书》墨迹

《冯国瑞珍藏梁启超手札》长卷是1927年初，梁任公为冯仲翔先生向当时甘肃省省长薛笃弼（字子良）的推荐信以及国内文化名人对该手札的题跋。20世纪末，由兰州碑林出版社影印精裱行世。全长6米，高0.32米，画心0.21米，与原件同大。推荐信共319字，累4页，附件127字，合计446字。这一珍贵文物的问世，无疑是甘肃文化界值得庆幸的一件大事。

冯先生于1926年考入北平清华学校（今清华大学）国学研究所后，师从梁启超（任公）、王国维（静安）、陈寅恪等名宿硕学，不久即脱颖而出，被任公目为奇才。任公讲授的《中国历史研究法》，冯与另一同学周传儒听讲的笔记比较详尽，任公再三嘉许，即让二生将此笔记代他整理成书，辑入《饮冰室全集》中，师生合作成书，在当时的文坛传为美谈。1927年，冯在研究所毕业，任公欲约其留校任教，一而至再，冯回家奉亲心切，婉辞未就。临行，任公适养病天津，遂写了这封推荐书于薛笃弼，对冯赞誉有加，不遗余力，称冯是“西州髦俊”，在同学中“峻拔寡俦”，甚至以清代武威朴学大师张介侯比之。他向薛氏写道，他自己“贱性介狷，夙耻干谒”。今天看来，这封信实际上是“爱才”所致。同时附给冯的信，短短91字，一则曰：乱世远别，相见未审何时；再则曰：如果路途阻塞不能回去，那就委屈你能仍到我这儿来。名师高徒，河梁惜别之情，令人不忍卒读。

任公病逝于1929年元月，距写此信只有一年又七个月，这信无疑成为任公的绝笔了。20世纪40年代，我上大学，在冯宅初见此墨迹时，对冯不去谒见薛氏一事不可理解。冯解释说，他归里后，冯玉祥势力已扩展到西北，招兵买马，搜刮民财，新旧军阀正在酝酿“中原会战”（即阎冯倒蒋），中国形势正不知鹿死谁手。薛氏是冯玉祥的干将，辖一个军，正在枕戈待命，随时东下。这就是冯先生说的“疮痍满目，无意干谒”

了。遂将此信裱成卷，藏于家中。1934年由清末进士任文卿山长第一个过目，即定名为“梁任公荐士书”，以后陆续有同学谢国桢、刘盼遂、陈直、沈次量等教授以及长安宿儒张鹏一等题跋；在西北师院教授中，写跋的有图书馆专家刘国钧、文字训诂学家刘文炳、国内朴学大师张舜徽等人；知名学者胡适之、罗家伦、梁实秋等也作了跋语，内容皆悉对梁、冯二公溢美之词，读之令人感奋兴喟，不能自已也。梁实秋有“（梁公）爱才若渴之心跃然纸上”之语。同学罗家伦的跋诗曰：

水木清华染冠尘，抚瞻遗墨尚如新。
扶持绝学传薪火，一代名师有几人？

冯先生在以后不足三十年中，也确不负师训，不负所学，在文学、训诂、金石、诗词、史学、书法等领域锐意进取，抉微探幽，精进不已。特别是对我省石窟艺术之发现、发掘与研究上作出了卓有成效的贡献，成为我国石窟艺术发掘整理的伟大奠基人之一，为海内外所瞩目。如果不是一些人为的因素，冯仲翔先生当有更辉煌的成就，为甘肃文化史写出更新的一页。现在仅仅从我们搜集到的一些遗文遗著来看，吉光片羽，其学术文化的成就，已经够我们和后来者奋力攀登了。

今天重读此长卷，每因梁任公爱才如命，梁、冯师生情感之深且厚而心灵为之震撼，更钦佩冯先生清华毕业时才27岁，凭着这封“荐士书”，就可以谒公卿、跻通显，走南闯北，青云直上。但是归里以后，一意敦古劝学，推演师说，求之古人，也是不可多见的。任山长跋语中认为梁公的“爱才”，冯公的“立品”，“师若弟，两得之”！呜呼，可以振聋启聩矣。

附：梁启超荐士书

子良吾兄足下：

执别经年，怀思山积。风尘澒洞，京邑阽危，托迹是那，凄如幕燕，遥望关树陇云，获芘仁宇，弦歌不辍，鸡犬相闻，桃园梦游，企想何极！专有启者，冯君国瑞，西州髦俊，游学两京，已经五秋。今爰在清华研究院以最优等成绩毕业，其学于穷经解诂为最长，治史亦有特识，文章尔雅，下笔千言，傍（疑“旁”）及楷法，浸淫汉魏，峻拔寡俦，此才在今日，求诸中原，亦不可多见。百年以来，甘凉学者武威张氏二酉堂之外，殆未或能先也。校中诸师爱君高才颇思挽留，更相劘厉，而君以违侍庭闱既久，颇思归省，弟亦以甘省鄙处边陬，学风陵替，君既学成，及宜为乡邦服务。夙念我公戎马之中，留情文艺，慕文翁之启蜀，超尹晓之化黔。似此美才，宜乐延揽。谨驰荐刺，聊当晤言。贱性狷介，夙耻干谒，非所深知，每怯齿牙。今兹冒渎，实缘爱才，荷公相知，当弗见讶！世变方新，群黎望治，伏愿努力为国自爱不尽。

弟梁启超上

六月十三日

诗海一勺

（一）

诗有三趣：怡情、悟理、回味。只有怡情，而不悟理，则是浮光掠影，吟弄风月，浅而又浅；只悟理而不怡情，则是论文说理，有如枯树干枝，索然寡味。只有怡情悟理融为一体，才能文情并茂，令人回味无穷也。

（二）

我作诗最不喜注解。有初学为诗者，只区区有二十八字的绝句，而注解则七八十字甚至百字，生怕读者不懂。碰见动物植物，鸟兽草木，则必须注解其科目属性。是直以读者为诗盲、文盲，除了卖弄自己的博学，亦可笑也矣。

（三）

初学为诗，必须从锤字炼句上下功夫。科举时代的小学生，先教以“对句”，从两字、三字一直教到七字，然后学作诗。这是基本功，古今无二理。

（四）

刘熙载在《艺概》中说：“辞之患，不外过与不及。”又曰：“文中用字，在当不在奇。”可见恰如其分地反映客观事物，通过具体形象来揭示主题，是文学创作的必要条件之一。离开了事物的生活真实，哪怕是最好最动人的辞藻，都会失去其艺术魅力。与苏东坡同时代的王祈的《咏竹》诗有一联曰：“叶垂千口剑，干耸万条枪。”东坡曰：“叶有千，竿上万，则十竹共一叶了”，“难得不笑也”。原因就是违背了生活的真实。曾见近现代人歌颂我国开国元帅、将军之诗，多用在战场也是勇往直前之类的词句，是违背了生活的真实。试想在炮火连天的战场上，指挥者不在指挥位子上指挥作战，竟然要和列兵一同去冲锋陷阵，那就太使人费解了。可见作诗不仅要在艺术创作上下功夫，更应在事物的真实性、逻辑性上下功夫。古人云：“警喻深者通物理。”通物理，就是对客观事物要有广博的知识，不“通”或一知半解，就草草为诗，难免闹出笑话。

（五）

作诗要有诗才，才是天赋。对每个作诗者来说，诗才是可遇而不可学得的。我们诗才不高的人，只有从多读、多练、多观摩中细心体会、揣摩，才能入其门、升其堂，有所领悟。西方有个哲人说：“勤奋加天才，等于成功。”不勤奋，只想走捷径，一蹴而就，成为诗人，这样的情况我还没有发现过。尝见有人危坐终日，不废吟哦，而成就甚少，字不成词，词不成句，反沾沾然曰：“我又有新作若干首矣。”惭愧！惭愧！

（六）

对仗、词句、意境三者兼而有之，才是好诗词。三者之中，意境最为重要。有些人将意境与境界等同起来，这是一种误解。意境是作品中所描绘的生活图景与所表现的思想感情融合一致而形成的一种艺术境界。优秀作品由于通过形象描写做到了以形传神，寓情于景，情景交融等等，使人通过想象和联想，身入其境，心会其意，在思想感情上受到了强烈感染。我国古代文学家、批评家很讲究意境的创造，常以一件作品意境的高下来衡量、评判它的优劣和成败。意境与作品的关系如此，诗人不可不慎重对待之。

（七）

诗歌要高度集中概括地反映社会生活，尤需讲究构思。构思中有一点需要注意，就是主题新颖，别具一格。亦即在同一题材中应有自己的独特感受，发现别人所未发现的东西，通过创思写出新颖动人的诗篇。以“焦裕禄”题材的诗词为例，从我读过的来看，几乎多是千篇一律，大同小异。但是却有人写出了“穿孔一藤椅，不语自流芳”的句子，使人耳目一新。读过这两句诗，只能佩服诗人对问题揭示得深，观察得细，不是浮光掠影，浅尝辄止，而是透过现象而看到事物的本质，所以才显得可贵。

（八）

过去有些文艺理论家对文学和社会生活的关系有不少精辟见解。《乐记》曰，乐是“本于人心而感于物也”。这里所说的“乐”，指的是诗、歌、舞和器乐四者的结合。而四者之中，首先是诗。“物”，指的是实际的社会生活。译成现代话就是：诗是由于人心对社会生活有所感而产生的。有什么样的社会生活，就有什么样的诗。“治世之音安以乐，其政和；乱世之音怨以怒，其政乖；亡国之音哀以思，其民困。”以后《毛诗序》继承和补充了这一论点，说：“至于王道衰，礼义废，政教失，国异政，家殊俗，而变风变雅作矣。”《诗品序》也说：“气之动物，物之感人，故摇荡性情，形诸舞咏。”以上都肯定了诗和社会生活的关系，肯定了社会生活是先于文艺的，这已成为不可移易的理论。

（九）

诗歌要反映生活，尤需要讲究构思。我把构思初步总结为如下四点：

一曰大处着眼，小处落墨。即要从时代的高度去观察生活，并揭示其本质，然后通过具体形象来反映主题。杜甫的“三吏”“三别”是也。

二曰新颖巧妙，别具一格。生活有如七彩斑斓，因此在同一题材中应有自己独特的感受，努力发现前人所未发现的东西，通过创思，写出新颖动人的诗篇。古人云：“诗贵独创。”

三曰线索分明，严密完整。主线清晰，贯穿始终，似一根金绳穿连颗颗珍珠，熠熠发光。

四曰矛盾冲突，巧妙贯穿。事物的真善美必须与事物的假丑恶相比较，而后才能立意深刻，构思形象。表现出矛盾冲突，才能深刻动人，爱憎分明，起到诗歌应有的社会意义。

（十）

以形传神，形神兼备，是我国绘画技巧的最高境界，也是古典小说和古典诗词的传统表现手法。如塑造人物形象时，不直接写人物心灵，而是通过人物的外在活动去显示出人物的内心世界。因为外形活动往往是内心的反映。以形传神，可使外貌和内心统一起来。古人云：“言为心声，行为意表。”此言得之矣。故动用以形传神的手法，可使所表现的人、事、景、物之形象更鲜明，更深刻，创造出言有尽而意无穷的艺术魅力和深远意境。

（十一）

情景交融，就是使情与景糅合在一起，如水乳一般不可分开，这是创造诗词意境的最高表现。景物的描绘是使诗歌形象化的重要手段，诗歌中的一切景物都带有抒情色彩，有的是触景生情，有的是寓情于景，有的是情景相映，有的是情景交融。其实，所谓意境，就是情景交融的艺术形象。这就是设有限之境，蓄无限之意，咫尺千里，瞬息万年，给读者创造出一个自由想象的广阔天地，启发读者无限感情。画是有形的诗，诗是无形的画。意境隽永的诗，总是富有诗情画意的。

古代诗人十分讲究用字，一字之精当，常使整首诗妙趣横生；一字之失误，也会使全篇意境败坏。用字之不可不讲也明矣。

少林武术的来龙去脉

有关少林武术起源和发展的著作很多，其书名不胜枚举。但是那些著作，大都是无中生有，以讹传讹，道听途说。如说少林武术创自印度的达摩，达摩是少林寺初祖等等，都是完全错误的，有必要加以矫正。

一、少林寺初祖不是达摩

少林寺的初祖实为印度僧人跋陀（又名佛陀）。《魏书·释老志》载："西域沙门名跋陀，有道业，深为高祖所敬信。诏于少室山阴，立少林寺而居之。"又据《太平寰宇记》载："缑氏县少林寺，后魏孝文太和十九年立（495年，齐明帝建武二年）。西域沙门号跋陀，有道业，深为高祖敬信，制于少室山阴，立少林寺以居之，供给衣食。"而最可信的证据则是唐代裴璀的《少林寺碑》，其中明确提出："少林寺者，后魏孝文之所立也……沙门跋陀者，天竺人也。空心玄粹，惠性淹远，传不二法门，有甚深道业，缅自西域，来游国都，孝文屈黄屋之尊，申缁林之敬。太和中，诏有司于此寺以处之。"可证跋陀是少林寺的初祖，而少林寺则是北魏孝文帝元宏于太和十九年（495）创建的。

达摩来中国，在梁武帝萧衍年间。达摩于梁武帝大通年间（527—529）来中国，先到广州，那一年（527年），少林寺已建立三十多年了。

史载达摩一系到元朝才正式担任少林寺的主持，直到如今。《高僧传》说："福裕，姓张氏，文水人，元世祖命住少林。"即为明证。明嘉靖二年（1523），少林寺住持文载为德心作的塔记铭文说："钵陁（跋陀）开基，稠禅继续，元朝雪庭，归于洞派。"此四句意即：跋陀是少林寺的开基祖，二祖是稠禅师，直到元灭宋后，才由达摩一系的曹洞宗福裕（雪庭）主持少林寺。

二、少林武术与达摩无缘

关于少林武术的起源，过去有不少武术著作都主张创自达摩。例如，辛亥革命前夕，在《天铎报》副刊上刊登过一本传抄本《少林宗法》，该书第八篇说，达摩曾把“十八罗汉手”传给少林寺的和尚。1915年出版的《少林拳术秘诀》的第九章也照抄此说。1919年郭希汾著的《中国体育史》第四篇第二章说：“少林拳即俗所谓之外家，其术以搏人为主，其渊源所自，实出于达摩十八手。”1926年，郝更生著的《中国体育概论》更无中生有地说：“达摩是印度六十七代长老，他每天进行体育锻炼，以保健康体魄，他根据十八罗汉的姿势，创造了十八罗汉手。”他在1931年出版的《世界体育史略》和1945年出版的《世界体育史纲要》等书中，也持此种说法。以假乱真，以讹传讹。

三、少林寺初期的武术

唐代裴璀的《少林寺碑》里提到少林寺初祖佛陀的弟子惠光（即慧光、神光）、道房、稠禅师等，佛陀的弟子都喜爱体育运动和武术，这也是有书为证的。

据《高僧传》载，佛陀到洛阳时，看见十二岁的惠光在天街井栏上反踢毽子，一连反踢了五百下。佛陀见他人小胆大，就把他剃度为少林寺小和尚。在唐代张鷟著的《朝野佥载》（卷二）中载，稠禅师落发为沙弥时，少林寺中已有很多和尚，休息时常常角力、跳跃为戏，稠禅师身体孱弱，常常被人欺侮、殴击，他感到很羞耻。后来，他向“神”学习武术，技艺大进，练得“筋骨强劲，拳捷骁武”，还可以横行墙壁，跳得很高，可以头触横梁，引举千钧，前后判若两人。这些记载虽然有些夸张，也夹杂一些神话，但它毕竟透露了一些有关少林寺建寺初期的武术实况，证明在那时已重视武术的练习。少林寺的和尚来自五湖四海，而且来自民间，其中有些人本来已懂得武艺，教授一般僧人练习武艺，除了可以强身，又可在必要时防御盗匪，保卫寺院。这个推理是正确的，日积月累，那些来自民间的武术，在少林寺这个熔炉里冶炼，日趋完善，演变成以后的“少林武术”。所以说，创少林武术的是中国人，而不是印度的达摩。

四、少林拳棍天下驰名

明人茅元仪著的《武备志》中说：“诸艺宗于棍，棍宗于少林。”少林武术中，以棍最著名。如清代褚人获著的《坚瓠集》中载："隋（炀帝）大业（年间），天下大乱，流贼万人将近少林寺。寺僧议欲走，有火工头陀云：'尔等勿忧，老僧一棒尽扫。'众笑其妄。头陀持短棒冲贼阵，当者辟易，皆远避不敢入寺。遂选少林僧百余，授棒法而去。至今拳法犹称少林拳。"隋高祖武德四年（621），秦王李世民统率大军，进攻洛阳王世充，王世充派他的侄儿王仁则防守。王世充的军队侵犯了少林寺的寺产，少林寺的棍僧便把王仁则擒拿了，投降李世民，所以少林寺僧昙宗等十三人受到李世民（后来的唐太宗）的嘉奖和赏赐。前些年轰动全球的电影《少林寺》正是取材于少林寺内的壁画《十三棍僧救唐王》。隋唐以来，少林棍法最有名，后来才发展了刀剑戟等武器。少林寺是佛门名刹，古代禅宗戒律森严，五戒中以"杀戒"为首。为了自卫，又不能不借助于兵器，用棍来自卫较好，所以棍这种武器比较符合僧人的实际。

少林棍术，到明代有很大的发展。当时少林寺中，很多高僧棍法高明，到少林寺去学棍法的人也很多，少林寺的高僧教人棍术的方式是"口授心传"。直到程冲斗的《少林棍法阐宗》出版后，少林棍术才有图文并茂的"课本"。

少林棍法有五种：一为小夜叉，六路。二为大夜叉，亦六路，势身小夜叉相等，脚步交换之间较为开阔。三为阴手，六路。何谓阴手？据说，以两手持棍俱阴，近身入怀，能缩长棍短用，与夜叉相表里。四为排棍，两人相排，一上一下，一来一往，周旋回转，近身入怀，两相演用之棍，原转六路，后只用上、中、下三路。这种排棍无定势，是活法。五为穿梭，是棍梢相穿，一伸一缩，左右前后如穿梭然。只有一路，亦是活法，无定势。

可见，少林棍法此时已有完整的套路了。

少林寺除了重视棍术外也重拳术，拳术是武术基础。所以少林武术的训练是先练拳，再进一步才学习武术的各种器械。明人徐学谟的《少林杂诗》写道：

名香古殿白氤氲，舞剑挥戈送落曛。
怪得生徒偏好武，昙宗曾拜大将军。

文翔凤在《嵩高游记》中谈道："归观六十僧之以掌博者，剑者，鞭者，戟者。"还有少林寺内白衣殿的壁画，画上有练拳的，也有练器械的，刀枪剑戟，棍铲钩矛，应有尽有，都反映了明代少林寺武术的概况。

少林武术，经过全国各地到少林寺学艺的人的传播，已成为中华拳术的瑰宝。由北而南，由东到西，都有少林武术师在练武授徒。更令人兴奋的是，少林武术已传播海外，世界闻名。日本设有“少林寺拳道联盟”，有会员将及百万，美国教授少林拳的武馆处处皆是，还出版了多种有关少林武术的书，深受武术爱好者的欢迎。

宋琬和天水的二妙轩碑

宋琬（1614—1673），字玉叔，号荔裳，斋名安雅堂，山东莱阳人，史籍多称莱阳宋琬，或东海宋琬。这是因为莱阳在秦汉之际归东海郡管辖之故。

宋琬出身于世代书香的名宦之家，生活时代为明末清初。他三十岁之年，正当明朝灭亡的倒数第二年，清朝顺治皇帝登基的第一年。对他六十岁的人生来说，恰好是明清各半。社会动荡，改朝换代，集于一时。他一生饱经忧患，就和这一特殊的社会大背景有关。

明熹宗天启五年（1625），宋琬12岁，得拔贡，才华出众，誉满乡里，以后困于名场，屡试不第。明思宗崇祯十七年（1644），明亡，举家南迁逃难，流浪苏杭，似乎对清政府采取不合作态度。到清顺治四年（1647），改成亲清态度，北上参加会试，中进士，从此踏入仕途。先后任户部江南司主事，芜湖抽分（税务官），分巡陇右道、直隶永平道、浙江按察使。就在任浙江按察使任内被族人诬告，械系京师审讯，坐了三年大牢。冤情大白之后，二度流寓江南，身如败叶，艰难困苦，莫可名状。康熙十年（1671），宋琬投牒自讼冤屈，重新起用。次年，授四川按察使，驻节成都。第三年，入觐述职，恰巧吴三桂叛乱事起，成都陷落，乱离思家，遂病卒旅舍。

综观宋琬一生，他首先是文人，诗名文名远远大于他的官名，是清初诗坛的领袖人物之一。时人说的“南施北宋”，“南施”指的是安徽宣城施润章，“北宋”的宋，指的就是宋琬，著有《安雅堂集》。同时，宋琬是一位积极入世的清官良吏，以“先人俱出牧，清白是良弓”的家风为荣，辗转各地为官，所在皆有政绩。其任分巡陇右道时，驻节之地即秦州，所施惠政，至今为人乐道。

顺治十一年（1654）春，他到秦州赴任，夏六月，秦州发生了历史上罕见的八级大地震，城垣摧毁，官衙民房倒塌3672间，压死7464人。

面对巨大的不幸，面对突如其来的灾害，震撼着宋琬的心灵，他一面向上级求救，一面联合知州姜光胤悉捐俸资救济灾民；恢复重建，资财不足，则“自莱阳致家财以恤其灾”，亲自带领绅民修补震毁的城垣。当年，秦州城在灾倒之后又一次立起来了，秦州人民因地震的不幸而目睹了一位大清官的仁风。

顺治十二年（1655），政务之余，诗人宋琬主持了一项创意性的文化大工程：集《淳化阁帖》中有关王羲之、王献之以及和“二王”笔法相同的晋字，精选杜甫流寓陇右诗60首，合而刻之，是为著名的《秦州杜甫石刻》，诗妙字妙，谓之“二妙”，次年工程完工，碑立玉泉观李杜祠，即大雅堂，另外复制《秦州杂诗》部分立巡道公署。

顺治十三年，宋琬主持了另外一项文化工程，邀请离官闲居秦州的原伏羌县令王一经修撰完成《秦州志》13卷。今甘肃省图书馆残存10～13卷。这是清代秦州所修的第一部志书，保存了明末清初的地方诸多史料，对以后秦州志书的编修很有积极意义。

另外，他还主持修筑了秦州城南河堤，解决多年的水患，人称“宋公堤”。乾隆年间，秦州知州费廷珍主持重修，人称“费公堤”；光绪年间，秦州知州陶模又重修，人称“陶公堤”。其实他们修的都是一件事情。由于黄土性分散，具有肉眼可见的大孔隙，垂直节理发育，干燥时较坚实，能保持直立陡壁，遇水浸润，即易崩解，并发生大量的沉陷，在当时还没有发现比黄土更坚固的建筑材料，因而南城河堤屡修屡垮，这项在宋琬开创的德政工程，由清一代不断维修，发挥了很好的抗洪作用。

顺治十四年，在秦州为官三年的宋琬离任了，秦州吏民送走了宋琬，但送不走对这位清官的思念。于是在秦州城南水月寺建造生祠，刻石留像当作纪念。

时易世移，水月寺的宋琬祠堂今已荡然无存，当年宋琬文化工程之一的二妙轩碑，也几经浩劫。康熙初年，秦陇一带战乱四起，二妙轩碑石散失，不知去向，仅有少量拓本传世，“好古者惜焉”。乾隆四十八年（1783），秦州知州王宽偶然在西关僧房发现用作椿衣石的二妙轩碑数块，即作题跋，考其始末；民国年间，吾师冯国瑞在友人处巧遇此碑拓本，慧眼识宝，赏析考证，作《秦州杜诗石刻记》，成为王宽的同道知音，皆不幸中万幸也。1995年，天水市委、市政府决定在南郭寺筹建有关杜甫陇右诗墨迹碑林（廊），筹建组具体负责人陈冠英广征博采，文化界诸贤积极推荐，老友周恒先生将数代珍藏的珍稀拓本《二妙轩碑帖》捐献桑梓，此帖历经各种风风雨雨之后，居然完好无缺。1998年，筹建组以此帖为蓝本，认真考证，请人刻制，并建成仿唐风格的二妙轩碑廊。碑廊右侧，配以当代雕塑大师何鄂先生雕塑的杜甫坐像一尊，右手持杯，左手捋须，忧国忧民之情尽在不语之中，与碑廊相映成趣，成为南郭寺的又一景点，展现在广大群众和中外游客的眼前。在这一工程项目中，当时天水市文联主席陈冠英先生出力最多，从倡议、设计、选址、找帖、请人雕塑等诸多方面一直贯彻到底，而先生英年早逝，闻者惜之。

刘玄德与孙夫人

刘玄德有过好几位夫人，知姓名者三人，即糜夫人、甘夫人和孙夫人。她们的名字，不仅《三国志》中不载，《三国演义》中也未提及。

刘备招赘东吴是一件政治色彩极为浓厚的婚事。孙家和刘家，都是当时的华胄家族，孙夫人就成了服从孙刘联合共御曹操这一政治策略的辅助工具。诚然，刘备有皇叔的身份，又是人中豪杰，也不能说这婚事辱没了或委屈了孙夫人，但孙夫人婚后的岁月却是时生波折，并不是那么幸福的。《三国志》中一直称她为孙夫人，可见后来也并未追认为皇后。

刘备招赘东吴，《三国志》中只有十分简略的记载。《三国演义》中有关的细节应该是做了较多虚构和夸张的，目的在于贬低孙权和周瑜。当时是否真的就流传着“周郎妙计安天下，赔了夫人又折兵”的歌谣，如今已不可考，但孙、刘联姻对共同抵御曹操的事业起了积极且深远的影响则是可靠的。

把《三国演义》中有关情节改编成《甘露寺》时，尊刘抑孙的倾向又有了发展，和历史真相恐怕距离更远了。

至于《截江夺阿斗》，相对来说，其历史依据倒是相当具体的。因为在《三国志》特别是《蜀志》中均记载了“先主入益州，吴遣迎孙夫人”“先主既定益州，而孙夫人还吴”“夫人欲将太子归吴，诸葛亮使赵云勒兵断江留太子，乃得止”。孙夫人是否有劫持阿斗作为人质的企图，从记载中还不能明显地看出来，但此事引起了一生谨慎的诸葛亮的震惊，立刻采取了果断措施，孙夫人的做法肯定是越轨行为，事先并未与刘备、诸葛亮商量过。

截江夺斗的英雄是赵云，这条记载十分重要。小说、戏曲中的当阳长坂坡赵子龙单骑救主，很可能也受了这条记载的影响和启发。

至于《别宫祭江》中的历史依据，《三国志》中没有提供多少线索，

《汉晋春秋》中说："先主崩于白帝城，夫人欲归不得，望江哀泣。"虽然仍不详尽，但故事脉络已经清楚，而且也流露了作者的一些同情。

综观孙夫人一生，许配刘备前后也是不太幸福的。婚后不得不跟随刘备东奔西跑，过着惊惶动荡的戎马生活。刘备进入益州，她应当正好开始享福，东吴却又迎她归宁，要带阿斗太子回娘家，又被诸葛亮派赵云夺了回来。这是第一次也是最后一次回娘家，是不够体面的。刘备逝世，她要回西川奔丧，东吴又不准许，她只能"望江哀泣"，是够可怜的。

可以说，孙夫人虽然贵为孙坚之女，吴大帝孙权之妹，蜀先主刘备之妻，但作为一个妇女来说，即使她的物质生活再舒适，精神上也是苦恼的。

由于她的身世和当时政治的关系如此密切，虽然史籍上只有语焉不详的记载，但她在小说和戏曲上的地位却远远超过了曹操和孙权的夫人，也超过了糜夫人和甘夫人。

在古代，江南各地曾经有过不少奉祀孙夫人的祠庙，有的称其为蟂矶娘娘，有的称为灵泽夫人，甚至有称其为八字娘娘者。孙夫人是在何处投江？墓葬何处？传说就更纷纭了，从九江、芜湖一直到南京镇江等处，都有传说中孙夫人投江的遗迹，甚至远离长江的浙江海宁、富阳也有，据说这里离孙夫人的故乡很近。

俞曲园题孙夫人墓诗曰：

吴宫花草付荒烟，幸此佳城筑尚坚。
千古漫矜铜雀瓦，一抔犹剩赤乌砖。
休嫌貉子难为配，且喜蟂姬与并传。
毕竟江东儿女好，刘家豚犬太堪怜。

俞先生在这首诗里明白无误地流露出鄙视阿斗的情绪，是深得人心的。

孙夫人是否真的有姓无名呢？她在《别宫祭江》等剧中，也曾自报家门为"孙尚香"，那是无稽之谈。《汉晋春秋》中说："孙夫人者，汉破虏将军坚之女也，名仁献。"可为确证。从前有些小报，引述时未提原书，又漏了"献"字，变成孙仁了，这样以讹传讹是不足为凭的。

至于"孙尚香"三字，可能是"孙仁献"的谐音，虽然查无实据，却也不是故意编造。

关羽头衔何其多

在脍炙人口的《三国演义》中，关羽被作者罗贯中塑造成了一个高大的英雄形象：千里寻兄谓之仁，华容放曹谓之义，保嫂秉烛谓之礼，水淹七军谓之智，单刀赴会谓之信。按照封建道德的标准，关羽是集仁义礼智信于一身的大“完人”了。

文学家写故事，运用提炼和夸张的手法本无可厚非，但历代的皇帝为了巩固其阶级统治，也争着为关羽封赐。如元世祖忽必烈封关羽为“武灵佑仁勇威显圣关圣大帝”，明神宗朱翊钧封其为“三界伏魔大帝神威远震天尊关圣帝君”，清世祖福临封其为“忠义神武大帝”，清高宗弘历又为其加“灵佑”二字。这样一来，从武之人因关羽的威武忠勇而祀奉他，从文之人也借“山东孔子作《春秋》，山西关公读《春秋》”之说而祀奉他，甚至儒释道三教也来求助了。

儒教尊关羽为文衡帝君。道教看来，关羽是玉皇大帝的近侍，善与恶的监察神。在佛教中，关羽则成为佛祖的“保镖”，其像常挂在佛像之旁。

在民间，商贾户也祀奉关羽，据说关羽是民间账簿的发明人。而民间出于对关羽的崇拜，对他的尊称就更多了，有关帝、关圣帝、关帝爷、武王、武圣君、关夫子、关壮缪、协天大帝、伏魔大帝、帝君爷、翊汉天尊、护法爷、伽蓝爷、益天古佛、武安尊王、关恩主、关财神等近二十个。

关羽是中国群众中无人不知的传奇人物，其头衔之多，更是奇中之奇了。

本来在历史上，关羽是西蜀一位义结千秋，忠贞不二的英雄好汉，对汉室赤胆忠心，一身正气，勇武超群，近两千年来，一直为世人敬仰传颂，到处修庙礼拜，奉若神明。就以北京为例，最多的庙宇是关帝庙，只清代京城内外就达二百多座，占全部庙宇的十分之一。在台湾，关庙的香火也极为旺盛，全岛的关庙有192座，并且大多规模宏伟，神仪肃穆。所以说，全国寺庙里能称得上数量之最、规模之大的，恐怕关庙是首屈一指的了。至于海外华人聚居区，多数会馆、商会，祀奉的也多是关羽。

为什么多年来，关羽在人们心目中占有如此重要的位置呢？一方面是历代统治者为了维护封建秩序，都很乐意用集忠孝节义于一身的关羽来“教化”臣民；另一方面，关羽本身所具备的特殊品德、精神和气节，像磁石一样吸引着人们。对国以忠，对人以义，处世以仁，作战以勇，这就是关羽的品格，这是一种中华民族文化所洗练熔铸的传统美德。尽管由于历史的局限，其中包含了诸多的封建色彩，但对祖国的忠诚，对人格的完善，关羽无愧于人中楷模。也正是关羽这种富贵不淫、贫贱不移、威武不屈的人格力量，作为民族文化的基石，影响着民族群体的素质，成为一种不朽的精神，千百年来鼓舞和激励着英雄的中华儿女，谱写着一曲曲荡气回肠的义歌，展现了文明古国的大气磅礴，不甘沉沦的雄魂，昭示着炎黄子孙的风骨和气节。这也难怪乎台湾同胞、海外侨胞对关羽无限的崇敬、由衷的仰慕、深厚的情爱，以至乞求着他神灵的保佑了。

全国关庙如此之多，同时又大都坐落在各地的名胜区域，加之历代都不乏名流学者、骚人墨士为武庙撰题联匾，不仅为名胜景点平添了几分色彩，而且对武庙的“名”与“实”也起到了烘云托月、相得益彰的作用。江苏金石秋先生家学渊博、文思敏捷、才华出众、治学谨严，同时又是当代联坛老手，近年来，他利用工作余暇，又从海外广泛搜集和集注了部分《关庙联抄》，可以看出金石秋先生的态度是极其严肃认真、一丝不苟的。

话说回来，关羽毕竟是一个历史人物，也曾经是一个有血有肉的人，而不是什么神，更不是引导人们去乞求的什么神灵，而是他的人格精神感召了人们，进而赢得了世世代代善良人们对他的不断虔诚顶礼和拜祀。

今天，我们读到的《关帝庙对联集》，绝不是一般专集，也不是泛泛的收集，更不是引导人们去乞求什么神灵，而是在此进一步弘扬祖国优秀传统文化，唤起人们对祖国忠贞不二、始终不渝、扶正祛邪、赏忠锄奸的爱国意识，使我们伟大的祖国日益繁荣昌盛、文明富强。

最后，我还愿意再把于右任先生所撰的“忠义二字，团结了中华儿女；忠贞不二，代表着民族精神”书写于此，这大概是对这本联集的微言大义吧。

陈嘉庚逝世

陈嘉庚（1874—1961）于1961年8月12日逝世，当月15日由中央专门在首都中山公园举行公祭，主祭人周恩来总理，华侨事务委员会廖成志主任致悼词。祭毕，由周总理、朱老总等领先执绋，灵柩由专车运往其家乡厦门集美镇，一万多人于车站接灵，葬于鳌园墓。墓侧有联，是陈嘉庚先生于1949年5月回家前夕，在新加坡福建馆饯别时赠送的。其联曰：

合公谊私情，送先生归舟万里；
论勋劳物望，是中外在野一人。

陈嘉庚系我国爱国华侨领袖，曾长期侨居新加坡，从事橡胶业，热心兴办华侨和家乡的文化教育公益事业，1910年加入同盟会，曾募款资助过孙中山。1913—1920年，先后在集美创办中小学和师范、水产、航海、农林、商科等学校，在新加坡创办南洋华侨中学以及图书馆、科学馆等，统称集美学校。1921年在厦门创办厦门大学。"九一八"事变后，提出侨胞出钱出力，抵制日货，进行救国运动。1938年在新加坡倡立南洋华侨筹赈祖国伤兵难民总会（简称南侨总会），当选为该会主席。其后，到延安慰劳边区抗战军民，拥护党领导的抗日民族统一战线。抗战胜利后，创办《南侨日报》，进行爱国民主活动。中华人民共和国成立后，主要任全国政协副主席、华侨事务委员会委员、中华全国华侨联合会主席等职。他功勋卓著，在华侨界及全国人民中有很高威望。其墓地已批准为全国重点文物保护单位，公开开放，供人们瞻仰。

集美校门有联曰：

教育为立国之本，兴学乃斯民天职。

伯乐考

伯乐相马的故事已经流传两千多年，但伯乐其人，出于何朝何代，历史上还有不同说法。除《史记》记载，伯乐是历史上一些善于相马、御马者的别号。综观之，有以下几种说法。

一曰孙阳伯乐，是春秋中期秦穆公之子，他经常赶着马车西出太行山，代秦穆公巡狩，在路过虞坂时物色到了千里马。也有说伯乐是专为秦穆公相马的一位大臣，年老时秦穆公想让他的子孙替他，但他推荐了一个叫方九堙的同乡，说方的相马本领已经达到了“得其精而忘其相，在其内而识其外”的深奥地步。

二曰王良伯乐，又名子良、王子期、孙无政、邮无恤，是春秋末年晋国的大夫，专为赵简子相马御马，赵简子曾想让他为宠臣嬖奚驾马，他说他不习惯为“小人”赶车。另一个说法认为他是战国时期一个著名的驾车人，赵国国君赵襄子曾向他请教过驾驭术。

三曰造父伯乐，是周穆王的一个同宗大臣，曾习御于泰豆氏。他为周穆王赶车巡狩至赵城，周穆王乐而忘归，徐偃王乘机叛乱，因造父御驾，日行千里，很快平息了叛乱，后来周穆王把赵城封给了造父族即为赵氏。还有一个说法，认为他是周穆王的御马大夫，在周穆王西出巡狩时，诸侯共尊偃王，周穆王闻之，即令造父御驾讨伐，日行千里，迫使偃王逃到了徐城，之后徐城就叫徐偃王城。

此外，在《西游记》里，伯乐就是玉帝的御马监监丞，齐天大圣孙悟空还在他的手下当过弼马温。但他没有看到这个“齐天大圣”之本领，结果惹起了一场“大闹天宫”的事件，这不能不说是伯乐的失职行为。

也有说，伯乐是一个“星官”的名字，据《天文志》等天书记载，伯乐星的位置在“仙王座”或“仙后座”。

可见，伯乐不是一个人的名字，而是所有善于相马、御马者的通称。在古代，人们都是把现实生活中的帝王比作天子，把将相比作天官，天人相应，即在神话传说中天上有个专为玉帝管理天马的伯乐，地上也就有个专为帝王御马的伯乐。这样，经过世世代代的传说，天上的伯乐和地上的伯乐也就自然而然地“合二为一”了。

甘谷巩翰林轶闻二三事

巩建丰（1673—1748），字文在，号渭川，别号介亭，晚年自称朱圉山人，清伏羌（今甘谷）石滩村人，赐进士出身，后授翰林院检讨，充国史馆纂修官，日讲起居注官。后在詹事府右春坊右中允兼翰林院编修，被授为云南提学使等，其学问道德，堪为一代宗师，被时人奉为“关西师表”。其立朝为官诸事，皆载在史志各书中，此处不详述，这里只写乡里流传不衰的有关他的故事，以飨读者。

（一）

雍正四年（1726），巩翰林授任云南学政（亦称提督学政、提学使），俗称学台，任期三年。学台的任务是管理一省学校、考试，以及全省士习、文风，都是以侍郎、京堂、翰林科道部属等官充任，而且必须是进士出身。巩翰林各方面条件都符合，是雍正当时的最佳人选。学政地位略次于巡抚而平行，两者可以分庭抗礼，表面上看是为了右文偃武，但拥有的实权不能与巡抚相提并论。巩翰林此行，据传是因为皇上还安顿了其他秘密任务，是私访民事或某一重大案件的，总之是和其他学政上任的情况不同。你只看他是从御前直接启程上任的，就可以知道他的身份了。巩爷的行程有个规定，他本人骑马，轿子是空的，不坐人，马比轿子早一天启程，从北京到云南，人马一直保持着一天距离的路程。这个马夫（脚户）是巩爷临出京时雇下的，他本来是个皮毛贩运户，因在京里生意不好，连回程的盘费也打凑不起，于是逗留在此，正好碰上巩爷雇脚，并且说明脚价从优，算是喜出望外。巩爷就这样一马一夫奔向云南。为什么要一马一夫？据说是害怕所经之地的官员迎来送往，诸多不便。就这样晓行夜宿，不必细表，不觉来到了离昆明只有60里的一个叫大板桥的集镇。巩爷早就说好，等第二天后边的官轿一到，就在这里一同进城。但是这一天因为要赶站口，走的路多了些，到大板桥时，已是深更半夜，灯火全熄了。脚户即找店歇脚，找来找去，店店客满。巩爷不信，自己去找，仍无结果。还好，央求不过，一家店主人说，现在只有一间给牲口装草料的饲料房，你们主仆将就凑合一晚吧。巩爷大喜过望，把马栓到槽上，喂好了牲口，两人进入饲料房。只见房子的一角，堆着一堆青饲料。巩爷将身半躺在草料堆上，不一会就鼾声大作，进入梦乡了。这“仆人”却一直睡不着，想到自从跟了这个主人，也算倒霉，一路上风餐露宿，到现在连个留人小店也住不上，这个主人跟随得太没滋味了。“仆人”正在胡思乱想，一听，天又下起毛毛细雨来了。草料房距牲口槽虽然很近，同在一院之中，但这时正是下弦月，雨一阵大似一阵，院湿路滑，添夜草有诸多不便。他想了一下，主人马褡裢里还有灯笼，何不取出来点亮照路。于是撑起了大红宫灯，点上蜡烛，挂在草料房门口，出入添夜草也颇为方便。就这样，不知不觉睡着了。及至醒来，准备再添夜草，开门一看，只见满院站着和跪着不少官员，“仆人”吓了一跳，将门闭好，悄悄叫醒巩爷说：“不好了，一院子红顶子、蓝顶子，都朝向我们这里!”这是怎么回事？原来大板桥虽然是个小镇子，却是昆明走向外边的通道，南来北往的官商士庶人等要去昆明，都要到此歇息一宿，第二天抖擞精神进省城。因此，官方的送往迎来，也以此为立足点。当巩爷来昆明的消息传开后，昆明官方认为这个曾经当过帝师，据说还有特殊任务的人，是不同寻常的，昆明城里的官吏几天以前就在这里候迎，唯恐迎接不周，被巩爷参奏一本，谁受得了？连云贵总督、云南巡抚也派代表迎接。因此大板桥一下子住满了大小官员，使巩爷主仆二人竟无歇身之处。巩爷的“仆人”先挂起宫灯是无心，却被店主人夜间出来看见了，只见大红宫灯上明明写着“翰林院编修，日讲官起居注，云南提督学政巩”的金字。店主人知道迎接的对象正在这间不起眼的草房里，自己先吓出了一身汗，当即报告了主管官员。一传十，十传百，不一刻，驻在全镇的大小官员都到了，认为迎候来迟，有侮慢朝廷大员之罪，官位大的准备站着躬身请罪，小官就索性跪在当院请罪。

巩爷听了“仆人”之言，从门缝里向外一看，果然黑压压、齐刷刷拥了一院。巩爷心里一嘀咕，我本来想的是不扰民，所以连我的官轿都伪装成了乡间娶媳妇的，随后而来，现在事与愿违，心里有点过意不去，好在今天是扰官未扰民，也还说得过去。这个“仆人”的回家路费还无法开支，何不如此，就悄悄对“仆人”说：“把你的饲料蒲篮放在门外边。”“仆人”如法办理。停了一会儿，巩爷叫“仆人”将蒲篮取进，“仆人”只觉蒲篮沉甸甸的，一看，里面有银锭、制钱等满满一蒲篮。巩爷又说，腾空了再放出去。不一会儿，又是满满一蒲篮。巩爷说："你回家的路费绰绰有余吧？""仆人"心满意足了。巩爷说："现在我一动身，你就收拾回去，回家凭这些钱做些小本生意或买几亩田过活去吧，和睦乡里，与人为善！""仆人"忙不迭地答应："是！是！"然后巩爷打开房门，和大家见面，见面的官场话就不说了。天已大亮，巩爷的官轿也到了多时，于是一帮一阵进城去了。

（二）

雍正二年（1724），巩建丰奉命主持四川乡试。全省秀才应试及格，就名曰"中式"，成了举人。士子十年寒窗，白首穷经，一旦中了举人，就有出仕（由国家分配工作）的资格，或者在下一年可以进京参加会试，中进士。四川自古出才子，甚至才女也在全国有名，历届进士翰林比比皆是。到成都来应考的秀才，一听说主考是西北人，心都凉了半截。上任的第二天，巩爷微服出访，只听到秀才们议论的焦点是，甘肃的炒面客充其量只念了两句"子曰：'学而时习之。'"（这是《论语》首章的第一句），对主考的轻视可见一斑，巩爷记在心里。不几天到了考期，规定分三场考毕，每一场一篇作文。第一场，出的题目果然是"学而时习之"，考生哗然，但碍于考试规定，秀才们还得努力作好文章去交卷。第二场试题又是"学而时习之"，题中的意思，秀才们已经在第一场发挥得差不多了，第二场只能草草交卷。第三场题目又是"学而时习之"，这一下考场里的秀才们都傻眼了，只有少数人写成像样的文字，其余都交了白卷，唉声叹气。考试一毕，巩爷自己的三篇（一说九篇）"学而时习之"的文稿（范文）已写好贴堂了。而且三篇中没有一个重复的句子，甚至连词汇都很少有重复的。至于这次的考试成绩，巩爷仍然根据当时文章的优劣，分别等级，和以往的乡试一样，评出中式的名额来。从而四川的学子才佩服甘肃的"炒面客"了。

（三）

在民间，巩爷是一位神奇人物。他的神奇来自人们对封建皇权的顶礼膜拜。在封建社会里，皇帝被认为是真龙天子，神圣威严，至高无上。巩爷历仕康熙、雍正两朝，两个皇帝对其恩宠有加，所以他在普通百姓心目中也就多了一些神秘感。巩爷曾任詹事府詹事，这一职务，历代是掌管东宫（上书房）庶务的官职。在这个时候，由康熙选定他给其孙弘历（即以后的乾隆皇帝）教书，是完全有可能的。弘历在康熙的诸多孙子中，是最受宠爱的一位，自从巩爷给小弘历教书后，康熙爱孙心切，每天总要到上书房窗外偷听，听见小弘历书声琅琅，就色然而喜，悄悄退去。一次康熙正向窗外走去，就听到弘历要背的书没有背下来，被巩爷用戒尺打得直哭。康熙急了，三步并作两步进了上书房，将小弘历拉到自己身后，责怪巩爷管得太严了，并说："我的孙子打也是将来的皇帝，不打也是将来的皇帝，你何必打他呢?"巩爷见康熙仓促进房责怪于他，连忙跪下叩头答曰："臣打则为尧舜之君，不打则为桀纣之君。"毕竟康熙是个开明的皇帝，听了以后也无法驳倒。后来弘历继位（1736），年号乾隆，多次下诏和派人请其回朝继续任职，皆因此一段因缘。

民间传闻，巩爷告老还乡以后，抱死了孙子，纯属子虚乌有。故事的内容是巩爷从不抱孙子，夫人和媳妇都有怨言，嗔怪他不心疼自己的孙子。巩爷不得已抱起了自己的孙子放在大腿上，不一会，刚才还好好的孩子一翻白眼便没气了，一家急得掐"人中"、灌药汤，半天才算搭救过来了，从此家人再不敢让他抱小孙子了。原来在乾隆小的时候，巩爷教他读书，因为乾隆十分顽皮，巩爷只得抱在自己的大腿上教书，坐的日子久了，巩爷的大腿也就成了龙墩，一般人是不能随便坐的，难怪孙子一坐，就要出问题。

天水名菜“全家福”

在天水的诸多地方名菜中，“全家福”（杂烩）以其香味浓郁、用料独特、营养丰富、色味俱佳而闻名全国。海外华裔华侨来天水旅游观光、寻根访祖，在用膳时，首先要点的就是“全家福”这一名菜。寻根刨底，“全家福”发明于秦汉之际，发明的地点就在天水，这里还有一段颇为动人的故事。

天水在先秦时叫成纪，是秦国祖先的发祥地。随着秦国国力日渐向东发展，天水有个叫权生的文人，也随军东进，在秦国的都城咸阳当了个不大的官儿。秦始皇统一六国后，为了巩固自己的政权，准备焚书坑儒。权生从朝中友人处得到风声，便连夜从咸阳坠城逃走，也不辨东西南北，高一脚低一脚，天亮时已逃到一个深山密林之中。好在林中有蘑菇、野果、野菜等可以充饥，有清泉流水可以解渴。一住半个月左右，不敢出林，一心想着远在成纪的妻子儿女，也不知是死是活。一天，他遇见一位“避秦人”，遂在林中共同生活。几年后，经过这位“避秦人”不断打探消息，知道外边传说秦始皇已死，二世即位，风声渐渐松缓，经“避秦人”带出林子，指点了方向，权生就径直向成纪方向走去。由于路径不熟，月余始抵成纪。到家一看，全村被大水淹没，庐舍为墟，家人存亡未卜，向山上住户打问也没有下落。于是他决定沿渭水去找，或可见到尸首，也好痛哭一场。一路茶饭无心，到处打问，无奈生不见人，死不见尸。他悲愤至极，产生了轻生念头，便一跃跳入渭水中。幸而水浅，没有沉下去，迷迷糊糊漂到一个小水摊上，第二天被一个渔夫救上了岸，领回家中，换了干衣，盛来热饭。渔夫问明权生轻生的情况后，就好言相劝，大家都帮忙寻找，并劝道：“吉人自有天相。”

原来权生的妻子，生有一儿一女，在发大水的当天，母子三人情急智生，紧抱一根大圆木，随波逐流，一直漂到陕西户县附近。洪水过后，搁浅在大河滩上，三人上岸后，就在这里乞讨度日，被县城一位好心的员外收留下来，在员外家中做活计糊口。员外虽然家大业大，但是人丁单薄。员外看中权生的儿子为人忠实勤劳，且又年轻英俊，一表人才，一年以后，员外老两口一商量，将他的独生女儿许配为妻，招赘在家。母女也在员外家帮做零活，料理家务，生活倒也安稳。只是妻想夫，女念父，也托人到咸阳打问，渺无消息。

无巧不成书，救起权生的渔夫就住在这个县城附近紧靠渭水的一个村子里。一天，权生来到县城，一来打问妻儿下落，二来打问一下时局变化。这时，权生之妻正在街上为员外家买鱼，两口子意外地相会了。悲喜交集，抱头痛哭以后，双双来到员外家，拜见了亲翁，认儿认媳，别后重逢，不再细表。救了权生的那个渔夫，经权生介绍，也来和员外相认了。那渔夫只有一个儿子，父子俩都靠打渔度日，现在也搬到员外家一起生活。经员外说合，还将权生之女许配给渔夫之子为妻，三家并一家，却也热热闹闹，红红火火。

这时，农民到处揭竿起义，反抗暴秦，项羽火烧咸阳，兵荒马乱，散兵游勇，也不时到户县一带骚扰，人心惶惶，谣言四起。经权生提议，全家搬回成纪躲避一阵，一家人也同意又搬到成纪。相邻听说权生一家从死里生还，而且带来女婿、媳妇，都高兴不已，纷纷前来贺喜。于是权生在家请巫师选了吉日，请来当地有名厨师设宴招待乡邻。其中有一道菜，是厨师精心制作的，用料有十多种，色、香、味都搭配得恰到好处，只因为是新创的菜肴，还没有名字。乡邻中有位老人说，今天是权家大喜的日子，是权生的洪福，何不命名为“权家福”？众贺客都表示同意。于是这道名菜就在天水传开了。“权”“全”同音，传来传去，索性成了“全家福”，据说谁家吃了这道菜，谁家一门皆福，五福并全，这道菜也慢慢成了天水一带喜庆宴席上必不可少的美味佳肴。到了汉武帝时代，飞将军李广以“六郡良家子”（这是汉朝兵员基地）而参军，成为皇帝的侍从官（武骑常侍），他又将这一名菜和厨师一同推荐到西汉宫廷里，成为御膳必备之佳肴，而且由御膳房不断改良，就成了现在的样子了。

“全家福”这一名菜，大约在清朝时期随着华侨厨师漂洋过海，开始在外国安家落户。但在英国却首先遭到冷落，原因是全家福又有一名称为“杂烩菜”，译成英语又使人理解为掺杂混炖的菜肴。加之该菜烹调技术严格保密，因此一些英国人理解这一菜肴是中国式宴席上每道菜留在碗底的残羹剩饭，倒在一起加热而成的，不卫生，易传染疾病，故而除了华人去吃以外，外国人赏光者甚少。但是到了清末时期，全家福这一名菜因为一个偶然的机会时来运转，身价倍增。这一转机，不得不提一下李鸿章。

光绪十五年（1889），因英国侵略西藏的问题，中英双方于伦敦开会。清政府特任李鸿章为头等全权大臣，出使英国，授权“便宜行事”，进行会议签约活动。当时李鸿章是直隶总督兼北洋通商大臣，还领有文华殿大学士、太子太傅、肃毅伯等头衔，又是历次和外国签约的老手，掌握着清朝军事、外交、经济大权。英国官方出于政治需要，接待的规格很高。一天，李鸿章带着从人特意去“唐人街”游观，来到一家很不起眼的华人饭馆。坐定后，亲自点了他平素最爱吃的“全家福”。饭店经理亲自掌勺，精心制作，李吃后大加称赞，赏赐从优。英国上层人士知道后大惑不解，专门从这家饭店多次买来样品化验，化验结果显示此菜不但不含任何病菌，而且有多种营养成分，有些成分还是很多西餐里所没有的，加上此菜浓香扑鼻，美味可口，看一下也会令人馋涎欲滴。于是，英国的绅士公爵等上流社会人物，都在这个饭店或订货或就餐，一时“全家福”声名大噪，很多慕名而来的英国人，不知菜名，只说要吃李鸿章吃过的菜。这家饭店也为了宣传广告的需要，索性将全家福改名为“李鸿章菜”，在门口高悬斗大金字“本馆专作李鸿章菜”，并在《泰晤士报》刊登广告，以广招徕。从此，英国人都以能品尝到“李鸿章菜”为荣，不但为“全家福”这一我国历史名菜恢复了荣誉，而且吃客盈门，财源滚滚。不出几年，这位经理腰缠万贯，侧身英国商界巨头之列，在许多国家都开有专营分店了。

“呱呱”的传说

提起天水有特色的风味小吃——呱呱，天水老幼皆知、人人皆吃。每当早上上班之前，那些上班族便自觉地来到散布在大街小巷的呱呱小店（或是小棚），一人一碗，大吃特吃，尽情享受，吃完了再上班。外来人游天水，不亲口尝一下“呱呱”的滋味，犹如游绍兴不去咸亨酒店，游北京不去东来顺，游西安不去老孙家一样，认为虚此一行，终身遗憾。据说有些老外吃了，也翘起了大拇指，直喊“OK”！

为什么天水小吃中，只有天水呱呱老少咸宜，独领风骚呢？这得从它的根源说起。

西北菜系，以酸、辣、凉为主要风味特色。南北朝时期，西魏（535—557）建都长安（今西安市），宫廷饮食基本上沿用西汉以来的规程制度，即专供皇帝饮食的御厨之外，还有皇后、太后以及各妃嫔自己的专厨。小吃的味道中少不了酸、辣、凉。西魏开国皇帝文帝元宝炬的皇后是乙弗氏，河南洛阳人，“性好节俭，蔬食故衣”。在每日三餐之外，特别爱吃凉粉，因此她从家乡专门带来一个专做凉粉的女厨师。后因文帝害怕北方少数民族蠕蠕（柔然）族的侵略，就废掉乙弗氏，娶蠕蠕族公主郁久闾氏为皇后，以表示与蠕蠕族的亲善。乙弗氏只得就近在长安寺院出家为尼，以此断绝红尘。但新的皇后还是对乙弗氏猜忌不已，把她在宫中患病，全说成是乙弗氏（在寺院）所为，怯懦的皇帝听了这些话就下诏将乙弗氏远徙秦州。于是，乙弗氏选定了麦积山这个名山佛寺作为她修身养性之所，终日念经礼佛，消遣岁月。文帝的这个举措，并不能阻止蠕蠕族兴兵南下，并扬言是文帝的旧皇后妨碍了新皇后。文帝只得于大统六年（540）打发人带上手诏，到麦积山命令乙弗氏自尽。乙弗氏伤心痛哭，先召来僧尼设供，命她的侍婢数十人出家为尼，并亲手为她们剃了发，然后召来几个女厨师，要她们各自逃命，以后要隐姓埋名，自谋生活出路，哭着说：“我也再照顾不了你们了。”然后从容入室自尽。

在这关键时刻，那个一直由洛阳跟到长安，又从长安跟到麦积山专做凉粉的女厨师，不敢回原籍，就逃到秦州城，靠着一手制作凉粉的绝艺，开了个凉粉小店，还收养了一个孤儿为子，协助她料理一切。她的凉粉，以精湛的技艺，独特的佐料，便宜的价格，很快在当地闯开了市场，受到了秦州城老少的欢迎。天水一带对于有独特风味的小吃，都要在小吃名称前冠以制作人的姓氏，以示它与其他同名小吃有所区别。例如煎油饼的姓汪，就通称“汪油饼”，卖豆腐的姓张，就通称“张豆腐”等等，此风一直沿袭到现在。当时对这位娘子的凉粉，人们称之“梁凉粉”。到底此妇姓梁，还是因其凉粉特凉，或者还有其他含义，现在已无从考证了。

这个时候，南朝有一位在中国文学史上很有名气的文人叫庾信，字子山，河南南阳人，受南朝（建都南京）梁元帝之命出使西魏，意在敦睦和好。西魏明帝笃好文学，和庾信谈了几次话后，发现庾信博学多识，诗文俱佳，就将庾留在朝班，成为文学侍从之臣，特加亲信，不让他再回南京。之后北周灭了西魏，北周武帝天和三年（568），任命赵广为秦州刺史。庾信滞留在长安时，与赵广十分投契，互有诗文来往。庾信这时有国难奔，就索性随赵广流寓到秦州，并为麦积山作了有名的《秦州天水郡麦积崖佛龛铭》。这时庾信已是五十多岁的人了，整天“从官非官，归田不得”（见庾信《伤心赋》），心情抑郁，可以想见。一天，庾信经人介绍，第一次到梁凉粉店中去吃凉粉，两人一攀谈，发现彼此乡音无改，同为在战乱中沦落天涯，就格外亲近起来，庾信也渐渐地由不吃凉粉到吃上了瘾，几天不吃，就觉得饮食乏味。一天晚上，庾信忽然想起吃凉粉了，信步来到梁家小店，凉粉已卖完，梁家母子的晚饭系用荞麦面撒的“搅团”，现在“搅团”也吃完了，只剩下冰凉的锅巴一碗。庾信饥肠难忍，一定要吃。梁大娘也无他法，只得拌以调凉粉的佐料，让庾信尝一下再说。庾信一吃，竟然别有风味，连声叫好，建议梁大娘立即兼营这一“小吃”，从此梁氏母子就开始兼营这一小吃了。至于名称，据传天水当地人将锅巴称“呱呱”，顾客就这样叫了出去。庾信也成为常客，还应梁大娘之请，题写了店名“凉粉呱呱小吃店”。从此梁氏母子在制作方法上不断改进，精益求精，佐料少用芥末，偏重辣子，力求反映出酸、辣、凉的特色来。为了防止凉粉光滑粘不上佐料之弊，梁大娘一开始就不用刀切，而是用手捏碎，使佐料均匀上粘（近年来，为了卫生起见，操作时都戴塑料手套）。“呱呱”也成为至今天水享有盛名、老幼喜食、四季皆宜，有独特地方风味的小吃之一，很多人甚至不可一日无“呱呱”。天水人走访远在外地的亲戚，最好的礼品就是捎带些“呱呱”。而且秦州人沿袭古名，将凉粉与呱呱并称。至今因经营“呱呱”而致富的大有人在。推算起来，“呱呱”创始至今，已有1400多年的历史了。

十六两秤星的传说

公元前221年，秦刚刚统一六国，始皇下令废除六国货币，并以钱币为基础，制定新的统一货币，废除六国旧的度量衡，同时以原秦国的度量衡为基础，向全国颁行新的统一度量衡制度及标准衡器，并把当时新的诏书刻铸在秦权和量器上。其中还有一段事情的始末，在天水父老中广为相传。

在春秋战国时代，各国衡器极不统一。中原地区基本上用的是十三两秤，含义是“七星北斗，六星南斗”，七加六为十三。而“两”在秤杆上由星点表示，称为“星”，故以十三两为一斤。天水自秦非子受周王分为附庸以后，势力一天天壮大起来，集市（主要是现在的秦州区）已日渐繁荣。为了交易方便，秦公参考中原一些国家的十三两秤，再加三星，改为十六两一斤，并颁示大众，毋得违反。这三个星定名为：福星、禄星、寿星。据说这种改革，主要是为了完善当时商贩的道德标准。即在商品交易中必须讲信义，如此上天会给你赐福、加禄、增寿，而且规定秤星必须是白色和金黄色，不准黑色，借以告诉人们，在交易中要光明正大、买卖公平、不能黑心。若少一两叫“损福”，少给二两叫“伤禄”，少给三两叫“折寿”，这些统称为“缺德”。这种说法虽含有浓厚的封建迷信意识，也反映出2000年以前的人们已经很注重商业道德，认为斤两给足是商人交易的起码准则。

谜语简识

谜语是我国民间文学园地上的一朵奇花，是我国独特的非物质世界文化遗产，其以独特的令人目眩神迷之魅力，千百年来，成为群众最受欢迎的民间文娱活动之一。它在启迪思维，增强智慧，陶冶情操，开拓视野等方面有着其他文娱形式所不能替代的作用。当你对一条谜语锁眉凝思时，继而另辟蹊径，或者曲径通幽，渐入主题，终于丁卯相对，恍然解颐。“众里寻他千百度，蓦然回首，那人却在灯火阑珊处。”一颦一笑，其乐可知矣。

一、谜语来源

1.廋辞。《国语·晋语》云：“有秦客廋辞于朝，卿大夫不知也。”此晋灵公元年事，至今已2626年矣。《孟子·公孙丑上》曰：“遁辞知其所穷。”宋孙奭疏：“大抵廋辞云者，如今呼笔为‘管城子’，纸为‘楮先生’，钱（泉）为‘白水真人’，又为‘阿堵物’之类是也。”

2.隐语。《汉书·东方朔传》云：“臣愿复问朔隐语。”周泰昌曰：“《艺文志》有《隐语》十八篇，世谓之‘廋辞’，亦谓之‘谜语’。”《说文》曰：“谜，隐语也。”《文心雕龙》云：“自魏代以来，颇非俳优，而君子嘲隐，化为谜语。谜也者，回互其辞使昏迷也。”此为始见于春秋之又一例证。

《世说新语·捷语》云：“魏武尝过曹娥碑下，杨修从。碑背见题作‘黄绢幼女，外孙齑臼’八字……修曰：黄绢，色丝也，于字为绝；幼妇，少女也，于字为妙；外孙，女子也，于字为好；齑臼，受辛也，于字为辞；所谓绝妙好辞也。”证明三国有此风尚。

3.谜语亦称文虎，猜谜语者曰射虎，张谜语于花灯上供猜测者曰灯虎。《武林旧事》曰：“又以绢灯翦写诗词，时寓讥笑，及画人物，藏头隐语，及旧京诨语，戏弄行人。”此南宋事也。《万历钱塘县志》云：“元宵张灯五夜，或贴诗于灯上，揣知者揭去。”此俗衍至明清则更盛。

二、谜语体裁

一则完整的谜语，系由谜面、谜目、谜格、谜底四部分组成。谜面即谜题，是谜语最主要的内容；谜目是指猜测的范围，如地名、剧目等；谜格是限定猜测者思路的格式（不是所有灯谜都要谜格，但需用谜格者一定要在谜条上标明）；谜底即答案。但是不论哪一格式，谜面的字和谜底的字不能有一字相同。

谜语有它自身的创作规律和表现方式，即体裁，亦称谜体。一条谜可以是一种体裁，也可以是多种体裁。常见的有以下八种：

（一）会意体

从谜面的词、句中去用大意、直意、反意来领会它的含义，再联想谜底。

1.正面会意。“只生一个”，猜农业名词“单产”。

2.反面会意。以“反对说大话”猜已故京剧演员“尚小云”。“大话”和“小云”是两组反义词，猜时即从反面扣合，它符合逻辑的同一律原理。

3.侧面会意。如以“妈妈，你在何处”，猜物理名词“离子云”，这是从侧面点明儿子在离开母亲后所说的话。

4.混合会意。如以“翻两番全是小康之家”，猜成语“变化无穷”。翻两番是变了旧貌，故扣“变化”，属正扣。“全是小康之家”故扣“无穷”，属反扣。

（二）象形体

利用字形上的相似关系来刻画谜底。如“片云残月”猜“弘”字，“厶”为“云”字之一“片”，“弓”为残缺之月形。白居易诗曰：“可怜九月初三夜，露似真珠月似弓。”可谓形象生动，模拟逼真。

（三）增损体

在谜面的字或句中减少一部分字的扣合法。如以“七”猜日用品“增白皂”属增；以“昨日之日不可留”猜国名“乍得”属减。

（四）离合体

采用拆字手段，对底面字素作离形、合形、离而复合之法。如“十一×÷”猜成语“分散主义”，乃是从底文指出是“离”，即对谜面“分散”而言之，则成为“主”与“义”了。“二十一中”猜工业产品“合成革”，则从谜底点明是“合”。“一生巧安排”，猜《水浒传》人名“牛二”，乃是有合有离。

（五）假借体

在灯谜体裁里，假借的含义较广，包括借代、通义、通假等内容。如以“货布流行”，猜宋代政治家“钱若水”。南北朝时期，北周初用魏钱，到周武帝即位，仍铸布泉作钱，“布泉”之义是故广被流通之义，故“布”与“钱”可互相假借。又如“知其然而不知其所以然”，猜影目“火从何来”。“然”是“燃”的本字，其义相通。

（六）问答体

要求谜底直接回答谜面提出的问题，有晦明两式。如以“仙源何处寻”猜歌名“在那桃花盛开的地方”，问得明朗，以“如何是好”猜体育名词“女子组”，问得隐晦。

（七）漏补体

从谜底中提出字或词，由相应动词作关联补入谜面，使面义起质的变化。如以“八十五” 猜影目“月到中秋”，即从谜底提出“月”字，通过“到”字关联入谜面，可谓十分贴切。

三、谜的格式

即谜格。其任务就是改造谜底，通过对谜次序的移动，字形的离合，字数的增减，字音的谐读等，使底意发生质的变化，从而与谜面文义遥遥呼应。历史上相传下来的谜格不下百种，现只选录近年来使用频率较高的谜格如下。

（一）属于字序移动的格式

1. 秋千格。谜底只限两字，读时上下颠倒。如以“皆大欢喜”猜青海地名“乐都”。

2. 卷帘格。谜底限三字以上，猜时依次倒读。如以“弊在大锅饭”猜影目“包公误”，依格读“误公包”，解为“错误皆因公家包下来”。

3. 调尾格。谜底限三字以上，读时将末两字颠倒读。如以“血溅鸳鸯楼”猜《水浒传》诨名、人名各一，则为“丧门神张清”，解为蒋门神丧了命，清除了张团练、张都监。

4. 回头格（掉首格）。谜底限三字以上，读时将第一、二两字颠倒读。如以“驻颜有术”猜三字口语“不容易”，依格读“容不易”。

5. 上楼格。谜底限三字以上，将末一字移到最前面读。如以“满座重闻皆掩泣”猜武器名，“催泪弹”，依格读作“弹催泪”。谜面是白居易《琵琶行》中的一句，意即“弹着琵琶催人下泪”。

6. 下楼格。与上格相反，即将第一字移到最后。如“袁公路乃冢中枯骨耳”猜小学学科二，即“体操、算术”，谜面为曹操煮酒论英雄时语，依格读作“操算术体”。

7. 双钩格。谜底限四字，在字序上将三、四字移到一、二字之前读。如“水上人家”猜首都名一，为“的黎波里”，依格读“波里的黎”（民）。

8. 蕉心格。谜底须用四字以上的双数字，将中间两字互换位置。如“日”猜《红楼梦》人名二，即“王成、来旺”，依格读“王来成旺”。

（二）属于字形离合的格式

1. 虾须格。谜底首字须左右分开作两字读（如上下分开读曰“蝇头格”）。如“雨后复斜阳”猜画家一，为“法乃光”，依格读作“去水乃光”。

2. 展（折）翼格。谜底限三字以上三之单数，中间一字左右分开作两字读（如上下分开读曰“中分格”）。如“为下一代服务”猜口语“做好事”，依格读作“做子女事”。

3. 燕尾格。谜底最末一字须左右分开作两字读（如上下分开读曰“蜓尾格”）。如“东风不与周郎便”，猜成语“金屋藏娇”，依格读“金屋藏乔女”。（此谜属“启下式”，杜牧诗“东风不与周郎便，铜雀春深锁二乔”）

4. 离合格。谜底的字先分两字读，后读本字，或先读本字，后分作两字读。如“东家是座四合院”，猜建筑物“住房”，依格读“主人住房”。

（三）属于字意增减的格式

1. 徐妃格。谜底须有两字以上，读时应除去同一左偏旁。（如摘上端偏旁曰“摘遍格”）。如“青梅竹马时”猜动词“憧憬”，依格读作“童景”。

2.折巾格。谜底须用两字以上的词，第一字只读半边，左右均可。如“百战百胜”猜词汇曰：“敏捷”，依格读“每捷”。

3.折履格。谜底须用两字以上的词，最末一字只读半边，左右不论。如“但使龙城飞将在”猜南京市名胜“莫愁湖”。（谜目王昌龄《出塞诗》，系启下式）

（四）属于字音谐读的格式

1.梨花格（亦称玉面格）。谜底须两字以上，全部谐读。如“心有灵犀一点通”猜剧目“秦香莲”，依格读作“情相连”。

2.夹雪格。谜底有一字或部分字须谐读。如“宝剑价千金”猜国际用语“武器代款”。谜底有一字谐读者，亦有以字序排列命名。谐第一字曰“皓首格”（亦有称“白头格”者）；谐第二字曰“玉（粉）颈格”；谐中间一字曰“素腰格”；谐倒数第二字曰“粉腿格”；谐最末一字曰“粉底格”。为简化谜格，近年来多以“夹雪格”代之。皓、玉、素、粉、雪、梨花均为白色，实示“别”（白）字之意。

其他尚有亥豕格、抵销格、碎锦格以及脱帽、掉尾、脱靴等格式，过于老化，已不常用了。

尚有注意者：

1.谜条上面好写“五唐”“七唐”等字，不属于格式。五唐即五言唐诗，七唐即七言唐诗。猜谜的作用就是所有谜条有一大半要让人猜着。《全唐诗》载五万首左右，如只以“七唐”“五唐”言之，叫人临场如何猜？可否在谜面上再冠以作者名号。

2.谜面亦有写“唐文”者，皆应冠以作者名号。

闲话“脸谱”

当我坐在秦腔剧院赏秦腔传统剧目时，每每都会被舞台上的人物所吸引，那些人宽袖长袍，头戴绒球珠翠，足穿彩缎朝靴，装束得五光十色。尤其是那些挂着各色长髯，面部勾画着不同颜色的角色，更使人逸兴横生、趣味盎然。这种色彩斑斓、相貌奇特的角色，秦腔称为“花脸”“净角”，也视角色的不同而分为大净、毛净、黑头等，这一独特的化妆方法，就是通常所说的“脸谱”。

中国戏曲脸谱，在《李映东与鸿盛社》一书中说是出现于元代，我意不然。“脸谱”最早是从“代面”（即假面）衍化而来的，据《旧唐书》记载，约在550年，南北朝就有了“代面”。当时，北齐世祖高澄的第四子兰陵王胆略超人，相貌俊秀，临阵戴一假面具，以掩盖其真实容貌，出入于敌阵，人皆畏之。在一次战斗中，兰陵王被敌军掳去杀害了，后来北齐人就编舞蹈来歌颂他，名为《兰陵王入阵曲》。后相继采用“代面”来表现生活故事的《苏中郎》和传说来自西域的《钵头》等，都用“代面”做成夸张的人物面形，用口衔住进行表演。上面所说的三个故事虽然都用了“代面”化妆，但表现的内容却有区别。《兰陵王》是用“代面”掩盖真实面目，以威慑敌军；《钵头》是用“代面”来表现剧中人物杀死猛虎，为父报仇的“泣啼之状”；而《苏中郎》则是刻画了一个饮酒殴妻醉汉的那种“面正赤”的形态。

随着民族艺术的发展，我国的戏剧逐渐形成了语言、歌舞、吟唱、动作（表演）等形式兼备的综合艺术，所表现的人物也更为丰富，“代面”这种形式已不能适应表演的需要了，于是出现了用笔直接画到脸上的方法代替面具。尔后，戏曲艺人又把各种勾画人物的图案加以归纳分类，作为演员袭用的依据，就形成了戏曲化妆中的“脸谱”。

古老的秦腔，当然也有“代面”的这一历史时期，可惜没有确切的史料记载。557年，北周灭北齐，统一北方，奄有今日陕西、甘肃等地，而这些地方，也正是“代面”出现的地区。可以肯定的是，“代面”出现在北周时期，最迟在南宋，因为那时在京都杭州的文娱活动中已经有“鱼龙曼衍”了。

同全国各剧种一样，秦腔脸谱是经过几代演员的努力，在各代人扎实的艺术实践中，在继承前人的优秀遗产的基础上不断革新、不断创造和不断发展变化而形成的。许多秦腔表演艺术家，他们精心分析了人物的面部肌肉、骨骼甚至各部位的纹理变化特征，又根据各类人物的年龄、性格、生活的环境等，采取更接近于现实生活的笔法来勾画形象。因而秦腔脸谱形象突出，色彩鲜明，或神圣威严，令人敬畏；或古朴旷达，自有独到。清末至今的百十年中，驰名陇上的田德年、刘全录、景乐民等以及名震秦陇的大净等不同流派，他们的“脸谱”各有千秋，而其中以甘肃南路秦腔鸿盛社剧团遗留下来的脸谱更有特色。仔细分析观赏鸿盛社的脸谱，其最大特点是从生活中来，因此从起画开始到每一幅作品最后完成，从笔法到工艺，都可以看出作者的工雕细描，一丝不苟，色彩鲜明，构图严谨，生活气息浓厚，形象逼真等特点。在此，不由得想起一个人来。我村有一姓李的老汉，人称“戏大爷”，曾在鸿盛社唱过十年以上的戏，家里存有曹操脸谱一幅，虽然挂在房中，已被烟熏火燎，但其用力处一目了然。脸谱上作者着力刻画了人物含蓄、隐晦的气质，却又用笔洒脱，勾画出此人那奸狡自负的神态，力透纸背，令人赞叹。此为李映东先生得意之作，目前此老已去世，不知此脸谱尚存否，唯愿其子孙善宝之。

一般来说，秦腔脸谱可以粗分为两大类：一类是为历史人物所设计的人物类型脸谱；一类是为神话故事中各种形象所设计的象形类型脸谱。而这一类脸谱在鸿盛社则独有特色，独领风骚，威武敬畏，古朴庄重，丑中见美，陋里藏娇。这种神话脸谱，有许多是从古代演义小说和民间传说的形象中以及神像雕塑的特点加以描绘设计的。如《三国演义》中说关羽是卧蚕眉、丹凤眼，面如重枣；张飞是豹头、环眼，而又粗中有细等等，鸿盛社脸谱都能在勾画中生动地再现出来。我国的民间曾有“红脸忠、白脸奸”的说法，这也成为鸿盛社脸谱用色的依据。但却因人而异，互不雷同，以做到万变不离其宗。

20世纪60年代初，我随某首长进行河西之行，到玉门油矿，才知陕甘著名大净“活关公”刘全禄先生正在油矿剧团。以前我和先生有着很好的交往，这时故人相逢，沽酒话旧，其乐可知，不知不觉就谈到脸谱上去了。他对我说，勾画脸谱，每幅虽然都用三种以上的颜色，但其中只有一种是主色，以调成人物的基本色调。这些主色的一般含义是：红色表示忠勇、正义；黄色表示勇猛、残暴；黑色表示刚直、果敢；白色表示多谋、狡诈；蓝色表示坚毅、勇敢；绿色表示暴躁、倔强；紫色和赫色表示淳朴、憨直；粉色表示年迈力衰等等。

他又说，在他们梨园行当中，已经程式化了的东西，就是群众认可的东西，例如，“红脸忠、白脸奸”，这是我国人民的共识，已经成为人们看戏、评戏的标准。我们只能顺水扬波，不能改变，骤然改之，注定要失败。犹如乐谱中的五音六律，古典诗词的平仄格律，这都必须遵守。我们只能在学习和继承传统的基础上有所创造，有所发展。

这些话今天读起来很有意义，也许是全禄先生一生的心得，这里凭记忆公之于众，与高明讨教。

2007.3.28

洞庭山之春

在太湖三万六千顷浩渺的烟波中，洞庭山以它幽雅古朴的湖光山色被誉为“吴中山水之冠”。洞庭山有东西山之分，东洞庭山依偎太湖，是个狭长的半岛，与它隔湖相对的是西洞庭山，它四面环水，独坐湖中。太湖令人神往的七十二峰，在东西洞庭山的就占五十八峰。这里不仅风光秀丽，而且花果满山，还有许多美丽的传说，更为它增添了奇异的色彩。

一个初春的早晨，我们从苏州南门出发，驱车40公里，来到慕名已久的洞庭山。虽说初春的天气还有些丝丝寒意，但山间已满目苍翠，已觉春意盎然。青山碧水间，梯田层层，茶林片片；山坡上枇杷、杨梅、橘子等果树交错，树枝间的缕缕阳光和树叶上的颗颗晨露相互辉映。面对这如画美景，我们正不知从何处游起时，太湖风景管理委员会的汪君风尘仆仆地赶来了。他似乎猜透了我们的心思，不等我们开口，便说：“走，先到紫金庵去看看古迹。”于是我们跟着汪君进入西坞去游紫金庵。紫金庵又名金庵寺，始建于唐开元年间，距今已有一千三百年的历史。步入大殿，仿佛来到一座虽不宏大，但却无比奇巧的艺术迷宫。许许多多佛像、罗汉，造型生动，形态各异，或沉思、或听经、或讪笑、或假寐，无不栩栩如生。尤其是罗汉的服装，褶纹迭绉流畅，具有薄而重的质感，简直就像是用真丝绸做成的。那观音头上祥云托住的华盖，大红的盖面上装饰着紫红牡丹，酷似苏绣；石绿的盖顶宛如轻丝薄绸，在微风中轻轻浮动，我们不由得为古代能工巧匠高超的艺术造诣而惊奇。汪君告诉我们，这是南宋民间雕塑艺人雷潮夫妇所塑。为了塑好这些像，雷潮曾在净慈寺和僧人们一起生活了十六年，实地观察体验，所以作品才能有如此动人的魅力。

从大殿出来，过净音堂向南，便是憩息品茶的地方，一曰晴川轩，一曰白云居。还未坐下，热情的汪君就端上清茶。茶汤碧绿清澈，叶底嫩绿明亮，入口香气芬芳，回味甘甜。大家异口同声地小声喊道："碧螺春！"汪君笑着说："对！你们在碧螺春的故乡品尝碧螺春茶，该是更有风味吧！"我们一边细细品尝，一边听汪君讲碧螺春的来历。从前，有个叫碧螺的渔女到东山顶上砍柴，遇到一棵香气袭人的小树，便把它连根拔起带回家中栽种，这就是最早的茶树。因这茶好，你栽我种，不几年就绿遍了整个东山、西山。碧螺姑娘死后，老百姓为了纪念她，就用她的名字来命名这种茶叶，又因这茶是在春天采摘揉制的，故曰"碧螺春"。同行的文女士说："如果能在这个传说中再加入一段爱情故事就更动人了。"我们听了，都哈哈大笑起来。这时，汪君话锋一转说："到后山去看看吧，那里的景色更美！"于是大家离开紫金庵，沿环湖公路驱车前往。

透过明净的车窗，翠岗若屏的水乡花果山就像一组组色彩艳丽的电影镜头，从眼前闪过。公路左侧鱼池成片，藕塘阡连；右侧青山如黛，林木葱茏。满山的茶叶、杨梅、枇杷和成片的橘林，正伸枝展叶，沐浴着大好春光。转过一岭，到了杨湾镇，这里房屋栉比，墙高院深，略施翘角的屋脊，精心雕刻的门楼，至今还保存着明代的一条完整街道，商栈、坊铺虽有改观，但明代风格依然可辨。据传，明代宰相大学士王鏊（吴县人，字济之，成化十一年进士，正德初，累迁户部尚书，文渊阁大学士），因与宦官刘瑾不睦，隐退东山，致力于家乡文化的昌盛和工商业的发达，并著书立说，有《姑苏志》《震泽编》等。人们为纪念他的功绩，在杨湾梁家坞为他建造了规模宏大的陵墓，墓前翁仲侍立，石马成林。吴门才子唐伯虎为他的墓坊题了"海内文章第一，朝中宰相无双"的对联，东山人以此引为自豪。

瞻仰了王鏊墓，再放眼太湖，见远处一座青山，宛如一块未经雕凿的黛玉，镶嵌在玉盘之上，又如穿云破雾的翠龙，伏卧于水波之间，这就是西山。汪君给我们讲了一个关于西山的故事：相传大禹治水来到西山，翻山越岭，察看水情。太湖形如"佛手"，水的流向极不稳定，大禹面对骇浪汹涌，茫然无策。一天，他因极度疲劳依着山坡睡着了，朦胧中忽见一位仙长走来对他说："治水的天书，藏在山下的林屋洞中。"大禹从梦中惊醒，顺着仙长所指的方向，入洞找到了放在石函里的"天书"，依照"天书"所示，率众开凿了东江、娄江、吴淞江。"三江既入，震泽（太湖古名）底定"，终于消除了江南的洪患。此事慢慢传到吴王阖闾的耳内，派一名叫灵威丈人的人入洞去取这部书，灵威丈人秉烛入洞，昼夜兼程七十二天，书是找到了，但吴王打开一看，全是白纸。有人说，这部书孔子也看过，说这叫“石函文”，要懂的人才能看出字来……听了这故事，使我们游兴倍增，这西山是非去不可的了。因而临时决定，驱车木渎，乘中午轿渡，去西山览胜。

船到西山，已近傍晚，就直奔林屋洞，我们绕山而行，只见山上奇石斗秀，怪岩罗列，如牛羊、似犀象、若飞鸟、像虎豹，光怪陆离，不可名状。西麓陡峭的山崖下，果真有一石灰岩溶洞，洞口有“林屋古洞”“仙府”“天下第九洞天”等摩崖题字，稍上一些，还有俞曲园老人所题“灵威丈人得大禹素书处”字碑，这就是林屋洞了。据《郡国志》称：此洞东通王屋，西达峨眉，南接罗浮，北连岱岳。我们怀着好奇的心情进得洞来，洞口倒也普通无奇，进洞三四米，便觉高广，可容三四百人。洞内泉水流珠，叮咚作响；石乳倒垂，犹如各式吊灯；石钟亭立，就像破土而出的巨笋。左侧上方石壁上，有一底面平整的宽穴，就是传说中的石床。愈往里走，洞愈窄狭，最后只得躬身前进。可是过一隘口，又豁然开朗，大有“山重水复疑无路，柳暗花明又一村”之妙。借助微弱的灯光，可以看到洞体洁白晶莹，恰似琼宫玉府。累累岩石，有的像爬墙的壁虎，有的像展翅的大鸟，有的像戏鼠狸猫，有的像觅食的虎豹，真是奇姿异态，美不胜收。再往里，便是著名的鱼乳泉，它“突突”喷出一股乳白色的泉水，有一米多高，日夜喷出，终岁不歇。

从林屋洞出来，已是日落时分，夕阳将西边映照得一片通红。太阳渐渐隐落，山坞里也渐渐深沉起来，藏匿在密林中的山村，此时炊烟袅袅，轻纱般的烟帐，在深绿色的树林和嫣丽的晚霞映衬下，别有情趣，真可谓“夕阳红如血，烟舍草色苍”。这就是西山著名八景之一的“林屋晚霞”。

离开林屋山，已是夜幕初临了。一天的游程，使我们大开眼界，那胜似仙境的风光，优美动人的传说，都给我们留下深刻印象。但使我们更加难忘的，是东山、西山之间连接两岸的具有民族特色的多孔桥；湖峡中游艇如梭，湖滨游泳场人群如云；高大的宾馆矗立在绿丛之中……大禹治理了太湖的洪水，雷潮夫妇以其辛勤的劳动装点了洞庭山，他们的子孙——洞庭山的主人，正在这太湖的翡翠宝玉上雕刻出具有特色的现代化花果山来。

1979.6

陆游·沈园·《钗头凤》

我到绍兴，除了游览了有关鲁迅的遗迹，瞻仰了风雨亭和大禹陵，还参观了沈氏园。

绍兴是陆游的故乡，至今还保存着他的不少遗迹，沈园就是遗迹之一。

陆游一生的大部分时间是在绍兴度过的，他的近万首诗词中，就有许多是描写当时绍兴民间生活和壮志未酬的思想感情的，著名的《钗头凤》一词，就是他游绍兴沈园时，为抒发自己的悲愤心情和控诉封建婚姻制度对他的迫害而作的。

陆游二十岁时，曾与表妹唐琬结婚，婚后感情很好，但其母不喜欢唐琬，硬逼着陆游将其离弃。母命难违，陆游只得与爱妻分离。后来唐琬改嫁赵士程，陆游也另娶王氏为妻。十年后的春天，陆游重游沈园，无意中与唐琬及其丈夫相遇，悲喜交集，就在壁上题了一首《钗头凤》，倾诉毕生的幽怨。词云：

红酥手，黄縢酒，满城春色宫墙柳。东风恶，欢情薄，一怀愁绪，几年离索，错，错，错！

春如旧，人空瘦，泪痕红浥鲛绡透。桃花落，闲池阁，山盟虽在，锦书难托，莫，莫，莫！

《钗头凤》叙写了作者怀念前妻的深挚感情，反映出封建社会婚姻不自由的悲惨现实，也是对毁灭美满姻缘的封建制度强烈的抗议。唐琬见了，也极为感慨地和了一首，其中有“病魂常似秋千索”“怕人寻问，咽泪装欢，瞒，瞒，瞒！”等伤心词句。此后唐琬抑郁成疾，不久便亡故了。四十年后，1199年，陆游已经75岁了，他又到沈园春游，见词仍留在壁间，景物依旧，物是人非，触景生情，无限悲痛，又在荷花池畔题了《沈园》诗二首：

城上斜阳画角哀，沈园非复旧池台。伤心桥下春波绿，曾是惊鸿照影来。

梦断香消四十年，沈园柳老不吹绵。此身行作稽山土，犹吊遗踪一泫然。

此后，陆游还在梦中游沈园，醒来后悲痛不已，纪之以诗。《十二月二日夜游沈氏园亭》七绝二首：

路近城南已怕行，沈家园里更伤情。香穿客袖梅花在，绿蘸寺桥春水生。

城南小陌又逢春，只见梅花不见人。玉骨久成泉下土，墨痕犹锁壁间尘。

这就是《钗头凤》故事的概述。由于陆游数次到过沈园，写过沈园，沈园也就出了名。

沈园位于绍兴城内东南角，在南街洋河弄内。早在宋代，沈园就是绍兴城内著名的园林，最早建于何年，已无可考。整个园林面积有十多亩，楼台亭阁，假山池塘，花木扶疏，环境幽美，不少文人学士来这里题诗作赋。但时代变迁，原有的亭台画廊已不复存在，面积也缩小了，现在能看到的，也只是部分遗迹，两个池塘，竹桥流水和葫芦池边的假山还是当年的故物。

中华人民共和国成立后，沈园已被列为省级文物保护单位，为了纪念这位伟大的爱国诗人陆游，开辟了一个纪念馆，陈列了陆游遗著等。沈园正在复兴之中。

山色空蒙雨亦奇

又到梅雨季节，江南整天细雨蒙蒙，或者下一阵，停一阵，淅淅沥沥，整日阴沉沉的。服务员提醒我说："何不去杭州西湖玩一回，这儿（湖州）距西湖很近。"我想，这倒是一个消遣梅雨季节的好办法，况且西湖上"山色空蒙雨亦奇"，一直总想看一看。而不少西湖游客，碰到天公不作美，春雨下个不停，却不免望湖兴叹。其实，雨天的西湖，更吸引人。

北宋文学家苏东坡写过这样一首诗：

黑云翻墨未遮山，白雨跳珠乱入船。
卷地风来忽吹散，望湖楼下水如天。

（《六月二十七日望湖楼醉书》）

这种"白雨跳珠乱入船"的湖上奇观，只有在雨天泛舟才能领略到。雨中的西湖，面蒙轻纱，身披蝉翼，像隐约可见的丽人。雨中的西湖，由于彤云遮山，水天相接，一望无垠，仿佛是三万六千顷烟波浩渺的太湖，气势雄伟，浑然一气。清代诗人魏源在他的《武林纪游》中有一首是专门写西湖雨景的：

峰耶曰是云，云耶曰是山。
山为湖云混，雨后无真峦。
谁知后雨湖，复为烟所悭。
舟到烟暂开，百步时一班。
如镜受呵气，难鉴西施鬟。
千影万影内，出没争孱颜。
纯是墨天图，黯黯有无间。

你看，他写得多美！西湖本是一面大镜子，晴日的西湖，像美人对镜，纤毫毕露；而雨天的西湖，却像呵气于镜上，西施的风鬟雾鬓，若隐若现，若有若无。雾里看花，花更绰约；浮云掩月，月更神秘。虽在雨天，游客们有的披上雨衣，有的擎着绸伞，冒雨出游。好在苏堤、白堤，都有大树蔽空，足可挡雨，平湖秋月一带，更是回廊曲折，栏杆环绕，大可树下闲眺，依栏远望了。

宋代诗人范仲淹有一首七绝：

湖边多少游湖者，半在断桥烟雨间。
尽逐春风看歌舞，几人着眼到青山。

这首诗写出了湖上群山，经雨一洗，分外青葱。由于断桥跟宝石山、葛岭一带很相近，坐在断桥亭子里，抬头仰望，山色扑人，翠绿可爱。

明代浦枋在《游明圣湖（即西湖）日记》中有一段写道："二十三日，晨钟初歇，披衣启户，细雨溟蒙，湖光山色，不甚分明，模糊中别有妙处。茂之（同游者）方浓睡，余抚其背曰：'黄粱熟矣，何尚蘧蘧然耶？'茂之一笑起，不暇束带，倚户延望曰：'此真米家泼墨法也'。"（录自《武林掌故丛编》）

"米家"，指大米（米元章）、小米（米元晖），都以擅写淡墨山水画闻名。雨中西湖，薄霭微云，弥漫于六合间，水被天吞，云为山遮，近处较浓，远处较淡，不是一幅极好的水墨画吗？

如果你更有兴趣，还可以登上吴山，山虽不高，却是登高览胜的好去处。襟湖带江，可以看到天目、萧山诸山蜿蜒于天际。过去在山巅上建有"西爽阁"，明代陈文水有《吴山西爽阁》诗曰：

杰阁凭虚起，登临好是闲。
凉秋半城树，残雨一湖山。

现在，这"西爽阁"已改名为"极目阁"，取"极目楚天舒"之意。筑有三间大厅，四面开窗，陈设讲究，既可看到钱塘江，也可一览西子湖。倚窗眺望，饮茗坐雨，别有一番风味。

雨中湖岚，固属可爱；雨后山水，更觉增妍。清代黄仲则有一首《雨后湖泛》的诗曰：

风起水参差，舟轻去转迟。
一湖新雨后，万树欲烟时。
有客倚兰楫，何人唱竹枝。
莲娃归去尽，极浦剩相思。

“一湖新雨后，万树欲烟时。”这十字写尽了雨后湖山的美丽。西湖真是变幻不定，神秘莫测。如果你站在湖滨公园一带，眺望湖景，有时觉得湖中三潭印月、湖心亭等处遥远得很，这倒不是为烟雨所遮，而是晴空里有飞尘弥漫着，阻碍了视线。可是雨后瞭望，却纤尘尽洗，觉得三潭印月、湖心亭等近得多了，甚至远望苏堤，也像历历在目。

即使雨太大了，不能出游，我说也不必愁，听雨也是一种无上乐趣。唐代诗人白居易有《孤山寺遇雨》诗曰：

拂波云色重，洒叶雨声繁。
水鹭双飞起，风荷一向翻。
空蒙连北岸，萧飒入东轩。
或拟湖中宿，留船在寺门。

这位诗人不但乐于在轩窗听雨，甚至还想宿在湖船里，去听密雨的急奏，真是“留得残荷听雨声”了。陆放翁不是有名句“小楼一夜听春雨，深巷明朝卖杏花”吗？这也是写临安（今杭州市）雨霁的情景。

最后，还得想起苏东坡的两句诗：“水光潋滟晴方好，山色空蒙雨亦奇。”晴天固好，雨中亦奇，这是“西湖天下景”的独特之处，即使遇上雨，也应尽量享受一番西湖雨景之美吧。

秋游九寨沟

前几年，曾听人唱："亲爱的香格里拉，我深深地爱上了她。"据说，香格里拉是外国的仙境。后来，我游览了秀丽的西湖，一望无际的洞庭湖君山，烟波缥缈的太湖西山，觉得它们有点像香格里拉，但又觉得不大像。因为水色多于山光，人工多于天然。忽而见到一则报道，说香格里拉就是巴基斯坦的礼萨，不过已经败落，迥非当年了，心中不免有些怅然。

想不到将要离休的时候，我终于见到了中国的香格里拉。它，就是四川南坪县的九寨沟。

有位香港的摄影师，自称游过美国的黄石公园，领略过瑞士的日内瓦湖，足迹踏遍五大洲，终于发现了世界上最美的地方——九寨沟。

从南坪县西行四十三公里，折而向南，就到了九寨沟的入口。迎面是一座名叫魔鬼崖的大陡壁拔地而起，高耸插云，像刀削的一样，山上寸草不生。据说，有个想吃天鹅肉的癞蛤蟆，因向仙女逼婚，受到天神的惩罚，让它当了九寨沟的屏风。

越过魔鬼崖，就进入九寨沟的山谷。据说这里分布着当年藏族聚居的九个村寨，而今只有一个生产大队的两三个村落了。我们去的时候，已是入秋季节，两面山坡披着山柳和枫叶织就的红装，一条小溪缓缓地向谷外流去。这里是熊猫的故乡之一，也是金丝猴出没的地方。前行三四里，渐闻轻轻的水声，似初夏的轻风，若有若无。转过一个山凹，突然一道瀑布映入眼帘，仔细看去，应该说是十几条、几十条水练交织在一起。整个瀑布宽约30米，临近右岸，转一个小弯，飘瀑溅珠，雪白炫目，由于落差仅三四米，涛声不大，富有节奏感，显得悦耳动听，不像黄果树瀑布那样若狮吼雷鸣。这个瀑布，妙就妙在它不是从悬崖上飞流直下，而是从一片红柳林中徐徐引出。那红柳木是山柳，秋天过后，柳叶变红，红中带赭，形成一片火海。瀑布的背后，是一陡岸，岸虽陡，却丛生着苍翠的松柏杂树，树不高，却显得十分平整；而整个瀑布，就绘在画面的右边偏下，两者浑然一体，形成一幅迷人的风景画。瀑布前面，有个方圆二三百米的大池，三面被树丛环抱，只是临近瀑布处有些波浪，离近一些，只见湖面如镜，清澈见底，甚至能映出空中的云朵。看瀑飘，听瀑声，览美景，自不免心旷神怡，若不是导游同志催促，前面还有美景要看，我几乎已叹为观止，久久不愿离去。

这样沿山间公路续行，山势一转，呈现在面前的是一个卵圆形的海子，方圆数千米，碧绿晶莹，像玉液琼浆，使人心醉。海子夹在两山之间，山上丛生着碧绿的冷杉，其间也簇生着红色的五角枫和鹅黄色的高山柳，还有长着赭红色树干、银灰色树冠的小桦树。两岸的山林，倒映在水中，宛若大理石砌就的宫墙，巍峨挺拔，彩斑错落，鬼斧神工，浑然天成。纵眼望去，真像一座剔透玲珑的水晶宫。清风徐来，微波荡漾，水晶宫也微起略伏，使人不由得想起“忽闻海上有仙山，山在虚无缥缈间”的名句。合拢处，有一座雪山的倒影，传说那就是唤作沃诺色嫫的女神山。据当地藏胞传说，在远古时代，天神赐给仙女沃诺色嫫两个铃铛，这铃铛乃是宝物，只要一摇它们，要什么可以得到什么。仙女靠着这宝物，布置了自己的仙居，过着不虞匮乏的日子。有一天，一个魔鬼抢去了她的铃铛，还要强逼与她成亲。仙女号啕恸哭，哭声飞上云霄，惊动了天神，天神用手一指，把魔鬼化为巨石，这就是在九寨沟口见到的那块石头，好心的天神又出面作伐，让她与男山神达戈结成良缘。从此，沃诺色嫫就临海束装，把脂粉溅落在海子里，沉淀成五光十色的海底，使海子溢发出光怪陆离的色彩。这个海子还有一奇，就是你只要走上几步，再向它看去，海底的颜色和山色的倒影，都会为之一变，好像摇动万花筒一般，时而像水墨画卷，时而像几何图形，说它千变万化，一点也不假。五花海就是由此而得名。据导游同志讲，这是由于水底的沉积物不同，折光各异所形成的。

我们又往前走了几步，看到一株巨大的树干，倒插在海子中，像青龙入海。树干露出水面的部分，还有两根枝丫，酷似龙角，树干前端，连着水草，犹如龙须，这真是天然巧合。向对岸望去，有几对鸳鸯，比翼漫游，哦哦作声，于诗情画意之中，似在互倾情愫，给这宁静的海子，平添了若干生气，几分情趣。

九寨沟号称有一百零八海，叫五花海的就有好几个，五花海也被称作火花海，它是我们游览中的一个。在九寨沟的北端，有一个十五里长的海子，名叫长海。它位于女神山下，碧波万顷，远入天际，近岸水绿，可以见底；远方蔚蓝如天，平静无波，两岸山树，多为赭色，映入海中，好似给这幅画面镶了一条边框。远处的皑皑雪峰，与长海的天际交相辉映，美不胜收。左岸的近处，山坡沐浴在阳光之中，绿树添光，映入海底，越发逗人喜爱；邻近右岸的海边，陡崖之下，伸出象鼻形的山脚。山脚下有一个仅可容身的山洞，据介绍，这个洞就是仙女洞。我们请林场的主人，为我们划独木舟，沿海划去，正从仙女洞旁掠过。此时，微风乍起，水波粼粼，银光闪闪，使人眼花缭乱。由于时近傍晚，只好匆匆离去。回首依依，若有所失。

九寨沟之美，美在山光，秀在水色，只是由于附近森林砍伐过度，水源不足，有些海子已近干涸。但愿中国的香格里拉，能永葆它的天然美，万古不衰。

血泪史，卢沟桥

卢沟桥边，日寇进军，惨绝炮痕惊众目；
芷江城上，中国战胜，辉煌碑刻慰群心。
浴血八年，半壁江山还禹甸；
造福万代，一衣情意蕴东瀛。
穿草履，持步枪，仇恨满胸膛，即将去冲锋陷阵；
抛头颅，抗顽日，功勋垂宇宙，何必知姓甚名谁。

（四川张熙贵题抗日无名英雄联）

这是叙述我国十四年抗战的三副对联。十四年抗战的发源地是卢沟桥，几十年来，北京虽去过多少次，但到北京以后近在咫尺的卢沟桥，却是在最近一次才专程拜访的。尽管还是第一次来到这里，眼前的景物却丝毫没有陌生的感觉。作为中国人，已在报纸杂志图片上就念熟了这里的一切：桥头上“卢沟晓月”的石碑和结构独特的碑亭，以及桥栏望柱上那数不清的神态各异的石狮子……这是一座名桥，一座早在六百年前就被意大利人马可波罗向西欧各国所称颂过的“美丽石桥”。卢沟桥设计精巧，气势恢宏，仪态优美。然而半个多世纪以前的1937年，日本帝国主义者在这里发动了震惊中外的“七七事变”，悍然侵入华北。这一天被记入了史册，因为枪声从这座名桥响起，所以又被称作“卢沟桥事变”。那一年，我只是十岁挂零，连小学还未毕业。

今天，我徜徉在卢沟桥上，抚摸着望柱上一个个造型奇巧、美轮美奂的石狮，我心里却唤不起一丝游兴。这些千姿百态的狮子们双目灼灼，它们的瞳孔中曾经摄录了千百年来的人世沧桑，流淌着历史的风云变幻。桥面是用大块的青石砌成的，深深的车辙向人们展示着它那沉重而又繁复的阅历。是的，这里曾经响起过经久不息的车轮声，后来，伴随着枪炮响起了野兽的铁蹄践踏声。

“七七事变”已经过去半个多世纪了，那场战争的性质，正义与非正义，侵略与被侵略，就像桥下已经干涸了的河床，应该说是再清楚不过的了，然而最近读到的资料却让人如堕五里雾中。一位当年参与卢沟桥事变的策划者忽然放下屠刀，用那支带血的手拿起了笔，摆出一副做学问的架势，居然苦心孤诣地做起“当年在卢沟桥事变中谁先开了第一枪”的考据文章来了。这种话如今居然还说得出口，居然还可以发表出版。“拜读”过这位考古“新秀”的“拙作”之后，我感到心灵和智力都受到了空前凌辱。我愤懑，也作呕！

我还漫步到宛平县，沿着砖筑的城墙，凭吊那星罗棋布的累累弹痕，身心便一下子置入了时空倒流之中。一次屠城，南京人被杀掉了三十万之众；重庆空袭，十万人被窒息在防空洞中；还有那遍布各地的万人坑、千人墓……我虽然没有亲眼目睹这一幕幕凄惨的悲剧，但死去的两千多万人，毕竟是我的同胞呀！

我站在卢沟桥头，心潮起伏，不能自已！

小黄河流逝了，桑干河流逝了，无定河流逝了，永定河也流逝了。然而，作为一座名桥，一座古老的名桥——卢沟桥，却是永远不会流逝的，它已经成为第二次世界大战的标识，日寇侵华的罪证，将同人类历史永存。

1945年8月15日，日本裕仁天皇以广播《终战诏书》的形式，宣布了无条件投降。8月20日，侵华日军总司令冈村宁次派遣其副总参谋长今井武夫少将一行飞往湖南芷江向以何应钦为首的中国陆军总司令部投降。受降纪念坊坐落在芷江县飞机坪迫近的七里桥磨溪口旁，原坊建于日本投降后两年的1947年2月，在“文革”中被全部毁坏，1985年，人民政府在原址上按原样重建，高5.8米，宽10.64米，四柱三拱门，结构雄伟，气势巍峨。

距坊不远处为当年的洽降会场，虽是简单的平房，但它是使敌人俯首乞降的光荣圣地，现在也按当年日本今井武夫乞降时的桌椅位置原样摆设，标明我方受降代表座位与今井等人的座位。

纪念坊上，原书有多副气壮山河对联，现也按原样书好。

中柱对联：

克敌受降，威加万里；
名城览胜，地重千秋。

（蒋中正题）

侧门对联：

得道胜强权，百万敌军齐解甲；
受降行大典，千秋战史记名城。

（李宗仁题）

背面中柱联：

名城首受降，实可知扶桑试剑，富士扬鞭。

还书一联：

胜地倍生色，应推倒铜柱记功，燕然勒石，
独有千秋。

（何应钦题）

此外尚有横额多幅，不一一罗列了。

受降纪念坊修复工程落成后，芷江县人民又举行了隆重的庆祝大会，当年参加“湘西会战”的抗日将领，也出席了大会。这座“受降纪念坊”和“洽降会场”，已经成为侵略者玩火自焚的历史铁证，将永远供人瞻仰。

旅游与神游

但凡旅游，都是指身历其境，游目骋怀，这就是所谓“身游”，也就是我们说的“旅游”。好景当前，远挹近览；胜地乍临，左顾右盼，诚然大快胸襟。但光是身游，还不是旅游的最高境界，如果在身游中进一步而作神游，那才是达到了较高境界。历来最懂得神游的，应该数苏东坡。他在《念奴娇》中有句诗曰：“故国神游，多情应笑我，早生华发。”尽管苏东坡把黄州城外的赤壁错误地当作周瑜大破曹军的所在，但他驰骋丰富想象于历史长河之中，追求美好的理想于山容水态之外，情景交融，身心交驰，充分运用自己的历史地理知识，设身处地，体会古人在这片大好山河中是怎样生活和战斗过来的，这种乐趣才是无穷无尽的。更何况因此而激发起热爱祖国之情，益觉难能可贵。东坡在散文《前赤壁赋》中，先是大段描景，后来才借“客”的口里说出：“‘月明星稀，乌鹊南飞’，此非曹孟德之诗乎？西望夏口，东望武昌，山川相缪，郁乎苍苍，此非孟德之困于周郎者乎？方其（指孟德）破荆州，下江陵，顺流而东也，舳舻千里，旌旗蔽空，酾酒临江，横槊赋诗，固一世之雄也，而今安在哉？”可见写景的一段文字是身游，而后面的浮想联翩，吐语如珠就是神游。古典诗词的“怀古”“览古”，就是神游的录像和写真。同样，苏东坡在《念奴娇·赤壁怀古》中的“大江东去，浪淘尽，千古风流人物”“乱石穿空，惊涛拍岸，卷起千堆雪”，这几句都是“兴”，也就是风景描绘，但后面的“遥想公瑾当年，小乔初嫁了，雄姿英发。羽扇纶巾，谈笑间，樯橹灰飞烟灭”，这几句就是“赋”，是进入神游境界了。但从身游转化为神游，在诗歌里，必须有一关键语，起起承转合的作用。这首诗里的关键语就是“江山如画，一时多少豪杰”，眼下这样美好的河山，不禁让自己心醉目眩。再想想古人又是怎样在这条大江中活动过来的，于是遥想起周瑜在赤壁之战里，火逼阿瞒，建立大功的一番往事。这不正是身游大好河山，因进入神游而更添壮阔美丽吗？这不就是神游的境界，因身边的景物而得到印证和发扬蹈厉吗？古今交错，情景交融，使旅游变得更有意义，也更添乐趣。

又如王安石的《桂枝香·金陵怀古》，全文曰：

登临送目，正故国晚秋，天气初肃。千里澄江似练，翠峰如簇。归帆去棹残阳里，背西风，酒旗斜矗。彩舟云淡，星河鹭起，画图难足。

念往昔，繁华竞逐，叹门外楼头，悲恨相续。千古凭高对此，谩嗟荣辱。六朝旧事随流水，但寒烟衰草凝绿。至今商女，时时犹唱，后庭遗曲。

这首词也是抒写故国神游的代表作。上篇纯是写景，下篇由“念往昔”作为关键语起，进入了神游境界。像金陵这样壮丽的河山，谁不为之倾心颠倒！可惜陈后主只知道追逐繁华，结果是“门外韩擒虎，楼头张丽华”（杜牧《台城曲》）。当他正在和宠妃张丽华寻欢作乐时，隋朝兵临城下，做了隋将韩擒虎的俘虏，家破国亡，巍峨华丽的结绮，临春两座高阁，顷刻化为乌有，只落得衰草寒烟，一片凄凉景象。

以上苏、王两词，如果光是感旧怀古，还不是作者的原意，妙就妙在都对当时有现实意义。在苏东坡正值谪居黄州，慨叹自己年华渐老，而功名未成，事业未遂时，借周郎立功赤壁的故事抒发自己怀才不遇的无奈。王安石则是通过怀古，揭露六朝统治阶级的腐朽生活，以此为鉴，促使当时立国者的变法图强。因此，这两首词既怀古，又具有强烈的现实意义，终于成为千古传诵的名篇。

近人之作，如毛泽东的《浪淘沙·北戴河》也是这样。上片“大雨落幽燕，白浪滔天，秦皇岛外打鱼船。一片汪洋都不见，知向谁边？”纯是写景，而由于诗人的博识，引起了遐想，因此下片接着说：“往事越千年，魏武挥鞭，东临碣石有遗篇”，进入了神游境界。末了“萧瑟秋风今又是，换了人间”，又回到了现实。主题是写今昔之不同，歌唱了社会主义祖国的灿烂前途和劳动英雄的光辉形象。

现代旅游者如果能在游览名胜古迹、高山大川时也带着一点文化历史地理知识，那该多好啊！比如游览苏州时，能够知道一点“吴王宫里醉西施”的故事传说；游览杭州时，能知道一点“平章（即贾似道）醉后懒朝天”的南宋掌故；游览扬州时，能够知道一点“烟花三月下扬州”的炀帝遗闻；游览绍兴时，能知道一点“越王勾践破吴归”的史料逸事；游览潮州时，能够知道一点“雪拥蓝关马不前”的昌黎当时的遭遇，那么，在品山玩水的身游之外，尝试一下神游的意境，无疑会增加你旅游时的兴趣和收获的。或者，不一定要“激扬文字”，写出几首诗来，只要“指点江山”，跟旅伴们谈古说今，“遥想公瑾当年”一番，也可以畅叙幽情，得其所乐了。

唐代大诗人杜甫在《越王楼歌》中唱道：

楼下长江百丈清，山头落日半轮明。
君王旧迹今人赏，转见千秋万古情。

越王楼是唐太宗之子越王李贞任绵州刺史时所建的一座高楼。杜甫由陇入川，顺道登临眺览时，写出了“君王旧迹今人赏，转见千秋万古情”，也就是说神游能够唤起你的“千秋万古”之情，更觉祖国历史的悠久和河山的壮阔，从而激扬起爱国的热情。

梦游太虚幻，卧游如画饼，只有在身游中做一番神游，使美好的理想得江山戎马之助而更放异彩，那才是比较切合实际而收到实效的旅游。

朋友们，请尝试一下吧！

《桃花源记》的民间文学与发生地点说

作家通过吸收民间文学、民俗文化的丰富养料，经过提炼、熔铸，融入作品之中，这在古今中外文学史上极为常见。陶潜的《桃花源记》就是一个典型的例子。

《桃花源记》深藏着至少三个流传很广的传说故事的精髓，即“误入仙境”“秦人古洞”和“烂柯洞”（亦称“烂船洲”“烂柯山”）故事。

武陵人“缘溪行，忘路之远近。忽逢桃花林，夹岸数百步，中无杂树，芳草鲜美，落英缤纷……林尽水源，便得一山。”这里表面上是描绘桃花源的自然景观，实则是化用了东汉时已在民间相传的“误入仙境”的故事。南朝宋宗室刘义庆的《幽明录》载，刘晨、阮肇二人去天台山采药，因迷路而误入仙境，遇到两位“资质绝妙”的仙女，淹留仙境半载，待他们返回家乡，人间已过了七世，两位仙女因与凡人相爱婚媾，违犯天规，受到王母娘娘的惩戒，变成了仙源洞边的两座石峰。陶潜暗用了两位仙女因受罚而变形的故事，把彼“桃花洞”与此“桃花源”巧妙地联袂起来。

武陵人进入山洞，其中“土地平旷，屋舍俨然，有良田、美池、桑竹之属”“黄发垂髫”“怡然自乐”，洞中人还盛情款待陌生的闯入者，这与武陵山区“苗峦”家“吃排家饭”、五溪流域峒僚“串寨做客”极其相似。这“秦人古洞”的传说轶闻，陶潜信手拈来，略加点染，成为陶潜笔下的理想世界。另一方面，陶潜并非完全向壁虚构，他的创作是建立在民间传说，民俗文化之上的。

“秦人古洞”的传说轶闻，至今依然在“桃花源”的故乡——湘西桃源县桃花源镇（桃花村）一带流传。比如，上述武陵人所见“秦人古洞”内的风光景物及世俗之态，乃是其地“溪人”的社会风习和溪洞地貌的真实反映。可见，武陵山区、五溪流域、蒲湘之浦，苗、瑶、侗、壮等少数民族的原始遗风及好客习俗，千百年来一直在蔓延着、传承着。

《桃花源记》中蕴藏的第三个故事“烂船洲”，表现得更为含蓄。从字面上看，自“既出，得其船，便扶向路”到“太守即遣人随其往，寻向所志，遂迷，不复得路。”寥寥40来字，相当隐晦地表达出了桃花源仙境早已茫然，无法问津。正是所谓“山中方七日，世上已千年”。

关于“烂船洲”的载录，最初可能是“缆船洲”。《十道志》中载述，一渔郎缆船入仙洞，待渔郎从仙洞返回人间，船早已烂掉。至今，桃源县等地仍然流传着《烂船洲》的口头传说。故事的主人公叫王质，故事里说，王质跟母亲夜晚驾船从沅江由下而上，发现河边有亮光闪烁。为探究竟，王质把船驾到亮光附近，让母亲和船留在岸边，只身进入亮光傍水的山洞。他看到洞内有四个老头在下棋，难分难解，他也乐而忘返。到了下半夜，老头们端出一盘桃子来充饥，顺手给了王质一个，他只吃了半个，留下半个来准备带给母亲。四位仙翁吃了桃子散去，王质走出洞来，发现天已大亮。他去找母亲和船，却不见踪影，只见在原来停船的地方，出现一个像船一样的小洲，王质问河边打渔的人，得到的答复是：“很久很久以前，有一老妈妈死在了船上，船也烂在这里……”正如当地流传下来的顺口溜一样：“王质去求仙，一夜烂了船，洞内方七日，世上已千年。”

同一类型的传统故事也有题名“烂柯洞”或“烂树山”的。说的是一柴郎上山砍柴，进入仙洞深处，看见四个仙翁在下棋，他们边下棋边吃桃杏，“见者有份”。柴郎尝了鲜果，当四仙翁离去后，柴郎去拿他带去的砍柴斧时，发现斧柄已烂成泥土，只剩一块烂铁，他回到村里一打听，已经过去了几百年。这种“仙乡淹留”型的故事，在《水经注》《神仙记》《酉阳杂俎》等古籍及近现代民间故事集子中都可找到。

也许有人会问，陶潜的《桃花源记》蕴含着的就只是上述三个传说故事吗？“秦人古洞”传说轶闻除了《桃花源诗》中说到的“嬴氏乱天纪”，是否还有更深的文化内涵？笔者认为，借用作家同一时代的幻想故事（如上述六朝时所盛传的“烂柯洞”等神异故事），固然可抒发其政治理想，但在古今中外文坛屡见不鲜的，则往往是运用前代神话、传说、故事等为素材，经过精心的改造或再创造，以抒写作家、艺术家胸中的“块垒”。因为神话、传说、故事等前代的民族文化遗产，总是凝集着逝去的历史岁月。一层一层重要的文化积淀，更便于作家、艺术家有选择地、含蓄地运用他们去表现思想感情和反映社会问题。所以经过深入发掘，就会发现《桃花源记》中的故事里边还有故事，因而它所反映的时间、空间似乎并不止于六朝人的中古代及武陵山区、五溪流域，其时空坐标能延伸到上古时代以及梦泽（或古洞庭湖）一带。

笔者反复研读《桃花源记》，联系陶潜及其先世族属（其曾祖系分散于豫章、武陵一带溪峒并与苗瑶“蛮夷”有关的“溪人”），尤其是《桃花源诗》中“春蚕收长丝，秋熟靡王税”，认为《桃花源记》里暗藏着的“秦人古洞”传说的逸闻，蕴含着内容更古老、文化层次更深的神话传说，即于盘瓠神话关联的“千家峒”传说故事。

“桃花源”历来说法不一，一般认为是在湖南省桃源县。相传唐代有人在县城西南15公里水溪附近发现一个山坳，其地理位置和风物景观与陶潜描写的桃花源很相似，于是在此栽桃种草，修建亭台楼阁，遂以“桃花源”而扬名于世，这里至今仍保存着桃花源的名胜古迹。也有人认为桃花源是在弘农（今河南灵宝北）或上洛（今陕西商县），文中避秦之秦是指苻秦。还有人认为北京市平谷县和天津市蓟县交界处的盘山曾有“桃花源”，三国时的田畴在这里避难，曾建立过一个特殊的约束社会。陶潜思慕田畴的为人，寻访田畴的事迹，找到了一个现实中的桃花源。又有人认为桃花源在四川省酉阳县，那里有大酉洞，地理环境和陶潜所写的桃花源相似。汉高祖时曾改秦代的黔中郡为武陵郡并置酉阳县，一些古诗文中也把大酉洞和桃花源的故事联系到一起。以上诸说，与《桃花源记》的内容皆有一些联系。

不过，陶潜写“桃花源”意在假托一种理想社会，与当时的黑暗社会现实相对立，所以文中所写的“桃花源”，可以有一些现实的依据，并不一定确指某一具体地方，只是根据自己的政治理想，运用民间故事、传说为主的素材进行再创作，它与口承文化占主导地位的传统故事、歌谣等，在表达手段、创作方式及传统文化等方面都大相径庭。

《南山寺》诗之谜

王耀先生将李太白、杜少陵来游南郭寺的诗作收入他所主编的《南郭寺艺文录》一书之中了，这是一件大好事。近代中国的一位伟人说："诗被唐人作尽。"作尽了吗？我以为并非尽然。从唐以后特别是明清以及近代的诗人们对南郭寺的题咏中不难看出，代有新歌，代有新题材。在我们这个源远流长的诗歌国度里，被唐人作尽的是唐代的事物，唐代的题材，而唐代以后仍是代有翻新，代有新意。到过南郭寺的诗人们从南郭寺的各个不同角度发现新题材，咏物言志，各抒灵性，也达到了他们所追求的境界。当然，从诗歌的质量来看，特别是现代人的一些题咏作品却远未达到一般唐诗的高度，这是因为一些人不甘诗缘不深，而以非诗为诗；也有些人对南朝齐梁间诗人沈约等倡导的古典诗歌多样而灵活的格律不大明白，并且对后人所编的《诗韵合璧》之类的书中丰富想象性的表述方式不甚了然的缘故。至于个别人从古人诗词中袭用一些辞语，杂以时下新观点文字，营造些对偶句式等充作古诗，则更是等而下之的。

李白的《南山寺》是一首好诗，对唐朝时期南郭寺月夜宁静的描写真实感人，但这首诗与他后来豪放雄奇之风格不同，在太白全集上没有被选入，世人误认为是伪作。我以前编辑《天水历史名人》一书时就认为，此诗可能是太白幼年习作。是一个在文学上早熟的天才诗人，回到祖籍秦州，游南郭寺时所作，原诗第一句就足以说明李白万里归故乡的一种怡然心情。其族叔李阳冰在给《草堂集》写序时就说："自中原有事，公（指李白）避地八年，当时著述，十丧其九。"因此更不能认为李白全集中无此诗，就武断此诗非李白之作。

执诸学人雅士，不知以为然否？

附：李白《南山寺》

自此风尘远，山高月夜寒。
东泉澄澈底，西塔顶连天。
佛座灯常灿，禅房香半燃。
老僧三五众，古柏几千年。

《斜晖集》序

民国丙戌秋，余考入西北师范学院教育系，得识乡学长李承明君于中国文学系。君为国学大师黎劭西先生及门弟子。学海搜珊，文林味藻。槐市衣冠，鹿洞之春风可座；杏坛弦诵，鹅湖之化雨频沾。象细辨于龟龙，音徽兮乎舌齿。专业各异，不碍过从；斋室非遥，偏宜问字。此情此景，恍如昨日，而时间推移，将半个世纪矣。今年春，相值于天水市地方志评奖大会，白絮盈握，相对黯然。回首旧游，半已物化。其间个人之蹭蹬坎坷，不必述，亦不必问也。八月，余重返里门，承明兄出所著《斜晖集》四卷征序。余不敏，固辞弗获。披览之余，多读书札记、怀师念旧以及乡邑旧闻诸事。秀楮誊写，都六万余言。呜呼！浩劫十载，斯文凋零；闹剧一场，年华空逝。再生枯杨之稊，为有春雨；重绘桑榆之景，惊看虹霓。廉颇老矣，尚能立马；伏生不死，犹可传经。发为文章，掷地金石，余所以憧憬钦羡而卒不可企及者此也。虽然，以君之慧之才之识，四十年来，苟能授之以顺境，益之以关注，吾知其必有出蓝之微言，不世之述著，嘉惠士林有不可限量者，岂止光耀吾邑云尔！亦尝思之，爱国爱乡，初无轩轾。“瞻彼淇奥，绿竹猗猗”“维桑与梓，必恭敬止”。诵诗至此，未尝不掩卷歔欷而不能自已焉。吾邑自石作子以来，人文鼎盛，蔚为国光。洎乎近今，几于寂泯，有识者忧心焚如也。邦人士及为民牧者，观此书，悯此志，存亡绝续，尚思有所作为耶否？此老学长所不能明于言者，吾特表而出之。传曰：“桃李不言，下自成蹊”；“空谷足音，跫然而喜”。然而无有乎尔，则亦无有乎尔。

中华人民共和国成立后第一壬申之秋月

《陇上四友诗词选》序

癸酉四月，余于役里门，友人汪君丕丞以其整理编撰之《陇上四友诗词选》抄本见示。集录邑人李广田先生之《风雨残篇》，慎之兄《客窗诗词稿》，德林兄《天山诗词稿》，附以君作《禧年诗词稿》。四者各一百题，揖余而言曰："我与三人为倾盖交，今者三君已归道山，余辑其诗，盖寓悲思于纪念中耳，曷为我一序之。"余肃然而起曰："为斯义举深谊，焉敢以不文辞耶?"余与慎之兄订交有年，德林兄为天水诗词学会会员，与余有文字因缘，其殁也，均挽之以联；化西先生虽未谋面，幸得读其诗。遭际不同，诗风各异。慨自红羊浩劫，四君子或陷囹圄，或投极地。意其抑塞磊落积郁不平之气发为吟咏，必将振木穿石，不可遏止。然读其诗，则情浓而有味，与人无争，一种有为而发热爱生活之情愫跃然纸上，岂其不平之鸣，化为流烟尘灰耶?呜呼难矣！尝思古之仁人处不得意时，恒求心之所安，心安则气平，气平则何事不可为。只此一念，可判贤愚，四君子其庶几乎?且夫世俗之交，每视金帛酒肉之多寡有无，而品评第次焉。金帛足，酒肉厌，辄鼓腹谈笑，指天誓日，几可以同死生托妻子而无憾者。一朝时势变易，床头金尽，或"打入另册"，待遇各异，则视其人其家为洪水猛兽，避之唯恐不远，断之唯恐不速。昔所标榜之友谊，竟不知伊于胡底，不反目为仇，落井下石，亦云幸矣。而四友独能古道热肠，穷厄不能动其心，存殁不能移其志，交愈久而情愈笃，投赠互访，穆穆陶陶，羲皇以上之人曷多让焉！传曰："岁寒，然后知松柏之后凋也。"吾于四友见之矣。今汪君老而益壮，为诗不辍，且纂辑斯编，则此集之作因有可传者也。诗云："嘤其鸣矣，求其友声。"其信然矣。

1994年4月

搜集《陈柳洲小楷墨迹》的通信（代序）

圭如兄：

接奉手札，忭喜莫名！

书法艺术是我国文化和文明的有机组成部分。儒家开山祖师孔老夫子教授生徒，书法艺术定为六艺的必修课之一。大矣哉圣人之言！几千年来，书法已成为中华民族独有的传家瑰宝，孔子的言传身教与有力焉，微孔子吾其文盲乎！

天水人士对书法有着特殊的偏爱，代有传人，冯仲翔先生即其一也。柳洲兄弱冠时，即以遒紧绵密的小楷受知于仲翔先生，曾为先生楷书《麦积山石窟志》石印行世；以后先生每有著述，辄请柳洲缮写。犹忆我负笈兰州，一日，先生出《偕梅集》遍示座上客曰：“此墨迹出自天水一青年书家之手，刚柔相济，骨肉亭匀，法度谨严，功力扎实，令人品味不尽。”当时我不懂书道，但对先生得璞荆山，识骥蒲坂的欣欣之色，不禁肃然起敬焉。至今每读先生遗作，赏柳洲墨迹，未尝不感慨万千，思绪不可遏抑也。今吾兄深虑远瞩，欲收集柳洲有代表性的小楷墨迹，编次印行，是有益于天水文化建设的一件大好事，付之子孙亦是不可言喻的精神财富，应速进行。需弟处当竭力效劳也。

专此顺致

文祺！

张举鹏　上

1994年10月10日

附:

一、胡圭如先生来信

(上略)

陈柳洲先生年近八旬,一生谦逊,淡泊名利,独爱书法,笃学不倦。少年时代临摹赵孟頫、文徵明,壮岁时去江南工作,得暇精研当时名家沈尹默书作书论,熏陶感染,身体力行。如此锲而不舍地从书法优秀传统中汲取营养,逐渐打下了良好的基本功。随后审度自身意趣功力,主攻书法难度最大的小楷,经时既久,日臻成熟,颇得精妙之处。行笔往来,一丝不苟,清圆秀润中有挺劲浑厚之美,宛如晶莹珠玉,玲珑可爱,是富有审美意义和价值的书法艺术创作;在才俊云集的天水书坛独树一帜,给欣欣向荣的甘肃文艺百花园增色添彩。

"荟萃艺术精品,弘扬民族文化"是时代的呼唤,人民的需要。因而想到柳洲长期从事书法所创获的硕果确实难得,就应该立即着手,积极收集,否则时过境迁,随风散落,徒使人追悔莫及。故辑印他的小楷墨迹,正其时也。我们与柳洲知交有年,缓急相助,辑印之责自是义不容辞。特此函商,度必首肯。

顺致

撰安!

胡圭如

1994年10月5日

二、成书后陈柳洲先生感谢信

弟少贫失学,为人佣书,屈指数十年,呕心沥血,略获寸进,固不敢望跻身艺林,徒取虚名也。而今老矣,勉为至戚儿孙辈留尺幅片牍,用作纪念,止此而已,岂有它哉。诸公不弃布衣笔墨,既促成此编,复撰文推揭,直导雕虫入于大雅之堂者。孔子曰:"君子有成人之美。"韩愈曰:"名一艺者无不庸。"今公躬行圣人之道,于我兼而施之,非特宠赐于一身,适足为起衰兴文开新例也,岂不快哉!奉上《墨迹》一册。

(下略)

《古冀情韵》序

为什么我的眼里常含着泪水？
因为我对这土地爱得深沉……
——艾青《我爱这土地》

此刻，我书桌上放着《古冀情韵》组画一册，组画的作者叫杨望科，甘谷人，和我是同乡，而所画的又是甘谷的风景名胜。甘谷古称冀，画册名古冀者，说的就是甘谷。

在那“十年动乱”的年代里，望科属“老三届”，受了挫折，吃了苦头。徘徊了几年，才发现岁月流逝，青春蹉跎。经过一番痛苦的反思，于是拍案而起，把挫折嚼碎，化成一股在体内奔腾的热血；不光是把伤口抚平，而是往伤口里种了一粒花籽，想让伤痕变成美丽的艺术之花。他自幼受到家庭文化艺术的熏陶，无论时代和条件如何限制，都无法改变他对绘画的爱好。经过执着追求，日积月累，有了这本画册（尚有其他若干画册）。它的出现，多是作者结合自身从事建筑设计的特点，挤出闲暇时间，利用出差或学习的机会，在马路边、火车站、宾馆廊沿下，顶烈日，冒寒风，画就一幅幅写生稿。在生活与艺术艰难跋涉的道路上，作者见缝插针，对事物的观察、描绘，比一般人付出了更多的劳动。

我于是翻开画页，啊！大象山、姜维墓、蔡家寺……故乡古今建筑、名胜风景一件件尽收眼底，使我淡淡的思乡之情蓦然涌起，欲罢不能。乡思，犹如岁月打磨成的珠子，东一颗、西一颗，闪闪烁烁，我却串不成项链；犹如乐谱上的音符，个个好听，我却编不成曲调；无数的脚印散落在故乡的土地上，要捡起来却难乎其难。由思乡之情引起的乡愁，更是缠缠绵绵，不绝如缕。这乡愁不光全是凄苦，也蕴含了丰富的感情。是一张隽永的唱片，经得起一遍一遍地聆听；是一件珍藏的古董，闲来就可以把玩摩挲。今天，我一遍又一遍地认真翻阅这本组画，它为我又提供了一条神往故乡之路。

波兰的爱国音乐家肖邦在离开家乡时，从地上抓起一把泥土放在衣袋里，以表他对祖国情怀的寄托。他作的《田园交响曲》，充满了对乡土的热切怀念。

著名小说《飘》的女主人公郝斯嘉，以家园为赖以生存的寄托，在最艰难困苦的日子里，抓起地上的泥土向天发誓：从今以后不要再挨饥受饿！

“叛国”的爱国音乐家马思聪被迫偷渡香港，暂居美国，却将悲怆、思乡、怀亲念友之情化为音符，谱出凝重的新曲《相见难》，饱含着零丁洋上苦涩的海水，惶恐滩头说惶恐的沉沙，思乡者思乡的眼泪，屈死者屈死的呼喊……他那有名的曾经勾起多少炎黄子孙乡思之情的《思乡曲》，在异国他乡演奏，仍然是那样强烈地震撼着听众的心，同样也震撼着他自己的心。1985年，老画家叶浅予在一篇怀念马老的文章中说：“受过欺凌而被迫逃亡的人，最懂得祖国的可爱，爱国之心也最切。只有那些口口声声教训别人如何爱国，而自己却横着心凌辱普天下善良灵魂的人，才是真正的罪人。”叶老说出了真正爱国知识分子的普遍心声。足以说明，土地之于艺术家是灵感的源泉，是生命的依托。吾土吾民，正是文化血统一脉相承之所系。作者铁下心走这条路，走对了。

我对画是外行，却感谢上苍造化了直线和曲线这两种线条。

直线是一种最单纯、最明确的线。将它垂直，使人感到挺拔、延伸、高耸；将它水平，就感到平稳、宁静。作者用这两种线条来描绘亭台楼阁、江河山川及其他物体，确实使人感觉到小小画幅间有千仞之势。曲线中，你看抛物线洒脱，波状线流畅，回形线缠绵，螺旋线奇诡。因此，望科的笔下，崇山峻岭，是屹立着的曲线；江河溪流，是流动着的曲线；湖光潋滟，是抖动着的曲线；花草树木，更以曲线显示媚态，袅娜多姿，美轮美奂！

作者所探索的是一种从建筑画中脱胎而来的，将中国画与铅笔、钢笔画技法结合，通过直线、曲线以及各种手法巧妙融合的创作，来表现艺术家对世界的感情、对吾土吾民的感情和艺术家自己感情的世界，最终达到真善美的高度统一，这才是艺术的最高境界和最高追求。我想，望科也正是这样严格策励自己的。

望科以他是“被耽误的一代”而悔恨，然而，事在人为。以线条为例，在大千世界里，哪有那么多的直线让你去走？万事如意，只是人们对一种事物的良好祝愿。在生活的道路上，在攀登艺术高峰的道路上，不能奢望处处莺歌燕舞，遍地花红锦绿。泰山有十八盘的艰难曲线，登上顶峰才有“一览众山小”的爽快。唐僧取经，假如没有那九九八十一难，而是强迫佛祖从西天来个电传了事，那还有什么滋味？望科，你说是吗？

直线是力，曲线是美；力的延伸是努力，美就是艺术。艺术加努力，最真、最善、最美的境界是可以企及的。君不见曲线曲到妙处，往往就成了一个饱满的圆。望科正是以无数的点，用辛勤的汗水绘制着这个圆。而关心望科成就的好心人更期望他早日完成这个大而多彩的圆。

苍天不负有心人。佛说：“种什么因，结什么果。”望科，相信自己，以你对艺术的执着，定能成功！

丁丑夏日序于犹未悔斋

《艾叶诗百五十首》序

天水青年诗人艾叶的诗选即将付印，要我写一篇序。固辞不过，写些什么呢?

说实话，我不会作诗，却自幼喜欢阅读别人（包括古人和今人）的诗。品点优劣，评论得失，俨然是一位打了胜仗的升平将军。中华人民共和国成立前住在大学，在正课之余跟黎锦熙、王烜、冯国瑞诸先师学诗，也不过附庸风雅，迄无恒心，一直徘徊在格律诗词的大门之外。一九七九年，我到天水工作。天水素以甘肃第二城市著称，山灵水秀，人文鼎盛，诗词更是称雄一方，代有传人。“文革”以后，老一辈诗家凋零殆尽，诗坛一片寂静。有几位热心人士，约我重整旗鼓，恢复诗坛昔日盛况，公推我干些具体的事情，遂黾勉从事，以期无负重托，在青年人来稿中多方物色新秀，以张吾军。直到20世纪90年代初，忽然发现有署名“艾叶”其人者，诗作佳丽，读来如清风扑面，时有新意，不禁为之肃然动容。以后几年，经过多次接触，给人的感觉是待人热情有礼，急人之急，古道热肠，在新旧文学的不少领域多有涉猎，小有成就。即以格律诗而言，有些在遣词用语上难免稚嫩一些，但就总体上看，则意境高超，韵味盎然，甚至出奇制胜，另辟蹊径。在天水诗坛，确是一位不可多得的新秀。

说到诗歌，它是高度集中地概括反映社会生活和社会实践的产物，下笔之前，必须讲究构思，也就是古人所谓的“诗贵独创”。即使在同一题材中也应有自己的独特感受，达到构思新颖，别具一格，辞情并茂，情景交融，令人回味无穷。

这里我随便翻了艾叶的一首叫《农家》的诗来。诗曰：

雨笼绿柳雾笼花，溪竹桥头近水家。
谷雨新翻屋后地，一畦玉薯一畦瓜。

开头两句已把人引到一个恬静而又喧闹交织，恍如辋川画图的田园风光里，对于一溪春色，两岸垂杨，烟村二三月，柳暗花明的景色，似乎已经可以摸得着，看得见了。在这样的时光里，就要抓住时机，不误农时，新翻屋后地，现在是不需要像种大田那样粗放作业，而是一畦一畦地精雕细刻，争取丰收。读者通过想象和联想，心会其意，思想感情受到感染。这就是意境！这首短短的二十八字里，可以深层次地看到作者是如何构思主题，探索意境的。

作诗要有诗才，才是天赋。对于我们来说，是可遇而不可学得的。王安石在《伤仲永》一文的最后说了几句话，到今天还耐人寻味："今夫不受之天，固众人；又不受之人，得为众人而已耶?"艾叶写诗，天赋较好，悟性较高，可谓得天独厚，这是我所不能企及的。十年来，艾叶写诗的技巧、意境和功力，也在探索中不断前进，这都是可喜的现象。西哲有言："勤奋加天才等于成功。"我诚挚地希望，只要艾叶不断努力，多读多练多揣摩，就一定可以达到预期的高度，前途不可限量也。

这就算是序吧！

乙卯立冬我佛乡人写于犹未悔斋

《汪鸿谟书法作品集》序

（1999年）

孔门六艺，书居其一。由是而知书为学子之必修课也久矣。商周秦汉金石碑刻流传到今可得而见者，其书无不严整精妙，至今为法。两晋唐宋以来，书体大备，名家辈出，于是书艺各有师承，俱臻绝诣。民国以来，斯学渐见衰退，虽有精研者，惜不众矣。吾国独有之书法艺术，行将澌灭，可胜言哉！乡友汪君丕丞，幼即好学，兼及艺术，自少至老，手临碑帖垂六十余年，纵不能兼擅各体，而运笔结构之法，与夫神韵气势，莫不得于心、应于手，左右逢源矣。卒使技法娴熟，圆笔中锋，盖吾邑书道中之俊杰也。迩来汪君应甘谷县政协文史资料委员会、县老年书画研究会、县诗词学会之请，编成《汪鸿谟书法集》一书，倩余为序，坚辞不得，退而思焉。夫书艺何由而大工耶？不外富天才、明法度、深功力而已。天才不富则妙境难臻；功力不深则进步非易；法度不明则门径莫睹。天才受乎天，培之以学问而愈富；功力存乎己，持之以精勤而始深。此皆不待传习而得也。法度则不能焉，习则得之，不习则弗得。苟心存侥幸，一曝十寒，初学执管，即冀成家，其亦不自量也已矣。汪君敏于资而知奋，精于功而知深，严于法而知变。朝斯夕斯，寒斯暑斯，焚膏继晷，日就月将，甘苦自知，乃抵此境。呜呼！书道亦难矣。

兹叙吾所感，以告吾邑有志书道之青年学子，然乎否耶？兼以执之汪君。

《雪融新声》序

在能上档次的朋友中，可以分为两大类，即泛友和知友。泛友者，泛泛而交的朋友；知友者，知心而交的朋友。至于啮臂交，刎颈交等等，我没有遇到过，即便遇到，吾不敢也。20世纪70年代末，我来天水后，逐渐交了许多诗友。不知是谁教给我的交结诗友原则：德行第一，诗艺第二。天长日久，虽然交了不少朋友，他们或者只是偏于德，或者只是偏于艺，求其德艺双修，笃志好学，老而弥新之士，确有“踏破铁鞋”之感。十余年前，在北道的茫茫人海中，无心插柳，却得到了一个人，这就是温如春先生。他小我七岁，从政四十余年，而且多半时间是在搞党的理论宣教工作。正像有的同志对我说的那样，其人很正统，言必紧扣主题旋律，行必吻合大时代。我也觉得此人谦谦有礼，笃志好学，一望而知其为正人君子。他真正学诗的时间不长，大约是退休以后的事。我的诗友中有像温老这样几位知心之友，每当忙里偷闲，忽然想起来以后，总要像阿Q那样“飘飘然的似乎要飞去了”。今天他的诗集即将出版行世，要我写几句话，诗集稿本已经在我书桌上搁了一个多月，推辞不掉。前几天，他给我下了ultimatum，限定时日，我就爽快地写吧！

这本集子，我通读了两遍，其中有些好诗，还一读再读，不忍释手。他从政多年，习闻屡见的，就是田园景色、农家风光、城乡建设、褒贬时弊、颂党爱国以及言情抒怀等诗，无邪门歪道之干扰，无风花雪月之困惑，“我手写我口”，写的是家常便饭，里巷见闻，农家琐事，却能淡而有味，淡中出情，有一股时代清新之气扑面而来。本来，格律诗的历史价值就在于是否反映时代精神，紧贴时代气息。时代精神既表现在诗的内容中，也表现在诗的形式上，而首先是集中地表现于主题思想，作品的主题又与题材的选择密切相关，所以题材的开拓便成为加强时代精神的一个重要问题了。温老的诗，大到党和国家的诞辰、港澳回归、西部大开发，小到《山林小商店》《根雕》《院景》《晨女野采》等，都能一一拾掇，工雕细染，写出耐人寻味的诗句来。特别使人感动不已的是他《晚年学写诗》的诗篇。这首诗是先生在1994年初写的，距今将近10年了。诗曰：

闲吟谁问推敲辛，酷诵唐诗不记程。
拔地高峰凭毅力，远航大海赖精神。
年华惜取惊空逝，积学荒疏才问津。
老至始知分秒贵，便思一刻胜千金。

这是先生老当益壮学诗学吟的有力回响，是自学苦吟的见证。他用“高峰”“大海”来形容格律诗的高峻和深厚。现在他的青春年华已黯然消逝，“双鬓向人无再青”了，更知道学问的可贵，光阴的可贵，分秒的必争，要和时间抢速度了。不禁让人想起唐人杜秋娘的《金缕衣》中的诗句，“花开堪折直须折”，既是鞭策自己，也是勉励后学。而且他自励励人的诗篇，在这个集子中俯拾即是，如《候不应时》《信仰》《追随》《惜土》《贤君良方》《诚信》等篇，无不充溢着这位“言必主旋律”者的一片勖勉自励之情，是先生的自白，是先生的心声，也是先生一生处世为人的经验总结。至于有些诗句的锤炼，篇章的筹谋，那还是次要的了。这就是温老的诗不同于其他人的特色之一，也是我所最敬仰的重要原因。那些开口必曰利，三句必言钱的人，还有那些乞哀于昏夜，骄人于白日的等而下之之辈，其贤不尚岂可以道里计哉！

我和人谈诗，总爱说诗人要当时代的歌手。从温老诗集的名称看，“雪融”一词不须解释即可领会；“新声”一词，就使人想起唐人王昌龄的《从军行》来。诗曰：“琵琶起舞换新声，总是关山旧别情。”这就是唐代边塞诗人为人民而歌，急人民之所急所喊出的心声。我们可以想象，在“边庭流血成海水，武皇开边意未已”的形势下，前线的将士，即使再“换新声”，也不过是关山离别，征人思妇一类的调子，还能换出什么新声来？时代不同了，今天到处是生机勃勃，莺歌燕舞，一片和平建设的升平盛世。时代的歌手，就要唱出时代的新声来。温老的诗，已被人们评定为紧扣主题旋律，大众的歌手，就要唱出大时代的主旋律。唐诗宋词之所以风靡千载而不衰，就因为他们唱的是那个时代之歌，吟的是那个时代之事，和人民之声息息相连，诗才可以兴，可以观，可以群，可以怨，达到情景互生，物我交融的境界。

当代中国特别是西部正处在一个急剧变化的动态世界之中，正在经历着一场前所未有的深刻变革。这场变革的成功与否，变革中小有微绩或成绩卓著，在一定意义上说，要取决于全民族的当代意识水准和爱国主义水平。作为中国人民中一部分最敏感的歌手，要应当是得风气之先，大胆地深层次地去探索生活的本质，进一步深入地去发掘生活的诗意，热情地去讴歌新生活的破土萌芽、茁壮成长和开花结果，而不应当被种种陈旧的意识束缚住自己的头脑，躲在晋人设计的桃花源中，去吟他的“山隐秦关月，水流汉塞琴”来，丧失对新生活的敏感，成为伟大变革时代的落伍者。今天的中国，正像诗人歌德所说的：“这个世界是这样伟大和丰富，生活是这样充满着多样性，因此你要写诗歌，绝不会找不着主题。”（《歌德论诗》）

歌德是这样说的，问题在于落实，在于贯彻执行。我想，德艺并茂的温老是会不断首肯的。我呢，“虽不能至，然心向往之”！

《陇山小草》序

北道的甘泉是个好地方。我对甘泉有着特殊的感情，不仅因为那里山灵水秀，民风淳朴，主要是那里有杜工部行吟过的太平古刹，使人想起了邓宝珊、齐白石、冯国瑞诸先辈先师，还有义士张自振。那一幕幕往事注入心头，使我不能自已。今天才知道我的老朋友石廷秀先生也是甘泉人，他十多岁失学，现在的成就全靠他勤奋自学的结果。古人说的“艰难玉汝”，在廷秀身上比较充分地体现出来。前不久，他集录自己的诗稿一本（其中还有若干词曲小令新诗楹联等），洋洋洒洒，总名曰《陇山小草》，恭敬地请我给他写篇序。我读了以后，觉得这部诗集思想新，诗意美，题材广阔，贴近生活，在天水诗坛来说，是一部比较好的书。

自“五四”运动以来，传统诗词被“判处死刑”，新诗一下取代了诗坛的正宗地位，传统诗词便成了中华泱泱大国的“在野派”，长期被投闲置散，但却打而不倒。近二十年来，传统诗词借着改革开放的春风，那“野火烧不尽”的深根，纷纷破土出芽，呈现出一派引人注目的蓬勃景象。这是为什么？我的回答是，传统诗词这种形式，最体现了汉语特色，最反映了民族心理，它根植于深厚的民族土壤之中，也就富有了顽强的生命力。有人把这种现象称之为旧体诗词的复兴，它的确震动了我国当代诗坛。在这诗词复兴之际，廷秀先生就是北道创建麦积山诗社的一员闯将，一位急先锋。

诗的时代精神是什么？我认为，富有新意的现代思想内容，富有诗意的美丽意境，加上符合格律诗表达的艺术语言，三者有机结合，就能引人入胜，给人以美的感觉和艺术享受。我说，这样的诗词，实质上并非旧诗，而是体旧诗新。因为，它反映的是新生活，表现的是新思想，抒发的是新感情，这就是时代精神，是生活的主旋律。可以断言，这个时代永存，则这种诗词也永存。可是有些诗人至今抱残守缺，目不窥园，闭门造“诗”，“秦关”“汉月”，乐此不疲，像桃花源中人那样“不知有汉，无论魏晋”。这样造出来的诗，即便与唐风宋韵相去无几，也得不到人民的认可，何耶？因为它已经脱离了时代主旋律，与时代精神唱不到一个板眼上，辜负了时代歌手这顶高贵的桂冠，被时代所抛弃。廷秀先生在这片黄土地上，一起步就站得高一些，看得远一些，虽然在遣词铸句、艺术加工和格律形式等方面还欠完美，但从字里行间，却能使人闻到或已经闻到田野山间泥土的芬芳，闻到伟大时代农村、农业、农民的巨大变化，令人耳目一新。

廷秀先生的诗，语平韵畅，意深情真。细细揣摩，似乎除了力图反映出时代的精神风貌，还通过心灵的折射，认识客观世界，使客观世界渗透了诗人主观世界的精神因素。这就包含着诗人对生活的认识态度。社会生活中既有光明，也有黑暗，既有真善美，也有假丑恶。诗人或美之（肯定），或刺之（否定）。美和刺即是我们常说的歌颂和暴露，这也是我国诗歌的优良传统，是时代歌手所需要的。历史和现实说明，要使传统诗词表现时代精神，就必须继承和发扬这种“美刺”的传统，敢于反映生活，劝善惩恶，敢于褒贬得失，弘扬正气。这样的诗，最为广大读者所关注，也是最富时代精神，它也是诗和诗人社会职能和社会责任所决定的。廷秀先生有胆有识，做得很好，不禁使人浮一大白。《陇山小草》共有新旧体诗词四百五十首，其中讽喻暴露之作几占全集的五分之一，而且有些诗还刺得其所，刺得很有分量。这不能不说是社会民主的进步，是历史的进步，是改革开放的伟大成果之一。

当然，诗词艺术是无止境的。廷秀先生诗词中也有不足。如能在题材上再开拓一些，意境再深远一些，会更加完美。押韵和讲平仄，是我国诗词格律的基本要素，是诗的载体。押韵放宽，与时俱进；但是平仄对仗不可不讲。我相信，以廷秀先生对学诗的执着，成就不可限量也。

说不上是序言，聊以读后感看待吧！

二〇〇三年国际劳动节于犹未悔斋南窗下

《四清集》序

四清者，梅兰竹菊是也，是我国文化品位中的“四君子”。而《四清集》则是天水四位巾帼诗人的诗词合集。她们以“四清”冠以书名，以梅兰竹菊作各自的斋号，可见她们对高雅的人生境界和艺术境界的崇尚。她们在物欲障目的环境中去呵护一片净土，去守护一颗纯洁的心灵，不禁令人起敬。我仔细阅读了“四清”诗稿，确有“风乍起，吹皱一池春水”之感，清风扑面，妙语连珠。于是我决定接受她们的要求，为“四清”作序。

四位女史，在诗词创作的道路上都很勤奋。凡有节假日之类的闲暇，她们常聚在一起，拈题限韵，切磋诗艺。有时也邀我参加，又常常送来新作请教，这使我对她们的作品有了较多了解。应该说她们诗词的共性是清新、清芬、清雅、清纯，但又因各自的人生阅历、性格特点等之不同而形成了各自的作品风格。

雪香村客（梅）的绝句如行云流水，抓住要害，自出机杼。“春来锦绣逐云空，得意逢时上九重。轻薄可怜无骨力，沉浮升降借东风。”（《风筝》）似这样明白如话，直抒胸臆，又有寓意的诗在她的诗词中随处可见。而她的《山菜谣》三十韵，已经脍炙人口，酣畅淋漓，感人肺腑。她的词亦清新明快，贴近生活，贴近时代。如《鹧鸪天·村头趣事》:“离闹市，近桑麻，村头放牧小儿娃。争相比赛爬高树，‘猴子’当先光脚丫。”而《蝶恋花·雪梦怀人》上阕“欢畅雪原偕浪漫，笑声滚落梅花甸”，其中“偕”似不通，浪漫乃虚拟，何以能偕？此恰好为“欢畅雪原”作注脚也。而下阕“玉粉琼枝，风搅成凌乱”，可谓传神之笔。那么“人生风雨多相挟，精神当学三秋叶。三秋叶，苍山点染，笑迎霜雪。”（《忆秦娥·秋日登高》）当是梅的雪香性格所赋予她诗词充满活力的个性特点。

莳兰馆主（兰）自幼聪颖刻苦，自学成才，在诗词上独具灵气。“但觉春情怯冷雨，岂知秋意上华颠，为谁苦苦待江边？”（《浣溪沙·芦苇》）令人有“天寒翠袖薄，日暮倚修竹”之感。又《浣溪沙·雪》：“急为严寒寻旧梦，也知融暖化新泥。”想象出人意表，寒中寓暖，生机无限。她的咏物诗词似素描而又栩栩如生：“自漫剪六花飞絮，年年迎送，不负前缘。”（《扬州慢·梅》）闲淡而韵远，孤高而冰洁。山溪潺潺，有时也会清越铿锵，请看：“走进黄昏亦燃烧，献余晖，一念何曾灭。心灼灼，情炽热。”（《金缕曲·夏情》）是何等情热手炙，高昂壮烈，达到物我交融，颇有“乘长风破万里浪”之豪迈气势。

猗竹阁女史（竹）是天水诗坛成名较早的一位才女。她以填词见长，深情而含蓄。她的表现方法是即事写情，融情入景，令人品味不尽。有些词作就其思想内容来说，不过是惜别伤逝等，没有什么新名词、新概念，然而却能情意独到，得到不少人的赞扬和点评。《金缕曲》两首都是送别之作，一则曰：“问取窥窗月，照无眠，清晖一片，为谁圆缺？寻觅半生知己少。乍遇翻成轻别。”再则曰：“情字难描画。问从来，有谁量过，相思尺码？”真是情见乎辞，情深于辞，令人回肠荡气，击节不已。岂独伤心是小青，千载而下，有同调焉。再举她一首咏《唐明皇》的七绝：“南内西宫秋草长，狂风吹雨叹三郎。开元一代明天子，寂寞余生作上皇。”作者在这里把对唐明皇的恨、怨、可惜亦可怜的复杂心态描绘得很有特色，第三句只七个字，就将大唐王朝由盛转衰一语道尽，而表现手法却含蓄委婉，深得咏古三昧。

“小荷才露尖尖角，早有蜻蜓立上头。”以之形容沁菊轩女史（菊），可谓恰切得当。她是天水诗坛新秀，她捉笔学诗，勤学苦练而到忘我的境地，年纪轻轻便有了些创作积累，她的诗词同她的年龄般地可人灵动。“百子随风去，天涯万里芳。”（《蒲公英》）她的咏物诗，用拟人的手法去吟唱，对微不足道的生灵，能以处在低微境地的角度去感受。《咏蝉》诗曰：“不见青衣张翅客，唯惊满树韵情真。”在拜谒李广墓时，诗人发出“一生肝胆惊天地，何日吾王惜栋梁”，令人感慨不已！“河边漫步，屈子篇章悬日。竹萧萧，何人弄笛。烟波天际，任风吹声涩，不须归，雨飞云泣。”（《谢池春·端午》）又是如泣如诉，听猿三声，青衫大片湿透矣。

四位女史的诗作，这里点到为止，有心人去读，自然会品出其中味道来。当然，作品可挑剔之处也有，例如选材不够广泛，生活挖掘得不够深层，现代生活的气息相对较弱等；其次是遣词造句不能更多地贴近自然，得心应手；音韵的抑扬顿挫不尽优美，抑或还缺少余韵袅袅的

"味外味"。但是无论如何评论，天水是历史文化名城，文化底蕴深厚，在曾经诞生过徐淑、养育过苏若兰的土地上出现这四位女诗人，给天水增添了绮彩。老夫作为天水诗词学会的一分子，曾经亲眼看到她们在诗词道路上不断前进，也觉得荣幸之至了。

张举鹏谨序于犹未悔斋

2003年10月19日

《谨三艺趣》序

王金慎，甘谷史家坪人，和生我的那个村子相距不足千米，两村人来人往，相亲相爱。近年来，听家乡来人说，因两村生产增长，经济发展，户口也相应增加，故扩建旧居，新修院落，两村基本上合二而一了。恰在此时，金慎先生要我给他的书艺作品粹集作序。他虚心虔诚，彬彬有礼，衣着质朴无华，一迭声称我为老前辈，我能推辞掉吗？

从他的简历看，他诞生之年，正是日寇侵华的那一年，当时我才去县城上高小（即现在的五年级）。五年以后，我就外出求学，中华人民共和国成立后参加了工作，因历史原因，一直到粉碎“四人帮”后重新恢复工作。当时我的工作在天水，他的事业在甘谷，俩人逐渐由认识到熟悉。不久，他的书法之名已经掩盖了他的官职禄位，渐渐地在甘谷叫响了“魏（雨庵）、武（婴叟）、陈（冠英）、王（金慎）”这书法界的四大台柱来。四人书法各具神韵，各有特色。拿王金慎的书法来说，真是字如其人，其作品端庄稳健，朗润静穆，神完气足，火气全无，一看就知道是数十年苦练之功，不是一蹴而就的。真不容易啊！说到底，他的成就，始终贯穿了一个“恒”字。现在不少毛躁青年，他们朝学执笔，暮思勒石，想一鸣惊人，只能贻笑大方。

古人谈运笔之法，始于蔡邕。蔡琰述其父之言曰：“书肇于自然，自然既立，阴阳生焉；阴阳既生，形势出矣。”这说明字贵自然，自然贵取象，事实上象之美者皆自然也。周鼎商彝是镕铸而成，汉瓦秦砖是陶冶而成，龙门造像是锥凿而成，其他如“厥用既弘，体象有度，焕若星陈，郁若云布”的隶书，“方圆相参，气势雄强，风流蕴藉，典雅大方”的楷书，“纵横潇丽，参差飞天，俯仰自如，韵致悠然”的草书等，真是形式多样，体态万千，风格不同，各成一体。如果再配上文辞优美，意境深远的文字表述，真会把人置身于诗情画意的双重艺术享受之中，乐不思蜀了。

在金慎先生的这些书法精品中，还发现他的砚铭砚画、石刻拓片，刀法纯熟，逸趣横生，金石气、书卷气萃于一炉，戛戛爱煞人也。尚有韵文一束，他虽然没有专门学过格律，像他说的是“心血来潮”之作，但锤字炼句，很像那么一回事，有感而发，读起来情韵盎然。这三者是他的特长。“魏武陈王”给我县的精神文明作出的贡献是巨大的，现在，前三人已归道山，但我相信他们没有虚度此生，与世无争，心地坦然，活得很充实，甘谷人也不会忘记他们的。

“天意怜幽草，人间重晚晴。”天朗气清，惠风和畅，达则兼善天下，以你的管城毛颖，歌颂甘谷，绘出故乡，赞颂真善美，挞伐假丑恶，为故乡文化文明作出贡献。

记得中华人民共和国成立前，我们邻村的老人对史家坪村风特征的描绘是“秀才多”。余生也晚，史家坪的秀才虽未能见上，但在我的心中，秀才代表了读孔孟之书的人，讲仁说礼，父慈子孝，和睦相处，团结友爱，史家坪就是这样一代一代传承下来了。我四五十年没有去过史家坪了，金慎先生就是从小吃史家坪的五谷，喝史家坪的井水长大的。那么，那种“秀才村风”尚存否？那种质朴淳厚的民风像醇酒一样醉人迷人，我很想它。剪不断，理还乱，这也许就是乡愁吧，我说不上来，真的。

是为序。

张举鹏

二〇〇五年三月十八日

《冰河吟稿》序

中国人在孩子牙牙学语时，父母就会教唐诗。“床前明月光”呀，“欲穷千里目”呀，读起来朗朗上口，这些都是孩提时的必读之诗。优秀的中国古典诗词，就像春风细雨，世世代代滋润着中国人的心田，同时以润物无声的方式，不知不觉地塑造了中国人时代相因的哲学观念、审美心理、文化性格甚至思维方式。喜爱、阅读和吟诵古典诗词，已成为中国人的一种自觉的审美心理和文化需求。正是这种深厚的文化熏陶和长久的时间积淀，铸成了古典诗词稳定的艺术法则和美学范式，这也是中华诗词独特的民族形式。

王君明先生就是在这种氛围中成长的。先生在电视台工作，原先写小说、散文、现代新诗，不知是什么原因，却勒马回缰作起旧诗来了。经过这几年的勤学苦钻，写得很有味道。随便举一首：

《眼儿媚·听江南丝竹翠堤春晓》

窗外莺歌柳丝浓，幻影逐飞鸿。心期如絮，诗情如海，醉卧花丛。莫听锦瑟愁肠曲，烟雨四时蒙。卿心恬淡，我心温婉，欸乃渔翁。

这是君明畅想的幻境，却能把诗人、读者引入到诗情画意中来，给人们表现了一种特定的文化心境。应当指出的是，君明先生所步明朝唐伯虎（唐寅）原韵而作的七律《落花诗》三十首，空灵剔透、酣畅淋漓、险境丛生、奇想迭见。此诗本为桃花庵主以落花而感叹自身、影射社会之作，但到后来很多人只能是曲高和寡，望而却步。而作者却如曼殊散花，天孙织锦，如入山阴道中，游刃有余。诸如“漫山狂絮争飞白，夹岸夭桃乱点红”“送礼彬彬装礼貌，升官碌碌做官人”等联句，对仗何其稳妥，想象何其丰富，言辞何其痛切！其他如“浮名红袖最关愁”“秾枝直与晚霞明”“谁将造化主荣枯”等句，字里行间，俱见君明先生字斟句酌、惨淡经营之苦心，倘使子畏见之，必当首肯曰：“吾道不孤也！”

在二十一世纪的今天，面对当代的物质文明，面对高速度和快节奏，面对东西方文化碰撞、交汇背景下文化观念的流变，古典诗词的艺术形式和美学范式，也得随着时代的变迁和前进而变化发展。鲁迅《自题小像》不是把屈灵均的诗思和罗马神话中丘比特（cupid）神箭结合得很好吗？刘勰的《文心雕龙》中曰："时运交移，质文代变。"君明的《感东海时事（二首）》或可步其后尘也。

王国维在《人间词话》中说："能写真景物、真感情者，谓之有境界，否则谓之无境界。"因此他立下了为学的三境界，已为大家所熟悉，不再多述。所谓境界，其中最重要的就是在当代性上下功夫。聂绀弩先生说："吾生俯拾皆佳句，哪有工夫学古人？"元稹称颂杜甫时也说过："怜渠直道当时语，不著心源傍古人。"二人所言，如出一辙，都强调了诗歌应立足现实，立足当代，为人民而鼓呼，说时代的话，唱时代的歌。君明先生在这方面是尽了很大的努力的，如《满江红·敬步岳飞韵纪念抗战胜利六十周年》《浣溪沙·读新闻有感》《感东海时事二首》《连战、宋楚瑜相继访大陆感赋》《斥贪官》等诗，有的明白如话，有的别出心裁、沉郁雄宏、跌宕有致。至于其他写时代、生活的诗词还很多，或寓情于景，或情景交融，使人目不暇接。展望天水诗坛，我想引用鲁迅先生的两句诗（反其意而用之）："心事浩茫连广宇，于无声处听惊雷。"惜乎，余生之尚早也！

丙戌诗人节之前五日

《含笑庵诗词选》序

含笑庵主人的诗词有三百多首，决定要出版，要我写一篇序。

《含笑庵诗词选》的作者韩玉琳，是甘肃工业职业技术学院副教授。他在西北师大上学期间就酷爱诗词艺术，曾在报刊上发表现代诗歌。20世纪90年代末着眼于古典诗词的创作，退休后，则把全部精力投放到继承和发展古典诗词的创作上。最近几年他写的三百多首诗词，绝大部分是已在省内外诗词书刊或报纸上发表过的。作者有篇论文中曾说："诗词语言要精练含蓄有言外之意。"就这一点来说，作者在创作实践中也是不遗余力地去追求的。其中有些诗句在一定程度上也上升到了一定水平。如：

《天水市玉泉观》中"画桥欲上通仙路，天上人间一样难"；《高家湾唐林园咏怀》中"慈善为怀何有过？几番险作恶妖餐"；《水调歌头·龟凤山吟》中"游子凭栏醉，众里几人醒"；《水调歌头·西湖咏怀》中"早若金瓯富，何惧霸王鞭"；《新年有怀》中"安能身控日和月，挣得良辰奏韵弦"；《七十寿辰有怀》中"莫待芳华尽，再来愁对春"；《同饮》中"同饮千杯犹恨少，敢邀明月醉金盅"；《陇上夜怀南水北调》中"把酒醉论三峡水，何时作客陇西津"；《风暴吹倒新疆火车事有怀》中"向如绿色长城在，岂让狂飙祸世寰"；《杜甫屐履秦州吟》中"陇右诗笺研读后，始知沉郁动乾坤"；《石林镆铘峰》中"倘若可归仁侠有，定能斩尽佞邪贪"等等。

这些诗句都比较精练含蓄，在一定程度上能给读者以回味的余地，这与作者的勤奋努力是分不开的。

最近，作者写了一首《梦忆双亲》的七律，可以明显地看出为追求意境美所作的努力。

"豫州辞别双亲送，少小西游大漠东。节至倍思慈母泪，月明尤记倚栏翁。依稀庭院芳菲尽，仿佛碑坟萧瑟蒙。枕上婆娑萱室影，呼儿竟是梦魂空。”

诗中选用“豫州”“大漠东”，写出游子此去之遥。用“倍思”“尤记”写出父母送儿时恋恋不舍之情。以“芳菲尽”“萧瑟蒙”写出双亲去逝后碑坟荒芜、庭院破败的冷落凄凉的环境。结句用“萱室影”（母亲的身影）“呼儿梦魂空”，既篇末点题又深刻地抒发了因父母早逝，儿子无以回报的那种无可奈何的惋惜和悲伤之情。

诗集中尽管有些诗词的字词平仄是出格的，但作者始终坚持学古而不泥古，绝不因“平仄”以辞害意。例如《黄山飞来石》中“若无母身固，早坠千尺渊”，尽管句中用了拗救，可严格说来，诗中有的地方仍有失律之嫌。但就此诗的意境和象征意义以及所蕴含的孝悌之情和爱国思想来说，不能说不是一首较好的诗作。作者为了不以辞害意，既遵从格律又不拘泥格律，我认为这还是有点可取的。因为有继承，还要有发展、有改革。任何事物都不是一成不变的，不是停止不前的。当然，我们所说的发展，并不是完全抛开古典格律去随意写，而是在继承古典格律的基础上有所突破，有所创新。这个任务是艰巨的，也是任重而道远的，这就要求我们众多诗友不遗余力地在创作中去研磨、去挖掘、去发现、去总结。

诗词格律和诗词声韵的改革，是时代的要求，也是诗词艺术本身生存发展的需要。所谓“文律运周，日新其业，变则可久，通行不乏”，刘勰提出的这句包括诗韵在内的文学变通法则，是不以人们意志为转移的客观规律。那种不知格律为何物，便被格律所束缚的现实，已成为一些诗人的枷锁。不改革就没有出路，古典格律就只能自取灭亡。所谓“名理有常，体必资于故实”，这个“故实”，就是诗、词、曲等各文体定型后所形成的平仄交错、对粘的声律法则和韵字数量。但是“通变无穷，数必酌以新声”，道理很简单，当代人写诗填词，是供当代人民大众阅读和欣赏的，不是给古代的死人当贡品摆设的。这当然运用在全国推行半个世纪的普通话语音作为诗词创作审音用韵标准，再也没有必要抱着照抄平水韵的《佩文韵府》那本死韵去雕词凑韵了。

近几年，有人惊呼，传统诗词只能继承，不能改革，即所谓“原汁原味”。据说，康熙以皇权形式颁布的那本平水韵翻版《佩文韵府》是“祖宗成法”，即使发现问题，也只能“恪守祖训”“保持原状”，回到平水韵那儿去。清末，有一位叫高心夔的翰林，在两次例行的官职考试中，吃尽了这部死韵特别是十三元韵的亏。落选以后不禁发出“二年双四等，该死十三元”之叹了。因此用新诗韵去替代旧诗韵，已是大势所趋，人心所向了。在这里说句喜用旧韵的先生们所不愿听的话：在《佩文韵府》出版的那一年（康熙五十年），早就该寿终正寝了。勉强维持下去，必将导致一种诗体的衰落乃至死亡。

以现代诗韵来代替平水韵，难道不是历史的选择吗？

2008年4月22日于犹未悔斋

《天水历史成语解析》序

秋明和友良先生编著了《天水历史成语解析》一书，完稿后交给我看，并要我写一篇序言。文稿看后，对二位先生的研究很是敬佩，但对于写序之事却不敢当，因为我对成语是外行，怕说不准，但推辞不得，就写了以下这些话。

一切有生命的东西（包括飞禽走兽），当它向自身外的世界发出声音，表达某种欲念时，它就是一种语言；用笔写下来，它就是文字，只是禽言兽语我们听不懂而已。文字的进化过程是由繁到简的，语言也是如此。联合国总部四种通用的语言文字中，同一内容的文件，英语要写一页，而中文只半页就够了，俄文则需要三几页。感谢我们的祖先为我们造下了这样省时省力的文字！

在我国的汉字中，祖先为了在口述笔达中既准确明快又生动活泼，于是就产生了熟语。所谓熟语就是语言中基本定型的词组或句子，使用时一般不能任意改变其组织（即组成的句式）。熟语包括除了成语以外的诸如谚语、格言、歇后语甚至对联等等。如果把成语概括起来，就是习用的固定词组。在汉语中，成语多数为四字组成，组织多样，来源不一。有些成语可以从字面上去理解，如“万紫千红”“乘风破浪”等即是；有很多成语则是由故事、寓言中产生出来的，如“叶公好龙”“守株待兔”等即是，必须知道其来源才能知晓其意义。因此，我国文字中的成语，是国粹，是文字之瑰宝，是语言之明珠，要珍惜它、运用它。如果我们在日常生活中熟练地运用了它，那就会在你说话技巧、文章修辞、待人接物等方面起到意想不到的良好作用，会使你的语言充满生机，文章充满活力。

秋明、友良二位先生生于天水，长于天水，因而热爱家乡，热爱天水，以作为名城天水人而自豪。他们每想在天水的文化、文明建设中有所贡献，哪怕是增一块砖添一片瓦，也算是尽了赤子之心。这几年，他两人发现在我国浩繁的成语中，有很多源自天水，于是就想着将这散落在天水历史大地上的颗颗明珠收集起来，串在一起，使人们看到它耀眼的光辉。坐而论道，不如身体力行，于是他们夜以继日地工作，终于写成了这部专著。

这部著作的质量很高。一是主题鲜明，每一条成语都首见于天水历史上的人与事；二是融会贯通了天水历史文化和现实发展，会让人对天水这座历史文化名城产生更加新奇更加深刻的认识；三是成语数量多，本书收集到的成语竟多达数百条；四是旁征博引，解析深入，例证得当，读后可以大长知识；五是语言优美，读着含英咀华，使人有艺术的享受。

总之，我认为这样有分量的著述出版，不仅嘉惠学子，有益士民，而且会起到弘扬天水历史文化、推动天水文明建设、扩大天水知名度的良好作用，其功德不可限量。

再说点题外话，除了成语，天水历史文化中还有一些闪光的东西，如熟语中的天水格言、天水歇后语、天水谚语等等，期望二位先生能再次联手，为此洗污去尘，刮垢磨光，进行更深层次加工打造，为天水文化再作贡献，不知二位有没有这个意思?

是为序。

八三老人张举鹏序于犹未悔斋之北窗下

二〇〇六年浴佛节前五日

《青海雪原》诗集序

沁菊轩女史给我来信，说麦积山诗社陈放先生年届花甲才开始学诗，已能吟诵成章，同时附来几首作品，要我鉴赏并给他的诗集《青海雪原》作一篇序言。我赞赏陈放先生老而好学、老而学诗的勇气和毅力。附来诗稿中如：

“荷花滴露佛含笑，旭日浮香紫气生”句，虽是状物写景，确很有个性。

“诗词地面落，歌韵天空行。庭院凝明月，清风夜入门。”（《夜伴琴声》）把一个“对影成三人”“我歌月徘徊，我舞影零乱”“琴声隔院入帘来”的意境，烘托得有滋有味。循此前进，下决心学诗，天道酬勤，没有攻不破的难关。

这些日子，政协请我校注《名人信札》，发现了现代作家钟敬文先生给某人的复信很有意思，不妨抄出来供你一读。文曰：“作诗要名师指点固佳，如乏条件，自学亦可以成才，不外多读名作，动手动笔，不惮改动，多和同道商量而已。”这是钟敬文先生给自学者指明的方略。足下性既好学，在你的同行中男俊士、女秀才多的是，不患无明师循循善诱。这又是比那些自学者要高出一筹的地方。

作诗要钻进去，深入生活、细读生活、谱写生活，做大时代的吹鼓手。因为我们正处在一个伟大的历史转折时期，构成我们时代生活的主要内容，是建设中国特色的社会主义现代化强国，这是关系到祖国十三亿人民命运的神圣事业。因而诗歌所反映所具有的当代意识，正是这个神圣事业的主人公——当代历史创造者的意志愿望、心态主流的集中表现。这是一种能决定时代生活内容和发展趋向的精神力量，是我们这个多灾多难的中华民族在长期民主解放斗争中所形成的那种前赴后继、一往无前的浩然正气，在新的历史条件下的健康发展和升华。

一首好诗，可以使读者一见钟情，再读倾心，反复吟咏，其味无穷，即所谓“好诗不厌千回读”。诗中流动着的那种个性鲜明的情绪美、哲思美、意境美、韵律美等作用于读者，恰如一位绝代佳人“临去秋波那一转”，产生摄人心魄的魅力，使人经久不忘。或者说它字里行间流露出的清新自然的韵味，像一曲江南牧笛，至今也还“使味之者无极，闻之者动心”，是“诗之至也”（钟嵘《诗品》），而不是某种事物或场景的说明。是把采撷于生活中的诗意，通过“诗缘情而绮靡”的审美抒情手段，升华为“言在耳目之内，情寄八荒之表”的新鲜、独具特色的意象、意境，给读者以如情似梦、如临其境的艺术感觉。宋人梅圣俞的“状难写之景于目前，含不尽之意于言外”，使人“思而得之”的诗论名句，也许离升其堂奥不远了。

“双鬓向人无再青”，这是自然发展的规律，概不由己。而抢时间、争分秒之权，则操之自我，这一小小的自由，别人无权侵犯也。

愿先生好自为之。

乙酉岁除甘谷八二老人张举鹏

敬序于犹未悔斋之南窗下

《惜取轩吟稿》序

天水诗坛的特色，我曾以“阴盛阳衰，乡盛城衰，青盛老衰”这十二字概括之。有很多会内同志深有感触，认为此评价确是一语中的。有的同志却不解其意，向我质疑。

我之所谓“阴盛阳衰”，这是从性别上说的。会员中女士们的诗才诗作，胜过须眉男子，这是不争的事实。四位女诗人合辑的《四清集》一问世，即惊动了天水诗坛，在当今陇原诗坛，她们算是拔得了头筹。这一方面说明了女诗人们的创作水平已渐趋成熟，也证实了她们为振兴天水诗坛作出的努力。她们团结向上，以严肃认真的创作态度，积极进取的创作热情，注定成为天水诗坛的一支生力军。

所谓“乡盛城衰”，乃是指地域而言。在城市的青少年，多受经济大潮的冲击而注重价值观念和市场效应，对看起来既劳神又赔钱的诗词创作无心问津或问而不深、浮光掠影。而乡村的一些青年，却以纯朴天真的态势，对作诗填词全无顾忌，茶余饭后，吟唱几句抒情言志。初时会不太合辙，不太注意格律，而执着追求和打破砂锅问到底的态度，潜心钻研的精神却令人为之振奋。几年来，这支异军突起的农民诗人，已经散布天水各地，以铁路沿线的村庄为多。他们主要是依靠自己的力量，在诗社中的前途不可限量。

一提起“青盛老衰”，不禁使人黯然神伤。想当年学会初成立时，那些刚刚从“文革”劫难中解脱出来的老年人，一回到开始宽松的社会环境里，那种爱祖国、爱家乡、爱生活的激情便不可遏止，发为诗歌，情感奔放，如清泉喷涌、浪花迸射。但是好景不长，二十年来，疾病与衰老使这些曾经活跃在天水诗坛上的老将相继下世，剩下几个人（包括我在内）也是“而视茫茫，而发苍苍，而齿牙动摇”，推敲无力，思想迟钝，已不能有所作为了。这是自然发展的规律，谁也无法改变，就这样形成了使人不愿看到的“青盛老衰”现状。为此，对年轻人进行培养与扶持，使他们尽早担当重任，就成了我们迫不及待的艰巨任务了，天水诗坛的重新崛起要靠他们。可喜的是在三“盛”三“衰”形成的过程中，青年人总是在“盛”之列，为诗社正在或已经支撑门面，渐有起色。他们在创作实践中积极探索，也为诗社的公益事业争先恐后，义无反顾。麦积区的张晓刚，即是其中的一员。

晓刚是距北道镇不远的一位农村小学教师，勤勤恳恳，培育桃李，敏而好学，力求上进。其作品恪守格律，尤擅七言律句，诗句犹如清泉汩汩，沁人心脾。有些作品虽不能使人回肠荡气，但也能一读三叹，让人浮想联翩，确能给人以诗的感觉，诗的韵味；娓娓道来，如清风在户，明月在山，循此而进，何愁不能竿头再上，层楼再登，吟唱出更好的诗词作品来？

晓刚的诗，我最爱的有几联，一并录之。

“哪得雅兴访桃李？唯有深情系垅田。”

（《新春即事》）

新春到了，正是出门访友、拜年迎新之时，但作为农村教师，却须按捺住这份雅兴而寄情于垅亩之间，趁这寒假空闲，从农作中体会春天的乐趣，可谓真情表露无遗。

“炎凉茅舍饮茶夜，晦涩虚名未定时。”

（《咏晴雯》）

看过《红楼梦》，就会觉得作者对晴雯的身世、命运说得恰到好处。

“江树慢透浮云暖，碧柳烟堆巷影深。”

（《银坑村访友即景》）

此联关键全在一“透”一“堆”，即人们说的诗眼。细参即知诗人用心之苦矣。

“眼前历历牵肠事，纸上行行逝水情”。

（《赠艾叶先生》句）

艾叶的牵肠事很多，亏他絮絮如话家常，只以“纸上行行”四字了之，更觉文约事丰，余韵无穷。

“垄上奉牛缰欲挽，背中负子睡犹酣。”

（《江洛镇山村所见》句）

诗人观察事物就是那样敏锐和细腻，一下子抓住了当时当地的特点。

深秋九月垄上草黄，深山的农民还在踏霜耕作，丈夫扶着犁，妻子牵着牛，合着牛的步子亦步亦趋，丈夫要牛快走直吆喝，妻子怕牛走快，自己跟不上，一跑会惊醒背上酣睡的孩子。有的人也许注意到了这一情景，认为是一幅有趣的“秋耕图”，但诗人却不露声色，把这一画面嵌入红叶青林的美景之中，耕作的人是苦是乐，就由读者去领会了。

其他佳联甚多，不再一一叙述。总之，晓刚的诗，其触角之广，题材之多，情感之浓，刻画之细，想象之丰，我认为已经达到一定的深度。晓刚本人年轻稳练，勤奋好学，再过多年其诗作当另有一番天地。我说的天水诗词学会三“盛”三“衰”，到那时，诗社将是阴阳并茂，城乡共荣，老少同乐，穆穆棣棣，和乐且闲。料想晓刚在其间必能左右逢源，亦自得其乐，诗社幸甚，天水诗坛幸甚，晓刚勉乎哉！

是为序。

乙酉小雪

八二老人张举鹏于犹未悔斋

《莲香阁吟》序

薛方晴女士是甘肃秦安人。秦安古称成纪，系羲里娲乡，谪仙祖地，历来文明昌盛，诗书灿烂。薛女士本是教育家，大学毕业后一直从事教育工作，退休后又筹办高中补习学校，巨大成绩使她誉满桑梓。与此同时，她又是位诗人，诗词作品屡见报刊。她感情丰富，敏思好学，勤奋不懈，所写诗词已有八本之多。她打算将这些积极向上的诗篇留传给后人，希望我写篇序言之类的东西。于是，我将此稿重读一遍，觉得选取的诗词很好，淡远雅致、自然明快、主题隽永，算得上是上乘之作。我很想详细说说自己的感受，无奈正值病中，无力长时间握笔，只能简单地说上如下几句。

薛女士诗歌的最大特点是面向大众、通俗易读，我认为这样很好。诗歌必须大众化，必须反映时代，深入群众，深入生活，与大时代合拍，与时俱进。只有这样，诗歌才具有生命力，诗坛也会生机勃勃、朝霞万丈。当然，诗词本是高雅艺术，也有其一定的艺术标准。放弃这些标准，诗词也会从这一极端走向另一极端，这样也会是没有生命的东西，无生命力就无前途。所以孙中山说过："人人皆作诗，而中国无诗矣！"毛泽东也提出："不能搞诗歌卫星。"他们是针对诗歌创作中的极"左"思潮发出的警告。所以搞诗词曲，力求通俗易懂，且又不能失诗的意境。不论是格律诗或自由诗，就要坚决反对故作深奥，使读者看不懂倾向，又要力戒平庸流俗，诗意淡漠。在这点上，薛方晴女士结合得很好，值得大家学习。

"时运交移，质文代变。"（《文心雕龙》）我国公元前二三百年前就出现了屈原的《离骚》那样热爱国家和人民的诗歌，这正是我国光荣的传统，成为万代千秋吟唱的主旋律。为继承和发扬这种精神，诗歌创作，就必须从严要求自己，学习传统的佳作，了解现实世界，提高形象思维的水平，写出风格，写出特色，写出个性。当然，一个时代有一个时代的文学，一个时代有一个时代的诗歌。在当代，诗歌只有充分体现社会主义大时代的新题材、新思想、新感情、新诗韵，才能赢得广大青年的喜爱和赞赏，才能吸引他们不断地加入到诗词创作的行列中来，才能和人民同呼吸、共命运，一起歌唱人生与时代。诗歌创新和发展，既是诗人的自觉，需要诗人的细致观察和体验，也是诗歌自身生命运动的结果。鲁迅的《自题小像》就是把屈原的诗思和丘比特的爱神之箭结合得很好的例子。

从这本《莲香阁吟》中，我们可以看到作者的这种努力。

另外，薛方晴诗词用的是新声新韵，我觉得这很好，值得肯定。社会主义新时代用新声新韵写作诗词，这本是天经地义的事情。语言是人类重要的交际工具，它随着社会的发展而发展，也因时空的不同而变化。我国自秦以来，实现了车同轨、书同文，促进了各地区各民族的进步、社会经济文化的发展和交流。但是，他们在进行书同文的过程中，忘记了“文同声”的要求，因此全国语音各不相同。从元、明、清开始，北京成了我国政治、经济、文化的中心，以北京话为代表的北方方言在整个社会中已处于非常重要的地位。今天，我们进行诗词创作，就是要以《新华字典》为根据，广泛学习和运用新韵，不在声韵上大费心思而创佳作，读者也会乐于领会，乐于朗诵，乐于流传。当然，为了不割断历史，学习一些古四声知识是必要的，特别是从事古代文学研究的人更有必要。大量阅读和欣赏古人的文章、词章、诗词也是有帮助的。我的观点如此，愿与同行们共同探讨。

以上就算序言吧！

我佛乡人张举鹏于犹未悔斋北窗下
2008年3月15日

赵昌荣著《南郭寺》序

南郭寺是天水市近郊的一座颇负盛名的佛教寺院，背山面河，嘉木葱郁，历史悠久，“诗圣”“诗仙”都曾到过。院中有春秋柏一株，历两千余年而本固枝荣。此寺即以“南山古柏”而列入秦州八景，享誉陇上。中华人民共和国成立前，我来天水看望冯仲翔先师，陪同登了一次南郭寺。一进山门，就被各堂殿的匾对吸引住了，有的隽言快语、光彩照人；有的情景交融、耐人寻味；有的气势恢宏、切地切时；有的诗怀豪放、文笔沉雄。共同特点是用典自然，对仗工稳，使我大有如饮甘露、食饴糖之快感。次日独自上山，将楹联全部抄来，以后每一展卷，即逸兴盎然，逸趣横生。二十世纪九十年代初，天水的《伏羲故里楹联选》编辑出版，其中南郭寺的楹联，便是我凭记忆向这本书编纂者提供的。我认为，一个寺院的知名度，除了它本身的条件（诸如历史、地理、环境、遗迹等等），主要还需四大因素组成和支撑，一曰建筑艺术，二曰绘塑艺术，三曰匾对文化，四曰主持德行。当时之南郭寺，可以说四美皆备矣。一个山刹野寺，就已经十分真切地透露出当时天水文化底蕴之深厚，文化氛围之馥郁，使之历久弥新。这二十年来，经过政府和热心人士之努力，南郭寺面貌一新。虽然匾对泰半尚未恢复，却新增了《二妙轩碑廊》一座，为南郭寺锦上添花，为人文景观增加了又一层浓郁的文化气氛。我想，正在兴建的南山公园建成以后，南郭寺的胜景，岂止供陇东南人士游览而已，海内外人士，亦将联袂而至，先睹为快了。吾友赵昌荣先生编辑的《南郭寺》一书行将问世，这是第一次介绍南郭寺的一部专书，海内外游客，必将因这一专书的介绍而加深对这一古刹的了解。无法来游者，得此一册，闲时披阅，也可作卧游之一助，故乐而为之序。

《古今书画收藏集锦》序

中华古国，以其悠久之历史与璀璨之文明为世所崇，而追本穷源，根在天水。天水气候温润，人文鼎盛，传承创新，代有其人。忘年友天水文化艺术交流中心主任董君福元，得家庭书翰文典之濡染，兴长邦地厚人灵之衍育，而乃胸中丘壑，目无全牛，小隐市廛，亿则屡中。收藏翰墨、鉴赏书画、涉猎金石，触目皆是。以致仙客远来而窥秘，才人踵至而增华 。明清以下古字名迹百有余帧，皆积年搜求所得，且洋洋可观矣。而识真赝、品优劣，指点平章，类能拾中窍要。当谓余曰："吾欲尽吾所藏，理端倪、推款识，著而为书，名曰《古今书画收藏集锦》，以飨同好，以光吾业，思得先生之片言，以揄扬之，君望莫辞!"余美其言而嘉其志，乃为之序。

癸未秋立冬前三日我佛乡人张举鹏
于犹未悔斋之北窗下

《绛华楼诗集》编后记

《绛华楼诗集》及其续编系先师冯国瑞先生一生诗词曲作之结集也。先生壮岁负笈东南，尝汇其诗作曰《壮游草》，印数不多。抗战前夕，又在北平刊《绛华楼诗集》四卷。此后诗词创作，多散见于各种报刊，终先生之世，未能结集面世。

一九七九年，余即落实政策，遂来天水工作。天水为先生故里，访其旧居，则门墙依旧，庭树未荒，而斯人竟于百无一是坎坷困顿之余，早归道山。梁木倾坏，痛何如之！余不敏，始奋然以纂拾遗著自任，思为冯妇之一搏。顾浩劫十载，文物成灰，遗作搜求，岂易言哉？而先生之门人故旧，或闻风而来，或信札迭至，咸极推许，乐予将伯；先生长媳周贞吉女士孝思不匮，主持刊印。呜呼！三千尘劫，正气犹存；一息在兹，良知未泯，是不能不为之感奋兴起也。遗著搜访，艰难进行，个中酸苦，欲语还休。至一九九三年夏，未结集之诗词已积有成数，然鲁鱼亥豕，混杂其间，剔伪存真，又去十之三四，实得一百五十余首，合绛华楼原作共三百余首。《壮游草》将继续搜求，期在必得。兹应同学故旧之请，先将已得之遗诗刊印，统以《绛华楼诗集》名之，慰士林之殷望，存纪念之微意耳。集分正、续两编，以绛华楼原集为正编，存旧观焉；近年收集之诗为续编，词、曲皆统于此。结集估计，尚不及遗诗三分之一，然各个时期之作品或可略备于此。读其诗，想其人，其诗学根底，亦可以窥见鳞爪尔。

犹忆昔年求学国立西北师范学院，课余每持习作就教，先生口评笔削，顷刻立就，春风满座，感钦俱来。尝谓余曰："陇南文化积厚，代有传人，近今士子多不屑此道，耆旧垂垂老矣。异日雷门布鼓，重振诗风，吾子莫辞焉。"余初闻言，惶惧无以应答。日月不居，倏而解放，运动迭兴，余亦屡厄奇祸，宁有逸情高致为此雕虫技乎？今虽偶一为之，应事应景，徒灾梨枣，欲有淳闳博雅如先生者请业而质疑之，更将何处求得耶？剑钝书荒，空负师训，言念及此，正不知涕泪之何从也。

书《王海帆文集》后

陇西乡贤先辈王海帆先生，幼承庭训，壮游四方，亦仕亦戎，独来独往。旧社会积弊日深，致王公不能行其志，然犹能藐视强御，奋笔一击，其呈蒋、朱诸文，笔锋犀利，言切论激，如见孤傲之正气。尤系念于桑梓之饥馑兵戎，不仅陈之于电报，笔之于书简，而又捐之以巨金，范希文忧乐关怀，吾得而仿佛之矣。谓为仁人志士，岂虚妄哉！

吾尝见夫古今士大夫流，其困居乡里也，或好行小惠，或言不及义，甚或武断乡曲，白马非白，乡人有饥溺者，视之如秦越。王公之乡居不尔也，独善以修其身，兼济以成其志，地方史料，本修志之必需，贤士不屑为，王公优为之。集积地方史志资料之所渐，乡贤事迹之表出，王公不遗余力，情有独钟焉。谓为国之长者，乡之贤者，其谁曰不然！

所作古文辞及歌行诗词，则风调古雅，结构缜密，熔铸词采，驰骋想象。潇洒处如月移中天，静影沉璧；激昂处则万骑迸发，恣肆汪洋，不可究其涯际，置之宋元人集中，几不可辨。盖长期往来经史之间，含英咀华，而有成焉者，非止闾里之明珠，直陇上之翘楚矣。

谨以此书王公文集之后，并以告之王公嫡孙柏年贤者，使知数百里外，尚有倾心王公海帆者也。

我佛乡人张举鹏

二〇〇五年谷雨前六日

《天月明空集》后记

鸣呼！天亦有情，人谁无恨？银河清浅，淹织女之机丝；蕊殿玲珑，惊太真之魂梦。洛浦尘移，空想凌波仙子；汉皋人远，犹怜捐珮婵娟。武帝伤怀，有情同慨；白傅歌恨，终古一揆。天水何氏，紫芝山房之宾；姬周脉传，叔虞武王之弟。水部惊才，仲言逸藻。字学深藏六书，绘事穷究三昧。裁繁花之妙笔，曲叙悲思；剪秋月为冰心，顿兴怨慕。濡泪成章，洒柔情于天际；和血为铅，栽绮恨于园中。小窗风雨，初送梨花；半壁藓苔，又横梅影。侵老一身，想当日之铁窗；但将双泪，对明时之银井。已决策于外黄，世无张耳；谁录瑕于上蔡，人是季心。东家有女，枉用效颦；南史逢君，应为编传。于读恨语情词之余，有此不揣揄扬之赘。弁诸骥尾，留作鸿泥云尔。

《天水古树名木》后记

进入21世纪，伟大的中华民族开始了一个“拿出”的时代。西部大开发、加入WTO、申奥成功、“神五”飞天等等，无不是我们拿出的大手笔。拿出，不只需要实力和气魄，更是一种积极有为、勇于表现与开拓的新型思维和自信的心态。因此，“拿出一部标志性的作品”“拿出一阶段性的研究成果”，是新世纪对每一位专家、学者、教授的要求，也是这些人不断升华、主动挑战的自我要求。活跃潜在因素，促使科研取得无愧于昌明盛世的繁荣和进步，也成为专家、学者、教授的当务之急了。

刘红岩副教授是钻研生物和生物教育的，和我相交二十余年，已经有好几部著作，现又有一部即将问世。书名暂定曰《天水古树名木》，图文并茂，令人感慨系之。

天水原是一个森林资源十分丰富的地方，在距今7000—8000年以前，大地湾遗址的议会厅内，发现两根对称顶梁大柱，大柱圆周1.79米，直径57厘米，一个人抱不过来。这足以证明当时渭河以北地区森林中有的是大乔木，并已采伐利用于房屋建筑。按照当时生产力水平，当地的先民们不可能到远处取材，而是就近采伐清水河流域的林木。西周时期，由于林茂草肥，多产良马，《史记·秦本纪》中有专门记载。《诗经·秦风·小戎》以及《汉书·地理志》均有“板屋”（以板为屋）的记述。唐代的杜甫来秦州后，赞叹当时天水的驿亭是“丛篁低地碧，高柳半天青”；形容南郭寺的古柏是“老树空庭得”。宋朝的皇城开封，修建殿宇官邸的木材，还是仰给于今甘谷、武山，“岁获大木万本”。明朝乡贤胡缵宗在其《陇头水》一诗中仍说：“陇水到地，陇木接天。”那种森林茂密，大木葱郁的壮丽景观，成为陇上人民的骄傲。但是，以后因为诸种因素，加速了毁林进程。《乾隆版伏羌县志》有诗曰：“山为求薪形渐瘦。”《两当县志》有诗曰：“老树无有尽竹薪。”1950年，著名林学家梁希在小陇山林区勘察时，见到山区农民烧山垦殖的情况时有诗曰：“百载乔木一炬红，三年耕作又成空。老农他去觅新地，烧到山荒人更穷。”真是仁人之言，不忍卒读！森林多剃了光头，古树名木，正是烧炭作薪的绝好材料，还要你红岩先生去调查，去写有关专著吗？今天硕果仅存的千株百年以上的老树，也是在风侵雨欺，惊涛骇浪中经过一系列沧海桑田，千斧百凿，用自身顽强的毅力和生命力活了下来，傲笑苍穹，遗世独立，展现在人们面前。红岩先生就是在这样的大环境下立了雄心壮志，专门写了这部很有特色的大著作。这样深层次的专门针对天水古树名木的著作问世，在甘肃可谓独领风骚，得风气之先了。我为红岩贺，也为天水的古树名木贺！

众所周知，人是自然界的一部分，人的五官百骸，都是属于和存在于自然界的。关爱自然，就是关爱人类自身。历史上许多辉煌一时的古代文明，都因未能走出人与自然的异化怪圈而最终导致了自然生态链条上文明的断代和丢失。天水从“天河注水”到用水紧张，从林茂草肥到童山濯濯，这是人类对自然犯下的罪孽，也是自然对人类的惩罚。“以人为本”现在该到头脑清醒的时候了。恢复生态平衡，改善生存环境，反归自然，已经成为绿化祖国山川的永恒主题。“退耕还林还草”这远远不够，还应当加上一句：

“保护古树名木！”

祝红岩先生更上一层楼。

2004年6月

钦赐女状元张玉景女史传

乙酉重阳节前之七日，吾县八里湾乡张家坪村民张靖圆来，言及该村有故女状元之墓，倩余考证立传以记之。余骇然问曰：“国家自宋建隆元年至清光绪科场废止，千余年间，出状元三百四十一名，女性不与焉。史有书，国有传，家有谱，地方有志，非可以妄言讹传也。”因穷三月之力，翻阅明代要籍百余种，得《国略记闻》等典籍，确有记此事者，乃掇拾成文，以广流传。谨案：明巩昌府通渭县之南，张翁有女曰玉景，善拳击而秀美，不屑为女红事，父怪而问焉。曰：“将练弓马刀矛，为国家出力，女红焉用焉。”其父然之，乃伪饰男装，与男士同游同读，而人莫之识也。十五得武监生，领乡监，明成祖永乐三年贡京师，入成均，而伪装事发，论律以欺君枉上罪杀无赦。左右告帝，奇之，召对便殿，玉景向隅泣曰：“臣妾不图功名，只为乡亲瓦屋计耳，如所愿，虽死何憾!”帝嘉赏久之曰：“一弱女子而能念及乡亲，其胸志固不小矣，特赐尔状元衔。”开千古未有之奇局，钦命为宫中女教师，玉景再拜稽首，宫中呼为状元张教头，宫女嫔妃多从而师之。仁宗洪熙元年卒，享年三十九岁，临终，犹眷眷于故乡瓦房，而地方官早为修缮者玉景之力也。乃为卜地葬于村东，绘像建享堂，岁时祭祀，已五百八十余年矣。以后沧桑屡变，祠毁坟犁，墓地荒烟衰草，过者兴叹。今也山川无改，而西坪已划归甘谷，政治清明，人民安乐，爰立此碑，迁此坟地，使人知穷鄙不毛之地，尚有此一段传奇故事熠熠生辉，光耀门楣也。

甘肃前邓宝珊省长秘书，省诗词学会副会长，
天水市地方志编审，邑人张举鹏敬撰

珠算学家、全国珠算学会会员张世五先生家传

先生名曰其昌，字世五，晚号余生，甘谷新兴乡盘石村人也，大乡望殿圭公之次子也。母王氏，史家坪旧家，大总统题额并颁金质奖章、旌表节母王太夫人之女也。先世有隐德，累充乡饮介宾，敦礼睦邻，有望于乡。先生生而奇异，精计算运筹之术。甫入学，从家父学珠算，触手即通，家父目为奇才，号神童。未几，辍学从戎，由列兵梯升上校，而长兄文伯公中年殂丧，遂毅然归田，农耕奉亲。一九四九年后，屡经坎坷，迄无宁日，先生素性刚介，是非曲直之际，亦必辨理循名，不屈就，不干谒，耻谄奉，遂倍受屈辱，先生怡然自若，无悔也。

改革开放以后，枯杨生稊，精神焕发，以八秩高龄，思为国家有所作为，尽国民应尽之义务，于是重操算盘，购得算术古籍数种，不问寒暑雨旸，深入探求，苦思穷追。鸡既鸣矣，斗室中尚一灯荧荧，一盘滴答。鸠杖虚设，松鹤同清。昔者廉颇老矣，尚能强饭，盖先国家之急难也；伏生不死，犹力传经，盖继往圣之绝学也。先生僻居乡曲，无明师益友图书典籍先进设施之便，而能淡泊名利，不求闻达，一心以探求真知，方便后学为本旨，不言老，不服老，据鞍矍铄，顾盼自如，方之二子，曷多让焉，曾以米寿高龄，参加全国珠算竞赛，为我省历届参赛得奖年事最高之第一人，同行奇之，主持人拭目待之。

“狮子滚绣球”，本珠算传统算法之一，融四则混算于一炉，始见于明万历《盘球算法》，后世相传，皆师固有程式，不知变通。或惮于艰深，望而却步；或望洋兴叹，浅尝辄止。历四百余年，尚无窥其堂奥者。先生苦钻十年，乃豁然贯通，更得一捷算之法，屡试不爽。曾两次著文，刊登全国珠协主办之国家级科普刊物《珠算》杂志上，并附图谱八十一式，俾学子按图索骥，一目了然。明贤著《算法统宗》一书，载疑难题数百例，先生稍作思索，应手即解。而以《千文买百鸡》一题之解法尤为精粹便捷，刊入《珠算》杂志后，专家首肯，学子心折。某专家叹曰：

“初不意甘肃竟有人作此妙解也!”遂有书信往来，备述仰慕之忱。至于《两差估商法》及《革新珠算口诀》等文，皆先生智慧之结晶，科学之爝火，珠界之创见，行将见其不胫而走，传播海内矣。谓为甘肃珠算界之杰出人物，其谁云不宜。

曾致书于余曰：“忧患余生，岁月似电。太平盛世，花明柳暗。淡泊名利，心仪珠算。惠我乡人，了此心愿!”呜呼，可以得先生之素志矣。视彼日用心机，夜投暗石之徒，贤不肖为何如耶？先生求入珠算协会之心甚切，而天水市不收社会会员。殁后，中国珠算协会为肯定先生之贡献，决定破例追认为个人会员，亦可以告慰于地下矣。今之所谓名人者，不衡量对社会贡献之大小，率多论资排辈，甚或攘臂相争，先生之学行成就不为地方史乘所辑录，岂理之常耶？先生殁于一九九九年农历四月初五日，距生于一九一〇年农历四月初二日，得上寿九秩。其生也，四方珠算学者多以信函作学术上之探讨，先生手挥目送，肆意酬答，理藻泉涌，有古贤人风；殁后，又陆续得十余函，盖不知先生已归道山也。今读其文，想其人，徒令人百感丛集，不可遏已耳。

先生妻王孺人，殁于一九七二年农历九月十九日。子承祖，女瑞菊、瑞兰。承祖娶王凤菊生男一曰小鹏，女三曰小黉适黄、曰小彦适姚、曰葆贞在读。瑞菊与李俊德结婚，生男曰涛、曰伟，女曰莉。瑞兰与张广科结婚，生男曰宏桥、文杰，女曰文君、文彦。瑞菊广科皆早逝。小鹏与谢芳结婚，生两男曰克强、克毅。

今年为先生三周忌辰，哲嗣承祖君以先生行述相嘱托。呜呼，吾家与君家世代交好，先生吾叔辈也，同受磨难，又同逢明时。此二十年来，书札往还无间焉者。岁月不居，余亦垂垂老矣，乃述其梗概，以为吾邑增光耀彩，岂只供抑塞磊落之士扬眉吐气耶？采风君子其亦留意乎否？

谨传。

二〇〇二年

仝母老太夫人家传

（夫人生于一九一一年六月一日，殁于一九九九年四月一日，享寿八十八岁，今兹三周忌辰，谨传其事迹概略如右。）

辛巳秋，仝铁军先生托人转请余为其老太夫人撰家传。

我国数千年来，以道德治国，以礼教传世。常见贫苦之家教子守业延一线于不坠者，以妇女之功为多。今吾于仝母老夫人之行之德益见之矣。仝老夫人，河南登封人，聪慧贤良，明理守仪，善处邻里，团结妯娌，乡人多嘉许焉。一九四三年，河南水旱连年，加之战乱不息，赤地千里，存活无计，告乞无门，遂举家七口扶老携幼逃荒于甘肃之庆阳，初以讨饭为生，由于边区政府之抚恤，开荒、纺织、绩麻，吃苦耐劳，鸡鸣而起，斗转而息，含辛茹苦，供儿女上学。夫人治家严而有方，儿辈少违庭训，即遭斥责，泣涕告诫。常教儿女曰："惜衣惜饭，后福无穷。人穷志不穷，上进成才，乃我当初望也。"儿辈亦能闻言奋勉，衣被破旧，学业不辍，子女五人，大专毕业三人，有中高级职称医生三人，工程师一人，皆能专心服务社会，屡得表扬。此即可以慰母志也。

昔者孟母三迁，而成亚圣；欧母画荻而成大贤，千百年来，人盛称之。以愧夫世之轻率离婚，愤然出走，致家庭孙儿女幼于不顾者。仝母含辛独自抚育儿女，艰辛维难之苦可想，然坚强撑起一个家，乞讨纺织，教子成立，其志其行，尤有足称者，谓之贤母，谁曰不然，故传之。

王母郑太夫人三周年家传

王母郑太夫人，甘谷县八里湾大塔坪人，一九二四年农历六月十一日生，甫及笄，嫁王姓男，期年，被抓壮丁，音信全渺。一九五〇年，再与金山乡红岘村农民王瑞麟先生结婚，相夫教子，乡邻称贤。而先生于一九六九年溘逝，星霜坠地，风雨连天，一家八口，嗷嗷待哺。太夫人乃奋然以慈母之身，兼严父之任，春稼秋收，耕耘刨锄，作健如男，乡里以为难能。男钱女布，量计出入；寸丝半缕，辛勤纺织。鸡鸣而起，斗转而歇，未尝一日懈怠也。生四男三女，长子玉洁；次曰喜康，早逝；三曰喜泰，与四子喜祥同居务农；女曰莲娥，盖遗腹女也，随婿在酒钢退休；二女三女皆早逝。孙四人，王丹，在市计生委工作；王川，在甘农大攻读硕士学位；小川、小琦，均幼，业读。积善之家，必有余庆，其信然也。二十世纪七十年代初，天灾相逼，太夫人釜中生尘，度日维艰，仍教长子读书识字，不废所学，玉洁君秉承母志，淬砺奋发，一九七四年毕业于天水师专。噫！难矣哉！常训子曰："做人要有主见，处事贵在和平。"玉洁参加工作后，又谆谆以廉洁克己相勖勉。曰："贪赃枉法，误了国家，害了自己，损了阴德，儿其戒之。"今读其言，如闻其声，如见其人，浸浸乎女中清望，巾帼须眉，方之孟母、欧母，亦何逊焉？玉洁现任天水市扶贫办副主任，著有声绩。太夫人卒于二〇〇〇年农历九月初七，享年七十七岁，今兹三周年忌辰，玉洁君辗转请人求序于予，始得读其行状，其嘉言懿行，美德壶仪，洵足风世励俗，有功世道，敢不实录如左，以昭来兹耶？是为序。

公元二〇〇三年岁在癸未农历九月初七

陈公柳州先生八十寿序

盖闻大椿晖荫，衍八千岁之春秋；洪范陈畴，备九五福之寿考。况乎仁孝天成，凤毛济美者哉？今年农历七月二十二日，为天水大硕德陈柳州老人八旬荣庆，花含喜以迎人，酒孕香而介寿，松姿在望，葵向弥殷。先生弱冠，小楷书即超绝侪辈，硕宿每为心折。精研至老，法艺日进。踵门求字者，虽贩夫走卒，必使惬意而归。比岁以来，羽客黄冠，求写经卷者月有数起，更欣然命笔，日数千言不知倦。余尝怪而问之，先生慨然曰："诸恶莫作，众善奉行，此吾所以身体力行，终生不敢懈也，疲劳云乎哉?"噫吁！只此八字，古圣先哲诚正修齐治平之微言大义存乎其中，先生得之矣。更尝闻诸父老云："先生年甫十四，慈父弃养，萃举家之重负，赖一人之心力，困顿交织，艰苦备尝，卒偿继母柏舟之节，成弟妹庠序之教。"呜呼！难矣哉！平生不烟不酒，亦介亦和，谦恭淡泊，远利近仁，性明而修，行完而洁，古之君子，或未易见也。夫人汝陶淑女士，相夫教子，修己持家，不闻交谪之声，长表如宾之敬。子四，曰宁、曰宾、曰宽、曰宏，若兰若桂，作孝作忠。孙女六，孙男一，外孙男女各一，外曾孙一。仁孝获报乎昭代，寿征乃见；教子成名于升平，禄养允宜。松鹤同清，杖筇虚设；四世奕美，景福崇隆。同人等末光添附，高会欣逢。敬陈善事，敢上微言；义不取谀，文皆从实。琼山堆锦，看枝枝开益寿之花；蓬壶日长，愿岁岁进延龄之酒。

丙子年七月

姚母王太夫人九旬晋一寿序

公元一九九三年农历七月十三日，为姚母王太夫人九旬晋一介寿之期。时则海晏河清，间阎殷阜。国家奠开放之基，民人享改革之果。化日舒长，寿星炳朗。哲嗣秉荣君置身阛阓，开创鸿基。仆与太夫人累世通家，谊托松萝，幼即习闻坤德，长而无限钦迟。不润饰以文辞，曷导扬乎盛世？未揣谫陋，敢陈大略焉。太夫人系出名门，夙娴姆教。闺阃之内言不出，乡邻之令闻已昭。好逑既咏，内助实多。承欢以事姑嫜，戒旦以相夫子。提瓮出汲，共挽鹿车；椎髻布裙，相庄鸿案。女布男钱之出入，寸丝半粟之经营，固已俭德咸钦，壸仪共仰矣。乃太翁发昌公于民国三十七年六月十八日中年弃世，遽赴道山。膝下两女虽已择婿得人，而孤子秉荣年方十六，秉武才六岁。太夫人一灯相守，环堵萧然。携将弱息，发屡截而已斑；偷生人间，胆未丸而先苦。纺砖月落，犹闻机织之声；角枕星移，未歇尺刀之响。四十年惨淡持家，淬励教子，卒使苦尽甜来，否极瑞生。芬芳满室，植谢氏之蕙兰；荟翳参天，挺窦家之宝树。蔗境甘回，一门有庆；萱帷祐集，五世同堂。鸠杖怡情，凤毛济美。淑气萃金闺之福，祥光瞻宝婺之辉。此日兕觥介祉，天姥峰高；他年鹤算添筹，瑶池景艳。松姿鹤发，欣看福寿之无疆；兰膳蕙羹，亦知孝思之弥尽。骈俪惭于四六，颂诗穷乎八韵。诗曰：

（一）

鸠杖闲扶鹤冀垂，萱花不老万年枝。
欣逢称兕介眉目，应忆丸熊截发时。
麟脯遥从仙掌擘，风声远向绮筵吹。
彩衣好看莱斑舞，争诵南山松柏诗。

（二）

八千春又八千秋，仰望萱堂绿荫稠。
绕膝三多堪济美，传家五世早贻谋。
乡人介处琼浆溢，弧彩悬来瑞光浮。
宝婺星辉青鸟信，草名益母种瀛洲。

张母杨太夫人八旬晋六寿序

夫载福无疆，乃坤之厚；乐善不倦，实寿之基。因得气之春，故受天之祐。恭维秦城区苏城乡张沟村，张母杨太夫人，礼县北坡村人。书香门第，生而颖悟，内言不出于闺门，令誉早传于闾里。一九二五年来归，太翁赞襄先生，习读诗书，攻书善文。张氏本当地大户，一家三十余口，太夫人恪尽妇职，堪称贤助。承欢以事继姑，戒旦以相夫子。解衣推惠，妯娌感其恩勤；扑枣无争，邻里化其贤淑。积善为宝，随缘寺观，虽耗巨资而无怨。勤编织以代匮，量出入以节财。古之名媛，何以加焉！乃太翁中年遂捐馆舍，太夫人含苦忍悲，抚育两男两女，风雨凄凄，艰苦备尝；纺砖月落，宵火常明。不幸长男长女又先后逝世，太夫人志矢柏舟，节励松筠，男婚女嫁，各德其宜。长男朴树，遗孤曰瑛春，饮食教诲，保抱提携，又一身任之，甫年胜衣，便教之识字，稍有荒怠，即以“勤有功，嬉无益”之古训，剀切剖析训诫。后毕业于北京林业大学，现任甘肃省小陇山林业实验局储木场副场长。太夫人喜曰：“今而后，吾可以对尔祖尔父无憾矣。”次男朴木，曾任大队干部多年，生二子，长曰石儿，业农；次曰万田，毕业于天水农校，现供职北道区农牧局。曾孙三，军林、军义、虎林，皆幼。积四十余年之苦节，卒使甘回蔗境，祐集萱帏，四世同堂，乐何如之！今年腊月初六日，为太夫人八旬晋六荣庆，瑛春来请祝寿之文，操笔记实，缶鸣借献。此日巨觥介祉，欣看天姆之高峰；他年鹤算添筹，永驻蓬瀛之仙境。北堂之福寿无疆，南陔之孝思弥歆。

是为序。

天水辛氏史料家珍序

国有史，方有志，一家一族，而谱牒兴焉。无谱牒，则出处不明，爵里不辨，亲疏难论，更将何以清源流，详婚媾，慎嗣续耶？是谱之不可不讲也明矣。故凡礼门大户，无不以时修辑，垂之后裔，其事固重且大也。天水辛氏，胥号古姓。夏禹之子曰启，分支于莘，莘故址在今山东聊城西南。莘辛相近，因转为辛。商有辛甲，汉有辛武贤，至成帝时有辛庆忌者，仕汉为光禄大夫，拜左将军，以防匈奴西域，遂家狄道，狄道者今岷县也。何时迁秦州，陵谷变移，不可考其究竟。及启荣之身，已六十七世矣。史乘缺佚，有心人忧戚之。启荣愤然而起曰：欲续谱牒，曷先近亲，后列祖乎。至今而近者不屑取，而几十年之间，其近迹亦不可考矣，遑论远古！于是从启荣之祖父辛公始，序录其近宗，制为家谱，以传久远。余闻言而壮之，乃为之歌，用钦微劳。

天水古姓，其号曰辛。大禹之裔，赓存于今。
谱系虽亡，历千余春。荏苒迁就，乃及荣身。
爰立家谱，国庆家恩。昭穆既序，慎传子孙。
源头活水，实家之珍。子孙宝之，续修唯勤。

二〇〇七年岁次丁亥节序清明
我佛乡人八三叟张举鹏　敬序

李节母马凤英太夫人花甲荣寿序

云开绛阙，正寿星初见之期；花发幔亭，乃王母遥临之会。璇闺式训，增女界之荣华；宝婺腾辉，焕中天之光耀。天水李节母马凤英太夫人者，丰亨坐享，颐养安居。看凤毛之济美，抚孙辈以怡情。多福多寿，猗欤休哉！岁在丁丑孟冬既望，适逢太夫人花甲荣庆，时则港九回归，闾阎殷阜，国家奠有道之基，人民享无疆之福。呈太和之象，化日舒长；叶人瑞之征，寿星炳朗。哲嗣李蕴麟等服务人民，板舆亲迎于珠海；欢承燕寝，瞻依时留乎秦州。恭逢设帨，快睹称觞。习闻坤德，无任钦迟。不润饰以文章，何激扬乎世俗。恭维太夫人，系出名门，夙娴姆教。庄姝表度，循循师氏之箴；婉娩修仪，媞媞硕人之德。行年及笈，与天水西关李庭柱先生结缡，珩璜是饰，蘋藻肃将。承欢则人无间言，上食则夙谙姑性。解衣推惠，扑枣无争。孟德曜椎髻布裙，相庄鸿案；桓少君提瓮出汲，共挽鹿车。纺砖月落，龟手忘疲；角枕星移，鸡鸣戒旦，固已俭德咸钦，壶仪共仰矣。及太翁庭柱先生礼县辞教归里，岁逢龙蛇，赋悲鹏鸟。遽赴玉台之召，竟贻漆室之忧。太夫人英年寡居，未亡增痛。弱雏孤儿，长者年仅十六岁，幼者敷及三龄。室如悬磬，釜甑生尘。入门尽饥寒之声，升堂兴歌鹄之叹。星霜坠地，风雨连天。花有血而偏晕，竹非泪而奚斑。假令履满持盈，安丰处顺，木皆连理，草尽合欢，偕柳下以终身，赋桃夭而共老，惟见甘临之吉，谁知苦节之贞。太夫人城崩一痛，病卧三年，始而自矢靡他，愿随地下；继则抚育弱息，以身任之，以单位二十余元病休之费，赡室中二男四女衣食之需。碧海苍苍，视天梦梦；青春白昼，对之茫茫。乃专为人制作嫁衣，绱鞋补袜以贴家用，鸡鸣而起，斗转而息，每念遗经，更勤劝学。发屡截而已斑，胆未丸而先苦，孟机之教既严，窦桂之芳斯烈。悠悠二十年，未尝一日或闲，处常人难处之境界，历常人难历之困苦。天道有知，苦节不亏。长子蕴麟，于西安医学院毕业又获经济学硕士学位；次子蕴祥，于南京化工学院毕业，获经济学硕士学位；长女蕴姝，自学考试获大学文凭；次女蕴芬，获陕西师大数学硕士学位；三女蕴芳，获北京大学法律硕士学位；四女蕴惠，于东北财经学院毕业，获经济师职称。以言工作，或耀迹珠海、或腾翔故乡，勤奋工作，华声日起。故里人士至有以两龙四凤誉之者，非贤节母心血呕沥，辛苦鞠瘁，曷克臻此？比年以来，天水广播电视台三次播放贤母懿行，咸以操秉柏舟，含辛茹苦，乃能育子成器，功固不可没也。而今甘回蔗境，祜集萱堂。太夫人之仪态宛然，筇杖虚设；麻姑之风貌依旧，松鹤同清。芝兰绕膝，足慰高堂；宾客盈门，争瞻纱幔。固已极天伦之乐事，享人世之荣名矣。我等幸遇清时，恭逢盛会，冠裳济济，听歌天保九如；裙履翩翩，争效华封三祝。安期生枣大如瓜，西王母雪甜于蜜。助兰膳以进修，陪莱衣而祝暇。爰为制锦之词，聊作称觥之介。乃太夫人以为寿亦何荣，财毋枉费；俭乃美德，侈实浇风。菽水承欢，即是悦亲之道；家庭燕乐，便为娱老之方。何必拘于世俗，过为铺张哉！盖慈训煌煌，欲以救浮华之陋习；而孝思耿耿，总难忘鞠育之恩情。遂用扬太姒之徽音，假奚斯之颂语。用伸悃忱，敢上微言，此日兕觥介祉，咸瞻婳耀之长明，他年鹤算添筹，永卜春晖之不老。

是为序。

大懿范苦节张母衡太夫人行传

夫经霜历雪松柏之节弥坚，教子抚孙菩提之相本具。受天之佑，岂偶然哉！恭维张母衡太夫人，今甘谷衡家坪人，生父讳凤山，终身行医；母牛氏太夫人，生而令淑，长善工容。年甫及笄，与土桥村张式谷先生结婚，奉姑唯谨，相夫无违，邻里称贤。一九五〇年，先生以疾殁，寡妇弱息，伶仃孤苦。其兄秉玑君独能悯孤抚甥，恤慰有加。不久君亦无法往来，太夫人以羸顿之躯，当一家之生计，椎髻布裙，躬耕陇亩。以常人难忍之悲痛，行常人不能之志节，为常人不为之作务。胆未丸而先苦，发屡截而已斑。以身作则，训诫儿孙，爱惜布米，端正为人。相邻亲眷，固己志节，同钦阃仪，共仰孟母欧母曷多让焉。生女三，曰蒲花、蒲芳、芳花，皆适人；子一曰蒲贤，娶金福莲。孙二，长大平，国家干部；次维平，业农。曾孙男女各一，皆幼，大平所出也。此皆太夫人苦志茹辛，义方贻后，积德行孝之报也。天佑善人，天何言哉！乃于一九九八年十一月十七日驾鹤西去，悲夫！距生于一九一一年六月二十日，享寿八旬又八。犹忆二十余年前，余名列另册，编管乡曲，每至秋雨冬雪，辄来蒲贤家，数谒太夫人。热炕盘坐，煨罐罐茶，听太夫人絮絮话家常事，浇愤消愁，情景如昨。而仙逝已三寒暑，徒增孺慕耳。文短行不能尽述，仅以此足以风世道、励末俗，振聋发聩焉。

修建邓宝珊将军纪念亭碑记

邓宝珊，甘肃天水人，一八九四年生，一九六八年病逝于北京。早年参加辛亥革命和靖国军讨袁战争，孙中山曾致函勖勉有加。北伐时期，拥护三大政策，自助共产党人，营救革命青年。抗战时期，驻防榆林，与陕甘宁边区友邻相处，拒不参与历次反共高潮。毛主席函谢曰：“先生支撑北线，保护边区，为德之大，更不敢忘。”备极嘉许矣。一九四九年，促成北平和平解放。建国以后，任甘肃省省长、民革中央副主席等职，长期主持甘政，贯彻中央方针政策，尊重省委领导；体察民情，勤求民隐；作风民主，顾全大局；不蓄财货，不思逸乐；殷望祖国统一。多次视察天水，关切人民生活之改善，禁伐唐槐，心系名胜古迹之修复。将军不愧为著名爱国民主人士，党的忠实朋友。其一生行谊，国有书，史有载，毋容赘述。经省、市政协委员之提议与故乡人民之热望，市人民政府决定在南山森林公园择地修建纪念亭，请邓小平同志题写亭名，以供瞻仰，以昭来兹。呜呼！天水古郡，代出贤能；唯我邓公，毓秀钟灵；仁风善政，桑梓之荣；勿剪勿伐，甘棠是贞。

一九九四年初，奉天水市政府领导之命撰之。

甘谷县三烈士碑记

三烈士者，我县礼辛镇陈家庄中共地下党员陈世昌、陈义清、陈保豆三人也。谨按陈世昌，一九二一年生；陈义清，一九〇五年生；陈保豆，一九一〇年生。一九四七年十月，经中共陇右工委负责人毛得功介绍入党，同时成立支部，世昌任书记。卖地购枪，抗粮抗暴，开展工作，并资助同村贫困学生。一九四八年元月九日，工委负责人高建君、毛得功等率游击队由陇西等县奔袭安远镇，打击恶霸，攻占镇公所，缴获长短枪十一支以及子弹、布匹、白洋等，此即天水地区盛传之“安远事件”也。游击队往返均经陈家庄，食宿世昌家，安全转移。稍后，国民党天水专员督领天、甘、武、通等县县长率自卫队与骑校学员一千余人驻扎礼辛及附近各乡镇，搜查达二十余日，逮捕审讯地下党员家属与群众三十余人。此三人因叛徒告密，不幸被捕。审讯中滥施酷刑，体无完肤，但凛然正气，视死如归，劲节铁骨，彪炳百世矣。十一日牺牲于礼辛镇石桩沟口。半个世纪以来，陈庄人民思得当以光显之。尔来公议为三烈士树碑勒石，以慰英灵，以励来兹。陈镜谭同志为当时劫后余生者，请余为文以记之。三烈士之事迹，岂止闾里之荣，必将成为我甘谷爱国主义教育之基地，与山川同不朽矣。

一九九七年七月一日

【按】此碑是友人陈镜谭个人出资建立者。甘谷“安远事件”，镜谭实参与之，通信联络，安排食宿，功不可没。事件之后，镜谭即遁陇西，混迹于贩土布行中，敌搜捕未得。中华人民共和国成立，镜谭一直对三烈士想有所表示，离休以来，其志益坚，乃独资勒石，以垂永久，此碑即竖于三烈士牺牲之地，可谓得其所矣。今者丰碑森然，而镜谭老友已经溘逝，重读碑文，不禁老泪之纵横也。

重修香山道观碑记

天水仁寿山麓有香山道观，禅场不大而整秀，庙祠不多而庄严，布局井然，素有香火之胜。据传明神宗万历初，有马真人者始栖息于此，按真人生于建州即今之辽宁也。原栖真之寺庙毁于兵燹，遂入关至中原，而饥民纵横凋残，几无净土。真人毅然渡陇，止于秦州，登仁寿山，但觉浮云荡胸，气接混茫；二水分流，五城环抱，叹曰："此真琅環福地也！"遂于山麓林木深处筑土室居焉，苦心募化，于土室前首建观音殿，附近孟家庄有靳、马二善士助金最多。积数年，禅房、山门，第次草创，道院之规模初具，遂命名曰香山寺。考秦州尚存之志书，最早为乾隆版，其书即有城北香山寺之记载，并考之史书，则民间传说信非虚妄，创寺至今盖四百五十余年矣。其后屡兴屡替，延之一九六八年住寺坤道夏理清、乾道王诚真邀约首事者协商重修。一九八四年，适道士程信守来寺住持，更发宏愿，以重兴道场为己任，劳怨不辞，积香资、化布施，鸠工重修，山门、朝房、西殿、老君洞、玉皇洞共十七间、禅房十二间陆续落成，塑像五十七尊，重新大殿、祖师殿，光彩灿然，乃尊政府法令改今名。近年以来，每祖师观音诞辰，十方香客、游人士女远来膜拜、观光者踵相接焉。马真人土室尚存，今玉皇殿左侧保其原貌，示真人创寺之艰辛，以昭来兹，亦云善矣！传曰："莫为之前，虽美弗彰。"创寺固难矣，而守成光大尤难。程信守其善守成光大者欤！因为碑文以记其事，并将捐献十方施主姓名开列于此，以垂久远云尔。

古冀　张举鹏　敬撰

邑人　陈柳州　敬书

一九九六年岁次丙子二月十九日

住持　程信守　立石

重修天水玉泉观三清殿碑记

玉泉观在天靖山西麓，地近城郊，殿宇煌耀，誉为陇东南园林之冠。相传建观前为李唐王朝家庙，观内千岁古柏或可征信欤。史乘载，元至元间，长春真人丘处机弟子梁志通云游至此，爱兹山水之灵秀，遂结茅修真。常以玉泉之水为人治目疾，著奇效焉。知羲皇降生于斯土，乃发愿创修三清殿。至元十三年建成，今已七百余年矣！考之《道藏》云：三清者，玉清元始天尊、上清灵宝天尊、太清道德天尊也，为道教之最高神祇，尊大无与伦比，故此殿即镇山之宝殿，为用可知矣。其后州人士依山体之迂曲缭郁，陆续建成宫宇亭台，抱地势、斗檐牙，道观几兴几替，清初渐成规模，玉泉八景终形成焉。名流学士，春秋佳日，或结社畅游，或登高作赋；宗教节日，香客济济，裙屐翩翩，于蛮触蜗战中得此一片净土，亦足以赏心悦目，乐未央矣。民国以来，观中或驻军戎，或作学舍，古建多所颓圮，而三清殿亦于一九七八年倾毁，兹可惜也！十余年来，政府之宗教信仰自由政策日渐昌明，主持阎兴隆道长于葺补规复之余，即发愿修复三清殿，曾多方筹资，羽化后，继任燕明义及道俗善士一本初衷，积极募化集资，略有成数，于一九九五年古二月十一日在原址鸠工复建，一九九七年古五月十日竣工。檐里装修，面涧五间，重檐歇顶，附阶周匝。塑像彩绘，栩栩如生。鸟革翚飞，美哉奂焉。开光迎神之日，善士云集，祝文升霄，传为盛事。斯役也，共费资八十余万元，木料六百余方，主殿既成，纲举目张，岂只为名山生色，游人羽客，学者名士，亦将慕名接踵，登春台，享太牢矣。故乐为之记。

甘谷　张举鹏　敬撰
天水　陈柳州　敬书
陇县　张真管　镌刻
公元一九九八年岁次戊寅农历九月初九日　榖旦
天水玉泉观道管会　立石

重修秦州文庙碑记

秦州之文庙，壮丽为各县冠。始建于元成宗大德六年（公元一三〇二年），至今已七百年矣。其间多次重修，第十次为民国十四年（公元一九二五年）。八十年来，殿瓦零落，斗拱变形，地基下沉，金柱倾斜，濒临坍塌。为保护文化遗产，恢复文庙风貌，爰于公元二〇〇四年天水市秦州区人民政府成立维修工作领导小组，查阅史料，编制方案，邀请专家反复论证，同年二月动工，七月竣工，大成殿提高地基，戟门恢复旧观，建棂星门，塑孔子像，新修碑廓，花木扶疏，松柏郁郁，美奂庄严，颂为盛事，故乐为之记。

天水市秦州区人民政府立

张举鹏撰

二〇〇五年八月

何晓峰先生墓表

晓峰先生殁后之三年，其哲嗣国智、何萍、婉如及贤甥孙天宁来请表墓之文。余与先生相交二十年，每作长夜之谈而不知疲，故对先生之画德懿行知之较谂，理宜勒之贞珉以垂久远，岂可以老而不文辞之哉？先生何氏，名晓峰，字冰河，斋号紫芝山房，甘肃天水人。生于民国二十三年农历九月三十日，殁于二〇〇一年农历八月二十七日。书香门第，家学渊源，未冠，即从家藏历代书画名迹中心摹手追，得其三昧。弱冠，以《菊花》长卷在全国美展中一鸣惊人，被誉为“传统工笔花卉画派承先启后之人”。此后艺术生涯中，致力于国画创作，不拘一家，工写兼长。并遍游祖国名山大川，吸纳天地之精髓，形成清逸隽秀、温润含蓄、气韵生动之画风。多次参加全国及省内外展览并获奖，出版多种年历及作品集。其国画《百合花》等多幅作品藏于人民大会堂，不少作品流传欧美等国家及台湾地区。生前头衔甚多，主要有中国美术家学会会员、工艺美术学会以及中华诗词学会会员，获甘肃省工艺美术大师称号。书画作品在收藏市场备受青睐，至今片纸只字，久而弥珍。而先生恂恂如乡曲老农，乐善好施，不求回报，爱人助人，以诚交友。谓为天水书画界之旗帜，领袖群伦，其谁曰不然？擅诗词，有《天月明空集》行世。其诗丰神秀逸，一片天籁；词则情思缠绵，回肠荡气。余曾为之作序焉。洁行如此，乃两遭缧绁之灾，而非其罪，故能安贫乐道，达观知命，处困境淡如也。殁之日，里巷路人，识与不识，皆扼腕兴叹曰：“陇上失一艺术巨匠，广陵散于今绝矣！”及门弟子临丧多有垂涕如雨者。呜呼，先生可以不朽矣。谨表。

二〇〇四年

胡圭如先生墓志铭

胡宗璋，字圭如。先世为安徽凤阳五河县人，明洪武初天水胡氏始祖胡国用，随平陇右，留屯秦州卫，定居马跑泉，业农。明嘉靖万历年间，胡海任户部贵州吏司主事，赠奉政大夫；之子胡来缙为中宪大夫山西按察副使整饬雁平道；来缙之子胡忻官至太常寺少卿署正卿。修建南北宅子，使天水胡氏声望大振。

一九一六年农历正月初二，宗璋出生于北宅子，成纪胡氏十七代。其父胡长林（1891—1944），为当时名画家，尤以画竹石兰菊，有声于里。母常氏（1893—1961），敦厚仁慈。宗璋生而好文，博览群书，每有心悟，乃著文章。尝为楹联曰：爱国爱乡勉作东林后裔，无名无实乐为西鄙平民。历任天师附小教员、县政府教育委员、天水日报社、西北日报社、陇南日报社、通俗日报社记者等职。中华人民共和国成立后，任天水新华书店第一届经理、甘肃省新华书店图书股长、甘肃省文化局新闻出版科、群众艺术馆、戏曲艺术研究会编辑等职。“文革”中遭批斗迫害。其间1949年参军随王震将军进新疆弟胡宗琏，字西平（1926—1967）。入疆后任新疆建设兵团政治部、联络部干事、第二步兵学校供给处书记、八一面粉厂办公室兼政治部主任、党委副书记。亦惨遭迫害，含恨而亡，时年仅四十岁。为此，圭如身心交瘁，无限悲愤，度过了一生中最痛苦的十余年。

古稀之年，他应邀参加了天水市科委《天水科技报》的编辑、天水市地方志的编写、邓宝珊纪念亭的筹建等工作。撰写了一些天水地方名人传记，如《哈锐集》等，表彰乡贤，功德伟矣。尤以四处搜集胡氏历代文献资料，整理先人遗著《欲焚草》，续修《成纪胡氏族谱》，撰著《天水胡氏民居》等奉献为大。兄请陈柳州书写了他撰写的座右铭曰：“贱不耻、贫不移，圣人训、我之师， 渡深渊、临危时，终其生、甘如饴。”先德之苦心，虽百世优称焉。

二〇〇一年农历一月初八日，病故，享年八十五岁。

妻，张守信，字映雪。一九二〇年农历七月八日，出生于天水市，毕业于天水女师。一九四九年天水解放后，参加了居委会工作，后任大城街道办事处箭场里居民委员会主任。因工作踏实，勤奋认真，在居委会工作中做出了优异成绩，多次被评为先进工作者，曾当选为大城街道办事处人大代表。一生勤劳慈祥，在家为养育儿女，孝敬老人，照料丈夫，早起晚睡，忙碌不停；在外则为居民百姓，分忧解困，奔波不止，仁慈之心，垂千古矣。

二〇〇四年农历九月廿二日，病故，享年八十五岁，同葬韩家湾。

老友张举鹏谨表

二〇〇四年十二月五日

马建元先生德教碑碑文

原甘肃省立甘谷中学校长马建元（1911—1956），字乾一，我县西关马家庄人。一九三九年毕业于原国立中央大学生物系。我县旧有县立初中，为乡贤宋子材先生创建，此时校纪松弛，了无生机。适邑人宋公宾三留美归来，任省督学，见而忧之，思所以刷新而改革之，时马公在省垣得新职，在兰邑人争举荐之。马公毅然归里，义无反顾。入校之日，首崇教师之义，循循诱导，礼贤下士，唯德是举，唯才是用。千方百计扩校址，增学班。因念及全县合格小学教师之匮乏，遂创建师范，兼任校长，捐己薪俸，以奖助优秀。而厥功尤伟者，为设高中，变县立为省立。其恭敬桑梓，造福闾里之苦情，亦非片言可表者。学生考入京沪名校者与年俱增，学优行粹，声誉鹊起。为德之大，岂止青年学子破浪乘风耶哉！马公一九四一年任职，一九四九年底离任，前后盖九年矣。新中国成立后以曾任国大代表、三青团干事长等罪名入狱。一九五六年殁于酒泉劳改队中，骨殖遗弃当地。后虽平反，似为时已晚矣。虽然，可逝者吾师之形，不可逝者吾师之神。善人纵殃，天道奚言！怀明师兮风雨，念马公兮怆然。温温其度，蔼蔼其容，泽长渭水，峻极天门！

公元二〇〇九年清明节学生张举鹏泣述

天水镇重修青龙观记碑

出秦州西南八十余里，有一衢镇在焉，即今之天水镇，古天水县治也。考之地舆志，初疑为春秋西犬丘故址[1]，近以大堡子山发现秦先王陵墓证之，始信而有征矣。

其地处嶓冢、祁山之间，西汉水萦迴而过。镇北为太祖山，有故唐雷万春将军祠庙，西陬有龙头寺，东北为铁堂峡，杜子美流寓所经地耳，且有诗篇留焉[2]。东山之隅有青龙观，盖以山势蜿蜒如龙而名之。始创年代不可考，仅存残碣约四十字，不成句读，而“政和重修”诸字尚可辨识[3]，乃知重修至今将及千年矣。

父老相传，此观全盛时，殿宇崔巍，香火甚盛，古柏翳日，好鸟争鸣，盖一方之胜迹也。每逢农历三月二十日观音诞辰，则少长争驱，裙屐如云，社戏亦粉墨登场。当是时，钟磬丝鼓，谐奏太和，老子所谓登春台、享太牢者于此见之矣。“文革”之初，屡遭破坏，不数年夷为平地。一方之古迹废于一旦，有心人忧之。殆四凶翦除，政策宽松，政府亦迭申宗教信仰、文物保护之政策，而修复青龙观之议遂起。

经政府批准，一九九一年三月成立本观修复小组，公推马新院、武学文、武进前、杨有贵、王体体、何育才、李玉栋等主其事。诸人黾勉将事，庶民乐从，于原址规划重修。经营八年之久，正殿、配殿均已规复，道寮羽舍，略具规模，神像亦塑妆一新。其余各殿，日将次第恢复旧观。

今岁深秋，余偕二三诗友，登临纵目，则川原平旷，霜林如染，白墙红瓦，杂然其间。男女劳作，和乐升平，祁山、大堡诸峰隐约可见，真形胜之奥区，人间之福地也。尝思古人神道设教，所以引人向善，其用心良苦而成效不著者，何耶？世乱时危，上下壅闭故尔。今国人励精图治，日臻富强，苟再益之以向善教化之良意，导之以乐善济众之美行，使民讲信修睦，返璞归真，谋闭不与，盗乱不作，各安所业，共图兴复，则大同郅治之隆不难复见，而古镇之文明建设亦将日进无涯矣。古观云乎哉！爰为之铭曰：

犬丘故地，天水旧邦；山明水秀，民乐禾穰。青龙仙观，位列震方；赵宋重建，千载流长。十年厄运，伤被红羊；群力合志，殿宇重光。盘音戛玉，钟韵鸣霜；神之格思，永保祯祥。

公元二〇〇〇年九月一日立石
甘谷张举鹏敬撰
天水陈柳州敬书
天水何晓峰书额
陇县张真管镌刻

【题解】

碑在秦州区天水镇青龙观。2000年立石。高140厘米，宽68厘米。甘谷张举鹏敬撰，天水陈柳州敬书，天水何晓峰书额。保存完好。

【注释】

[1] 西犬丘故址学术界多有争议，或言在礼县红河乡、秦州区交界一带，或言在礼县、西和交界的长道镇附近，或言就在发现秦先祖陵的礼县大堡子山。

[2] 唐乾元二年（759）冬，杜甫由秦州南下同谷，途经铁堂峡，有《铁堂峡》诗。

[3] 政和：北宋徽宗的年号，共8年（1111—1118）。

维修魁星阁碑记

魁星阁，武山之名胜也。清乾隆五十六年由功德主汪潜为主，为聚山川之毓秀，集人文之灵气，汇全村群众之信仰而建成的两层楼阁。二百五十多年来，一直是陇右入川大道上的一颗耀眼明珠，风格独秀，景物宜人。

登楼远眺，群山环峙，峰展云舒，顿觉天地之苍茫；俯视脚下，万物皆小，一目了然，犹居仙境看人寰。二百年沧桑巨变，二百年疏于维修。魁星阁已壁画残缺，神像无存，墙体破裂，地基下沉，阁柱全部倾斜，随时都有倒塌之险。为此，村委会、镇政府于二〇〇二年四月着手抢救，四处求援，终无结果。七年后，由于四川“5·12”大地震的影响，危楼险情加剧，维修迫在眉睫。在县委、县政府的重视下，筹资八万元，中石油西北销售公司捐资二十万元，于二〇〇九年六月三日（农历乙丑年五月十一日），由永靖县古建筑工程公司承包维修，历时数月，使二百五十四年的魁星阁重现昔日风采。此举功德无量，村民老幼，无不欣悦，文人居士，无不赞颂。惟叹名阁维修之不易，遂著文以记之，永留后人。

朱府祭文三篇

祭父朱据之府君文

维

公元二〇〇〇年岁次庚辰正月初六日
孝子孝女（略）
谨以香烛表马果饭之仪致祭于
显考朱府君之灵前跪而祝曰：

唯我显考，慈惠温良。睦邻有道，教子有方。
满腹经纶，诗赋文章。忆昔幼学，山长门墙。
立品高尚，议论周详。壮年负笈，求学异乡。
云老激赏，诗文特长。回乡执教，教学优良。
运动叠兴，首遭祸殃。名列右榜，夹边新疆。
又遭劳改，遣送两当。爱国之情，始终未忘。
劳形憔悴，肤腑损伤。运交华盖，时值饥荒。
思家念子，忧思难忘。性命鸿毛，血泪沾裳。
落实政策，郁郁还乡。合家团圆，欢声一堂。
儿孙长大，皆能自强。常勉子孙，爱国爱乡。
永庇慈荫，长发其祥。天胡不吊，祸起路旁。
儿等不孝，救治无方。延至昨日，驾鹤西翔。
风不生悲，亲友哀伤。无父何恃，痛断肝肠。
仅存遗训，没齿不忘。逸乐必败，勤俭乃昌。
遗教在耳，经久不忘。唯我严父，铿此衷肠。
神灵在望，常佑其详。
呜呼哀哉，伏维
尚飨

亲友祭朱据之老师文

维

公元二〇〇〇年岁次庚辰正月初六日
主祭人：孙应德
陪祭人（略）
谨以香烛时馐之仪致祭于
大乡望朱老先生之灵前曰：

先生之品，肃穆端庄。先生之德，松茂梅芳。
先生之行，恭俭温良。先生之学，满腹文章。
先生之笔，秀丽端庄。先生之气，朗润轩昂。
胡天不吊，失我贤良。忆昔梓里，设帐同游。
说文析义，胜解穷求。文史通达，享誉秦州。
时值厄运，运动迭兴。名入右册，灾祸频仍。
远窜新疆，遥望玉门。人命微贱，等同沙尘。
哀哉先生，何以图存。更值饥馑，儿女幼龄。
啼饥号寒，野菜为生。落实政策，拨云见天。
祥光普照，合家团圆。首创诗社，诗赋联翩。
参加政协，积极建言。文史研究，备列馆员。
老年书画，参与其间。体质素健，当享永年。
今年溘逝，泣泗涟涟。失此文星，天胡不言。
人生如梦，露电飘逢。数不可知，理亦难明。
早识鬼趣，乐在其中。渭北春树，江东暮云。
思君不已，何处招魂。君其有灵，鉴此衷忱。
呜呼痛哉！
尚飨

祭母张慈君文

维

一九九一年六月廿二日孝男孝女（略）
谨具牲礼时馐之奠泣告于我先妣张慈君之灵堂前曰：

唯我慈母，贤惠恭温。夙承闱训，守礼为心。
柔嘉淑慎，抱璞怀文。庄姝表度，令范清芬。
及笄于归，喜气盈门。相夫鸿案，孝亲晨昏。
义方教子，爱姑推襟。躬劳井臼，荆布甘贫。
遭时厄运，家严覆盆。弱妹未晬，粒米无存。
劬育持家，集于一身。鸡鸣风雨，倍此艰辛。
星移斗转，儿女成人。阖家团聚，共乐天伦。
方期颐养，雪霜交侵。巫阳命驾，瑶池归真。
空有慈影，不闻徽音。昊天不吊，未报深恩。
幸能自立，堪慰慈亲。灵帏鉴兹，来格来歆。
伏维
尚飨

（以上三篇是为朱据之先生子女及亲友代写的祭文）

为筹组天水诗社征求社员小启

盖闻礼著同方，诗咏求友，际此尧封一统，耕锄有让畔之美，禹甸混同，村社多击壤之歌。兆民安堵，百业兴隆，太牢春台，无以过焉。我天水历史名城，文化吉邦，骚人墨士，何代无之。生际明时，靓山川之壮丽；讴歌盛世，抒爱国之激情。继承发扬，责在子肩，用是约集同志，创为诗社。诸君子声气相应，料能欣然惠顾。他日分韵拈题，各抒胸臆，无靡靡之乱耳，有雍雍之正声。芳园玉觞，岂惟青莲之逸兴；兰亭修禊，不羡右军之聚情。快哉盛矣，乐在其中。凡我同好，盍兴乎来。

诗社定于七月一日（星期日）下午三时在市文化馆会议室举行第一次集会，敬请届时参加是幸。

发起人：张举鹏　马永慎
朱据之　董晴野
1984年6月21日

为征集冯国瑞先生遗文手稿及手迹启事

冯国瑞（1901—1963)，字仲翔，甘肃天水人。早年经进士任承允亲传法乳，文思日进，弱冠受业王静安、梁任公之门，目为异才；中年以后，设帐金城，作育学子，智潮学海，口碑载途。一九五七年飞来横祸，渐至困顿潦倒，然犹一编在手，间以作述。诗宗老杜，词埒白石，考古释名，每多创见。秦公簋为青铜器时代之瑰宝，赖考释而名重京门：麦积山系东方雕塑艺术之明珠，经绍介而扬溢四海。爱国之心，报国之志，时见于字里行间有不能自已者。至于书法绘事，出入前贤，另成风格，片楮只字，人争宝之。著述有《壮游草》《泰州记 》《绛华楼诗集》《麦积山石窟志》《秦州出土之先秦铭器考释》《炳灵寺石窟勘察记》等，多成书于抗战期间。此后著述手稿，尤伙于前，或散见报刊，或藏诸师友。易箦之夕，犹谆谆以收拾流佚为嘱。今也墓木早拱，宿草寂寂，遗稿遗文，几成麟凤！陇上一代学人，身后遭遇如此，固应同声太息也。举鹏昔曾陪诸君子之后，随侍左右。悲马齿之徒增，惕遗命之在耳。目击心惊，徒呼否否；手长袖短，空书咄咄。忍令名宿血膏，竟委蔓草；爰得遗属推赞，力挽苍波。劫灰尽处，披沙或可得金；精诚来时，滴水信能穿石。三年求访，间有所获。然测以先生平昔著述，此不过大河之涓涓溪流耳，乌足以言全豹。诸学长潜心师承，令人肃敬。或有珍存，或见记忆，必能闻风兴起，共襄义举。如能慨然录示，或复印，或照片，或引搜求访问之线索，或示遗稿完成之年月。举鹏及其家属无不顶礼加额，竭忱欢迎也。一俟腋集有成，先行编排付梓，公诸同好，借传久远，则先师毕生之心血，将复见于尧封禹甸之盛世，为陇右文化遗产添一异彩；而诸君子求索协赞之功，亦当与先师遗著共不朽矣。临颖神驰，伫盼好音！

张举鹏　谨启

一九八九年十一月

《西部收藏》发刊词

我市收藏鉴定委员会在紧锣密鼓的欢快声中终于成立了。它的成立，标志着对全市文物收藏有一定评估鉴定能力的学者、专家、老前辈、教授、研究员，从事文化研究的工作者，为弘扬祖国传统文化，促进收藏事业的发展，积极引导和保护文化市场和文化消费者的切身利益和合法权益，不断增强收藏和鉴赏意识，为我市精神文明建设作出贡献。很荣幸的是，委员会还确定创办一种叫《西部收藏》的刊物，用实证来表示它是在满腔热忱地开拓视野，扩大与外地文化文物收藏界的联谊、学习和交流，以便取长补短，共同增长知识，提高技能。

艺术品的鉴定，是复杂而艰苦的创造性的精神劳动，历来的鉴定高手，都具有高尚修养，首先就是丰富的社会生活经验和扎实的专业知识。人们对文化文物理解和评判鉴定的过程，一般都从艺术形象的感受出发，即受到作品形象、内容和古旧程度的制约，又根据自己的生活经验、艺术观点和艺术兴趣而有所补充和丰富。因此，不同阶层的人们对作品就有不同的鉴定要求和有不尽相同的感受和评价。即使同一阶层的人们，由于生活习惯、阅历以及艺术修养、艺术感受能力的不同，在鉴定上也常常出现差异，但是要离开鉴赏，再好的艺术作品也无法发挥它的社会效益。

愿我们在“三个代表”的旗帜下，实事求是，互相学习，共同进步，把我市艺术收藏鉴定事业提到一个新的水平。

祝各位专家德艺日进！

恭喜发财！

头难，开头难

——我的回忆录

一天，好友红岩来我处，知道学校正在编写回忆录，要我也写一篇。我一年比一年老下去，多余的事不想揽，今天红岩来了，给我下了任务。我与红岩相交数十年，不得不写，而且还不得不写好，只得重新拿起笔来，重新写。

1979年夏，我在兰州落实了政策，因供职单位已撤销，遵照组织决定，被分配到新单位天水师专。当时学校正缺干部，我也愿意去。临行前的一天，我舅天枢公为我设家宴以壮行色，并问我有无新作品？我随便答曰：新得两句成句，与世无涉之言。

老冉冉其将至（屈原）

泉涓涓而始流（陶潜）

吾舅曰：泉字古代与钱、布同为货币名称，泉即是钱，只要努力工作，“泉”会奔涌澎湃而至的。余不觉泪下。

那个时候，天水师专教学科目有中文、英语、数学、物理、化学、美术、体育等，图书馆藏书约二十七万有零，蔚然大观，其藏书之丰，与新成立的四所师专相比，尚无出其右者。

我进校以后，由于学校的升格，老师的变动，师资缺乏，已成为当务之急。考入的第一、第二班学生，他们最大的愿望是提高自己，并取得学历。当时聘请的英语系主任即胡定一先生，年轻时毕业于西北大学英语系，学兼中西，深受我国英语大师水天同的青睐。由于众所周知的原因，胡先生身陷囹圄，饥寒冻馁、妻离子幼。始出大狱，即接到学校的聘函，以六十高龄，星夜驰校，进行招生备课事宜。到后来一人负责三个年级、三个班的教学任务，不喊苦、不叫累。一次去兰州开会，水天同问胡曰，颇思去美喝洋水否？胡曰：土水喝不完，洋水再不喝了。意思是说他要报效祖国，根在祖国，有做不完的事业，这就是一个中国知识分子的脊梁。化学系主任樊文礼每到寒暑假期，也不用催，也不用人动员，就自觉地脱下儒装，换上工人劳动服，埋头于实验仪器室中，修理仿制改装实验器械，经过改造使其发挥了机械威力，使用便当，师生赞扬。

这样简陋的设备，社会上免不了有些闲言碎语，如说这些学校是大学的校名，中学的师资，小学的设备。师生听到以后，只是埋头苦干，一笑置之。他们就是用苦干、苦学来回答社会上提出的各种问题和疑难。三年成绩斐然，有目共睹。物理系1982级毕业生当年曾有人考入美国名校留学，成为轰动全校的特大新闻。全省五个师专化学专业的评比中，天水师专独占鳌头。

为了将学校读书风气搞得浓浓的，学校工会适时举办了青年职工学习班。每晚学习半小时，春秋两季，酌给报酬，这对教师的鼓舞很大。

当时已有七个教学科，有的领导和教师希望能再增加几个系科，以壮声势，以求发展。

随后成立了生化科。地区师范原来就设有生物系，负责人王安民，此人中西医都懂，他一直想要恢复生物系。有一次趁学校领导去旧来新之机联合生物系教工，为新领导剀切进言。他们说道，科学家预言，21世纪，是生物学的世纪，20世纪末叶再不努力，以后再要捷足先登，就难乎其难了。所以说他们这番是向学校“请战”来的。他们在教学方面万事俱备，只欠东风（实践场地）。此后两年，学校似乎考虑到学单纯的生物学，不如再学一门化学，多一种学科，成立了生（物）化（学）科。成效如何，我不得而知，因为我已退下来了。

20世纪80年代初，学校的中药材仓库发现了几乎半仓库的北方中药材，一追根溯源，又是王安民干的。当“文革”初起时，学校的老师到南山水家沟农场去参加劳动，一到农场就被满山遍野的中药材给迷住了，有些还是当时紧缺药材。他请示领队同意后，每天背一捆，回家就放到药材仓库，后来为学校办中药房提供了保障。

在此，不由得让人想起学校安徽籍教授李某来。当时风声鹤唳，一夕数惊，有人问他来甘肃的动机，李答曰：“当时日寇相逼，为了不当亡国奴，间道逃到西北来的，也说明我的一颗爱国之心。”实为感动。

《师院春秋》2009年5月

甘肃文化界悼念追忆张举鹏先生逝世文章

缅怀恩师张举鹏先生二三事

廖海洋

又是重阳节，张举鹏先生弃世已经整整一年了。木叶飘飘，尽是追思信笺；渭波渺渺，皆为愁余诗行。金菊重绽，举目旧游能几；霜风凄紧，无非恼人天气。南郭嘉会已矣，玉泉雅集难再。诗成谁与，酒阑我哭。我作为张举鹏先生当年的学生和朋友，对于先生的辞世至为痛惜。今当一周年祭日，我把当年与先生交游的一些情景记下来，以寄哀思。不敢说是句句实录，但绝非妄言虚构。

奖掖后学

1994年，我在甘谷参加工作后，与本县诗界诸师长交游。他们经常向我提及先生的道德文章，使我对先生的崇敬日增、向往日隆。《渭滨吟草》上先生的诗词我总是留心研读，的确感到他学问很深，但却没有见面机会。两年后，我调至天水市工作。临行时，贾润民先生郑重对我说，张举鹏先生诗词文俱佳，到天水后可就近请教。我点头称是。

到天水后，我就去登门拜访，先生对年轻人非常看重，对我的来访很高兴。他看了我带去的诗稿，连连称好，令我感惭交并。随着交往的增多，我了解到，先生其实始终是奖掖后生，扶持新人的。只要有年轻人喜欢古典诗词，他总是百般鼓励、悉心栽培。我们年轻人诗中但有警策之句，他总是不吝赞誉之词，还经常挂在嘴边，广为传播。他多次提及我的词善用“我”字，其实，现在回过头看，固然这些词读来痛快，但并不合律入韵。先生当时完全是知道的，只不过是他为了鼓励我才择其善者而赞之，其不善者而隐之而已。但与此相映成趣的是，先生对诗界一些地位尊显、名头响亮的耆旧老人反而高标准、严要求，经常指摘其诗中瑕疵，并不通融。

正是因为先生爱护年轻人，我们年轻人也很敬重先生。无论是梅兰竹菊四位女君子，还是林幽子、艾叶和我，都很喜欢与先生交游。对于我们的习作，他热心指点，积极唱和，对于我们生活中的困难也是热心帮助。我想我是了解先生心思的，当今之世，人心浮动，急功近利，诗道虽存然后继乏人。先生隐忧日深，以老迈之身而怀时不我与之感。先生作为天水诗界领袖，以文化传承和诗道振兴为己任，所以希望我们这些年轻人尽快成长起来，好接过天水诗坛繁荣振兴的旗帜。为此，先生有意识地让我们多参加诗社采风活动和诗刊编辑工作，鼓励多组织一些文酒之会，多接触一些诗界人物。而我们也很感念先生的一片殷殷之情。

2000年，我调到兰州工作，大家在玉泉观雅集送我。先生很是怅惘，对我们说："我们几个都老了，原本想着让你们几个年轻人在诗词学会多做些事，谁知你要离开了。以前我看中林幽子，谁知他早就离开了，今后我们这一摊子还得有年轻人啊。"当时闻他言语，心中忐忑不安，心甚怏怏。如今离开天水倏忽十年有零，十年来为生计奔走，音信渐疏。而我已是满面尘灰烟火色，被白发欺人奈何。诗业荒废，面目可憎，回思天水交游，浑如梦寐，徒令人唏嘘。

雅集酬唱

拨乱反正后，先生设绛帐于秦州，树吟旌于渭滨，长期担任天水诗词学会常务副会长，为天水诗词的繁荣与发展作出了无可替代的贡献。早期，他和马永慎、马永惕二昆仲、周兆颐、何晓峰、周自强夫妇等人交游，吟风弄月、刻愁镂恨，颇为恬适自得。20世纪90年代以来，又多与我辈年轻人来往，他颇喜我们年轻，而我们不以他为老。我们经常聚会，这次在李宅，下次在张园，下下次又去了南郭寺。我们大家都有一种回到盛唐的感觉。而先生无疑是每次雅集的中心，最正中的那个位置如果不是他，那么这次雅集就会显得大为逊色。

先生性格宽厚、和蔼可亲。说话时有点"大辩若讷"的样子，其实口才很好，风趣幽默，善藏机锋，经常随机编一些小笑话，捎带出一些掌故。他在座时，必然满堂欢笑。

1998年8月，听说我要结婚，先生为我写了一副婚联：爱情事业双无价，才子佳人幸有之。横批是天作之合。这副对联为我的新房增色不少，我一直贴到2000年4月离开天水，期间过了两个春节也没换春联。

我新婚不久，即请先生及何晓峰等诗友共7人在家中聚会。座中，我提议分韵作诗，得到大家一致响应。因为连我在内共8人，所以经讨论选了千字文中的一句“寒来暑往、秋收冬藏”8个字作为韵脚。大家抓阄定韵，我得“往”字，先生得“藏”字。诗体不限，分韵后，大家即各自酝酿。何先生才思敏捷，不到十分钟即交稿，写下七绝二首。但先生仿佛没有这回事，继续谈笑自若，抽香烟、吃水果。等到大家陆续交卷时，他呵呵一笑，哎哟，我落后了，落后了，你们都才华横溢啊。看来我是不写不行了，真是难为人呢。当即索笔展纸，一挥而就，是一首《采桑子》，写得风趣活泼，博得了满堂彩。由于这一次雅集的愉快经历，之后的文酒之会便更多更频了。到我两年后离开天水时，已有四五次聚会，每次形式都是如此，只是把当时交卷变成了事后征集。离开天水后，我很遗憾很难再有这样美好的经历了，心中有个很强烈的想法，就是把当时这些雅集的诗编辑成册，名字就叫《渭滨酬唱集》，也算是对天水吟坛盛事的一个见证了。

仰之弥高

有一年春节，我去给先生拜年。一到门前，就看见门上挂的春联很不一般。联云：十年人比梅花冷，九死谁怜屈子忠。当时感觉词意冷峻，进门一问，果然是先生所撰所书。先生的当年遭遇不需我再复述，尽管他极少给我们讲当年的遭遇和心境，但从这副对联可以看出，先生是难于忘怀的，毕竟一生的黄金年华就那样蹉跎了，对联也算是对当年际遇的无声诉述了。

但是，先生却从不纠缠于过去，始终与党和国家的大政方针保持高度一致，在诗社开会、编辑《渭滨吟草》时多次强调，诗词要反映时代的脉搏，吟唱时代的高歌，要团结一致向前看，不要老沉浸在过去。同时他的诗词多为盛世新声、咏物寄怀等，也都充满了正能量。先生晚年将斋号从“更生斋”改为“犹未悔斋”，足见其初心不改，爱党、爱国、爱家乡的耿介忠直之心并未因此而消磨，对自己的理想志向更是老而弥坚了。

先生曾为何晓峰先生词集《天月明空集》写了一篇骈体序言。开篇即言：天亦有情，人谁无恨。通篇对仗工稳、用典精当，警策之句层见叠出，诗界传诵一时，恰与紫芝先生的绝妙好词双璧映照。

有一次，我和先生独坐，我郑重问他，当今天水吟坛，除先生之外，骈文写得好的人还有谁？其实我真正想问的是，你认为骈文写得最好的人是谁？先生略一沉吟，把头昂起，目光透过窗看向远处，然后又把头转回来看着我，徐徐言道："那就要算我了吧。"这个判断的确是中肯的。先生的骈文毋庸置疑在天水当代是最好的，无论是在天水当地生活的还是侨居在外地的，都无人能出其右，至今依然。我也不认为先生这么说就是狂妄骄傲，就是文人相轻。相反，我认为他这么说是最真诚的、最负责任的。

先生的白话文写得也很好。先生有时候很喜欢写白话文，他给别人写的序大多是白话文，写的一些评论和纪念性文字也往往爱用白话文。求他作序题碑的人纷至沓来，因精力所限，所以欠下的文债的确很多。

先生也是制联高手。先生告诉我，写对联一定要切合时间、地点、事件，最好的对联就是只能用于这个地方、这个事件，而不能是过年街头卖的春联，谁家都能挂。记得天水南郭寺大雄宝殿的对联就是先生所撰，该联充满禅机，对仗工稳，观者无不赞叹，恰为名胜增色。

先生暮年与我辈年轻人交游，心态很是年轻，这从他的诗词中轻易能够看到。先生的诗喜欢用时新词语，洋溢着时代气息，毫无陈腐痕迹，根本不像外界指摘说的老干部体。比如早在20世纪80年代后期和20世纪90年代初期，他的诗中就出现过拖拉机、塑料大棚、电视、卡拉OK等时髦词汇。先生属牛，记得他在上一个本命年时，写过三首咏牛诗，既写牛，又写自己，亦庄亦谐，意味深长。

"清渭无情极，愁时独向东。"老杜当年的凄怆谁人还能体会。先生已经永远离开人间诗坛了，我们的惋惜和怀念将长久存在。重阳节是诗人节，先生刚好赶上，相信天上的酬唱更加热闹。愿我们这些依然还有诗情诗思的人，能够写出更多更好的诗，这要算是对先生最好的纪念了。

于庚寅年重阳节前

廖海洋，甘肃甘谷人。甘肃省楹联学会副会长，甘肃省诗歌创作研究会副会长。

绛帐传薪远　渭滨遗爱多

——深切怀念恩师张举鹏先生

廖海洋

今年是2021年辛丑牛年，由此上溯八个牛年，就是1925乙丑牛年。那一年先生出生于甘谷县。如果他老人家还健在，应该是97岁的耆龄上寿了。令人惋惜的是，他已于上一个牛年2009己丑牛年的重阳节前一日跨鹤仙游了。重九日是传统的老人节，也是诗人节，应该是先生赴天上的文酒之会了。然而先生的仙逝，对于甘肃古典文学界，无疑是个巨大的损失；而留给我们亲友同道的，自然是无如之何的怀念了。人事倥偬，风云一纪；山河无恙，风雅半凋。近闻先生诗联文集即将面世，不禁欢欣鼓舞。在先生去世一周年之时，我曾写过一篇回忆和纪念与先生交往的小文，发表在当时的天水市诗词学会会刊《渭滨吟草》上，后来在某一年的重阳节也写过纪念先生的词。下面结合赏读先生作品，重新谈谈先生的学养和风采。

一、不改牛脾气　长存牛劲头

先生与牛结缘如此之深，的确是浸润了一些牛劲头和牛脾气的。他在上上一个牛年1997丁丑牛年写了两首七绝《牛年颂》：

一

斜卧谁知奉献真，芳名曾列鬼蛇神。
至今不改牛脾气，却有红心贵似金。

二

牧童挂角尚如初，安知今日世界殊。
科技飞腾讯息快，问郎牛背读何书。

这是两首写牛的咏物诗。古今所有优秀的咏物诗，都是意内言外、借题发挥、托物言志的，不是仅仅描摹物之外在形貌，而应引申发挥联系到世相人生，诚如姜白石所谓“咏物而不滞于物也”。先生显然深谙咏物诗的三昧，两首诗都是“不沾不脱，不即不离（明屠隆语）”，“斜卧”者自然是牛，很可能是老牛，但后缀以“奉献”这个新词语，自然就由物及人了。下一句以旷达诙谐之笔化用那段荒唐年代的令人胆战心惊的伟词“牛鬼蛇神”，对于老牛的命运就耐人寻味了。后两句语意一转，直接现身，表明心迹，既然我自认是奉献之牛，那么我初心不改，依然有一颗奉献之红心。第二首换了一个角度，作者先以唐李密牛角挂汉书这个著名的苦学典故起兴，然后指出当今之世，形势大变、科技腾飞、信息万变，那么求知者该读些什么书呢？这一首牛只是一个引子了，重在表达求知治学要与时俱进、因时制宜，要经世致用，不读过时之书。在诗中，他用了“科技”“腾飞”“讯息”“世界殊”等新词汇，从这首诗中可以清楚看到这个古稀老人心态是多么的旷达，眼界是多么的超远，而“牛劲”是多么的充沛。

先生的牛劲头早有端倪。1949年6月，时年24岁在西北师大教育系上大三的他，加入了中共地下党。1949年3月29日，在兰州爆发了抗议时任甘肃省长郭寄峤搜刮民财的学生运动。行动是兰州地下党组织发起的，抗议力量以西北师大在校学生为主，先生是重要参与者之一。事后，先生曾有长诗以纪其盛。1988年3月，西北师大召开纪念“三二九”运动四十周年座谈会，先生应邀参加，追怀往事，情难自已，即席填了一首《念奴娇》词：

一椎博浪，四十年过了，白沙如裂。慷慨悲歌列队走，直指魔宫狼窟。卷地狂潮，揭天意气，拼此一腔血。风雷激荡，昔年父老犹说。

禹甸换了新天，一堂重见，笑指半头雪。当日芸窗化雨处，今日新苗茁茁。多少伏生，传经心事，耿耿此情热。夕阳问我，为霞尚是时节。

此词写得壮怀激烈、大声镗鞳，大有辛弃疾词的豪放风格。起手以汉张良自比，将学生反郭运动比喻成在博浪沙伏击秦始皇。随后笔触铺陈当时风起云涌的革命形势，读来令人热血沸腾。下片落笔到座谈会，称赞师大“新苗茁茁”。随后又以汉初九十多岁传授《尚书》的伏生自比自励，要继续“传经”，为霞满天。其时，先生年逾六旬，已从天水师院离休，将全部身心投入天水古典文学的传承发扬上来了。他在词中所写的伏生传经，自然是我等一干弟子在内的一大群古典诗词爱好者沾溉受益最多了。

先生还跟我说过他当年的一件壮举。1957年，他在省政府工作期间，参与了赴临夏剿灭血债累累、恶贯满盈的民国反动军阀马廷贤的行动。我听得惊心动魄，他讲得眉飞色舞。当时我心里想，您手无缚鸡之力的书生一个，还曾有过这么攘袂而起、挺刃而前的肝胆？转眼又想，历史上那些地下党员不都是如此吗？

先生晚年以犹未悔斋主人为号，这个词出自屈原《离骚》名句：“亦余心之所善兮，虽九死其犹未悔。”这两句诗表达了屈子坚持理想，正道直行，不恤个人荣辱艰危的精神追求。先生在当年受辱闲废达十五年之久，人生最美好的一段时期被蹉跎了。他居然不改弦易辙，不认错，无怨尤，仍然对党和国家、对社会文化发展满怀信心，这是多么宽阔的胸襟，这是多么通达的智慧，其“牛劲”足见一斑。

二、敏捷曹子建　风雅宋欧阳

先生流放归来，设绛帐于渭滨，建诗社于南郭；树诗骚之旌旗，领风雅之盟主。一时间天水士子云集而响应，他与马永惕和马永慎昆仲、刘肯嘉、何晓峰、王直、陈柳洲、董晴野、朱据之、周兆颐、武克雄、蔡景文等天水格律诗坛的巨擘们经常举行文酒之会，与外地的霍松林、袁第锐、裴慎之等吟界大家鱼雁往还，我们一干年轻人也都陆陆续续环列门墙，诗酒酬唱，不亦乐乎。天水重新成为陇上诗坛重镇，俨然重现清季民国任承允、哈锐、王权、张世英、汪青、冯国瑞等前辈硕彦吟风弄月、剪绿裁红的韵事盛况。从先生的诗中可窥云豹之一斑。我曾见到一个叫《更生斋小饮征和诗》的手抄本，记录了1986丙寅年谷雨节当天，先生与马永慎、朱据之、王直等一众诗友的雅集盛事。序言是先生写的：

丙寅谷雨，天水诗社修禊于城南之桃花园。归途有便道者屈造萧斋。王直兄喧宾夺主，沽酒更酌，堇庵兄醉态可掬，即兴赋诗，座中各有唱和。风丝雨膏，笔剑胸花，极一时之乐。斋主人节外生枝，欲广征和咏，据之兄慨然任传笺使者，朱家之遗风尚在，古稀之高龄弥珍。共得十九人都廿三首。诗社历史中有此一段佳话，斋主人得附骥尾，福缘不浅也。爰书颠末如上。

丙寅立秋后三日更生斋主人张举鹏序

这个序言应该是抄录作品时补写的，写得典雅秾丽、风流自赏，读来满口生香，颇有李白名作《春夜宴桃李园序》的神韵。那天的情况大致是这样的：天水诗社诗友们于谷雨节到城南的桃花园踏青，归途中与张举老一路的数人又去了张举老家更生斋饮酒作诗，马永慎堇庵先生首先成诗一首七绝，遍示诸友，并征和咏。堇庵先生的原诗是这样写的：

丙寅谷雨赏桃花归来共醉更生斋

为访仙源意兴浓，小楼细雨漾春风。
主人好客开尊酒，醉里烟霞似万重。

于是，其他诸人便都纷纷驰思舞翰，用其体裁，和其原韵，各写七绝一首。张举老写的是这样的：

和堇庵原韵兼示剑荣

新知旧雨雅思浓，沽酒萧斋两袖风。
得意更看雏凤舞，人生乐事几回重。

先生始终保持了一颗蓬勃向上的心，喜欢与年轻人来往。对于我们喜欢古典文学的年轻人，总是循循善诱，鼓励提携，因此年轻人也都乐于环侍在他的周围。在弟子中，我所知道的来往较多的男有林幽子、艾叶和我，女有李蕴珠、李桥、杨玲玲和张向红，即外界盛称的梅兰竹菊“四清”者也。宋代欧阳修主盟北宋文坛几十年，汲汲以得人为要务，三苏、曾巩、王安石皆出其门下，千古传为佳话。此时之先生差可比拟。何晓峰先生早年有词集《天月明空》梓行，先生为其作序，是一篇骈四俪六的骈赋，起首即云：“天亦有情，人谁无恨。银河清浅，淹织女之机丝；蕊殿玲珑，惊太真之魂梦。”一时脍炙人口，与紫芝先生词集互相辉映。李蕴珠母亲逢花甲荣寿，先生应请作了寿序，开篇即醇雅不凡：“云开绛阙，正寿星初见之期；花发幔亭，乃王母遥临之会。”年轻人若有诗集出版，先生更是不遗余力地推奖，欣然作序的时候很多，字里行间总是择其善者而褒之。

《红楼梦》中有“冷月葬诗魂”的句子，我和其他一些人感觉这个“葬”字、“殇”字、“丧”字用在诗中很有力量，也在自己的诗中用。先生看不惯了，郑重告诫我，这些衰飒颓废的字，你们年轻人不要用，用了不见得是好诗。一定要有昂扬向上的心态，保持自信进取的精神。我深以为然，从那之后，在我的诗中我再也没有用过这些字，而且看到别的年轻人在诗中有这些字，总有一些违和感。

先生国学深湛，才调无伦。即席命笔，出口成章，最为我辈叹服。1992年甘谷成立诗词学会，他受邀参加成立大会和采风活动，先写了一首祝贺的《满江红》词，又在参观南岭渠引水工程时，情难自已，一口气写了十首诗。在天水市诗词学会每次雅集时，惯例都会分韵作诗，先生总是后出手，先交卷，而质量上乘。先生诙谐多智，辩才无碍，有时兴致上来，编一些无伤大雅的段子，无非是谁学诗不得法，闹了个啥笑话；谁典故用错了，产生了什么样的歧义；还有谁方言味浓，鸡同鸭讲如听相声等等。这些段子他都是临时发挥编成了整齐押韵的句子，总是让我们听众兴趣盎然。

三、作梯甘奉献　化雨乐耕耘

先生热心地方文化事业的建设与复兴。先是参与地方志的编修，后来大凡公园的建设、先贤的祭祀、文物的修复、杂志的创办、节会的举行……只要有助于地方，有益于社会，无不有求必应，赞襄其成。冯国瑞先生是天水近现代知名文化学者，曾在西北师大任教时做过张举老的老师。在冯国瑞先生九十周年诞辰时，先生倡议发起社会各界举办了纪念座谈会，编辑出版了纪念文集。并在登临麦积山时，又触景生情，写诗怀念：

登麦积山怀仲翔先师

散花楼上雨如丝，万佛洞前忆大师。
其事其人两不朽，小窗风雨立多时。

1994年11月，天水市政府为邓宝珊先生建成纪念亭并举行百年诞辰纪念活动，先生作为曾经在邓将军身边工作多年的老部下，为纪念亭撰写了碑文，还写了一首七律：

纪念邓宝珊先生逝世二十周年

少小习闻邓禹名，十年接席寸心倾。
救民不断寻真理，与党长期结友盟。
燕市折衷促起义，陇山宣政著仁声。
邓园花木年年艳，姹紫嫣红一例评。

邓禹是东汉开国名将，这里邓禹既切邓姓，又切将军身份，用典极为贴切。中间两联述评邓将军的志向和功绩，尤其第三联指出其在北京（燕市）和平起义中发挥的关键作用，又在主政甘肃时赢得了很好的声誉。第四联以邓园花木逢春，来比喻今时政治清明，差可告慰将军于泉下。

1985年1月，第六届全国人大常委会第九次会议通过了国务院关于建立教师节的议案，确定每年的9月10日为教师节。先生晚年曾在天水师专工作，对教育工作情有独钟，闻此大好消息，非常高兴，在给胡定一教授的诗中表达了这种兴奋之情：

首届教师节呈胡定一副教授

一寸耕耘一寸功，神州万里日融融。
十年风雨惊谈虎，卅载梓楠欲化龙。

揽镜应非头似雪，作梯还看气如虹。
晚来细数山花灿，火样心儿血样红。

胡教授应该是与先生有相同经历的人，所以这首诗既是写人，同时也是写自己。第二联写到十年“文革”，虽然苦难受尽，以致谈虎色变，但几十年的讲台耕耘，却培养了大量人才。第三联写到虽然人老头白，但依然甘做人梯，志气如虹。尾联继续表明心迹，我的心就像春天的山花一样火红灿烂。

先生对天水师专这个曾经倾注了大量热情的大学专科学校终于实现升级为本科院校后，情难自已，填了一首词，予以祝贺：

沁园春·庚辰六月十日天水师范学院成立喜赋

百里惊雷，平地一声，与子同袍。看陇山前列，群花灿灿；渭水东去，清浪滔滔。龙的家乡，羲皇故里，三百万人齐舜尧。醉人处，有红颜白发，击壤吹箫。　阳春甘露醇醪，引三千学子笑语豪。更受业开蒙，首崇德育；尖端科技，独领风骚。多士如云，群芳竞秀，奋志攀登到九霄。须记取，争时间速度，谁是天骄。

这首词，写得格调轻松，用语平实，但字里行间有一股喷薄之气，对师院将来的发展寄予了厚望。

作为一个老人，先生对老龄事业也是非常支持，经常给各地举办的老年书画展览题词写诗，下面这首满江红就是为天水市老年书画报题写的发刊词：

满江红·己卯秋为天水市老年书画报刊头作

在手一编，注入了无量心血。惊回首，香飘翰墨，玉楼金阙。七彩晚霞晴更好，一堂学子头成雪。欣此日，都有向阳心，如饥渴。　有所为，有所乐；历万劫，志难灭。把临池精品，任人评说。古郡正当春烂漫，新城况是秋高洁。任前途漫道真如铁，从头越。

我个人的感觉，先生诗好，词更妙。他填的词，让读者觉得如匠石运斤，如庖丁解牛，能够以无厚入有间，能够得之心运之手，非常轻松自在，读者读起来也是一种享受。比如上面这首词，就是信手拈来，一挥而就的，把老年人的老有所为、老有所乐的精神风貌展现无余。

先生的对联写得很精妙，早年就写过联话的集子，晚年更是热衷于此道。随着天水国民经济的发展和人民生活的改善，各项社会文化事业都得到了长足的发展，天水各地的旅游景点和节会活动也都逐步开展起来，邀请先生为景点撰写对联的事情越来越多。先生也是乐于从命，他的对联在各大景点均有悬挂，为景点增色不少。最为让人称道的是天水南郭寺大雄宝殿的对联：

东土乎，西土乎，老柏灵根不二；
风动焉，旛动焉，北流泉水湛然。

先生曾多次指导过我，写对联要抓住一个“切”字，所写的联要切合时间、地点、人物和主题，不能泛泛而谈。南郭寺是千年古刹，院内有当年杜甫流寓秦州时见过的古柏和泉水。先生应该是运用了“化用”和“化引”的修辞手法，把广州光孝寺联巧妙地“化用”到天水南郭寺，贴“切”地诠释了杜甫秦州杂诗“山头南郭寺，水号北流泉。老树空庭得，清渠一邑传”里的两个标志性风物。不仅如此，作为一个佛教寺庙的主殿，化引上一些佛经术语和禅宗机关，也是“切”的应有之意。先生这副对联表达的意思是，不管是在东土还是在西天，大殿前的古柏如同大佛一样，其灵根是洞彻不二的，不必管是风在动，还是旛在动，还是人心在动，院中的北流泉如同大佛一样，都永远会保持澄澈平静。

这副对联的“化用”，体现了先生对前人联句的欣赏和借鉴，表现出先生丰富的文化知识和对传统文化的深刻理解。把前人的智慧和美感巧妙地融入自己的作品中，丰富了对联的内涵和意境，又不失创新和个性。读这副联，就会由衷地被先生的才情和智慧所折服。

我们再来看一副对联，这是某年春节，先生为天水师范学院大门所撰写春联：

稽古曰成纪，曰上邽、汉阳，忆莽莽岁月，自飞将勇、营平谋、御史斥奸以来，每望秦州思国士；

学宫近麦积，近东柯、西崦，数历历游踪，从子山铭、少陵诗、若兰回文而下，也应陇上有人才。

这副长联应该是先生花了功夫的力作。上联主写天水历史，天水古为成纪之地，后来又有上邽县和汉阳郡的建制，历代人才辈出，有战功赫赫的西汉飞将军李广、有最早屯田的东汉营平侯赵充国，还有上疏慈禧请求罢免李鸿章的铁汉御史安维峻，每当想起这些光辉史实，就殷切希望有新的国士继起。下联主写人文，天水有麦积山，麦积山附近有东柯谷和西崦村，都是当年诗圣杜甫流寓秦州时访问和生活过的地方，而北周大文学家庾子山为麦积山石窟写过精美的铭文，诗圣杜少陵在天水期间写过近百首诗，前秦秦州刺史窦滔的妻子苏若兰这个才女在天水创作出了千古传扬的璇玑图回文诗，既然我们天水有这么深厚的人文积淀，学校当然会源源不断地培养出一批批人才来。这副对联纯以气势取胜，而不斤斤计较字词的对仗精巧。先生还创作过大量的婚丧庆吊的应酬对联，都是信手拈来，挥笔立就，一出手就是佳作。让我辈弟子称羡不已，也让得到对联的人感谢不已。

斯人已去，风采长昭。德范同邽山并峙，诗联与渭水长新。幸而大著梓行，名山可贮；庶几后生追念，吾道重光。拙文略表寸心，私意还萦九日。

深切缅怀张举鹏先生

——写在《张举鹏诗文集》出版之际

艾　叶

张举鹏先生是陇上德高望重的诗坛前辈。生前曾担任甘肃省诗词学会副会长、天水市诗词学会副会长，毕其余生之力为甘肃诗词事业特别是天水诗词事业的发展，做出了不可磨灭的贡献。今年是先生逝世十周年，缅怀与先生在一起的往事，历历在目。先生在世之时，我因学会或个人事宜，往来甚多，深受先生言行教诲。

我与先生之交始于1997年初夏，那是参加市诗词学会组织的麦积山植物园采风活动之时。当时，我刚加入天水市诗词学会，也是第一次参加学会采风活动。初见面，先生就亲切地问我年龄、工作情况及诗词创作等方面的事，还关切地问到我的爱人和孩子的情况。询问之间，我感到先生是一位宽厚慈祥的长者，虽为诗坛领袖，却和蔼可亲，说话随和。最后还给我留下了他的住址，让我有事去找他。

记得采风回来不久，因我要筹备在北道区成立麦积山诗社，有些具体事宜需请示先生。于是，就拿着他写给我的"南城根60号师专家属院"的字条，颇费了一番周折，才找到家里。一进门，先生颇觉惊讶，笑着问我是怎么找到的，还给我泡了茶，我便将筹划事宜向他做了简要的汇报。先生听了，深有感触地说："要成立诗社，是一件相当复杂的事，其中有许多具体的事务。北道写诗的人少，连你加起来总共才四个人，其他人都退休了，现在就靠你一个人筹办，能行吗？"当时，我凭借着一股子热情和年轻人的冲劲，坚定地说："能，只要您支持我们，就一定能成立起来。"先生见我态度诚恳，便笑着鼓励了一番。当年11月底，麦积山诗社成立了。成立大会是11月下旬召开的，节气正好是"小雪"。先生和刘肯嘉两位市诗词学会领导亲临大会，给诗社的成立活动增添了光彩。

第二年，先生便把我吸收进市诗词学会会刊《渭滨吟草》编辑部，担任编辑工作，并且一干就是十年。十年间，在先生的直接领导下，我的工作得到了大家的认可，诗词水平也逐年在提高。2001年，先生又提名我担任市诗词学会副会长。可以说，我在诗词上的每一点进步，都离不开先生的指导和培养。先生对于后学的扶持培养是不遗余力的。当年学会的李蕴珠、廖海洋、李桥、王君明、王静诸诗人都是在先生的培养下成长起来的，现在，也都成为卓有成就的诗词大家。可以说，天水诗词事业的发展，离不开先生对诗词人才的培养。

那些年天水诗人经常聚在一起，搞些小范围的雅集活动，人数大概在七八人，地点或在周边景点，或在诗人的家里。大家观光赏景，弹琴唱曲，品茶酌酒，尽得雅趣。期间，往往分韵赋诗。每次雅集，先生都是中心人物。大家一面欢声笑语，一面聆听先生讲过去的逸闻趣事，往往要到半夜方休。最后的分韵，也都是由先生主持。我诗集里的《××雅集，分韵得×字》的诗，大多数就是这样来的。其中有一首《咏梅》的诗，是1998年12月12日，在猗竹阁主人李蕴珠女士家里雅集时的限题限韵诗。限题为“咏梅”“咏雪”，限韵为“深巷斜阳古树，小桥流水平沙”。我当时拈得“斜”字，所以就是用“六麻”韵作了诗。当时蕴珠家还住在忠武巷的四合院里，房屋古色古香，幽静雅致，巷道里有几株古槐，院内还有一株蜡梅。大家品茗叙旧，围炉谈诗，其乐融融。在以后的雅集时除了“分韵”，还有“联句”的游戏。联句就是雅集的人同坐一起，先由一人倡导发起，限定主题，并先作出全诗的第一句，然后每个人依次各作一句，大家共同完成一首诗。当然，每一次都是由大家公推先生首唱。这种一边品茶一边联句的游戏，寓学于乐，确也很有情趣。

《渭滨吟草》的编辑工作，都是由先生负总责。稿件收来之后，由先生分给每一位编辑，编辑修改后再统一交给他，由他再总揽定稿。当时都是纸质稿，每个人用的纸大小不一，有的用白纸，有的用麻纸，有的用学生的作业本纸，甚至还有用牛皮纸的。因纸张大小不一，就极易散失，再加上有的人字迹潦草，错别字多，这给编辑工作造成了很大的麻烦。每年都有因稿件遗失或错别字的原因，在刊物上出现错误的情况，因而会受到作者的埋怨或指责。每当此时，先生都代我们编辑受过，把一切责任都揽在自己身上，不让编辑们受委屈。记得有一位姓吴的老人，年龄都七十多岁了，因编辑过程中，我把他的诗句改了，他就非常不满意，大发牢骚，多次写信谩骂。就这样，他还不满足，给编辑部写信，要我登报声明，公开道歉。对这样蛮横无理的人，先生采取了不予理睬的“冷处理”态度，那个老人就不断给先生写信，攻击先生。这件事，一直到十年以后，那老人去世了，才算了结。

1999年，我第一本诗集刊印之前，请先生写序。先生看过诗稿后，欣然应允。不久，写了一篇热情洋溢的序文。序文里，先生极力推赞，说：“……在青年来稿中多方物色新秀，以张吾帜。直到20世纪90年代初，忽然发现署名艾叶其人者，诗词如清风扑面，时有新意，为之肃然动容。以后几年经过多次接触，给人的感觉是待人热诚有礼，急人之急，古道热肠，在新旧文学的不少领域多有涉猎，小有成就。即以格律诗而言，有些遣词用语上，难免稚嫩一些，但总体上看则意境高超，韵味盎然，甚至出奇制胜，时有新意，在天水诗坛，确是一位不可多得的新秀。”先生奖掖后学之情跃然纸上。序文最后，先生又对我鼓励一番："作诗要有诗才，才是天赋，对于我们来说是可遇而不可学得的……艾叶写诗天赋较好，悟性较高，这是我所不能企及的。十年来写诗的技巧，意境和功力也在不断探索中前进，这都是可喜的现象。西哲有言：勤奋加天才等于成功。我诚挚地希望，只要艾叶不断努力，多读多练，多揣摩，就一定可以达到预期的高度，前途不可限量。”先生殷殷之情，令人动容。

2004年8月，我正准备刊印我的第二本诗集《北道书画家吟》。时我刚搬入楼房，便请平时交往较多的诗友，到小楼一聚。那天有三位诗坛前辈光临，一位是董晴野先生，一位是张举鹏先生，一位是张心研先生。大家饮酒作乐，高兴之余，董老为大家写字，先生便为我点评诗稿，大家一直热闹到半夜方散。等散场时，先生给我的诗稿也点评好了。

先生怜才之举，不止一端。2000年，他通过与时任市文联主席的陈冠英先生的关系，推荐我到市文联工作，以便发挥我的特长。陈冠英主席还找我谈过话，但终因家庭实际困难，未能如愿，先生知道后深感惋惜。

先生的最后岁月，有好几年已不能下床活动。即便是这样，他仍保持着开朗乐观的心态，一面和疾病作斗争，一面还关心着学会的事情。每逢我去看望，他尽管坐在床上，但仍很高兴。2009年初，我调到市政协文史资料委员会工作，要编辑出版《冯国瑞纪念集》。因组稿、改稿事宜，我经常到先生家里去。因为当时冯国瑞先生去世已近五十年了，许多知情人早都谢世的缘故，资料征集十分不易。先生是冯先生的弟子，自然有许多耳闻目睹的故事，因此我便常向他了解情况。先生总是不厌其烦地讲述往事，并将自己以前写好的纪念冯国瑞先生的文稿交给我，为我们丰富那本书的内容提供了宝贵的资料，不想是年重阳，先生竟离我们而去了。

先生的逝世是天水诗词界的一大损失，使天水诗坛失去了巨擘，我们失去了一位尊重的师长。先生逝世之后，天水诗人自发地以挽联挽诗表达了对先生的哀思，并把这些诗联在《天水日报》和《渭滨吟草》上开辟了专栏，予以刊登。我所撰的挽联是：

何处可招魂，检箧尚遗玄草在；
为君欲堕泪，吟诗空有白云飞。

在先生去世后的这些年里，天水诗人的一个共同心愿，就是希望他的诗文集早日面世。可喜的是，这个愿望终于在先生逝世十周年之际实现了。这于先生在天之灵，真是莫大的安慰。

先生诗文与世长存！

艾叶，甘肃天水市人。中华诗词学会、中国楹联学会会员；甘肃省诗词学会常务理事、甘肃省楹联学会名誉理事；天水市诗词学会、天水市楹联学会副会长。

又见黄花满山

——怀念张老姑父

王　静

光阴荏苒，转眼又到重阳。山菊如约，开遍了南山的篱径，张老姑父却搁置了他如椽的诗笔，一别竟然十年有余。

张老姑父是我姑父的堂弟，按当地风俗习惯我也叫他姑父。张老姑父是陇上知名的大儒诗家，是天水诗坛的领袖、中华诗词学会发起人之一。我跟着他老人家走近诗词，已是在他的晚年。遗憾的是，我还在学步的路上，他就离开了人世！

记得2009年重阳节前一日，我和诗友在南山采菊时接到表侄的电话，说他爷爷过世了。这个噩耗来得太突然，大家都愣住了。泪水不由得在我眼眶里打转，诗友们的眼角也湿润了，我们默默无语，疾步下山。

雏菊铺路，秋水含悲，姑父还没来得及为重阳题诗，就长眠不醒了。跪别尊长，我们痛失了一位道德文章为人称道的贤良之师。此后，我的重阳节便蒙上了一层哀愁，每到这个节日，我总会想起他老人家。

回放时光的片段，儿时的岁月依然清晰可见。在甘谷县渭河以北的新兴镇磐石村，有我许多的亲人。那里的山是红色的，散渡河从山脚下缓缓流过，当河畔的麦子黄了的时候，杏儿也就黄了。

“文革”前夕，张老姑父遭遇不公正对待，从西安遣回原籍，回到磐石村。几年后，我家也从县城被遣送回乡，那时我才几个月大。能记事的时候，我便知道这位姑父很有学问，年轻时做过邓宝珊将军的秘书，后来调到西北局工作，因此，村子里和外村的人都叫他“西北局”。姑姑家和磐石小学仅一墙之隔，每天下课我就去姑姑家喝水。常听到表哥、表姐说堂姑父是大知识分子，家里古书很多，村上的年轻人都爱到那位姑父家里去，听他讲故事，也向他借书看，让我十分向往。

堂姑父家住在村子的南边，和磐石小学隔着一道又宽又深的涵沟，那里地势较高，叫堡子上。我家在村子的北边，堡子上就是村里距我家最远的地方了。那里残存的又高又厚的堡墙挡不住隆冬的冷风，墙头上干枯的野草在风里发抖，堂姑父家的小院就在堡墙根下。我时常在涵沟边看到穿黑色旧棉袄的姑父，挑着担子步履沉重的样子，他应该是去地里埋粪。早春依然很冷，一代诗人就这样在寒风里行走……

笑青哥说起过，他的祖父和我姑父的父亲是亲兄弟，中华人民共和国成立前没有分家，住在一起，是一个亦工亦商的耕读之家，爷爷辈都很重视子女的教育。老姑夫的二弟张仰鹏是我的初中语文老师，他的课讲得很精彩，文学修养极深，我的些许文学知识也是那个时候打下的基础。三弟张高鹏也文才不凡，是新华社上海经济信息社社长、高级记者，有许多文章在省级以上报刊上发表，并且有多个专著出版。可见一个书香之家深厚的文化底蕴，以及这种可贵的文脉传承。

1978年三中全会召开，老姑父和全国人民一道迎来了春天，1979年落实政策去当时的天水师专工作。

20世纪90年代盛行下海赶潮，我已在天水市参加工作，那时候生活单调，就去单位的读书室借书看。那个年代的青年人大多在传抄汪国真的诗歌，路遥的小说，我也不知道我还能干些什么。

2004年的一天，我有幸见到了两鬓斑白的张老姑父。那天是张向红老师乔迁新居，老人当时并不认识我，但我一眼就认出了他。只见他笑容可掬，气色很好，大家都叫他张老。我赶紧过去问候，他对上号后高兴极了，问起我老家的人和事。

我从来没敢想过自己会学习诗词，因为它美好且高不可攀。自见到姑父后，心里激动了好几天，没想到我仰望中的长辈这样有亲和力。此后一段日子，老姑父的感召力让我感触良多，同时又结识了“四清集”的作者梅、兰、竹、菊，她们是姑父早期的女弟子。诗词，似乎与我靠近了一步。

天水郊外的美景甚多，跟着老姑夫采风是一件很愉快的事，我一路扶着他一边看风景，一边听他讲关于诗词的人和事。他经常鼓励我要好好练习写作，有了新作就拿给他看。有一次他调侃我说：“哎呀！我们村要出个女诗人啦！”我自知学问浅薄，老姑父这样的语气，是对我特有的鼓励和期望。

姑父话不多，但不乏幽默风趣，在一次二十多人的聚会上，学生们都争着给他敬酒，他悄悄把大杯里的水倒在高脚杯里，站起来和大家碰杯。他正大口地喝着，有人发现了他以水当酒的秘密，惹得众人哈哈大笑。

姑父家住在耤滨桥北，他的小书房很简朴，更多的是书稿。常常有结伴去求教诗词的弟子，也有向他讨书法作品和邀请撰联和文章的朋友，他都在那间书房里以清茶接待，让大家乘兴而来，满意而归。姑父他性情温和纯真，总是乐呵呵的，眼睛里露出慈祥的目光，展现着老一代文化人温良恭俭的性格；他言语不多，心明如镜，满腹经纶，是一位知识和智慧的老人；他不是在笔耕不辍、下笔千言，就是在诲人不倦、出口成章。不知在那间小书房里写下了多少奇文妙句，又点化了多少求知的学生。

读他老人家的作品，让人如沐春风，如饮琼浆。随着他的诗思和文字，让人真切感受到心灵的共振和愉悦。

这首《到家即事》刊登在《渭滨吟草》上。

到家即事其二

茅檐容我着闲身，小住浑疑主是宾。
篱犬吠时知客到，泥炉红处品茗频。
老翁抱瓮仍同井，村女卖花旧结邻。
见说林鸠嘀不住，坐看山雨洗轻尘。

这首诗作于1981年，是写改革开放后乡村生活的重大变化，包产到户后的农民日子也红火起来了。诗人恢复公职回到老家里，诗兴大发。

这首诗清新自然，诗人以饱满的笔墨信手拈来，字字珠玑。颔联的“篱犬、客到，泥炉、茗频”都体现了乡村新气象。颈联的“老翁抱瓮、村女卖花”准确地描写了农村人的质朴单纯，和谐自得。全诗语言蕴藉流畅，物象生动，用典娴熟，描绘了一幅欣欣向荣的乡村生活画面。平淡中见清奇，自是大家手笔。

到清水天河酒厂采风

一片丹心欲染松，无端忽忆陈元龙。
便思打破玻璃镜，还我青春酒样浓。

这首诗前两句表明了诗人老骥伏枥的高迈情怀，借用文韬武略英年早逝的三国名将陈元龙，感慨自己在农村蹉跎了十多年的大好年华。转结用“打破玻璃镜”和“还我青春”这样孩童般的天真，感叹时光飞逝，人生易老。

新的时代会有很多的新词出现，在新旧交替中，他倡导用“古调唱新声，旧瓶装新酒”的手法将新词入诗，发出时代的声音。比如玻璃，它本来是静态的，但诗人突然用“打破”二字直击人心，结句又用“还我青春”四字的倔强，使得境界全出，可谓点石成金，妙不可言。

姑父喜欢和大家一起去采风，只要能出去走走，他就会很开心。在青山绿水边，他乐于给年轻人讲关于诗联的故事，他的书法作品也是有求必应。那些年，每到山菊遍野，我们就围着他去慧音山采菊，其乐无穷。后来的几年，由于他腿不好，行动不方便，也就不再出门了。

十多年在农村的艰难岁月，只有那片贫瘠的土地，记得他的每一个脚印和每一滴汗水。屈子“亦余心之所善兮，虽九死其犹未悔”，这是诗人的高贵品质。姑父晚年以“犹未悔”为斋号，这便是对他饱经沧桑后毅然高风亮节的诠释。

耄耋之年的姑父，依然诗思敏捷，笔耕不辍，为天水诗词高举吟旌，培养人才。甚至到了生命的最后几日，还在创作新诗。

《犹未悔斋诗文集》即将付梓，这是天水文化界以及亲友们多年的期待。拾起散落的珍珠，把它们串在一起，就成了一条项链。收集遗散的手稿，让文字结集成册，就成为一件珍藏。如此，在没有姑父答疑解惑的日子，也许我会在他的诗文集里找到答案。体悟他珠玑的光华，感受他才思的涌动，就好比聆听他的教诲。

斯人已逝，诗文集的出版，让后来者得以反复地吟诵和品味尊师笔墨，领略被古典文学浸润过的老一辈文人风范；更有诸多高古与新奇的诗境，闪烁着诗人性灵的光焰，这便成为永恒。诗词的语境妙不可言，而这种文学体裁的语言感染力一直激励着我，多年来，我在这种诗文创作的审美体验中，记录着世间的美好，生活因此而多彩。

采一束山菊，凝望远山，姑父爽朗宽厚的笑容，永远定格在重阳的诗意里。

2021年重阳

王静，女，甘肃甘谷人。原《渭滨吟草》副主编，甘肃省诗词学会女子工委秘书长。张老先生侄女。

犹未悔斋先生逝世三年诔

维公元二〇一二年岁次壬辰九月初八，天水诗词学会，天水杜甫研究会，门尚书研究会部分会员，谨以清酌果蔬之属，致祭于故甘肃省诗词学会副会长、天水诗词学会副会长、天水杜甫研究会副会长、门尚书研究会副会长、中华诗词学会发起人之一、原甘肃省政府邓宝珊将军秘书，张老举鹏先生之坟前曰：

祭拜先生，草枯菊哀。坟山凄凄，望之神伤！人生一世，终归茫茫。何物不朽，锦绣文章。先生笔下，著述辉煌。灿如星月，椒桂芬芳。先生壮年，文采飞扬。服务省府，奉献西疆。形劳案牍，忠诚激昂。笔惊神鬼，闻博记强。文若春花，思若宝藏。急就可咏，倚马成章。呜呼！星移斗转，劫应红羊。莫辨皂白，遣返回乡。埋玉瘗佩，独焚衷肠。黔娄固穷，漫漫夜长。时逢改革，百废兴昌。忘怀宠辱，报国如常。春风化雨，绛帐设堂。诲诸学子，播撒书香。诗教首倡，律吕朝阳。渭滨结社，俊彦欣狂。春秋携酒，吟兴轩昂。青山碧水，啸咏笙篁。嘤鸣管领，胸罗义方。骚雅流风，光大徜徉。奖掖学子，罗立门墙。少陵流寓，千载惶惶。秦川陇坂，妻小相将。诗风一变，沉郁铿锵。忧国忧民，情系八方。世称诗史，万代流光。杂诗百首，车鉴盛唐。门公尚书，明代贤良。《长江万里》，图文同光。凌烟功臣，紫绶天章。祭文敕书，朝野颂扬。发起研讨，钩沉考量。鼎助公裔，树帜昆岗。地方文化，甄别青黄。野史方志，考据周详。示范引领，严谨周张。爱才惜时，夜继昼长。呜呼！岂意二竖，恣意张狂。诗心妙笔，不写重阳。呜呼欷欤！人生几何？苦短无常。问天不应，涕泪盈眶。失我先生，痛彻肝肠。慎终追远，三载未央。风急天高，白露为霜。孤坟寂寞，墓草苍苍。何处招魂，满目凄凉。呜呼哀哉！伏维尚飨！

主持：桐树苞（原天水地委书记、天水市人大常委会主任，天水市杜甫研究会会长）

恭读：聂大受（天水师范学院教授、天水杜甫研究会副会长）

撰文：李蕴珠（甘肃省诗词学会、天水市诗词学会副会长）

祭张举鹏先生文

胡喜成

维公元二〇一〇年四月五日，时际清明，后学胡喜成谨以清酌庶馐之奠，致祭于张老先生之遗像前，其辞曰：

呜呼先生！吾不见先生久矣，犹能想见先生之为人，与磊落嵚奇之生平。何能高致于省府，为一时之豪英。而终不能驰骋于天路，而跌落于青云。纵可邀声于文苑，挥翰于诗林，而犹不免乎龙潜凤逸，故旧凋零。独撑诗社之危局，其谁欤而嘤鸣？纵后学列阵，新人成林，其相比于老友为何如耶？吾想象之，犹苍松古柏之与茯神茯苓。

呜呼先生！吾既知先生于学无所不窥，盖能通古而知今。其于诗词之源流，古今之正变，料能条分而缕析，终不疑惑于论辩之纷纭。何一朝而朱圉崩，渭水谁欤激浊而扬清？犹沧海之横流，未免夫岛动而山倾。想先生之英灵，定当与老友在泉下歌咏唱酬，旗亭题诗，乐不知明月之虚盈。而不知沧桑之巨变，已悄然而暗生。

呜呼先生！吾始高蹈于艺苑，乐创造之新声。是先生为之说项，因之以驰誉而倾城。每遇春花之芳菲，与夫秋月之清明，吾故神驰于论诗之往昔，评文之新晴。而不知梦耶非耶，盖相对之精诚。吾固知人皆受气以成形，而最终若烟飞云散者，是物理之常情。此皆圣贤所不能免，庸愚心所长萦，与日月其谁又能争？吾又何故泪下而涕零。然吾终不能形如槁木，而心如死灰者，盖吾生之有情。

呜呼哀哉，尚飨！

胡喜成，甘肃秦安人，中华诗词学会、中国楹联学会会员，天水诗词学会理事、原《渭滨吟草》主编，谪仙诗社副社长。

风趣儒雅　诗思常新

——追忆犹未悔斋主人

张玉明

一个人离世，让亲人怀念，此等待遇，基本上人人都可享有；让亲戚们较长时间地有所怀念，已非人人都能享有；而能让同龄友人，及与他年岁悬殊的一群后学，乃至见过面未见过面的很多人记着、念着，大约已是少之又少的了。在我看来，原天水诗词学会会长张举鹏老先生，无疑是属于后者。

与张老结缘，相识，亲近，自然是通过诗词学会。2005年，爱好诗词的我，经友人介绍，认识了学会副秘书长韩玉琳老师，且通过韩老入了学会。随后从韩老口中听闻了张老大名，并得知了许多关于张老与诗友雅聚时的风雅趣事。于是，我便对张老“高山仰止”起来。

2006年暮春的一个周日，正是槐花飘香时分，我荣幸地邀请到诗词学会张老一行八九位师长来我太京采风观光。那日天气晴和，九点钟左右，一辆客运车在校门口停了下来，我迎上前去，跟众位师长打招呼。其中一位年长者，上身着一件乳白色多兜马甲，高大魁伟，精神矍铄，为众人拱围。我猜测到他一定是众人口中儒雅风趣的张老了，便紧步上前，伸出双手向张老问好。

张老笑呵呵地跟我握手，打招呼。在得知我也姓张后，竟以“小老弟”称呼我。我一时惶恐之极，惊看左右各位师长。他们却说，这是张老的性格：与人交往，只求契心，不拘职业年龄。我听后，在激动之余，顿然生出一种亲近感。心中暗想，在年长辈尊者中，似张老这般超越世俗，性情洒脱之人，已是极为少见的了。

到我住处，得知各位老师已用过早饭，我便沏上茶，敬上烟，稍作休息。此刻，我才抽出空来，询问起各位师长的大名。热情豪爽的李桥老师一一为我介绍：这位是韩老师，这位是张向红，这位美女叫王静，几位男同志是李秋明、侯京保、王君明、郭永杰……

考虑到暮春时节，日愈高，天愈热，在稍事休息后，我便邀请各位诗友去玉香观一游。爬山的小道逼仄陡峭，我想搀着张老，但张老怎么也不肯，他还不忘风趣地说：“我登山的脚力，不输年轻人。”一路上，李桥老师爽朗健谈，她见花说花，见草说草，而张老不时以奇思妙语应之，诘之，引得他人笑声不断，欢呼不已。

将近午时，众位师长回到校园，妻已准备好了炸酱面和浆水面。寂静的土坯宿舍前立马热闹起来。我把两张课桌，八九只课凳，搬到门前操场上，安放好，摆上醋、盐、辣子、筷子，邀请各位师长用餐。

日暖风和，树绿云白，各位师长围桌而坐，闲谈说笑。我与妻忙着烧火、煮面，李桥、张向红、王静等女同志竟不肯闲坐，积极参与浇菜、端饭等工作。我几次阻拦，她们却总说，这么多人的饭，你俩怎能忙得过来？再说大家动手，争着抢着端碗送饭，才热闹，饭才吃着香嘛！我只好任由她们忙出忙进。几位年轻的男同志，被这种气氛感染，不肯安坐等待，也来锅台前围观煮面，甚而想尝试着自己捞面。一时间，灶台前热闹得人声鼎沸，“不亦乐乎”。

饭后，我邀请张老及其他各位老师去屋里休息，师长们再三推辞，不肯进屋。也许是我宿舍接待能力有限，各位师长不愿打扰，就各自找个凳子，在门前树荫里一坐，围着张老说一些趣事。其中多为张老于某年某月某次聚会时就某事激发诗思，吟出妙句，得到当场喝彩。张老也只是呵呵一笑，随后在众人要求下，用洪亮的男中音谈着当时的所感所想。每于此时，我便倾耳细听，细听老人讲解诗句与诗思的契合，这给了我学诗上很大的启发。

下午，我陪张老按既定行程去佛公桥，游览了开凿于崖壁上的药王洞、天爷庙等石窟。回到山脚，借庙祝小院休息时，李桥老师提议，由张老摘古人诗句分韵，布置采风作业。张老稍一沉吟，便道：“此等春光美景，足以养心怡情，我们既有此游历，便以朱夫子‘胜日寻芳泗水滨，无边光景一时新’为分韵诗句，各自选取，依韵成诗。”众人齐声叫好，并请张老先选。张老说：“分韵诗句既是我出，那我就选首字‘胜’为韵，其他各字，随你们去选。”

除张老外，在场年长者便是韩玉琳老师，众人要他接着选。韩老摘出“时”字为韵。随后，在场人员依各自水平自行挑选。李桥，张向红老师擅长填词，便相继挑去窄韵之字。等轮到我选时，我一再声明自己水平低，请给我一个最宽的韵字。爽朗的李桥老师帮我选定“芳”字为韵，我才长长舒出一口气。

不几天，各位师长相继诗成，张老填词一阕，撰五律一首。（为行文方便，其他老师诗作暂不录人，还请见谅）

太京玉香观佛公桥春游

蝶恋花应张玉明先生之邀，作春郊之游，适前几天为扬沙霜冻天气，分韵得“胜”字。

山寺清明花似胜，杨柳尘沙，吹断野游兴。藉水潺潺声悻悻，空传云外神仙境。　　芳甸桃梨莓李杏，农父辛勤，竟是南柯梦。子规飞过声未定，落英积厚回家径。

五律

相随尽日游，兴与烟波胜。
惬意武陵春，清歌沧浪境。
山泉响应琴，萝月挂天镜。
野老为余言，从今无苛政。

张老诗词写成已十有八年，今日再读，更觉往事历历，特别是张老“身虽脱农，心未脱农”，关注气候，心忧农事的一腔情怀，很是让生于农村长于农村的我感动。

细读词作，上阕中“藉水潺潺声悻悻，空传云外神仙境”，以拟人手法，借“藉水流出悲声”，表达深切的悯农之情；下阕首句“芳甸桃梨莓李杏，农父辛勤，竟是南柯梦”，更将霜冻给农人果蔬生产造成的损失，借典故和盘托出，直抒胸臆。其关注之切，体会之深，非农村生活经历者不能有此体验，非才高心热者不能有此词章；末句“子规飞过声未定，落英积厚回家径”，以“子规啼唤，落英满径”结尾，借景抒情，以景结情，与上句直接抒情形成鲜明对比，将忧农之心绪，委婉含蓄地传出，可谓余音袅袅，韵味无穷。

张老的五律诗，则另是一番气象。上联“相随尽日游，兴与烟波胜”入题，写游兴之浓；颔联“惬意武陵春，清歌沧浪境”用典，绘风景之美；颈联“山泉响应琴，萝月挂天镜”写景，把“崖下泉鸣”比作“应琴”，“头顶月出”拟为天镜，将耳中所闻，眼中所见，心中所想，以清词丽句描摹，并分别着一“响”字，“挂”字，绘形绘声，令人耳目一新；尾联“野老为余言，从今无苛政”，更以关心农事作结，与词作忧农之情一脉相承，再现仁者情怀。

还记得当年读张老诗词有过的感受：初读时，总觉得语句平实，也就那样；细读后，才觉词浅意深，原非那样；更深玩味时，方觉境界高远，竟是这样！

张老诗思之敏捷，已为与他交往者所公认。在他人心目中，张老性格豁达，才情灵动，极富人格魅力。凡张老参加的聚会、出游，他一定是活动中的焦点。许多仰慕老人的铁粉，你拥我挤，常追随老人左右，听他谈诗论词，说一些历史掌故，趣事逸闻。张老这种在聚会或出游中轻松愉悦的谈论方式，已被众多铁粉看成是一次难得的学习机会。他们或倾耳聆听，或生疑相问。张老总以一颗提携后学的热心，笑呵呵地有问必答，有疑必论。而在答与论中总是一副谦逊的模样，和颜悦色，慈祥随和，以商量的口吻，与提问者讨论交流。每于此时，在场者便有如披春雨般的惬意，如沐春风般的舒畅。这样的感受，在我熟悉的诗友间常被提起，聆听过的诗友，也总是念念不忘张老，感念他的谆谆教诲。

尚记得子凡老师嫁女，在女方婚宴上，众诗友围张老而坐。茶酒之后，李桥老师提议，要张老就此喜事当场赠诗。张老呵呵一笑，略作沉吟，便从吧台要过一支铅笔，在众人的期待下，张老将抽完的香烟盒拆开，取出包装纸，在其背面写成绝句一首。同桌邻桌争相传看，其诗情景契合之紧，诗思切入之妙，无不令人叹服。随后，应众人要求，张老用带有甘谷口音的天水方言，将诗朗诵一遍，众人听了，更是一番鼓掌欢呼。我印象中，诗中有“帝孙”一语，可惜当时未记录下来，今问及子凡老师，他说搬家几次，张老留下的诗稿竟未找到，真是遗憾。

张老为人随和谦逊，心态年轻。每次出游聚会，他总是提前到场，以他伟岸之身躯，祥和之神态，风趣之谈吐，迎接每一位相继而到者。每于此时，迟到的我，在感动之余，也立马生出一丝惭愧来。为此，在张老仙逝后，我写过一副挽联，其云：

童颜不老，童心不泯，出游偏能先往；
诗思常新，诗句常奇，聚会最有妙吟。

张老仙逝已十有五载，他的离世对天水诗坛的影响已逐步得到证实。作为后学晚辈，我们大约唯有抱一颗赤诚之心，效法张老为诗为人之风格，方不辜负一番聆听教诲之机缘！

张老百年诞辰在即，我在低眉怀念之余，有了以上絮叨，权作是一位后学献给张老的一番心意！

2024年5月24日于太京中学南楼

张玉明，甘肃省天水市秦州区人，天水市诗词学会、市作协会员，中学高级教师。

犹未晚斋诗文集

联话卷

张举鹏 著

兰州大学出版社
LANZHOU UNIVERSITY PRESS

【目 录】

第一辑（1946—1949）

第二辑（1950—1965）

第三辑（1979—2009）

犹未悔斋楹联

甘肃楹联界悼念追忆张举鹏先生逝世挽联

第一辑

（1946—1949）

十里联话　选抄

中华人民共和国成立前余就读于西北师范学院，该校位于兰州市十里店，余时著有《十里诗草》《十里联话》，此为《联话》中选抄。

对联的发明

对联又名楹联。我国古代的风俗中，每逢岁首，有挂桃符的习惯。《淮南子》就有记载，而以《风俗演义》（东汉·应邵辑录）和《括地志》（唐·萧德言等撰）较为详细。现只引《风俗演义》。谨按《黄帝书》称："上古之时，有神荼与郁垒昆弟二人，性能执鬼。度朔山上有桃树，二人于树下简阅百鬼，无道理妄为人祸害，神荼与郁垒缚以苇索，执以食虎。于是县官常以腊除夕饰桃人，垂苇茭，虎画于门，皆追效于前事，冀以御凶也。"

在演变和传说中，"荼"和"郁"，"郁"和"垒"，成为"神荼""郁垒"二神，"元日造桃板著户，谓之仙木"。即所谓桃符，也就是门神。唐以后门神则改为唐开国大将秦琼和尉迟恭二人了。这种以桃符为楹帖的风俗，到五代时改为在木板上写几句吉祥话。宋人张唐英的《蜀梼杌》记曰，后蜀未归宋之前，蜀主孟昶（934—965年在位）令学士辛寅逊题桃板于寝门，以其词非工，自致笔云："新年纳余庆，佳节号长春。"后蜀平，朝廷以吕余庆知成都，而"长春"乃宋太祖诞节名也，此在当时成为语谶。

这一副对联，就被认为是中国对联史上的第一副楹帖了。事实上桃符门神一时还没有被春联所代替。北宋神宗时宰相王安石（1021—1086）还在他的《元日》诗里写道：

爆竹声中一岁除，春风送暖入屠苏。
千门万户曈曈日，总把新桃换旧符。

此可为例证。

春联的推广和普及，明开国皇帝朱元璋当推首功。

贴春联是明朝以后的事

清人陈云澹的《簪云楼杂话》载："春联之设，自明太祖始。帝都金陵，除夕忽传旨：公卿士庶家门上须加春联一副。"明太祖朱元璋还以自己的名义，用对联赐赠朝官。

赐学士陶安联曰：

国朝谋略无双士；
翰苑文章第一家。

赐魏国公徐达联曰：

破虏平蛮，功贯古今第一；
出将入相，才兼文武无双。

赐驸马梅殷联曰：

人间俗尘不到处；
阙下恩荣第一家。

最有趣者为太祖给阉猪户所题。文曰：

除夕，太祖微行出观（对联），以为笑乐。偶见一家独无之，询知为阉豕苗者，尚未倩人耳。太祖为大书曰："双手劈开生死路，一刀割断是非根。"投笔径去。嗣太祖复出，不见悬挂，因问故。答云："知是御书，高悬中堂，燃香祝圣，为献岁之瑞。"太祖大喜，赉银三十两，俾迁业焉。

看来，真正用红纸写春联，当是明朝开国以后的事，皇帝在上提倡，士庶在下鼓吹，就逐渐蔚然成风了。

春联的类型

诗言志。从一个人作的诗里，可以看出其人的志趣，对联何尝不然？余故曰：诗言志，联亦言志。就从春联说起吧。

（一）国恩家庆；
人寿年丰。
（二）天恩春浩荡；
文治日光华。
（三）天增岁月人增寿；
春满乾坤福满门。

一望而知，是地主、官僚的话。

（一）有柴有米恒足矣；
无是无非快乐哉。
（二）忍片言风平浪静；
退一步海阔天空。

不用问，这是小康人家的春联，既不求于人，也希望人不欺负他，而他自己安分守己。但也不尽然，时至今日，即使有柴有米，伴随而来的是有是有非。抓兵、要粮、要款，人民疲于奔命，还说什么过新年？陆放翁诗有曰："且祈麦熟得饱饭，敢说谷贱复伤农！"切记，较之"有柴有米"，已经要求不高了，然而更有甚于此者：

（一）年好过，月好过，断炊难过；
出有门，进有门，借债无门。
（二）鼠因粮绝潜踪去；
犬为家贫放胆眠。

连鼠、犬都无奈而去，其他可知。

又按，每年元日，学校的饭厅门上例有新制楹联。今年（1947）元旦之来也，伙食委员杨君请我为他代撰，我即景生情，走笔撰成以下两联：

（一）今岁收成不坏，愿人人温饱，莫教谷贱伤民命；
　　　一年光景容易，听咚咚战鼓，敢说吃穿不想家。

（二）豪门有黄金，内战有美钞，呜呼穷学生，伙食标准日下降；
　　　饭里有浊泪，菜中有血汗，哀哉旧历年，杀人惊报时传闻。

《大公报》微垣先生改了王安石诗如下：

炮火声中一岁除，万家喁喁待昭苏。
年年希望成无望，枉把新桃换旧符。

菜的对联

宋朝真德秀，庆元进士，官至参知政事（相当于副宰相），卒谥文忠。其学以朱熹为宗，曾说过："布衣暖，菜根香，诗书滋味长。"这本是勉勖人读书上进之言，然而有人反着来想，你现在穿布衣，咬菜根，闭门读书，一旦通籍，就可以有"千钟粟""黄金屋""颜如玉"了，老百姓也可以为我们随心所欲地役使了，真是有百利而无一弊。求官之心，不能不蠢蠢然而动也。

顷读《随园诗话》，载有清朝两相国就真德秀的话各题菜园联，录之如下：

于耐圃相国构"蔬香阁"作联曰：

今日正宜知此味；
当年曾自咬其根。

鄂西林相公亦有菜圃，联曰：

此味易知，但须绿野秋来种；
对他有愧，只恐苍生面色多。

世间的事，真是无独有偶。近见《大公报》载北平的一段消息，标题刚好是一副对联：

民容共蔬菜一色；
米价与大钞齐飞。

两位相国地下有知，作何感想？

“一二·一”

民国三十四年12月1日，即抗战胜利后两个月的一天，在云南昆明，发生了一件惊心动魄的事，这就是国民党特务和军人打死学生四人的一次血案。

本来，胜利之后，全国团结一心，协力建设，我们祖国还是大有希望的。但是《双十会谈纪要》墨迹未干，萧墙祸起，调兵遣将，亲者痛惜，仇者称快。昆明大学生为了反对内战、促进和平，三万多人罢课游行，而当局竟然用砖瓦甚至手榴弹、枪杆来对付这些手无寸铁的学生。就在这天上午，枪杀南菁中学教员于再，西南联大学生李鲁连、潘琰、张华昌四人。这就是昆明“一二·一”惨案。事发后，中央社还封锁事实真相，甚至还有这样的奇谈怪论：“学生有开会的自由，我们有开枪的自由!”

上海学生为此还举行了盛大的公祭。宋庆龄、柳亚子、马叙伦、许广平、郑振铎诸先生主祭。宋庆龄先生亲送横幅，文曰“为民先驱”。挽联很多，近从同学处传抄，仅得两联，因急录之，亦可见一斑也。

（一）这是什么天下？教授学生遭此屠杀。
竟有如此政府，凶手主犯任其法外。

（二）为争民主洒热血；
誓教暴君见来日。

记得马凡陀先生山歌中有一首《一只猫》诗，对国民党杀人有所表示。山歌曰：

军阀时代水龙刀，还政于民枪连炮。
镇压学生毒辣狠，妙呜妙呜要要要。

太平天国的对联

太平天国诸人，反抗清政府，创建天国，虽然功败垂成，却写下了中国近代史上光辉的一页，因此必须有一个正确的评价。到现在，这种不成问题的问题，由于“庙堂今又重曾胡”的诸种原因，对太平天国又极尽污蔑之能事。其实，他们的革命性，中山先生早已肯定，《中山全书》已经清楚地告诉了我们。

前阅太平天国野史，载有楹联多副。

一、太平天国宫门联

独手擎天，重整大明新气象；
丹心报国，扫除外族旧衣冠。

二、勤政殿联

虎贲三千，直捣幽燕之地；
龙飞九五，重开尧舜之天。

三、忠王殿联

马上得之，马上治之，造亿万年太平天国于弓刀锋镝之间，斯真健者；

东面而征，西面而征，救十八省无罪良民于水火倒悬之会，是曰仁人。

私祭李大钊

李守常先生，河北乐亭人。五四时，在北大任教，在宣传科学、民主，推动学生运动等方面贡献很大，是中国近代有数的新哲学新思想家。国民党第一次代表大会宣言就是在他参与下完成的。这个宣言，就是在中山先生的遗嘱里，也谆谆告诫党人要“继续努力，以求贯彻”。当然，革命与反革命从来是水火不相容的。李氏既然是革命派，就遭到军阀张作霖忌恨，于民国十六年4月28日，在代表20世纪文明的绞刑架上惨遭杀害。吾忘年友周君，当时在北大亲受李氏教益，两人先后被捕。据周君告我，李氏殉难后，他们曾在狱中写了挽联来私祭。

（一）为革命而奋斗，为革命而牺牲，死固无憾；
在压迫下生活，在压迫下呻吟，生者何堪。

（二）向虎狼讨生，生不如死；
为主义而死，死得永生。

（三）民主战士杨杏佛挽曰：

南陈已囚，空教前贤笑后死；
北李犹在，哪用吾辈哭先生。

（四）当时的共青团员，后在战斗中牺牲的王丽水挽曰：

社会历史原空白，你一笔，我一笔，写到悠长无纪极；
壮士热血皆鲜红，这几点，那几点，造成全球大光明。

弘光皇帝

“万事不如杯在手，一生几见月当头。”

这副对联是南明弘光皇帝，也就是福王朱由崧在南京称帝时自己撰的，由东阁大学士、大书法家孟津王铎书于宫内熏风殿上。这个殿，用现代语来说，就是游艺厅（playhouse）或音乐厅（musichall）。孔尚任写的杂剧《桃花扇》中有此记载。

当崇祯帝被义军逼死煤山，吴三桂以“报君父之仇”引来满族入关，使他们仅以二十万人，轻易地攫取了北京政权。这时南明政权统治区内，尚有黄河以南的大半个中国。如果弘光政权能够时时以国家为念，励精图治，积极备战，恢复故土的希望还是很大的。谁知这个政权根本没有把大敌当前当作一回事，阉党攫取大权后，排斥异己，大修宫殿，借口光复，搜刮“军费”。这个皇帝只知道“饮醇酒，选淑女”，尽情享乐，根本就没有恢复的打算。正直的史可法，被排挤出扬州，而且在军费等方面处处受掣肘。这算什么政府？我们只要看一看这副对联，就可知弘光帝活一天算一天的心思已昭然若揭了。《桃花扇》中记得有人题诗曰：

虞山倡议采宫娥，自是诗人好事多。
明月当头杯在手，孟津联语更如何？（其一）
夜半兵来促管弦，燕巢飞幕各纷然。
南朝剩有福王一，纵不风流亦可怜。（其二）

《孟子》曰：“无敌国外患者，国恒亡。”看来有敌国外患，而自己不思振作者，只能加速其灭亡。

对联与时间

春联，如果从所写内容的时间上去分类，可分为：

（一）写出已经实现的事情。即所谓 the simple past tense，亦即过去完成式。

（二）正在进行但尚未完成的事情。即 the present continuous tense。

（三）一为现在未实现，将来一定实现的事情。即 the simple future tense。

国民党“收复”延安后，《大公报》特派记者周榆瑞曾参观了一次，写有《延安行》一文，发表在《大公报》上。因为写联话，我比较注意这方面的东西。现将其中有关部分抄录如下，其中遣词用语，大致以上三种类型兼而有之了。

有好几家铺子的门上，仍然张贴着中共时代的春联，我所记得住的几副是：

民主方针，集中和坚持俱重；
和平事业，自卫与团结并行。（其一）
争得了抗战胜利；
要快点民主和平。（其二）
争和平万众一心；
反内战大家努力。（其三）

最有刺激性而且有点碍眼的一副是：

陕甘宁边区工商茂盛；
蒋管区各地百业凋零。

人民敢于将“反内战”“争和平”“要民主”等字样写在春联之上，春联因此也成为人民斗争的武器了！

戊戌政变与谭嗣同

清末戊戌政变，也使人更清楚于在保存帝制的情况下实行变法，哪怕是很少的改动，也是与虎谋皮。唯一之法就是将虎打死，其皮自得。而戊戌六君子中，死得之烈，以谭氏为最。事发后，本来还可以从容逃走，但谭说："变法、革命都要流血，中国请自嗣同始。"（许姬传：《戊戌变法侧记》）就刑之日，面不改色。

谭氏工于诗，擅古文辞，兼好剑术。其《仁学》一书，对君权与纲常名教抨击不惜余力，提出一切事物必须"新之又新"。梁启超曾被誉为"我中国二十世纪开幕第一人"，未免过誉。观其所为诗：

洪澜会翻世界海，何用行吟江之滨。
哀哀苌弘血化碧，颈项犹拥仇人头。

是何等英雄气概！

一发牵之全身动，苍茫浴日生洪波。
身高殊不绝，四顾乃无峰。
但有浮云度，时时一荡胸。

又是何等自负！在狱中尚有：

我自横刀向天笑，去留肝胆两昆仑。

即英烈之气，百年之下，震人心肺。

康有为挽联曰：

复生不复生矣（谭字复生）；
有为安有为哉。

人说这副挽联对得很巧，嵌康谭之名字。我说巧则巧矣，不合哀挽之惯例。

《饮冰室诗话》载有谭的好友，另一维新派人物浏阳唐才常写给谭的挽联一副，声声是泪，声声是恨。联曰：

与我公别几许时，忽警电飞来，忍不携二十年刎颈交，同赴泉台，漫引将去楚孤臣，箫声呜咽；

近至尊刚十余日，被群阴构死，甘永抛四百兆为奴种，长埋地狱，只留得扶桑三杰，剑气摩空。

岳王庙的三副对联

（一）青山有幸埋忠骨；
白铁无辜铸佞臣。

（二）咳，我纵丧心，有贤妇必不若此；
啐，妾虽长舌，吾鄙夫何至于斯。

（三）人从宋后少名桧；
我到坟前愧姓秦。

第一联传说是山阴一女子写的，全篇新意，出人想象。第二联是有人用秦桧夫妇追悔和互相推卸责任的口吻戏题的一副讽刺联，挂在跪像上（上联系在秦桧颈上，下联系在秦王氏颈上），活画出两个汉奸狗男女的丑恶姿态。

第三联说的是：有一叫秦涧泉的状元，是康熙年间人，被任为浙江巡抚。一天，与僚属同游岳庙，要秦涧泉撰一副对联。写的奸臣正是他们秦家先人，如何措辞，要大费斟酌。但是不一阵，秦状元的对联就想好了，朗吟如上。不卑不亢，不躲不藏，人以为难能也。

金兵南侵，钦徽北去，康王在抗战派的扶掖下即位临安，是为南宋高宗。南宋、南明，在苟安江左，无意恢复这一点上，真是一对难兄难弟。高宗喜养鹁鸽，躬自放飞，兴趣特浓。当时有人题诗曰：

鹁鸽飞腾绕帝都，暮收晨放费工夫。
不如养个南来雁，沙漠能传二帝书。

事实上，鸽子也可以传信，名曰信鸽homing pigeon。如果高宗确有父子兄弟之情，何用雁乎？但是这位残暴昏庸的皇帝，根本就想不起传书，而是“君臣纵逸，耽乐湖山，无复新亭之泪”，“苟幸无事，讳言用兵”。游人沉醉于暖风明湖之中，杭州权作汴州。这样的朝廷，还能找出一丝半点的恢复气象吗？当然要“公卿有党排宗泽，帷幄无人用岳飞”，还管什么“剧盗曾从宗父命，遗民犹望岳家军”，“遗民泪尽胡尘里，南望王师又一年”。见鬼去吧！

这次书稿即将杀青时，又粗读了一遍，结果又发现有一副对联，至今未能公开悬挂尔。联曰：

我若奉命出师，大敌当前，十二金牌招不返；

公果精忠报国，权奸在内，三千铁甲杀归来。

在这个联里，明确指出，岳飞当时出路只有两条。一曰抗不遵命，继续抗金。二曰提偏师一旅，直捣钱塘以清君侧。君侧贼既除，则上下一心焉。观书生叩马之言曰：奸臣在内，大将能立功于外者，未之有也，旨哉斯言。

今天，自命为青年导师的人（此处指胡适），反而说岳飞是破坏政令军令统一的人，是拥兵跋扈，为秦桧开脱卖国求荣、破坏抗战的罪名。连作《啼笑因缘》的张恨水先生，也愤愤不平，在其《翻案诗》中有一首专指此事：

“二圣环”讥脑后尘，东窗设计岂无因？

岳飞一度成军阀，秦桧居然是好人。

注：《武林旧事》载：“绍兴中，杨存中在建康旗上画双胜连环，谓之‘二胜环’，意取两宫北还之意。后得美玉，琢为帽环以进。有一伶人在旁，高宗指示之曰：‘此乃杨太尉所进二胜环。’伶人跪捧谛观，徐奏曰：‘可惜二胜环（二圣还）放在脑后。’高宗为之改容。”

林又仁其诗其联

林又仁是我的业师，所为诗词，嬉笑怒骂，不假诸邻，又慷慨好义，急人之急。某学期代我交齐尚欠的学杂费，而且还不要归还欠款，是可感也！他说："我虽穷，还可以为五斗米折腰，你还是好好读书吧。"今年我迂道往访，并问杖履安康。林师高兴异常，出示了诗联近作多种。先将楹联中之佳作者恭录几副：

（一）抗战胜利，足可小休，为什么夜夜抓丁，日日要款？
军事第一，甚嚣尘上，最难堪户户断炊，家家逃亡。

（二）只说胜利好，不料胜利还得打；
莫唱太平歌，谁知太平几时来。

（三）民国卅五年[注]，说盼到太平新世界；
彭祖八百岁，没吃过这么贵东西。

附抄小令：

虞美人（步李后主韵）

征丁征丁何时了，民命知多少？小民无食喝西风，白骨无辜送死内争中。田园荒芜应犹在，只是主儿改，问君这是啥年头？弄得人亡家破血泪流。

捣练子

南舍避，北邻空，一阵敲门一阵凶；神泣鬼号人不寐，拉丁搜索到房中。

忆王孙

新年稍长小儿孙，闻道拉丁吓断魂，哭叫声声不忍闻。未黄昏，邻舍家家深闭门。

注：民国三十五年是抗战胜利后的下一年，即1946年。

最新春联

坐吉普车，拥吉普女郎，入吉普酒吧，痛饮吉普美酒，乐乎乐乎！
乘胜利风，悬胜利勋章，进胜利饭店，大开胜利华筵，快哉快哉！

这是民国三十五年《大公报》刊载的，作者陈鸣。

这副对联，上联写的当然是美国兵，下联则是“重庆人”了。美国兵远涉重洋，来到中国，劳苦功高，理应以女郎、美酒来表示盟友之谊。况且比“二十一条”还多三条的《中美友好通商航海条约》已经签订，即使前任驻美大使顾维钧博士，在解释该条约时也坦然地说：“就是将中国全部领土、全部事业一律对美国开放。”当然，女大学生沈崇的肉体、三轮车夫顾某的生命也都囊括其中，全部“开放了”。兹录《民谣》一首：

吉普车来的的的，里头坐着洋老咪。
千山万水来中国，为的是名为的利。

某报刊有《诉衷情》一阕，词曰：

胜利以来光景异，外国兵，常无理，强奸我女生，怎不令人惊？难调停，四强之一强不成，强得难为情。

郁达夫与对联

郁达夫之兄余华，是个司法工作者。民国二十八年12月，在上海被敌伪暗杀。次年3月在上海开追悼会，身在新加坡的郁达夫寄回挽联曰：

天壤薄王郎，节见穷时，各有清名扬海内；
乾坤扶正气，神伤夜雨，好凭血债索辽东。

郁达夫是我国著名的小说家、散文家和诗人，创造社成员之一。抗日战争时期，在南洋一带从事抗日宣传活动，抗战胜利前夕为日寇杀害。他的挚友郭沫若在《历史人物》一书中，对于郁氏有专章评介。其文曰：

在创造社的初期，达夫是起了很大作用的。他的清新的笔调，在中国的枯槁的社会里面，好像吹来了一股清风，立刻吹醒了当时的无数青年的心。他那大胆的自我暴露，对于深藏在千年万年的背甲里面的士大夫的虚伪，完全是一种暴风雨般的闪击，把一些假道学、假才子们震惊得至于狂怒了。

这里辑了他的对联三副。

（一）避席畏闻文字狱；
著书都为稻粱谋。
（二）直以慵疏招物议；
莫抛心力作词人。
（三）莫对青山读世事；
休将文字占时名。

看来，郭对于达夫这个历史人物是持肯定态度的。不过从这三副对联的内容看，其不满现实，孤芳自赏之态，为之怃然。

民国二十四年6月，他有一首诗，即《沪杭车窗即景》，录之如下：

男种秋田女摘茶，乡村五月苦生涯。
先从水旱愁天意，更怕秋来赋又加。

朱自清

作白话文，传白话神，令普天下读者如亲謦欬；
为青年师，向青年学，愿吾辈中壸士共宗仪型。

这是北大教授郭绍虞先生哀挽著名散文家、诗人、学者朱自清教授之联。先生于民国三十八年八月十二日逝世于北大附属医院。登报的讣闻有“朱氏久病胃，但因变乱连年，穷困逾恒，无法根治”云云。一代文学家，病死在不争气的时代里，尚有何说？先生文名遍海内，其《匆匆》《背影》《踪迹》等篇，各家中学课本都有选录。文章淡而有味，越咀越浓。《闻一多全集》的搜集、编纂和出版，郭沫若而外，朱可以说是全力以赴的。在病危之夕，犹谆谆嘱咐家人不要领取美国的救济米。人格之高尚，可见一斑。他逝世后，各界哀恸不已，现在又收集了许德珩教授的一联，一并录之。

教书三十年，一面教，一面学，向时代学，向青年学，生命如斯，君诚健者。

生存五一载，愈艰苦，愈奋斗，与丑恶斗，与暴力斗，死而后已，我哭斯人。

我也有一联曰：

文人天最忌，粉笔教本，形影相随，最难堪八载流离，半生胃病，到死还留未尽稿[注]。

长才偏短命，柴米油盐，日夜熬煎，至赢得一贫如洗，两袖清风，频年长为稻粱愁。

注：先生尚有《中国文学大系》之宏愿，已草成提纲，竟赍志以殁。

陶行知

民国三十五年三月的一天，在上海各大学院校学生10万人反饥饿、反内战、要和平的赴京请愿团大会上，陶行知先生发出了反独裁、要民主的怒吼："八天的和平太短了，我们需要永久的和平；伪装的民主太丑了，我们需要真正的民主。"义正词严，声震全场，人民振奋，独裁心颤。

陶行知是一位坚强的民主战士，同时也是一位人民教育家。他和吾师李湘宸先生都到美国学习获得过哲学博士学位，回国后，一主讲北京师大，一主讲南京高师，教育界以南陶北李并称之。陶在学术上最大贡献是首先在教育界提出了重视农民问题，提出改革全国乡村教育的主张，而且身体力行，作出表率。创办的晓庄师范，其开学的对联就是：

和马牛羊鸡犬豕做朋友；
对稻粱菽黍麦稷下功夫。

此联表述了他"生活即教育""社会即学校"的教育改革宗旨。脱下绅士装，穿上布衣草鞋，师生一起开荒生产，挑粪种地，睡地铺，住牛栏。又成两联曰：

（一）从野人生活出发；
向极乐世界进军。

（一）捧着一颗心来；
不带半根草去。

一个人民教育家为教育事业不谋私利、鞠躬尽瘁的崇高品德熠熠生辉。

民国二十五年，他去伦敦参观，曾有瞻仰卡尔·马克思后诗作发表于世。诗曰：

光明照万世，宏论醒天下。

二四七四八（卡尔墓的编号），小坟葬伟大。

前年（按即1946年）二月九日写了一首诗曰：

主人尚未作主，公仆何日为公？
报与钟儿知道，古庙仍须敲钟！

因此，抗战胜利以后，他以更大的热情投入反内战、争民主的行列里，特务在昆明暗杀了李公朴、闻一多以后，黑名单上的第三名是陶先生，很多朋友劝告他要提防“无声手枪”时，陶先生坚定地说：“我等着第三枪！”1946年7月25日，终劳累过度，因脑溢血去世。

陶先生为中国前途奋斗而死，现在盖棺论定，他的道德功业自足千秋，我们根本就不能赞一辞。因为用什么样的形容词也无法表达出陶夫子的伟大人格。还是郭沫若的话：“陶行知就是陶行知。”

挽于子三联

（一）剩好头颅酬百姓；
无真面目见群魔。
（二）反内战、反饥饿，冤狱三字早注定；
争和平、争民主，伟功千古永不磨。
（三）读书钱塘江滨，怒潮难洗子胥恨；
卜葬栖霞山下，忠魂长傍岳王坟。

这是我们几人痛悼浙大自治会主席于子三烈士所写的挽联。于子三是以“煽动学潮，组织暴乱”的罪名被捕杀害的。呜呼，而今才知“莫须有”三字，不徒南宋为然也。

《观察》第4卷16期在《浙大文学院革新运动详记》一文中有一段文字很精彩。文曰：

……《中央日报》5月26日的社论上，其中一段抄录为左：

“浙江大学，在地方当局和学校当局互相推诿之下，被共党匪徒发展组织而成为指挥东南学运中心枢纽。浙江大学，混迹之共党国际军事间谍职业学生所组织之机构，尽人皆知直接受香港共产机关之指挥，策动京沪等地之间谍暴动诸般工作。于子三案即为此等间谍暴动工作之首次暴露。最近，该校职业学生又复胁迫著名的地理学者张其昀教授，因其为国民党中央委员，不许他在学校教书，必须迫使他去之而后快。”

因而该报主张“迅速逮捕作为祸首之共匪国际间谍职业学生，立即遣至彼等心里向往之‘圣地’匪区”。并大声疾呼：“中国国民党人苟有自尊感，苟稍有天赋自卫之本能，……何以及早自振臂而起，与共匪间谍决斗？”“我国当此生死存亡之关头，岂可不操刀一割！”呜呼呜呼！可怕可怕！“玻璃自杀”已嫌不够，竟需公然来“操刀一割”了！接着29日国民党中宣部发言人公开号召国民党人要和“职业学生”做殊死战；接着“北方的人民”团体电呈中央要求解散浙江大学。

五四运动有关对联

敝亲刘庚山先生告诉我，五四运动时，他在北平读书，亲身参加火烧赵家楼，为当时被捕学生之一。先生谈到游行队伍前列有联一副曰：

卖国求荣，早知曹瞒遗种碑无字；
倾心媚外，不及章惇余孽死有头。

不用说，这副声讨联指的章惇余孽即章宗祥，曹瞒遗种即曹汝霖，借两个古代奸臣，以声讨现代奸臣，可谓斤两相符，大义凛然。这也是中国人民气发扬、人心未死之铁证。五四运动，于兹已二十九年矣（按：当时是1948年）。当日想请德先生（democracy）以反封建，打倒专制政府；请来赛先生（science）以反迷信，打倒孔家店。时至今日，将近三十年了，当时两先生也许正在英年，风流倜傥，现在恐怕已经白发苍苍，皤然老头了。但是仍旧望穿秋水不见伊人，只听楼梯响，不见人下来，小民望眼欲穿之情景，真不胜感喟也。许德珩教授有一篇《“五四”二十九年》的文章，有几句话说得很好。“统治阶级对于学生运动，总以为是少数人操纵指使的，……以为只要把这个发纵指使的人去掉，学生运动就可以消灭了。……其实五四运动是在蔡先生（按：即蔡元培）辞职以后才蓬勃发展起来的……”

压迫力与反抗力永远成正比，压力愈大反抗力越高，这是亘古不变之定理。青年学生苦闷压抑二十九年了，火烧曹公馆的火种正在慢慢加热起来。

五四运动得到全国人民的广泛支持和响应，上海工商界也行动起来给予声援和支持。南市区为声援被捕学生，商店罢市，门口对联曰：

（一）学生一日不释；
本店长期不开。

（二）学生含冤，定卜三年不雨；
同胞受辱，可兆六月飞霜。

（此联用齐妇含冤和邹衍下狱的典故，语痛意昂，观者动容。）

（三）四金刚捧日，的是可杀；
众商行罢市，尤须坚持。

（四金刚指段祺瑞、陆宗舆、曹汝霖、章宗祥这四个卖国贼。联语双关，骂得痛快！）

白云观门前大匾，原为"普天同庆"，改一"庆"字，即成"普天同悲"，并贴一联曰：

学生被捕神流泪；
奸贼窃国鬼兴悲。

（情景贴切，权奸弄权，大有阴阳难容之势。）

上海跑马厅，本是上海最热闹的场所，当时也变得萧条了，出现巨幅白布对联，说出了很多人的心里话。

哪有心情看跑马；
正应筹策补亡羊。

当时南京路有一家服装店，无动于衷，单独开门营业，立即有人贴上一副对联加以讽刺。

你们雪耻雄心，全市罢工；
本店金钱主义，孤独开门。

店主一见，连忙关闭店门，表示谢罪。

斗争胜利后，南京路各商店纷纷换上新对联共同祝捷：

（一）共争青岛归还；
同看国贼罢黜。

（二）欢呼学生复课；
庆贺商店开门。

广大人民就是这样以对联为武器，和国贼进行了斗争，给人们以鼓舞和力量。

穷教师清苦也矣

（一）清算学店老板；
　　　保障教师生活。
（二）减轻学子负担；
　　　保障教师生活。

几种在野报纸近来不断出现之标题，对仗工稳，言辞恳切，作为对联，录制于上。时至今日，教师之苦难言也。教师的定义，韩文公早说过了，即“传道、授业、解惑”。西谚云：“As is the monk. So is the monastery.（不知其寺看其僧。）”教师责任之重大也明矣。李湘宸博士一再教导的专业精神，即敬业、乐业和勤业。李先生教人不厌、诲人不倦之精神，洵足炳耀千秋，师表百世也。但是回顾最好的老师，在这个国家不太平的世界里，通货膨胀，物价飞升，教师还会做些什么呢？枵腹从公，古人所难。记得某笔记小说中有一段故事。元时吕思诚家贫，累日不能举炊，乃以布袍一袭与人易米，其妻有难色。吕因为诗一首。现在只记得颔联曰：

不敢妄为些小事；
只因曾读数行书。

因为读了几行圣贤之书，就耻做偷鸡摸狗之事，只能典衣卖房，最后的下场，可慨也夫。所以陶行知先生有诗曰：

（一）人人呼我老夫子，生活不如老妈子。
　　　同是为人带孩子，吃不饱来饿不死。
（二）人人呼我老夫子，生活不如奶妈子。
　　　同样丢开亲生子，穿不暖来饿不死。
（三）穿不暖，吃不饱，孤村古庙一个子。
　　　哪能顾得爹和娘？哪个养得妻和子？

鹑衣小吏有《鹧鸪天·望生活指数》一首曰：

七夕初过又中秋，终日营营何所求。朝里达官搂红袖，廊中小吏悲白头。看物价，涨不休，牛衣对泣古今愁。本月指数增多少？此生常愧稻粱谋。

财神殿联

这征税，那征税，除却财神都征税；
英自由，美自由，只有国人不自由。

为什么不向“财神”征税？有二意存焉。一是因“财神”权大势大，有钱能买鬼推磨；二是庙里的“财神”只是木雕泥塑，呼之不应，祝之不灵，故作为免征户放过。

下联说的自由，是指洋人在他们本国有法律约束，不敢横行妄为。只有到了中国就自由横行，目无中国法纪，故“英自由，美自由”。此联可谓嬉笑怒骂，刻画入骨矣。

有诗为证：

长相思

东也抽，西也抽，都把人民做马牛，何曾有自由？
血泪流，涕泪流，留到几时方始休，“他们”点点头。

减字木兰花

油盐柴米，件件如今涨不止；生活如枷，泪眼愁眉千万家。　黄金收掉，物价依然平不了；午梦魂惊，闻说官家夜捉丁。

林又仁又有联

吾师林又仁先生知道我撰联话，日前将他近作寄来。联曰：

国人皆曰可杀，有权有势，有金银美女，管什么弹劾惩戒；
乡邻之声日蹙，无食无衣，无房产地契，再加上要款抽丁。

林师又附来他的同仁撰联两副曰：

（一）穷的富的，贵的贱的，睁睁眼看他怎的；
歌斯舞斯，哭斯笑斯，点点头原来如斯。

（二）赠聋哑者胡君门联：

熟视无睹，诸君尽管贪污作弊；
有口难言，我辈何须民主自由。

今年中央有一个大措辞，就是发行“金圆券”，收缴民间黄金。结果富商大贾、豪门政客，借机聚敛黄金美钞，政府一过问，民众一检举，则相率携金拖银，飞美飞英，飞瑞士山中，光明正大做起寓公来。中央只能办几个“小老虎”，“大老虎”任其逍遥法外。

有《虞美人·寓公》词曰：

彻查检举无休了，事实收多少？可怜无意挽颓风，专拍苍蝇放虎入山中。　纵然铁案如山在，有笔轻轻改。丢官几见阔人愁，依旧优游林下做名流。

复有《如梦令·寓公》词曰：

飞运奇珍东注，囊括金钞西渡，域外最高楼，那管啼痕处处？休误，休误，宗国不堪一顾。

还有《菩萨蛮·迎金圆券》词曰：

逢人争道金圆券，金圆模样何曾见？妄自想金洋，仍然纸一张。簇新多彩泽，旧钞无颜色；莫再想当年，圈圈圈上天。

第二辑
（1950—1965）

郑成功一隅孤忠

郑成功，福建南安人。明亡以后，于顺治十八年（1661）率领战舰百艘，渡海到台湾，打败了当时尚盘踞在台湾的荷兰殖民主义者，迫使荷兰驻军投降，收复了被荷兰殖民者侵占38年之久的我国领土——宝岛台湾。这位民族英雄之志令人肃然起敬。殁后，台湾人民建起郑延平郡王祠以资纪念。有一联曰：

由秀才封王，柱撑半壁旧河山，为天下读书人别开生面；
驱外夷出境，开辟千秋新世界，愿国中有志者再鼓雄风。

这是当时爱国诗人丘逢甲（台湾彰化人）所写。丘氏当日浴血抗击日本侵略者十多天后回到内地，将要内渡之前，谒郑延平郡王祠，以泪和血写成该联。郑氏监生出身，由南明桂王封为延平郡王、招讨大将军，故曰："由秀才封王。"这时的"驱外夷"，实际上借指驱除日寇，希望有人像郑成功一样再鼓雄风。丘逢甲《有感赠义军旧书记》诗曰："撑起东南天半壁，人间还有郑延平。"同是一个意思。

郑成功病逝台湾后，康熙帝亲撰一联曰：

四镇多二心，两岛屯师，敢向东南争半壁；
诸王无寸土，一隅抗志，方知海外有孤忠。

在南明“四镇多二心”和“诸王无寸土”的严峻形势下，抗志一隅，孤军奋战，为大明作孤忠之臣。康熙帝对自己的敌人有这样公平的评价，真不简单啊！

沈葆桢（林则徐的女婿）也有一联曰：

开千古得未曾有之奇，洪荒留此山川，作遗民世界；
际一生无可奈何之运，缺憾弥诸天地，是破（亦作“创”）格完人。

沈葆桢也是福建人，此联中尽管回避了郑氏孤忠抗清之事，但对这位乡贤充满了敬佩与仰慕之情。这说明爱国之心是心心相通的，像秦桧、李鸿章等汉奸败类毕竟是极少数。

我佛今年，我公明年

袁世凯靠出卖戊戌政变起家，得到慈禧的赏识与重用，由两湖总督而内阁总理大臣，权倾朝野，炙手可热。戊申年（1908）八月，袁氏五十生辰，在北洋公所大摆寿宴，有谄袁之徒献上寿联云：

戊戌八月，戊申八月；
我佛万年，我公万年。

戊戌八月，是指戊戌政变发生在当年八月初六日，慈禧未跌下龙座，得以继续垂帘。袁世凯从此步步高升，每年八月袁世凯都要庆祝他的寿辰。两个八月，同一个天干纪年，岂非天意巧合而无比吉祥乎？特别是慈禧，更喜欢臣民呼她“老佛爷”。此联在祝袁同时，也祝贺了慈禧，昏君奸相，无上光荣，女皇宰相，史无前例。但是在当年十月袁氏五十寿辰大庆之后的两个月，慈禧就呜呼哀哉了。当时名士祝竹岩，对此联作者之谄媚，倍加睥睨，痛斥这对君臣为狗男女。祝氏对此联稍加改动，变寿联为挽联曰：

戊戌八月，戊申十月；
我佛今年，我公明年。

是催命之挽联，促其速死。故此联一经传出，获交口称赞，万众欢腾。虽然当时袁世凯不一定明年就归天，但口诛笔伐，已成过街老鼠矣。

沈鹊应哭其夫林旭

戊戌变法后，康有为为联以吊“六君子”，联曰：

殷干酷刑，宋岳枉戮，臣本无恨，君亦何尤，当效正学先生，启口问成王安在；

汉室党锢，晋代清谈，振古如斯，于今为烈，恰如子胥相国，悬睛看越寇飞来。

这是一副有深度、有分量的挽联。扼要直译如下：

殷商的比干受到酷刑而死，宋代岳飞死得太冤枉，六君子为国而死，心里坦坦荡荡，皇帝就再不用怪怨他们。他们当效法方正学先生，开口先问成王在什么地方。（这意思是你西太后称制听政，光绪帝还在，你却处置到什么地方去了？）

东汉末年党锢之祸，晋朝不着边际的清谈，面对这种习尚，现在更胜于往昔，正如伍子胥枉杀以后，头悬吴都东门，眼睁睁看越兵进来。借指有一天列强（首先是近邻日本）会从此而入。

六君子之一的林旭被杀后，夫人沈鹊应（沈葆桢之孙女）哭之以词（调寄《浪淘沙》）云：

报国志难酬，碧血谁收？箧中遗稿自千秋，肠断招魂魂不到，云暗江头。

绣佛旧妆楼，我已君休，万千悔恨更何尤！拼得眼前无尽泪，共水长流。

这是戊戌变法后传诵一时的哀调。

她又作《菩萨蛮》词云：

旧时月色穿帘幕，那堪镜里颜非昨。掩镜检君诗，泪痕沾素衣。　　明灯空照影，幽恨无人省。辗转梦难成，漏残天又明。

沈不久也自杀殉夫。

关天培与麦廷章

1840年的鸦片战争，是中国人民反抗英国侵略者的正义战争，由于统治阶级投降派的出卖，以劫掠和贩卖鸦片为资本原始积累手段之一的英国，取得了侵略的胜利。《南京条约》的签订，标志着中国从封建社会沉沦为半殖民地半封建的国家。

林则徐是鸦片战争中的民族英雄之一，向着凶残和无耻的英国侵略者进行了坚决的斗争，取得了振奋人心的成绩。但是在当时腐朽势力的打击之下，得到撤职流配的处分。他当然会满腔愤慨了，爱国和忠君，矛盾地统一在他的身上。

苟利国家生死以；
岂因祸福避趋之。

这是他将要赴戍登程时《口占示家人》诗中的两句，说得是那样斩钉截铁，大气磅礴，铮铮有声。他给另一个老战友邓廷桢的诗中有“青史凭谁定是非?”的诗句，寄托了他的孤愤。

另一爱国将领关天培守虎门炮台，力战英军，两广总督琦善不发救兵，关天培与四百余名将士英勇战死。此时林则徐正在“待罪听处”。听到消息后，满腔激愤地为关天培写了一副挽联：

六载固金汤，问何人忽坏长城，孤注空教躬尽瘁；
双忠同坎壈，闻异类亦钦伟节，归魂相送面如生。

挽联语挚情深，悲愤痛切，充分体现了林则徐对投降派的憎恨和对战友的敬佩与怀念。上联是揭露和谴责投降派的，“问何人”三字直语逼人，锋芒直指琦善一伙和他们的主子道光皇帝；下联写对战友的崇敬与缅怀，“闻异类亦钦伟节”，反衬有力，用事得体，愈显出英雄的形象高大感人。“双忠”一词，指的是与关天培同时牺牲的游击麦廷章。

鸦片战争后，关天培的故乡江苏淮安，为纪念这位民族英雄，建了“关忠节公祠”，并把林则徐的这副对联用楠木刻出悬于祠内，至今尚存。但上联中的“何人”二字被改成“何时”二字，目的是避过当时清廷耳目。

牢中过年贴春联

利用语言、文字上同音或同义的关系，使上下联分别具有表里两重意义或关联到两件事的，叫作双关体对联。采用双关体手法写对联，在国民党统治时期颇多，特别是革命志士在监狱中，常常运用它作为斗争武器。

小说《红岩》中写道：

1949年的新年到了，被监禁在重庆渣滓洞的志士仁人，经过长时间的绝食斗争，赢得了欢庆新年的权利。

凌晨，各牢房的难友们高唱着革命歌曲，互赠着凝结战斗友谊的不值什么钱的贺年礼物。唱完歌，送完礼，开了牢门贴对联。这些对联都是用草纸一张张拼接而成的，字形有的苍劲有力，铁画银钩；有的弯弯曲曲，童稚天真。其中充满了难友们的乐观主义精神和革命者的坚强意志。但为了避免不必要的牺牲，大多数对联用了双关语。

洞中才数月；
世上已千年。

横额：扭转乾坤

这是女牢门上的一联。它告诉人们，几千年的封建统治正在崩溃，人民的世纪快要到来了。

歌乐山下悟道；
渣滓洞中参禅。

横额：极乐世界

这是楼上一室的对联。身入囹圄，已经深深悟出了武装夺取政权的道理，更加信奉马列主义的科学真理，奔向共产主义。

看洞中依然旧景；

望窗外已是新春。

横额：　　　　苦尽甘来

这是楼上二室的对联。乐观诙谐地告诉大家胜利即将来临。其他如：

满园春色关不住；
一枝红杏出墙来。

横额：　　　　大地回春

这是楼上三室的对联。预示着监狱的高墙挡不住黎明的曙光，革命成功会马上到来。

两个天窗出气；
一扇风门伸头。

横额：　　　　乐在其中

这是楼上七室的一副对联。诉说了革命者遭受非人的铁窗生活，但心灵仍向往自由，体现了革命的乐观主义精神，也是对反动派迫害革命者的无情鞭挞。

那些狱卒们，看了这些充满着革命情趣的双关语对联后，有的装作看不见，有的则干脆避开，战友们度过了一个战斗的新春佳节。

李二先生是汉奸

黄马褂是清朝的一种特别官服，巡行扈从大臣如御前大臣、内大臣、内廷王大臣、侍卫什长，皆列准穿黄马褂，有军功大臣也特赐穿着。中日甲午之战，中国大败，清政府为掩盖全国人民耳目，下令褫去李鸿章的黄马褂。不久，李鸿章又奉命赴日本与日相伊藤博文谈判，因屈膝投降，签订《马关条约》，赔军费、割台湾，受到全国人民的谴责。而他却有联曰：

受尽天下百官气；[注]
养就胸中一段春。

注：上联第二字“尽”字疑有错，但查了几个版本均作“尽”字。

真是像北宋邓绾之言曰：“笑骂从汝，好官须我为之。”他要在全国人民的唾骂声中仍做他的卖国贼，真不知廉耻为何物。

当时，扬州有苏昆名丑杨鸣玉（又名杨三），在一次演出《白蛇传》“水漫金山”一场时，故意对穿黄色外褂的鳖精打诨道：“娘娘有旨，攻打金山寺，如有退缩不前，定将黄马褂剥去！”观众心领神会，满座哄笑。李鸿章大权在握，养成的一段中和之气也不知到哪里去了，立即派人将杨三迫害致死。有人写了一副对联贴于灵堂之上曰：

杨三已死无苏丑；（苏又作“昆”）
李二先生是汉奸。（李鸿章排行第二）

名为悼念杨三，实乃鞭挞李鸿章。对仗、韵律又是那样妥帖工稳，似钢铁铸成，几不能移易一字。不知李鸿章读了，又作何感想？

在海战中英勇殉国的海军将领有以邓世昌为首的多人，海军战士人数更多矣。丘逢甲《春愁》诗曰：

春愁难遣强看山，往事惊心泪欲潸。
四百万人同一哭，去年今日割台湾。

无言并非不言

出我村南行三里，曰土桥村，有清代最末一科秀才名张载坤，字子厚。按张氏族谱，辈分比我大三辈，性耿介，与家父交谊较深，而家贫如洗。民国初年，他有时教几天私塾馆。到全县都改成新式学校后，便失业在家，更加穷愁潦倒。但附近民间有红白喜事，婚寿对联，多出其手。更醉心于《周易》，认为一切抗不过"数"。1948年春节，家父又命我拿些酒馔去看望老先生，先生见我也很高兴，领入他的房中，只见他的墙上贴有春联曰：

丁壮完矣，物价涨矣，民力尽矣，可以休矣；
万岁响乎，纸票多乎，宝座稳乎，其能久乎。

横批：余欲无言

我读以后，确也被他的言辞直率激荡，有些心潮澎湃之感。老先生说：此联原来贴在大门上，有好心人劝他立即毁掉，以免招惹麻烦。他最初不同意，以后采取折中办法，贴在房中。他指着春联对我说："我只有一把老骨头了，看着办吧！"我当时指着横批，说"无言"二字怎么解释？他说："无言不是不言。这年头，欲无言不可能也。余岂好言哉？余不得已也。"

在国民党行将全面崩溃的前夕，连这样一位与世无争的贫秀才都愤怒地发出了"时日曷丧"之叹，其政治和经济状况可以想见了。

听说老先生活到新中国成立以后，1952年甘谷渭济渠延伸到吾村时，他已病重，还叫人将他抬到渠边看通水盛况。

郭沫若悼鲁迅

1936年9月19日，鲁迅先生逝世于上海，当时正在日本避难的郭沫若，听到消息后，立即寄来自制的挽联：

方悬四月，叠坠双星，东亚西欧同陨泪；
钦诵二心，憾无一面，南天北地遍招魂。

这副挽联对鲁迅的评价极高，把鲁迅的逝世和高尔基的逝世（同年6月18日）比作先后从人类的星空中陨落的两颗巨大星辰，并对自己没有机会和鲁迅会过一面表示无比的遗憾。郭沫若亡命东瀛，主要从事甲骨文金文考释，但时刻没有忘记祖国的现实斗争。他从鲁迅后期充满辩证法的杂文集《二心集》中，看到了鲁迅和国民党反动派势不两立的斗争精神，看到鲁迅旗帜鲜明地宣称自己有“二心”，不愧为封建统治者和绅士阶级的逆子贰臣。鲁迅早年曾经赞扬过桀骜不驯的“摩罗”，郭沫若也歌颂过离经叛道的“匪徒”，他们共同具有的大无畏的叛逆精神是息息相通的。

1942年，郭沫若在创作历史剧《孔雀胆》的过程中，结识了昆明的杨亚宁先生。杨当时曾协助郭查阅了许多有关云南地方史地、文物资料，其周密和渊博使郭击节叹赏。杨亚宁为了在书斋中鲁迅像旁配上一副联语，恳请郭把过去在东京《质文》杂志上发表过的联语再书写一副相赠。郭的联语是：

平生功业尤拉化；
旷代文章数阿Q。

这一联主要是推崇鲁迅倡导和推进汉字拉丁化运动的贡献，盛赞《阿Q正传》在“五四”以来的新文学中划时代的意义。但郭沫若在鲁迅去世后，经过冷静的思考和深刻的反省，随着岁月的流逝，更加怀念鲁迅对他本人的帮助和教育，决定重新撰写一副直抒胸臆、缅怀鲁迅的新联语，书赠杨亚宁先生。

这副新撰的联语洋溢着深切的友情，饱含着诚挚的思念。联曰：

返国空余挂墓剑；
斫泥难觅运风斤。

上下联各有一典故。《史记·吴太伯世家》中的典故，吴国公子季札当了大使，在出国之前拜访了友人徐君，徐君却爱上了季札的佩剑，但未说明，季札心领神会，只因为使臣的佩剑不能移赠他人，只得暂记在心，暗中许下了回来时要送一把好剑给他。季札出聘归来，不幸徐君已死，季札哀痛之余，为了不负徐君生前的情谊，便把剑解下，挂在徐君墓前的树上。郭沫若用这一典故说明自己对鲁迅的无限诚笃和生死不渝的仰慕。

下联引用的是《庄子·徐无鬼》中的一段寓言。郢人的鼻子上沾了一点白灰，只有蝉翼那样薄，石木匠答应给他用斧头（即“斤”）砍掉（即“斫”）。石木匠的技艺十分神妙，他毫不犹豫，一挥斧头，像一阵清风拂面，灰片便被砍下来了，郢人的鼻子安然无恙。郭沫若在下联中表现出严于责己的自我批评精神，对鲁迅当年中肯的批评表示了衷心的感戴。如今，鲁迅先生已经逝世，再想找一个像鲁迅这样能及时而准确地匡正自己阙失的诤友实在是不容易的了。郭沫若在给杨亚宁的信里还说：“余与鲁迅素未谋面而时受其斥责，虽当时受之，每有难忍之处，但今则求之而不可得矣。”哀婉之情，溢于言表。

鲁迅的直言不讳，是出于至诚。这两个大文豪的友谊建立在以诚相待、推心置腹的基础上，并在曲折的历程中日趋巩固，不仅历久弥坚，而且历久弥新。

（注一）第一副挽联引自上海文艺出版社影印《鲁迅逝世纪念文集》。

（注二）第二、三副联语转引自人民文学出版社《孔雀胆》后附杨亚宁来函四件之一。

第三辑
（1979—2009）

我和冯仲翔先生的几副对联缘

抗战后期，我正在上高中，好凑些打油诗，自我欣赏，自鸣得意。1944年假期，我上兰州看望我三舅天枢公。三舅早知我学诗的事，就说："要学诗，得请高人指点。袁子才说：'开口乳，先要吃得好'。"我说，固所愿也，不敢请耳。于是三舅领我去兰州下沟拜见了冯仲翔先生（我三舅读甘谷中学时，冯正在该校任教）。这是我第一次认识冯先生，当时他两人谈话中，不知怎么，忽然谈到冯在甘谷大像山为大佛作的楹联（系替当时县令所作）。联曰：

矫健凿洪蒙，我为朱圉探禹迹；
大千窥净土，人将法相比郊州。

横批：　　　　气接昆仑

冯先生说："当时我见闻不广，去北平求学，来去都要路过郊县的大佛镇，有大佛巍然，就拿来和甘谷大佛作比，如果早看了莫高窟、乐山县，再来作比就好了。"我顿然觉得他并不像想象中的以学骄人、目空一切的人，而是一个博学多识、不断精进的人。

我考上西北师院后，因为种种原因，学的并不是国文专业，但因为学诗，晚饭后不时去冯家。或约同学前往，或一人独往，先生都是十分客气，让冯寰女士（先生长女，当时上师院国语专修科）拿糖果倒水，一一问好。有一次我三舅给我缝了一身新制服，冯先生见了就连声称好。我说明了原委，并在不经意中说出了“随分穿衣吃饭”六字，冯接着说“切实为学做人”。回宿舍后忽然想起这两句话合在一起，岂非一副绝妙对联？次日，即请冯为我写好，并在后边附记了事情的原委，他还写了不少勉勖之言，我一直悬之床头，作座右铭来对待。

学校附近有村名曰戴家庄，一农民戴某与我在初中时同过学，有一次学校将要放寒假，戴某提出要我先将春联给他写好，要新制的，贴近农民，不要咬文嚼字。这个庄的地形是：北枕九州台，南濒黄河水，一年旱涝不愁。我即拟了上联曰：“靠山吃山，靠水吃水。”而苦想不出下联。一次我去冯家，请先生设法解围，先生说：何不以“种豆得豆，种瓜得瓜”对之？我欣然如释重负。写好后戴某异常高兴地说：这才是我们庄稼人的对联，农家谚语，大白话，大实话，没有陈词滥调，一看就懂。接着还请我到十里店镇子上小饮了一次。

这以后，冯先生给我讲了个小故事。他说：前几年，兰州某洗染行经理，在上西园购地若干亩，新修了别墅，厚币托人请王烜（兰州人，前清进士）给他撰写一副楹联，上下联都限在八字以内，想木刻悬挂，乔迁时宾客盈门，以壮门面。王氏平素不齿其人，却推辞不掉，就随便想了“染黄则黄，染苍则苍”八字为下联（语出《墨子》），久未得其对。一日，王在街头碰上冯先生，便请到附近酒楼，要他解围。酒足饭饱之后，先生说：“我早想出来了，‘种瓜得瓜，种豆得豆’，如何？他是洗染店老板，你就专说他的洗染；他又新置田地，我就说他农事。则这一楹联两者皆有了，不卑不亢，恰合身份。”王氏大喜过望说：“我早知非你莫属了。”

冯先生两用“瓜豆”之事被王氏知晓，他说：仲翔两用农家俗语，都能恰到好处，可称之为“瓜豆先生”。以后我对冯先生谈及此事，冯朗声大笑说：“狡黠哉，竹老（王烜字竹轩）也！”从此我对冯先生的睿智和博学，有了更深的认识和敬佩。

冯先生常说：制联最要注意的有四，即切时、切地、切事、切人。可以说这是制联的四要素，泛泛而谈，不切要害，乃无聊应酬之作，联家之大忌也。他的这些话，用今天的话说，就是制联要有目的性，要写出特色来。这几年，我一制联，就想起这些话，总想在制联过程中努力体现，但是学无功底，才气不足，总是无法体现或者体现得很不如意。缅想先生声音笑貌，恍如昨日，空怀山斗之思耳。

京师甘肃会馆联

明清以来，各省、各重要名城在京城陆续有了会馆，清末达到400多所。各省的同乡、同行聚会联络，增进感情，方便来京同乡人士的住宿。随着商品经济的发展，工商业者为了在商品经济竞争中取得有利地位，会馆又无形中成为互通情报的场所，必要时可以互济互助。明人刘侗在《帝京景物略》中写道："（会馆之设）使出入都门中，籍有稽，游有业，困有归也。"会馆还有一个重要的作用，就是给本省进京赶考的举子、候补和考核的官员等提供一个食宿之所。像中国的寺院、花园、别墅一样，会馆都有琳琅满目的楹联匾对。其文字内容，多是该省制联专家用自豪和炫耀的口气所撰，追述、颂扬、缅怀故乡山水人物，风光名胜，以激励后学，踵武前哲。如京师江西会馆大门联曰：

俱是宦游人，从大江南北来，追忆昔贤，犹传鹿洞学规，蠡滨政绩；

曾为持节使，登匡庐左右望，瞻言故里，如见白门烟树，黄海云涛。

撰联者首先将故乡的白鹿洞（历史上四大书院之一）和庐山提出来，点出了两位乡贤的业绩，也描绘了故乡山水风光。撰联者知道，凡是居住会馆的人，都是远离乡土，他试图通过这一特定的环境，抓住人们这一共有的心理。甚至把寄居地的山水风情与故乡的景物对照交融，撰出的对联将会更加争奇制胜，锦上添花，更有艺术魅力。悬之会馆门首，夸耀一方，以为闾里之荣、乡邦之光，甚至成为这一省旅京同乡向人夸耀的资本。

以前，因陕甘未分省，故京师只有陕西会馆，其修建和经常费用来源有三：一是由京官中富有者捐助，二是由省方按期拨付，三是房租租金收入。分省是在康熙时期，分省后若干年，甘肃才另行修建会馆。竣工后，同乡习惯称陕馆为老会馆，甘馆为新会馆。这一称谓一直延续到新中国成立后会馆倒闭。

当时，会馆门首照例都有砖刻对联。但京师士大夫以及各地旅京人士，对甘肃偏见很深，认为地僻人稀，既无名人，又无风光，所有者除炒面而外，就是沙漠。甘肃在京人士，也乐得自小，自惭形秽，多不敢执笔。推来让去，决定由当时京官翰林院侍读、伏羌人巩建丰撰拟。巩也勇敢承担，无后退之心。新门落成之日，只见砖刻曰：

羲轩故里；
河岳根源。

当时甘、宁、青同属一省，伏羲和轩辕黄帝的故里不用说了。河是黄河，岳是五岳。黄河发源于青海。五岳之源是昆仑山，也经青海，分为三支，五岳中的泰山、恒山即在北支的两个点上，华山、嵩山在中支的两个点上，衡山在南支上，而总的根源则在青海。故曰“河岳根源”。寥寥八字，既有人文，又有地文，以雷霆万钧之势，力镇群雄。各省会馆，只能自叹弗如。以后甘肃文士来住会馆者，大都要题楹联而去，但无一能超过此联。

“百二秦关”试析

有志者事竟成，破釜沉舟，百二秦关终属楚；
苦心人天不负，卧薪尝胆，三千越甲可吞吴。
（“可”字又作“足”字）

此明孝廉胡寄垣励志读书撰的一副对联，不知怎么传来传去，竟成清孝廉蒲松龄所撰了。到现在，已不知激励了多少失意青年特别是高考落榜之士，奋然而起，下决心，凭毅力，攻克难关，卒抵于成。此事见清人邓文宾《醒睡录》：前孝廉胡寄垣入学，试下等，愤甚，即登楼读书，不下梯者三年，自题联云云（见上联），数年后遂中。

孙中山领导的革命团体同盟会在日本东京成立，章太炎在此基础上对上联做了改动，以激励士气，奋勇前进，书于同盟会总部。上联曰：

有志者事竟成，济河焚舟，十万秦师终入晋。

下联依旧。

今按“百二秦关”或“百二关河”一词费解。《辞海》解“百二”一词曰：以二敌百。（1）是百的一倍，《史记·高祖本纪》：“秦，形胜之国，带河山之险，悬隔千里，持戟百万，秦得百二焉。”（2）集注引苏林曰：“秦地险固，二万人足当诸侯百万人也。”（3）司马贞索引虞喜曰：“言诸侯持戟百万，秦地险固，百倍于天下，故云得百二焉。言倍之也，盖言秦兵当二百万也。”后用为形容秦陇地势险要之词。（4）《后汉书·隗嚣传》：“陇坻虽隘，非有百二之势。”从以上释注，就知道“百二秦关”或“百二关河”，主要指的是关中地区。原联有“百二秦关终属楚”，是指楚汉相争之事，项羽与刘邦在楚怀王前约：“先入关者王之。”以后刘邦先入关（函谷关），据百二秦关之险，“终属楚”来得莫名其妙。事实上终项羽之世，秦关并未属于楚。因此，这副励志联，胡寄垣先生在字斟句酌上还做得差了一些。

这就使人想起天水玉泉观玉皇殿重修以后的大殿联了。

金阙重开，百二关河归陇上；

铜驼无恙，九天日月护西秦。

作者是老友马永惕。因时间仓促，楹联悬挂之后我才读到，就发现上下联皆有小瑕疵，我虽告诉了永惕，但因新作成，已无法挽救了。(1)上联就是这“百二关河”四字即秦川，秦川不能归陇上，地图上不会划归陇上。(2) 下联最后“西秦”两字不太妥切。可能作者想以西秦作为秦地之西，即秦州。“护西秦”即福佑秦州。但西秦在历史上又是国名，是十六国之一。陇西鲜卑贵族乞伏国仁于385年称大单于，其弟乾归称河南王，又改称秦王，都苑川（今榆中北），史称西秦，有今甘肃西南部。因此，这个“西秦”既是历史名词，现在大可不必去“护”了。如果改为“护秦州”，则与上联“归陇上”可称天造地设，“陇上”对“秦州”，秦陇一家，太好了。但“百二关河”从何说起呢？各种解释都不能使人心悦诚服。

城隍神

城隍，被认为是冥界中的基层神祇，司保护城市安全之责，例如兵刀水火等。周朝时，除夕要祭祀八种神，其中就有水庸（水即隍，庸即城）。单从字面上讲，城是城池，隍是城堑（即城壕）。有水的城堑为池，无水的城堑为隍。城隍为护城之神，祀之宜也。后来城市设施逐渐具备，绝大多数城市都是靠近水边的，“水”与“城”又进一步地结合，于是水神和庸神合二而一，成为城池的城隍神了。《北齐书·慕容俨传》：“城中先有神祠一所，俗号城隍神，公私每有祈祷。”可知唐以前，城隍神只有少数城池有，而且无固定的祭坛或庙宇。唐以后，随着封建统治机构的日益严密，城隍神逐渐向州县发展，张说、许远、张九龄、韩愈、杜牧、李商隐等都有祭城隍之文，大多是为祈雨、求晴、禳灾等事而作。到了后唐末帝清泰年间，皇帝封各地城隍为王。宋以后觉得这不失为化民成俗之一法，遂由官方法定为制度，岁时祭祀，祠庙遂遍及州县矣。明太祖初封京师城隍为帝，开封、临濠、东和、平滁四州县的为王，其余的统一规定为“府曰公，县曰侯”。洪武三年又去封号，只称某府（或某县）城隍之神。

在我国神道设教的历史长河里，上层人物中，偶尔也出一个开明人物，百姓就称之为民之父母，闾里屏障，他们死后，百姓希望他们仍在城中保护自己。也有选出历史上忠臣义士，把他们抬出来当城隍。于是文天祥、纪信、伍员等也纷纷出来，扮演城隍角色，这样就有了有姓有名的城隍爷。古人以神道设教，虽为迷信，但在教化人们弃恶从善、遏制犯罪等方面还是起到了一定的作用。因此，到后来，城隍的职责，又多了一项奖善惩恶、定人生死之任务，阴晴雨旸逐渐让权于各种龙王了。

解放前，甘谷城隍庙在西街，规模宏大，西厢房长廊尚有泥塑十殿阎君。刀山火海，男女（主要是妇女）受各种刑罚的塑像，形象逼真，望之森然。为其他下邑小县所仅见。

楹联较多，印象最深的有两副：

（一）善报恶报，迟报早报，终须有报；
天知地知，神知鬼知，何谓无知。

（二）百行孝为先，论心不论事，论事贫家无孝子；
万恶淫为首，论事不论心，论心终古少完人。

第一联为道光时甘谷生员张及泉先生撰书，第二联不记何人所撰。第一联上联述因果报应，佛家认为善恶之来，有因有果。下联袭用东汉杨震的故事。震任景州刺史时，廉洁自誓，其下属昌邑令王密，夜怀金十斤贿震说："暮夜无知者。"震曰："天知神知，我知子（你）知，何谓无知?"卒不受贿。如今，此联对居官吃皇粮的人，也似应书之座右，时时警惕自己。

无独有偶，在外国也有类似的护城神。意大利维泰博城就有护城神节这种民俗庆典活动。在每年9月3日晚上举行，主要是由120名健壮汉子，抬着一座高32米的夜明塔在市中心巡游。此塔由钢架、木板、石膏、彩纸板等材料做成，外面是螺旋形，塔顶是圣女罗萨的雕像。护城神节源于一个历史故事，圣女罗萨生于1233年（约我国宋理宗时），曾为保卫城市做出了重大贡献，但她十八岁就死了。人们为了纪念她，尊她为护城神，年年纪念，相沿至今，晚上夜明塔上一圈圈蜡烛齐明，非常壮美。

天下英雄入吾彀矣

我国封建社会形成的科举制度由隋朝开创，隋文帝废除为世族垄断的九品中正制，于开皇七年（587）设志行修谨、清平干济两科，隋炀帝大业三年（607）置进士科。唐于进士科外，复置秀才、明法、明书、明算诸科，武则天亲行殿试，增设武举。诸科之中，惟进士科为常设，最为重要。宋以后科举均用经义试士，明清两朝以《四书》《五经》的文句为题，规定文章的格式为八股文，文义必须依朱熹的《四书集注》等书。1905年（光绪三十一年）推行学校教育，科举制即被废除。科举制度存在了1300余年，为国家网罗了大量人才。《唐摭言》载：唐贞观中，太宗私幸端门，见新进士缀行而出，喜曰："天下英雄，入吾彀（gòu，圈套）矣。"事实上科举制度又是封建统治者选拔、培养、任用各级官吏的主要途径，也难怪最近外国有人称科举制度为我国四大发明以外的又一大发明。

晚清时代，在天水有两副梦中产生的与科举相关的对联，令人拍案称奇。

现在要进入伏羲广场的东口，南段有士言巷（巷内有任士言故居），晚清住户不到二十户，却出了四位进士。巷中有关姓一门，甲科鼎盛，两代为乐善院塾师。咸丰间，副贡关镛夜梦自己庭堂悬一楹联曰：

诗书振家声，一经传乃祖；
孝友绵世泽，七叶大其门。

关镛醒后甚异之，即默诵其文，镌刻为木质楹联，悬之堂上。不几年，其子关念谷中光绪壬辰科进士，念谷弟培谷中光绪二十三年丁酉科举人。以后子孙多学优行粹，赓续不断。其中所言"七叶"是否从关镛算起，下推为七辈人，因无资料，不能肯定。但科举制度从关培谷算起，只有七年就废除了，"七叶"一词更不知何解。

无独有偶，当时秦州东泉乡刘家崖窝子村刘氏一门文风极盛，科第联捷。某夜，生员刘兆鹏之父梦见他家门前张灯结彩，如过年过节，彩门有联曰：

壬林春暖冰初解；
午陛恩浓月正元。

醒后不解所云，而最后一字，按字面应为“圆”。遍示亲友，亦不能解，姑录而置之。光绪七年岁次壬午，为乡试之年，兆鹏中式，乃亚元（乡试第二名），第一名曰解元，始悟前梦楹联应其子科名之兆。使他不解的是梦联中首尾四字合读为“壬午解元”，何以只中亚元？以后得知，湖南刘某在甘做官，其子刘□仙随父在任读书，冒籍报考，竟得解元。刘氏父子愤懑不已。但自左宫保总督陕甘后，湖南士子来甘做官或糊口，其子弟不仅“满天山”而已。刘氏父子知不可斗，遂以亚元终其身。

曾左互嘲

季子敢言高，与余意见常相左；
藩臣真误国，问尔经济有何曾？

据传这是曾国藩和左宗棠（字季高）相互嘲骂诋毁的对联。理由是左氏目中无人，刚愎自用，对曾氏当面嘲骂一番，尔其奈我何？实际上，左宗棠是曾国藩一手扶植起来的人，没有曾国藩就没有左宗棠的飞黄腾达。左是举人出身，初入湖南巡抚骆秉章幕，后以四品京堂从曾氏治军，时曾氏“湘军”已具相当规模，遂令左氏招募五千人组成“楚军”。咸丰十年（1860）左已经自成气候，率军赴江西、皖南等地与太平军作战，并与李鸿章在上海招募和组成的洋枪队，成为帝国主义武装干涉中国革命和清政府“借洋兵助剿”的开端。次年底，左氏就由曾氏推荐任浙江巡抚，以后历任闽浙、陕甘等地总督。曾国藩的推荐之力，实起重要作用。左宗棠再自负，对他和曾氏的不寻常的关系是不会忘记的，绝不可能面对面地用对联形式去诋毁。倒是在曾国藩去世以后，左曾有一副挽联曰：

谋国之忠，知人之明，自愧不如元辅；
同心若金，攻错若石，相期无负平生。

这挽联一看就知道是真的。

诸葛吕端颂左公

19世纪60年代，沙俄趁我内忧外患、国势坠危之机，大举入侵新疆，通过1864年的《中俄勘分西北界约记》，清政府割让巴尔喀什湖以东、以南44万平方公里土地给俄。不久，中亚浩罕侵略者阿古柏侵犯新疆，从喀什一直打到乌鲁木齐，又得到沙俄的支持，据地自雄，成立政府，实行分裂祖国的阴谋。淮系军阀李鸿章拥北洋海军，他主张“新疆不复，于肢体之元气无伤”，提出把大量的国防经费用于海军。湘系军阀左宗棠此时任陕甘总督，因此地盘已转向西北，他上书朝廷，指出新疆假若“中国不图规复”，则“俄人得寸进尺”，西北边疆“将无晏眠之日”。讨伐摧毁阿古柏政权，规复全疆，进而遏制俄英对新疆的侵略，左宗棠的意见在客观上符合民族的利益，因而得到了国内舆论的支持。而此时李鸿章正在筹办北洋海军，处处需钱，在修建颐和园方面表现出财源广盛，在办海军上却一钱莫名。李不能忍，欲舍塞防而保海防，故对左在饷械上多所留难。同年，左在督署（今甘肃省政府所在地）辟地数弓，杂植瓜蔬薤菜，题园门口“方圃”，联曰：

闭门种菜；
开阁延宾。

天天宽袖短衣，抱瓮灌园，口不言兵，表示款械无着，再无经略新疆之意。事为阿古柏派在兰州的密探侦知，阿古柏反动集团防左之意渐疏。

光绪元年（1875）7月，朝廷任左宗棠为钦差大臣，要他率大军进驻新疆，摧毁阿古柏政权，规复全疆。左氏私谓左右曰：阿古柏其无噍类矣。遂抬榇出关，表示决心。并密令提督董福祥选精兵兼程出关，抄险路，涉冰雪，越沙漠，克期收复乌鲁木齐，下和田，大军继之。并迫使沙俄从伊犁撤军，受到新疆各族人民“欣喜的欢迎”，南疆震动。

这一年，恰逢左氏六五大寿，幕宾及各道府州县送寿联者甚多，而内容泛泛，不称左意。伏羌县（今甘谷）在籍翰林王海涵（字镜潭）献联曰：

诸葛一生唯谨慎；

吕端大事不糊涂。

左阅后说：“镜潭知我心迹矣！”此联上下各用一古人故事，而且皆位至丞相。吕端是北宋初人，太宗时官户部侍郎平章事，太宗欲相之，人谓其糊涂，太宗曰：“端小事糊涂，大事不糊涂。”卒相之，有政声。至于诸葛亮一生谨慎，人所共知。左氏用兵目空一切，唯推诸葛一人，自号曰“老亮”“今亮”。今亮者，今时之诸葛也，上联特及之。下联切中入疆军事，言简意远。此联经左氏及其幕僚的扬揄，不胫而走，传遍大江南北。

铁笔如刀斥慈禧

林水白（1874—1926），福建闽侯人。原名獬，又名万里，字少泉。号宣樊、退室学者、白话道人等。中国近代史上著名的记者、报人、新闻工作者。1926年8月6日，因在社论中屡次抨击军阀张宗昌，被捕杀害。1985年，他被民政部追认为烈士。

1904年，清廷为慈禧太后七十寿辰筹办“万寿庆典”，林水白愤然写了一副讽联：

今日幸西苑，明日幸颐和，何日再幸圆明园？四百兆骨髓全枯，只剩一人何有幸；

五十失琉球，六十失台湾，七十又失东三省，五万里版图弥蹙，每逢万寿必无疆。

此联直指慈禧太后不顾清廷危局，只顾自己享乐，不顾国事而大办寿宴，自私自利，丧权辱国，令人痛恨。

当时有正义感的记者、报人、编辑、报纸多以不同的形式伸张正义，抨击时弊。如《民间对联故事·旧联拾贝》栏内刊载清代《大公报》的一次征联活动，现录之如下：

清光绪二十八年（1902）6月15日《大公报》第33期附张上，以“征联揭晓”为题，刊出了该报举办的一次征联，由征联者洞庭山人拟定的上联为：

慈圣赏凉棚，安排王大臣卧薪尝胆；

应征获奖者：

甲科一人：权奸张热焰，难箝士君子直笔诛心。（忧国居士）

乙科一人：英豪涌热血，激励士庶民破釜沉舟。（小痴）

丙科一人：孽生流热血，请看贤总督斩草除根。（半山台主）

备取五名：

善公开寿宴，要烦伦贝子打渔杀家。（募鲍）
侍郎开特榜，喜见赵小姐通艺高科。（爱莲）
阿哥蒙废诏，可怜傻小子含泪出宫。（默庵）
皇恩设暖厂，周急小百姓度日如年。（枫溪居士）
满洲联密约，连累杨公使被屈归阴。（高山）

奉屈四人：

制军贪露布，惨把士庶民受弹亡身。（愤时子）
奸崇谣露布，阴送卿士民解带噬脐。（大南士）
清贫怀大道，却怜长老者煮粥焚须。（寒士）
同仇如敌国，忍令匹夫妇践土食毛。（匹夫）

文章还注明："甲乙丙三名，即日酬奖，务请驾临本馆公事房面取赠物。"

看来，以上每联有一则荒唐的故事，未能悉数列出，不无遗憾。例如"慈圣赏凉棚"句，西太后逃西安后，住西安南辕门，住所前有一池莲叶无花，说者谓气候不宜所致，令给莲池搭上凉棚，莲花果然开放。割地赔款，丧权辱国，慈禧给荷花搭凉棚，独自欣赏，却叫臣下卧薪尝胆，效勾践事吴之故事。可叹亦可笑！

1908年，慈禧和光绪同时死掉，清廷定为"国丧"，禁止演戏游乐，全民戴孝。成都人刘师亮，撰写一联曰：

洒几滴伤心泪；
死两个特别人。

四川巡道警周孝怀闻之大怒，以"大不敬"罪名课以罚金后释放。出狱后立即又撰一联：

闹几个虚字眼；
罚五百大银圆。

辛亥锐卒任丹山

任丹山，名凤翩（1881—1947），甘谷人。本一文士，辛亥革命，黄钺在秦州起义，因黄在秦州任候补道员，故当时人称黄道反正。甘谷青年如魏绍武、杨复之及任丹山等皆来秦州，襄助黄道共举大事。后陆洪涛督甘，丹山在政治上风云一时。不久，冯玉祥的国民军入甘，丹山失势，心常郁郁，并在他的兰州寓所题联曰：

呼牛呼，呼马呼，唯唯；
行不得，归不得，哥哥。

当地方小军阀马廷贤独霸陇南时，所谓“八大委员”治甘，并派秦钟岳及丹山等五人为省方代表，来天水奔走和平，共谋全省之统一。但丹山到天水后，一改初衷，鼓动马廷贤反对国民军，主张汉回团结，成为马之座上客。不久，马为陕军和川军所败，逃离天水，丹山也失意回乡。

任善书法，写一笔颜字，颇有名气。题兰州名胜仙人岛联曰：

清泉曲折开明镜；
老树参差涨绿云。

民国初年，出任山丹县长，为官廉洁，颇有政绩和口碑。有好事者出一上联，数十年未得其对，成为绝对。时任张治中（字文白）西北行辕秘书、《兰州和平日报》社长的江南才子易君左，颇负文名，一次随张治中去河西视察，路过山丹县，有人谈及此事。其上联是：

任丹山，任山丹县长，丹色满山。

易君左跟随张治中将军多年，敬仰张治中将军数次上书蒋介石，主张国共合作、反对重起内战，这无疑是和平布告，略一沉思，即对以下联曰：

张文白，张白文布告，文情大白。

“文情大白”指张治中将军的和平意愿已大白天下，以张治中的和平对任丹山的廉政，可谓上下巧对，珠联璧合，令人叫绝。此联一出便很快传诵开来，成为美谈。

铁肩担道义

铁肩担道义；
妙手著文章。

这是革命先烈李大钊的名句，现发现李氏手书遗墨，悬挂于李大钊故居。这是明朝名士杨继盛的原联，李大钊只是改了下联“辣”字为“妙”字，使这副楹联更显得生龙活虎，跃跃欲飞了。

根据《明史》记载，杨继盛，字仲芳，号椒山，死后谥号忠愍。河北容城人，嘉靖进士，曾任南京兵部侍郎。时值北方的俺答入犯，大将军仇鸾怕得要死，要开马市，继盛坚决反对，被贬为狄道（今甘肃临洮）典史。不久，俺答撕毁协约，仇鸾伏法。嘉靖帝才想起还是继盛的意见对，就提升其为刑部员外郎。这时奸臣严嵩气焰日盛，企图用“兵部武选司”的更高官位拉拢继盛，遭其痛责。于是严嵩设计构陷，让狱卒将他打得皮开肉绽，然后又假惺惺地派人送去蚺蛇胆治疗。继盛严词拒绝说：“椒山自有胆。”系狱三年，竟弃西市。临行前作遗嘱一篇，数千言无一字涂改，一时传诵天下。其妻张氏，亦刚直，曾上书请代夫死，但严嵩扣压不予上报。继盛临刑的同一天，张氏也自缢。穆宗时予以平反。在甘谷大像山之西的华盖寺，因大殿之上覆盖铁瓦三行，俗称铁瓦寺。当时杨椒山谪狄道，路过甘谷华盖寺时，曾登临小憩，并在庙壁上题诗曰：“望驰三塞外，身在半天中。回首长安近，如何云雾朦。”诗文描写了石窟的高，并影射了权臣专横误国。此一景点，在1981年4月，被甘谷县公布为县级文物保护单位。其所书的那副“铁肩担道义；辣手著文章”的楹联则石刻嵌存在临洮杨椒山纪念馆中展览，供人参观，其拓片有专卖品。

花落春仍在

俞樾（1821—1906），字荫甫，是晚清的朴学大师，因在苏州筑有曲园，自号曲园，学者称曲园先生。浙江德清人，后迁苏州。当代红学家俞平伯是其曾孙。俞樾与李鸿章为同科举人，俞罢去河南学政后，更加勤奋治学，著书达500余卷，其廷试师座曾国藩曾以“俞荫甫拼命著书，李少荃拼命做官”之言讽戏之。所著有《群经平议》（16种35卷）、《诸子平议》（15种35卷）、《古文疑义举例》等著作。研究先秦经学和诸子百家学说，为士林推服。其他杂著尚有随笔、尺牍、笔记等，搜罗宏富，足以沾溉后学。曲园位于今苏州人民路西的马医科巷西首，面积三亩有零，花园占地一半，庭院中融入了文人意境，简朴素雅，不事雕琢，是典型的书斋花园。其中有一斋堂名“春在”。其来源是，道光三十年（1850），俞在北京保和殿应礼部复试，试题是“澹烟疏雨落花天”，俞的答卷首句是“花落春仍在”。主考官曾国藩深为赏识，认为此句咏落花而无衰飒之气，擢为第一，俞“用作堂名，以志不忘”，在这里会友、读书、讲学。其抱柱联曰：

生无补乎时，死无关乎数，辛辛苦苦，著二百五十余卷书，流播四方，是亦足矣；

仰不愧于天，俯不怍于人，浩浩荡荡，数半生三十多年事，放怀一笑，吾其归欤。

意思是说，他活着于事无补，死了也与数命无关，一辈子辛辛苦苦，写了250多卷书，流传四面八方，这也就足慰平生了。抬头无愧于天，低头无愧于人，心里坦坦荡荡，历数半世人生中三十多年的事情，我可以畅怀一笑说：“我走了。”

俞樾说自己穷愁著书，“倘有一字流传，或亦可言‘春在’乎”？谦虚、知足而又自信。事实上，他毕生勤奋著述，诲人不倦，流播四方，影响远及日本和东亚各国，被尊为“东亚唯一的宗师”，故感到自己一生充实满足。这副楹联，本是俞氏在六十岁时自撰的自挽联。他年寿86岁，遗命不发讣闻，而用红名帖在“俞樾”名字下写上辞行两字，并附留别诗等。对生死的态度可以说是相当达观了。

春在堂另有一联曰：

念老夫毕世辛勤，藏书数万卷，读书数千卷，著书数百卷；
看吾孙更番侥幸，童试第一名，乡试第二名，殿试第三名。

联语表现了一个学者的自我评价，也流露出对孙儿俞陛云学有所成，最后得中探花的喜悦之情。

冷泉相对飞来峰

《春在堂笔记》载：俞曲园先生偕老妻游杭州灵隐寺，小坐冷泉亭上，俞的老伴见亭上有董其昌写的一联曰：

泉自几时冷起；
峰从何处飞来。

她觉得所问有趣，便对曲园说："请作答语吧。"曲园不假思索，戏答曰：

泉自有时冷起；
峰从无处飞来。

老伴说道，还不妥帖，不如改作：

泉自冷时冷起；
峰从飞处飞来。

几天后，曲园的次女来游，曲园要次女答一联，她沉思良久，笑道：

泉自禹时冷起；
峰从项处飞来。

曲园不解，问这"项"字何指？次女曰："项即项羽，力拔山兮气盖世，不能将此山拔起，安得飞来？"曲园大笑。

飞来峰一称灵鹫峰，在灵隐寺前，为石灰岩侵蚀残留的孤峰，与周围群山的岩石不同。相传东晋时，印度僧人慧理曾称此山很像天竺国的灵鹫山，"何时飞来至此"故名。山中富泉水，多溶洞，并有冷泉、一线天诸胜，崖壁和洞中有五代、宋、元时石刻佛像，神采奕奕如生。自出现董其昌楹联以后，很多人都在答其所问，见仁见智，语涉机锋，所谓"问在答处，答在问处"是也。

清人左宗棠联曰：

在山本清，泉自源头冷起；
入世皆幻，峰从天外飞来。

清人金眉生联曰：

泉水澹无心，冷暖唯主人翁自觉；
峰峦青未了，去来非佛弟子能言。

西泠印社创始人之一丁辅之先生联曰：

不愁冷泉无时热；
常恐来峰更善飞。

甘肃天水马励青（永惕）游此对曰：

冷暖本同源，全在胸中动念；
去来皆自在，何须身外寻求。

甘肃天水王岗联曰：

心冷泉才冷；
神飞峰亦飞。
峰来峰去，人间造化；
泉冷泉热，天地情深。

小永惕力挫群雄

1941年，天水冯仲翔由重庆倦游归来，返里小住。时天水有民间诗词组织名曰“雍社”，一些喜爱诗词之人和文人雅士多网罗其中。因日寇侵华，当时华北及沿海文人诗人、骚人墨客，如陈颂洛、苏宝图等，避地天水，诗酒为乐，诗酒浇愁。天水为甘肃第二城市，文化底蕴深厚，诗人辈出，汪剑平、冯仲翔、聂幼时、赵尧臣等皆健在，天水雍社遂应运而生。仲翔返里后，集会吟咏，几无虚日。天水马永惕（1924—1988），字励青，为小山长任承允之外孙，文思敏捷，冠绝一时，刚弱冠，也参与其间，成为雍社最小的成员。时天水西关一隅，因某项苛捐之困扰，居民多搬迁到东关以避之。雍社诸人，只能扼腕长叹，别无良策。冯先生忽然对励青说：“我有一上联，下联苦不得对，请你为我对之。”就说：

苛政猛于虎也；（语出《礼记·檀弓》）

马励青应声曰：

老子其犹龙乎。（语出《论语》）

从前对句，最讲究引经据典，经典分为经、史两类。可以是经对经，还可以经对史，而且必须原文移用。这次冯、马两人都用经传原文，即称“以经对经”，对得那样工稳恰切，而且是一个不到二十岁的青年书生对的，合座击节叹赏。汪剑平先生叹曰：“虎祖无犬孙也！”惹得哄堂大笑。冯先生亲酌成县红川大曲赏励青曰：“勉乎哉，后生可畏也。”励青以为殊荣。

按清末李鸿章被授予太子太傅、文华殿大学士后，已经等于明朝的宰相。翁同龢赠李联曰：

中国相司马矣；
老子其犹龙乎。

以史对经，人以为难。而励青此对，浸浸乎出常熟而上之，故显得更为可贵。

司马，官名，西周置，掌管全国兵马及军赋。汉有大司马，权与西周同。

家父仲五公联语二三事

家父未成年时，因家贫辍学，给县里老板当店员。青壮年时做皮毛加工和长途贩运生意。约抗战以前，即歇业躬耕，课侄教子，恤邻济友，助人读书成才，因而人乐于交往。不善制联，而喜臧否成联，评语多中的窍，举人马河图曰："吾乡文宗，其在斯乎！"尝说：制对联要从无句中写出文字，乃为力作，从联海激涛、繁联似锦中另辟蹊径，杀出重围，标新立异，乃为上作。灵宝县函谷关关门有联曰：

未许田文轻策马；
愿逢老子再骑牛。

从当时秦国的形势看，田文（孟尝君）用诈术提前出关是守关者的疏忽，从上联看到，如果再有第二个田文过关，就一定押赴咸阳，听候秦王发落。下联却说如果老子再过关，我们宁愿违反关规，或者请他再写一本《道德经》续集什么的。因此家父认为，这是一副在闭关锁国和门户开放矛盾下求得对立物之统一的典范之作，令人回味。

兰州小西湖刘尔炘撰书一联曰：

高山仰止；
大河前横。

家父认为因地成联，得气势之雄，冬烘不能为也。

留坝张良庙楹联何止百数，而三原于先生"辞汉万户，赠秦一椎"，家父认为一联却力敌千军，独立风骚。

新中国成立前，每年春节前，是家父为邻人写春联的最忙时节。我年纪稍长后，也为此做些辅助工作，如磨墨折格等。一次他要写"居之安一门吉庆，平为福万事亨通"一联。因为一般七言楹联，多为上四下三，而这联却是上三下四，我不假思索，率尔折成八格。家父写上联至"门"字时，才发现纸格长余，遂随机改书为：

居之安，一门春色好；
平为福，百忍家声高。

虽无警句名言，但上联点出“春”字，下联切入宋代张公艺九世同居故事（邻人也姓张），劝喻世人，读来似比原作更佳。

我村有木工蒋氏，店名“复兴老店”，后迁新居，请家父题联志庆，家父撰书曰：

但借斗绳求薄利；
更从平地起高楼。

农村木匠都兼房屋营造，故联中提及。当时亦题写了店名，蒋氏一并雕刻悬挂，后县城优贡、京议员、书法家宋子才有事来村见之，喜其笔势纵横，返城后，以猎碣体为家父赠联曰：

虎卧龙跳成笔阵；
鸢飞鱼跃重儒林。

解放前后蒋氏去世，其子迁定西某地，困难时期，我村人路过该地尚有见之者，不知此匾对尚存否？先父手迹，日夜萦思耳。

1957年春节前，恭逢家父七十寿辰，省长邓宝珊，省政协副主席、清进士范振绪等皆预制寿联为贺。邓联曰：

家学传横渠，福德宜增海屋寿；
嗣君继子野，才名更慰老泉心。

范联曰：

一言教子孙，克勤克俭；
两字进元帅，曰孝曰忠。

下联的故事是，朱总司令来兰视察，下榻处距我家数十米，出入必经我家门前，故家父被两次邀去做客垂询为政得失。家父提出青年人先要从“忠、孝”二字做起，始可谈为人民服务。当时老总很赞赏。此事被范老所知，故在寿联中专述之。

抗战时期，家父曾钻研过中国珠算，至解放颇有发现和心得，著有《珠算窥微》，约八万言，文图并茂，有当时西北师院国文系主任何乐夫教授序言。我因经济支绌，入不敷出，未能出版行世，“文革”中被造反派连同家藏古旧书籍、明清字画、当代名人书画一并携走。我不敢说是国家文物的损失，总算我家的小小损失吧！

孙行者与胡适之

清华大学教授陈寅恪，在一次给友人的信中说：能对对子，才能分辨虚实词，才会区别平仄声韵；对子作的好或坏，可以看出一个人读书的多少，语汇的贫富以及思维、逻辑能力等等。所以他在某年的招生考试中，在国文考卷上加了一道对联试题。他出的上联只有三个字，曰：

孙行者；

考生一见，大吃一惊，一个个都被难住了。但此题是必答题，考生只好乱作一气。什么“猪八戒”呀，“牛魔王”呀，“沙和尚”呀，“红孩儿”呀，几乎全“请”到了。有的考生对这样的命题方式不满，竟然对了“王八蛋”三字，以示抗议。有些考生，见此怪题，不敢动手，吃了零蛋。只有一个考生叫周祖谟的，对了“胡适之”，竟得了该试题的满分。其标准答案为“祖冲之”。而社会上和教育界有很多人对陈氏有诘难，认为是“开倒车”。

此事发生在20世纪30年代初，由于引起过一段风波，在以后的几十年中，高考中再没有出现过考对对子的事情，但已在我国高考史上留下了一则趣话。出题人陈寅恪在他的《金明馆丛编二编》中曾做过详尽的解释：“其对子之题为‘孙行者’，因苏东坡诗有‘前生恐是卢行者，后学过呼韩退之’一联（《赠虔州术士谢晋臣·七律》），韩卢为犬名，‘行’与‘退’皆步履进退之动词，‘者’与‘之’俱为虚词。中国此联可称极中国对仗文学之能事，寅恪所以以‘孙行者’为对子之题者，实欲应试者以‘胡适之’对‘孙行者’，盖猢狲乃猿猴，而‘行者’与‘适之’意义音韵皆可相对。”

以胡适之对孙行者，巧在对仗工稳，平仄协调，尤其是化用典故，妙合古今，堪与苏句媲美，恐当时考生尚未能见及。苏诗中“韩卢”二字，出自《战国策·秦策三》：“以秦卒之勇，车骑之多，以当诸侯，譬若放韩卢而逐蹇兔也。”鲍彪注：“韩卢，俊犬名”，乃一单纯词。陈先生联中的“胡孙”亦作“猢狲”，即猴子。慧琳《一切经音义》卷一百：“猴者，猿猴”，俗曰胡孙，亦一单纯词，两个词素可分可合。至于“祖冲之”虽可与“孙行者”相对，然“祖孙”指祖父（母）和孙子（女）乃并列的复合词而非单纯词，以之为对，终觉未达，故为先生所不取。

“我将何以化之”

李则广，字旷西，号天一，晚号看云道人。伏羌人，道光壬辰（1832）进士，官浙江奉化、四川彭水、青神等县县令。在奉化任上，制联悬于大堂楹柱曰：

民未有不奉者；
我将何以化之。

隐藏“奉化”二字，而整联为流水格，明白如话，乡妪村夫，皆可一读就懂，天衣无缝，浑然如生铁铸就，不可移易一字。

致仕后主讲陇南各书院，清贫自守，喜与老妪儿童相聚说笑话，先生戏谑百出，欢声四起。著述不轻易示人，每出远门或相邻有喜庆诸事，例须乘轿前往。轿门有联曰：

在家没有什么；
出门坐的这个。

亦谐亦谑，明白如话。

邻居有办喜事者，写婚联的事委托先生，先生慨然应许。到期，各门喜联都已写好，只有洞房门联还未着一字，邻人怪而问之，李对空联一本正经地念道：

如斯赤面常成对；
似此白头永作双。

真“天作之合”也，何用我写。邻人顿悟。

从前红笺都是手工染制，天头的一端为白色，故以“白头”来形容，表示双双白头偕老，永不分离；联身红色，故以“赤面”来形容。此联相沿至今，陇南、陇中结婚联中还可以见到。也有人自作聪明，擅改“赤面”为“红颜”，我认为“赤面”比喻新郎新娘羞羞答答，似与“赤颜”同义；而“红颜”只能形容女方，另含“薄命”之意，与喜庆大事不合拍，更非李翁本意。而且这样一改，平仄也混乱了，很不好。也有人说，此联为清康熙大帝所撰，似乎只有皇帝才是“天纵之英”，高人一等，才可作出，徒增笑料罢了。

笑口常开

弥勒菩萨，为佛教大乘菩萨之一，梵语为Maitreya，意译为慈氏。生于天竺婆罗门家，释迦牟尼佛应认其将来继绍佛位，于华林园龙华树下三会说法，广度一切人天。《菩萨处胎经》曰："弥勒当知，汝复受记，五十六亿七千万岁于此树王下成无上等正觉。"《弥勒上生经》说他现在兜率天，《弥勒下生经》说他从兜率天下生此世界。于斯牵出个布袋和尚(或菩萨)，世人认为这布袋和尚就是弥勒化身。汉族佛教寺庙的山门里所供奉的大肚弥勒，相传即其造像。

那么布袋和尚又是什么人呢？此人于五代后梁时居明州奉化县，自称契此，又号长汀子。史书形容他是"形裁腲脮，蹙额皤腹"，出语无定，常以杖挑一布袋，见物则乞，随处寝卧，故人称布袋和尚。后梁贞明三年（917）圆寂。其辞世偈曰："弥勒真弥勒，分身千百亿，时时示世人，世人自不识。"

尚有寒山和拾得，都是唐贞观时高僧。寒山亦称寒山子，居天台始丰县寒岩，与国清寺僧拾得相友善，好吟诗偈，状类疯癫。台州守闾丘胤到寺谒见，两人笑傲出寺而去；闾又往寒岩访问，寒山缩身入石穴，其穴自合。其诗偈多题于村店屋壁，后人集得三百余首，曰《寒山子诗集》三卷。其诗通俗，表现山林逸趣与佛教出世思想，蕴含人生哲理。云是弥勒的应化身。今苏州枫桥有寒山寺，是六朝古寺，初名妙利普明塔院，相传二人尝止宿过，故改名寒山寺。现寺内有寒山、拾得站像。唐张继有《枫桥夜泊》诗曰"姑苏城外寒山寺，夜半钟声到客船"句而名益彰。

汉族佛教寺庙，一般都有一尊笑眉袒腹的和尚塑像，人称弥勒佛，或称寒山，称布袋和尚，笑口常开，逗人可爱。北京雍和宫内的万佛阁，大殿正中弥勒立像，高18米，加上地下8米，共26米，是我国现存最大的檀香木弥勒雕像，乾隆十四年（1749）西藏第七世达赖喇嘛送给乾隆的礼品。

弥勒佛不仅用他那一张笑脸广迎八方香客，而且其塑像两旁的对联也都十分有趣而包含哲理。它摆脱了一般寺庙劝人烧香拜佛的说教，而注入了现实生活的内容，内容风趣，语言诙谐，使人开拓思路，了悟人生的道理。最常见的一副是：

大肚能容，容天下难容之事；
开口便笑，笑世间可笑之人。

这原是明太祖朱元璋当小沙弥时为凤阳兴龙寺（原皇觉寺）弥勒的题联，明成祖迁都北京后，在西郊潭柘寺也题了这一联，只改了几个字。像这样弥勒殿大同小异的对联，全国甚多，不再一一，现只抄几副。

四川乐山凌云寺联：

笑古笑今，笑东笑西，笑南笑北，笑来笑去，笑自己原来无知无识；

观事观物，观天观地，观日观月，观上观下，观他人总是有高有低。

观自己之短，观他人之长，言浅意深，耐人寻味。

昆明西山华亭寺联：

青山之高，绿水之长，岂必佛口方开笑；
徐行不困，稳步不跌，何妨人自纵心游。

这似乎是专门为游客而写的，而且和四周景色配合切当，饶有哲理。

福州鼓山涌泉寺联曰：

日日携空布袋，少米无钱，却剩得大肚宽肠，不知众檀越信心时用何物供养；

年年坐冷山门，接张待李，总见他欢天喜地，请问这头陀得意处是什么由来。

联语为乾隆时福建按察使王廷诤所撰。檀越即施主，头陀即行脚僧。上联以头陀口气向众檀越发问，下联以众檀越口气向头陀发问，均问而不答，答在问处，禅语机锋，哲理无穷。解放前兰州白塔山金山寺就有此联。

清末进士、翰林、末代帝师陈宝琛为山西华严寺弥勒佛撰联曰：

人世大难开口笑；
肚皮终不合时宜。

借事喻世，借佛喻人，明暗两面，意思两重。

清末四川江津才子钟云舫撰联曰：

你眉头着什么焦，但能守分安贫，便将得和气一团，常向众人开口笑；

我肚皮这般样大，总不愁吃忧穿，只讲个包罗万象，自然百事放宽心。

北京海会寺、庐山海会寺、太湖海会寺、天津天成寺、杭州弥勒殿皆有这样一联：

终日解其颐，笑世事纷纭，曾无了局；
经年袒乃腹，看胸怀洒落，却是上乘。

四川新都宝光寺联曰：

笑这些小孩儿徒然多事；
容之以大肚子便是上乘。

湖北当阳玉泉寺联：

大肚能容，包含色相；
慈颜常开，指示迷津。

云南丽江弥勒殿联云：

大肚皮千人共见，何所有何所不有；
开口笑几时休息，无一言无一可言。

天水市几副错误对联评议

楹联艺术，是我国独存的传统文化珍宝，文学殿堂的明珠，历来受到人们的喜爱。其作者之多，读者之众，应用之广，内容之丰富多彩，也是其他文学形式所难以企及和代替的。特别是名山古寺，都有诗人、楹联家撰作、书法家之墨迹、工艺家之镌刻雕饰，构成文美字工雕刻精细之佳品，三美齐臻，读之令人回味赞赏，叹为观止。

以天水古寺庙而言，诸如南郭寺、麦积山、伏羲庙等，都有妙笔生花、脍炙人口的楹联佳作，与名山古寺互相辉映，为名城增光添彩。近几年，有心人为了抢救这一独特的文化遗产，也陆续收编过现存的或可考查的对联，先后出了几本专门书籍，用心甚好。但是辑录校勘中，也有不少疏忽错误。这里只对已收辑的对联中有突出错误的列举三例。

（一）玉泉观通仙桥联

仿佛子房三进履；
俨然司马再题桥。

此联作者只注意了“桥”字，而忽略了其中最主要的“通仙”二字。因而只引用了两处与“桥”有关却发生在他处的典故即子房进履与司马相如题桥，以致此联可以放在任何一座桥上去。此桥的主要含义在通仙，即通过此桥即可达到仙界或只准仙人通过，这是主中之主。而此联却宽泛不切题，犯联家之大忌。

（二）玉泉观李杜祠

国士无双双国士；
忠臣不二二忠臣。

此联只切一个“双”字。就是作者只知道有两个塑像在祠堂里，也不问塑的是张三李四，或者知道了二像之名曰李白与杜甫，而不知二人之事迹。胡乱称为“国士”，还可勉强，说他俩是“忠臣”，却压根儿不提“诗仙”“诗圣”之事，则实属牵强附会。这里不再进一步探讨“忠臣”的界定与含义，即使站在封建正统的角度说，李白参加过永王李璘的叛乱，杜甫辞官不做，到处流浪，似乎都不能算是为朝廷效忠的臣子。避开本人的诗作，大谈什么“国士”“忠臣”，可以说是根本搔不到痒处。

（三）南郭寺卧佛殿联

问我佛缘何睡去；
因世人不肯醒来。（作者署名任承允）

佛家的宗旨是指示迷津，普度世人，不能因为世人都唤不醒，佛祖就连自己的唯一宗旨都忘掉，也灰心丧气，随波逐流，昏昏大睡去了。睡佛，实际上是佛祖涅槃之像，佛家所谓涅槃，就是圆寂、度灭，就是归真返本。这和道家称的“羽化”一样，也就是逝世。以任山长的宏博学识，绝不会认为是佛祖睡觉去了。而且“我佛”二字，竟然出自一个几代儒学诗礼世家之口，这简直是对任山长的大不敬。因此，此联绝不是任山长所撰，也许是张冠李戴。

作对联是一件极其严肃的工作，选联要贵精不贵多，重在质量。道听途说，鱼目混珠，皆不可取。近年，国内外来天水旅游寻根者日多，看了这些对联，只能成为笑料，不可不慎之又慎也。

悲哉秋之为气

1907年7月15日（农历六月初六），距辛亥革命只有4年，杰出的女革命家秋瑾，在浙江绍兴古轩亭口英勇就义，年仅33岁。当天夜里，即有人在亭口柱上贴出一副挽联：

悲哉秋之为气；
惨矣瑾其可怀。

上联以秋气萧杀为喻，揭露清廷的残暴；下联以美玉粉碎为喻，怀念坚贞不屈慷慨就义的烈士。对联又巧嵌“秋瑾”二字，沉痛感人。

秋瑾牺牲后，其生前好友徐寄尘、吴芝瑛冒着杀头的危险，收藏忠骨于西湖的西泠桥畔，吴芝瑛亲书挽联，刻于墓门：

一身不自保；
千载有英名。

寥寥十字，言简而蕴深，概括了烈士为国忘身和永垂不朽的两层意思。不久，秋瑾之子王源德，取遗骨归葬王氏祖茔湖南湘潭。辛亥革命胜利，党人又将遗骨移回西湖孤山。当时与秋瑾同时革命成为浙军将领的朱瑞为联：

大通讲学，光复联盟，按剑说同仇，不图三十三龄弱女子，成仁取义，腥血先埋，抱沉痛四年余，竟英灵旋转乾坤，试想福贵奸奴，而今安在；

春社留题，西泠感旧，拈花谈慧果，长作六月六日新纪念，崇德报功，丰碑重树，垂令名千载后，使普党眷怀风雨，当并伯荪诸烈，终古难忘。

“福贵”是当时清朝的绍兴知府，为屠杀秋瑾的刽子手。“伯荪”是徐锡麟烈士的字。他先在安徽欲刺杀巡抚恩铭，不幸被捕牺牲。秋瑾被捕后，面对福贵的惨刑逼供，沉着镇静，坚不吐实，只悲愤地写下了

“秋风秋雨愁煞人”七个字，表示了她至死不忘民族苦难的义烈胸怀。

民初文人陶浚宣又本此意撰联曰：

巾帼拜英雄，求仁得仁又何怨；
亭台悲风雨，虽死不死终自由。

联语深情赞扬烈士为民主革命舍生取义的精神和品格。

距墓茔不远，有一风雨亭，亭柱有孙中山亲笔楷书一联：

江户矢丹忱，感君首赞同盟会；
轩亭洒碧血，愧我今招侠女魂。

“江户”是日本东京的旧称，秋瑾在此加入孙中山领导的同盟会，为该会首批会员。联中著一“愧”字，真诚地表达出他对烈士的景仰，读来真挚动人。但此联在“文革”中被当作“四旧”毁掉，所以有几字传抄有误。如上联“户”字讹为“左”，“矢”字讹为“识”，“感”字讹为“多”；下联“洒”字讹为“流”，“愧”字讹为“恨”，“侠女”颠倒为“女侠”。蓝本既毁，救正非易，这才是千古恨事也。

在轩亭口，还有一座为烈士而竖的纪念碑，碑上刻联曰：

化身作自由神，姓氏皆香，剑花飞上天去；
呕心为长吉语，龙鸾一啸，诗草还让君传。

秋瑾为追求真理而英勇献身，联语用“姓氏皆香”和“龙鸾一啸”两语，既是对烈士的褒扬，又表达了后人对她的怀念，颇见作者遣词用语的功力。

附录：

秋瑾因组织起义消息泄露，被清兵包围，最后在绍兴轩亭口英勇就义。史料记载，这天是1907年农历六月六日。

秋瑾被害后，人心激愤，一致鞭挞清朝政府，尤其对向直接残害秋瑾的绍兴知府福贵。从此福贵惊恐万状，惶惶不可终日，以至神经错乱的境地。福贵杀了秋瑾以后，开始患上了头痛病，处处求医诊治，却疑神疑鬼，无端猜疑请来的医生是秋瑾同党，伸出左手让把脉时，右手则在持枪瞄准对方。当换右手诊断时，又用左手作防卫势，把医生也吓得魂不守舍。消息一传十、十传百，凡绍兴的医师，都不敢上门诊治。福贵的头痛病依然如故，其妻无奈献计说：“你的病，一定是冤魂不散，赶紧请几位高僧超度超度。”福贵觉得言之有理，连忙请和尚道士到府衙，变客厅为佛堂，一连数天，香烟袅袅，木鱼声声，企图通过超度秋瑾亡灵，祝祷平安。

福贵实在无法再在绍兴待下去了，清政府调他任安徽宁国府知府，又遭到安徽革命志士的强烈反对。清王朝覆灭之后，福贵深怕秋瑾子女和革命党人向他清算这笔血债，只身离开江南，远走关外，隐姓埋名，深居简出。据见诸文字的记载说，福贵还通过在东三省做事的秋氏族人，向秋瑾的子女眷属做过工作，说他深悔当年孟浪，杀秋瑾是皇上的意旨，不是他力所能及。还说，现在他家设有佛堂，上供秋先烈遗像，每天朝夕礼拜，忏悔前非，何况自己已届风烛残年，行将就木，希望和秋家解冤释怨，不要报复。不久，“九一八”事变发生，此事不再有人提起，直到抗战胜利以后，罪人福贵早已成为一堆粪土！

磬石村中灯结彩

甘谷县安远镇马耳峪村，历史上属通渭县管辖，解放后划归甘谷。清末，有该村举人马河图，平生制联较多，然多散佚，我现仅搜得两联。

其一，我村名磐石，与马耳峪不足十里之遥。每年元宵节，我村例有焰火之会，盛况为附近几村之冠，称誉渭北。某年，我村耆老请马河图为焰花灯会彩门制联，马援笔书曰：

磐石村中灯结彩；
元宵会上火成花。

此联通俗易懂，成为我村元宵节当然对联，相沿至今。

其二，我村张王两老夫妇七十五双寿，其孙也定于斯日与王女士结婚，村人请马先生作喜联以贺之，联曰：

圯北访名流，看杖履生春，扶鸠时与赤松偶；
池西开盛宴，庆桃梅诒吉，引凤仍从乌巷归。

用典恰切，对仗工稳，面面俱到，庄严隆重，不愧名家老手。上联借圯上老人和赤松子的故事称颂主人；下联切“引凤”，“为孙授室”，仍然是乌衣巷里人。紧紧相连，可入名联录。

在这里，还得说一说用典的事情。古来文章大家莫不善于引据史实、掌故、寓言、神话以及前人的妙言胜语作典。这样，不但可以减少文字上的累赘，为议论找根据，便于比况和寄托，充足文气外，也可以营造一种特殊的距离美感。但是使事运典时，贵在能直接将故事的内涵和自己的立意所在融为一体，浑然天成，莫测端倪，斯为上乘矣。

王心如重宴“鹿鸣”

晋衔叨添陪鹤侣；

宴客抱惭赴鹿鸣。

这是伏羌王心如为重赴鹿鸣宴所自撰的一副楹联。事情还得从头说起。

王权（1822—1905），字心如，人敬称曰心翁。著述宏富，已出版有《笠云山房诗文集》，未出版的有《舆地辩同》《辩同录》《典昉》等。天水翰林张育生为其所作的墓志铭中，说他的著作是“皆前人所未有，后人所必须者”，对他的著作评价很高。

唐制，诸州贡士须行乡饮酒礼，歌《鹿鸣》之诗，是为“鹿鸣宴”之滥觞。到清代，凡乡、会试中式届周甲之期（即60年），举人准其重赴鹿鸣宴，进士准其重赴恩荣宴（即琼林宴），三品以上的由大员专折奏请，四品以下的由督抚咨报，着为定例。以后每届乡试发榜之次日，鹿鸣宴就如期举行。参加人为本科考中的举人和内外帘官等，重赴鹿鸣宴者同宴不另。心如中道光二十四年（1844）甲辰恩科举人，到光绪三十年（1904）又是甲辰科，已届周甲，即由陕西总督崧蕃题奏重赴鹿鸣宴，准奏得旨赏四品衔。鹿鸣宴是要先生亲自参加的，时先生已得腿疾，行动不便，批准由县上代制宴席，抬送到心如家，儿孙扶掖心如到门外迎接，观者如堵，传为盛事。一个文人重宴鹿鸣，很不容易，主要是国家勖其有文而寿也。一个老寿星和一个文曲星荟于一人之身，不荣亦荣。

重宴鹿鸣，对心如先生来说，也是莫大荣誉，本文开首的那副对联，就是当时心花怒放心情的写照。

艺并莫高窟

麦积山石窟为海内四大石窟之一，申遗工作正在紧张进行。抗战期间，冯仲翔《麦积山石窟志》书成，遂送于右任（1879—1964）和吴雅晖（1865—1953）各若干册。此二人皆擅书法，于先生早有草圣之名，吴先生小篆宽厚圆健，骨肉停匀，海内也很有名。两人答应一撰联，一题写山馆（招待所）名称。于寄来的对联是：

艺并莫高窟；
文传庚子山。

上联抓住了麦积山雕塑艺术的特征，认为可与敦煌莫高窟并驾齐驱。下联则直接点出了六朝时期庾信（字子山）撰写的《麦积崖佛龛铭》，可以为此山其他文字的代表。寥寥十字概括了麦积山，可以说是力透纸背也。至于吴老题写的“麦积山馆”四字匾额，幸免秦火，至今悬在山馆。

1945年，当时国民党政府驻印大使罗家伦（1879—1969）慕名来游，他撰写的《西北纪行》一书，对麦积山有过生动的描绘。休息时山寺主持释本善求字，罗书一联：

行经千折水；
来看六朝山。

信手拈来，如行云流水，信是才人之笔。

1943年，张大千在敦煌临摹壁画后来天水，胡子瞻、李赞亭（天师校长）、冯国瑛（国瑞三弟）等陪同，艰难跋涉，到达麦积山，山门荒草没胫，到了寺内，又无主持迎接，询问香客，有知情的香客说：“和尚回家去了。”大千即兴占曰：

自古名山皆有寺；
未闻和尚也回家。

其才思之敏捷而幽默，令人惊佩！

未分伯仁由我死

田骏丰（1878—1917），字枫溆，号二澍，甘谷人。16岁入陇南书院，从任士言先生学，先生惊为宿才。22岁撰《甘肃舆地人物志》，为甘肃布政使岑春煊所赏识，遂入岑幕，任广西百色厅同知，宣化、容县知县。民国元年被推为临时参议会议员，次年，归任甘肃国税厅筹备处长、甘肃财政司长并代理警察厅长。终以忤大总统袁公意而落职在家。1917年，田以临时参议员身份慷慨北上，重去北京。汤化龙，众议院原议长，时任教育总长，与田故交，至汤宅相见酩酊。其间公使召汤议事，田一人独酌，乃大醉。头低垂，呼吸窒息而殁，汤返宅已无可挽救。开吊之日，挽联多不可数。现将择数联。

汤化龙联：

未分伯仁由我死；
再交公瑾待他生。

“再交公瑾”，指诸葛亮祭周瑜文中语。“伯仁”典故比较生僻。《晋书·周顗传》：伯仁系周顗字，顗曾任职东晋左仆射，与王导交好，而与导之堂兄王敦有宿怨。敦曾告诉导说：“吾欲杀伯仁。”导未置可否。适逢敦称兵构逆，王导以亲缘关系，诣阙待罪，顗在帝前力言王导之忠，退朝以后，又上表申救。帝纳其言，而导不知。王敦攻入建邺后，问导如何处置顗，导不答，敦遂杀顗。后王导料检文书，见顗申救的表章，王导流着眼泪说：“我虽不杀伯仁，伯仁由我而死，幽冥之中，负此良友。”

两个典故都用得恰到好处，杰作也。

湘督汤芗铭（化龙弟）联曰：

肝胆壮平生，西起皋兰，南游桂粤；
时局终混沌，轰天一醉，埋地百忧。

湖南京议员许指严联曰：

视富贵如浮云，故人慷慨多气节；
以酒泉为息壤，此老生前是谪星。

田以酒而死，故以上两联都在酒醉上作文章，可谓抓得好。

甘谷翰林王海涵（可能是师生关系）联曰：

其一：

《小宛》（注一）是汝旧读书，一醉不知，事诚可惜；
《大招》（注二）令我反挥泪，放声厥叫，魂其归来。

其二：

为公哭才，为私哭友；
悲君醉死，悲我醉生。

注一：《小宛》，《诗·小雅》篇名，《诗集传》认为是遭时丧乱，兄弟相戒以免祸的诗。

注二：《大招》，《楚辞》篇名，招魂之辞也。

田遗的诗文有《听雨楼集》，田殁后，由其弟玉丰请天水小山长任承允作序，终未刊行。

田故肥硕，暴饮沉醉，昏昏睡去，头抵胸间，窒息而死。论者认为汤与田素无利害冲突，谋杀似不可能。但当时也有在京的甘肃人，向汤敲竹杠，每日坐守汤宅，汹汹然，嚣嚣然。汤无他法，只得以私款陆续资助送四五人赴日留学，事情总算了结。汤后游美洲，被人刺杀于加拿大中华会馆。

陇上草青游子泪

“夫深知天下事不可为而为之者，孔明是也；深知国事不可为而为之者，伯约是也。孔明志复汉而仅得守蜀，伯约志存蜀而竟弗保身。岂才不若曹魏，智不若吴权欤？亦厄于时，屈于势也。然而伯约为更难矣。当日虽专阃外，非如孔明之遇昭烈，鱼水相得也。偏裨方面，非如昔时值关、张、赵、黄也。况又有宦皓在其君侧乎？且三分一定，思汉之人心，不能数十年如一日。事暗弱之君，统疲敝之卒，内有奸竖，外无义旅，伯约即英雄人，能不束手坐困哉！呜呼，欲结吴拒魏而争已去之汉，孔明所以鞠躬尽瘁；欲借钟除邓，伯约所以肝胆涂地也。要其心一而已矣。邑旧有祠堂，岁久倾圮，因其基址而复兴之，俾永香火，以致景行之意云。”

这是清邑令蒋熏为姜维祠堂作的记，言简意赅，切中要害。因此全文照录。清县令渭南雷光甸有联云：

当归不归，陇上草青游子泪；
可死不死，锦江波鉴老臣心。

如泣如诉，可作史评来读。相传姜维对老母至孝，其母寄信给伯约，娘有病，希望能寄一些“当归”来，隐寓“你现在要回来”之意。维回书曰：“良田百顷，不在一亩，但有远志，不在当归。”亦忠而忘私之佳话也，故雷令联中语及之。

邑副贡韦冕联：

九度伐中原，壮志难酬，志从汉室输忠悃；
一祠营故里，精灵不昧，欲向锦江迓毅魂。

又一佚名联曰：

九伐竟无成，心师武侯，能继祁山六出志；
三分不可恃，计诛邓艾，已复阴平一败仇。

计诛邓艾，岂仅为复阴平之失败乎？伯约心师武侯，志存汉室，所以乃能肝脑涂地也。佚名人此联少斟酌商量矣。

四川剑门姜维城有姜公祠，有塑像，有墓在焉，有联：

（一）壮志未曾吞司马；
大节常怀继卧龙。

（二）孤掌撑天，奇计难回天气数；
寸心卫蜀，英风永奠蜀山河。

（三）雄关高阁壮英风，捧出热血，披开大胆；
剩水残山余落日，虚怀远志，空寄当归。

据资料记载，自凿通剑门后的两千多年来，剑门关先后经历过大小近百次战争，然而众多守关、攻关者留下遗迹甚少，唯独姜维遗迹和传说很多。而最奇者为姜维洞和孔明书箱洞。姜维洞系溶洞，洞顶为天然石花，右壁有状若游龙的钟乳石，龙口有一股清泉常年不涸，甘冽可口。据说姜公守剑门时，即在此洞处理军务。孔明书箱洞，高一米多，宽约四米，传说孔明将一生的兵书图谱传授姜维，维在假降魏军时，为避免这些宝物流失，藏于此洞之中。洞在绝壁，人不能至，有人从山岩上缘绳索而下，企图入洞盗书，有两绯衣人割断绳索，盗者摔死，所以洞藏何物，谜团至今未破。

在姜维的故乡甘谷县六峰乡姜家庄，相传伯约战死后，其部下亦六峰人，将他的一只靴子悄悄地背了回来，群众招魂葬其于姜家庄之南山坪上，群众叫它靴子坪，并有姜公招魂曲传世。近几年，陵墓维修，祠堂重光，已收集得姜维武术拳路若干套，每年清明节前后，在祠堂前广场表演比赛，蔚为壮观。据悉，尚有伯约读书台、姜母望儿台正在设计修复中。靴子坪所在地南山，整体酷似一长眠将军，冠须双臂，望中毫厘不爽，于是群众又称南山为“将军岭。”

历史上，个别史评家（包括当前一些激烈得出奇的先生们）却竭力贬低姜维。如孙盛说他弃魏归蜀不忠，未奉老母不孝，加害旧邦不义，败不死难不节，等等。这其实是站在魏的片面立场立论的，经不起推敲。姜维基于儒家的正统思想，对蜀汉忠贞不二，苦心复国，历史上也是少见的。忠孝不能两全，为了尽忠，就难以全孝。特别是他忠实地继承诸葛亮遗志，坚持北伐，知其不可为而为之的精神，值得千古同情和赞颂。就个人品德而言，郤正也称赞他“宅舍敝薄，资财无余……饮食节制，不奢不约，官给费用，随手消尽”，“乐学不倦，清素节约”。一个做过蜀汉全军总戎之职的人，能做到这些，都是值得永远称颂的。伯约的确是值得人民怀念的一位历史人物。剑门和甘谷、天水一带的众多遗迹和传说，就是历史和人民对他的公正评价。

笔锋如电扫群魔

李鋕（1886—1948），字叔坚，甘谷县南街人。以文名，年十四，中秀才，甘肃文高等学堂毕业。而辛亥革命在武昌爆发，甘督长庚（满人）负隅顽抗，李即与任丹山、李象德等赴天水，敦促秦州道员（统领）黄钺响应革命，于民国元年阴历正月二十三日（阳历3月11日）在秦州宣布起义，成立甘肃临时军政府，同年夏赴兰州任甘肃东、西路省视学三年，旋任省立一中校长、省教育会会长。民国十年，选任国会众议院议员，再任一中校长兼女师校长，代行教育厅长职务等。民国二十一年，兰州市中等以上教师因生活困难，发起索薪运动，当时财政厅长谭克敏在报上予以指责。教师不平，教师联合会开会研究对策，李素著人望，乃选为十二代表之一，赴财政厅执问，与谭相互殴打，李亦受伤，从此引起省垣各校学生示威游行，捣毁谭宅，争得权益。不久，又发生民政厅无理批驳甘谷县民众联控某县长贪污一案，李见状，激愤难已，遂逐字逐句予以驳斥，为文数千言，驰誉全省。天水名士汪青（剑平）在平凉看到此文，赞佩不已，赠撰联曰：

舌底翻澜惊四座；
笔锋如电扫群魔。

抗日战争爆发时赴宁夏，任省府委员，民国三十七年（1948）病卒于银川。

约在1921年，时陇南镇守使孔繁锦正在天水独霸一方，操生杀予夺之权，招兵秣马，人民在苛政之下求生不能，求死不得。李鋕愤然而起，给孔署名寄联曰：

（一）三进侯门，忍看旋成旋废；
白文沙板，吸干民血民脂。

（二）司生杀之大权，令贪囊染红百万膏血；

督民众以烟土，办淫窟筑起九间楼房。

（此联嵌“司令”“督办”四字）

（三）繁税杂捐不胜数，办厂练兵，一事无成，只此可知其政；

锦衣玉食有穷时，贪财好色，双料恶棍，其余不足以观。

（此联嵌“繁”“锦”二字）

李并有“贺”省政府某主席联曰：

文告尽空言，尸位素餐，何曾念哀鸿四野；

搜刮真彻底，及时行乐，还要叉麻将八圈。

联中指“某主席”是谁，现已无考了。

李鉚先生我未见过，曾见过他给兰州一中毕业生纪念册写的一篇序文。上次我给陈琳、程凯提供这一材料时，将“鉚”字误为“琏”字，特在此申明更正。

双玉兰堂

天水市麦积区甘泉镇双玉兰堂，有榜书，系邓宝珊先生命名，齐白石先生所书。是唐朝太平古寺旧址，有泉水哗哗流出，清冽甘甜，四季不竭。杜甫流寓秦州时有《太平寺泉眼》一诗，无异锦上添花。邓除为《杜甫行吟图》立轴题诗外，又拟了一联。原为："万丈光芒传杜老；双柯荣茂赏芳兰。"意犹未尽，命我到仲翔先生处请他裁定，次日仲翔先生改为：

万丈光芒传老杜；
双柯磊落得芳兰。

计改三字，移两字。邓曰："这一改动真是点铁成金了！"按"传""得"二字是移杜甫《南郭寺》诗而来，此两字可谓联眼；"兰""杜"在《离骚》中都是芳草之别名，以喻君子，此处一语双关；"光芒""磊落"是双声叠韵字，非名家老手不能为。今人吟诗撰联，于此道已茫然不解了。

傍人门户

天水马伯龙为马励青的伯父，光绪甲午举人，官平凉府训导。为秀才时，设馆授徒，自题私塾门联曰：

读书循名，多愧白眉世德；
赖教求食，非夸绛帐家风。

上下联各用马家故实，总未脱清贫秀才口吻，字里行间，“傍人门户度春秋”之苦况隐然可见。左宗棠未遇时，也曾设塾馆，自题联曰：

身无半亩，心忧天下；
读破万卷，神交古人。

任陕甘总督后，好为人书楹帖。曾为甘谷副贡韦冕（字让卿，曾任西宁湟中书院山长）书此联。因为韦做秀才时也曾设学馆授徒。此联还系之以小注曰：“三十年前作此语以自夸，只今犹时往来胸中，试为儿辈诵之，颇不免惭恧，然志趣固不妨高也。安得谓德薄能鲜，子弟不可学老夫狂哉？即请让卿仁弟正之。”我在甘谷县城读书时，就食于韦家，此联日日见之，联间小注至今未忘。

合作息忿

清进士任士言先生任陇南书院山长时，哈锐、梁梅庄师事之。哈后以翰林出任四川县令，辛亥革命后还乡创办火柴厂，开西北知识分子兴办实业之先河；梁应宁夏护军使马福祥之召，入幕参文牍，终老宁夏。两人在秦州时，论事多有龃龉，山长想给和解。正巧三台山的磨针洞重修落成，邑举人马骏周有联曰："如果金针度天下；谁教铁棒搥世人。"首事诸人意犹未足，且平仄多所不合，请山长再作一联。山长约哈、梁来，令二人合为一联。哈即吟上联云：

自金针度后，越八百年，山僧犹喜说轶事；

梁对曰：

将铁杵磨来，刚两三下，尘世不知几劫灰。

山长大悦，二人握手言欢。

秦安安维峻时在天水，听到以后很高兴，也作一联曰：

问道向空山，借一片婆心，应自有金针度与；
修真栖古洞，看三生仙骨，切须从铁砥磨成。

观此联语，已非复十年前抗疏朝廷，"请杀李鸿章以谢天下"时之气概；而"借一片婆心"五字，一语双关，为任山长做和事佬捧场。

濠梁间想

耤水流经天水城南，新中国成立前居民多分引以灌田，流渠纵横，垂柳夹道。民国十六年以来，贾宇卿、任文卿、哈退庵、冯仲翔诸贤修《天水县志》，筑庐设局于城南水木佳处，俗所谓“三江口”的地方。退庵榜其庭事曰“濠梁间想”，本《庄子》书中庄子与惠子问答故事。楹帖甚多，都出自哈手笔。

（一）莽乾坤何处着吾辈；
好风月不用买一钱。

（二）良田负郭，静夜无邻，送老白云边，倘评蜉蝣寄我；
木杪斜阳，源头活水，得闲多事外，侭随鸥鹭忘机。

（三）涨暖鸭头，喜舍北城南，都添春水；
风生麈尾，劝茶余酒后，莫话劫灰。

真的是翰林公笔墨，心存物外，鸥鹭忘机；怨而不怒，哀而不伤，得《国风》温文敦厚之旨趣。然仔细品味，字里行间，消沉无聊之气似较浓厚了一些。修志是一种严肃的事业，章实斋所谓“存史、资治、教化”之要义存乎其中，乃口不言志，心忌劫灰。或者说他们心中真有难言之隐，借题发泄耶？

洞窟猿升山上下

洞窟猿升山上下；
莲花鱼戏叶西东。

麦积山石窟艺术，1941年得冯仲翔著的《麦积山石窟志》一书而逐渐名溢海内外。但栈道毁于火，以致西崖尚不能到达。1947年2月住持释本善为冯介绍当地木工文德权，文欣然前往，挟长板两块，架在败栈间，递接而进。至无败栈可通处，引绳索攀缘，终于进入西窟大佛左侧的大洞中，今编号115窟即是。宋人《玉堂闲话》记“兹山西阁之万菩萨堂甚伟丽”，即指此洞。冯欢喜赞叹，因名曰“万佛洞”，用庾信《麦积崖佛龛铭》原韵撰《西窟万佛洞铭》。兴犹未了，又给文氏书中堂一幅，内容为宋人李师中《麦积山诗》。1953年8月，参加文化部麦积山石窟勘察团工作时，又为文氏书联如上。联中对文氏攀崖探奇描绘生动，如猿之捷健，如鱼之活泼，可谓备极赞赏。近年听到文氏后人说，先人一直以麦积山临时工终其生。殁时，将此字画装裱完好，珍藏至今。我校勘重印《山志》时，已将此联照相刊印书中了。

守土有责

周务学（1868—1921），字本斋，今天水秦州区人。乡试中式，不久，弃文从武，任甘肃新军管带、标统等职。平时服膺岳飞“文官不爱钱，武官不怕死，则天下太平”之言，因号其军曰：“忠武”。历摄河西、泾源等道尹。后随新疆督办杨增新入疆。时帝俄十月革命，白军国内无出路，屡犯我国边境。督办授周为阿山道尹，率本部军千人驻守，加副都统衔，并兼外交特派员、垦务监督，倚为北门锁钥。1921年5月9日，白军又犯境，围阿城，红军尾追其后，势如暴雨骤至，交涉无效，而众寡悬殊。部下有人建议一走了之，周严辞峻拒，决心以身殉国。旋叱退左右，题壁曰：

毋毁我室，毋伤我民；
尽守土责，杀身成仁。

掷笔以手枪自戕。逾年，凶信达天水，街巷识与不识，为之流涕。政府集会追悼，并以旧居巷名曰“忠武巷”以示纪念。挽联甚多，至今只记以下两联。

刘尔炘（皋兰人，清翰林院编修，时为省议长）挽曰：

奉古名将岳少保以为严师，在官十余年，文不爱钱，武不怕死；
与乡先生吴侍御可称同道，捐躯万里外，孟曰取义，孔曰成仁。

（注：吴侍御即清皋兰吴可读，鲠直敢言，居谏垣时，以为同治立嗣事，怀奏稿缢死在咸丰陵园工地。）

慕寿祺（镇原人，清举人，西北史地学家，时任省议会副议长）挽曰：

知君自恃非凡，曾瓣香武穆两言，文不爱钱，武不怕死；
与我相交有素，早深信孝侯大节，勇于杀敌，忠于捐躯。

（孝侯，即晋周处，力战死疆场，谥曰孝，此处切姓切事。）

眼前景物是佳联

仲翔先生尝说：身边故事，眼前景物，取拾得当，便是佳联。1953年6月，先生由麦积山归来，止于东川峡口舅氏家，乡人来求墨迹的很多。舅家门前满园桃林，叶繁果艳，新植椒树，生意盎然。迄北主峰曰寿山，巍然列峙，西来渭水绕村而过，一幅土改后农民含哺鼓腹之乐，有胜于王维辋川图画。先生即景生情，奋笔书曰：

桃叶蓁荣，椒实繁衍；
寿山当户，渭水绕村。

1962年春，先生应省文史馆之聘。重返兰州，意想此行或可能结束十年漂泊生涯。行前为其主家留联曰：

芍药风前春婉娩；
蔷薇露下月温存。

想见其主家院中春花争艳、蔷薇溢香情景如绘，而先生欣喜之心情也可以想见了。

此两联即先生说的“眼前景物”。两联主家都装裱珍藏，视为传家宝，我曾亲见之。

集毛诗成联

在脍炙人口的毛泽东诗词中，人们可摘出不少对仗工整的联句。如果说，直接书写现成联句（偶句）还是不难做到的话，那么，集毛诗中原本互不相连的句子，合璧而成集句联，就有相当大的难度了。可喜的是，当代不少人喜爱这种创造性的劳动，创作出了一批别开生面的“集毛”佳联。

集毛诗最早最多最出色的，当推郭沫若。1963年，郭沫若为云南省丽江纳西族自治县黑龙潭风景区题写一副集句联，联云：

春风杨柳万千条，风景这边独好；
飞起玉龙三百万，江山如此多娇。

1964年，郭沫若游到温州江心屿，为新建的来雪亭作“集毛”联一副：

飞雪迎春到；
心潮逐浪高。

1964年初，郭集成了毛主席的《沁园春·雪》《卜算子·咏梅》《清平乐·会昌》《菩萨蛮·黄鹤楼》等四首词的句子而成一副新春联，此联堪称“集毛”联的代表作。

江山如此多娇，飞雪迎春到；
风景这边独好，心潮逐浪高。

此联集句精当，情景交融，对工词雅，韵高意远，达到了完美统一的真善美的艺术境界。

郭沫若的“集毛”联还有许多，光是发表在1964年3月20日《光明日报》上的，就有26副。这里略举几副：

长空雁叫霜晨月；大渡桥横铁索寒。

四海翻腾云水怒；一山飞峙大江边。

梅花欢喜漫天雪；玉宇澄清万里埃。

不到长城非好汉；敢教日月换新天。

独有英雄驱虎豹；敢教日月换新天。

喜看稻菽千重浪；跃上葱茏四百旋。

山舞银蛇，原驰蜡象；鱼翔浅底，鹰击长空。

当然，郭沫若的“集毛”联也有些平平之作，像“三十一年还旧国；百万雄师过大江”，“六月天兵征腐恶；无限风光在险峰”等联，平仄不协，算不上佳作。

当代诗人李一氓“集毛”联中，也有上乘之作：

天兵怒气冲霄汉；帝子乘风下翠微。

这副对联自然贴切，挥洒自如，不露斧凿痕迹，堪称佳构。

当代楹联艺术家胡静怡为庆祝建党70周年发表了七副“集毛”联，除最后一副与郭的“喜看稻菽……”“撞车”外，其他各副均有可取之处，较有新意。

命令昨颁，为有牺牲多壮志；
风云突变，更无豪杰怕熊罴。
雪压冬云白絮飞，一枕黄粱再现；
天连五岭银锄落，更加众志成城；
怅寥廓，西风烈，冷眼向阳看世界；
起宏图，旌旗奋，人间正道是沧桑。

上述“集毛”联中，作者集来原句，又不拘原意，巧妙地利用了汉语一词多义的特点，在新的排列组合中，将原句赋予了新的含义，而且正视当前国际形势，一任小丑跳梁，我自大干四化。

在欣赏“集毛”联时，不应忽视那些“半集毛”联，这里略举一二，聊备一格。

一类“半集毛”联，是分别撷取毛泽东和他人诗词集合而成的对联。在1984年底由中央电视台《文化生活》组、中国楹联学会等单位联合举办的第三届迎春—长征主题征联活动中，应征者中，有三副“半集毛”联分别荣获二、三等奖，这就是：

不到长城非好汉；东来紫气满函关。

不到长城非好汉；难酬蹈海亦英雄。

不到长城非好汉；那堪时节正芳菲。

以上三副对联的上联均集自毛泽东诗词《清平乐·六盘山》，下联分别出自唐代诗人杜甫《秋兴》之五，周恩来诗《大江歌罢掉头东》和宋代邵雍《插花吟》，虽然集的是不同作者的句子，但对仗工稳，平仄协调，语意连贯，浑然一体。

还有一类“半集毛”联，半联集自毛泽东诗词句，半联由集联者自己补充应对。

全城学子趁朝日；
遍地英雄下夕烟。

这联出自86岁高龄的翟辛灵老先生之手，下联集自毛泽东诗《到韶山》，上联乃翟先生自制之作。

冯玉祥将军的对联

冯玉祥将军文武双全，不但善属文作诗，而且流传的联也不少，通俗易懂，觉一股爱国真气充满字里行间，可以廉顽立懦，允为国宝。

其题秋瑾墓联云：

丹心应结平权果；
碧血常开革命花。

此联写出了烈士一生追求妇女解放，在凭吊对联中，平实得体，允为佳联。

滦州辛亥革命烈士纪念塔于1936年落成后，他敬献楹联两副：

（一）此日园林簇锦绣；
当年勇烈动山川。
（二）尺山尺水，永留血迹；
一花一木，想见英风。

这已不是单纯的楹联了，而是一首中华英烈“正气歌”。

1939年，鲁迅先生逝世三周年，将军结合抗战新形势为联曰：

学博思深，群尊儒林巨擘；
笔枪墨剑，实开抗倭先河。

联中说明了对巨人的景仰，对日寇的仇恨，真实地反映了将军与时俱进的思想高度与政治品德。

对多年好友邓宝珊将军赠联：

五原誓师，赴宁往甘，宣传三民主义；
平凉守土，筹粮运草，供给十万大军。

历历列举了邓先生为民主革命事业所做的努力，彰显其含辛茹苦、不遑寝食的爱国将领形象。

对子侄辈，冯将军从严要求，从不以私废公，为己不为人，经常诲以做人真谛。“九一八”事变后，其侄冯洪谦到山西汾阳投冯，将军拿出一百块大洋，让其回家谋生。其侄说：“我正是为了抗日才来的，愿留帐下效力。”冯说：“那就改个名字吧，冯字去两点，改名马忍言。今后要多干少说。”1941年，在抗战最艰苦的年代，为马忍言夫妇题联：

孝子贤孙，须先救国；
志士仁人，最重保民。

1947年9月，将军在美国考察期间，女儿冯理达结婚，将军寄联以贺之：

民主新伴侣；
自由两先锋。

冯理达和其夫罗元铮在其后不负将军厚望，为新中国的医学事业和经济理论事业做出了杰出贡献。冯理达作为著名爱国将领冯玉祥的女儿，广泛联系海内外爱国人士，努力推动海峡两岸民间交往，为促进祖国和平统一大业做出积极贡献。

将军律身更严，他撰联自勉曰：

救民安有息肩日；
革命方为绝顶人。

将军崛起陇亩，出身行伍，一生艰苦奋斗，本色不变，即使做到国民党政府的高官，也不愿和污浊官场同流合污。一次在郑州参加会议，看到会场内外腐败淫逸风气，他痛心疾首，为联曰：

一桌子点心，半桌子水果，那知民间疾苦；
两点钟开会，四点钟到齐，岂是革命精神。

此联亦庄亦谐，讽喻抨击，入木三分，说出了老百姓的心声。

章太炎戏谑西太后

章太炎，名炳麟（1869—1936），曾师从俞曲园学习经史，早年积极投身维新运动，参加光复会和同盟会，七次被捕，三次入狱，是当时中国革命舞台上的重量级人物。五四以后，转以讲学为主，他在文、史、哲、医、书法等方面均有极高的造诣。章本人生于清末民初的那个动荡年代，对社会上种种不合情理的现象常以谑联嘲弄之，因为联作滑稽而又能记录史实，往往能传诵一时。

甲午战后，国事日蹙，西太后七十生日，仍大事铺张，章太炎见有的寿联上写着“一人有庆，万寿无疆”的阿谀之词，太炎就作联嘲之曰：

今日到南苑，明日到北海，何日再到古长安？
叹黎民膏血全枯，只为一人歌庆有。
五十割琉球，六十割台湾，而今又割东三省，
痛赤县邦圻益蹙，每逢万寿祝疆无。

上联写西太后不顾人民的死活，在京内外大兴土木，满足其奢侈生活，充分暴露了其贪婪残暴吸血鬼的丑恶行径。下联写她每过一个生日，就意味着国家进一步丧权失地，从而揭露出她又是一个卖国求荣的奴才。在章氏的笔下，将成语“一人有庆”变成“一人歌庆有”，“万寿无疆”变成“万寿祝疆无”，充分彰显了他驾驭文字的深厚功力，而且笔锋犀利，对比鲜明，堪称讽联中的杰作。

在这里，有一副讽骂西太后的佚名联，也记载于此。

西太后是搞政变（辛酉政变）上台的，垂帘听政，大权独揽。在她统治期内，对内镇压人民，对外屈辱投降，割地赔款。而她在死前陆续加的尊号却集中了一切好字眼，被称为“慈禧端佑康颐昭豫庄诚寿恭钦献崇熙皇太后”。在“皇太后”之前，尊号竟有16字之多，有人为联曰：

垂帘廿余年，年年割地；
尊号十六字，字字欺天。

甲午之役，主战主和，李鸿章、翁同龢（叔平）意见不一，争执颇多。翁素饲鹤一双，时双鹤亡去，翁亲书访鹤招贴重赏寻之，翁固以书法名都下，两写招贴均被人揭去，轰动都门。有人作诗嘲之曰：

军书傍午正彷徨，惟有中堂访鹤忙。
从此熙朝添故事，风流犹胜半闲堂。

时吴大澂（清卿）为湖南巡抚，好古董，安吉吴俊卿（昌硕）善篆刻，乃伪造渡辽将军印高其价售之，吴得之大喜，以为这是立功关外之征兆，上书请缨杀敌，上允之，但所统士卒素无训练，临阵即溃散。传太炎结合两事作联曰：

翁叔平两番访鹤；
吴清卿一味吹牛。

张佩纶与丢马尾

陈宝琛学士会办南洋海防，丁母忧，回故里，张佩纶挽以联曰：

狄梁公奉使念吾亲，白云孤飞，将母有怀嗟陟屺；

周公瑾同年小一月，东风未便，吊丧无面愧登堂。

张佩纶（1848—1903），直隶（今河北）丰润人，字幼樵，同治进士，入李鸿章幕，后为其女婿。1882年署都察院左副都御史，曾针对法国侵略越南和觊觎中国西南边境，上奏章十余篇，主张抗法。与宝廷、陈宝琛、张之洞、黄体芳等互为声援，议论朝政，人称清流派。1884年中法战争时，被任命为福建会办海疆大臣。7月15日，法舰队闯入马尾港，在清政府避战求和的思想指导下，张佩纶严禁先发制人，击退挑衅，严词斥责福建水师舰只的进攻要求。在法舰只与福建水师舰只同泊马尾港月余期间，不作战备。8月23日，法军发起进攻，他慌张逃窜，致使福建水师全军覆灭，马尾船厂被毁。张佩纶如此丧师误国，只被革职充军了事。

在张佩纶的这副挽联中，上联以唐代名臣狄仁杰喻陈宝琛，下联以三国东吴名将周瑜（公瑾）自喻，并用杜牧诗“东风不与周郎便，铜雀春深锁二乔”之意，为自己失败辩冤。是天意，是其他原因，对自己指挥无能，贪生怕死，临阵脱逃，致使丧师辱国的罪责毫无认识。

中法战争期间，法军进犯台湾沪尾（今淡水）、浙江镇海，均被击退，而在西南，两广总督张之洞用退休老将冯子材，联络黑旗军首领刘永福，先后取得镇南关、谅山、临洮大捷，使在越南的法军成为惊弓之鸟，法国政府茹费里内阁也因之倒台。这就充分说明了英勇的中国军民可以战胜任何帝国主义。马尾之战，完全是由于清政府统治者投降求和政策和统帅张佩纶之流无能又贪生怕死造成的败局。

“遥想公瑾当年，小乔初嫁了，雄姿英发，羽扇纶巾，谈笑间，樯橹灰飞烟灭。”何等英雄气概。战前无备，临战逃跑的张佩纶竟以之自喻，实在是不伦不类。

外国人写对联

对联，是中国“独家经营”的一种文学形式，世界上任何一国的文字都没有我国对联所具备的这种功能。20世纪30年代鲁迅先生逝世后，治丧处收到很多挽联，其中有一副是日本友人佐藤村夫写的：

有名作，有群众，有青年，先生未死；
不做官，不爱钱，不变节，是我良师。

此联以口语形式写成，如叙如诉，款款言情，亲切感人，毫无雕琢文学的虚笔。外国人能写成这等对联，是难能可贵的。

斯诺先生亦与人合写了一副对联，托人送到上海，悬挂于追悼会上。联曰：

译著尚未成功，惊闻陨星，中国何人领呐喊；
先生已经作古，痛忆旧雨，文坛从此感彷徨。

此联称绝之处，是将鲁迅先生的书名《呐喊》和《彷徨》分别嵌进上下联的后部，天衣无缝，其表达的内容和20世纪30年代末中国文坛的形势贴切而真实，令人拍案称绝。

前些年，著名电影表演艺术家赵丹逝世，避地中国的越南共产党领导人黄文欢书写了一副挽联曰：

风流文采永存银幕上；
音容笑貌常在人心中。

初读此联，文字简明，朴素可亲，细细推敲，对仗精巧工整，语无虚设，可见黄文欢有着很深的汉学功力。

1984年11月，中国楹联学会在北京成立时，曾收到不少日本友人的贺信，其中有一封富藤惠秀博士的来函，她热情洋溢地写道：“日语英语都有对句，可是和中国的对句来比，在文字整齐上，在音韵的清秀协调上都是无法相比的。在中国文学上，最优美的东西属于对句。”

叠字联

南宋李易安居士在她的《声声慢》一词中，劈头连叠七字合为“寻寻觅觅，冷冷清清，凄凄惨惨戚戚”。这七个叠字，形象反映了李清照所经受的国破家亡，夫死孀居之苦况，成为“出奇胜格”“造语奇峻”的典范，真“大珠小珠落玉盘”也。中国的文学形式，不只诗词可以叠字，对联也可叠字，而且还可能产生想不到的效果。

水水山山，处处明明秀秀；
晴晴雨雨，时时好好奇奇。

这是临洮黄文中先生给西湖“西湖天下景”撰的对联。先生于清末留学日本，参加同盟会，译著有《日本民权发达史》，请孙中山先生题字，孙题曰：“世界潮流，浩浩荡荡，顺之则昌，逆之则亡。”并指名是给这本书专题。以后我在很多展览会上见到中山先生题的这十六个字，却没有见到说他是专为黄文中先生题的，是中山先生又另写了这十六字，还是收集者有意不提黄先生，在此只能存疑待考。我以后多次游历江南，又见到一些叠字联，使人耳目一新。今将能记全的录此：

苏州网师园：

风风雨雨，暖暖寒寒，处处寻寻觅觅；
莺莺燕燕，花花叶叶，卿卿暮暮朝朝。

西湖花神庙：

翠翠红红，处处莺莺燕燕；
风风雨雨，年年暮暮朝朝。

这是描述花神的。百花姹紫嫣红，忽而风吹雨打，年年如此，写的入情入景。

杭州西湖曲院风荷：

莺莺燕燕，翠翠红红，处处融融洽洽；
风风雨雨，花花叶叶，年年暮暮朝朝。

这种叠字联，尚有好几种读法，读来创意各别。有逐字顺读法、逐字倒读法、隔字读法、拆开读法、跳读法、停顿读法等等。

“文革”后西湖风景全面修复，而黄文中联虽然恢复悬挂，但没有创作者姓名。听说由于其女奋力争取，才恢复作者姓名，并向其女道歉。其中细情，我曾两次函询临洮县政协，迄无回音，以为憾事。

小中见大

（一）

乾隆中，广东梅县名士叶莲新，曾为某针线店撰联曰：

慈母手中忙理布；
爱妻灯下细穿针。

（二）

广州东郊有一饮食、早茶兼营小店，贴的联和谐幽默，曰：

小天地，大场合，让我一席；
论英雄，谈古今，喝它几杯。

（三）

成都有家茶馆，兼营酒铺，老板姓张，生意清淡，遂让贤给其子经营，其子欣然受命，请当地一有名的秀才高必武者为联曰：

为名忙，为利忙，忙里偷闲，且喝杯茶去；
劳心苦，劳力苦，苦中作乐，再倒碗酒来。

雅谐巧趣竞放光芒

古来巧对很多，琳琅满目。

（一）拆字联：

此木为柴山山出；
因火成烟夕夕多。

（二）难对联：

三光日月星；
四诗风雅颂。

（三）偏旁和拆字相结合

冻雨洒窗，东两点，西三点；
切瓜分客，上七刀，下八刀。
烟锁池塘柳；
炮镇海城楼（上下联偏旁均须合五行）。

（四）谐音隐人名

月照纱窗，格格孔明诸葛亮；
风送幽香，郁郁畹华梅兰芳。

（五）反排（堆）联

客上天然居，居然天上客；
人过大佛寺，寺佛大过人。

（六）姓氏联

骑青牛，过函谷，老子姓李；
斩白蛇，入武关，高祖氏刘。

（七）以人名为联

才富文中子；
身高武大郎。
蔺相如，司马相如，名相如，实不相如；
魏无忌，长孙无忌，彼无忌，此亦无忌。

（八）取相近音联

嫂扫乱柴呼叔束；
姨移破桶令姑箍。

（九）叠字联

海水朝，朝朝朝，朝朝朝落；
浮云长，长长长，长长长消。

（十）巧中喻联

鸡犬过霜桥，一路竹叶梅花；
猿猴立雪地，两行佛手香橼。

（十一）巧喻某种境界联

壶漏漏干船漏满；
灯吹吹灭火吹然。

（十二）巧隐四季联

冬夜灯前夏侯氏读春秋传；
东城楼上南京人唱北西厢。

（十三）自行互变联

春风风人，夏雨雨人；
解衣衣我，推食食我。

（十四）戏谑联

和尚撑船，篙打江心罗汉；
佳人汲泉，绳牵水底观音。
五百罗汉渡江，岸畔波心千佛手；
一个美人对月，人间天上两婵娟。

“诗钟”简介

“诗钟”是清代以来流行于南方各省的一种文字游戏，只在知识分子范围内举行。约集三五知己，相与指物撰联以为乐（所撰大多是七言）。游戏时，为了限定时间，用细丝线缚一铜钱，系于燃香的中段，下置铜盘，香燃至丝线处，线断钱坠，入盘铿然有声，仿佛扣钟之声，说明时限已到，众皆停笔，未完卷者受罚。今日已流行全国，大多只作为实用楹联或个人休闲文字矣。其种类大致有二。

一为分咏。抽签定题后，按上下联分别表达出题中两种互不关联的事物的形象、特点，有点像“无情对”。如词人朱孝臧（疆村）曾分咏“黄山谷、蠹鱼”云：

诗派纵横不羁马；
书丛生死可怜虫。

通过工整的对仗把关系并不密切的事物联系起来，“不羁马”和“可怜虫”两个比喻俱形象切题。“诗派”对“书丛”，“不羁马”对“可怜虫”，总体或局部俱有关联，上下反对，可谓珠联璧合，相映成趣。

二曰嵌字。即将两个字或三四个字分别嵌到上下句一定位置上。本类又分正格七种和别格多种，上下联两字同位相对者为正格，余为别格。对嵌第一字者为“鹤顶格（亦称凤顶格，藏头格）”，对嵌第二字者曰“燕颔格”，下面依次为“鸢肩”“蜂腰”“鹤膝”“凫胫”“雁足”（亦称并蒂格或藏尾格）。在别格中，上联嵌头一字，下联末嵌一字称“魁斗格”；上联嵌末一字，下联嵌头一字的称“蝉联格”。其他尚有“辘轳格”“卷帘格”“碎锦格”等，不再一一列举。

拙作集唐句赠友人（张）冰珠（鹤顶格）

冰泉冷涩弦凝绝；（白居易）
珠箔银屏迤逦开。（李商隐）

燕颔格赠绣琴：

刺绣五纹添弱线；
瑶琴一曲来熏风。

鸢肩格赠小真：

呼取小名金不换；
解将真意玉连环。

蜂腰格赠月红：

清风明月本无价；
万紫千红总是春。

雁足格赠小红：

五岳归来众山小；
万绿丛中一点红。

碎锦格：俞伯刚以“王小二过年”五字嵌格曰：

娇小年华方二八，
君王宠爱过三千。

五字皆嵌入，而无斧凿痕。

歇后格赠来福：

人皆惠然肯；
我亦自求多。

此联隐括“来福”二字，为清末联圣方尔谦撰，可谓天衣无缝矣。

话说对联

我国的文化遗产中，有一颗闪烁着奇光异彩，形式别具的晶莹小宝石，这就是对联。对联又有楹联、喜联、春联、挽联等之分，相传始于五代后蜀孟昶刻在桃符板上的题词，迄今已有一千多年的历史了。

对联是由律诗中的对仗发展演变而来的。在律诗中，单句称为“出句”，双句称为“对句”，每一出句和它的对句合在一起叫作“一联”。所谓对，是指各联内出句和对句之间的平仄关系，按照对的本意，每联的对句和它的出句在平仄关系上必须相反。律诗要求第二联（颔联）、第三联（颈联）必须对仗。“仗”和“对”其实是一个意思。词性、词类、句型相对，平仄相谐的语句就是“对仗”。“对仗”的要求十分严格，出句的字和对句的字不能重复，至少是同一位置上不能重复。最初，所谓对联就是对仗所要求达到的一种形式，所以近体律诗中的颔联、颈联逐渐形成我国别具一格的文学形式——对联。不过到后来，对联往往摆脱了诗词格律的束缚，形式多样，富于变化，字数可长可短，甚至也能任意延长。

对联这朵奇葩，它集诗词歌赋之精华，聚意美、音美、形美于一体，是一种独特的文学形式。它可以写景、叙事、抒情、发论，可以出现在各种场合。如称颂、庆吊、赠答、言志、调谑倾爱，都具有很强的表现力，但必须高度凝练、概括。对联有“诗中之诗”的桂冠，它的风格和诗一样，也是千姿百态，有的蕴藉含蓄、婉约典雅，有的潇洒豪放、粗犷古朴。

对联有特定的写作方法和结构格式，作法上有种种限制与约束，比诗更讲求对仗的工整和格律的精严。主要要求是：

其一，上下联字数相等，长联间隔字数一致。

风声、雨声、读书声，声声入耳；
家事、国事、天下事，事事关心。

其二，内容相关，即上下两联并列相称，互相映衬。如：

四面荷花三面柳；
一城山色半城湖。

或一正一反，形成对比。如：

穷居闹市无人问；
富处深山有远亲。

其三，词义要虚实相对，词性要相同，即上联的某个地方是什么词，下联相应的地方也是什么词，如：

六百载结大槐树姻缘，移民忆甘苦，看今日郁郁葱葱，荣枝固本光前史；

三千里问老鹳窝何处，圣地阅沧桑，想园中孙孙子子，祭祖寻根待归帆。

（此联系山西洪洞县大槐树下祭祖征联）

其四，平仄谐调，一般上联尾音是仄声，下联结尾是平声。如：

家居舜日光辉下；
人在尧天雨露中。

对联是锤炼字句的好形式，在古代是考查才学的一种极为普通的方法，在今天也不应是过时的文学形式，而应该赋予它新的思想内容，使这一传统文学体裁充满勃勃生机，光彩焕发。

楹联、喜联、春联、挽联之间只是表达形式上相同，内容上是有严格区分的。对联常常是应时应景应情之作，有一人作，有二人作，大都是赠答、戏对之作。如宋代词人晏殊和诗人王琪有名的对句：

无可奈何花落去；
似曾相识燕归来。

喜联则用于结婚之喜、寿堂之喜、晋升之喜、乔迁之喜、店铺开张等，大都是祝贺吉祥之词。如：

福如东海长流水；
寿比南山不老松。

春联只能用于春节，用红纸贴在门上，多是颂祷、希望等吉语。如：

天增岁月人增寿；
春满乾坤福满门。

挽联较为难作，既要对逝者做恰当的评价，又要抒自己怀念之情，给生者或安慰，或激励。如蔡元培为鲁迅题的挽联是：

著述最严谨，岂徒中国小说史；
遗言犹沉痛，莫作空头文学家。

楹联一般张贴或雕刻悬挂在宫殿庙宇、名胜古迹、亭台楼阁等处。一副精彩的楹联，或直抒胸臆、讴歌大自然之壮美，或感怀沧桑、纵论古今之史实，往往言简意赅、引人入胜地介绍古迹胜景的历史渊源，勾勒出时代的缩影，给人以丰富的历史知识。

楹联长短不一，短者两字。一日，乾隆谓纪晓岚曰："色难"殊难觅对。晓岚曰："容易。"有顷再问之，纪仍曰："容易。"乾隆恍然大悟曰：卿已对出矣。"色难"为《四书》一成语，是说对父母和颜悦色是最难的；对句"容易"恰到好处。也有四字的：

兰州翰林刘尔炘给小西湖有联曰：

高山仰止；
大河前横。

长联如湖南岳阳楼，一副楹联122字如下：

一楼何奇，杜少陵五言绝唱，范希文两字关情，滕子京百废俱兴，吕纯阳三过必醉，诗耶，儒耶，吏耶，仙耶，前不见古人，使我怆然涕下；

诸君试看，洞庭湖南极潇湘，扬子江北通巫峡，巴陵山西来爽气，岳州城东道崖疆，潴者，流者，峙者，镇者，此中有真意，问谁领会得来。

长联中最负盛名的为昆明大观楼清人孙髯（字髯翁）所撰的那副"古今第一长联"，有180字之多。

五百里滇池，奔来眼底，披襟岸帻，喜茫茫空阔无边。看东骧神骏，西翥灵仪，北走蜿蜒，南翔缟素，高人韵士，何妨选胜登临，趁蟹屿螺洲，梳裹就风鬟雾鬓。更蘋天苇地，点缀些翠羽丹霞，莫辜负四围香稻，万顷晴沙，九夏芙蓉，三春杨柳。

数千年往事，注到心头，把酒凌虚，叹滚滚英雄谁在？想汉习楼船，唐标铁柱，宋挥玉斧，元跨革囊，伟烈丰功，费尽移山心力，尽珠帘画栋，卷不及暮雨朝云。便断碣残碑，都付与苍烟落照，只赢得几杵疏钟，半江渔火，两行秋雁，一枕清霜。

甘肃举院至公堂的一联出于皋兰人吴可读手笔，洋洋洒洒，竟有

192字之多，不再一一列举了。

从内容上讲，楹联大多数是写景、状物或兼抒情遣兴的，也有单纯发议论的。写景的如庐山仙人洞御亭联：

四壁云岩九江棹；
一亭烟雨万壑松。

乱云、悬岩、老松、烟雨，浔阳江、鄱阳湖，既概括了庐山风景的特色，又点出周围环境，清丽，洗练。

状物的如灵隐寺天王殿檐柱有一联专写弥勒佛：

峰峦或再有飞来，坐山门老等；
泉水已渐生暖意，放笑脸相迎。

寥寥24字，即把弥勒佛的位置神态刻画出来，同时又点出该处名胜飞来峰和冷泉亭，几个虚字，就把四者有机结合，匠心独运，构思浑成而不留雕饰痕迹，语言通俗浅显，笔调幽默轻松，使人稍动脑筋，即能恍然大悟，实在妙不可言。

有的楹联抒情兼议论。如秋瑾墓前青石华表上冯玉祥题联：

丹心应结平权果；
碧血常开革命花。

康有为题“三潭印月”则是寓情于景，情景交融。联曰：

岛中有岛，湖外有湖，通以卅折画桥，览沿堤老柳，十顷荷花，食莼菜香，如此园林，四洲游遍未尝见；

霸业销烟，禅心止水，阅尽千年陈迹，当朝晖暮霭，春煦秋阴，山青水绿，坐忘人世，万方同慨更何之。

对联反映社会风貌，在太平盛世，人们用它表达对生活的喜悦和赞颂；在黑暗的岁月里，人们常常用它发泄对现实的不满和反抗；对好朋挚友，用它倾爱嬉笑，取以欢乐；对作恶权奸，人们又常用它抒愤嘲骂，解胸中之恨。有很多对联，几经演绎，变为趣话，广为流传。

明代进士解缙，聪明好学，善对对联，而且对联新巧别致，妙趣横生。解缙秉性刚直，常以对联嘲弄奸臣宦官。传说在一次宴会上，某权臣蓄意当众讥笑解缙，就出了一句上联：

二猿断木深山中，小猴子也敢对锯（句）；

解缙一听，出口便对曰：

一马陷足污泥内，老畜生怎能出蹄（题）。

清代郑板桥当县官时，有一位教书先生向他告状说："我为主家教书，原定酬金八吊，教了一年，主人翻脸不认账，分文不给。"板桥说："可能是你误了人家子弟，不然，为何不给钱呢？"便用手指大堂上挂的灯笼说："我来试试你的才学。"说完吟了上联：

四面灯，单层纸，辉辉煌煌，照遍东西南北；

教书先生思索片刻便对曰：

一年学，八吊钱，辛辛苦苦，历尽春夏秋冬。

郑板桥见塾师并非无能之辈，马上派人找来那家主人，责令立即付清教书先生的酬金，并留其在衙门做事。

抗日战争时期，广东省中山县斗门镇被敌人占领后，有叫邝汝让、赵君节的两人，甘当敌人的走狗，分别任"维持会"的正副会长，当地的人用他俩的名字凑成一副对联：

汝肯能让乎？会长任维持，富贵在你。
君真无节矣！降臣供走使，笑骂由人。

对联的内容往往与时代的风云相联系的。就说小小理发店，不同时期的对联也是不尽相同的。旧社会理发店常常贴这样的对联：

（1）进来蓬头垢面；
出去容光焕发。
（2）不教白发催人老；
更喜春风满面生。

这两联颇有一点广告味道，招揽顾客，人之常情。据说太平天国首领石达开曾为理发店题联一副：

磨砺以须，问天下头颅几许；
及锋而试，看老夫手段如何。

一语双关，农民起义军将领的豪迈气概跃然纸上。中华人民共和国成立后，又有人为理发店写了这样一副对联：

新事业从头做起；
旧现象一手推平。

虽说的是理发店之事，却抒的是劳动人民之情。

漫话对联及其作法

对联又名楹联、楹帖、对子、联语，其单位曰副。由字数相等的上下两部分组成。上部叫上联、出句、对公、对头；下部曰下联、对句、对母、对尾。

一、对联的起源、形成和发展

对联是我国独特的文学艺术形式。一谈到对联的始祖，一定要说到孟昶"新年纳余庆，佳节号长春"的名联来。但是名联不是凭空而降的。我认为对联的起源和形成，至少包含以下三种因素。

（一）对联的孕育阶段——对偶修辞手法

对联不同于其他文体的最显著、最基本的特征是：上、下两联，从字数、句式、内容到平仄、韵律等全用对偶。对偶是汉语修辞格之一，对仗和骈偶即对偶也。对仗即宫廷之仪仗队，两两相对；骈，两马并驾一车也；偶，两人相对也。骈偶即成双成对也。作为修辞手法，即用平行的两句话，成对排列，表达相关或相反的意思。《文心·丽辞》曰："造化赋形，支体必双，神理为用，事不孤立。"而早为人所用。

满招损，谦受益。（《尚书·大禹谟》）
水流湿，火就燥。（《周易·乾文言》）
宪章文武，祖述尧舜。（《孟子》）
昔我往矣，杨柳依依；
今我来思，雨雪霏霏。（《诗·小雅·采薇》）

这些句子对偶工整，但先秦文学中运用还不普遍，修辞技巧未被人们自觉而广泛应用。两汉骈体，半诗半文，讲究文采韵律，兼具诗歌与散文的特点。在名赋中出现了许多整齐优美的对偶俳句，如枚乘《七发》、曹植《洛神赋》（"翩若惊鸿，婉若游龙。荣曜秋菊，华茂春松。

仿佛兮若轻云之蔽月，飘飖兮若流风之回雪。”）

魏晋渐变为骈体文，庾信《谢赵王赉白罗袍裤启》，唐初《讨武曌檄》《滕王阁序》，句式、词性、内容上都对得工整、精巧，导致后期雕琢的形式主义，韩愈文起八代之衰。但作为对偶这种修辞手法来说，却达到了成熟完善的程度，形成了丰富的技巧与固定的辞格。这不仅对丰富发展汉语语言文字艺术起到了积极作用，而且正是这种艺术手法，孕育了唐代的律诗和以后对联这两种艺术形式。因此，对联是从对偶修辞手法中脱胎而出来的一个独立的别致的文体，是对偶修辞手法的成熟化、典型化、文体化的产物。

（二）产生阶段——桃符习俗

对偶要转为对联，还需具备外在的形式。古代我们民族习俗曰挂“桃符”。桃木板分写“神荼”“郁垒”二神的名字或图其形，置于门旁，意在压邪驱鬼，祈福灭祸。

唐代萧德言《括地志》曰：“桃山有大树，盘曲三千里，上有金鸡，日照则鸣；下有二神，一名‘郁’，一名‘垒’，并执苇索以伺不祥之鬼，得则杀之。”

明代许忠琳编入《封神榜》称，桃山二鬼，另起名曰“高明、高觉”。

随着社会进步和文化的发展，这种习俗逐渐转变为书吉祥祈福之言，进而为对偶诗句，而生“桃符诗句”，也叫楹联，即春联之雏形也。对偶的修辞手法，便产生这种独立的文体。宋代，对联创作已蔚然成风。苏轼、黄庭坚、朱熹等也有不少对联传世。到明代，由于明太祖的提倡，春联便作为一种文体形式，被正式肯定和推广了。

清代陈云瞻的《簪云楼杂说》载：“春联之设，自明太祖始。帝都金陵，除夕忽传旨：公卿士庶家门上须加春联一副。”朱元璋自己也创作了很多对联。

由后主题桃符到明太祖设春联，其间经过四百多年，由雏形而逐渐趋于成熟。并且也由唯一之春联发展到其他更多的种类。在内容上，与社会政治、文化、经济以及人们各种社会活动发生了日益密切的联系。

（三）完善阶段——各种文体的促进

事物的存在和发展不是孤立的，对联亦无例外，也受到我国其他文学体裁的影响。

1.对联与赋、骈体文

联之产生，只能在对偶艺术手法被人们充分认识、熟练掌握和广泛应用之后，而对偶艺术手法之精工、完善与普及，又是在汉赋六朝骈体文出现之后，才得以实现。其特点是句式灵活，长短自如，无固定篇幅，少则三四字，多则几十字、数百字。它虽是诗而不强调押韵；重文字修饰和用典，和赋、骈有相似之处，因而受到赋和骈文的影响。

2.对联与律诗

唐代中期以后，形成了文学史上称为近体诗的律诗（①对仗严格，②形式固定），使对偶在诗歌中更加艺术化、系统化与理论化。对联也应运而生，由五言居多到七言居多。以后才发展得更灵活、更自由一些。从“集句”与“摘联”中可以略见端倪。

（1）枫叶荻花秋瑟瑟；
闲云潭影日悠悠。

（2）重帘不卷留香久；
短笛无腔信口吹。

（3）明月松间照；
清泉石上流。

（4）风景这边独好；
江山如此多娇。

3.对联与词

对联有更大的自由性与灵活性，则是受词之影响也。

《红楼梦》五十三回，贾氏宗祠对联：

肝脑涂地，兆姓赖保育之恩；功名贯天，百代仰蒸尝之盛。

落日楼头；断鸿声里。（辛弃疾）

柳丝长；春雨细。（唐·温庭筠《更漏子》）

三十功名尘与土；八千里路云和月。（岳飞《满江红》）

4.对联与曲

雅俗共鉴，庄谐并存（风格）。

口语、俚语、成语（行文设语）。

重字、叠字（用字技巧）。

水水山山，处处明明秀秀；
晴晴雨雨，时时好好奇奇。（杭州西湖天下景对联）
看我非我，我看我，我也非我；

装谁像谁，谁装谁，谁就像谁。（梅兰芳联）

今日到南苑，明日到北海，何日再到古长安？叹黎民膏血全枯，只为一人歌庆有；

五十割琉球，六十割台湾，而今又割东三省！痛赤县邦圻益蹙，每逢万寿祝疆无。（章太炎：西太后七十寿时讽刺联）

翘首仰仙踪，白也仙，林也仙，苏也仙，我今买醉湖山里，非仙亦仙；

及时行乐地，春亦乐，夏亦乐，秋亦乐，冬来寻诗风雪里，不乐也乐。（杭州西湖“仙乐处”酒家联）

可以说：一是对联由各种文体综合、演化、变易而成；二是从整个文学史上看，在规格、体裁、作用以及地位上，比其他文体更小一些，但兼有各个文体的某些优点和特点，因而才显得形式别致、新鲜优美、灵活自由、短小精悍，艺术性强、趣味性浓、适应性广，深受社会各阶层人士的喜爱，而它也得以不断发展壮大了。

（四）应用和发展阶段

1. 春联广泛用于装饰、交际等各种活动中，由文坛、官场、宫廷逐渐普及于广大民间、社会以至名胜古迹、亭台楼阁、门庭书房以及商场工肆、店铺坊馆等等。在民间，戏台、花灯、粮囤、车辕等处，也都有贴对联的现象。

2. 日益和人们社会生活发生密切联系。春联已成为传统的民俗习惯，喜庆则用贺联，丧悼则用挽联，不平则呐喊之，高兴则庆祝之，遇困则鼓励之，时弊则讽喻之等等。或自题或互相馈赠来寄寓情怀、劝勉、抒发感慨，宣传思想主张，或互呈才思、游戏嘲谑。这就形成一种能随俗，能应事，写景、抒情、寄怀、言志、述史、宣传鼓动、褒贬、呐喊、讽刺、鞭挞、娱乐游戏的独特别致的文学艺术形式。

值得一提的是，还出现了专门以对联为特点的教学内容，称作“对课”。这从明清到近代，都是初等学校的必修课。宋至清的官场文坛，还形成了以对句测试才学、识人选士的习尚。

随着文体形式的完善和应用范围的扩大，对联在思想内容、现实作用及与社会政治生活的联系方面也不断增强，它作为社会文学艺术、意识形态一部分的性质也日益明显。

对联在思想内容方面的进步与发展，是同整个社会的进步与发展密切关联的，只能是社会生活的反映，不可能超越社会现实。历史上出现的许多对联，大都诗意浓郁，意境优美。

西岭烟霞生袖底；
东洲云海落樽前。（颐和园谐趣园联）

有的状物贴切，构思奇妙。如：

虽然毫末技艺；
却是顶上功夫。（理发馆联）

青山有幸埋忠骨；
白铁无辜铸佞臣。（西湖岳飞墓联）

有的哲理丰富，耐人寻味。如：

大肚能容，容世间难容之事；
开口便笑，笑天下可笑之人。（弥勒佛联）

有的慷慨悲歌，回肠荡气。如：

千秋冤狱莫须有；
百战忠魂归去来。（汤阴岳庙联）

有的雍容华贵，富丽端庄。如：

与国咸休，安富尊荣公府第；
偕天不老，文章道德圣人家。（曲阜孔府联）

但就其思想内容和社会效果而论，特别优秀的较少。

真正在思想上发展与充实，乃近现代之事也。尤其辛亥革命与五四运动之后，对联才迅速发展成为革命事业中的匕首、投枪，成为革命文艺的一个组成部分。

灰撒江河，看不尽波涛，涓滴都是人民泪；
志华日月，信无际光焰，浩气长贯神州天。
（丙辰清明，天安门广场挽周总理联）

烟雨楼台，革命萌生，此间曾著星星火；
风云世界，逢春蛰起，到处皆闻殷殷雷。
（董必武题南湖革命纪念馆）

1983年春节五副征联（选一、四、五）

(1) 治国安邦，万户欢欣迎大法；(出联)

承先启后，九州腾跃展新猷。(对联)

(2) 碧野田间牛得草；

金山林里马识途。

(3) 十里春风，长安两路；

千年晓月，永定一桥。

二、对联的艺术特点

(一) 民族性

在整个人类文化艺术中，有一部分是各个国家、民族所共有的（共性中有个性，有各自的特点和风格），而其他者无，只我有者则为对联。只有汉语言才有，这是民族艺术的独特性，有着强烈的民族特色（生活习俗、意识形态和历史传统）。春节出桃符，桃符变对联。同时，对联只有使用汉语文字（方块字）才能产生与发展。一字一音一意，方正整齐清楚。

(二) 应用型

任何艺术，都既有其自身的艺术价值，又有其与人们社会生活相联系的应用价值。它伴随着人们的日常生活、社会活动以及工作、生产、学习和实践而出现，上面已经讲了。可见对联是为人们的实践活动服务，又以一种艺术形式出现，故曰应用性。

不能混用乱用，只能适用于一种特定的实践活动中。

例如，某家人去世用联，其他地方就不能用。

(三) 文字性

其文字性即文字艺术，围绕汉字本身所产生的艺术。表现于以下几点。

1.用字灵活，整齐优美。

短至八字，长至一千六百多字（钟云舫）。创作中讲究字数，又不拘字数，但上下联字数必须完全相等，从而造成一种平衡、对称、整齐的美。

儋州立业；

宝岛生根。(周总理为海南热带植物研究所题联)

羲轩故里；

河岳根源。（巩建丰题京师甘肃会馆联）

2.汉字本身的某些特色，构成对联艺术。汉字具有象形、谐声、会意、偏旁以及一字多音、一字多义、一字可拆为几个字的特点，采取各种修辞手法。

嵌字：

英名盖世三岔口；
杰作惊天十字坡。［田汉赠盖叫天（张英杰）联］

叠字：

莺莺燕燕，翠翠红红，处处融融洽洽；
风风雨雨，花花草草，年年暮暮朝朝。（上海豫园联）

拆字：

十口思心，思子思妻思父母；（乾隆出）
寸身言谢，谢天谢地谢君王。（纪昀对）

数字：

一诗二表三分鼎；
万古千秋五丈原。（马实夫题武侯祠）

回文：

客上天然居；
居然天上客。（乾隆撰天然居饭庄联）

其他隐字、正读、反读等多种多样的技巧，把汉字艺术与对偶艺术完美地融为一体。

3.与书法艺术融为一体，互相增辉。有的匀称美观，有的错落有致，有的豪健奔放，有的秀丽娴雅，或神韵潇洒，或端庄古朴。

（四）声律性

平仄四声，是汉字特点，从而形成一种有节奏的音乐美，读起来朗朗上口，跌宕起伏，抑扬顿挫，铿锵有致。

三、对联的写作要求

（一）字数相等

天增岁月人增寿；

春满乾坤福满门。

（二）词性相同

实对实、虚对虚已不能适应矣。

春风放胆来梳柳；
夜雨瞒人去润花。

此外，数字、颜色、方位、干支以及专用名词等又自成一类。（可以参阅《笠翁对韵》）

（三）结构相应

动宾、主谓、偏正、复句等相应。

水泊梁山说好汉；
楚河汉界争英雄。

（四）句式相似

五言为二二一或二三，七言为二二二一或二二三。（这些是一般情况）

（五）内容相关（即贴题）

顾名思义，不仅形式上有对偶，而且内容上要相联。使联句置于同一个特定的范围内，反映一个特定的主题，做到上下联有机联系，不能东拉西扯，离题万里。

（六）平仄相对

对联讲求平仄相对，这是为了读起来节奏分明，声调和谐，起伏跌宕，抑扬有致，形成一种音乐美。

1.四声与平仄的分别法：

yī　yī　wú　wù
衣 亦 意一　吾 五 务 物
gē　gé　hé　hé
歌 舸 个 阁　河 喝 贺 合

平水韵平声30部。

黎锦熙订汉语新韵平声18部。

2.应用上主要表现在三个方面：

（1）上下联文字的运用上要平仄交替，有节奏，有变化，语言声调才能有起有伏，有高有低，抑扬跌宕。

（2）一般是平仄相对或相反。（一三五不论，二四六分明）

（3）最后一字，一般是上联字仄声，下联平声。

四字：

——||
（1）儋州立业；
||——
宝岛生根。

——||
（2）羲轩故里；
—|——
河岳根源。

五字：

—|——|
（1）山似青罗带；
|—||—
水如碧玉簪。（韩愈）

—|——|
（2）明月松间照；
——||—
清泉石上流。（王维）

||——|
（3）白眼观天下；
——||—
丹心报国家。（宋教仁自题联）

|——||
（4）夕阳无限好；
—||——
高处不胜寒。（镇江西楼联）

六字：

—||—||
（1）泉自几时冷起；
———|——
峰从何处飞来。（董其昌冷泉亭联）

—||—||
（2）风景这边独好；
———|——
江山如此多娇。（集毛主席诗联）

七字：

——||——|
（1）千秋笔墨惊天地；
||——||—
万里云山入画图。

—|—|———
（2）天地和顺家添财；
———|——|
平安如意人多福。

八字：

—|——　——||
骑鹤楼头，难忘十日；

——｜｜　｜｜——

梅花岭畔，共仰千秋。（郭沫若题扬州史可法祠）

两节以上：

｜｜｜——　｜——｜｜—｜

（1）积毁铸沉冤，十年风雨燕山夜；

———｜｜　—｜——｜｜—

丹心同皎日，千古昭垂赤县天。（赵朴初挽邓拓联）

——｜　｜｜——　—｜——　｜｜———｜｜

（2）勤王事，大好儿孙，三世忠贞，史笔犹褒陈庶子；

｜—｜　———｜　——｜｜　｜——｜｜——

出师表，惊人文字，千秋涕泪，墨痕同溅岳家军。

（成都：刘咸荥题武侯祠诸葛亮殿）

｜——｜｜　｜｜———　｜｜——　——｜｜

（3）为民族解放，为阶级翻身，事业垂成，公胡遽死？

｜—｜——　——｜｜—　｜—｜—　—｜——

有云水襟怀，有松柏气节，典型顿失，人尽含悲！

（毛主席挽续范亭联）

四、横批（横额）以及锦幛的写作要求

（一）横批是对联不可分割的有机联系的组成部分

额对相配不但在形式上给人一种有中心有外围，工整平稳、浑然一体的美感，而且在内容上，还有统一、协调上下联，并与对联互相补充、互相映衬的作用。

1.对联写意，横额题名。

正学废兴关世运；

断文绝续在人才。望来堂（刘尔炘五泉山联）

2.对联画龙（形、外），横额点睛（内在的实质）。

绕堤柳借三篙翠；

隔岸花分一脉香。沁芳（红楼梦）

3.联批互补，相辅相成。

血肉作干城，烈慨在火中长啸；

光荣归党国，英风使天下同钦。凯歌百代（郭沫若撰黄继光纪念馆联）

如斯赤面常成对；
似此白头永作双。天作之合（李则广撰）
狠钻新本领；
甘当小学生。合格干部（胡耀邦撰）

其他如：

人寿年丰　日丽风和　乘风破浪　万象更新
春催桃花　东风浩荡　江山如画　春满人间
五福临门　闻鸡起舞　欣欣向荣　大展宏图

（二）锦幛（包括婚、寿、挽等）

婚：百年偕老　永结同心　并蒂莲开　花好月圆
寿：寿比南山　河山并寿　德配孟母　福寿即来
挽：音容宛在　顿失老成　驾鹤仙游　瑶池添座

（三）写法及贴法

对联上下联是从右向左贴的，即上联末字（仄声）贴在右边（上手），下联末字（平声）贴在左边（下手）。横批也是由右向左写，这也是传统写法。粘贴时，贴到上下联上部中间适当的位置。

五、如何练习作对联

（一）首要条件：懂对法、懂韵律

前文已经说过，此处不再重复。

（二）从对字入手

1.要解放思想，勇于探索，不能拘于一格。“天对地，雨对风，大陆对长空”，只是一个示范。天也可以对水、雨、浪，壮志可以对新天，大陆也可以对长洲、长河、重洋等等。

2.先从两字或三字、四字入手

独角兽对比目鱼，抬头见喜对开口成章。

砚大文章大对心宽天地宽。

3.多读多写，多思多改。

对联与旧诗词的关系密切，因此，读诗词也是一法。久之自会由必然王国到自由王国。只要立意正确，自会俯拾即是。

（1）齐白石为主席画苍鹰，配对是从“龙行”“虎啸”上想联句。初拟“龙行云作路；虎啸天闻声”，又经反复修改，定为：

海为龙世界；
云是鹤家乡。

（2）律诗里的颔联和颈联必须对仗，因而许多大诗人的律诗里就有很多对仗工整的联句。

毛主席的诗：

四海翻腾云水怒；五洲震荡风雷激。
金沙水拍云崖暖；大渡桥横铁索寒。

鲁迅的诗：

横眉冷对千夫指；俯首甘为孺子牛。
血沃中原肥劲草；寒凝大地发春华。

4.炼字

炼字不是一个单一的技巧，而是对联创作中一个总的基本的技巧。其他文字（如诗）也讲炼字，对联即字数相等的对偶为对联存在的前提，又受字数相同的制约，往往一字顶一字，甚至一字顶几字，容不得闲字、废字、可有可无的字，故炼字更重要。

炼字就是精心推敲，反复锤炼用字、用词的技巧。相对而言，主要在动词、形容词上下功夫。好动词可使全联活而不呆，好状词可使全联事物顿然增色。

多读成联与其他文学作品。采百花之蜜，积累素材。创作时，一要进入生活，要用真情实感；二要敢于创新，字用得形象、新鲜、不落俗套。“吟安一个字，捻断几根须。”鲁迅说：“一名之立，旬月踌躇。”关键在于熟能生巧。

要有韵味，一唱三叹，余音袅袅。苏长公所谓有味非味也。要有感情，要审时度情，深入角色。

六、名联赏析

鸟语和溪音，自在笙簧，不假人间丝竹；
山云笼树色，天然图画，何劳笔下丹青。（广东新会圭峰山读泉亭联）
烟锁池塘柳；
炮镇海城楼。（虎门联）

绕郭荷花三十里；
拂城杨柳一千株。（西湖三潭印月联）
沙自几时鸣，惊雷但有蛰龙起；
池犹亘古在，出水还期天马来。（月牙泉联）
栏杆外滚滚波涛，任千古英雄，挽不住大江东去；
窗户间堂堂日月，尽四时凭眺，几曾见黄鹤西来。（黄鹤楼联）
四面湖山归眼底；
万家忧乐到心头。（岳阳楼联）
我辈复登临，目极湖山千里而外；
奇文共欣赏，人在水天一色之中。（滕王阁）
楼高但任云飞过；
窗小先将月送来。（长沙北极阁联）
天若有情天亦老；（李贺）
月如无恨月常圆。（石景卿）
春联：

龙腾瑞气映千家；凤舞祥云照万户。
碧海苍山玉宇；春风旭日神州。
雪感天时飞捷报；柳随人意舞东风。
东风化雨山山翠；政策归心处处春。
春风终解千层雪；海水还连两岸心。
春回大地千山秀；日暖神州万木荣。
万木回春，风和日暖；百花竞艳，国泰民安。
春满长征路；花繁民主枝。
画栋连云，燕子重来应有异；
笙歌遍地，春光长驻不须归。
山美水美春光美，宏图更美；
人新事新时代新，伟业常新。

婚联：

柳暗花明春正半；
珠联璧合影成双。（春日婚联）
六月红莲双争艳；
一堂好友共举杯。（夏日婚联）

丹桂飘香姻联两姓；
蟾宫月满喜照人间。(秋日婚联)
蜡梅怒放联佳偶；
瑞雪纷飞庆良辰。(冬日婚联)

七、奇联选锦

游西湖，携西湖，锡壶坠西湖，惜乎锡壶；
过南坪，买蓝瓶，蓝瓶得南坪，难逢蓝瓶。
日照纱窗，个个孔明诸葛亮；
月光石穴，洞洞纯阳吕洞宾。
童子打桐子，桐子落，童子乐；
妞儿骑牛儿，牛儿缓，妞儿欢。
倪家少女妙人儿；
张府高才搞长弓。
五行金木水火土；
一统东西南北中。
鸡犬过霜桥，一路梅花竹叶；
冻雨临北地，半城碎钻琼瑶。
针刺纸窗，风送梅花香一线；
雪舞寒冬，云掩暮色盼日出。

对联源远流长，经久不衰，有其历史传统，有其群众基础，有其独特的艺术性。它，音韵铿锵，运字凝练，寓意深长，往往几行几句，寥寥十几个字，胜过万语千言。到目前为止的实践证明，如同新诗并没有也代替不了格律诗词一样，对联同样不是标语口号所能代替的。我认为，有中华民族存在，有民族语言存在，就有对联的存在。而且随着“双百”方针的深入贯彻，对联这种文艺形式必将会复兴繁荣，万寿无疆。

长征战鼓响连天，四化频催好对联。谨以此赠给有兴趣对联创作的同学。

试论对联创作的四个“化”

对联是我国独有的国宝，是我国文艺百花园中一朵艳丽醉人、永不凋谢的奇葩，是在我国人民传统审美理想和民族心理的基础上产生的，是我国人民思想观念和艺术情趣的集中表现。它种类繁多，用途广泛。如逢年贺岁、结婚贺寿、投赠哀挽、入新居、迁新厂、殿堂庙宇、旅游胜地等都少不了它，历来受到人们的喜爱。其作者之多，读者之众，应用之广，内容之丰富多彩，也是其他文学形式所难以企及和代替的。当你到名山古寺、名胜景点，写一副切时、切地、切景的对联，再用书法家之墨迹，工艺家之镌刻雕饰，构成文美、字美、雕刻美的佳品，三美齐臻，令人赞赏回味，叹为观止，一来可以给胜境增辉，二来可以招来游客，给胜境增加财富。

由于以上原因，有不少人学习写对联。其中有不少人经过勤学苦练，不但成功了，而且成为当地远近知名的“秀才”。但是也有一些人在学习过程中知难而退，半途而废，或者是三天打鱼，两天晒网，结果仍然没有学通。其实只要下定决心，百折不挠，一定可以登堂入室，学会学好，甚至左右逢源。

在这里，我想和同道探讨：对联的作法，其标准是什么？

世界上任何事物，只要它是成熟的，都有高下之分、优劣之分、文野之分的评价标准。这个标准是客观存在的，也是事物本身成熟的标志。那么，一副什么样的对联才算好对联呢？根据对联的本质特征，应该以形象化、典型化、格律化、精炼化为赏析、点评创作的重要标准。试分论之。

一、形象化——对联的灵魂

形象化是由对联的本质特征——文学性决定的。由于对联是文学体裁，它的创作要遵循文学创作的一般规律，所以必须运用文学创作的最基本方法即形象思维。要从生活出发，依据生活本身的逻辑进行创造，形成生动的艺术形象，并用语言固定下来。作者不管对客观事物有多么深刻的认识，都只能让形象说话，把自己对事物的认识寓于艺术形象之中。“诗是要用形象思维的”，这已经是被大家肯定了的。那么，作为“诗中之诗”的对联来说，当然更要用形象思维了。简而言之，就是写对联要用形象说话，不能概念化，不能标语口号化。运用形象思维，就像创作诗歌一样，多用“比”“兴”，甚至是“借代”手法，回避概念陈述，营造“诗情画意”。作品不但要出现“形象”，出现“画面”，还必须出现“出神入化”的境界，才算是好作品。

青山有幸埋忠骨；
白铁无辜铸佞臣。

这是杭州岳王庙传诵最广的对联，内容爱憎分明，融抒情议论于一体，让人一读即终生难忘。上联中，“青山”本无情，却用了“有幸”，岳飞的忠骨能埋在这里，成了青山的荣幸，对忠臣爱敬之情尽在其中。下联中，“无辜”用得很妙，很有感情色彩，岳飞坟前有秦桧这个奸臣的铁铸像，作者觉得，是铁的无辜，其恨之切尽表言外。真千古不可多得的好对联。

二、典型化——对联的精髓

典型化是指文学创作者根据现实生活中的素材，用多种艺术手段，创造出比生活原型更集中、更完整、更鲜明、更带有普遍意义的艺术形象。这四个“更”，正是典型化的标准。如果都达到了“化”的地步，作品就会成为“不朽盛业”（曹丕对文学的评语）。即使运用形象思维，会用形象说话，而营造一片不典型的“意象”，那只能生产出一批“一般化”的作品来。文学作品中，小说是这样，诗歌是这样，对联当然也是这样。从全国征联比赛看，应征者多，入围者少，上乘之作更少。原因何在？就是都犯了一例“通病”——“一般化”。如上所述，“一般化”就是“不典型”，不能活灵活现，不能生动感人。

那么，怎样才能达到典型化呢？秘诀只有两个字：精选。即在创作的过程中，面对众多的“材料库”，用前边说的四把尺子遴选出素材来，就我范畴，为我所用，就能创作出对联佳句来。前几年，在全国征联中获得一等奖的赞颂改革开放的联曰：

大典震人寰，时代强音犹悦耳；
小康舒岁月，中华特色更扬眉。

在浩如烟海的中国史料库中，作者选用了最典型的历史画面——开国大典入题，奇峰突起，高屋建瓴，一下就把对联的意境推到了“典型化”的艺术高峰。这是我们学习“典型化”的一个很好典范。

所以说，对联的典型化是提高对联意境和品位的最显著标志。

三、格律化——对联的脊椎

什么事物，都有一个规矩，不以规矩不能成方圆。对联的格律化是它作为一门独立文学形式成熟的标志。它的形成，是先贤在几百年的文学实践过程中所总结而成的几条似乎是铁铸的规律，是至大至伟的“对立统一”规律。这格律既科学，又可取，是对联这种文学形式的最好载体。那种一味否定对联格律的说法和做法都是错误的。和其他事物的发展一样，对联也要发展创新，这就是我们说的“变”，但是这种“变”，也要在原格律基础之上变通，以求得发展，决不能成为无源之水、无本之木。

对联的格律究竟有哪些？要言之，就是字数相等，词性相同；平仄相谐，意义相关；节奏相应，结构相称。这三条24个字是对联的特征，也是对联的格律，有一条达不到，就算违律。

四、精炼化——对联的血液

任何文字作品，都少不了锤炼，只是文体有异，锤炼的方法各有区别而已。广为流传的历史名联和当代名家手笔，无不是精心锤炼出来的。炼在这里，有三炼，这就是炼意、炼格、炼句。

先说炼意。意有高下之分，深浅之别，新旧之异。炼意，就要求高起点，深底蕴，新视角，避免卑下、肤浅和陈旧。如：

饮水思源，致富思源，恩如雨露八方润；
擎花献党，捧心献党，情比海洋十倍深。

上联的“水源”“富源”均为党恩，且润八方，真可谓恩广无边；下联的“献花”“献心”均为民情，且深十倍，真可谓情深无底。有党恩浩荡，才有民情深重，上下联关联，切情切理，读后在喜庆的欣慰之余，又不乏思考的深沉。

春联最难翻出新意，只有联系现实生活，饱蘸时代色彩，方能写出生命鲜活、精神饱满的新春联，产生耳目一新的审美效果。如：

旭日行天，喜盖通红大印；

神州铺纸，欣签致富合同。

此联用象征手法，表现了我国人民在自由天地里喜迎新春、齐奔小康的生动景象和喜悦心情，构思新颖，立意新巧，视角新鲜，想象新奇。

再说炼格。炼格就是选取适合于特定时间、特定环境、特定对象、特定内容、特定作用的风格，使作品得体、适度、协调。具体而言，重大主题宜雅不宜俗，哀挽题材宜庄不宜谐，赠人题材宜鼓气不宜泄气，歌颂伟大形象、描写壮丽景致、抒发豪迈感情宜刚不宜柔，一般家居的春联宜于大众化、通俗化。不再一一。

再说炼句。意也好，格也好，都必须用语言来承载，可见炼句之重要。句有奇平之分，清浊之别，繁简之异。炼句就是反复推敲，选取奇崛瑰丽、清顺流畅、简洁凝练的语言，摒弃平弱寡淡、浊重板滞、烦冗拖沓的形式。只有选择那些有色有味，富有表现力的字眼入联，才能收到应有的艺术效果。要求在常见的字眼中朴中见奇、朴中见色，方称佳作。如果语言是政治口号式、生活用语式，人云亦云，必然流于干瘪枯燥了。

对联本为文学轻骑兵，以短小精粹见长，人们所能牢记、所传诵的大都是内容充实、语言精粹、意境高扬、构思奇特的短联。

这里所提出的精品的标准，应是当前对联创作所努力的方向，只要从以上“四个化”的方向上下功夫，就一定会创作出无愧于优秀传统、无愧于时代精神、无愧于先进文化方向的精品来。

庆祝新中国成立四十周年

四化建设方极，庆立国四旬，四基经天，神州比寿日星耀；
十方捷报频传，正开放十载，十亿向化，改革似江海俱来。

万里版图盼一统；
十年改革庆中兴。

党庆八秩对联

党寿齐天，大椿八千为春，八千为秋，八元进，八恺登，八律协鸣，江淮河汉祝八秩；

国恩似海，巨灵十全纠缦，十全继美，十瑞呈，十章献，十方向化，亿兆京垓颂十时。

新中国成立五十周年联

五旬建国伊始，正五星旗展，五音凯奏，五凤合鸣，合五湖四海，献玉呈珠，为祖国恭祝万寿；

十亿雄心图强，有十部乐章，十分春色，十方向化，共十岛三山，披肝沥胆，颂斯民齐登大同。

祖国寿齐天，山阜岗陵非颂祷；
城乡春浩荡，江淮河汉任朝宗。

新中国成立六十周年联

遵义导航，万里长征驱虎豹；

京华定鼎，九州大治转乾坤。

有东风引路，转轴旋钧，万里乾坤添景色；
凭北阙导航，改天换地，九州黎庶沐春风。

纪念邓小平同志

设计师精神不老；
共和国事业长春。

两制构思惊世界；
双珠璧还壮神州。

小康社会思邓禹；
大治中华忆唐尧。

敞开胸臆迎寰宇；
打造金桥奔小康。

监督显生机，已见江山呈瑞气；
改革注活力，敢教日月换新天。

港澳双归联

双珠还合浦，看鸢飞鱼跃，八音协奏；
九州新气象，正龙吟虎啸，四海归心。

港归澳返，好戏连台歌一统；
凤翥龙翔，捷音迭至庆团圆。

璧合三归，港澳先到台必至；
政施两制，城乡并茂国乃兴。

香港归宗，龙腾玉宇兴华夏；
澳门认祖，狮醒金瓯震乾坤。

长征纪念联

铁索横空，曾寒日月；
天兵夺隘，长壮风云。

武略文韬，想两万里长征壮举；
忠肝赤胆，谱新千年历史新高。

万里长征，雪满弓刀崇马列；
三军奋战，晴牵解放炼丹心。

将士坚贞，抛头洒血何曾惧；
夺险渡隘，报国为民敢舍身。

红军长征，金戈铁马，创世纪神话；
全民抗战，碧血丹心，铸民族辉煌。

邓宝珊将军纪念亭联

仁术是怀，仁心是质，仰止即高山，肯为将军留胜迹；
宏容如海，宏德如生，瞻依有寸土，恍闻孺子发清歌。

下为河岳，上是日星，经济早成清庙器；
燕月夕悬，陇云朝度，亭堂疑是岘山碑。

纪念抗洪胜利

抗洪精神不朽；
公仆本色升华。

天水师院大门联

稽古曰成纪，曰汉阳、上邽，忆莽莽岁月，从羲皇开天，飞将毅勇，营平谋略，侍御抗疏以来，每望秦州思国士；

学宫近麦积，近西崦、东柯，数历历游踪，自轩辕立基，开府制铭，少陵杂诗，若兰回文而下，也应陇坂有人才。

上联征下联

（一）东风化雨，陇上春来早；

旭日祥云，尧天人更娇。

（二）奋发图强，振兴甘肃；

锐意改革，建设中华。

（三）百花争艳，陇上十样锦；

一元复始，秦州万家春。

（四）治山治水，改变甘肃面貌；

种树种草，绘出陇原新姿。

（五）辞旧岁，迎新春，盛世连年连盛世；

上乐原，访富户，清时颂治颂清时。

（六）喜迎大地回春，看大好河山，皆成锦绣；

欣逢尧天瑞雨，更尧阶花草，都是文章。

（七）元日思征途，攀不尽重重科学高峰，览不完滚滚历史长河，回首工余饭后，雏凤新飞，涉水跋山酬壮志；

新春逢盛世，这边里山山粮食高产，那边厢处处捷报频传，放眼城市农村，秧歌快舞，笙簧丝竹乐丰年。

（八）海水有情，心曲随波传两岸；

乡思无量，夜阑飞梦到三山。

（九）食足衣丰，四野乡村歌盛世；

云蒸霞蔚，九垓风雨颂清时。

（十）水木荣春晖，柳外东风花外雨；

清商欲尽奏，浩歌有待凯歌还。

（十一）白塔映月色，月映塔白；

青山旭日丽，日旭山青。

（十二）春游三陇，入静宁玉门，登高台金塔，游武山华亭，观清水酒泉，处处景泰民乐；

夏过六盘，经靖远东乡，览甘谷北道，考泾川古浪，泛临洮华池，村村崇信永昌。

（十三）展抱负，纾经纶，促成祖国统一大业；

兴节约，抓改革，建设陇原两个文明。

（十四）远溯羲皇成纪画卦，皇帝崆峒问道，夏禹积石导流，发祥陇右鸿基以来，继起汉关飞将，晋廷针经，唐室英主，赓续旷代殊勋垂汉青。且休说刘锜扬威江淮，吴璘破金蜀道，更何况张芝草圣，太白诗仙，梦阳文魁，晓峰铁汉，八千春秋，烈烈雄风人宛在。

缅怀志丹南梁起义，红军会宁会师，彭总兰州歼敌，迎来全省解放而后，肇兴白银铜矿，酒泉钢城，金昌镍都，综合工业经济开宏图。最难忘黄河电输西北，中部林绿华岭，又不论炳灵佛寺，莫高石窟，麦积造佛，大地古湾，万里花雨，昭昭伟绩史常新。

下联对上联

（一）严法制、建文明，喜此际富民政策起三陇；
选贤才、创伟业，看来日经邦群伦腾中华。

（二）同心七五建设，红雨成波千里秀；
一幅四化宏图，赤诚报国万众欢。

（三）翔鸥泛鸭，喜换黄河旧貌；
秀塔伟楼，笑看兰山新颜。

（四）高祖还乡长生殿；
诸葛观星望江亭。

（五）万象更新，焕焕乎两个文明，三陇有庆；
一元复始，灿灿兮千年古国，九鼎生光。

（六）老当益壮，关心四化献大计；
退而不休，甘扶三梯上高楼。

（七）吊隗嚣宫殿，想仇池胜迹；
怀李白乡情，谒杜甫草堂。

（八）陇上工农齐并进；
文坛晴雨气相求。

（九）夜雨宜人，潜入农田资高润；
春风已度，好将丝路永相连。

（十）嵌联（嵌“甘肃楹联”四字）
老境愈甘，喜看党风整肃；
轩楹新起，幸与国运相联。

南郭寺联

大雄宝殿

东土乎，西土乎，老柏灵根不二；

风动焉，播动焉，北流泉水湛然。

晴川一览亭

半岭山光当盛世；
四时花气上吟肩。

杜少陵祠

自先生乱离来兹，望陇坂九回，长忧家国多难；
从秦州留寓去后，只杂诗廿首，足令河山增辉。

涅槃殿

五蕴皆空，六根清净，随喜梵天参圣果；
诸恶莫作，众善奉行，但存此念即菩提。

伏羲庙联

太昊宫大门

八千年伏羲文化宏基，导源于此；
十二亿华夏振兴事业，与日俱新。

此地本羲皇故里，瑞霭西来，冠带五洲仰圣地；
我们是神龙传人，海峡东望，子孙十亿盼团圆。

大　殿

一画辟洪荒，是中华民族万世文明始祖；
四基兴国运，看神龙赤子十亿奋发图强。

太昊宫先天殿

当鸿蒙其未辟，成纪有圣人焉，俯法仰观，鸟兽山泽呈易象；
泄天地之蕴密，渭滨集至德矣，开物成务，神龙华夏启文明。

五千年华夏文明导源于此；
十二亿神龙苗裔与日俱新。

鼓　厅

鼓声催出百花绽；

雨点过来两制春。

气作三军中华一统；
声闻两岸羲里长春。

祭拜伏羲（三联）

是八千年中华文明，导源于此；
任十三亿龙的传人，咸与维新。

奠民族之根基，始祖鸿恩传万世；
发文明之曙光，特色精神炳千秋。

是华族齐来拜祖；
有血气莫不尊亲。

玉泉观诸景点联

玉皇殿

新堂还旧规，殿峻台崇，千里河山拱北斗；
明时开胜境，年丰物阜，一川风雨壮西州。

山　门

观中泉水涟漪，听将懂便成天籁；
门外竹篁修茂，识得透才是化机。

二　门

石阶一径通，要把这脚步拿稳；
云气千峰起，须将记胸怀放平。

药王洞

药洞长春，座上有医国妙手；
玉泉不老，哲人悟养性天机。

揽胜亭

揽怀尽竹树云烟，如此江山若有待；
胜境有秋冬春夏，无边风月更忘机。

十三名医祠

自神农以来，医道光千秋国史；
喜羲里无恙，玉泉祀十三名贤。

玉泉亭

山不在高，水不在深，可以语道；
先天下忧，后天下乐，吾想其人。

神仙洞

古洞新颜，不仅春风燕子；
仙人旧居，更兼老柏悬岩。

三清殿

金阙壮灵山，一气全真，参贞元于开阖；
玉泉朝圣迹，三生万物，朔大象之冲盈。

上　亭

风吹皱一池春水；
雨洗出千叠翠岚。

玉泉观上九庙会联

上九看龙兴，溯七千年华夏文明，导源于此；
岁初闻凤舞，有三百万秦州儿女，富我陇山。

两岸皆春万里山河同贺岁；
九州一脉千秋事业共争辉。

琼花辫柏玉泉竟生天上；
好友清风明月同上春台。

香山观大殿联

南海济慈航，洒甘露向东土；
西方传妙相，开白莲于北山。

天水名胜联

1986年，市政府领导拟为天水风景名胜点题联，以壮观瞻。余应命撰联为此。

仙人崖山门

旭日蒸红，宝树千花光梵宇；
仙崖叠翠，松涛万顷壮山门。

石莲谷

深山流玉飞玄鹤；
石廋鸣琴现碧莲。

南郭寺杜工部祠联二

祠宇仰诗王，且荐些金菊、山梨、崖蜜，可曾是当年滋味；
清音待后学，忍辜负病鸟、晨钟、轶事，更补他古郡风光。

当年避乱来此，望陇坂九回，尝苦黎元多难；
此日留寓去后，只遗诗百二，敢教黄土生辉。

南山古柏

千年老树记沧桑，共碧岭白云，依然无恙；
百二雄关来胸臆，看近郊远浦，换了人间。

麦积山风景

悬崖置屋牢，会心中土明珠，六朝杰构；
云栈登雄峻，放眼东方瑰宝，千载风流。

石　门

夜月泉声千古趣；
山光云影四时春。

诸葛军垒

羽扇话风流，连营遥对祁山堡；
笙歌当盛世，古郡犹闻梁甫吟。

齐寿山轩辕故里联

是轩皇故里，龙飞在天山比寿；
溯华夏根源，圣德复地水朝东。

龙飞故地，是华裔同来拜祖；
圣德齐天，有血气莫不尊亲。

齐寿山轩辕庙联

紫气弥八荒，瞻拜轩皇故里；
苍山立千仞，缅怀文化根源。

是轩皇故里，龙德在天天比寿；
溯华夏根源，圣功复地地成图。

大像山联

文昌宫

名山传千秋，喜梓里学人，重开文社；
笠歌来大地，读笠翁诗句，百首传神。
（清末，笠翁在此办文社，现为县文联管理。）

六十载归来，相逢盛世；
百二城数去，尽是家山。

山神土地庙

居佛菩萨之下，有缘相会；
看众居士之面，心诚则灵。

云从龙，风从虎，一诚有感；
山献宝，地献金，万姓安康。

居大像山之麓，头顶有菩萨；
自昆仑窟以西，胸中怀黎民。

大佛阁

法相重新，瞻依难忘桑梓地；
慈航普度，诗心闲证木樨天。

黑驴马三爷庙

铃语阵阵，历千劫而不老；
蹄声得得，共俎豆以长春。

作仁者楷模，千秋不老；
铸和谐形象，百祀常新。

仁者楷模历千劫而不老；
和谐形象共俎豆以长春。
（神姓马，回民，为清代基层官员，和谐和善，人皆爱之。）

大雄宝殿

历六百年红羊劫波，现宝王相；
坐十万亿微尘影里，转大法轮。

山西洪洞县大槐树征联两副

六百年结大槐树姻缘，移民话艰辛，看今日葱葱郁郁，荣枝固本光前史；

三千里问老鹳窝何处，圣地阅沧桑，想园中子子孙孙，祭祖寻根裕后昆。

移人口，均地脉，明帝业绩光禹甸；
寻祖根，崇孝思，后昆宏图壮神州。

姜维祠联

巨石咽河声，长鸣华夏英雄恨；
崇祠彰战绩，可慰凉州上士心。

指云际千峰，怀彼蜀道；
听松间万籁，壮我冀城。

想血溅锦城，青史难忘千秋恨；
遗蜕归故里，碧山长伴百战魂。

经百战浴血功，蜀江水碧；
留一片招魂曲，冀邑花红。

崇岭象将军，家山无恙冀城美；
高冢闻杜宇，灵旆归来蜀道平。

千寻蜀道吁嚱噫；
百战忠魂归去来。

风雨泣雄风，允矣凉州上士；
江山留胜迹，壮哉蜀汉孤臣。

血殷剑阁道中，休提他晋代秋风，吴宫衰草；
魂卧将军岭下，最爱此故乡翡翠，高冢麒麟。

为明礼部尚书门克新纪念祭祀活动撰联

——在山陕会馆拍门尚书电视片联

多才多艺彩笔挥成长江万里图记；
直行直言高风吹拂后代千秋溢芳。

名臣遗韵长新，为陇上读书人顿生颜色；
国士流风未泯，愿秦州有志者再谱雄图。

门家河门尚书2005年祭祀联

纪念名人彪炳经伦事业；
不忘历史维持名教纲常。

郁郁家山每望门河思国士；
苍苍岁月也应清渭起人才。

名臣逾七百年孝哉后裔；
秋色当八九月懿欤烝尝。

东南望金陵，万里长江接大海；

西北有故里，千秋名宦耀秦州。

门尚书纪念馆联

士子瞻仰，杏坛沐雨露名传陇右；
君臣际会，金殿语从容贵居礼曹。

辅台教化，杏坛沾雨露；
金殿激扬，后世仰遗容。

纪念门克新诞辰679周年

祖宗鉴临，敢不光明正大；
子孙罗拜，愿言孝悌和谐。

丰功伟绩尚书府；
明德象贤国士家。

故乡景雅峻；
遗像肃清高。

德行仰国士；
英名启后人。

国士君臣际会；
尚书见龙在天。

感门克新

两袖清风昭日月；
一支秃笔了春秋。

一行正路曰耕曰儒；
十分完人唯孝唯忠。

红尘如此因有果；

佛地恍然色是空。

辞章摇日月；
直言动天地。

青萍白璧原无贯；
天马云龙自不群。

秦州门氏祖先堂联

吉祥草业尚书第；
诗化花开国士家。

祖述舜尧宪章文武；
德配天地道贯古今。

孔门六艺先言礼；
治国八德首在忠。

治国辅仁无双士；
教书育才第一人。

星斗艺寒国士第；
风云胥护尚书堂。

明尚书门克新祠堂联

遗像肃清高，在地成形，在天成象；
故乡仰峻望，其生也直，其殁也荣。

门家祠堂补联

春殿语泛容，佐命雄才，君臣际会；
辅台推物望，宅心仁厚，桑梓典型。

旧址犹存，赖祖德宗功，丁户昌盛；
新模待换，任春祈秋祀，孙裔贤明。

中滩乡演营寺联

二水中分，渡头宝筏开时，慈航有路；
四山横聚，古堡祥云护处，梵宇重新。

赠陈柳州先生二联

三间屋不多，只合春酒留宾，秋灯课子；
一生数已定，且向西园问圃，东郊看耕。

选胜耤水滨，距南大桥百数步；
扶鸠层楼上，望老槐树两三株。

承先姻兄八秩晋二寿庆

乐仰余霞，桃熟三千齐献瑞；
宜登上寿，秩开八二庆添筹。

承基姻兄八六荣寿

瑞云周大石，更晚年介眉令节八千为秋；
爱日伫金山，越四载上寿初筵九十曰耄。

大硕德李老先生陈孺人八旬志禧

坡南开盛筵，福慧双修，比邻艳说齐眉寿；
陇右访望族，儿孙绕膝，同侪共钦爱日长。

杨老先生九秩寿庆

四世同举杯，祝老神仙万树梅花一犁春雨；
千山共倒屣，愿大洪范当初春水满塘秋林。

寿婴叟先生九秩

开上寿初筵，九十曰耋；
与古椿同岁，八千为春。

正当三月韶华，千秋令节；
预识十年转瞬，百岁期颐。

月之三日，西王母寿；
春占九旬，南极星辉。

（阴历三月三日，为西王母寿诞，与先生同日。）

代晓峰挽母联

一生形影堪怜，上无兄，下无弟，幸赖维持有老母；
万劫人天永诀，昔失怙，今失恃，犹闻冷暖恤孤儿。

挽何晓峰三年

廿载记同游，最难忘春风煮茶，秋风煮酒；
三年劳梦想，那禁得端阳将过，重阳将来。

代天水诗词学会挽学会以下二位先生

编辑吕仰端

为诗社呕血劳心，有未卸仔肩，行不得也；
看渭滨暮云春树，正满梁落月，魂归来兮。

会员张尚尧

结社忆赓诗，大雅云亡，前尘若梦；
伤心问耤水，老成凋谢，何处招魂。

挽文联陈冠英主席

究生肖，考龙标，广陵散绝于今日；
惜文化，敬艺术，王长史不得永年。

十二生肖联

鼠

登牛角独占生肖首；
咬混沌敢为天下先。

牛

心系千家饱暖，犁雨耕云何说苦；
眼望万顷丰收，奋蹄俯首不言功。

以火为军，齐野凯歌壮；
出关布道，东来紫气新。

虎

长啸一声秦月冷；
晓行千里陇云深。

风啸满林百兽震；
月沉深谷千山空。

兔

但能毫笔供挥翰；
莫使宋人再守株。

龙

日曝金鳞观跃鲤；
河嘘瑞气看负图。

蛇

衔草疗伤，义浓田野；
幻形作妇，情满断桥。

马

伏枥犹存千里志；
追风堪作万夫雄。

羊

跪乳有恩思九我；
挥毫无字不千金。

嚼毡谁记孤臣老；
输产人言太傅忠。

猴

青山深向白云去；
绿影远从红树来。

头衔自有王孙号；
爵位犹传大圣名。

鸡

蓟北闻啼天下晓；
淮南得道云中鸣。

狗

救主雪山真义士；
守门月夜显忠臣。

猪

施惠人间，何分先后；
牺牲自己，不羡寿夭。

美味食糟糠，卧迎朝暾；
无私做奉献，笑对人生。

挽马励青联

结社忆同游，空有吟怀在碧柳；
奇才促大梦，岂留青眼看沧桑。

南廓赏奇文，取竹叶一樽，友朋醉倒；
西风凋碧树，望黄花十里，魂兮归来。

玉关连大漠，倦鸟归来，点点酒痕犹在袂；
碧树值厄润，哀猿啼断，斑斑尘泪勿沾衣。

挽马堇庵联

九载济同舟，当年听雨传花，踏雪庚诗，莲社长留创业史；

八旬悲御鹤，此日夕阳碧树，暮云芳草，精魄休住有晴天。

（代拟诗社公挽）

戍耕阿尔泰，十余年吞雪牧羊，塞远天高，不堪回首望乡夜；
生入玉门关，二三子飞笺结社，人亡琴在，最是伤心晚霁楼。

天山伤逝水，曾经平沙版筑，大漠牧羊，凄风吹雨诗人梦；
结社纪流年，犹记碧浪裁笺，红牙顾曲，冷月窥窗晚霁楼。

庚元宵喜雨之诗，回首邽山春去；
继敦素绛花而后，伤心渭水潮来。

结社忆从游，十载群龙瞻马首；
玉楼诏作赋，八旬控鹤正鸡年。

运动会

怀璧英才，凤集鸾翔兴四化；
夺金健将，龙腾虎跃进三强。

三峡大坝截流

三峡截洪流，长江再谱炎黄颂；
九州辟热土，大漠高呼丝路歌。

西部大开发

雄鸡昂首东方亮；
骏马奋蹄西部宽。

神五上天

遍地高歌，五号神舟绰揽月；
巡天遥看，千年梦想竟成真。

挽制谜专家杨承业先生二联

射虎忆南山，罗玉河边，竹叶一杯尝醉我；

凄风来北塞，莱茵轩内，梨花十里不逢君。

春分制谜，夜雨论文，往事不堪回首；
秦川逝水，邽山明月，旧游何处招魂。

贺天水师院建校五十年

独领陇山风骚，荟万紫千红佳卉，让学苑焕彩；
开创师范特色，纳五湖四海明贤，使杏坛生辉。

纪念王祥麟先生联语

百里吊芸窗，唯闻正气一歌，赤壁两赋；
十年捐馆舍，空剩天门山碧，渭水河清。

代友人挽弟

吾友胡圭如之弟某君，天水解放后参军之新疆，转业在某企业，“文革”中被害致死，埋骨于附近某地，1992年欲迁灵归葬，而埋骨地已为某建筑单位所用，骨骸不知抛落何方，乃向空招魂而返，因嘱余为灵堂制联三副，用志哀思。

瀚海茫茫，人疑宛在；
佳城郁郁，魂兮归来。

为清门后，数一代英杰，风骨天地清彻底；
是知心交，叹三字冤狱，月华满屋梦醒初。

事业在天边，马革已无尸可裹；
毅魂归故里，闻笛只有泪空弹。

代老妻挽黄树华女士

苦节励冰心，尝从罗玉亲欧母；
凄风催翠竹，空向瑶台拜月魂。

代侄为其岳翁逝世三周年纪念撰联

公不少留，风木三年伤半子；

吾将安仰，音容千载隔重泉。

代人侄挽叔三周年

言笑渺难寻，三年犹忆竹林茂；
典型今尚在，百世长教棠棣芬。

代弟子挽师长

解惑感昔年，犹忆化雨宜人，春风坐我；
昭雪恸今日，空剩杜鹃泣血，秋草断魂。

挽胡圭如老友（2001年1月）

夜雨话青庐，浊酒一杯曾醉我；
西风摧碧树，黄花十里不逢君。

挽陈镜潭先生

先生甘谷人，中共地下党员，曾参加“安远事件”。解放后任清水县委书记等职。

正气长存，出生入死当年事；
忠魂不泯，反腐倡廉此日心。

周兆颐画展联

颐公画展，既贺之以诗，情犹未已，再以联贺之。

山从葱岭分来，数云外，千湖菡萏都归眼底；
水向天河重注，看潮头，三尺焦桐犹在人间。

石滩村农民巩俊有

是学士裔脉，躬耕畦里，看岸柳山花，一世辛勤典范在；
作渭滨清望，克己持身，任光风霁月，十分忠厚古来稀。

纪念门尚书诞辰682周年联

起儒学，登台辅，万里长江归道统；
怀乡贤，仰名臣，千秋人物耀秦州。

颐和山庄（农家乐）联

颐颜多福；
和气致祥。

北海酒樽留客醉；
南熏琴韵阜财多。

天河酒厂对联拟作

天河注水，神泉滚滚；
把酒临风，喜气洋洋。

玉液琼浆天注水；
花香鸟语地生春。

又是盈樽佳酿绿；
依然满园杏花香。

美酒当炉云影淡；
春风拂槛露华浓。

羲里居如天上客；
上邽人似酒中仙。

读三十车孔氏遗书，于心足矣；
酿五百斛天河玉液，何日能之。

家乡工业大厦落成征联

余写就犹嫌不通，欣而未发，存某书页中多年，今举而出之。

大厦摩天，古城谁铸惊天句；
新犁拓地，长衢人歌动地诗。

悼教师

一片丹心育俊秀；

两行热泪哭先生。

桃李满园哭春雨；
河山百里泣师魂。

辛苦育桃李，志比春蚕，此心可对天地；
精心攻翰墨，时当秋暮，痛伤岂止师生。

自撰春联

十年人比梅花冷；
九死谁怜屈子忠。

第一个教师节

只问耕耘，不求收获，老黄牛尽心尽力；
燃烧自己，照亮他人，红蜡烛发热发光。

为春蚕，无怨无悔，毕生献给教育事业；
像红烛，发光发热，精心培植国家栋梁。

育人最爱春蚕句；
立志常怀老骥心。

2003年伏羲文化旅游节及经贸洽谈会门联

金秋盛会，贤士如云，溯七千年华夏文明，导源于此；
经贸洽谈，与时俱进，看三百万秦州儿女，其乐无涯。

民俗馆联

特色夺天工，书画美，技艺精，上接秦州热土千年古韵；
高标出国士，民俗惇，风情厚，弘开羲里名城百代文明。

读赤壁赋有感

滚滚长江，昔日英雄淘尽；
彤彤霞彩，今朝石壁映红。

西天目山征联

从皓月光中闪过，听瀑飞泉响，鸟语花香，触处皆成妙谛；
在红尘影里走来，看山中茂树，岭上白云，此间即是普提。

天外列星辉，看四壁云山，青从南海；
目中圆月朗，翻几章贝叶，清到心头。

何必更南海，水色山光真活泼；
自然想佛天，花香鸟语证前因。

右呈圭翁法家大兄哂正

两载乡间非避世；
一朝楼上盼嘉宾。

风雨故人来，正春酒泛绿，窗虚室白，摆一半局棋枰，聊一半句情话，目尚明，骨尚朗，西部闲人，人可多让；

劫后吾庐在，喜秋阳初曝，气舒心平，养三两盆菊花，看三两页遗书，尊所闻，行所知，东林后裔，其庶几乎。

腿病卧床有感

对半床书，思窥圣域；
有一盂饭，不入公门。

儿女结婚联

完双方父母心愿；
结一对儿女姻缘。

大德望俊公巩老先生仙逝十周年
大慈范巩母张太夫人仙逝二十周年（2004年4月）

是学士裔脉，躬耕睦里，看岸柳山花，一代辛勤遗爱在；
作渭滨望族，涉世持身，任光风霁月，十分忠厚古来稀。

受天友永念

苦志昔含熊，谁云天道无知，却许儿孙成玉树；
仙踪今驭鹤，留得冰徽长存，好教邻里作金箴。

为周贞吉八旬寿辰而作

瑶岛开千秋寿宴；
旋纬祝百岁期颐。

花信廿四番，正月首开家庆宴；
松柏八千岁，三春仍抱岁寒心。

秦岭分水阁联

万里车书成一统；
千年河汉生两檐。

杰阁分江汉，同归大海；
奇峰兴雨露，欲问根源。
（同时题匾：妙化江河）

庆首届苹果节

富国富民富地方，功存四海；
红星红冠红元帅，香溢五洲。

挽天水师专彭怀祖副教授

为老年人竭尽思虑，大雅云亡，忍忆音容悲夜月；
给黄土地培育英才，形神俱渺，空留桃李泣春风。

缅怀马建元校长

当年幸立程门雪；
此日空摧马帐心。

大姊马老夫人十周年纪念

慈云永驻

寿逾八五称大年，半生幸有贤孙孝；

仙游十载驻瑶池，终世难忘姊弟情。

四川省绵阳市重修越王楼征联

夕阳无限好，凭栏纵目，正会心天半朱霞，云中白鹤，涪水波光，龟峰岚影；

高处不胜寒，把酒临空，尽消受楼头明月，山外清风，芳洲渔唱，野寺钟声。

《天府联苑》杂志社参展联

高阁踞龟山，风物已非唐世纪；

涉江泛涪水，河山远胜汉元年。

胜迹重开，三十三天祝盛概；

涪江依旧，百年万载壮绵州。

秦州颂

秦州披彩舒怀，四代谱华章，廿载宏篇扬正气；

渭水清波流韵，一堂传国粹，万家浓墨绘新图。

秦岭西来，天靖最宜明月夜，大治国中龙虎啸，春露晶莹枝揣玉；

闻鸡起舞，春风化雨展宏图，壮志精描四化图，两岸连心期统一。

富进取精神，关陇人民新气象；

有开拓壮志，羲轩故里旧仁风。

文明新羲里，正华峰磅礴西来，至于陇右；

胜迹旧秦州，看清渭逶迤东去，便是关中。

应征联

东迎华岳，西接昆仑，南望祁连，北通大漠，越丝绸古道，溯汉武雄风，襟欧亚，射天狼，到此何妨同斟御酒；

春韵驼铃，夏甘果汁，秋茂水草，冬灿冰川，游钢铁名城，寻泉湖胜境，联藏蒙，尽地利，相逢正齐唱无哀。

跟党同心，正陇山俊杰闯关入世；
与时俱进，看天水精英发愤图强。

祖国正需才，万里鹏抟风斯下；
园丁光璀璨，一统尧天日正中。

为蔚呈瑞、汪春香夫妇撰联

五福堂中呈晓瑞；
百花枝上春带香。

十分呈象十分瑞；
一寸春光一寸香。

呈来万物瑞；
春到百花香。

家乡史家坪钟毓寺楹联（九选二）

文昌阁

是这等浮云富贵好送乡党；
把等闲功名利禄慎传其人。

九天星象占北斗；
万里文光接上台。

故乡磐石村财神殿联

独执大义昭千古；
更起文风利万良。

武山县四门镇魁星阁联

魁星高照应无戾；
文运亨通自有贤。

香烟袅袅传仙气；
古庙悠悠育凡心。

山静、庙静、心灵境，静思瑞应清净界；
风声、磬声、祈祷声，声雅聆吟太平图。

甘肃楹联界悼念追忆张举鹏先生逝世挽联

追挽张举鹏先生

陈　琳

卅载忆昔年，耆旧如昨，翰墨犹存联话录；
重阳伤大雅，先生而后，诗坛谁继渭滨吟。

陈琳，甘肃成县人。曾任天水市政府秘书长，天水市委组织部部长，定西市委副书记，兰州市委副书记等职。现为中国楹联学会副会长，甘肃省楹联学会会长。

挽张举鹏先生

安维翰　吴恒泰　程天启

痛思文苑举旗手；
悼念诗林展翼鹏。

安维翰，甘肃会宁人。中国楹联协会顾问，中国名家书画院名誉院长，甘肃省楹联学会名誉会长。

吴恒泰，甘肃天水市麦积人。中国楹联学会理事，中华诗词文化研究所研究员，甘肃省楹联学会副会长兼秘书长，甘肃省书法家协会会员。

程天启，甘肃省天水市麦积人。中国作家协会会员，中国楹联学会会员，中国硬笔书法协会会员，天水诗词学会会员，天水杜甫研究会会员。

挽张老举鹏先生

吴恒泰

举文扬道；
鹏志鹤心。

举老先生千古

安志宏

夜雨话西窗，竹叶一杯尝醉我；
诗坛同吊唁，桂香十里不逢君。

安志宏，天水市人大常委会原副主任，天水市词学会名誉会长。

举老恩师千古

李蕴珠

大雅云亡，渭滨联社失依仗；
我侪悲矣，道德文章愧师承。

李蕴珠，女，甘肃天水市人。甘肃省诗词学会副会长，天水市诗词学会副会长。

恩师张举老仙游十一年，欣闻诗文集即将梓行，联以志之

廖海洋

学问冠时，操行卓世，八五寿高吟逸响，十一年再溯流光，此际读遗编，翰藻通神，珠玑满纸，始信先生犹未悔；

渭滨作赋，绛帐传经，两千篇永贮名山，二三子长涵法乳，重来寻往事，诗联共奠，茶酒虔斟，深铭教泽岂能忘。

廖海洋，甘肃甘谷县人。甘肃省楹联学会副会长，甘肃省诗歌创作研究会副会长。

悼张老举鹏先生

艾　叶

何处可招魂，检箧尚遗玄草在；
为君欲挂剑，吟诗空有白云飞。

艾叶，甘肃天水市人。中华诗词学会会员，中国楹联学会会员；甘肃省诗词学会常务理事，甘肃省楹联学会名誉理事；天水市诗词学会副会长，天水市楹联学会副会长。

举老千古

侯金保

诗星陨落重阳冷；

庭草萧条镇日愁。

侯金保，天水市秦州区人，天水诗词学会会长，天水市楹联学会副会长。

张举老千古

李秋明　侯金保

华表鹤归，诗星陨落重阳冷；
陇云霜染，庭草萧条一天愁。

李秋明，甘肃秦安县人，诗人，作家。

挽张老举鹏先生

韩玉琳

有弟子三千，辞赋共悼犹未悔；
留诗笺八百，鹤鸥皆歌不阿翁。

韩玉琳，网名含笑庵。1937年生，河南滑县人。天水市诗词学会原副会长，曾供职于甘肃工业职业技术学院，副教授。

挽张老举鹏公

张心研

犹未悔斋伸微志；
我佛乡人见禅心。

张心研，1928年生，甘肃天水市人，中学语文教师。天水市秦州区第二、三届政协委员。诗人。

悼念文苑诗星举鹏先生

李玉顺

妙手著文刊儒学国粹；
渭滨吟曲载中华诗魂。

李玉顺，天水市人，天水市诗词学会原秘书长。

恩师举老千古

王君明

骚客驾鹤西游，情系苍山同泣悼；
后学临风北望，泪飞丽水共招魂。

王君明，甘肃秦安县人，中华诗词学会会员，天水市诗词学会副会长。

为仙翁送行，与诸君同悼　沉痛悼念同乡师长仙逝

李　桥

诗能畅意笔如神难聆庭训；
口不善言心如镜不照重阳。

李桥，女，河南洛阳人，《渭滨吟草》原副主编。

悼张老举鹏先生

张根存

瑶池盛会添高座；
陇上诗坛折大梁。

张根存，笔名张子凡，甘肃天水市人，《渭滨吟草》原主编。

悼念恩师张举鹏先生

王　耀

诗坛泰斗；
文苑大儒。

王耀，甘肃天水市秦州区人，市政协文史委文史编辑，中国近现代史料协会理事，中国艺术家协会理事。

恩师举老千古

杨玲玲　张向红

恨菊月霜风，竟迫先生抛杏坛；
仰冰窗雪案，欲聆教诲更何人。

杨玲玲，女，甘肃天水市人，《渭滨吟草》原副主编。
张向红，女，甘肃天水市人，麦积山诗社秘书长，《麦积诗苑》编委。

张举鹏先生千古

蔡培川

悼陇秦诗杰；
哭天水文豪。

蔡培川，《天水市科技志》原主编，高级农艺师。

张举鹏先生十周年纪念

李来子

老柏参天，雨露春风枝叶翠；
凌霄坠地，霜侵雪压蕾花香。

李来子，甘肃甘谷县人。甘谷县诗词楹联学会副会长。

张老举鹏先生十周年纪念

张梓林

念天地之悠悠，遗篇不废，旧帙葆香芸，宏文拟燕许，陇右同声推巨匠；

譬江河兮浩浩，春柳方新，骚坛传妙句，绛帐培李桃，天边异代仰高风。

南山、朱山、邽山，足过群山，且教群山拜；
黄水、渭水、耤水，文誉众水，已赢众水夸。

一腔热血，文澜百丈，著述异时添凤藻；
满座春风，教泽万重，笑谈陇右举鹏霄。

张梓林，甘肃甘谷县人。甘谷县诗词楹联学会副会长，甘谷县王权学术研究会副会长。

挽张老举鹏先生

赵立坤

寻来书屋无夫子；
飞去天庭有老鹏。

赵立坤，甘肃天水市人。诗人。

挽张老举鹏先生

宗　楠

骚坛举雅帜，名传陇上犹怀念；

鹏路失宗师，誉载琼章独伤悲。

宗楠，甘肃天水市人。中华诗词学会会员，中国楹联学会会员，甘肃省作家协会会员，天水诗词学会理事。

挽犹未悔斋姑父

王　静

坎坷生涯，几度春秋观世态；

虔诚心意，三千弟子吊诗魂。

王静，女，甘肃甘谷人。甘肃省诗词学会女子工委秘书长，《渭滨吟草》原副主编。张老先生侄女。

挽张老举鹏先生

赵恒杰

霜染重阳，渭水哽咽哀夫子；

云亡大雅，陇山恸悼举旗人。

举首问青天，月冷瑶池犹未悔；

鹏鲲翔大野，风寒华表鹤归家。

赵恒杰，甘肃天水秦岭乡人。天水诗词学会会员，天水杜甫研究会会员。曾任秦岭中学校长，中学高级教师。

悼念贤师举鹏先生

蒋萍香率女刘平敬挽

万里云飞空坠泪；

长天碧海怅招魂。

蒋萍香，女，甘谷一中高级教师。刘平，女，天水市农业银行干部。

举鹏族兄、弟西逝纪念

张四维、张孝云哀悼

霜寒露冷；
雁翼悲怆。

张四维、张孝云，甘谷县土桥中学教师，张老先生本家。

悼举鹏师

张晓刚

若惜大雅，秦川月隐天垂泪；
常忆重阳，陇上诗飞伴菊香。

张晓刚，甘肃天水市麦积区人，麦积山诗社秘书长。

恩师张举老千古

张玉明

西方乐土新添骑鹤客；
天水诗坛痛失领军人。

童颜不老，童心不泯，出游还能先往；
诗思常新，诗句常奇，雅聚最有妙吟。

张玉明，甘肃天水市秦州区人，天水市诗词学会、市作协会员，中学高级教师。

张老举鹏先生千古

赵黎明

先生去矣！数十年春风化雨，种李栽桃，宏业已入前辈录。
魂魄存焉！几千首警句名言，忧民思国，精神长昭后来人。

赵黎明，甘肃秦安人，供职于秦安农业银行，诗人。

张老先生千古

冀笃世

清明风骨昭陇秀；

锦绣文章落江寒。

冀笃世，甘肃天水市人，诗人。

恩师举老千古

张鹏展

宗师去也，筑诗坛基石，栽得桃荫称太古；
吾辈痛矣，悲渭水秋声，空余伤情慕先贤。

张鹏展，甘肃天水市人，诗人。

挽犹未悔姑父

王金兰

耕耘廿载，吟坛传薪犹未悔；
辛苦一生，德泽垂范我佛乡。

王金兰，女，甘肃甘谷人。书法、诗词、古琴自成一家。张老先生侄女。

编后记

老父亲于2009年重阳辞世，一转眼今已有十五年了，真是光阴似箭、岁月如梭。老父亲不仅是一名忠诚的共产党员、国家干部，同时是一名省内外颇有影响的学者、诗人、楹联家。生前，他写了大量的文章、诗词、对联等，多发表于报纸、杂志、书籍上；也散见于名胜古迹的殿、亭、阁、碑上；亦留存于与市内外专家、学者、诗人的信函里；一部分散落民间，保存在老百姓家的堂屋里。他扶持新人、培养后学，有一大批青年诗词爱好者经他传授、指点，都成长为天水乃至甘肃诗词界的新秀。他的作品受到省内外专家、学者、诗家、楹联家的赞许，也受到广大诗词、楹联爱好者的推崇，大家都希望和要求家父将他的诗文结集出版，以飨读者，以传后世。在这样的形势下，老父亲有了结集出版作品的考虑，并做了大量准备工作，但总觉得作品还没有尽善尽美，还需要进一步修改完善了再出版行世。不料天有风雨难预料，作品未出人先逝，现在这些工作只能由子女来完成了。

根据老父亲在世时的设想，他的作品定名为《犹未悔斋诗文集》，分《诗词卷》《文选卷》《文钞卷》《联话卷》四卷。因为当时电脑尚未普及应用，家父的好多作品写好以后刊出去、讲出去、寄出去、送出去，没有留下底稿，他在世时收集了一大部分，但是还有许多散落各处。他去世后我们子女为收集老人的遗作，专门在《天水日报》上连登三期启事，找老父亲生前的同事、友好、学生，查找报纸、杂志、书籍、网络，或专门到一些名胜古迹，历史人物的纪念亭、馆等地以及一些私人家里寻访，还有知情人专门找到送来，又收集了许多遗作。在家里存放的家父遗作，均为手稿，尤其是最后几年，由于手抖，写的东西字体太草，几乎无法辨认，并且诗词多用典故，只能从辞书上核查。在文字辨认和校对上花费了大量时间，可能还会有辨不清、校不准的地方。

整个收集整理工作都是子女们利用节假日和双休日进行的，我们做了分工，一边收集，一边由女儿张莹、女婿窦永强将文字输入电脑保存，历时三年之久。电子初稿成册后，又由儿子张笑青、儿媳高媛瑾负责校对，并请天水师范学校王啸老师打印、排版、印刷成册，同时继续收集整理和寻访老父亲的遗作，不时还有新发现。儿子、儿媳2023年后半年退休以后，集中精力，专注此事，几校其稿。总之子女们历时15年之久的不懈努力，终于到了现在大功告成！有些老领导、老前辈生前想看到《诗文集》的出版，多次对我们子女提出催促和批评，但是由于种种原因，任务未能尽早完成，实在惭愧无比！现在，一是肯定还有一部分作品散落在外，已无法收到《诗文集》里了；二是许多老人生前没能看到出版的《诗文集》。仅此两项就不能不给我们子女留下深深的遗憾！

《犹未悔斋诗文集》现收集了家父诗词750余首，文章60篇，序跋26篇，家传、寿序、祭文、启示14篇，碑文10篇，联话70篇，对联248副，共32.6万余字（其中还有一些家父生前弃之不用的诗、联、文，子女在整理过程中也收到文集中）。同时登载袁第锐先生的序文和大家的怀念、述评文章16篇，诔文祭文2篇，纪念诗词58首，挽联38副，共7万余字，还有子女的怀念文章和编后记约2.8万字，整个《诗文集》约42.3万字。

《诗词卷》和《联话卷》收集了家父在新中国成立前、新中国成立后和落实政策后的作品。遣回农村老家，到落实政策、复出工作之间的十几年为空白。并且此后到去世前的三十年是家父的创作旺期，绝大多数作品都是这个时期写出的。《文选卷》和《文钞卷》几乎都是这个时期的作品。《文选卷》的内容偏重于理论和史料性文章，《文钞卷》的内容偏重于散文、序跋、碑文、祭文等。整个《诗文集》我们基本以时间为线索进行整理和编排，陆续找到的诗词或文章如果没有标注时间，只能编排到适当的位置。同时，各位领导、诗家、楹联家、作家、教授、学者的作品，也是按时间顺序编排的。

家父还有一些遗作因没有完成，无法收到集子里去。如《甘肃方言俗语探索》已完成36000多字，《人面鲵鱼瓶的传说》已完成3000多字，《历史名城天水》已完成5000多字，《大像山的大佛》已完成3500多字，《祁山堡断想》已完成2500多字，《试论地方名臣的人生价值》已完成2000多字，《文化天水》已完成1500多字。另外，编辑《冯国瑞年表》5000余字（刊载在《冯国瑞学术纪念会刊》里，《诗文集》不再收录）。共计58500多字。这些作品只能作为老人的手迹，留给我们子女后人作为念想了。

在《犹未悔斋诗文集》的收集与整理过程中，首先要感谢的是我们的母亲。母亲刘蓉（1923—2016），甘谷县大石镇人，出身礼门大户，读书识字、书画女红是族内女子的必修课，老母亲又是姊妹中的佼佼者。

19岁嫁给我父亲，两人不离不弃、相濡以沫地走过了66年的风雨历程。新中国成立前父亲常年在外上学，母亲在农村老家不仅要孝敬公婆、恭敬兄嫂、体恤弟侄，还要搞好地里农活、家务劳动、邻里关系。新中国成立前母亲生过两个孩子，都因当时的医疗条件落后而夭折。新中国成立初父亲到甘肃省委工作，天兰铁路通车后，母亲去兰州和父亲团聚。到兰州后积极参加干部识字班学习，学历达到高小毕业，后考入省财贸干校，毕业后在兰州市商业部门参加工作。几年后又响应政府号召而带头退职，当起了家庭妇女，赡养老人，操持家务。后跟随父亲从兰州到西安，又随从西安回到原籍，参加农业劳动。母亲经过了20世纪50年代末60年代初的三年困难时期，经过了“文化大革命”的暴风骤雨，经过了遣回农村“困生月”饥寒交迫的岁月。父亲被监督劳动，母亲就担起田间生产、操持家务、养育儿女的重担。1979年母亲又随平反落实政策的父亲来到了天水市，和全国人民一起沐浴着改革开放的春风。父亲离休后，专心从事文字工作和文化活动，老母亲也在老父亲的鼓励下重新拿起了画笔，并取“芙香馆主人”为号，有了闲暇时便濡墨挥毫，画几幅赠送亲戚朋友，在一些重大节庆之日的全市性老年书画展览中，与我父亲的书法作品同时展出，得到大家的一致好评。但是老母亲留下的作品不多，主要是全心全意投入照顾我父亲的工作中，无暇顾及其他。老父亲的好多文稿写完后随手一撂，要用的誊清以后拿走，再也不往回拿，都是母亲每天打扫父亲书房时及时加以收集整理，否则现在可能连原始初稿都散失殆尽了。老父亲去世前的最后几年里，由于腿疾加重，工作、生活都在轮椅上，老母亲不仅要给父亲写作安排笔墨纸砚、端茶倒水、取递报纸杂志、寻找书刊资料提供各种帮助，还要料理老父亲的吃喝拉撒睡。老父亲去世后的岁月里，我们子女在收集和整理父亲遗作时，都是母亲给我们寻找资料、拿出遗稿、提供线索，那些东西放在哪里她一清二楚，使我们既快捷又准确地收集和整理了百分之九十以上的内容。

其次要感谢家父的同学、友好和老领导的鼎力相助。

甘肃省政协第五、六届常委，省诗词学会原会长，中华诗词学会副会长、顾问，著名学者、诗人，父亲的挚友袁第锐先生，不仅与我父亲经常诗词交流、书信往来，还于2006年专门给《犹未悔斋诗文集》写了序言。现袁老作古十四年了，《诗文集》十八年后才将付梓，我们子女深感惭愧，并表感谢和怀念！

父亲的大学同学，天水地区民盟第七、八届副主委，天水市政协委员、文史委副主任，天水师院丁楠教授，为《犹未悔斋诗文集·诗词卷》部分诗词作评注。（给诗词作评注的还有艾叶、张根存、莳兰馆主、紫桐、猗竹阁、半滴轩主、一叶和一凡等各位诗人，在这里一并感谢！）丁老生前非常关心《诗文集》的整理出版，对我们的收集、整理和出版工作多次指导和催促。并说：希望在有生之年看到出版的《犹未悔斋诗文集》。丁老也已作古五年，我们子女深表惭愧、感谢和怀念！

天水地委原书记、市人大常委会主任，解放之初家父甘肃省委的同事、好友老干部桐树苞先生，为我们整理出版《诗文集》提了许多建议。桐老和家父以及天水的学者、教授一起发起成立了天水杜甫研究会，积极推动学会开展工作，结下了深厚的友谊。家父最后的几年里是在轮椅上度过的，桐老经常来家里与家父交流文化，关心《诗文集》整理的进度。尤其是每年腊月里一定要带领大家来我家看望家父，当然我们兄妹正月里都要代表父亲回拜桐老。在家父逝世三周年时，桐老带领天水诗词学会、天水杜甫研究会、天水门尚书研究会的部分会员，亲到家父的墓地，进行祭奠，宣读祭文。桐老说过：《诗文集》出版了，他要亲自拿到我父亲的墓地读上几篇、焚上一套，以告慰老友。现在桐老已去世六年，《诗文集》才将出版，我们子女同样深表惭愧、感谢和怀念！

同时对中国楹联学会顾问、甘肃省楹联学会名誉会长安维翰先生，中国楹联学会理事、甘肃省楹联学会原副会长兼秘书长吴恒泰先生，天水市词学会原副会长韩玉琳先生，会员蔺怀翎、汪中琦、张心研先生等几位现已作古的楹联家、老诗人，在家父去世时前来悼念，送来挽联、挽诗，子女们在此表示感谢和怀念！

在这里还要特别感谢我的中学语文老师李承晔先生。他和我父亲因我上学而相识，又为甘谷一中原校长马建元先生撰写碑文而熟悉。在李老师的要求下，老父亲不但撰写了碑文，又写了诗和对联，同时又给李老师书写了五律一首。李老师也一直在关心和催促编辑出版老父亲的诗文集，并且专门让女婿送来3000元人民币作为出版赞助。现在李老师已去世四年，在这里我们子女表示深切感谢和怀念！

第三感谢省内外各位领导、诗家、楹联家、作家、教授、学者和友好，在家父去世后发来挽诗、挽联、纪念文章或闻讯《诗文集》即将出版发来贺诗、贺联。

省诗词学会成文生会长，萧雨涵、王传明、李蕴珠副会长，常务理事、《甘肃诗词》主编尹贤，常务理事（省楹联学会名誉理事）艾叶，常务理事、散曲委员会常务副主任姚越，理事陈乐道，理事、《甘肃诗词》

副主编刘向京，顾问、兰州城市学院张寿镒教授，南京大学马星慧教授等诗家在家父去世时发来挽诗或闻讯《诗文集》即将出版发来贺诗。子女对大家表示感谢！

中国楹联学会副会长、甘肃省楹联学会会长陈琳先生（天水市委组织部原部长、定西市委原副书记、兰州市委原副书记），天水市人大常委会原副主任、天水市词学会名誉会长安志宏先生，甘肃省楹联学会副会长徐维强、廖海洋先生，甘肃省书协原副主席申晓君先生，甘肃省楹联学会副秘书长曹兴章先生，《读者》杂志社编辑孙斌先生，中国楹联学会、天水市词学会会员程天启先生等领导和楹联家、诗家在家父去世时前来吊唁，送来或发来挽联、挽诗或闻讯《诗文集》即将出版发来贺诗、贺联。子女对大家表示感谢！

天水市词学会侯金保会长，《渭滨吟草》原主编胡喜成、李桥、杨玲玲、张根存、王静等诗家在家父去世时前来吊唁，送来挽联、挽诗或闻讯《诗文集》即将出版发来贺诗。子女对大家表示感谢！

李蕴珠副会长在先父逝世三周年时代天水市诗词学会、天水杜甫研究会、天水门尚书研究会撰写诔文，并由天水杜甫研究会副会长、天水师院聂大受教授宣读，胡喜成主编在先父逝世一年清明时专门撰写祭文祭奠家父。子女对大家表示感谢！

甘谷诗词楹联学会雒翼会长，李来子、张梓林副会长等诗家、楹联家，甘谷一中蒋平香老师、刘平女士，甘谷县土桥附中张四维、张孝云老师在家父逝世时前来吊唁，送来挽诗、挽联，十周年时发来纪念诗、纪念联，闻讯《诗文集》即将出版发来贺诗。子女对大家表示感谢！

景凌云、紫桐、赵黎明、蔡培川、王耀、张晓刚、李秋明、李玉顺、谢景繁、阎桂林、张汉云、王君明、薛国荣、颉红军、毛有全、赵立坤、宗楠、张玉明、赵恒杰、王静、张鹏展、冀笃世、王金兰、贾锦云、张晓翔等诗家、作家在家父去世时前来吊唁，送来挽诗、挽联或闻讯《诗文集》即将出版发来贺诗、贺联。子女对大家表示感谢！

甘肃省楹联学会、甘肃省诗歌创作研究会廖海洋副会长，甘肃省诗词学会、天水市词学会李蕴珠副会长，中华诗词学会、中国楹联学会会员，甘肃省诗词学会、楹联学会理事，天水市词学会、天水市楹联学会副会长艾叶先生，中华诗词学会、楹联学会会员，天水市词学会会长，市楹联学会副会长侯金保先生，中国作协会员、天水市文联副主席、天水日报社副总编辑王若冰先生，中国作协会员、著名作家薛林荣先生，甘肃省文史馆研究员、天水师院刘雁翔教授，中国作协会员、著名作家汪彤女士，天水诗家、作家李秋明先生，甘肃省诗词学会女子工委秘书长、《天水市诗词》副主编王静女士，天水市诗词学会、市作协会员，中学高级教师张玉明老师等在家父去世后前来吊唁，并专门撰写怀念文章、诗评文章等，并在《天水日报》上组织专版刊发。子女对大家表示感谢！

第三稿清样出来以后，子女又专门邀请了天水市诗词学会的相关领导李蕴珠、艾叶、姚越、刘向京和诗人张根存、胡喜成、王静、赵黎明、张玉明、贾锦云，天水师院教授刘雁翔、王正威，天水市作协作家汪彤、书画家孙天宁等开会座谈，对诗联的内容、文字的校对、作品的编排、词语的修改等提出了很好的建议，子女都一一采纳，在此基础上印出第四稿清样，对大家表示感谢！

在书稿送出版社之前，中国楹联学会会员、中华诗词学会会员、对联文化研究院研究员、甘肃楹联学会副会长徐维强先生，甘肃省诗词学会常务理事、省散曲委员会常务副主任、天水市诗词学会副会长姚越先生，我的同学文学博士、二级教授、甘肃省优秀硕士论文指导教师、中国文艺家评论协会会员、天水市文艺评论家协会主席王元忠，甘肃省诗词学会学术委员会副主任、天水师范学院文传学院教授、天水市政协委员、九三学社天水师院主委王正威，甘肃省诗词学会理事、《甘肃诗词》副主编刘向京等四位楹联家、教授、诗家又专门写了联评和诗评文章。天水诗词学会会长侯金宝先生，对第四稿《诗文集》清样又做了全面的校阅。我父亲的好友“天水电视第一人”、天水电视台原台长，84岁老人辛启荣先生又给我们提供了我父母亲的文字和视频资料，天水门尚书研究会会长门福海先生又送来老父亲对联20余副。子女对大家表示感谢！

在《诗文集》即将出版之际，87岁高龄的我三爸张高鹏先生，对其中部分文章提出了修改意见，并对《诗文集》的出版、印刷和首发提出了指导性意见，我们晚辈们表示衷心的感谢！

对《诗文集》收集、整理、编印过程中直接、间接提供帮助的领导、诗家、楹联家、教授、学者、亲朋，对在几次书稿打印、排版并印刷成册工作中付出辛苦劳动的天水市职校王啸老师，对为文稿誊清付出辛苦劳动的我表兄刘济刚先生，子女对大家表示感谢！

最后，中国书法家协会会员、中国工艺美术学会理事、国家一级美术师，甘肃画院专业书画家、甘肃中国画研究院副院长、甘肃工艺美术大师、省文史馆馆员，父亲的挚友周兆颐先生为《犹未悔斋诗文集》题写书名；天水市政协经济委员会原副主任我的表兄王世忠先生为《诗文集》插图翻拍照片。我们子女们表示衷心感谢！

《犹未悔斋诗文集》整个收集、整理、编印过程中，由于子女们水平有限，谬误难免，希望各位读者批评指正；尤其是各位领导、诗家、楹联家、作家、教授、学者等的个人简介，因时间紧，又无联系方式，除个别几位最新获知而更改外，其余全部采用当时收集作者作品时所能得到的个人信息，如有出入，敬请谅解。若有变化，也希望告知我们，以便我们在今后再版时一并加以改正。

张笑青

2024年6月28日

犹未晚斋诗文集

诗词卷

张举鹏 著

兰州大学出版社
LANZHOU UNIVERSITY PRESS

图书在版编目（CIP）数据

犹未悔斋诗文集 ： 四卷 / 张举鹏著. -- 兰州 ： 兰州大学出版社, 2025. 4. -- ISBN 978-7-311-06889-9

Ⅰ. I217.2

中国国家版本馆 CIP 数据核字第 2025FJ2910 号

责任编辑　李　丽　戴　尧
封面设计　汪如祥

书　　名　犹未悔斋诗文集(四卷)
　　　　　YOUWEIHUIZHAI SHI WEN JI
作　　者　张举鹏　著
出版发行　兰州大学出版社　(地址:兰州市天水南路222号　730000)
电　　话　0931-8912613(总编办公室)　0931-8617156(营销中心)
网　　址　http://press.lzu.edu.cn
电子信箱　press@lzu.edu.cn
印　　刷　兰州人民印刷厂
开　　本　710 mm×1020 mm　1/16
成品尺寸　165 mm×238 mm
总 印 张　45.5(插页 14)
总 字 数　797 千
版　　次　2025 年 4 月第 1 版
印　　次　2025 年 4 月第 1 次印刷
书　　号　ISBN 978-7-311-06889-9
定　　价　158.00 元(全四卷)

张举鹏先生照

张举鹏先生书法创作小照

张举鹏夫人业余创作小照

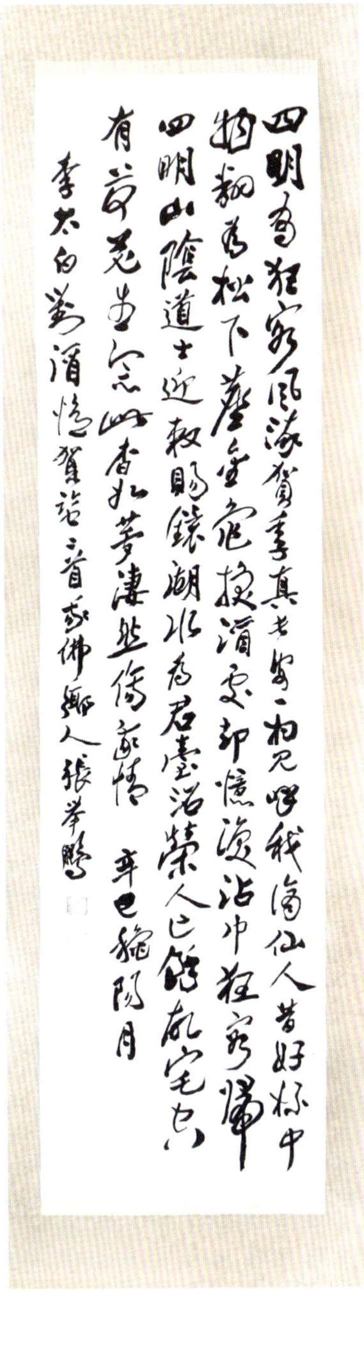

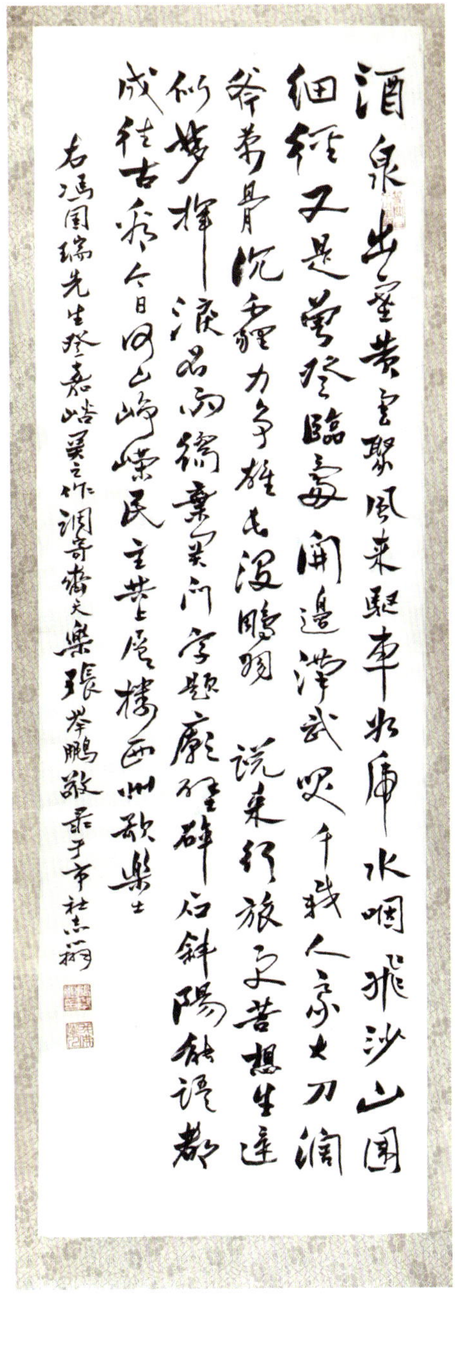

张举鹏先生书法作品

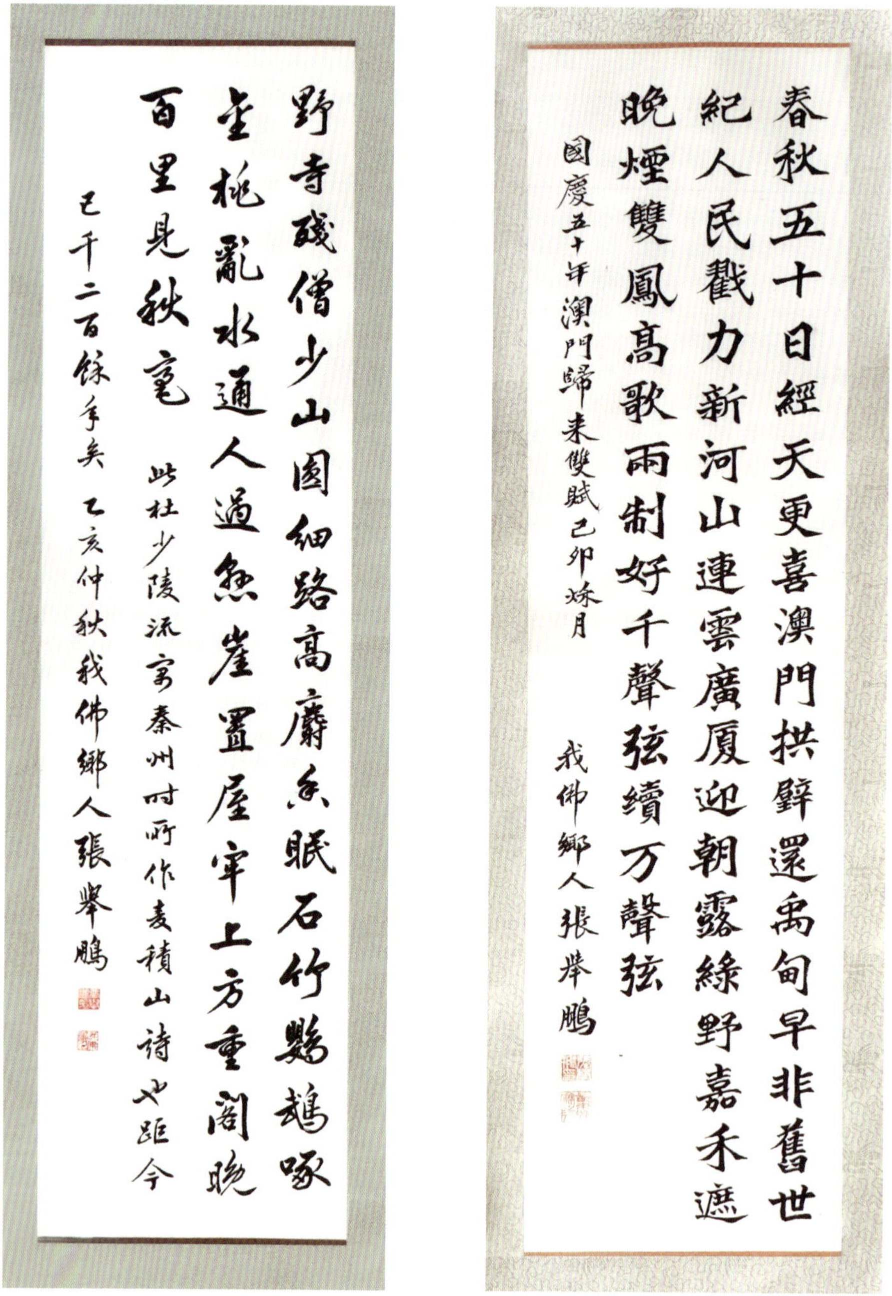

张举鹏先生书法作品

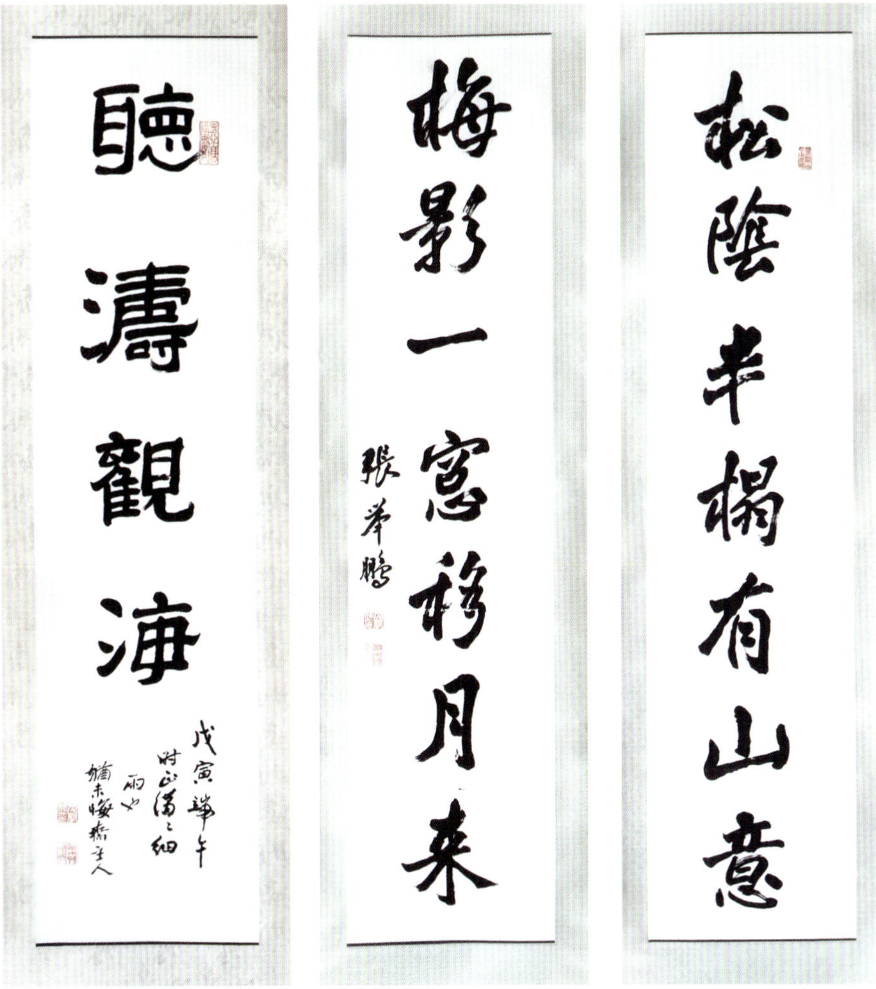

张举鹏先生书法作品

张举鹏先生书法作品

【序】

上世纪之九十年代，余游秦州，追怀往昔，思绪万千。溯彼斯文，曷胜感慨。远者勿论，肇自新中国成立以来，剑平、新令、仲翔诸大家既辞人世，而堇庵、励青昆仲亦相继殂谢。所得而与游者，老辈唯举鹏、心研、晓峰及中青年诗人艾叶、蕴珠、李桥诸人而已。因有句云："笑谈名士恨，契阔美人愁。"相与咨嗟，久而弗已。顷者，举鹏辑历年所作《犹未悔斋诗文集》见示，谓将付梓。读之大喜，窃以为今日名士之恨，庶几可泯于万一也。

举鹏于上世纪之四十年代末，毕业于西北师大教育系，文采风流，思想进步，曾参与著名之反剥削、反饥饿运动，固一时之隽者。毕业以后，长期从事党政工作，晚年退休返里，与堇庵等同创天水诗词学会，于秦州斯文之传承与诗词继起人才之培养，其功固不可没；而若论才情，则自亦睥睨当代，卓然成家者也。先生集中，绝句独胜，皆缘性情。如：

寻幽记得到罗浮，仙子殷勤伴我游。
四十年来尘梦断，一回春尽一回头。

双双尽日绕花飞，惜粉怜香冷翠微。
陇上而今春似海，绿茵红浪不思归。

（《咏蝶》）

诗乃咏蝶，清新秀逸，寓事拟人，明白晓畅，侧之唐人集中，殆无痕迹。

又如：

城南一幅踏青图，港式春装人似珠。
悄向身边阿姊问，这般裙样入时无？

耤河十里路西东，有女如云踏软红。
我爱一春香不断，小姑偏爱月朦胧。

（《天水桃花园竹枝词》）

如此好句，使刘禹锡复生，亦当叹吾道之不孤也。绝句易为丽句浓情，惟寥寥二十八字，欲托乡愁、慷慨，殊不易为，而先生独擅。如：

闻道玉关曾被遮，眼穿落日梦桑麻。
天山明月大如斗，望断孤云万里沙。

（《喜读〈不知津草庐诗词稿〉》）

碧潭溪水一天雨，桐叶芦花两岸霜。
却羡弥陀无个事，长年占断白云乡。

（《咏甘谷大像山卧佛》）

前诗写不知津草庐主人远戍西域之乡愁，妙在只借风物寓情，其于本事，虽不着只字，而读者读其诗句，自能喻之，甚或为其感染，凄然坠泪。后者诗寓哲理，亦兼讽世情。弥陀之“无个事”，而却“长年占断白云乡”，是至情语，亦是痴情语。试思世情人事，何不如斯！然则吾人又写可以痴视之，直谓之哲语可也。

先生律诗尤佳。夫律诗之神在于沉郁；律诗之髓，在于精炼。二者又皆体现于颈腹联之造意与对仗。先生律诗，五、七言工力皆胜。五言如：

傍耤结楼好，南山列翠屏。
飞霞拂槛落，夜雨卷帘听。
穿牖禽声细，连城柳色青。
含饴看学语，快雪写兰亭。

（《赠柳州先生》）

琴剑依然在，凄凉旧草庐。
深堂梁月白，青帙陇云孤。
感此郑公里，爱他处士居。

森森门外柏，挥泪问遗书。

（《过朱据之老友劬园故居》）

七言如：

此生何幸到崆峒，俯瞰川原气势雄。
玄鹤洞前云欲湿，雷声峰上翠成丛。
五台似挹千重险，一水遥呈十里虹。
问道仙人今在否？空闻林外响疏钟。

（《丙寅七月登崆峒山》）

寸心相视尚如丹，零落荷衣四外鲜。
已秃笔锋能詈鬼，如山眉角似忧天。
几行灵感随云逝，一队儿歌入梦闲。
半夜敲门心尚悸，凄凉往事未成烟。

（《赠李杨先生长安》）

前例五律之一，写景自然，对仗工整。颔联之“飞霞拂槛落，夜雨卷帘听”与腹联之“穿牖禽声细，连城柳色青”，其情其景，非有心人不能领会，亦非大手笔不能描绘也。之二，以怀人为主题，首联迳从琴剑依然、凄凉草庐着笔，而承以“梁月白”与“陇云孤”之句，不觉催人泪下。腹联兼涉月白，自觉“郑公里”与“处士居”有根有据，不至唐突。于是“遗书”之问，油然而生。然而此一“挥泪”之问，却竟无人作答，只有门外之森森柏树，黯然相对而已。此诗章法井然，寓寄深刻，得老杜之三昧矣。据之先生亦陇上名士，生前曾为甘肃省文史研究馆馆员，与余亦有过从，作者此诗，唯据之先生足以当之。

后例之《丙寅登崆峒山》，主旨亦是写景，其“云欲湿”“翠成丛”之遣词最为新颖；而“五台似挹”与“一水遥呈”状景之恰切，足以令人一读三叹。益以“已秃笔锋”尚能“詈鬼”，与“如山眉角”之状“似忧天”，则并情景而交融，别是一格。其造意之奇与炼字之精，颇堪学习。

先生倚声亦娴，多以情胜。如：

桥低河广参横，一夕柔情，一往深情，有甚闲情。鸾栖未稳，又赋离情。自是人间春永，繁花到处流莺。同下天庭，同奋织耕，同建文明。

（《七夕聚会“代织女填〈折挂令〉”》）

夕阳一片河声里。望不断，邽山路。绛帐仲昆何水部。西风寒透，暗香飘缕，霜鬓染无数。　　年年织锦楼边住，彩丝绣得回文句。乐事今年三月暮。无恙桃花，依然燕子，肯放春归去。　　　　　　　　　　　　　　　　　　　　　　（《青玉案》）

前词写七夕。上篇着重一个情字，“鸾栖未稳”，“又赋离情”，是其着力处。下篇以“人间春永”起兴，而以“繁花到处流莺”写人间之美，十分高妙。后词写思乡情绪，“乐事今年三月暮。无恙桃花，依然燕子，肯放春归去”，寥寥数句，写上邽风物如画。令人读之，亦自觉不肯放春归去也。

先生古风朴质无华，不事雕琢，而至情感人。余特爱其《秦岭分水阁放歌》，试读“天河注水风雷激，屋脊妙化水一滴。一滴水中藏世界，一滴圆溜滚的沥。千滴万滴踢踏歌，半入长江半入河。东南奔腾千万里，江河恣肆人文起。遂令中华尧舜邦，东涝西旱有如此”等句，其气势之豪迈、嵚奇，恍如天籁，如读李太白佳制也。

自古为诗者未必有文，先生诗文足以并传。其联话颇堪鉴赏。作者以联为纲，而缀以世事、人情、古今掌故，或诙谐，或警世，或颂清，或激恶，波澜万状，不一而足。率皆以述以评，妙趣横生，兼以文笔流畅，故能引人入胜。先生已登大耄，若论名士晚景，较之剑平、新令、仲翔诸公，已自多多。余与先生订交有年，虽未能朝夕相处，然而两心契合，古人谓君子之交也。特与其剞劂之际，谨为芜言，以作先客，幸读者鉴之。

丙戌初秋，八十晋四叟袁第锐于恬园书屋

袁第锐（1923—2010），四川省永川县（今属重庆市）人。甘肃省政协第五、六、七届委员，第五、七届常委。甘肃省文史馆馆员，甘肃省诗词学会会长，中华诗词学会副会长、顾问。《中国当代诗人词家代表作大观》（第一、二、三卷）编委会顾问。著有《恬园诗词曲存稿》《诗词创作艺术丛谈》《恬园诗话》等。

【目录】

第一辑（1946—1949）

第二辑（1949—1962）

第三辑(1978—2009)

甘肃诗词界悼念追忆张举鹏先生逝世诗词

甘肃诗词楹联界闻张举鹏先生《犹未悔斋诗文集》付梓贺以诗联

甘肃文化界评析张举鹏先生诗词楹联文章

第一辑
（1946—1949）

十里诗草　选抄

新中国成立前余就读于西北师范学院，该校位于兰州市十里店，余时著有《十里诗草》《十里联话》，此为《诗草》中选抄。

梨　花

冷香微透雨过出，朦朦月色影扶疏。
一枝泻得春痕淡，软梦和烟已模糊。

评

张根存评曰：微微冷香，淡淡春痕，“泻”字最传神，读罢尚觉齿颊留香。

雨后春郊

淅淅一夜雨，新翠满田畴。
杜宇鸣深树，燕儿穿绿洲。
山岚柔似泻，烟气淡欲浮。
窈窕谁家子，芳原正放牛。

安宁堡看桃花

难买桃林三月天，暖风微雨忆流年。
酒家多在绯云外，人隔红楼十二槛。

郁金堂下识真真，豆蔻年华未嫁身。
打浆同来桃叶渡，月溶溶又波粼粼。

夕阳影里艳欲浮，一片绛霞画不如。
无限娇羞春意醉，刘郎如梦到玄都。

桃花溪水钓鱼翁，瞥见鸳鸯偶语情。
蓦被合欢波卷去，丝杆飞上绿蜓蜻。

记得仙源问讯初，也随青鸟饮屠酥。
落红如雨人何在，空见前山啼鹧鸪。

落花流水满人间，小雨枝头带晚烟。
铁马金戈轧地吼，武陵何处是桃源。

评

张根存评曰：恍见刘梦德“山桃红花，蜀江春水”之一片天地，而“金戈轧地”则是当时之时代背景也。

吊于子三烈士（有序）

浙大学生自治会主席于子三，以煽动学运被捕，身死狱中。报载系持玻璃碎片自杀，伤在颈部。想此玻璃非从天降，即破门而入。呜呼！物质文明，玻璃能走，三字冤狱，无独有偶，因为小令云耳。

（一）忆秦娥用李太白原韵

哭声咽，四强之一这年月。这年月，血花战火，妻离子别。

推行民主好时节，玻璃碎片头断绝。头断绝，三字冤狱，凭谁去说？

评

张根存评曰：哭声咽，岂但作者哭，半个世纪之后读之，也为之一恸！

（二）乌夜啼

宪法自有限度，岂能越轨向前？这般寒酸真该死，死了莫人怜。尽有和平贩子，寓公更兼乡原。豪门金券千千万，与尔有何干？

读报得五首（选二）

《春秋》贬尽战无名，黩武陈兵服上刑。
亿万劳民思圣禹，几时复见黄河清。

五陵权贵千金裘，河汉江淮白骨稠。
马放华山刀入库，书生穷死胜封侯。

评

张根存评曰：伯夷、叔齐之高节跃然纸上。

无　题

布衾空橐卧斋中，只凭天地鉴孤衷。
三闾大夫忧患久，两铭学士说书空。
野哭千家和血共，同昏八表比漆浓。
百万劳农流离苦，独忆嗣宗歧路穷。

砧声断续到帘栊，无那鸣号万窍风。
夜色似年难得晓，灯光如豆不成红。
沉忧触拨千端集，孤愤来时百感丛。
绕砌寒蛩却不去，干卿何事苦唧哝！

战云迎地弥天红，战鼓咚咚耳欲聋。

人立穷途哭黎庶，手无飞剑斩元凶。
诸公谁是济时客，小儒空怀再造衷。
魑魅魍魉齐扫净，熏风拂面日融融。

新游仙诗（有序二十首选十九）

丁亥长夏，午梦正酣，忽有紫衣小吏揖予而言曰：“天帝诏君一行!”机场有直升机在焉。上机入座，直飞天宫，游历兼旬。见物质文明与人间不殊，历史人物如秦桧、汪精卫、杨玉环以及老庄孔孟之徒也在天宫，或组党任党魁，或为博士头衔，或为社会贤达，或为一品天官，熙熙然，遑遑然，使天国之精神文明大放异彩。因借薛校书之笺，捧蒙小姐之笔，即兴赋感，得诗百首，将欲献之天帝，以求得一官半职，而嫦娥仙子谓余曰：“以卿之才之资，正宜同返尘寰，炼钢铁之石，补离恨之天，倾西江之波，洗人间之秽，岂能效贫女之压线，作天帝之鹰犬乎?”旋取钢针如杵，猛刺予脑，骇极大呼，乃一梦耳。于时炎阳已西，凉风入户，百首新诗，泰半遗忘。追录所及，只二十首，名之曰新游仙诗。

书剑人间岁月穷，战鼓咚咚震耳聋。
忽传天帝诏书至，还派飞机迎太空。

御风直下南天门，遥看凌霄殿影森。
多谢门官通电话，玉皇亲候碧霞村。

嘉宾下榻碧凝轩，小玉殷勤劝加餐。
天膳索然无美味，巴黎新到洋拼盘。

箫声远引御香芬，天后霞觞亲洗尘。
最是一生得意事，同观无线电传真。

赐来吉普游天宫，吉普女郎笑靥红。
对我含睇柔声道：“人间生死乐相从。”

云中仙乐故迟迟，恍似开元天宝时。
梅妃趋前低诉说：“玉环正弄留声机。”

牛郎织女开门迎，报道“汽船新造成”。
天堑银河夜夜过，交颈一睡到天明。

愚叟移山渤海西，子生孙又孙生儿。
阿毛拍手走相告：“天帝又赐推土机。”

香飘桂子树森森，执斧吴刚有泪痕：
“一自发明电锯后，月宫也有失业人！”

广寒宫阙生苍苔，青女素娥去复回。
见说“从今不寂寞”，挨肩教我玩桥牌。

《天京日报》头条红，热烈欢迎情最隆。
社长长沙贾太傅，发行人是陶朱公。

“卖国入门”十二章，汪魔[1]著作姓名香，
中兴曾李赐嘉序，[2]封面题签石敬瑭。

李贺玉楼作记成，诗人身价难为名。
九天玄女私邀请，夜夜公园说爱情。

专庭[3]判决说纷纭，丞相依然有护身。
军阀岳飞该万死，和戎秦桧是忠臣。

旧式大使难容身，苏武持鞭泪雨淋。
老友李陵亲荐举，“牧羊人”变“弼牛温”。

少陵设宴报知音，宾主举杯笑语频。
天国新刊“诗赋社”，稿酬一字值千金。

兵法专家孙武仙，玉皇军事咨询员。
杀人尚少新机器，保送德国学十年。

仲尼组织“中庸党”，“卖国同盟”汪与秦。
失意官僚陶五柳，“田园学会”会章新。

翠珰玉箫坐两头，寓公西后最风流。
世间无怪黄金少，尽被那拉妆作楼。

注

[1] 汪精卫。

[2] 清朝中兴名臣曾文正公、李文忠公诸先辈均有序。

[3] 话说岳爷爷风波亭升天后，玉帝又手诏组织特别军事法庭，专门审理此案。

评

张根存评曰：体似郭景纯之“游仙”，意在阮嗣宗之“咏怀”，想象丰富，谐趣横生，令人时而捧腹，时而扼腕。

春深矣，聊为送春之赋，因填小令两阕

浣溪沙

花暝柳昏燕语柔，夜来丝雨落沙洲，夕阳红映望河楼。
依旧风光三月半，不堪离乱两年头，此生无可奈何休。

临江仙

岁岁春深恨无尽，今年更怕春深。落红飘絮乱纷纷。感时无气力，泪眼看人民。

有意流莺声宛转，无情战鼓森森。河淮白骨最销魂。凄凉垂老别，惆怅石壕村。

中秋夜河干小立（五首选二）

浪迹金城又一秋，今宵复见月当头。
霜华满地人怯冷，木叶萧萧不耐愁。

可怜亿万劳农心，谁使斯民水火深？
长啸问天天不语，凄凉渔火照荒村。

鹧鸪天·“台乱”有感

魏绛和戎五十秋，遗民血泪话从头。弥天大火望赤县，忍读毛诗“可小休”。

唤蜀宇，啼林鸠，昔年猪犬今猪牛。受降城外月如血，赤嵌城头霜似榴。

评

丁楠评曰：1947年，国民党接收台湾，台湾人民曾发起暴动，蒋介石派陈仪前去镇压。

重九登四墩坪

霜林木落雁声稠，客里光阴强半愁。
消瘦登临风入眼，急烟冷雨看兰州。

慰情无计奈愁何，极目关山感慨多。
纵有白衣堪送酒，其如燕赵正干戈。

同胞血溅玄功旗，水火无情说乱离。
望断南朝金粉地，孝陵无语草萋萋。

无端忽忆霍骠姚，飞将刀环胆气豪。
古战场边读国史，汉唐曾是天之骄。

抗倭八年成四强，书生当日喜欲狂。
谁家三两儿童嬉，忍泪重听《战太行》。

无价年华一儒身，学书玩剑两无成。
关山戎马少陵老，血泪满腔哭斯民。

评

张根存评曰：本组诗最后一首，直有“心在天山，身老沧州”之叹。

我国十大名城咏

十里洋场十里灯，金迷纸醉歌升平。
才来盟国新吉普，又报饥民抢米声。（上海一首）

“五四”霹雳平地雷，中华命运死而回。
只今惟有卢沟月，犹照一河白骨堆。

水龙流弹镇从容，王气燕山日正中。
盟友高楼长夜宴，小民切齿说沈崇。（北平二首）

钱王登假仍如在（鲁迅句），江左偏安事业空。
子胥沉江武穆死，冤狱千古一般同。（杭州一首）

秦淮打浆歌轻盈，冠盖如云满圣京。
王谢堂前双燕子，孝陵愁对中山陵。（南京一首）

江联三镇气森森，复汉巍巍首义门。
楼上仙人乘鹤至，马萧萧又车辚辚。（武汉一首）

至今犹忆蔡松坡，再造中华功不磨。
枪里自由民主在，婆娑起舞乱群魔。（昆明一首）

四塞关中气势豪，未央前殿月轮高（王昌龄句）。
梨园怕演伤心戏，何事捉曹又放曹。（西京一首）

八载流离岁月穷，艰难百战万民空。（重庆一首）
红梅开过绿梅谢（改冯玉祥诗），天地玄黄宇宙洪。

策源革命五羊城，黎庶尚能说翠亨。（广州一首）
七二先烈难瞑目，更堪江上鼓鼙声（卢纶句）。

由来国耻使人悲，忍见鲛珠浊浪摧？

怕读屈辱血泪史，书生无用心如灰。（香港一首）

评

张根存评曰：乱离百态，尽在二百八十字中，令人一读三叹。

东郊观禾赋

云暖暖，日洋洋，好风吹送稻花香。
东郊一望平千顷，小麦青青大麦黄。
陌上相逢一老叟，巡视麦田频搔首。
移步相临问消息，今年农事丰收否？
老翁频点头，似言可丰收。
言已复长叹，似有语未休。
自云家本小康久，祖上田产堪糊口。
耕耘看管不敢停，嗟嗟真得天独厚。
河清时和人厌武，春花秋月等闲度。
国课早完集市游，市钱能买三尺布。
一从战火起卢沟，全民抗战赋同仇。
誓驱蛮夷出国境，不教国土付水流。
抗日救亡震山河，百万健儿须横磨。
八载战争须民助，正面敌后砍鬼头。
五千貂锦战顽敌，八百壮士同日死。
神圣抗战新壁垒，太行黄河起洪波。

母亲教儿打东洋，妻子送郎上战场。
千山万壑铜铁壁，抗日烽火比之长。
大儿中条山战死，小儿抗战人亦亡。
一寸江山一寸血，空见膏粮入官家。
田家养牛如养子，爱惜皮毛少鞭楚。
全家性命系一牛，牛肥即喜瘦即愁。
里正牵牛谁敢争？栏亭号啼送牛去。
青草空余旧眠处，望之伤心泪泗涕。
闻说南山柴火多，小女邀邻同伴行。

自之夕方牛羊下，倚门望儿心如焚。
闻听南山狼当道，逢人每作打牙祭。
间或年小力不支，饿狼或可疗一饱。
饿狼一饱亦大好，相随家母黄泉道。
静夜忽转吱呀声，小女喟然入户庭。
夜深那得饼充饥，相视釜中早坐尘。
今岁盼熬复明岁，明岁愁肠将更长。
盛传国军吃败仗，乡下又在抓丁忙。
集市粮棉又涨价，工农商学心慌慌。
来年日子怎么过？村民半数去逃荒。
烟锅咂巴到天明，凌晨村外又响枪。
雾漫漫，夜沉沉。何时才见东方亮？

郊　游

鸦噪雀飞日影斜，乡农太息话桑麻。
去年雨涝今年旱，见说秋来租又加。

秋夜偶成

枣院沉沉风露高，柝声断续助寂寥。
半窗明月和愁共，一夜乡心入梦遥。
消瘦频年谁似我，闲情终岁起如潮。
惊心欲问黄河水，流到中原第几桥？

接家书志感

平安家信平安难，每接家书不忍看。
上言丁役兵款紧，小民日夜窜荒山；
下言今年春又旱，颗粒无存尽输官。
官家厩马肥欲死，穷家徒见四壁悬。
吁嗟乎！我今负笈原为学士衔，学士既得乐陶然。
今日或可咒官府：“官府无人懂民主！”
将来侧身缙绅录，民主不学学硕鼠。

民主兮民主，民主从来民最苦。
君不见，苛政猛于虎。

评

丁楠评曰：可作《诗经·硕鼠》续篇读。

如梦令·记八月二十一日之梦

昨夜小窗幽梦，风拂烟消人静。帘外语声稀，一片光明如镜。干净！干净！只剩梅花清韵。

奉和箪瓢生先生岁暮诗三首（附原诗）

乱离何处可为家，战火弥天路正赊。
残岁光阴孤愤里，田园空忆酒旗斜。

梦想和平百步期，书生惟写穷愁诗。
伤心欲把苍天问，野哭家家知不知？

人民性命等鸿毛，残骨惟余瘦皮包。
田赋地租水又旱，为谁辛苦为谁劳？

评

张根存评曰：满腔孤愤，满腔无奈。

附原诗：

承平冬暮说农家，酿酒蒸糕乐事赊。
今日田园残破甚，石壕村里夕阳斜。

洗甲天河未可期，年残怕诵两当诗。
千磨万劫归残岁，忧患潜从物外知。

平分大福与三毛，五万块钱压岁包。
儿辈可知来不易，文章千字此酬劳。

诉衷情·登古长城烽火台

光阴都在闷愁中，登览觉心慵。千年烽火台上，空有雁声浓。凄绝处，更台东，夕照红。谁知今日，衰草荒烟，古道西风。

历史人物小咏

一、秦桧、宋高宗

礼乐征伐天子出，君王至上万民辱。
军阀割据妨一统，罪首千秋岳武穆。

亲善和戎非等闲，莫谈国事照衣冠。
中华尽有儿皇帝，歌舞西湖又一年。

二、李鸿章

一等侯爵特使衔，昌言洋务最新鲜。
《中俄密约》应犹在，先后同揆两圣贤。

三、曾国藩

扶持孔道忆湘乡，灭汉存清鬓有霜。
商女犹知亡国恨，家家饮泣哭东王。

朝歌一片颂中兴，颂到中兴泪雨倾。
文正全集衣钵在，百年而下有良朋。

四、袁世凯

二十一条记忆新，神州拱手让东邻。
百天皇帝成千古，借尸还魂幸有人。

评

丁楠评曰：曾国藩、袁世凯两首，实讽此刺彼，所谓一石两鸟，“绛树两歌，一声在喉，一声在鼻”。

张根存曰：此等人真该永坠阿鼻地狱，不许他借尸还魂。

偷报载两语之标题，聊作遣兴

“天上飞机响，地下椭椭涨。”
小人无活路，大人金万两。
有钱归里正，有子归亭长。
剩有如柴骨，明日委草莽。
呜呼噫嘻兮，血泪交相淌！

乡民谈及国大代表选举事

国大竞选忙，六畜不安康。
有儿要抽丁，有田要纳粮。
抽丁纳粮犹未了，人家做官我投票。
自带干粮往返百余里，人家坐轿我抬轿。
唉呀呀，要哭不敢哭，要笑不敢笑。
君不见，红灯罩。

送友远行

枣林霜染日欲昏，憔悴凭谁说断魂。
方欣芸窗乐侃侃，天教车马声辚辚。
河干转眼人千里，小楼惊心酒一樽。
记取他时应有路，相思随梦到长门。

评

张根存评曰：虽曰送友远行，妙在不叙离情，而写尽人世之沧桑，是以更可贵耳。

微醉后河滨小立

霜高风紧又黄昏，书剑十年太瘦生。
魑魅丛中拼一醉，河心沙冷月无声。

黄牛党

有牛不知耕，㮕㮕响丁东。纪信祠前闹如市，尘雾冲天日色昏。丘八丘九与大贾，小民谁敢撄其锋？回看褴褛新乞子，饭篮向晓喝西风。吁嗟乎，我心惊!

评

丁楠评曰：1948年，国民党法币贬值，地痞流氓，群起倒卖银圆，兰州城隍庙前，南关什字，为其麇集之地，尘雾冲天，嚣突叫号，人称“黄牛党”。

回家与乡邻闲谈纪事

雁唳天高月落西，苦茶喁语泪如丝。
赋加税重兵役紧，已至无钱卖命时。

收得颗粒了不存，饥寒病馁说酸辛。
伤心欲问武陵叟，何处桃源可避秦。

评

丁楠评曰：绝似杜甸鹤《山中寡妇》之续篇。
张根存评曰：先生与乡邻谈话时，不怕隔墙有耳乎？

同窗善伯兄，执教康县中学，贫病而死，灵柩经过吾村，哭祭以诗

闻说凄凉过路时，乍惊又信还迟疑。
一棺隐隐微微在，沙冷风萧雨似丝。

堂上双亲堂下孤，红妆闺里梦醒初。
田园蔬水足温饱，斗米依人计太疏。

芸窗共诵《离骚》篇，更约鸡鸣起舞天。

脑热心酸肠百转，追怀往事竟成烟。

不忍问君还问君，何事又到石壕村？
弥天战火群魔舞，谁向苍天哭万民？[注]

事太伤心泪转无，灯前回首尚踟蹰。
归来检点瑶琴架，犹有迟君未寄书。

注

君有诗："万物尽刍狗，孤愤欲问天。"

评

丁楠评曰：同窗共砚，一往情深，都尉河梁之什，山阳感旧之作，可与此并读。

"五四"三十九周年志感（有序）

五四运动，是从外国请来德先生（democracy）以破专制，请来赛先生（science）以破迷信。而阿嫂（authority）、阿妹（army）二女士（名字是我拟的）自恃殊容，垄断一切，人莫能禁。以致三十九年之久，望穿秋水，空怀伊人，俟河之清，人寿几何？呜呼！因成两绝。

乞灵德赛两先生，春去秋来夏又冬。
阿嫂阿妹成一统，皤然白发二老翁。

头触不周有共工，书生无用想空蒙。
地崩柱折山河陷，炼石补天造大同。

评

丁楠评曰：外语入古体诗，似不多见。兹录任鸿隽《送胡生往哥伦比亚大学》："牛顿爱迪生，培根哈尔文，索虏与霍桑，'烟士披里纯'（inspiration 灵感），鞭笞一车鬼，为君生群英，文学今革命，作歌送胡生。"亦证向有此一格也。

顷者以青年从、伤兵友、国大代为三大奇观，因各咏以诗。此外，尚有如新闻记、立法委等，其诗亦将陆续成之

黄色军服三角牌，茶园影院大门开。
一生惬意称心事，新自嘉兴受训来。（青年从）

断肢残臂气如雷，才出南厢又北宅。
手捧大红残废证，你们幸福我挣来。（伤兵友）

参加竞选声如雷，真个自由民主才。
绝食抬棺卧轨道，不才原自民间来。

代民赴宴代开会，代表人民用大钱。
民主俨然民作主，人民作主想翻天。（国大代两首）

评

丁楠评曰：1948年复员之青年军，军官总队以及国民大会代表，横行兰州市，时有“青年从、军官总、国大代三大害”之顺口溜。嬉笑怒骂，为群丑画像，惟妙惟肖。

张根存评曰：我曾闻老人云，有十六七岁的小伤兵动辄称老子抗战八年，莫非不满十岁便上战场乎？

三月二十九日纪实

乙丑三月二十九，八百健儿列队走。
不游名胜不追花，壮气直吞独夫首。
斯民憔悴天雨血，三陇多难地欲裂。
景仰黄岗人如在，一片丹心照日月。
阵列初过黄河桥，怒潮澎湃撼云霄。
行人额手走相告，山河欲动星斗摇。
要民主兮反独裁，还我自由幸福来。
民意机关奸民意，挥拳愤指屠民贼。

三百万元逃亡费，巧立名目“建设债”。
建设别馆与离宫，建设独夫避难寨。
小民呼天谁闻声，小民困死谁同情？
石壕村里夫妇别，只今户户荆棘生。
威阵如龙到辕门，积怒如雷撼昆仑。
黎庶夹道观如堵，喜极还看泪沾巾。
示威已到日卓午，矫龙直捣民贼府。
民贼奴才走一空，平日如狼今如鼠。
信知团结力无穷，万众一心谁敢攻？
世间自古无仙佛，陇上今日尽卧龙。
黄岗精神高无比，兰州学运开新纪。
黄岗精神日月高，人民世界从此始。

评

丁楠评曰：1949年，郭寄峤主甘，为筹逃亡费，发行三百万银圆的“建设公债”，激起兰州首次学潮，以西北师院学生为首的示威大游行，高呼“打倒郭楠楠”（兰州当地称银圆为楠楠或楠子）的口号。

通篇音韵铿锵，学运怒潮，撼天动地，跃然纸上，今天读来，犹令人振奋不已。

五月十四日偕文杰、守忠、万夫等同学登九州台

多为愁病废登临，此日天高欲断魂。
孤愤但知搔短发，豪情无计付长吟。
万方多难民有罪，八表尘昏我尚存。
凄绝九州台上望，烟迷风冷日欲昏。

评

张根存评曰：我读先生此诗，忽得一联曰：“恨无三尺诛魔剑，徒有一腔忧国心。”

登戴氏小楼观雨

大雨滂沱至，风雷正此时。
白波迷野渡，黄浪撼长堤。

一筏登彼岸，孤剑愧戎衣。
小楼涛声满，可有弄潮儿？

郭沫若

十年亡命居扶桑，断藕抛雏为救亡[1]。
早有社团名创造，尚余业绩在南昌。
岂堪回首较场口，不忍重轻沧白堂。
谁教执戈香港去，说来天地真玄黄[2]。

注

［1］郭诗有：别妇抛雏断藕丝。
［2］郭君著作之一曰《天地玄黄》。

第二辑
（1949—1962）

留别行知读书会诸同志　1949年

长夜迢迢魔舞频，千年才见黄河清。
钻研真理从头起，领会方针贵实行。
深入生活君未惯，为民服务我何曾。
愿同侪辈订盟约，进步从来靠赤心。

开国大典观礼有感　1949年

巨人号令响春雷，祖国从此站起来。
回看太平洋彼岸，夕阳秋柳乱鸦哀。

百载腥风血雨频，群魔乱舞影矇矇。
艰难龙战玄黄血，而今才见禹天晴。

烈士头颅烈士血，浩然正气壮山河。
争来锦绣新天地，手把红旗上大街。

耿耿四星拱北辰，百族团圆气象新。
五岳三山齐献瑞，四民翘首望京门。

下乡到狗牙山　1949年

山村初日上，淑气满林梢。

战垒无残迹，悬崖有短桥。
寻看雨水足，更喜谷粱饶。
最爱“花儿”好，放歌过一宵。[注]

工作任余闲，围炉兴未阑。
争言政府好，共道生活甜。
农会雏形具，土顽夕照残。
齐歌伟大党，艰苦说延安。

注

居民多为回族群众，擅唱民歌“花儿”。

天净沙·飞京口占　1957年

舱中温煦不知寒，万里去燕山。雄关何止百二，才见金瓯全。云如海，兴未阑，喜开颜。壮丽神州，雄伟河山，禹甸尧天。

参观上海我党建立纪念馆

当时原是傍郊乡，星火正堪放炬光。
总为殷忧能启圣，赖端多难可兴邦。
神州淫雨天难寐，烈士英风春正长。
换得燎原红旗灿，自由天地任翱翔。

满江红·倚岳鄂王韵读《革命烈士诗抄》　1956年

展诵遗编，正金陵春梦残歇。想沉陆神州处处，前哲英烈。小丑歌残巴蜀雾，群魔乱舞秦淮月。骨如草杀人不闻声，齿尚切。

琼岛风，白山雪。真理火，永不灭。诗词况余事，金瓯尚缺。激荡情怀仇与火，人豪歌唱泪和血。看革命自有后来人，造金阙。

南京莫愁湖之游　1957年

碧草如茵满芳洲，绿荫深处荡轻舟。

钟山一抹青如画，真个而今尽莫愁。

青岛听赵燕侠女士昆曲《汉宫秋》　1957年

清歌一曲最伤情，马上愁闻琵琶声。
愿得邦交长巩固，儿家何惜此长征。

评

莳兰馆主曰：吾师此诗，读来如泣如诉，如怨如慕。

清平乐·喜《毛选》四卷发行

昭代辉灿，有雄文四卷。石破天惊红烂漫，笔扫敌军千万。
天低吴楚，目极亚非，胸怀九州，赢得河山锦绣，千秋万岁千秋。

江城子·咏兰州服务大街（即东城壕）　1957年

经年不到东城壕，红旗飘，韵多娇。坦直大街，何处觅泥沼？今日相逢浑不似，烟尘面，水齐腰。

红巾儿女歌声饶，小花朵，天之骄，松桧新苗，行看出檐梢。劳动人民憩息地，生活好，干劲豪。

鹊踏枝·游白塔山公园　1957年

日暖风和春都晓，偕妇将雏直上北山表。新绿杏桃沙柳俏，丛林到处有啼鸟。

九曲黄流天际渺，车水马龙协奏清平调。百计难描新都貌，烟囱指向太空笑。

游五泉山　1957年

绿满明楼花满廊，松声遥引涧声长。
竹叶一杯浑忘倦，闲看鸳鸯对对双。

长廊尽处翠湖悬，已具规模未碧涟。
想见明年今日过，定呼小艇到前湾。

满江红·过华北大平原

莽莽平原，正春雨如丝未歇。极目处，连天芳草，缅怀英烈。岱岳云连黄水浪，太行山接卢沟月。听四野歌唱新生活，最关切。

八年恨，天雨雪，倭未去，誓欲灭。任故国神州，忍教残缺。英勇青纱帐里火，艰难无定河边血。树红旗永保锦河山，蓬莱阙。

读新闻有感

初报长江起彩虹，旋闻蜀道坦而通。
神州常有掀天手，禹甸还多揭地雄。
胜利千山迎淑气，光辉百族共朝宗。
腾飞建设东风暖，寻见西风日已曛。

谒南京雨花台烈士陵园（用鲁迅韵） 1958年

正是神州多难时，艰难民命细如丝。
拼将天地英灵气，树起党人正义旗。
铁索炼成烈士胆，赤心赋就英雄诗。
馆中遗物低回久，认罢血书认血衣。

拜谒正值跃进时，云海松涛柳如丝。
先驱百千集旧部，神州六亿树红旗。
青山碧树连天绿，铁臂银锄动地诗。
遗志而今应无憾，江山如画锦为衣。

参观南京伪总统府

群魔乱舞廿三年，血满江河罪弥天。
萧飒秋风钟阜冷，婆娑春梦金陵寒。
三山远落重洋外，四海凯歌百族欢。

禹甸而今尽乐土，不堪回首话台湾。

厦门前线巡礼（东坡念奴娇原韵）

海天一色，睨残匪，真个眼中无物。戒备前沿，早铸就，百炼钢墙铁壁。神勇三军，英雄六亿，风荡海峡雪。红旗漫卷，地灵信是人杰。

幸福祖国河山，正多快好省，干劲风发。敌忾同仇，把纸虎打碎，蒋顽消灭。支援前线，有男女民兵，垂髫黄发。一统神州，人民同醉日月。

由合作到夏河　1961 年

清溪夹岸绝尘埃，山杏海棠次第开。
姹紫嫣红三十里，此行应为看花来。

登嘉峪关城楼　1962 年

同上此雄关，回看落日圆。
人来千里外，秋在万峰间。
风雪祁连秀，空蒙大漠寒。
元戎诗句在，相对欲忘言。

第三辑
（1978—2009）

五十三岁自寿诗四首 1978年

今年三月某日，为余五十三岁生辰。是夜思潮起伏，久不能寐，反复吟诵鲁迅先生五十自寿诗。华盖交运，为之抚然。因步原韵，口号四律。呜呼，凌云无志，捧日有心。依望神京，敢憾日远；喜闻天语，顿增春温（即《论十大关系》）。据鞍矍铄，谁问廉颇强饭；望门投止，可怜张俭无家。丹心原自无价，文章能值几何。隆中自可鼓腹，何劳六出斋志；汤阴尽能容膝，悔不四字精忠。明时宽大，调动一切因素；盛世治隆，鼓舞八亿人民。某也七柳当门，富埒靖节；一锄在手，勤比元亮。望崦嵫而勿迫，恐鶗鴂之先鸣。诗曰：

仙山琼阁信难求，镜里繁霜初上头。
琼树如花莺乱舞，青山依旧水空流。
朝堂谁氏识华骝，帷幄无人问丙牛。
廉颇老矣相如渴，史笔有人续春秋。

不作蝇营狗苟求，十年坎坷宁有头。
米盐琐屑劳心力，锦瑟年华付水流。
不敢妄为鸡狗盗，只因曾读司马牛。
可怜十万平戎策，难换秕粮夏接秋。

百年过半复何求，见说春来天尽头。
云翼北溟空自爱，幽兰空谷最风流。
一生已付莫须有，万事权当风马牛。

烈日严霜都经过，管他萧萧木叶秋。

鹦鹉架前不敢求，何必烂额复焦头。
寸有所长惟吃苦，百无一是不同流。
证到无人亦无我，任它呼马又呼牛。
更阑犹梦少年事，铁马金戈大渡秋。

古四月五日夜整理完竣，置之剑南集中，或可鱼目混珠也。

书　事 1979年

地老天荒有尽时，中原父老望王师。
果然北海还苏武，又见长沙征贾谊。
始信沧桑其所以，可怜蓬鬓已然而。
夜阑欲草中兴颂，涕泗滂沱不可支。

述　感

岂是修罗有夙因，风雷激荡震人魂。
太阿倒柄权谁假，丈室窥心镜有尘。
调失广陵弦语绝，书亡鲁壁烧痕新。
从今月斧修天阙，多放清光与下民。

剩得虫沙劫后身，因缘时节悟来真。
更无硕果供饥朔，颇有微词论过秦。
一代文章鹦舌巧，卅年辕辙犊牛辛。
逢人夸说游仙梦，惭愧缁衣欲化尘。

万劫轮回信不停，一瓢甘露洗膻腥。
求仙屡误长生药，礼佛新探大觉经。
东峤云开霞旖旎，西池波定月玲珑。
此间大可横吾榻，乐奏钧天倚枕听。

沧海波平天净沙，山川满目气清嘉。
人间新意滋芳草，天下豪情苏物华。

春在东风应化雨，生怜病树也催花。
小楼肯许揽双照，晨对朝晖晚落霞。

自题小像

1979年夏，在兰落实政策，分配天水，友人为余画像一帧，以壮行色，感赋。

尧天雨露润如酥，五四年华入画图。
我窃问卿卿问我，豪情可似当年无？

寸心自许尚如丹，报国激情言外传。
绕指精钢频看镜，犹然三十一年前。

端午得三弟信西藏

九畹滋兰千载新，流莺百啭愧知音。
顽童插柳门前后，驻足看云怀古今。
老境因人来冉冉，诗魂逐梦转沉沉。
江离可佩无由寄，天末难禁雁序情。

十一月六日快晴，午后马董庵、朱据之两老枉顾，对成立诗社事甚表同意

秋阳为我放光明，盛世得瞻鲁二生。
无欲初看惊矍铄，多情犹自爱嘤鸣。
早从诗卷溢才气，更向清流接正声。
惭愧尊前年最少，画龙刻鹄意难平。

明珠三寸远相投，绝学有人共箸筹。
去日已惊弦上箭，鬓丝难掩镜中秋。
望门我昔拟张俭，清咏君今似马周。
翘首陇山葱郁郁，秦州自古足风流。

奉和马励青先生《秋柳》诗

万缕西风撼上林，短长亭外叶如金。
五更钟怯丁东摆，三径花开寂寞心。
紫塞梦中黑水暖，碧云暮隔楚山深。
寒潭小立白蘋冷，清露满梢伴苦吟。

分明非梦亦非烟，戍妇楼头思渺然。
金谷风流劳想象，沈园柔绪不吹绵。
磨人岁月蛾眉老，涉世春冰虎尾捐。
诉与辽东归去鹤，灵山何处可逃禅。

难寻江都屯田狂，泥絮拾来尚带香。
骤雨寒蝉别祖帐，晓风残月忆词章。
明年可是繁华甚，昨日曾经歌舞场。
记得当时凝咽语，儿家望断碧鸡坊。

曲高空羡阳春歌，书剑无成感逝波。
孤雁惊心人缱绻，黄芦迷眼影婆娑。
未应揽镜发成絮，不辨埋忧酒似戈。
闻道长安如日远，莼鲈心事总蹉跎。

附原韵：

秋光几日到园林，为怯轻寒换浅金。
已谢风流张绪影，乍惊摇落漠南心。
黄花结侣交原俊，归雁传书恨已深。
莫向隋堤问消息，几回搔首意沉吟。

柔情如水复如烟，回首前尘意惘然。
镂碧裁红空梦幻，笼烟织雨最缠绵。
听歌燕市人空老，戏马南徐事已捐。
堪笑参寥老佛子，妄凭泥絮证苦禅。

漫从解舞喻轻狂，犹带东篱处士香。
歌板酒旗供点缀，晚风残月费平章。
高标自古难同调，逸韵今谁擅胜场。
欲摹风神凭写照，澹烟斜雨永丰坊。

江头谁唱叛儿歌，金粉南朝付逝波。
秋色尚能工旎旖，春风应是想婆娑。
龙场校猎朝传箭，虎帐谈兵夜枕戈。
为报深闺莺燕侣，封侯心迹已蹉跎。

（壬戌立冬后两日）

浣溪沙·南郊赏桃花　1980年

楼外千山啼杜鹃，红霞一抹草芊芊，寻常巷陌似江南。　子美祠前花满径，隗王堤上柳如烟，这番买醉艳阳天。

细柳新浦渐次生，红颜白发踏歌行，无边春水共潮平。　芳草微云秦学士，晓风残月柳耆卿，年年花事最关情。

十里珠帘半上钩，惜花仕女赏春游，若兰只合织秦州。　千缕柔魂惜粉黛，一溪红雨逐轻鸥，游人争道几生修。

评

莳兰馆主曰：春水生矣，春意浓矣，游兴发矣，而遣词之妙，用句之工，尤不敢赞一辞。

庚申秋，友人持诗来访，盘桓竟日，奉和三律　1980年

廿年苦雨又狂风，锦瑟年华暗换中。
醉尉何曾识李广，庙堂竟不用刚峰。
百年诙诡尊前酒，万象零丁劫后翁。
千载广陵成绝调，飞扬跋扈若为雄。

三绝坡仙云水风，声名传誉士林中。
北溟几见垂天翼，艺海竟生拔地峰。
曲突愧非焦烂客，扬眉今作主人翁。

可怜吟兴消磨尽，辜负霜前山菊红。

与民更始汤尧风，万里神州想象中。
但任贤能开宝藏，不分畛域竞珠峰。
未能献策纾明主，敢说悠游学醉翁。
一种豪情消不得，更阑细数晚来红。

读史书事　1981年

读罢遗编月满床，年华似水老冯唐。
尊前击筑霸才短，吴下吹箫名士狂。
金欲两千酬漂母，鞭须六百挞平王。
贾生文弱将军武，数奇宁知有短长？

到家即事

鸟啼花笑午风轻，桑柘成围夹紫荆。
到眼妻儿幸麦饭，入门鸡犬亦闲情。
苔痕好是青荏苒，斋号徒劳命“更生”。
脍美菰香归正好，三年空负水云盟。

茅檐容我着闲身，小住浑疑主是宾。
篱犬吠时知客到，泥炉红处品茶频。
老翁抱瓮仍同井，倩女卖花旧结邻。
见说林鸠啼不住，坐看山雨洗轻尘。

评

紫桐评曰：天伦之乐，乐而忘机。

回家晚眺　1981年

清溪一曲绕前村，滴翠西山直到门。
新筑麦场似镜面，老人拄杖数鸡豚。

白菜畦畦绕屋栽，行歌人散荷锄回。
相逢小语柴门外，又听童歌款款来。

桑柘阴阴一径斜，数椽新筑是谁家？
青砖灰瓦白墙外，一树蔷薇半着花。

仰看天色横看耕，作务家家趁晚晴。
枣树瓜棚刀豆架，秋禾十里黄云平。

呼姨唤嫂同犁田，曼歌声娇笑声甜。
踏车缓缓归来晚，轻折花枝插鬓间。

蝉声正在隔林嘶，十丈白杨护短堤。
如画家山看不倦，一村红树早秋梨。

散学村童草满筐，读书不误亦何妨。
儿家门巷春如海，风里犹闻麦饭香。

评

莳兰馆主曰："相逢小语柴门外，又听童歌款款来。"一种甜美闲适的农乐图画尽在其中。几十年来，"麦饭"只能用于过大年，而今则成为农家便饭，其乐可知矣。

书《桃花杂咏》后　1982年

甲戌春暮，堇庵等九诗人在天水南郊赏桃花，各有吟唱，汇为《桃花杂咏》见赠。未能躬与，触怀怅然，因而成诗。（五月三十一日夜）

飞来天外五云笺，佳句露华共斗妍。
知否更生山馆里，有人艳说散神仙。

武陵千树说城南，一片红霞十里烟。
曲水惠风游兴好，骋怀定胜永和年。

上巳光阴莫浪过，向人青鬓已无多。
陇头更有如云景，快意尧天六穗禾。

四远青山拥翠螺，少年投笔老投戈。
座中牛耳知谁是，士女争看马伏波。

秦亭九老赏花图，竹鹤蔗林粉墨濡。[1]
画里再添一个我，传神真似提榼奴。

西塞山前念鳜鲈，斜风细雨水流珠。
不只今岁负花事，枉却烟波一钓徒。

映水山花寂寞绯，粉墙西畔燕双飞。
无端勾起离人恨，小立长廊对翠微。

小园月季殷勤栽，春雨秋烟日几回。
似解东君怜惜意，一枝偏向主人开。[2]

锦错千堆万树霞，安宁岁岁酒旗斜。
不堪往事成追忆，风雨年年梦落花。[3]

夹岸珠帘尽上钩，画船载酒几生修。
行行已过横塘路，回首红云十二楼。[4]

购得阮筝十五弦，一弦一柱惜芳年。
求凰楼下惊回首，迟嫁邻姑竟似仙。

好是水村野店西，明年此际更迷离。
纷红骇绿莫轻放，愿借东风最小枝。

注

[1] 竹鹤老人，明代何澄号，山水宗米家，烟云满纸，不减巨然。蔗林，清代董诰号，工诗，书宗二王，山水雅秀绝尘。此处指晓峰、晴野也。

[2] 前岁手植月季，今年苞叶繁壮，已先开一朵矣。

[3] 余负笈金城，清明必游安宁堡，已三十四年前事也。

[4] 五十年代末，在吴县逗留，春游桃花坞，有唐寅所筑桃花庵遗址。

青玉案·中秋怀海外故人 1982年

团圆月映清秋浦，望海角，悄无语。离恨不随流水去。梦中白发，云边孤鹜，夜夜板桥路。

西风敲碎枫林树，数尽征鸿日又暮。沾衣况是新寒雨。而今见说，依人长铗，漫弹归来赋。

评

蒔兰馆主曰：曰归曰归愁日暮，海外故人归来吧！魂断心碎，声声是血。

咏蝶诗

上海蝴蝶家庭博物馆 1982年

风前花下落香泥，逐燕随蜂莺乱啼。
好是暖烟微雨后，婷婷款款画桥西。

双双尽日绕花飞，惜粉怜香冷翠微。
陇上而今春似海，绿茵红浪不思归。

若耶溪畔女儿桡，娇小轻盈绛作绡。
打浆欲随桃汛去，与君同看广陵潮。

旁搜博采见艰辛，嘉本千章集沪滨。
百尺楼头香满座，尧封二十四时春。

寻幽记得到罗浮，仙子殷勤伴我游。
四十年来尘梦断，一回春尽一回头。

蝴蝶泉边五色霞，赏春士女逐轻车。
东风十里苍山路，一朵红云一朵花。

传说太常仙蝶存，娇姿袅袅向京门。
君家千本琳琅里，可有当时倩女魂。

小园红雨点苍苔，犹是匆匆日几回。
却怪孙儿不解事，篱边张网待飞来。

评

莳兰馆主曰：一曲《梁祝》不知迷醉了多少少男倩女魂，读此组小诗，也有同感。

壬戌元日试笔，呈胡定一教授 1982年

先生学兼中西，乐育英才，然半生坎坷，遭遇倍艰。落实政策后，始订交于天水师专。师专英语系之创建，与有力焉。1988年8月，得定老仙逝噩耗，余哀凄竟不能成一诗。因拣此旧作（成于1982年）发表。当日赠答之作，竟成悼词矣，吁！

桃李门前手自栽，更输心力育英才。
春风吹暖上林苑，可有笛声过海来?

孤衷一寸久餐毡，坦荡襟期可对天。
二十年来如幻梦，相逢一笑一凄然。

雪里梅花三两枝，丹心银干弄清姿。
纤纤月映粼粼水，想见孤山处士诗。

嘤其鸣矣求友声，百无一是愧平生。
镜中华发床头剑，辜负闻鸡起舞情。

鱼龙未化欲何之，正是振兴民族时。
昨夜有人发壮语："拼将余命作人梯。"[注]

注

昨晚与胡老对坐辞岁，胡老有此豪语。

评

紫桐评曰：好个“纤纤月映粼粼水”，才情具见矣。

前诗成后，亦有三人来和，再叠前韵

琼树瑶池和露栽，王郎辛苦育新才。
年年不作人间语，曾饱蟠桃玉液来。

广文十载竟无毡，才见熙台翠接天。
春满人间金不换，闲花小草亦欣然。

昔年百卉竞高枝，幽谷谁怜绝代姿？
髀肉生时人已老，无聊细味《四愁诗》。

掷地新诗金石声，登楼王粲感平生。
西风一夜花千树，鲈脍家山系我情。

何处忽闻子晋笙，一回听去一回情。
吹成缑岭雪千里，涧底流莺月正明。

欲到罗浮信所之，登天无计愧明时。
云中仙子频招手，报道新成万仞梯。

舜日如盘鬼影销，河山万里景廓寥。
通天梯下人如海，鼓紧旗飞紫骝骄。

满江红·颂十二大（用鄂王原韵）

盛会开时，恰神州改革不歇。聚耆英，七大而后，于今为烈。事业宁输肝亦胆，襟期何似风霁月。新局面十亿共开创，倍关切。

任务三，皎如雪；工作四，难磨灭。跻春台，不使时雨或缺。千丈太行抗日火，万年公社党人血。听号角战斗到天明，起金阙。

永遇乐·秦州怀古

万井云烟，五城列雾，三陇锁钥。墓门石马，空庭老树，管千古兴灭。隗王宫殿，武侯军垒，付与渔樵评说。尽禾黍，回文台下，空见飞燕啼鴂。

麻鞋潦倒，迟回度陇，堪叹儒冠误却。土室西枝，山头南郭，愁对边城月。通侯李蔡[注]，无功纪信，年年渭水呜咽。空相忆，龙城飞将，孤军喋血。

评

李蔡为李广从弟。《史记》称为人在中下，名声出李广下甚远，然而为列侯，拜丞相，位至三公。

鹧鸪天·乙亥新岁，与堇庵、晓峰同听兆颐抚古琴曲《潇湘水云》，此宋室南迁后中原志士所操之曲也。感而赋此 1983年

禾黍故宫忆汴梁，西风卷地水云凉。弦中急雨伤南渡，指下微云起太行。

思猛士，吊国殇，旌旗何处失君王。而今草没湘江岸，一发中原拼断肠。

赠吕仰端先生

编外逸民似野僧，[注]软风吹雨感春温。
龙鳞岁月伤乌岭，马枥尘埃望上京。
胸次太和浓于酒，庭前鸣凤律如笙。
更添一语同心乐，半夜叫门心不惊。

注

君寓所尚未编门牌号数。

咏飞将军墓　1983年

文峰高耸陇云开，石马朝朝隐巨雷。
指点墓门桃李笑，将军昨夜又飞来。

柳长春·欢迎1983级同学

热烈欢迎，激情鼓舞，朝霞红映秦川路。相逢共祝登龙门，风晨雨夕知甘苦。

灼灼百花，济济多士，亲人重托莫辜负。麦积山外更有山，玉皇顶上攀登去。

罗敷媚[注]

园丁新旧一堂聚，不似亲人，胜似亲人，乐育目标乐育心。
书山有路勤为径，才上一层，又是一层，无价光阴无价春。

注

《柳长春·欢迎1983级同学》《罗敷媚》此两首词，都是应学校迎新墙报之作。

校　园

一泓碧水出桥东，桃李临流任好风。
君试低头吹落蕊，白墙朱瓦漾清空。（校园）

蝉曳残声热未休，新生情怯老生遒，
裳调理罢诗书艳，齐向花园卜艳秋。（开学）

哨笛声声履步忙，日光浴洗满庭芳。
罗裙舞袖飘飘举，浅草如茵拥履行。（上操）

土山高处散钟声，半入纱窗半入云。
课业已成情未尽，新诗颂与小星闻。（归舍）

掌声一片饮离茶，多少深情锁舌牙。
记得报名初试面，红云羞染碧桃花。（毕业茶会）

几年岁月惜匆忙，百卷诗书未尽尝，
选得一言含笑赠，恨难玉曲莫相忘。（毕业赠言）

题张乐民老人《读古撷吟》

坦荡情怀字字真，词林撷古数家珍。
平章尽有惊人句，要为江山鸣不平。

山川胜迹郁风雷，开府若兰旷代才。
赢得秦州多丽句，阿谁阔步继将来。

梅县诗社成立五周年志庆

改革风催大海潮，梅江激荡忆人豪。
五年载誉神州地，更祝千秋万岁娇。

华清池 1983年

上 篇

口蜜腹剑倾天下，朝臣尽为立仗马；
虎去狼来继贪残，谁是发纵指使者？
时势难留丸走阪，开元盛世日以远。
太平天子乐无为，蔽目塞聪踌躇满。
惊闻铁骑入潼关，地阔天长行路难。
六军不发积愤深，更向军前索祸源。
冤各有头债有主，祸复予求复予取。
万方有罪罪有归，倚仗立门欲何处？
深宫女子替罪羊，魂销马嵬一抔土。
三郎终负杨太真，更向人前布疑云。
比翼连理私语时，夜半无人那得闻？
海上仙山原乌有，七夕牛女难证人。
《长恨歌》与《长生殿》，文人墨士徒纷纭。

下　篇

白山黑水久沦亡，又见华北撤退忙。
往事伤师那拉氏，河山一样赠友邦。
时代已无儿皇帝，痴心却有草头王。
安内无从只呓语，世界洪流不可阻。
华清池畔一夜兵，人同此心齐欢舞。
团结逼得石点头，张杨为国心良苦。
草头王子器自小，抗敌大计惟草草。
功高义重翻成仇，以怨报德来何早！
卢沟桥边炮火明，远洋归来即请缨。
将军空有报国愿，渣滓洞中了此生。
暴君传统纳粹手，妻孥同尽株亲友。
狐埋狐搰惯食言，一场惊慌一场丑。
胸怀坦荡无城府，草头竟然入黄土。
误入壳中五十年，皓首何日大刀环？
建国大业千秋史，是是非非清如水。
英雄爱国万人钦，多行不义千夫指。
游人共指捉蒋亭，捉蒋亭前草青青。
远芳古道年年发，不为王孙惜别情。

青玉案·余于丙寅元旦回天水，董老谱曲以迎，情见于词，返兰车中填此答之，兼柬晓峰、励青，示不敢爽桃花之会耳　1984年

夕阳一片河声里。望不断，邽山路。绛帐仲昆何水部。西风寒透，暗香飘缕，霜鬓染无数。

年年织锦楼边住，彩丝绣得回文句。乐事今年三月暮。无恙桃花，依然燕子，肯放春归去。

新东郊观禾赋

云暖暖，日阳阳，好风吹送百花香。

东郊一望平千畴，小麦青青大麦黄。
陌上相逢一老叟，巡视麦田频搔首。
移步上前问消息，今年穑事如意否？
老叟含笑频点头，今年肯定是丰收。
言话已罢复咧嘴，似有心思语未休。
自云世代守农庄，未见当今好时光。
承包到户干劲足，起早贪黑务农忙。
耕耘收藏全家上，真心一片感恩党。
风调雨顺吉时久，年年都收百八斗。
农税早完心无挂，余粮要换机械化。
技术先进多打粮，收益多了盖新房。
娶媳添孙日子顺，孙子念书咱扫盲。
耕读传家是祖训，如今让咱全赶上。
说罢老叟笑开颜，河清人和天地宽。
上下一心谋发展，改革开放莫彷徨。
同心同德奔四化，小康路上党指航。

和兰州裴慎老《消夏》诗　1984年

未识元龙面，神驰隐士庄。
碧波生桔井，红雨润莲塘。
雪鬓经春绿，霜毫得句香。
斯人长不老，羯鼓想伊凉。

奉和励青《移居》诗二首

太湖烟雨忆当年，移居闻君受一廛。
风色乍晴当户暖，霜华初晓伴书眠。
甑头有米妻儿乐，心底无私天地宽。
见说城南春草碧，可能佳句惠群贤。

风物依然似去年，嚣声犹得远尘廛。
破除积习超文字，尽脱枯吟性书眠。
阆苑有方辟榖易，瑶山无恙入眸宽。

漫言日近长安远，但祈今贤胜昔贤。

丁卯三月三日

七夕雅集志盛 1984年

甲子七夕，诗社诸君子集会紫芝山房，周君自强弄箫，爱琴女士舞剑，主人绘成七夕雅集图，新知旧雨，谈天说地，此乐何极。

连宵细雨湿芸窗，书画联翩兴味长。
小坐论文饶雅颂，高谈纵酒沸肝肠。
梅开箫管香盈袖，星掩霓虹剑有光。
白屋数竿清瘦竹，看他岁岁耐风霜。

农村杂咏

去秋以来，多次到农村小住，见闻既多，情不能已，因成诗二十五首。

山花半落涧飘香，莲叶田田水满塘。
稚子谁家三两个，闲看雏鸭弄轻黄。

绿到川原草渐肥，牧童倚树看晴晖。
牛羊饱卧斜阳里，折个柳枝当笛吹。

疏篱高柳草如茵，十里清溪直到门。
倚杖田翁暮霭外，风姿潇洒胜诗人。

新篁初上水村西，双燕呢喃莺乱啼。
陌上谁家人最俏，郎播种子妹扶犁。

塑料大棚暖气生，备耕归去月儿升。
化肥闻说指标紧，磕着烟锅恼到明。

楼外湖光接翠冈，旱原今日有鱼塘。
忽惊一片胭脂水，知是桃花映粉墙。

多年心愿去年酬，扁担犁铧且“退休”。
买得铁牛轧轧吼，朝阳一片出红楼。

姑嫂争登驾驶台，春风引得笑声来。
拖拉机动田家乐，大地文章任剪裁。

银铃歌伴晚霞飞，村女如花下翠薇。
蜂蝶无言追不舍，爱她春色满篮归。

杏花微雨燕如梭，豆蔻年华媒妁多。
十次百回眉不展，甜哥藏在妹心窝。

十里黄云似画图，小姑破晓下平芜。
今年“麦宝”[注]合人意，信息这番知有无？

晚风吹拂月儿弯，几处炊烟袅袅闲。
彩电扭开丝鼓动，秦腔正唱《柜中缘》。

秋播大计费商量，围坐檐前趁日光。
小麦年年单一化，要留三亩种杂粮。

竹叶三杯回味长，晚风吹送稻花香。
邻家电子琴声美，伴着歌儿飞过墙。

晚餐五味杂然陈，停箸老人感慨深。
啤酒太洋猪肉腻，煮些苞谷嫩尝新。

村学而今朝气生，助人为乐树新风。
大毛放学归来晚，拉着阿婆讲赖宁。

大儿养殖媳裁缝，政策宽松任纵横。
翁媪老来闲不惯，照看二亩西瓜棚。

机器碾场趁嫩晴，时来借得好东风。
杂交小麦随锨泻，颗颗珍珠任品评。

上地不闻哨子声，承包责任细思存。
十年才觉东风暖，热泪频擦颂小平。

田家相见语从容，争说甘甜彼此同。
不再年年“穷过渡”，光阴真个老来红。

小店油盐酱醋茶，开门生意闹如花。
孙儿拍手走相告，村北又添卖酒家。

打麦场平倩影多，快三慢四迪斯科。
老夫也发少年兴，关起门儿学探戈。

新事山村喜气腾，小儿考取留洋生。
莫忘黄土育成汝，泉水甘甜月亮明。

园林硕果压枝低，庄户人家万事宜。
最是日斜风定后，乱摊红叶卖秋梨。

莺语蝶飞碧草生，桃红又是一年春。
深山极目最深处，可有人家正脱贫。

注

一种化肥名。

评

艾叶评曰：当今诗人，苦于田园诗难写，原因是口语化难以入诗。本组诗二十五首，以诗心慧眼，摄取改革开放初期农村中各方面的镜头，反映发生的可喜变化，真可谓一诗一世界矣。且每首都有清新自然的口语化句子，这又是闭门敲诗者所不能比拟的。创作来源于生活，不只是一句套话，范石湖地下有知，应欣然于他的《四时田园杂兴》有续篇矣。

中秋雅集周公家

兰香细细逐盆花，忠武子孙处士家。
文木辛盘苍玉砚，牙签图轴碧芸纱。

海天寄兴烟云啸，尔汝忘形笑语哗。
最是箫声剑影里，莼鲈味美醉流霞。

励青兄仙逝，诗以送之

惊闻昨夜赴泉台，黑地昏天最可哀。
不信玉楼在作记，冷烟带雨入窗来。

记得桃园十里烟，也随青鸟列仙班。
凄凉不敢城南望，雨露同沾才十年。

夜台闻说冷哆嗦，锒铛铁索索贿多。
干将出匣思助汝，可怜勇气早消磨。

人世坎坷吃饭难，当心剪径鬼千般。
幽明一理细参说，莫惜些些买路钱。

历经万劫百千磨，地府清规戒律多。
高唱风花雪月好，新诗莫再惹阎罗。

大千世界病家多，野哭年年鬼唱歌。
别恨离愁抛却暂，九天九地寻华佗。

与君曾说蒲留仙，令我羡煞陆判官。
请为山妻行好事，桃花青黛换容颜。

闻道黄泉诗酒娱，艺朋墨友笑相呼。
更浮小艇烟波里，为我梦中相告无？

九天业道轮回身，然耶否乎说不真。
为盗为娼为乞丐，来生勿再做文人。

评

紫桐评曰：“幽明一理细参说”，至理名言，耐人咀嚼千百遍。谚云：“一朝被蛇咬，三年怕井绳。”以今较之，岂但三年已耶？

天水桃花园竹枝词　1985年

城南一幅踏青图，港式春装人似珠。
悄向身边阿姊问，这般裙样入时无？

绮罗争说好衣裳，水面风来扑地香。
花点胭脂山泼黛，农庄真合叫浓妆。

桃花艳艳菜花黄，柳外高楼半夕阳。
寄语何郎好画稿，远山近水细商量。

东家新妇约西邻，电视频中听雨晴。
人爱嫩晴侬爱雨，爱他微雨散闲人。

裤儿窄窄鬓云松，三寸高跟点绛浓。
才下坡堤脚骨软，侬扶小妹郎扶侬。

身比花香惹蝶亲，是仙是幻总无因。
秦州仕女风流惯，多折花送意中人。

折得一枝酣笑甜，眼前风物我何干。
流波抛向檀郎手，“为我斜插左鬓边”。

“飞鸽”快追小“凤凰”，人流如浪浪如狂。
涌入洪荒界里去，金谷园成百戏场。

狂舞文明迪斯科，汗香酒气乱婆娑。
归来跃上“嘉陵”坐，一路烟尘一路歌。

花开堪折莫彷徨，哪管莺啼蝶舞忙。
不惜一支“金缕曲”，满园尽是杜秋娘。

千恩万谢好田家，为我织成十丈霞。
捆捆带将城里去，教人细认是桃花。

一寸桃林一寸金，残枝败蕊乱弹琴。
风吹池水浑闲事，愁煞桃农望岁心。

梨花含冤柳含愁，雨打风摧总不休。
王谢堂前双燕子，剪花穿柳逞风流。

半塘烟柳雨如丝，点点残红坠晚枝。
自古红颜多薄命，阿谁肯赎蔡文姬。

耤河十里路西东，有女如云踏软红。
我爱一春香不断，小姑偏爱月朦胧。

侬哭桃花又一年，断云吹雨过前山。
落花有约随水去，嫁与伧夫总不甘。

夕阳芳草远连山，淡染胭脂浓着衫。
争似阿侬眉黛去，细长入鬓月儿弯。

水泥堤上小虹桥，对对鸳鸯对对娇。
忽被合欢波卷去，落红如雨雨如潮。

爱向红霞深处行，一枝贴水一枝横。
怪侬貌似桃花色，侬是桃花生日生。

回时太热去时寒，乍暖还寒谷雨天。
毕竟阿娘偏爱我，提包早贮羊绒衫。

桃园以外是桑麻，散学儿童歌唱家。
红了桃花绿了柳，天涯游子“归来吧”[注]！

注

今年春节晚会，一台湾青年，独唱《故乡的云》感情激越，催人泪下。“归来吧”即歌词之一句，此歌在全市青少年学生中广为流传。

评

紫桐女史评曰：吾师半生似苦行僧，清规戒律。今遇此良辰美景，赏心纵目，亦足偿少年裘马轻狂之乐也。

社友赏游桃花园诗补作

兰州得诗社柬，知社友将于上巳日宴游天水城南之小桃园，及整装来归，则于昨日会终人散，花事阑珊，惜残红之铺地，睹新绿兮满枝，率吟成章，补呈诸社友。

（一）

南浦春明系我思，莺啼蝶舞柳如丝。
锦书有约芳辰近，乐事无缘屐齿稀。
疏雨频催人去早，落花空怨我来迟。
不堪孤赏成惆怅，一任薄情到水湄。

（二）

踏碎残英旧板桥，东风十丈软红绡。
枇杷门巷乌衣燕，杨柳帘栊白玉箫。
明月三生百尺恨，离魂千缕五更潮。
隔溪也有闲花草，海样相思总不消。

评

紫桐评曰：次章之颈联与全章末句，比之玉溪生《春蚕》诗何如？

游麦积山

廿年今日再登临，过眼雪泥何处寻？[注]

栈道飞凌秋燕上，樵歌遥隔陇云深。
萧骚鬓为风霜短，落拓身惊岁月侵。
豪气知非湖海士，苍然独立听鸣禽。

注

六十年代初，余曾在山下住队数月，今旧地已不可记认矣。

赠某君麦积山

一山如峙复如屏，野鹤皎然晓露轻。
松下和云塑弥勒，竹间滴露写鹅经。
风尘遁世心偏壮，贫困藏名道益馨。
归隐应卜山馆左，与君闲坐听东丁。

读《晚霁楼诗稿》呈教 1985年

读来佳句眼清明，庾信文章老更成。
细雨丝丝琴阵阵，暗香和韵听流莺。

瑞日丽天鲈脍丰，铜琶铁板大江东。
游踪万里归来日，羡煞据鞍矍铄翁。

昆岗片玉已无存，薪火君家两仲昆。
晚霁楼头春欲笑，可容布鼓过雷门。

满江红·乙丑元日书怀 1985年

爆竹经宵，蓦惊起元龙高卧。凝眸处，电珠阵阵，长天划破。柳外晴岚迎旭日，风中驿路听嘶马。人如狂，十亿好河山，中有我。

开新页，奔四化；搔萧鬓，忆廉颇。笑书生报国，襟期犹可。禹甸卿云匝地灿，盘雕欲逐飞天座。正牛年奋蹄浪千叠，心如火。

踏莎行·有盼

十里残红，一帘风絮，阑干湿遍黄昏雨。纸窗孤枕祛春寒，恼人乳燕梁间语。

弄玉期空，蓬山难驻，匆匆只恐春归去。还能禁得几多愁，潇潇望尽天涯路。

乙丑初夏，我去兰州临时工作，留别社友

栖栖成小别，草草赋长征。
犹有观周日，难为去鲁情。
正风关国计，改制顺民心。
野旷秋云醉，无才思圣明。

送张孝友先生返新疆

君，天水人也，新疆某中学教师，老年思乡，欲在师专觅一栖枝所，而碍于制度，重返新疆，诗以送之。

玉关西去即阳关，大漠长河袅袅烟。
粟里难栽五柳树，轮台遥寄一吟鞭。
夕阳影里群山冷，流水声中孤雁还。
昨夜陇梅千树白，应随明月过天山。

首届教师节感赋

一寸耕耘一寸功，神州万里日融融。
十年风雨惊谈虎，卅载梓楠欲化龙。
览镜未应发似絮，作梯还看气如虹。
晚来细数山花灿，火样生机血样红。

评

莳兰馆主曰：豪气干斗牛。

游卦台山

纵目穷天宇，帝乡有卦台。
时清一画现，云净六爻开。
老寺逢春雨，丰碑映碧苔。
分心石尚在，龙马几时来。

抗日战争胜利四十周年有感（用鲁迅“惯于长夜”诗原韵） 1985年

胡骑当年猾夏时，河山板荡命如丝。
拼将十万横磨剑，化作全民正义旗。
反日戈挥祈战死，射潮弩誓同仇诗。
自由独立原无价，几次中宵试铁衣。

欣逢三次腾飞时，雨润春台无色丝。
百族翩跹舞碧野，八方风雨展红旗。
“劫波度尽”文豪句，“风景这边”主席诗。
翘首金瓯盼一统，花开禹甸锦为衣。

题画索诗

丹灶今犹在，石林旧泣痕。
四围芳草绿，独自忆王孙。（赤峪丹灶）

云隐松声细，月明鹤梦闲。
真人不可见，洞外草芊芊。（玉泉仙洞）

西安友人控育之秋菊将次第开放，折简招予，谢之以诗

御时有术自逍遥，清梦无由到灞桥。

一带苍山山似米，十年豪气气如涛。
更无雅兴追陶令，颇有微词论隗嚣。[注]
遍倚栏杆无限意，伫看新月出林梢。

注

近来正赶写隗嚣评传。

友伯兄挈家返里探亲，回新时，诗以送之

相逢千劫后，围坐话重生。
十载嚼毡味，四时旧雨情。
熏风绿白发，甘露润长缨。
万里轮台路，青山夕照明。

上海《乐天诗讯》复刊喜赋呈张方仁社长

东风袅袅上春台，一夜寒梅花盛开。
翘首申江耆旧好，无垠心事且衔杯。

莲社昔年吟事频，也随杖履逐轻尘。
可怜风雨凄迷夜，犹有客魂绕沪滨。

燕子来时雨似丝，楼前小立看差池。
掠云度柳娇如许，为有横渠好护持。

神州风物四时春，凤翥龙翔笔有神。
四柱擎天天宇净，晴窗着意写诗魂。

鹊踏枝·梦到故乡 1986年

雨润衢康人不老。倦客归来，渐入家山道。千顷碧波连浩渺，山歌声里花枝俏。

写翠涂黄春意闹。如许烟囱，傲向青天笑。七五蓝图巧织造，虎年更比牛年好。

七夕聚会“代织女填《折桂令》”

桥低河广参横，一夕柔情，一往深情，有甚闲情。鸾栖未稳，又赋离情。

自是人间春永，繁华到处流莺。同下天庭，同奋织耕，同建文明。

金缕曲·咏学习雷锋活动

大地欢声漾，树新风，助人为乐，当仁不让。奉献精神溢四海，淑气城乡激荡。正学习雷锋榜样。我为人人人为我，顺天心民意人争向。民族魂，接力棒。

东风一夜百花放。庆神州晴云无际，柳舒莺唱。红色政权分外灿，满眼星辉月朗，把“六害”一齐埋葬。九万里风千级浪，看昌隆国运扶摇上。拭老泪，山河壮。

丙寅七月登崆峒山　1986年

此生何幸到崆峒，俯瞰川原气势雄。
玄鹤洞前云欲湿，雷声峰上翠成丛。
五台似挹千重险，一水遥呈十里虹。[注]
问道仙人今在否？空闻林外响疏钟。

注

泾河流经山下，已建成水库。

醉花阴·祝金城诗社成立　1986年

陇上春明春永驻，丝路飞花雨。嘉会壮兰皋，倚马才情，击壤翻金缕。

创新声里凤凰翥，借得江山助。更日丽中天，月满上林，争饮仙人露。

祝甘肃诗词学会成立（调寄《水调歌头》）

巍巍兰山翠，滚滚黄河清。丝路古道文采，嘉会壮金城。况是阳春丽日，多士雕龙倚马，绝学有传人。千里川原秀，悦耳听嘤鸣。

三百篇，好传统，赖继承。村歌社鼓，满田花雨落纷纷。莫唱陇头流水，莫唱阳关三叠，起舞换新声。改革顺民意，万众奋长征。

虎年春节试笔（调寄《水调歌头》）

骀荡春风，吹绿了陇原四野。舒心处，声声炮竹，长天划破。锦绣河山迎旭日，丝绸古道任催马。正愚公气概满神州，中有我。

党风正，促四化；搔萧鬓，忆廉颇。笑书生报国，襟怀犹可。渐老葵藿心向北，怒飞冥海风斯下。况城乡改革浪千叠，热如火。

农家小景

旭日南湖初上时，轻风吹柳舞柔枝。
嫂舞银锄姑点籽，双双题写春种诗。

丙寅古八月十四夜

平韵满江红

丙寅中秋，诗乐两社将有联欢赏月之会，今夕思绪如潮，因填此词。

孤馆黄昏，风乍起又到中秋，误须眉，磨人短墨，身似浮鸥。湘竹仍看千叶翠，海棠却存一分愁。看姮娥初上河汉淡，碧欲流。

望天涯，独倚楼，情与恨，几时休？更心惊明夜，月满当头。一样清晖两岸泻，十年海峤梦轻舟。叶飘零况有归根处，早为谋。

丙寅古八月十四夜

丙寅九日书呈诗社诸公

鸦息不稳欲何之，露湿深宵月上迟。

黄菊酒香人去后，日暮风冷雁来时。
北冥曾见垂天翼，幽谷谁怜绝代姿。
张翰家风烟雨惯，桃花流水钓鱼矶。

一椎博浪沙犹寒，家世忠贞为报韩。
鹿逐中原归赤帝，凤翔丹穴证尧天。
长河落日军前宴，圯上丹书梦里烟。
拍遍阑干风又起，东篱把酒且开颜。

项王本纪大文章，重彩浓描笔有光。
芒砀已无龙见野，邯郸悔不舟沉江。
两千金欲酬漂母，八百鞭须挞刘邦。
竖子成名缘底事，东城唯见月茫茫。

太平端合老无能，书剑萧然鹤梦清。
浊世有人鹿为马，明时深望众成城。
近传阙里征文献，见说龙门写史评。
却怪阶前蛮触战，人间何事不平鸣。

龙山风老海天宽，隔阻青霞路几千。
强项焉能居马首，小臣偏欲使王前。
老歌梁父知何用，拙似宋人始称贤。
蹭蹬已成千劫士，白头难换五湖船。

农历九月八夜二时

浣溪沙·农村秋景

山爱夕阳一抹霞，高树青青几人家，青烟数缕傍风斜。
岭上丹枫燃野火，溪边秋柿灿红花，牧歌响处起寒鸦。

换胡定一

雨雪霏霏感吹笙，衰年万事更关情。
无端偏爱晚晴好，满目青山夕照明。

如虹豪气未曾消，春满人间感二毛。
幽草香应溢四外，元龙毕竟天之骄。

见　说

见说一生苦认真，兴来偏爱晚晴新。
风流紧步兰亭客，格调频敲点绛唇。
千帆过目唱蒹葭，分秒随风贵似金。
畅写人生我莫取，酬歌大业续长征。

鹊踏枝

山远水长日又暮，携酒虹桥，别有惊心处。翠敛眉峰娇示语，当时陌上逢崔护。

十载不来红叶渡，隔岸鸣蝉，犹是歌金缕。生小怜卿寒羁旅，恼人天气晴还雨。

丁卯七夕前一日

题晓峰画纯阳真人图　1987年

一幅仙风道骨图，真人对我笑相呼。
不知飘虚白云外，可有离愁别恨无？

三岛十洲自在行，羡他时与鹤鸥盟。
醉中不觉沧桑老，渔鼓依然唱道情。

浪淘沙·祝贺中华诗词学会成立　1987年

喜讯来京门，绝学有人。尧天花雨落纷纷。大笔琼瑶呈异彩，格调翻新。
瑰宝说诗魂，玉宇无尘。梅开柳放四时春，不信长安如日远，秦树燕云。

浣溪沙·游安宁堡桃花林

柳外楼高花气浓，明眸怡荡暖霞烘，赏心人在画屏中。

仁寿山前白浪急，前村啼遍杜鹃红，当时崔护又重逢。

婴叟兄索题济公画像　1987年4月

破扇破衫足有尘，狂歌过市笑天真。
修成活佛犹颠顿，何处红尘有圣人。

满江红·纪念世界环境日

今日陇原，浑不似旧时颜色。莽苍苍，林深草茂，鹫翔鱼跃。千里关山碧于染，一江春水净澄澈。听琵琶，处处换新声，情倍切。

刘峡电，岷山雪。左公柳，雄关铁。都并作花雨腾飞时节。两个文明同迈步，万千志士从头越。更“七五”蓝图醉人心，起金阙。

庆祝我党十三大开幕

翘首盛时望圣京，会堂今又集群英。
经纶伟业山河壮，改革雄图雨露深。
齐奔小康勇者胜，欢呼北极大星明。
擎天四柱高无比，寸草春晖赤子情。

奉和新加坡张济川先生《丁卯中秋寄各国诗家》　1987年

月轮犹似去年圆，海上诗来路几千。
流水谷深虚夜夜，问津人去自年年。
渭川云树望中渺，岭外烟花红欲燃。
如水清辉愁不寐，聊将心事诉云笺。

河桥惜别最难堪，知己而今剩二三。
行见黄花开塞北，欲将红豆寄江南。
长沙夜夜虚前席，齐郡人人解左骖。
一事与君说不得，风侵霜鬓两心谙。

为道浮云莫漫遮，清光万古玉无瑕。
眼穿溟海托秦月，心切旌旗望汉家。
两地秋思惊白露，一行归路问青麻。
名山事业当时约，数尽千帆空怨嗟。

银汉无声天宇清，蕊光花影镜湖平。
卢沟月映去来路，赤嵌城听长短更。
海峤近传归棹稳，河源初见大星明。
霜飞不隔衡阳雁，凉意袭人竹有声。

风定波心月正中，片言欲尽意难终。
京洛地势千年壮，嵩华皇图四塞雄。
屠狗夷门竟往矣，雕龙禹甸事无穷。
桥山陵树清明路，三十八年太促匆。

丁卯元旦观张琮先生画展

锦绣河山咫尺宣，疏密浓淡费周旋。
无边丘壑浩如海，不断云烟笔似椽。
磅礴之中师造化，谨严而外自天然。
伫看多士齐赓咏，争谱虎年瑰丽篇。

观平海先生画展

冀城千里驹，俊逸朗邽山。
流水勾云树，拾霞写牡丹。
笔因新意隽，月是故乡圆。
活泼百虾戏，个中识性天。

喜读《不知津草庐诗词稿》 1987年

为发起《不知津草庐诗词稿》读后感征诗活动的启事：马永惕（励青）同志才气横溢，诗词曲各体俱工，尤擅五言排律。诗旨雅淡，诗味浓郁，自诗社成立到现在，夕阳无限，霞光漫天。励青同志以衰病之身，努力创作，盛世雅音，弥足珍惜。最近他的《不知津草庐诗词稿》问世，吹皱了天水诗坛一池春水，在兰州诗界也引起反响。为此，兹特发起对该诗词稿读后感的征诗活动，为天水诗坛贺，兼为励青贺！诸公诗坛宿将，诗界名流，或胜律诗，或喜古风，或沉湎于小令，或擅工乎散曲，必能各逞高吟，乐成兹事。征稿于十一月底截止，即汇录付印，分送同好。为引玉出椟，先录拙作于后，并乞正字。

天水诗词学会　张举鹏

1987年11月13日

展卷初惊百尺虹，花玲珑又月玲珑。
夜深不敢凭窗望，剑气诗魂欲化龙。

李杜高岑去不回，故家文物亦成灰。
剧怜野店山村外，一树冲寒碧玉梅。

闻道玉关曾被遮，眼穿落日梦桑麻。
天山明月大如斗，望断孤云万里沙。[1]

哀时王粲已无家，慧业修成日又斜。
楼上清风拂两袖，可怜踪迹半天涯。[2]

满地飞琼带雨疏，池塘得得绽芙蕖。
春烟秋草知多少，清韵幽香总不如。

《秋柳》《杨花》笔有神，撩人情绪浣纱津。
捧心惭愧东邻女，拼皱眉尖不善颦。[3]

行路艰难胆欲摧，成名竖子釜鸣雷。
他生愿作伽兰使，十万金铃护善才。[4]

吴下白门兴未阑，平山堂与子陵滩。
梅园绿树离离子，可惜司勋一点酸。[5]

西子湖平镜面开，虎丘塔外是琴台。
旋知满纸风情画，曾饱江南烟水来。

短气须眉多病身，斯文一介赖传薪。
韶华在眼须珍重，无恙青山处处春。

注

［1］先生曾以右派在新疆巴里坤劳教二十年。

［2］紫桐曰：不知津草庐主人即马永惕，小任山长之外孙也，幼负才名，迄不得志。相传读吾师举老诗稿至此，忽废稿而叹曰：清才如此！如此清才！

［3］词稿中有《秋柳》《杨花》等章，才气横溢，冠绝一时。

［4］紫桐评曰：举老先生今生已成伽兰使矣，何用他生？

［5］作者曾去苏州休养，饱览一带园林胜迹。诗稿有“只惹司勋一点酸”句。

评

紫桐评曰：天水诗坛得有今日，吾师举老之力最多。“传薪”之事，我辈当仁不让，亦不敢让也。

祝辽宁省诗词学会成立　1987年11月

榆关以外赓文明，老树新枝尽向荣。
济济骚坛多俊彦，嘤嘤艺苑尚新声。
二陵云树千年绿，四化征程众手擎。
吟到梅花香万里，辽河北望不胜情。

念奴娇·校友返校座谈有感　1988年

戊辰三月下旬，西北师大开会，座谈四十年前中共师院地下支部组织和发动的“三二九”学生运动，余应邀参加，即席填此志感。

一椎博浪，四十年过了，白沙犹裂。慷慨悲歌列队走，直指魔宫狼窟。卷地狂潮，揭天意气，拚此一腔血。风雷激荡，昔年父老能说。

禹甸换了新天，一堂重见，笑指半头雪。当日春风化雨处，今日新苗茁茁。多少伏生，传经心事，耿耿此情热。夕阳问我，为霞正是时节。

评

漪竹阁主评曰：上阕回忆1949年“三二九”学生运动，吾师当时已是中共地下党员，是运动参与领导人之一。读来如闻如见。下阕说到“传经心事”，表现了一个老共产党员的耿耿赤心。

蝶恋花·代天水诗社祝贺省诗词学会代表大会召开

白塔云霓麦积雨。雄镇东西，千载丝绸路。陇上诗家龙凤翥，红颜白发金铃护。

改革十年莺燕舞。两个文明，景物美无度。左公柳共花千树，春风春雨诗思注。

平韵满江红·为纪念周总理九十周年诞辰而作

天降圣人，弹指间九十春秋。好总理，龙蛇遍地，修我盾矛。一片丹心遵马列，万条红雨润神州。却含沙鬼蜮射周公，笑沐猴。

泰山崩，天地愁；骨灰洁，玉为俦。看清明祭扫，十亿同仇。不信浮云能障目，终教青史写从头。听惊雷唤得东风起，造琼楼。

呈罗章龙（仲言）先生 1988年

戊辰四月，罗仲言老由北京寄来其自选诗集《椿园诗草》，收录的作品起自1915年，止于1982年，都365首，以悼念建党以来烈士成功成仁的题材为多。扉页亲笔盖章题赠，爱我之情可见，不禁泪湿眼睫。罗老于1937—1946年，先后在西北师院及各大学任教。“文革”期间，罗老曾作为党的“十次路线斗争”之一的代表人物被批判。今年以九十高龄，应聘为中国革命博物馆顾问、七届全国政协委员，老有所为，多所建树。

读罢新诗意不平，怒潮和泪写精英。
丹砂淘浪丹仍在，如雨繁星夜气横。

上古大椿不记年，[注] 其书其人两堪传。
为霞还是夕阳好，处处风和日丽天。

半生书剑枉蹉跎，无复当年再执戈。
愧对师门生百感，春潮带雨不嫌多。

注

罗老寓所曰"椿园"。

纪念邓宝珊先生逝世二十周年

少小习闻邓禹名，十年接席惠风生。
救民不断寻真理，与党长期结友朋。
燕市折冲促解放，陇原勤政颂仁声。
邓园花木年年好，姹紫嫣红一例评。

喜观婴叟老上电视专题节目

冀城有一人，自号曰婴叟。
中年足坎坷，书法龙蛇走。
或如巨鲸腾，顿见急雨骤。
倏尔天开朗，莽林猛虎瘦。
藤蔓绕劲松，蝴蝶蹁跹就。
变化足神奇，不拘一结构。
求者户限穿，门前车辐辏。
与君昔定交，相见如故旧。
胸臆无城府，笑开童子口。
从知积学功，人力不可臻。
昨夜观电视，健步疑天佑。
勇攀大像山，山巅一翘首。
引手招太空，放眼看宇宙。
似乐梵林新，白云满衣袖。
归来斗室中，挥毫神抖擞。
一字千钧力，凛然纸背透。
问君何能尔，黄土根植厚。
桓桓老英雄，雄心尚如斗。
飞天揽明月，入林擒猛兽。
今年八十五，天伦乐事久。
再过五春秋，为祝九秩寿。

人与书俱老，益增故乡秀。
勉哉老童生，届时迎我又。

颂张云岑老夫子九二大寿

瑞草频添满砌蓂，明时载酒颂冈陵。
西京绛帐歌筵敞，东鲁灵光讲席澄。
上苑近颁恤国诏，下邑早隐老人星。
贞元朝士焚坑尽，北望伏生分外情。

蛇年有感

炮竹声中岁序新，今年属相最堪珍。
梦回二十年前事，与尔同是牛鬼神。

画蛇添足便成龙，是假是真分不清。
我劝叶公重抖擞，龙旁再画叩头虫。

欲问痴情白素贞，西湖何事觅知音。
不如修炼打禅状，万紫千红总是春。

幻成美女下峨眉，倾诉爱情最可愁。
还是当初修炼好，再无多少是和非。

己巳上九玉泉观竹枝词 1989年

拜祝天爷生日时，邻家稚女也相随。
牵衣频向阿娘问：“上帝妈妈竟是谁?”

云板梵音听得真，玉皇殿上竖幡新。
莫嫌五十三台陡，努力上天再问人。[1]

重建三清靠化缘，十年风雨已成烟。
小儿慷慨来相助，抓出今年压岁钱。

通仙桥下人如山，香汗涔涔肩并肩。
惹得五陵轻薄子，评头品足论婵娟。

稽首玉皇大帝前，选郎条件表心间。
文明学识都不爱，赐个万元美少年。

今年风景大不同，科学宣传也有功。
此地此时成对比，人间多少叩头虫。

年年下观有陈规，手折冬青叶子回。
风俗今年有改变，人人头戴花翎来。[2]

注

［1］有佩戴某高校校徽的几个青年，见五十三台阶顶端的牌坊有“人间天上”巨匾，内中一青年信口说：“啊！上天问人！”盖此青年，对榜书大字由左向右读也，且读错一字，令人捧腹。细思之，亦别有意境在焉。

［2］今年游客无折冬青树者，回来时多购孔雀翎一支。

赠张乐民先生　1990年

存朴堂中有一老，髯如飘银面如枣。
少年立志事戎行，河山半壁常困扰。
愿将男儿一腔血，洒向诸夏荐太昊。
谁料投笔成祸殃，政治历史交不了。
戴罪南山运竹条，腹枵肤裂天难晓。
一家衣食愁嗷嗷，号寒啼饥心如烤。
忍死待命三十年，卿云烂漫国再造。
心欲报国人老矣，无那且将天真葆。
孙儿放学回家来，每写大字将爷考。
时清岁丰人平安，鹿门相敬有贤嫂。
儿说吃饭要少吃，老人消化受不了；
媳说公公要吃饱，老人营养饭为宝；
孙儿笃信老师言，爷爷饭食全靠好。
大嫂听罢笑哈哈，饮食要饱要少还要好，

才是老人保健之大道。

一家争论不可停，忽闻户外春雨淅淅春风浩。

扫花游·庆祝宝丰酒厂建厂四十周年　1990年

千年城父，看翠叶琼浆，鸦头绿聚。香溢十里，更“春风”佳话，纯公监处[注]。蓑样杏帘，郭外烟囱列树。二三侣，招饮斜阳。浅醉如许。

胜事和云翥，喜金奖频颁，四旬初度。青梅共煮，论英雄人物，而今无数。海峡非遥，岁岁离情正苦。春长驻，盼归航，共倾前斛。

注

纯公系宋理学家程颢谥号，曾任宝丰县酒监。

贺宁夏诗词学会成立

（调寄虞美人）　1990年

凤舞贺兰山，九曲龙蟠。朔方英杰会银川。草长榴红情更好，塞上江南。

嘉胜纪尧天，雨润无边。改革开放换新颜，骏马长缨诗思涌，飞到吟鞭。

陇南纪游

庚午初秋，陇南春酒厂约请兰州诗人、作家、歌手三十余人赴陇南游览，我有幸参加，得诗若干首。

雨中过秦岭

一雨生新绿，千岩依旧葱。
云行岭欲动，山隘路如空。
竹外田家近，天边雁阵雄。
明霞犹带湿，诗思应无穷。

评

猗竹阁曰：颔联直与王右丞“竹喧归浣女，莲动下渔舟”一决高下。

车到徽县伏镇

山太玲珑水亦娇，醇香十里画难描。
胭脂遍染三千朵，应是陇南春酒浇。

评

猗竹阁曰：以酒浇花，花益娇艳，构思奇妙。

咏陇南春酒

酒家何处是，香透陇南春。
一自吴王后，千年海眼新。[注]
婵娟清照影，兰桂魄凝神。
便欲举杯醉，金貂入梦频。

注

徽县民间至今流传着南宋名将吴玠在仙人关抗金时，以徽酒及酒器克敌制胜的故事。

再游吴山谒吴墓

登临忽忆旧游踪，佳气于今更郁葱。
一代英雄空野祭，满山松柏自秋风。
南朝偏欲成和议，金主何尝要蜀中。
远水浮天劳想象，落霞犹向树间红。

评

猗竹阁评曰：颔联无限感慨，亦无限悲凉，我欲一哭。

徽成道中

隐隐溪桥一径斜，绿杨夹道护行车。
微风不动枫林树，积雨偏开红豆花。
几处新楼夸富有，谁家黄犊卧平沙。
栗亭更有丰年乐，水稻尖尖吐嫩芽。

《麦积山石窟志》改版重印喜赋 1990年

名山事业志名山，涉险披荆忆旧年。
从此艺林不寂寞，曾经身价重琅玕。
捡将尘劫初堪定，本是珍珠更润圆。
马帐春风寻坠绪，今看腾誉满人寰。

赠李承晔先生（小儿之老师）

故乡逢故旧，相视满头霜。
两字人师重，一生品德香。
明月清霜袖，朝阳火满腔。
即今离讲席，花拥读书堂。

赠安固邦老学友

六十年前事，读书共一堂。
明师勤灌溉，大块好文章。
风雨人同老，坎坷头似霜。
惟余桃李艳，感此热衷肠。

有所忆，感而欲泪求正（三首）

萱罗林外探春回，消尽寒冰落尽梅。
愿得蛾眉长似黛，与卿和梦看春晖。

海棠亭外雨初回，娇眼如波嫩欲飞。
试着罗衣寒尚峭，晚风并坐不思归。

闻是初逢萼绿华，琼楼烟月认仙家。
坐中吹彻凉州笛，笑看窗前夜荷花。

题孟宪滨女史《李香君撕扇图》

眉冷秋霜月上初，真真欲向画中呼。
桃花扇碎心如玉，珍重侯生一线书。

参观南岭渠

南岭深处喜登临，旧雨新知皆有神。
二麦扬花农家醉，清渠日夜做龙吟。

春风信不隔天涯，电站水龙浪作花。
青瓦白墙新气象，行人遥指脱贫家。

远山起伏近峥嵘，远近青山列画屏。
浩荡白云天似海，最难描处是乡情。

喜看电影《开国大典》

霞光万里快晴天，银幕重开新纪元。
关内初闻安塞鼓，柏坡争看霸王鞭。
疆场叱咤元戎笑，帷幄运筹领袖贤。
金水桥前叠浪涌，“人民万岁”谱新篇。

最是仓皇辞庙时，蒋山钟阜雨如丝。
千帆竞绘兼天画，万炮齐鸣动地诗。
流尽中华儿女血，迎来禹甸鲜红旗。
金陵春梦悄然逝，人民江山星斗移。

庚午仲夏，学会水帘洞之游

车到洛门，贤主人白志贤、樊文华、邓伯言各诗友对诸事已安排妥帖，游毕复蒙设席招待，情深意切，至可感也，顷得志贤同志诗作，即步韵为谢。

半日仙山值万金，主人盛宴款劳人。
闲中犹忆洞天路，梦里难忘日暮云。
老去诗思劳眷注，归来心思付沉吟。
人生何处逢知己，宾主情怀酒样醇。

辛未春节，西和道中　1991年

汉水塔山系我思，驱车来访未嫌迟。
迎亲花炮声喧耳，颂富春联红上眉。
巍巍新楼连陌起，沉沉苞谷压梁低。
最是主人能好客，美酒香醪醉琼卮。

春　望

花乱迷人眼，云深隐旧家。
闲花槛外落，燕子望中斜。
畦流瓜蔓水，风袅豆棚花。
自得幽人趣，居然学士家。

朝霞明野寺，春水过溪桥。
庭静鸟声寂，事繁客儿娇。
室明偏宜月，风过不碍箫。
花蕊香飘远，云归望里消。

雨霁碧浸远，山光树啭鹂。
燕语春光老，莺啼白昼迟。
鸟舞风梳柳，花开蝶和诗。
窗前千树桃，红透最深枝。

呢喃燕子语，婉转流莺回。
座上真名士，笔端咏絮才。
一年寒食近，千树啼子规。
竹翠侵蕉砚，花香入酒杯。

春风开画阁，珠箔映新凉。
人美花才放，莺啼语亦香。
添酒重开宴，分题喜欲狂。
片时诗成行，笑声乱红妆。

农家小景

小雨新晴月上初，秋虫小唱欲何如。
隔林一抹灯光豆，知是邻儿夜读书。

秋风乍起忆莼鲈，草草劳人感白驹。
别有情怀忘不得，菊花门巷亦提壶。

世事沧桑任变更，劫余含泪话平生。
浓云漫漫何时已，坐听风雷霹雳声。

光芒十丈起中霄，化碧苌弘血未消。
此是神州灵气在，毅魂我欲向天招。

山河风景是耶非，握手天涯话夕晖。
万里中原何处是，壮心遥傍白云飞。

茄花淡紫葵花黄，蟋蟀声声荞麦香。
烟霭渐收牛马下，农人秋作垄间忙。

客来先敬浓浓酒，炕上同尝罐罐茶。
杠子面酥忘海味，早酥梨脆似仙家。

代朱据之先生挽亡室张夫人诗

笺耀霎时殒，安仁赋悼亡。
神伤空有恨，返魂竟无香。
鹤驾归瑶岛，鸾声杳女床。
书灯人静后，料得夜凄凉。

孟机欧荻后，共仰北堂樽。
教子成凡鸟，相夫隐里门。
葱茏载玉树，辛苦忆金萱。
壶卮光邻里，坤仪自永存。

通渭一中校庆忆故校长阎文丞先生 1994年

五十五年郁郁葱，毅魂碧血忆苌弘。
育成桃李织成爱，心系家山不系功。
开创艰难基业永，姓名途路口碑丰。
更看今日松筠茂，化鹤归来唱大风。

评

猗竹阁主曰：以“园丁”“桃李”喻师生，余深然之。颔联妙对也。

胡圭如先生八秩贺诗（乙亥冬月作）

东林党人之子孙，历十一世为清门。
抨击朝政虽已矣，遗韵流风今尚存。
幼读诗书庭训肃，壮心欲射摩天鹄。
贫贱不移富不汲，疾恶慕道不媚俗。
毋乃天公戏弄人，坎坷蹭蹬沓相续。
徐福遗孽犯卢沟，斯须胡马屠石头。
毛锥生辉写时代，笔底波澜民族仇。
几度劫波天始昧，如画江山新社会。
侧身书肆宣新知，深入工农丹心沸。
一夜黄埃动地流，万家性命雨中沤。
沉渣浮尘座上客，达人志士阶前囚。
元戎一怒士气振，城狐社鼠残红退。
风雨十年缩项居，此日才见朱霞嫩。
百丈劫尘觅遗书，片羽吉光勤访问。
太常遗著太史文，绎寻整编发余蕴。
此皆至诚所感召，至诚通天帝座近。
今年先生八秩寿，仰不愧天俯无疚。

再过十年寿九秩，更举霞觞祝君又。

本诗之后胡公有叙文，并录之。

今岁腊月，为贱辰八十初度，同游好友，每思所以寿之者，德薄能鲜，屡辞不得。宠颁珍品，目既迷于五色，奖饰锦帐，感实过于百朋。锦帐系犹未悔主人撰诗，柳州先生赐书，宗灿装裱，锦绣焕文章之彩，琼瑶增璀璨之华。诗书装裱，天水三绝，荟萃于此矣。拳拳备至，耿耿难忘。悬之小室，朝夕咏赏。爰将贺诗再请柳州兄小楷缮写，复印若干，以赠亲友，以付子孙，为纪念世世珍藏云尔。

园丁颂·迎第十个教师节

金风送暑晚霞明，佳节又逢兴倍增。
我为园丁赞一语：东方耿耿启明星。

因材施教感春温，三尺讲坛贵于金。
知识更新人渐老，桃红李艳最关心。

城乡处处读书声，劫后十年花更明。
继往开来功第一，千秋事业是园丁。

武威皇台酒厂采风诗一束

轻车千里采风来，夹道白杨一线开。
未到凉州心欲醉，巍巍“奔马”耀皇台。

左公遗爱拂青丝，麦秀初齐一望迷。
繁华已解旅人困，浓墨大书改革诗。

美酒名杯夜有光，春风十里慨而慷。
龟兹乐伎飞天舞，龙马精神壮古凉。

皇台放歌（应皇台酒厂之作）

阴阴古木萃皇台，喜看凉州佳酿开。

九老图中堪结伴，三山海外欲飞来。
斑斓月下开金路，青鸟日边衔玉杯。
乌岭东西传盛事，诗人墨客醉蓬莱。

艰辛创业气如虹，鸭绿鹅黄北地雄。
并举工农植养种，声名南北东西中。
晴波日上琼花茂，晓雾风翻左柳葱。
更看新楼连陌起，皇台大厦映日红。

十年奉献皇台人，龙马精神最可珍。
此日宏图起沃野，当年汗水润沙垠。
酒渲旭日十分绛，人共南山万丈春。
系列最新新产品，更骑奔马摘星辰。

明星企业壮西凉，更庆跻身五百强。
酒醉皇台连瀚海，凤衔金奖渡重洋。
风和丝路歌舞盛，月映清波翰墨香。
最是天山长不老，夜光杯满庆隆昌。

四季吟酒歌（为皇台酒厂而作）

春风春雨泛醇香，名酿一觥忆五凉。
丝路东西千万里，无边芳草醉霞觞。

沉李浮瓜夏日临，登楼摇扇漫沉吟。
杖头赊得一壶酒，宜画宜书宜鼓琴。

五百年前壬戌秋，横江水气泛槎游。
羡他苏子二三友，举酒品箫月满舟。

羊羔美酒最宜冬，睡起微吟落照红。
为报梅花千树蕊，醉听半夜远山钟。

抗战胜利五十周年有感

凯奏弥兵半世纪，惊心往事尚能忆。
松花江上家难奔，有人秦淮伴佳丽。
忽报边烽起卢沟，旋闻倭夷屠石头。
饶他海外童男女，立马吴山志竟酬。
祖国板荡民族吼，百万健儿横磨手。
为国复仇不顾身，誓扫胡虏歼群丑。
夏鼎不许蛮夷移，血肉长城与天齐。
拼将百载屈辱恨，擎起千秋抗争旗。
平型关前凯歌奏，台儿庄外歼野兽。
太行山上铜铁墙，青纱帐里伏甲胄。
大刀直砍鬼子头，百团一夜急雨骤。
八年岁月苦艰辛，始闻王师收两京。
绞刑架下元凶死，广岛长崎烟尚腾。
受降城外如霜月，催人惊钟夜夜鸣。

评

艾叶评曰：写重大题材，应手得心，舒卷自如。起首将日寇半年来血腥气焰刻画入木，而“百万健儿横磨手”写出了中华儿女不屈不挠、誓死抗战之决心，句简事丰，有老杜《北征》风骨。“始闻王师收两京”“受降城外如霜月”诸句，欲与放翁诗同声朗读也。

安石先生仙逝二十周年纪念会签名

忆昔祖庭负笈从，诗书孔鲤溯儒宗。
摧残椿荫三秋冷，萧瑟松云一经封。
直道仁人终化鹤，横行社鼠已沙虫。
阶前更喜箕裘盛，乔木桂兰郁郁葱。

一九九五年四月三十日世弟张举鹏并书

乙亥九日偕西和诸贤游观山

强步相随九老车，不劳芳草思天涯。
一年难事三秋节，两鬓欲插九日花。
禅院闲情说遗事，僧寮小坐煮浓茶。
山前鞭炮连天响，酒肆新开第几家？

雨余小径苔痕鲜，白发苍髯尽似仙。
秋色万家连远树，红楼百里接青山。
穷途驽足涉危易，出世娥眉悦己难。
敢说牧儿皆显贵，几回低首忆长安。

甘谷书法家魏学文、王金慎两人在天水开书展题赠

书法琳琅入眼新，故园一纸值千金。
移将朱圉峰头月，并作邽山一样春。

天水市以国槐、月季为市树、市花喜赋

老干新枝有用材，绿荫如盖势崔嵬。
百年风雨蟠根稳，毕竟家珍是国槐。（咏国槐）

娇姿艳艳吐幽香，百卉花期君最长。
远嫁不辞前路苦，换将财富富家乡。（咏月季）

丙子八月赴西和车中口占

岭上白云缕缕，连陌新楼处处。梦里不知秋，弥望青山红树。红树红树，心向故人飞去。

端午戏题钟馗像　1997年

打道回衙路路通，颠颠碰碰眼蒙胧。

年来渐欲腰包满，到底人穷鬼不穷。

奈河桥上影婆娑，桥下冤魂多于沙。
男哭女嗥浑见惯，人何寂寞鬼何多。

鬼女相陪OK亭，柔情婉转百媚生。
梦思床上真如梦，仄仄平平仄仄平。

十洲三岛鬼狂跳，欲与老夫试比高。
蒲剑已残牙已钝，紫袍且喜换红袍。

评

猗竹阁主曰："紫袍且喜换红袍"，喜加官也。鬼蜮横行，人间何事，多亏吾师娓娓写出来。

西江月·题冯晨先生梅花

为迎香港回归，冯晨先生画巨幅梅花。恣肆怒放，备见功力。为填《西江月》一首。

玉蕊波朦月定，横空老杆槎枒。明珠七一返中华，不许胡儿耀马。
濡染凭君挥写，港徽入眼红霞。米旗一夕落平沙，万里江山如画。

香港回归颂

人寿河清百事宜，朝思暮想盼归期。
伤心赤子思亲泪，得意胡儿耀马蹄。
两制掀开新世纪，百年复见汉军旗。
海波缥缈台澎岸，何日归来望欲迷。

香港回归，怀念邓小平同志 1997年7月

流火照天烧，巨人迈舜尧。
忍看赤子泪，何惧胡马骄。

两制震寰宇，万民壮海涛。
米旗飘落处，王霸黯然销。

才如江海品如嵩，
百战河山百战勋。
更有惊人开发策，
神州气运日方中。

浣溪沙·无题

细柳新蒲游兴长，鲥鱼无骨海棠香，玉人只合住钱塘。
西子湖头成薄幸，温泉水滑想衣裳，当时情景费思量。

满江红·乡镇企业家共产党员崔兴美逝世周年祭

乡镇脱贫，问清渭、沉浮谁主？是人杰，草莱初辟，气吞如虎。十载丹心兴企业，一腔碧血浇黄土。更争说产值过百万，龙凤翥。

才正茂，悲日暮；志未竟，人何处？剩清贫本色，党人肺腑。业绩长留泪眼里，忠魂应共彩云舞。看秦州红遍杜鹃花，丰碑竖。

故里成立诗社，邑人邀余回里途中志感

轻车百里驶春风，雨歇家山处处葱。
客鬓已输前度绿，乡情不减旧时浓。
愧无壮语美黄土，欲披肝胆赞化工。
渐看山川今沃壤，茫茫远浦夕阳红。

风光到处尽堪夸，一带家山兴未赊。
红雨成帘迷远近，绿萝如画见桑麻。
啼莺过水仍栖树，乳燕衔泥半带花。
此去南楼多旧雨，可能细品雨前茶。

客里似家家似寄，归心如梦梦如真。
依稀城郭幼曾记，不尽乡音老更亲。

烟暖丛花心已放，风生高树气全新。
垂金流玉诗思涌，红映绿飞别样春。

过甘谷姜家庄望姜大将军衣冠冢有感

霸业偏安蜀道难，人来空说炎兴年。
君王偏欲轻神器，竖子竟能入锦官。
城上已成晋世纪，冢中犹是汉衣冠。
悠悠千载兴亡恨，啼血子规色尚玄。

评

艾叶评曰：古今论三国故事，多入“正统”误区，误矣。蜀汉连年“北伐”，民穷财尽，而人心思定，乃大势所趋，伯约之悲，在天时不在人为也。诗中颈联可为的语，千古兴亡，感慨系之矣。

赞全国残疾人射手宋红霞

一声惊雷来天涯，残人赛场出新芽。
射击第一金牌闪，甘肃姑娘宋红霞。
姑娘生小天水市，下肢瘫软医难治。
命运捉弄哭无声，忍令残疾终一世。
拐杖为侣冬夏春，可怜天下父母心。
相随邻儿入学校，此时一刻值千金。
弱龄空有如花貌，回看同侪到青云。
十年多少离奇梦，五彩斑斓珠花迸。
醒来万象竟成烟，冷月窥窗夜寂静。
机会可遇求却难，慧眼人识今木兰。
送来体校学射击，教之者谁刘双全。
从此充实人生路，日学夜练不知数。
立誓练出过硬功，两年光阴不虚度。
金城集训更从严，臂酸眼倦心如虎。
桃花灼灼柳绵扬，残人选手集五羊。
珠江逐鹿到谁手，战场自有强中强。

一弹一的不虚发，沉着应战慨而慷。
残疾姑娘神枪手，赫然芳名居榜首。
万千观众齐动容，甘肃姑娘姓字红。
我劝姑娘再努力，苦练功夫朝更夕。
人生道路满霞光，直上奥运射天狼。

题王友楠先生画“四爱图”

不慕荣华不羡官，梅花百本共清寒。
清波潋滟西湖水，照见孤山处士颜。（林和靖）

归去来兮云水操，荷锄南亩酒旗招。
无边心事人难识，只向东篱学折腰。（陶渊明）

山阴春暖草青青，坐对鹅湖若有情。
霞掌雪翎看未足，晴窗铺玉写黄庭。（王羲之）

花中君子品中仙，论学归来且放颜。
更祈化身千万亿，一家庭院一池莲。（周敦颐）

有　感

送去韶光追牛后，匆匆又到虎儿年。
碧天如海冰轮涌，花影如潮夜气阑。
余热在胸燃不尽，民生有梦意难闲。
桑榆未晚吟情壮，心有灵犀笔未干。

鼎湖龙去尚依依，碌碌平生发似丝。
廿载抓纲拼血泪，十年改革见端倪。
喜看经济市场稳，怒嘲贪婪品位低。
振兴中华凭赤胆，心波荡漾写新诗。

乙酉夏游北道水上公园　1998年

细柳湖中趁兴游，鸭头双桨快双眸。
与君更上湖亭坐，如染山岚淡欲流。

观缑建明画师西南写生画展

曾撷仙家丹鼎砂，传神妙笔灿云霞。
玉兰似雪辛荑俏，懒逐东风桃李花。

浓淡阴晴任剪裁，优游余刃羡君才。
积年不入俗人眼，为饱琼浆玉液来。

川黔山水诗画中，今日真成画里诗。
声名已播陇山外，何必逢人说项斯。

谭嗣同殉难百周年祭　1998年

故国飘摇风雨中，维新初见大江东。
生憎秦桧谋为俑，死叹苌弘血尚红。
壮志难酬天似聩，痴心冷对气如虹。
英灵今日应含笑，万里河山国运隆。

祝麦积山诗社成立

列翠冈峦花雨芬，群贤相聚艳阳晨。
子山逸兴麦崖老，工部吟怀泉眼春。
敢有豪情超旧韵，能无椽笔颂新人。
行看渭水秋声里，兰蕙百畦郁郁森。

评

艾叶评曰：重读此诗，十年前光景历历在目。当时余首倡成立麦积山诗社，先生携诗来贺，“敢有”“能无”一联，对我辈激励殊多。

高阳台·欢庆甘谷诗社成立

渭水波明，天门春晓，家山浅淡流霞。改革今朝，贫穷帽落平沙。凝眸远近花千树，借东风，催雨天涯。傀儡消，十载惊雷，几度云遮。

归来欣见群贤聚，正诗思叠彩，笔底生花。日丽中天，柳丝燕剪风斜。儿时坠绪容寻取，有芳菲伴此清嘉。纵歌声，多少豪情，似梦年华。

题甘谷“全录王”辣椒系列产品

辣椒随处产，甘谷最知名。
辣透鲜香味，气兼兰麝晶。
九州偏喜爱，元首任题评。
独占一枝秀，椒王志竟成。

贺中国书画大学天水分校开学

嘉士一堂耤水滨，尧天雨露洗轻尘。
敲冰雪夜灵源晓，攻玉晴窗麦积春。
邺下千轴飞素锦，毫端咫尺隐金鳞。
更当奋起如椽笔，来写献身四化人。

庚辰夏，题电大98级美术班毕业生汇报展

名标羲里地，创作兼传承。
花雨明窗驻，烟云笔底生。
从知雏凤贵，转觉后生能。
不枉攀登力，中流自在行。

青玉案·乙卯春暮，心老邀游紫藤园遇雨，得“雨”字

绿涨浓荫紫袖护，蜀锦织，湘云伫，串串蝶儿娇欲语。嫩香密叶，绮梦垂缕，花满来时路。

十年寂寞无寻处，冷庭院，春将暮，白发朱颜忘尔汝。梦中秋水，

闲愁如许，并作潇潇雨。

虞美人·祝老年书画研究会成立三周年

老年书画研究会成立三年，决定举办三年成绩回顾展，因倚声填此，期与同道共勉。

人生七十休言老，书画养生宝。三年苦练本初衷，谁说夕阳不似朝阳红。

北碑南帖搜求遍，危坐临羲献。一杯浅醉对苍穹，赤子心情融入月明中。

己卯九日写于雒济民同学遗著《朱麓诗词选》首发式上

首发当重九，遗编忆旧游。
当年同问字，今日羡丰收。
满纸忧天泪，一生孺子牛。
阶前兰桂茂，破浪看飞舟。

庆祝国庆五十周年及澳门回归　1999年秋

春秋五十日经天，更喜澳门拱璧还。
禹甸早非旧世纪，人民勠力创新天。
连云广厦迎朝露，野绿嘉禾遮晚烟。
双凤高歌两制好，千声弦续万声弦。

满江红·乙卯秋为《天水市老年书画报》刊头作

在手一编，注入了无量心血。欣回首，香飘翰墨，玉楼金阙。七彩晚霞晴更好，一堂学子头成雪。欣此日都有向阳心，饥如渴。

有所为，有所乐；历万劫，志难灭。把临池精品，任人评说。古郡正当春烂漫，新城况是秋高洁。任前途漫道真如铁，从头越。

八声甘州·送海洋之任兰州得“时”字

又东风拂醉柳梢头，攀折在今时。正匆匆此去，牛刀小试，骥足初驰。树外山眉翠黛，远道草披离。一段苍茫意，知付阿谁？

且复吟笺泄恨，听几声杜宇，吹老鬓丝。况磨人短墨，前路叹多歧。更垂老心情渐非昨，尽飞尘填海不能施。金城好，望征鸿远，别意迟迟。

评

半滴轩主曰：这是吾师在玉泉观为廖海洋饯别时所填词也，当时情况是，天水诗词学会老人凋零殆尽，而新苗尚未成长，海洋年轻有为，诗学深邃，刚一入会，忽赋远别，作者不尽感慨系之，故能一吟三叹，情发于中也。

金缕曲·立夏得“两”字

雨气浓于酿。忆当年惜春燕子，梁间成两。落尽桐花荷叶小，桂桨湖心浅唱。过水榭悄来蒲港。香絮袭人客影散，淡淡衫画出婵娟样。月似泻，心旆漾。

廿年寻梦虹桥上。正轻红吹残碧榭，白沙无恙。隔岸梨花如雪乱，何处旧家门巷？最失悔重帘初访。九十韶光昨日尽，甚心思艳说俊游赏？凉波远，空凝望。

莳兰馆主人招饮索诗

风物凭栏处，凡尘出九垓。
清光依日月，逸兴羡风雷。
旧恨宜粗了，新诗且细裁。
玉关遥万里，一闭明时开。[1]

地拥州图胜，西邻太昊宫。
山河留古迹，国道赖今功。[2]
人醉斜阳里，莺啼细雨中。
楼高天愈阔，八极一望雄。

涵虚混太清，时传遏云声。[3]

燕子穿楼疾，狗儿吠户轻。
青樽留客醉，白日共窗明。
谈笑逢诗侣，终身愿太平。

注

［1］主人一家被遣送玉门。
［2］106国道由楼下通过。
［3］楼后社戏正开台。

灵根砚铭

金龙春月，陈冠英、张维萍伉俪生肖巨砚问世，余撰铭以贺。

洮石之灵，古柏之根，金声玉质，碧波粼粼。屈曲虬结，暗香融融。天人同春，和合骈臻。或憨态而跳动，集众心以成城。坚刚可守乎百世，雅俗共济以长生。东黄磦兮西翡翠，上日月兮下云海。匠心独运艺术境，千呼万唤生肖魂。

贺天水师专建校四十年

中天旭日丽，创业忆艰辛。
“文革”十年冷，春宵一刻珍。
杏坛思化雨，师道赖传薪。
清渭竹千亩，前途无比伦。

为朱仙镇岳王庙碑林题诗

报国先声震九重，一朝竟废十年功。
出师累捷身当死，与敌同仇势已穷。
半壁偏安儿称帝，长城自坏若为雄。
至今呜咽涡河水，流到朱仙哭未终。

评

猗竹阁主曰：读了颔联，已使人大彻大悟矣。不然“叹区区一桧有何能”耶？

奉和堇庵《元夕遣怀》，时大旱已半年矣

节到元宵乱彩霓，云横雁塞雾横堤。
恼人依旧儿时月，入耳厌闻埘上鸡。
农事但祈三尺雨，晓耕深望半犁泥。
何当新绿连云起，闲看牛羊下岭西。

评

猗竹阁主云：一副颈联，吾师爱国悯农之心事全出矣，久居城市者不知也。

附原韵：

上元灯火幻虹霓，独爱月光笼柳堤。
佳节樽前怜病鹤，清宵枕上听荒鸡。
葵心早沐向阳露，鸿爪难忘印雪泥。
更喜来朝春意满，杖藜扶我过桥西。

神龙颂 2000年春

神龙昂首到龙乡，龙的传人颂吉祥。
西部首播开发讯，秦州终见庆云翔。
繁花丝路林如海，烟雨陇山秀未央。
羲里士民齐奋起，时清物阜奔朝阳。

老友甄载明诗集出版有感 2000年春

九曲情长渭水清，手温犹带枣梨馨。
夜深不敢开窗读，怕有山灵侧耳听。

旧家文物已成灰，往事如烟去不回。
却是荒村野店外，冲寒冒雪一枝梅。

乡亲为我说频频，曾是将军座上宾。
“另册”归来人已老，可怜踪迹并成尘。

新编读罢笑儒冠，笔底奔腾写辛酸。
苦忆河洛多战垒，半生眉宇几曾宽。

舜日尧天颂太平，朝朝稽首拜神京。
告君一语应同乐，半夜敲门心不惊。

耤阳春花灿如燃，细雨和风岂偶然。
窗外有花几上果，顿成温饱小神仙。[注]

注

作者告我，他梦见他家院里无花果结实累累。

浪淘沙·邓氏兄妹之西交会

邓成城应2000年西交会之邀，由兰返秦，团子适由京来，遂于九月一日陪同到邓亭向其尊人邓宝珊先生献花，团子思亲泪下。

姊弟喜相逢，秋色正浓。思亲泪向家山倾，今日同来成梦寐，五十年中。

遗像想青松，缓带从容。春阳三陇沐仁风，地改天荒人不老，大吕黄钟。

沁园春·庚辰六月十四日，天水师院挂牌成立喜赋

百里惊雷，平地一声，与子同袍。看陇山前列，群花灿灿；渭水东去，清浪滔滔。龙的家乡，羲皇故里，三百万人齐舜尧。醉人处，有红颜白发，击壤吹箫。

阳春甘露醇醪，引学子三千笑语豪。更受业开蒙，首崇德育；尖端科技，独领风骚。多士如云，群芳竞秀，奋志攀登到九霄。须记取，争时间速度，谁是天骄。

评

艾叶评曰：天水师院成立，是大势所趋，人心所向，有“三百万齐舜尧”

“引学子三千笑语豪”。作者从全省考虑，希望“争时间速度，谁是天骄”！一片深情，一片鼓励。

南郭寺观杜甫雕像

贾勇登南山，来瞻雕石美。
眉添西院青，杯满东泉翠。
孤愤指端鸣，忧埋眼底泪。
苍生犹未苏，愁极看清渭。

因人三月苦，潦倒向秦州。
旅地难温饱，却成诗百首。
甘泉留寄寓，妙胜见春秋。
诗韵传三昧，真情壮九州。

今非天宝岁，同是舜尧民。
“二妙”泣山鬼，千秋响正音。
洗尘宜夏雨，饱暖感春温。
诗圣归来也，漫天花气纷。

无　题

杜院晴光细细浮，莺啼人语竞风流。
蹁跹几行黄蝴蝶，娟静一丝红绣球。
丘壑早知心里俱，丹青欲看腕间收。
玉楼梅蕊千行竹，管甚冬春与夏秋。

满江红·庆党的八旬大寿　2001年

星火南湖，经历了八秩岁月。缅英烈，开天龙战，血花列缺。万里长征铁火淬，三山倾倒古今绝。笑金陵春梦不成欢，王朝歇。

百年耻，全清雪；“神舟”号，巡天阙。更同心阔步，小康行列。泰岱巍巍争庆寿，江河滔滔永不竭。党领航直指大同界，从头越。

念奴娇（有序）

近百二十年,麦积山经历了三个辛巳，而各有所可纪者。光绪七年辛巳，任士言山长有诗文记游；民国三十年辛巳，冯国瑞教授《山志》编成。今年又逢辛巳年，“申遗”正紧张进行，又恰逢冯公百岁冥寿。天道好还，名山显晦亦有时耶？感赋。

六朝祠窟，历经了如许尘封岁月。“到此一游”都是客，胜迹山灵能说。栈道接天，危岩耸地，霜冷任风剥。题留人去，深山空叫啼规。

曾是百二年中，三回辛巳，硕宿登临数。乡土风光不二，况是金秋时节。莽莽苍苍，“申遗”催人奋，八方力协。再六十岁，明珠世界铄铄。

辛巳九日登高南郭寺东亭

摄衣直上寺东亭，节序重阳喜嫩晴。
秋色万家连树远，晓烟千里觉潮生。
藤萝风起防吹帽，铃磬声销忆杜翁。
栏外松筠葱郁绿，黄花不耐此时情。

辛巳秋游天水镇

楼连新厦水连山，百里平原朗豁然。
桑竹田池风物异，渔郎误入小桃源。

万花垂屋见云根，古镇人家傍水村。
传说姜公归汉处，茫然坐对夕阳沉。[1]

儒冠误人百事差，关心避乱念无家。
荒村野店愁日暮，空见黄花锁碧崖。[2]

桐叶阴阴收翠梨，长街新阁晚烟低。
水花满地闲窗静，相与邻翁听鸟啼。

寺门落叶藓苔封，太祖山头圆月融。
便欲移家聊送老，年年秋尽看红枫。

注

[1] 传此地为武侯收姜维处。
[2] 东南山隈传为杜甫经行夜宿处。

天水镇赠刘凤翔先生善画马

左右图书共一床，科头枕藉意何长。
龙媒无价丹青老，商意满庭续夜光。

金陵后湖雨后行

追梦烦胸臆，凉风湖上行。
扁舟随水绿，莲女泛船轻。
人到湖心静，歌从雨后清。
秦淮儿女泪，空伴夏云生。

沁园春·感怀

登了秦关，访罢明陵，又下宋都。叹苏堤翠柳，移居北海。故宫明月，转照西湖。秀色英姿，淡妆浓抹，入眼平生总不如。春风面，恨天然意态，有笔难书。

梦回重上征途。岂劫后神州不丈夫？牵塞翁失马，众骐纷至；高丘有女，萧艾方锄。沧海横流，寒梅傲立，偏使江山胜画图。东风好，看红旗飘处，如火如荼。

康庆坊美酒赋　2003年春

泉不在大，有神则灵；渊不在广，海眼天成。唯此徽酒，于焉诞生。神泉仙境界，海眼小秋春。丝路新雨后，陇南翠霭中。青泥岭下，太白金貂换酒；仙人关前，吴王瓦缶却敌。李闯神摄富户，徽酒是赖；工部吟咏票亭，海眼怡情。社日微醺，群推伏镇佳酿；清明生意，活跃康庆宝坊。望酒旗而思陶令，窥当垆兮怀伊人。润鹅黄之梅花，点滴成醉；品鸭绿之竹叶，色味正浓。红友川流以沽酒，词人驻足而流涎。香飘四海，只此一家。恣欤美哉，提气养神。香言是假，亲呷是真。劝君更尽一杯酒，与尔同销万古愁。孔子曰：乐在其中。

鹊桥仙·祝载人“神5”胜利返航

心驰神艇，情随神箭，旷代神功重认。星辰罗列广寒近，看人间狂欢阵阵。

难名业绩，有形大千，占断探花神韵[注]。云霄万古天之骄，庆国力，与时俱进。

注

古以进士第三名为探花，此次“神5”载人上天，恰居世界第三名。

抗击非典三章

（一）初发

小虫初报露羊城，瞬息飞漫到圣京。
半壁河山非净土，四围篱落鬼喧鸣。
横栏纵网堑成障，死守严防矛似屏。
毕竟江山民作主，不叫胡马任纵横。

（二）抗击

中枢号令迅雷霆，飒爽白衣涌燕京。
誓对瘟君挥利剑，细从科技觅真经。
中西医献平戎策，南北士同敌忾声。
必胜决心虹贯日，全民团结笑长城。

（三）胜利

绿水青山展笑颜，电波昨夜捷音传。
鬼魔敢作长期计，众志宁知铁石坚。
设计师恩深雨露，共和国运气如山。

旋知人命铂金贵，四海三山起巨澜。

评

半滴轩主评曰：“世界上最宝贵的是人，只要有了人，什么人间奇迹都可以创造出来。”这话是真理，但不要只停留在口头上。这次防非治非，越证明了这一铁的真理。“旋知人命铂金（不是黄金）贵”，作者说到点子上了。下面的话我再替作者说：今后遇到这类事情，全方位抢救动员，全力抢救人命。以前的惨痛教训，记忆犹新。

大像山胜迹

千古大佛

庄严趺坐看兴衰，千四百年弹指才。
我祝家山多瑞霭，五风十雨小蓬莱。

评

一叶评曰：甘谷大佛造像之大，列为全国第二，诗翁生于斯长于斯，其诗其文，莫非得大佛之助乎？

大象无形

大像先天地，无形本寂寥。
能为万物主，不与四时凋。
意树珠光灿，心花宝相饶。
何须狮子吼，勘破任逍遥。

评

一叶评曰：大象无形，难得的思想境界。名缰利锁，缚住了众生。逍遥于自然，品茗于竹篁，指山论水，谈笑人生，非高士，亦雅士矣。

飞　天

觉路无人缩脚回，名场成队挤相随。
泠泠智海无人会，空向五云深处飞。

莫高窟上看翩翩，梓里恰成姊妹篇。
何事偏成六畜像，迷离花雨落灵泉。

评

一叶评曰：觉路无人，名场成队，飞天只能飞向寂寥。意境优美，发人深思，功力于此俱见矣。

悬塑菩萨（在大佛殿西壁）

悬壁危石上，虚灵傍世尊。
慈航思济世，宝筏护丹忱。
窟内菩提古，檐前草木深。
当时同侍者，浩劫等灰尘。

迦陵频伽鸟

佛说妙歌舞，空灵捧寿桃。
时时润百物，岁岁庆丰饶。
兜率乐和雅，尘寰爱琼瑶。
飞天人面相，艺术信能骄。

三圣殿

东方有三圣，孔丘与佛老。
如何西来相，亦有三圣宝？
殿堂巍巍然，云烟青未了。
三教本同源，玄玄皆众妙。
何必论东西，三宝开妙窍。

北魏石雕（一佛二菩萨）

造形成“北魏”，千载不能分。
法雨金童护，慈云玉女擎。
悠悠无系念，默默不生尘。
万虑归清静，含情对众人。

莲叶菩萨

法相明眸妙入神，似曾相识记前因。

不尽香飘智慧海，绣成一叶一观音。

爱民亭

此亭是我县驻军开赴对越自卫反击战前线时所筑，据传凯旋时无一伤亡，群众以为大佛默佑。

亭上歇凉小坐时，河山如画雨如丝。
军亲民乐成鱼水，冷暖温凉心共知。

规矩门

妙哉规矩成方圆，篆印朱文想鲁班。
却怪隗嚣不解事，泥丸便欲封函关。

眼界宽

一出旁门眼界宽，山青水碧好琅嬛。
俗缘妄念都消却，两袖清风朗朗天。

“佛法僧宝”（铜印，冠英篆刻，作为镇山之宝）

三千大世界，十二佛因缘。
杯渡永明寺，锡飞大像山。
般若空空印，真如了了传。
至矣镇山宝，牟尼法力坚。

瓦当乳虎（山上维修中在旧瓦砾场地发现）

铸成乳虎相，憨态倍相亲。
逐逐威如昔，生生肖似寅。
陡觉西风劲，休疑怪石撑。
沉埋千百载，应思佛祖心。

山丹花（俗名闪丹花，只在双明洞外生长几株）

双明洞外灿明霞，姹紫嫣红景倍嘉。
蝶影乱飞芳草路，醉人却是闪丹花。

妙法莲华参色相，山禽自语听圆音。

拈来即是天真佛，春在枝头已十分。

文昌阁

雨侵书幌叶投案，山拥文窗云入屏。
欲唤心翁起地下，重兴文社倡文明。

评

一叶评曰：清末甘谷举人王权（字心如，人称心翁）捐资组织文社，定期集县境士子于此，讲文论诗，于焉文风日盛。何日文社更开，诗翁感慨良多！

太昊宫

人祖羲皇世所崇，白头人到拜玄宫。
古风台下古风古，星日交辉现赤龙。

白云封处

琼楼玉宇像山青，朵朵白云霭霭生。
絮絮团团岩下起，白云长此护灵峰。

碧潭溪水一天雨，枫叶芦花两岸霜。
却羡弥陀无个事，长年占断白云乡。

马三爷

辛苦不分昏与晨，蹄声的的为人民。
家山自有口碑在，生为团结殁为神。

白皮松

霜皮溜雨根如铁，银干郁葱向碧穹。
四月嫩晴天气好，赤栏干护玉玲珑。

陇上名山前度来，石栏桥畔一徘徊。
可怜一样碧成阵，都是红羊劫后栽。

按

邑人陈冠英（时任天水市文联主席）嘱余为吾邑胜迹大像山各胜迹点题咏一首。

今已完成十余景点，而冠英英年逝世，余哀悼不能成一词，遂止于此，引以为憾！

辛启荣嘱为其生肖奇石展题字

河东超载俯而漬，老骥犹堪千里行。
一自孙阳归去后，石头也似鸣不平。（马）

浑混初开史太玄，形象首藏奇石间。
不谈鼠窃狗偷事，看他敢为天下先。（鼠）

世上何须较锱铢，月光冉冉认模糊。
此中也有小白兔，莫使宋人再守株。（兔）

“半壁见海日，空中闻天鸡。”
分明石中藏红腹，喔喔啼到无尽期。（鸡）

犁遍三秋，无怨无尤。
大众饱暖，何惜我头。（牛）

天公书就两字之，天水二字认分明。
但愿天河重注水，天富何如地下丰。（天水）

形神毕肖，持重枫灵。
千万年后，宠入家庭。（小狗）

石上八一记南昌，从此工农有武装。
诸葛先生它排定，神机妙算待曙光。（“八一”石）

虎与山猫共一笼，张牙舞爪为谁雄。
天公摄像顽石里，千万亿年造化工。（山猫与老虎）

鹭鸶水为家，忽现岩石上。
隐士惯生涯，鱼虾欲相傍。（鹭鸶）

山凹现猫头，双目炯炯闪。

人说是闪鸟，奇功正不浅。（猫头鹰）

顽石忽现猪形，模糊形象不真。
前方发现食物，双目炯炯有神。（野猪）

惯向青天游，健飞成一景。
为何拳石中，却现翩翩影。（天鹅之舞）

冰山雪盖万年成，晶莹透亮铁铎铎。
造化何时缩成此，仙境奇观方寸生。（冰山缩影）

武术晨练咏

几点精灵晨风飘，龙腾虎跃势如涛。
金鞭银剑疾风转，一抹红霞染林梢。（晨练）

古陵夜半景象幽，闪闪剑光走群虬。
迎风腾挪千般化，一弯明月倚楼头。（夜练）

水映波光映群雄，刀枪拳脚猎猎风。
腾挪闪转无穷妙，振兴中华练武功。（对练）

闻鸡起舞学刘琨，北腿南拳振国魂。
昔日病夫今壮汉，铸成十亿新长城。（团练）

观武术训练

朝朝苦练沐晨风，一趟太极气概雄。
莫看老夫秋草瘦，期颐岁月不龙钟。

飒爽英姿三尺剑，寒光直射九重天。
秦州女子多奇志，不让须眉故事传。

中华儿女气昂昂，誉满全球武艺强。

绝技在身不称霸，人人习武卫家邦。

市老年书画研究会八周年志感

癸未五月，天水市老年书画研究会成立八年矣，会长桐树苞同志亦连任八年，惨淡经营，渐成规模。今兹卸任之际，感触颇多，因为诗以抒情。

百花灼灼莺声柔，赖有贤明好运筹。
点滴心血关大计，护持莫使付东流。

坐对晴窗看翠冈，八年辛苦不寻常。
埯嵫莫道桑榆晚，郁郁文风国有光。

赤子心情耄耋人，老来尤足见精神。
忠诚服务一身正，松柏岁寒色愈新。

书画装成映晓晖，榴花况是吐红薇。
身闲还望开寿宴，满目金霞映玉梅。

羲皇故里郁人文，况有典型到于今。
愿与同行共努力，千红万紫邽山春。

某君内侄结婚，请予为诗催妆

吉日洞房桂子香，爱河沐浴两鸳鸯。
月圆花好原无价，更见红脂睡海棠。

玉藕遥护杜若洲，金铃高护木兰舟。
老夫喜作新婚颂，双宿双飞到白头。

为辽阳画师杨玉勃题画《春山》

曙色催人起，南郊远近间。
桃红春树灿，初日晓雾蓝。

细路叠嶂里，楼台翠霭连。
辽阳神笔健，独向画中看。

望　雪　2003年10月

造物太不仁，岁岁逢魃鬼。
今年盼明年，大旱已五岁。
集雨竟无雨，节流徒感喟。
哀哉深山中，农民耕锄废。
树枯草黄死，闻说心欲碎。
即如今年来，天公真聩聩。
南国苦洪灾，百年此为最。
北疆望云霓，滴水如金贵。
咆哮黄河亦断流，生态荡然谁之罪？
自古冬雪兆丰年，人寿家肥国之瑞。
尔来逾“大雪”，瞬息“冬至”莅。
唯见金乌红，徒闻蜀犬吠。吁嗟乎！
何时六龙御空行，兴云施雨雪声脆。
纷纷扬扬十日才放晴，四野耕夫喜欲醉。
喜极却看泪沾巾，万里江天银蛇蜡象美如绘。

观电大美术班画展

妙画通灵境，金针苦度人。
千山纸上落，万景毫端新。
奇才生机茂，化工清韵纯。
频年辛与苦，硕果满园春。

读《星稼诗词稿》再步景文兄原韵

直道消沉久，知君最慨慷。
诗风新境界，酒量旧高阳。
扶困乡情暖，山居野兴长。
凭栏把卷立，林外起霞光。

风筝（分韵得云字）

因风千尺上，捷径入青云。
手运最长线，衫连超短裙。
欢声听妪媪，野兴到儿孙。
翘首鱼龙竞，心仪万象纷。

望江南·西和好十一首

西和好，楼台隐千层。绿水倒函天上下，白云旋判岫阴晴，仕女出春城。

西和好，处处映朝霞。过市垂涎杠子面，入座品尝罐儿茶，浅醉日西斜。

西和好，塔岭绝尘埃。浩劫不将山色去，好风时送市声来，社戏正开台。

西和好，花事一春浓。芍药阶前窥窈窕，玫瑰日出照玲珑，好雨更香风。

西和好，最爱是深秋。四面青山寒意近，一城红叶市声稠，高卧水西楼。

西和好，最忆是重阳。寒到文窗雾阁暖，云回雨点溪声凉，况是菊花黄。

西和好，魂梦到香山。朱雀焚时人似玉，苍龙飞去凤攀髯，虹化白云闲。

西和好，仇穴帝尧庄。黎庶尚吟杜老句，菜肴每共神鱼尝，千载说氐杨。

西和好，灵秀钟香闺。十二绛仙画中秀，一楼青女汉江梅，愧煞老须眉。[1]

西和好，皓首在迷楼。欲讬桃源忘汉魏，漫从彝鼎较商周，刀笔比封侯。[2]

西和好，深巷读书人。春树好花闲永昼，秋灯深夜写先秦，无事倍思君。[3]

注

[1] 吟西和书画十二钗也。

[2] 忆金鼎老人也。

[3] 忆陈博先生也。

甘谷求学杂忆

辛未清明，聂君衡三来访，乃儿时甘谷县城读书时之同学也。忆当年邀友挟书，登山涉水之情景，恍如梦境。半个世纪以来，旧游或殁或存，或远居重洋，或隐于岩穴，或断无消息。流光易逝，儿时难再。因拉杂成诗，存一段小小浪花而已。

几许乡心委逝波，相思渺渺阻长河。
遍拍阑干无人见，空谷遥怜风雨多。

生死卅年魂梦萦，读书纺织一灯荧。
回肠百折渭河水，那及韦家一寸情。[1]

家家百卉列西东，满架蔷薇香最浓。
安石榴花才报罢，秋阶又见海棠红。

朱甍碧瓦映青灯，风雨阴晴别有情。
报国雄心无着处，闻鸡起舞到天明。

天门山护一城青，大像驼峰列画屏。
南塔崔巍天际外，一回相忆一回情。

农家学子少年曾，学谷智峰路几程。
甲榜喧传人第一，满街翘首看张生。[2]

满树桃花别样红，岸门可是旧时容？
烦君挽住清波水，莫遣匆匆便向东。

恰恰黄鹂空好音，海棠时节又清明。
鱼书何处春无据，不忍重看旧写真。

苎罗村外探春回，消尽寒冰落尽梅。
愿得双眉长似黛，与君和梦看清晖。

春潮香涨乱莺啼，曲曲波光到眼迷。
弄水女娃花样俊，此身疑到若耶西。

庭院葡萄串串珠，唧哝小语夜凉初。
红桥烟月阊门柳，抵得渭河两岸无？

曼雨斜风细柳柔，春来不负碧山游。
清溪十里牧羊女，强把山花插满头。

最忆柳湖水并墙，嫩丝牵绊绿萍香。
挟书便欲湖边去，却怕流言说短长。[3]

五载欢场即梦场，与君景物细平章。
到底东街小学好，桃李花开泮水香。[4]

香透西风上小楼，小楼高处野云收。
天生一副娇憨态，知汝前身定莫愁。

庭院萧疏水竹边，无多清话竟疑仙。
而今不尽沧桑感，旧梦前尘已化烟。

缓扣双扉花气重，竹间流水荡轻红。
背人赠我新团扇，记得当时月似弓。

平湖夏日雨初停，并立阑干望翠屏。
楼上篆烟楼下水，衣香水气不分明。

中洲（村名）曾记饭胡麻，露槛云廊人未差。

春到人间无价买，同来仙洞看桃花。

海棠院落雨初回，娇眼多波嫩欲飞。
试着罗衣寒尚峭，晚风并坐不思归。

梨花院落夕阳楼，情绪撩人不自由。
拽向绿荫深处去，蓦地低头故故羞。

曾是初逢萼绿华，琼楼烟月认仙家。
坐中吹彻凉州笛，笑看窗前夜合花。

泥香时节又清明，携手寻春几度更。
蝶影乱飞芳草路，雨迟迟又月朦朦。

渺渺乡思未有涯，楼台十二野云遮。
此身合是多情种，何处坠欢续梦华。

山外闲云山上霞，小桃别样一枝斜。
不信莺莺出嫁后，春在杨家姊妹花。

注

［1］吾姊适韦氏，当时吃住均在其家。
［2］某年，余会考第一。
［3］湖旁为女校。
［4］后一句为校歌歌词。

评

艾叶评曰：牵肠往事，以少年时代为多，柳巷桃径，溪桥校园，每一忆及，犹历历如在目前。这组杂诗共25首，记情记景，情因景生，景因人成，细读自得其真，而词句之工巧又勿论矣。我更怀疑这组诗的每一首，又含一不可言传之情思在其中也。

无　题

别卿容易见卿难，楼外重重叠叠山。
几树垂杨荫乍合，满林幽鸟语方酣。
靓妆不借胭脂艳，淡抹更怜身影单。
渐远渐行归去后，此情只有书信传。

天水市老年大学书画班学员作品展索诗

2004年6月13日

新柳柔条处处春，园中群燕展轻身。
小楼点缀花如锦，红颜白发气已新。

书画长廊锦作屏，翎毛花卉似通灵。
满园尽是丹青手，柳外斜阳伴晓莺。

王颜褚赵竞风流，艺术无涯苦作舟。
一日临池千虑净，与君观海更登楼。

虬枝铁骨势昂扬，何畏天家贬洛阳。
女皇今日空尘土，怎及儿家九域香。[1]

人杰地灵天作成，土脉深厚地脉盈。
如何轧轧弄机女，书海画坛任纵横？[2]

浅浅清泉有所思，晚来风雨满荷池。
绿丛几点红如染，新出莲蕊恰一枝。

欲红仍白五云霞，秀骨姗姗清梦奢。
寒食清明都过也，应无遗憾到桐花。

玉骨冰肌孰与俦，姚黄魏紫美难收。
老夫愿乞天孙巧，纸上赐来壮小楼。[3]

开到荼蘼花正妍，恰余野竹两三竿。
怜他几阵黄昏雨，滴碎诗心到夜阑。

浓香酝酿百花稠，灌溉殷勤活水流。
一雨园林新世界，学宫载誉满秦州。[4]

注

[1] 题赠马海涛女士绘牡丹。
[2] 有许多机床能手今日已成绘画能手。
[3] 此乞画诗也，不知如愿否？
[4] 赞张子芳校长及执事诸公也。

评

一凡评曰：七绝十首，皆性灵小品，毕现先生学养和功力，亦呈现老人生活之五彩缤纷。

南歌子·答友

与海洋不见三年矣，甲申冬得来函并倚声问起居，感而答。

醉里萦怀意，梦回相初见。玉泉云树晚烟疏，犹记金城西去月轮孤。
古柳知野性，长天见雁书。家山何处旧田庐，漂泊青衫空羡四鳃鲈。

附海洋词《南歌子·敬候犹未悔斋恩师起居》：
不见恩师久，诗情应似初。谆谆教诲未应疏，延伫秦州吾道不曾孤。
颠沛三年意，愧读几卷书。陇山渭水是吾庐，拊掌何时去归脍莼鲈。

昌龄宴席上初识周文英有赠

秀发明眸浅笑生，众香国里识卿卿。
春花极盛难评色，秋水长流不染尘。
咏絮才堪修内史，辨弦士易惹愁心。
积年不作非非想，去也姗姗梦也清。

如此芳华如此情，神从骨里写难真。

宝儿妩媚蝶儿嫩，花样精神玉样温。
南国春风游子梦，峨眉山色美人魂。
乍逢洛浦思王老，辜负云英未嫁身。

评

一凡评曰：以“春花”“秋水”拟之，以“南国春风”“峨眉山色”状之，若即若离，形象不觉灿然矣。

辛启荣先生《流金岁月》书成有赠

涉水攀山不计年，茫茫荧海奋扬帆。
江山锦绣供裁剪，岁月流金未化烟。
灵石尽含千载秀，香泥长塑四时妍。
青萍白壁原无价，黄土扎根天地宽。

送画师张宏魁返深圳

宋王台下海连天，独立苍茫揽大观。
鹏息南溟风九万，龙游北苑艺三千。
胸无城府板桥竹，身不染尘茂叔莲。
起舞中宵鸡唱晓，姓名欲到五云边。

浣溪沙·题辛启荣《清泉》雕塑

并蒂红莲韵最娇，万花深处语悄悄，清泉水滑绿云绕。
洗尽铅华陈健美，天然溢彩去磨雕，满身新露胜琼瑶。

过朱据之老友劬园故居

琴剑依然在，凄凉旧草庐。
深屋梁月白，青帙陇云孤。
感此郑公里，爱他处士居。
森森门外柏，挥泪问遗书。

评

一凡评曰：诗人“挥泪问遗书”，伤悼之情跃然纸上，而“森森门外柏”，无疑为老友之化身。触景睹物，皆伤情语也。

秦岭分水阁放歌

昆仑三脉耀九垓，一脉直向中原来。
连山逶迤西秦岭，山坳杰阁晓色开。
天河注水风雷激，屋脊妙化水一滴。
一滴水中藏世界，一滴圆溜滚的沥。
千滴万滴踢踏歌，半入长江半入河。
东南奔腾千万里，江河恣肆人文起。
遂令中华尧舜邦，东涝西旱有如此。
我劝山灵安排天地初，重振土脉起宏图。
倒吸三峡之水出平湖，旱涝不愁民困苏。
天河何劳重注水，青山翠岭润如酥。
放歌未已日且暮，红叶如丹自来去。
晚霞光照草色黄，独坐危石看孤鹜。

评

一凡先生评曰：诗人登临处，“屋脊妙化水一滴”。神思飞扬时，劝天公“重振土脉起宏图”。全篇气势渐起，似江河奔涌，亦如巍峨秦岭，逶迤而去。结尾处笔锋轻轻一转，道法自然之悠闲抒情形象，呼之欲出。

祝天水师院四五华诞　2004年

近傍耤河起学宫，幸逢华诞欲呼嵩。
人才通达群星灿，科技创新朗日红。
寿比南山疑卧虎，经传泮水起潜龙。
蕙兰俊秀梓楠郁，霞光万丈接苍穹。

祝天师附小（现天水市实验小学）**百年校庆**　2004年

欣逢百岁庆，旭日丽中天。
教室连云起，新苗带露妍。
科技兴国云，素质赖承传。
黄土扎根稳，拭目青云端。

甲申秋游李子园天然公园

秋花铺径秋容深，陇水拖兰分外清。
李子园林风物好，碧山红树晚烟轻。

翡翠青山白云封，杂花溪水一径通。
行行渐近竹林路，错认江南二月中。

过天水关缅怀姜大将军

孔明军陇西，雄关识良骥。
关陇攻亦难，此日得上士。
参赞显忠贞，孝亲遗远志。
星沉五丈原，阃外安危系。
汉德已式微，士卒日疲敝。
况复孱主侧，宦竖施其伎。
绵竹叹撤军，君王轻神器。
孤军守剑门，锦城降旗竖。
遂令披大胆，报国脑涂地。
吁嗟乎！
两江千载汩汩水，疑是将军忧国泪。
锦江湛湛千丈深，照见孤臣冰雪心。
老父无声蜀宇咽，当归不归空断绝。

评

一凡评曰：回眸大将军“报国脑涂地”之壮举，感叹“汉德已式微”之末路。历史烟云，飘然而逝，徘徊感念，引人深思。

甲申九月怀人

寂寂登楼望，关山隔几重。
雁书飞不到，风信去无踪。
离绪云情黯，幽怀山色空。
何时重携手，相对语前衷。

为小鹏世嫡与李女士新婚颂以祝

婚日兰房十里香，爱河初浴两鸳鸯。
清风明月原无价，更见雪脂映海棠。
玉藕初经十二楼，金铃遥护晚风柔。
老夫喜作新婚颂，双宿双飞到白头。

天水师专即将升本喜赋二首

激电黄钟报好音，熏风阵阵暖人心。
教师事业荣千载，科技尖端价万金。
树德树人楼更上，爱乡爱国火传薪。
年年辜负花开日，万紫千红隔岸春。

升本恰逢千禧年，陇山陇水喜开颜。
幸逢此日非当日，但愿今贤胜昔贤。
马帐传经时雨润，杏坛设教好风还。
渭川郁郁竹如海，已见凌云气似山。

猗竹阁居士有乔迁之喜，柳老命贺以诗，率成三章

乔息高楼好，最宜雨后过。
凭栏红日早，回首白云多。
广槛听箫鼓，康衢看绮罗。
主人贤且智，新制诫儿歌。

亚字栏杆外，居人有万家[1]。
曲成人屡顾，吟破日初斜。
不问黄金贵，应怜白发加。
忽惊希夷驾[2]，风度真堪夸。

平临南郭麓，满室琴书香。
乐饮过三爵，遐观纵八荒。
市声春浩浩，树色莽苍苍。
细酌频频劝，甘醇说五粮。

注

［1］杜甫《秦州杂诗》句。
［2］指陈柳老。

贺艾叶乔迁

电波传远讯，乐到忘年交。
层高视野远，楼阔诗思豪。
子美千间妄，元龙百尺遥。
红尘不到处，便是天之骄。

凌云杰阁起，不羡蓬莱仙。
郊外山才绿，门前柳绽棉。
随时堪领略，高处不胜寒。
切莫放声唱，恐惊庾子山。

沁菊轩宴集有赠

梅兰菊竹，天水闺中四友也，曩者余各有题赠，“菊”独缺如。壬午新春，率成六章，以赠轩主，用补遗憾云尔。

曲径复深巷，寻幽到玉轩。
双栖年正少，满架书琅玕。
狂客容谈鬼，小庐许说禅。
炎凉心尽淡，且理性中天。

青天一鹤唳，静女旧知名。
渭水留波影，锦台唱月明。
蝶迷三径午，云静数峰晴。
一老风神朗，共看晚逸生。[1]

自得幽人趣，群夸小隐家。
桐花槛外落，燕子望中斜。
蚕老丝难断，马瘦力未加。[2]
谁为煮白石，临风想丹砂。

玉壶茶梦醒，雕瓮酒香来。
座有湘灵瑟[3]，厨多女秀才[4]。
秋花纤手弄，松蕨慧心裁。
起舞复低唱，人生能几回。

熏风吹画阁，珠箔映回廊。
客至花才放，主娇韵亦香。
抄诗互品析，小憩快新凉。
余兴雅难已，分题咏海棠。

水色日沉阁，山光昼转迟。
低吟远闹市，安居袅晴丝。
鸟送忘忧草，门催许和诗。

芳原桃百本，红到最高枝。

注

[1] 谓田润先生也。先生斋名晚逸。
[2] 余念念不忘学会中事也。
[3] 谓贾亮先生也。伊系 violinist。
[4] 当时天水市女诗人皆来会并下厨帮灶。

观兆颐大师画展是真艺术享受也，不能无诗

书声琴韵遏云端，金石丹青更灿然。
万顷雨荷落槛外，漫天凤竹泻窗前。
质分蕉叶和烟断，洁并梅花带雪妍。
老去才知真善美，枉把山花仔细看。

评

一叶评曰：观周大师之画是真艺术享受，读张老之诗亦真艺术享受，诗画意境交织，真善美俱备矣。

双调南歌子·送李桥伉俪返徐州故里（得“天”字）

（一）

芳草萋萋地，离愁脉脉天。东风一起太无端，吹遍荼靡花瘦共谁看。
翠黛愁将蹙，绮琴浑不弹。碧阑干外啼红鹃，别矣双飞去雨如烟。

（二）

天籁声犹袅，孤松翠接天。心潮如诉懒看山，犹对海棠赢得几分怜。
挥汗人初散，梨花院落闲。谁同《吟草》共敲编，欲倩雨丝风片阻行船。

评

一叶评曰：先生常说，“李桥一走，断我左臂矣”。发而为诗，心情可知。

访悠然斋居士（李桥）三首

地临南郭寺，乘兴访乔公。
古径依山转，新楼照眼红。
文窗流雅韵，烟树乱疏钟。
纵目凭栏久，漫天花雨浓。

开帘山纳翠，泉石自陶然。
高送半窗静，润含千嶂岚。
花明春欲暮，室暖水生烟。
芳草绿如染，最宜养性天。

微雨晴郊润，和风纸鸢轻。
车身高树没，云气隔帘生。
地近思飞将，山回忆少陵。
主人频问讯，何日外环成？

邀友访画师孙天宁山庄（四章）

闻道山庄好，盘回倚翠峦。
不因君子约，难得俗人看。
远树浮烟直，高松过雨寒。
地偏心更远，宾主共怡颜。

细路沿花入，苔痕护画廊。
乱花穿竹暗，落叶覆盆芳。
开阁容狂啸，临书拓硬黄。
何郎遗范在，笔墨有余香。[注]

结庐傍翠岫，岚色溢流光。
窗虚清风至，庭空树影凉。
雀衔梅子落，蝶绕紫藤忙。
不惜寻幽晚，山林野兴长。

少无适俗韵，老更爱青山。
开户延花影，修篱护晓烟。
云低微作雨，水远欲浮天。
何必羡城市，此即陆地仙。

注

主人系老友何晓峰之甥。

评

一叶评曰："田园风光一画中，诗人画师雅兴浓。"意境淡远，细致入微，想见诗翁出尘之思，高雅之情。

赠李杨先生长安

青山当户翠当门，邂逅千锤百炼人。
烈马驾辕秦雪老，孤鸿觅食楚荆深。
老夫气盛狂言惯，奇士才横吐语真。
未版妙文心血铸，《土坯》一字值千金。[注]

长安久历帝王封，八水二山太乙松。
曾向艺坛称健卒，却来羲里哭黄钟。
了无俗韵滞胸次，颇有侠风傲碧穹。
茶歇闲评坡老句，乌台诗案竟雷同。

寸心相视尚如丹，零落荷衣四外鲜。
已秃笔锋能詈鬼，如山眉角似忧天。
几行灵感随云逝，一队儿歌入梦闲。
半夜敲门心尚悸，凄凉往事未成烟。

清风明月小自由，近水遥山漫豁眸。
后店十全卖狗肉，前门一例挂羊头。
真言假语知谁是，跨凤骑驴各有游。
无那亲恩忘不得，到今扫墓未成谋。

注

先生被划为右派时，每日以打土坯糊口，而《土坯学初级教程》遂流传士庶口，其实乃苦中作乐耳。此次我曾询及其内容，尚能侃侃而谈，不禁顾而乐之。

评

一叶评曰：此四章词句精辟，美妙动人。看来李先生与张老有着同样不堪回首的往事，也有着一样的高人情怀。

谢俫建明画师招饮

地僻应知人事简，秋来未误鹤书招。
欲持旧句融唐意，终惜新裁逊楚骚。
一径幽篁绿笋旺，半缸活水红鳞骄。
潇潇雨打芭蕉叶，也共凌霄试比高。

人间不复有愁城，绿荫清溪逸气生。
满架藏书入妙品，半屏染翰尽灵通。
花渲落日三分绛，帘卷南山一尺青。
都付贤东写粉本，淙淙流水听吹笙。

莺啼燕语风声柔，桂院晴光细细浮。
娟静绣球若有待，翩跹蝴蝶欲何求。
旋知丘壑胸中俱，聊托丹青腕底收。
五树梅花千行竹，管他冬夏与春秋。

评

一叶评曰：四章好句联翩，不愧诗界老手。“花渲”“帘卷”一联及“五树梅花千行竹，管他冬夏与春秋”等句，使人在美丽景物中悟出出世的情怀。

前寄长安李杨诗四章，不几日而和诗至矣，感而再寄

年来光景尘埃驰，风急飘来幼妇诗。

遁世难成怜我拙，闻名方悔识君迟。
豪情未减仍喧啸，野性无拘且放眉。
传说淮王鸡犬贵，计程应到蓬莱西。

长安苦雨秦州风，如晦鸡鸣两地同。
惭和嘉章怜故我，三生慧福羡苍松。
年华似水流难已，身世如云淡欲空。
容我岩阿常傲啸，逢人厌说夕阳红。

嫩寒庭院雨初收，花影如潮翠欲流。
岂独桑田能变海，似怜蓬鬓已生秋。
文章悔被虚名误，忧患皆因识字稠。
学得屠龙术未试，中宵忍泪看吴钩。

雕琢词章愧对夫，栏杆倚遍爱山居。
温柔乡本莫须有，国际歌还记得无？
浊世厌闻新甲子，明时怕捡翠珍珠。
年方八十顽而健，臣是高阳旧酒徒。

评

一凡先生评曰：怨而不怒，哀而不伤，诗旨得之矣。回味诗意，达观中隐含着对流年之深沉追忆，令人一读三叹。

赠甘谷雒济民同学兼索和

雨雨风风三十年，而今身在大罗天。
川原入目美无限，桃李及门红欲燃。
匣里寒光遥映月，帘前疏雨近连山。
起看朱阁晚霞艳，知是故人唱锦篇。

赠柳州先生

傍耤结楼好，南山列翠屏。
飞霞拂槛落，夜雨卷帘听。

穿牖禽声细，连城柳色青。
含饴看学语，快雪写兰亭。

评

漪竹阁主评曰："飞霞夜雨"一联是全诗着力处。

赠纪新青大姐

新青与余先后同系同师，为之惊喜。尝忆系主任李湘宸博士曰："献身教育，不可无专业精神。专业者，合敬业、乐业、勤业三种精神为一也。"言犹在耳，人已仙去，而余学书玩剑，一事无成，辜负师恩，不胜唏嘘。因为诗呈教。

得接音尘喜不支，巍巍学府忆明师。
梦回四十年前事，风雨芸窗小立时。

大代繁华四海春，天留一老看维新。
专业精神遗训在，尊前愧煞传薪人。

沁园春·祝第六届西交会

西部商潮，六逢盛会，争驾千帆。看羲皇故里，民康物阜；飞将家乡，锦簇花团。公路高速，天河注水，风物秦州最好看。迎远客，列琼楼广厦，美味绮筵。

交流发展无前。更广结新知与旧贤。想六盘山下，嘉禾滚浪；皇泽寺前，宝藏积山。大款巨商，腰缠百万，同来协作探灵泉。谈笑里，问经纶老手，谁着先鞭？

恭祝大邑望婴叟先生九十寿辰

九旬春又九旬秋，仰望大椿绿荫稠。
四世凤毛欣济美，六传翰墨继箕裘。
绮筵开处祝辞涌，弧彩悬时瑞霭浮。
陆地神仙何处是，蓬壶日月正悠悠。

台城路·谒成县杜公祠

凤凰山下清秋晚，山上啼莺婉转。古树新芽，石阶幽径，同把江山点染。雨丝初散。甚听彻涛声，水长天远。千载陈迹，宋元残碣摩挲遍。

当年渡陇时节，正黎元草草，长安叶乱。四野疮痍，七歌同谷，生计须眉气短。星移物换，看祠宇重光，山花烂漫。展拜诗魂，有馨香一瓣。

祝建市二十周年

二十年间事，惊天巨变生。
高楼连广宇，国道叠雄城。
边贸韩俄印，货郎新藏青。
和谐百废举，岁月正飞腾。

祝《天水日报》复刊二十周年

石上磨针功已深，良心万顷赖耕耘。
文章尽有风云气，心血凝成紫竹林。
照眼浮云掠凤翼，无穷事业听龙吟。
近来细读琳琅句，火样丹心酒样醇。

民智开通共此心，舆论导向值千金。
志存忧乐怀先哲，胸有丘壑励后人。
反腐倡廉扬正气，乘风破浪感春温。
层楼更上抒望眼，改革潮头气已森。

天水师院新图书馆开馆喜赋

两万平方七级楼，古今图籍萃然收。
云开陇坂晴千里，雨湿渭阳汇九流。
信息喜迎苦读客，网络常系御天舟。
秦州自古人文盛，更见腾飞据上游。

学海航行未有涯，冲涛直欲泛星槎。
人才秋实科研地，桃李春风博士花。
仙露明珠今有价，昆山方圃玉无瑕。
前沿更上阅千里，万丈光芒万丈霞。

赠双松馆主人　2005年12月6日

先生有道出羲皇，七步茅檐陋巷长。
考古屡擒拦路虎，图书却少集装箱。
欲将秋水明吾性，且领春风放夜光。
故纸因人成胜概，行间犹带奶茶香。

三十五年百炼身[1]，了无媚骨铁铮铮。
气清便觉秋容淡，寡欲始知春水深。
才辩有言皆隽永，心香无字不精神。
明时云树草原雪，又见先生髀肉生。

春风十里值千金，倚马万言笔有神。
涤砚不嫌池水冷，著书偏爱午窗阴[2]。
天机来处鬼神助，妙意萌时龟甲亲。
窗外双松[3]窗内影，分明对景成三人。

预栽花木待东风，泼辣文章海难容。
绿野春回生意足，青天月满化机工。
日长连理枝双秀[4]，风静兰芽露正浓[5]。
见说油腔滑调客，枉抛心力向苍穹。

注

[1] 先生大学毕业即分配甘南，到退休才还天水原籍，三十四年五月有余。真有“臣不敢望到酒泉郡”之慨，为之三叹。

[2] 故里所居为大杂院，书窗前恰为另一家房屋侧墙所遮，相距不足一米，虽纸窗正午，仍阴沉难耐。

[3] 先生斋名。

[4] 谓其贤妻张桂兰。

[5] 谓其一子二女也，女名李琪、李瑾，子名李瑜，皆幼。

丙戌正月随瑞峰先生访画师张友和

索处十年访问迟，窗前细雨织成丝。
人为秋水三千界，品似春山十二时。
鸟语花香皆好友，山光水色是明师。
多情更有如花眷，吩咐主人好护持。

蝶恋花·太京玉香观佛公桥春游

应张玉明先生之邀，作春郊之游，适前几天为扬沙霜冻天气，分韵得“胜”字。

山寺清明花似胜，杨柳尘沙，吹断野游兴。稓水潺潺声悻悻，空传云外神仙境。

芳甸桃梨莓李杏，农父辛勤，竟是南柯梦。子规飞过声未定，落英积厚回家径。

五　律

相随尽日游，兴与烟波胜。
惬意武陵春，清歌沧浪境。
山泉响应琴，萝月挂天镜。
野老为余言，从今无苛政。

丙戌小寒雅集含笑庵

寒欲新元尽，初阳气已新。
迎门有隐士，入座多诗人。
酒是红川酿，茶思顾渚春。
著书老不倦，君子乐天真。

登楼恣纵目，争说主人贤。

不饮贪泉水，幸无造孽钱。
栽培心上地，涵养性中天。
身外无长物，但求心所安。

评

一凡评曰：高怀与雅集同乐，素抱共诗友感发，是留赠之作，亦达观释怀之咏。

奉和根存老弟

曾经百斗老疲翁，马列嘉言学未通。
差幸皮顽身尚健，共栽花木趁春风。

附原作《呈犹未悔斋老人》：

历劫红羊未悔翁，讷言无碍五经通。
廉颇老矣尚能饭，陇上吟坛播惠风。

赠根存老弟

先生多情种也，与余订交于其悼亡妻后之三年，然每读其诗，仍多感伤语，恻然慰之以诗。

蝶梦三年冷，魂断离恨天。
杯盘曾笑语，蔬水说辛酸。
玉碎春如梦，珠沉夜似年。
潘郎情不减，日日闻佩环。

芝兰葱郁郁，君子自谦谦。
金石追秦哲，锥刀仰汉贤。
寂中得化育，心底无波澜。
无为情网役，好人天地宽。

附根存奉和诗：

我失侣三年，每念及伊人，悲不能言，近日犹未悔斋诗翁赠诗相慰，敬步原韵奉和。

情伤花谢日，徒唤奈何天。
孤馆栖身冷，残阳射目酸。
断魂惊一刹，聚首待千年。
若得卢生枕，连朝梦翠环。

束脩吾早备，夫子一何歉。
愧矣荒书剑，欣哉识哲贤。
焦禾逢化雨，止水起狂澜。
奋力追高境，神清路自宽。

奉和根存《再呈犹未悔斋老人赐教》

少小习闻半夜鸡，壮心直想五云齐。
村姑迟嫁成公主，淮犬升天附马蹄。
且喜姓名埋故土，尚思老病戍伊犁。
南山见说风光异，落尽梅花雪满蹊。

附根存原作：

灯火三更伴碧鸡，修成著述等肩齐。
启窗漫引唐时月，洗砚深藏晋代题。
绛帐春回育桃李，缥囊夜校动锄犁。
而今退隐归恬淡，桃李不言花满蹊。

含笑庵主人席上，根存又电传诗来，属合座皆和，老夫欲广其意，乃叠前韵

若耶江上竞相夸，越女溪头自浣纱。
八十老翁何所盼，有奇书读甚看花。

附原韵：

皓首红颜甚可夸，兰亭豪气透窗纱。
莫言时下寒霜锁，词笔频催二月花。

到清水天河酒厂采风

闻说天河欲采风，激情无限火云红。
便思打碎玻璃镜，还我青春酒样浓。

西风猎猎出寒郊，跃马登程兴倍饶。
雪后千山白似练，心情直与远峰高。

庞公石畔任流连，千丈朝霞映碧山。
十里酒香香不断，上邽人是酒中仙。

岱峰山下暖流生，莺啼燕舞碧波澄。
神泉日夜流千吨，毕竟南山佳气凝。

酒香花气袭人衣，清淡宜和靖节诗。
厂后奇峰突兀起，厂门正与岱山齐。

老窖茅台漫称豪，九粮大曲口难调。
莫若天公重注水，天河毕竟天之骄。

题孙良画师《毛驴图》

隔岸横塘十里青，相濡以沫望春晴。
不求金勒嘶芳草，要踏人间路不平。

天山细柳艳春阳，仕女淡妆赶集场。
驴背如舟骑正好，渡溪跨谷更腾冈。

春播一粒盼丰收，辛苦农家借箸筹。
却怪果仙不省事，倒骑驴背上瀛洲。

大苦大劳路万程，谁知黑卫畜中英。
天涯昂首长鸣处，似向秋风诉未逢。

百亩丰盈天又霜，面长额广北方强。
闲嚼枯草归来晚，不信世间无孙阳[注]。

伯乐空传相马术，青眼何曾到野驴。
却是孙郎差解意，神来画出千金躯。

信笔为之自有神，忘却灵驴是画图。
始知神龙另有种，不比驽马空横行。

注

孙阳即伯乐。伯乐本星名，职掌天马，孙阳善相马，因以名之。

悼史长顺先生

小陇林场说更新，前山忽报大星沉。
一生肝胆分泾渭，半世孝慈辨伪真。
羲里空悲失杰士，冀城此日萎哲人。
村中素帐接天白，父老黄童泪满巾。

牛年颂

农年纳福双从头，雪满郊原紫气流。
无垠风光黄土地，埋头只做拓荒牛。

斜卧谁知奉献真，芳名曾列鬼蛇神。
至今未改牛脾气，却有红心贵似金。

牧童挂角尚如初，今日可知世界殊。
科技飞腾讯息快，问郎牛背读何书。

闻马校长塔像即将竣工喜赋

岱岳竟摧折，渭河咽不流。

星沉元龙帐，月冷庾公楼。
岘麓羊碑峙，玉关象冢留。
凄凄哀动地，风雨四时秋。

题晓峰画《东坡居士图》

铁板何人唱大江，长公与我其华霜。
燕子飞来绿水去，却得端溪翰墨香。
是仙是佛总无因，笠屐萧然画里真。
一语告君应太息，乌台诗案又翻新。

杜公西行感怀

苦吟悔被浮名误，忧患皆因识字多。
不欲著书在尘世，无端啼泪对山河。
寒风振叶纷纷下，暮雨将愁缓缓和。
三五知交无恙否，可能缩身旧渔蓑。

短学长吟不肯休，天荒地老一诗囚。
笔逢妙手下双管，墨到旧时磨两头。
水可涤烦何必酒，药难疗病况于愁。
人生百岁如朝露，妻子抛却作远游。

秋怀为雨复为烟，白眼看天欲问天。
顾影每伤身是客，怀人其奈夜如年。
一声旅雁酸难听，半壁寒山瘦可怜。
地老天荒诗思尽，苦吟尽日不成篇。

人海怅与妻儿行，不成忧患转愁生。
暂凭寤寐留清梦，聊托音书寄远情。
窗下晚风闻病蟀，叶间凉月见残萤。
年年寂寞吾能惯，忍把浮名与俗争。

疮痍遍地欲辞去，生计烦难未可嗟。

多难只缘文作祟，怜君岂意骨埋沙。
有灵欲奏通天表，无地能容泛海槎。
望得知交何处寻，谁能为我作东家。

秦州颂

古城景色幽，荒域变芳洲。
翠岭浮烟雨，松涛引海流。
春华桃李艳，秋实稻麦优。
骑鹤扬州客，腰缠十万游。

登麦积山馆怀仲翔先师

散花楼上雨如丝，万佛洞前忆大师。
其事其人两不朽，小窗风雨立多时。

贺友声国乐社成立歌

麦积苍苍，渭水洋洋；
丝绸故道，文化古邦。
唯乐社之多士兮，孕育发祥。
伟大民族之正声兮，继承发扬。
听八音之并奏兮，丝竹笙簧。
一曲虞遥之熏风兮，河清凤翔。
高山流水兮，知音难忘；
愿我同志兮，为国争光。

无　题

建言大治兴开放，参政小康今送穷。
改革成果震海外，前途遥望气尤雄。
十亿神州今焕彩，千秋伟业古难同。
花繁似锦人间换，雨露阳光遍地春。

静夜思

满架书惊昔日梦，多情月映一帘钩。
了无俗韵干明主，尚有闲情寄远鸥。
落日数峰浓淡淡，盆花一树故羞羞。
一语告君应太息，春风不绿老人头。

无　题

山淡风清酒意侵，遥见天边月一轮。
泠泠清光增酒兴，秋虫何事苦唧哝。

烟月不堪思往事，山川常是送行人。
不使珠玑流满地，只凭文字作编年。

山中日望秋桂老，天边时寄白云思。
种成红豆相思子，旋寄青鹣比翼文。

四案版图归汉统，五凉风土远忧天。
弦误乐曾移柱拂，香多何碍隔帘听。

李杜高岑去不回，吾家文物已成灰。
讵怜野店寒窗外，冲寒怒放一枝梅。

题　赠

中华崛起赖多才，慧眼知君识未来。
东去春来应有价，昆冈片玉映梅台。

不仅诗书文字幽，空灵剔透妙难收。
凭窗空望足双健，游遍东西南北欧。

邯郸学术乐陶然，老至犹研诗韵编。

碌碌自知心力懒，寸心自许尚如丹。

借君扛鼎挥毫雄，野火熊熊连化融。
为我题答七个字，中流驻足赏黄钟。

初　春

琴溪桥畔季春初，茅店人临绿水居。
日暮儿童挑苦麦，呼娘和煮酸菜鱼。

春日喜雨

一夜催云厚，晓来雨满田。
查墒相竞往，衣湿尚流连。

沁园春·五月

放眼园开，玲珑原野，雨过红阳。剪栅栏护守，常年翠柏，纷纭怒射，紫耀丁香。蹊径迎来，蜂飞蝶舞，惹尽芬芳淡晓妆。春正好，欲铺开方格，先自神伤。

郊原定涨池塘。望皱绿硕杯擎夏乡。是将开鼎盛，已报衰落；风声夜起，必看仓皇。花落无情，花开有意，莫过悄然上画廊。思于此，便怅然昨日，何不思量。

初　夏

晴明风日雨干时，草满花堤水满溪。
童子柳荫眠正著，一牛吃过小河西。

浣溪沙·喜西部开发

开发重心今转秦，天缘机遇赐西民，玉门关外遍生津。
水水山山增活力，村村寨寨焕精神，宏图大展共迎春。

雨花吟

冀城风物四时春，婴叟家住柳汁村。
冀城花雨纷纷下，绿水青山直到门。
此老日弄管城子，秦碑晋帖供驱使。
黄庭经换山阴鹅，挥毫擢贵洛阳纸。
龙擎虎踞银钩勤，鹤舞鸿飞瞠目视。
此老而今邦之雄，七十老人日融融。
今来秦州作展出，又见每日挥毫疾。
如许求者应不暇，九天仙女来散花。
电波传遍陇山川，踵门求字户限穿。
况复耳聪身犹健，朱圉晚霞带笑看。
朱圉山高渭水深，山高水深见精神。
意拙自愧天所限，爰笔赠君雨花吟。

《天水十二景》月份挂历画配诗（部分）

水帘仙洞

一水飞瑗带，连峰耸翠屏。
孤露天际落，图画费丹青。

赤峪丹灶

丹灶今犹在，石林九泣痕。
四围芳草绿，独自忆王孙。

玉泉仙洞

云隐松声细，月明鹤梦闲。
真人不可见，洞外草芊芊。

伏羲卦台

纵目穷天宇，帝乡有卦台。
时清一画现，云净六爻开。

老寺逢春雨，丰碑隐惊雷。
分心石尚在，龙马几时来。

飞将军墓

文峰高耸陇云开，石马朝朝隐巨雷。
指点墓门桃李笑，将军昨夜又飞来。

石门仙境

秋意萧竦入石门，层云老树列前村。
山中道士知何去？闲煞江湖万里心。

成县至武都道中所见

水清林静野花喧，山秀宛如碧玉簪。
偷得漓江泼墨画，轻车吹梦过红川。

祝望宸先生画展成功

醉墨翻波澜，奇雾云地录。
精气入腕底，花雨落案前。
狂草风神具，真书筋骨兼。
乃知功力厚，扛鼎笔如椽。

猗竹阁公子高考得中，欣然命笔

十年磨一剑，乐教初丰收。
允矣断机孟，贤哉画荻欧。
冲天原有志，破浪自风流。
万里蓬山近，晴宵看状头[注]。

注

宋亦有呼状元为状头者。

题黄进诚先生《鸿盛社与李轩》一书问世

梨园兴衰史，脸谱识忠奸。
高台资教化，百岁赖承传。
曲传真善美，调重赤白玄。
黄生邦之彦，交游乐自然。

第一次杜甫学术研讨会感赋

九陌红尘十丈深，
三郎消瘦泪如潮。
马嵬更有如雪貌，
隔着黄土不能生。

黄四娘家花满蹊，
推梨让枣邻心知。
无端激起仁者想，
一回思去一沾衣。

四邻多垒狙公死，
九歌痛楚长者心。
千载山中作胡语，
更向何来精气神。

学杜有感

流血边庭动地哀，细柳新蒲草渐肥。
千古文林争嫡派，拳拳君国杜陵才。

铃声一夜短复长，新曲谁还忆三郎。
不信人夸新调好，离宫前夜奏霓裳。

裁云镌月变宫商，念奴悄悄伴诸郎。

吞声不尽忧国泪，误国岂只李与杨。

漫言昨是与今非，何处穷途可振衣。
雕龙绣虎寻常事，可能妙谛启心扉。

不妨泼墨画桃符，南胜北强韵渐疏。
莫向隋唐问消息，中原音韵久模糊。

纪念杜甫流寓陇右1250周年

马乱兵荒两由之，古道西风鬓有丝。
携妇将雏书生苦，愁向陇坂渭水时。

苍然儒冠误一生，穷愁无计向国门。
东邻妇人多少泪？可怜攀树已十春。

昨夜霓裳翻新词，隔着黄土几丈尘。
开元天宝空说是，长陵何人说太真。

颂杜少陵

（一）

诗人遗迹有无间，惟有诗文照人寰。
不尽秋风梦白也，无边月色映大千。
诗在明时才见重，神疲生计远游难。
光芒万丈无人识，独立孤城万仞山。

（二）

车自东南出峡门， 西枝已是百家村。
成排河柳分堤绿，近岭暮云四野昏。
遍问无人知杜甫，渐看有月送花魂。
市场经济多元化，久弃诗文何足论。

（三）

一代枭雄在望中，北山不见隗嚣宫。
旌旗失落云天外，破戟深埋泥土中。
野望已成新世界，酸辛谁念旧诗翁。
四郊战垒知何在，落叶长安望大同。

（四）

老树空庭叶不凋，风姿生态上云霄。
双柯每许承风雨，百鸟频来梳羽毛。
自信文名分二陆，天生才气压三曹。
忧民爱国全无敌，万丈光芒日月高。

瞻仰南郭寺杜甫塑像

年荒兵乱两由之，坐对西风鬓有丝。
大野皇天书生苦，犹说开元天宝时。

鼙鼓渔阳动地哀，伤心只为一人来。
流离颠沛身无处，万姓柴门泪痕渍。

天水门氏佳城颂

仙山藐峙，仙气馥香，仙班阵阵，仙鹤翱翔。
懿欤盛哉，天赐麟趾。郁然屏矣，地得牛眠。
吉地呈祥，瓜瓞绵绵。两宅永昌，千秋万年。

题赠朱毅同学

天水师专中文系学生朱毅，积八月之久，硬笔小楷写成140米、99万字的《红楼梦》长卷，余为其执着精神所感动，率成三章以赠。

青埂峰前韵味醇，玄文秀字更堪珍。
当时暑往寒来夜，想见凝神搦管人。

纷纷轻薄竞风流，纸醉金迷未肯休。
华夏文明积淀久，谁曾圆梦录红楼。

百万字文硬笔成，通灵奇石氤氲生。
恒心圆处蟾光满，表字真堪以毅名。

致逍遥山庄主人

胸臆直抒至性陈，铅华尽处展经纶。
谁知吐火喷云手，曾是打工流浪人。

满地飞琼带雨疏，池塘灼灼绽芙蕖。
春烟秋草知多少，坦率清新总不如。

西子湖平镜面开，富春江上钓鱼台。
怪底疏傲清狂气，曾饱江南烟水来。

《遣怀》《夜饮》笔如神，《致女友》诗见性情。
篇篇皆成赤子语，词坛继起有新人。

创业艰难胆欲摧，成名竖子釜鸣雷。
他生愿作伽兰使，十万金铃护善才。

致逍遥山庄主人次韵奉答

医时有策向谁陈，聊向商潮试钓纶。
堪讶金鱼常掉首，只缘身是读书人。

诗事亲亲世事疏，素轻桃李爱秋蕖。
一枝相对清光满，百艳千香总不如。

岁岁花开运不开，谁将金屋换金台。
多情幸有西湖美，容我琴书笑傲来。

寻章琢句费精神，侥幸微名岂慰情。
实业无成吾自愧，神州处处有穷人。

不避飘零风雨摧，有人平地唤惊雷。
狂来我亦忧无醉，虚耗良辰长废才。

赠汪彤女士

诗圣祠前人海深，天生丽质满苑春。
英雄儿女非非想，巾帼须眉飒飒风。
火候十全抡剑檄，传薪一线精气神。
寄语云间嘉伉俪，月朗风疏梦也清。

侄辈来，谈及老院已易主，门前垂柳巍然合抱

苍苍尚忆儿时家，垂柳闲栽嫩笋芽。
土屋三间曾读圣，纸窗四面容飞霞。
秋风万里蒹葭瘦，明月一川古道斜。
风雨坎坷人已老，何时把酒话桑麻。

题《姜锐墨迹选》

香到梅花色更浓，瓶庐难锁老英雄。
一肩书剑反公绩，满腹文章叹数穷。
尚有逸情沉古籀，是真家兴鸾西风。
三杯参酒酡颜醉，西岭晚霞别样红。

鹧鸪天·贺天水师院建校五十周年

龙腾凤翥看今朝，半百耕耘满园娇。无边光景龙孙竟，不尽风情凤尾摇。

时雨露，挺高标，校园处处绿云飘。凌霄拔节竿竿劲，引得晚雏列队朝。

2009年10月18日于犹未悔斋病榻

书赠丹妮、丹桐小孙

读书好比上山坡，越上越高景致多。
事事留心有学问，年年优秀一支歌。

读书好比上高山，上到高山眼界宽。
不怕困难攀到顶，千红万紫耀人间。

读书·示窦嘉义小外孙

年纪小小志气高，腰横秋水雁翎刀。
闻鸡起舞寻常事，敢向科技觅逍遥。

甘肃诗词界悼念追忆张举鹏先生逝世诗词

悼张举鹏先生

萧雨涵

陇山曾把晤，三纪等闲过。
敏讷年犹少，流离劫亦多。
鼾声能揭瓦，清泪岂营窠。
文字多拖累，时乖信不讹。

萧雨涵，重庆武隆人。甘肃省诗词学会副会长。

金缕曲·哭恩师张举鹏先生

李蕴珠

噩讯伤怀抱。正重阳，霜枫残叶，一庭谁扫。何日更生余蝶梦，烟锁埋愁古道。风瑟瑟，低吟苦啸。笔架山头悬夜月，料诗魂，依旧批《吟草》。晨露冷，请加袄。

人间无处觅师表。最堪怜，裁云镂月，赋工词妙。历落崎岖悲世路，辜负心期多少。尤辜负，张先才调。九死衷肠犹未悔，效汨罗，天也何曾晓。飞雨泪，渍遗稿。

李蕴珠，女，甘肃天水市人。甘肃省诗词学会副会长，天水市诗词学会副会长。天水明德诗社社长。

缅怀天水张举鹏吟长

尹　贤

传薪力耧耕，兰蕙浴春风。
一帜扬秦陇，文林仰令名。

尹贤，四川武胜人，生于1929年。甘肃省诗词学会原常务理事，《甘肃诗词》原主编。

悼张举鹏先生文

艾　叶

重九闻噩，秋云变色。诗翁身殒，万人垂泪。悼其人也，典范贞操；诵其文也，仰止高山。此古之所谓可祭之乡社者也。今其魂归，岂与靖节先生饮酒赋诗欤？抑共摩诘先生登高而赋茱萸欤？顾先生一生，品德誉于生前，诗名垂于身后。年八十有五而归道山，亦诗人之寿者也。夫子既逝，风雅云亡。系剑断琴，其在斯人也，其在斯人也！

艾叶，甘肃天水市人。中华诗词学会会员，中国楹联学会会员；甘肃省诗词学会理事，甘肃省楹联学会理事；天水市诗词学会副会长，天水市楹联学会副会长。

［中吕］山坡羊·追忆张举鹏先生

姚　越

目光如炬，诗吟成趣，留遗多少惊人句。腹诗书，俱珍珠。
骚坛陇上驰清誉，浩劫十年尝尽苦。嗟，空自语，茶，情共煮。

姚越，甘肃天水市人。甘肃省诗词学会常务理事，甘肃省散曲委员会常务副主任，天水市诗词学会副会长。

采桑子·挽张举鹏公

张心研

举鹏诗翁仙逝，忽念及莲亭修禊事，犹历历在目，不禁怅然若失。

诗坛痛失斫轮手，律绝高标，楹对清超，更倩何人育圃苗。
莲亭修禊今犹记，藤架香飘，斗酒谈骚，披月归家兴未消。

张心研，甘肃天水市人，1928年生。一直担任中学语文教师。曾为秦州区第二、三届政协委员。著名诗人。

挽张举鹏先生

韩玉琳

雅斋闲步入冥疆，留得书笺漫屋香。
十载牛棚犹未悔，千株桃李亦流芳。
常吟万里山河秀，尤恨五侯鱼酒狂。
一席瑶台迎客夜，诗魂仍惦庶民康。

韩玉琳，网名含笑庵。1937年生，河南滑县人。天水市诗词学会原副会长。曾供职于甘肃工业职业技术学院，副教授。

悼张举鹏先生

蔺怀翎

久崇辞赋名，屡访举鹏兄。
贤嫂热情待，拙诗宽厚评。
洪荒曾受难，改革已甄平。
正遇好光景，何堪过早瞑。

蔺怀翎，陕西吴旗县人。曾任天水地区建委主任，离休干部，诗人。

挽张举鹏先生

王金慎

每去秦州探恩师，犹恨离世送公迟。
往事历历多兴叹，世道坎坷疏鬓丝。
文事辛劳累夜夜，家务繁冗有谁知？
万卷诗书遗后世，清波粼粼泛涟漪。

王金慎，甘肃甘谷人。曾任甘谷县文化局局长，县政府副县长，县政协副主席，县委统战部部长。甘肃省书协会员，天水市书协常务理事，甘谷县老年书画研究会副主席。中华伏羲文化研究会会员，甘肃省伏羲文化研究会理事，甘谷县伏羲文化研究会副会长。

张举鹏先生仙游十年纪念

雒　翼

文坛仰山斗，羲里树吟旗。
琢璞成荆玉，逢贤说项斯。
更生诗织锦，无悔赋镌碑。
忝立门墙久，叩钟常恨迟。

雒翼，甘肃甘谷人。甘谷县诗词楹联学会会长，甘谷县老年大学副校长。曾任甘谷一中校长。

张举鹏先生逝世十周年祭

刘向京

一去匆匆已十年，门墙仰止恨无缘。
三千桃李推宗匠，四卷诗书识大贤。
德泽深孚桑梓望，文章幸有子孙传。
佛乡西顾徒惆怅，渭水朱山两渺然。

刘向京，甘肃甘谷人。甘肃省诗词学会理事，《甘肃诗词》副主编，天水市诗词学会副会长。

张公举鹏先生逝世十周年纪念

李来子

故乡多俊彦，鹏举渭河滨。
笔鉴班超志，鸡闻祖逖神。
靖梅萌馥郁，陶菊耐清贫。
不负先生荐，程门锻老身。[2]

李来子，甘肃甘谷人。甘谷县诗词楹联学会副会长。2004年由张举鹏先生介绍加入中华诗词学会。

悼张举鹏先生

胡喜成

茱围其颓矣，凉飔值暮秋。
青山立何语，渭水有长流。
把臂曾同社，论诗共上楼。
摩挲余手迹，萧瑟对苍洲。

胡喜成，甘肃秦安人。中华诗词学会会员，中国楹联学会会员，天水诗词学会理事，《渭滨吟草》原主编，谪仙诗社副社长。

轸悼犹未悔斋老人

李　桥

冷暖经年悔未询，玉山倾倒不回春。
倩谁泣血侍吟草，策力鸣风颂渭滨。
口诘讷言心似镜，诗标清格笔如神。
恩师勖励岂能忘，抱朴光尘弥久新。

李桥，女，河南洛阳人。天水诗词学会原副会长、《渭滨吟草》副主编。

挽恩师张举鹏先生

杨玲玲

灵前拜倒泪纷垂，何许先生大化归。
从此骚坛诗境渺，当时桃李韵文亏。
瀚篇冰雪文传世，儒雅清风口代碑。
今后重阳成共忆，秋云惨淡雁天悲。

御街行·张举鹏先生三周年祭

杨玲玲

城南依旧梧桐院，伤怀事，难驱散。良师已作佛乡人，还是黯然伤感。诗情已去，诗魂常在，不觉流光转。

菊开时节清香漫。天晴爽，愁分半。好吟弟子聚程门，来为先生行奠。焚香礼拜，停杯追想，历历睹遗卷。

杨玲玲，女，甘肃天水市人。《渭滨吟草》原副主编。

悼张举鹏恩师

张根存

魂断重阳日月斜，灵前伫立漫嗟呀。
原知年迈笔仍健，常盼诗丰寿亦加。
怅望堂前冠似雪，追思教诲泪如麻。
大星虽陨光犹烈，落地皆成铁石花。

张根存，笔名张子凡，甘肃天水市人，《渭滨吟草》原副主编。

凭吊犹未悔斋姑父

王　静

淡泊襟怀水样清，重阳归去晓霜生。
情犹未悔文如酒，心本无机碑自名。

帘外秋风催烛泪，坡头晚菊负诗盟。
从今敲句倩谁问？叶落寒窗梦不成。

清平乐·重阳怀犹未悔斋姑父

王　静

霜清人远，独对诗千卷。野菊开时秋兴浅，怎遣书窗愁暗。
诗意如酒如琴，常记白发童心。淡泊生涯无悔，谁知万壑胸襟。

王静，女，甘肃甘谷人。甘肃省诗词学会女子工委秘书长。《渭滨吟草》原副主编，张老先生侄女。

悼张举鹏先生

赵黎明

青纱挽帐泪双痕，怅惘西风哭寝门。
秋冷水寒鸠杖杳，欲从何处觅诗魂？

悼张老举鹏先生

赵黎明

一

凄风苦雨黯秦州，闻说先生去不留。
桃李满园凭手育，吟旌高树赖心筹。
千秋硕范人皆仰，一代文宗孰与侔。
渭水无言诗苑静，倩谁执耳问青牛？

二

噩讯初闻疑误传，先生已作月中仙。
素车白马哀长路，冷雨秋风哭大贤。
犹忆诗情浓似酒，何期步履快如烟。
渭滨人誓承遗愿，再续吟坛锦绣篇。

张举老仙游三周年追思感赋

赵黎明

一

白纸成灰情未灰，三千弟子上坟来。
郊原野火烧衰草，墓道秋风长绿苔。
搜我枯肠空有泪，辱君青眼愧无才。
渭滨又唱招魂曲，吊祭追思奠酒杯。

二

少陵祠畔曲栏西，诗稿呈公为我批。
旧址依稀庄蝶舞，苍烟缭绕暮鸦啼。
梦中胜会春风暖，雨后孤坟宿草迷。
犹未悔斋人在否，阿谁再读壁间题？

三

束花樽酒拜坟前，泪洒西风落叶天。
原说仙乡才万里，讵知佛国已三年。
白云飘去春帆远，黄鹤归来秋月圆。
又是重阳惆怅甚，松楸墓道锁寒烟。

四

早有诗文传域内，更开风气壮秦州。
红尘不驻音容杳，黄土无情草木秋。
遍野菊妍花气散，弥空云淡雁声愁。
知公尚赴瑶池会，闲作天庭汗漫游。

赵黎明，甘肃秦安人。供职于秦安农业银行，著名诗人。

怀念犹未悔斋老人

张晓刚

心疏久不近文章，自别先生韵律荒。
难有奇逢闻雅事，再无坐对话沧桑。
从来故里游风盛，此去清秋思念长。
遥望秦州孤寂地，一年又是菊花黄。

还记银坑共赏春，霭云深处指迷津。
若将白雪融成水，却把金针施与人。
如笋高才知雨润，似痴后学享风醇。
常思教诲再难觅，每近重阳心漾鳞。

张晓刚，甘肃天水市麦积区人。天水市麦积山诗社秘书长，著名诗人。

怀念恩师张举鹏先生

李秋明

一

离别恩师在北梁，秋风满目草枯黄。
泉台此去无亲友，天冷凭谁添厚裳？

二

忌辰不忘在重阳，雨冷风寒卧土冈。
去岁才流坟上泪，今天又抚草头霜。
久闻魂魄可游梦，频想友朋能举觞。
烧纸随烟呈您去，盼望仍批我文章。

李秋明，甘肃秦安人。著名诗人，作家。

痛悼犹未悔斋先生

马星慧

挽联铃信默传扬，陇上诗翁驾鹤翔。
病榻未探深愧疚，音容才忆愈彷徨。
啸吟渭水激清浪，照耀骚坛布瑞光。
多少追风痴韵士，焚香虔敬祭千觞。

马星慧，女，甘肃秦安人。供职于南京大学。著名诗人。

哭张举鹏

汪中琦

耤水靖山布云横，白头人送同龄人。
谁容坛上空恋友，我放悲声泪吊君。

汪中琦，天水地区教育处办公室原主任，系中华人民共和国成立初张老在省政府办公厅的同事。

挽张举鹏先生

紫　桐

立身莲花上，足登极乐天。
心成菩萨佛，佑我汉家贤。

紫桐，女，原名张向红，斋号沁菊轩主。甘肃天水市麦积区人。著名诗人。

忆天水关采风缅怀张举鹏先生

阎桂林

家山九月正重阳，古道风情似画廊。
金菊缤纷迎雅客，吟心烂漫赋华章。
含羞一见方家面，应愧十年学子肠。

还记当初思索句，至今存稿润心房。

阎桔林，甘肃天水镇人，著名诗人。

悼张举鹏先生

张汉云

陇右骚坛落大旗，为悲缟素首低垂。
文章道义芝兰润，渭树江云玉石离。
内圣倾葵犹未悔，灯寒苦柏不曾移。
已空楮墨雕龙手，热泪纷纷夜雨随。

张汉云，甘肃天水市人。诗人。

挽张举鹏先生

薛国荣

才闻身爽健，孰料倏为仙。
诗誉盈天水，文星殒陇川。
无缘聆指点，有幸获言传。
词苑花开盛，同吟泪涌泉。

薛国荣，甘肃秦安人。著名诗人。

怀念犹未悔斋主

颉军红

斯人已赴瑶台宴，留得诗篇入楚吟。
桃李春风承雨露，悠悠渭水续骚心。

颉军红。甘肃甘谷人。教师，书法家，诗人。

张举鹏先生十周年纪念

毛有全

少年常挽射雕弓，曾入金城邓幕中。
乐赴芳园开气象，精编吟草领新风。
多艰遭际少陵老，博富诗才仁裕翁。
愧我后来终不遇，怅从遗句识音容。

毛有全，甘肃甘谷人。教师，警察。著名诗人。

悼张举鹏先生

孙　斌

馨香别蕴绕东篱，紫府仙游未有期。
未悔堂前空置酒，陶公门下久无诗。
竹林大雅添余恨，桃李春风念旧时。
一自重阳归去后，吟坛木铎更谁持。

孙斌，甘肃甘谷人。诗人，供职于兰州《读者》杂志社。

缅怀犹未悔斋先生

张玉明

万里鲲鹏举，诗坛不老翁。
清词追宋雅，妙语启阿蒙。
渭水童心永，夕阳鹤发红。
聆听多教诲，逸韵念高风。

张玉明，甘肃天水市秦州区人。天水市诗词学会会员，天水市作协会员，中学高级教师。

赏更生斋祖父遗稿

张晓翔

人去笔缄藏，斋空墨尚香。
诗书勤拂拭，世事即文章。

张晓翔，甘肃甘谷人。爱好书法、诗词、楹联。张老先生侄孙。

甘肃诗词楹联界闻张举鹏先生《犹未悔斋诗文集》付梓贺以诗联

闻张举鹏先生遗诗付梓有题

成文生

清芬疑是雪中梅，陇畹耕耘一世才。
子孝而今雕汉简，当吟曲赋在云台。

成文生，甘肃静宁人。甘肃省粮食局原副局长。甘肃省诗词学会会长。

祝贺甘谷张举鹏先生诗文集出版

王传明

山川毓灵秀，古冀出精英。
诗以艰辛好，人因儒雅名。
世间无乐土，天外有瑶笙。
幸赖贤儿女，一编焚父茔。

王传明，山东阳谷人。兰州大学文学院教授。甘肃省诗词学会副会长。

解连环·张举鹏先师《犹未悔斋诗文集》刊行有感

李蕴珠

仰之难极。叹青山渐老，杏坛今昔。算梦里，别有闲情，正裁剪绿章，忍抛心力。聚散无常，竟辜负，诗笺词笔。对秦风楚些，吹损清箫，泪眼淋沥。

当年旧题雪夕。任形容瘦影，犹费丹墨。算平生，稽故雕新，腾千首长留，世典尘迹。化鹤来归，料带转，天庭消息。听霜夜，及门弟子，啸吟漫忆。

陇上著名诗人张举鹏先生诗集付梓，赋呈一律，藉申贺忱

陈乐道

忽来微信透初春，艺苑谁堪什袭珍？
步武少陵传雅韵，襟怀麦积挟风神。
龙蛇并舞挥椽笔，文史双修映渭滨。
回首像山矗千载，诗留珠玉仰斯人！

陈乐道，甘肃永登人。甘肃省诗词学会原理事，甘肃省楹联学会副会长，中国楹联学会理事。

贺张举鹏先生诗词楹联集付梓

秋　子

寄意吟坛，为中华韵事树旗吹角；
含情联苑，聚陇右骚人扛鼎领衔。

秋子，本名申晓君，甘肃人民美术出版社原调研员、编审，甘肃省书协原副主席，甘肃省文艺评论家协会副主席。

贺张举鹏先生作品结集出版

徐维强

陇上话才人，看风翥鹏抟，长领风骚夸巨擘；
庭前生玉树，数根深枝茂，好将事业付名山。

徐维强，甘肃漳县人。中国楹联学会、中华诗词学会会员，对联文化研究院研究员，甘肃楹联学会副会长、青年委员会主任，甘肃省工笔画协会会员，中国楹联学会青年楹联研究会理事，甘肃诗歌创作研究会副秘书长。

恩师张举老仙游十一年，欣闻诗文集即将梓行，联以志之

廖海洋

学问冠时，操行卓世，八五寿高吟逸响，十一年再溯流光，此际读遗编，翰藻通神，珠玑满纸，始信先生犹未悔；

渭滨作赋，绛帐传经，两千篇永贮名山，二三子长涵法乳，重来寻往事，诗联共奠，茶酒虔斟，深铭教泽岂能忘。

廖海洋，甘肃甘谷人。甘肃省楹联学会副会长，甘肃省诗歌创作研究会副会长。

雪韵·贺张举鹏诗翁雅集付梓

张寿镒

铁树银花老杆身，渭滨陇右广知闻。
争先领报熏风暖，携后犹招满苑春。
荟萃群芳作盟主，独妍疏影见精神。
曾经肃杀遗香在，尊睹霜华得识君！

张寿镒，原籍河南。兰州城市学院艺术学院教授。甘肃省诗词学会顾问，甘肃美术家协会会员。

怀念甘谷张举鹏先生，兼贺遗集出版

曹兴章

佛乡毓秀仰灵山，渭水云天育大贤。
诗词骈赋皆称道，继世福德代代绵。

曹兴章，四川万源人。中国楹联协会会员，甘肃省书法家协会省直工作委员会副主任委员，甘肃省楹联学会副秘书长。

张举鹏先生逝世十周年暨诗文集付梓感怀二首

侯金保

今代诗人张举鹏，遗风犹在著文弘。
梦寻杜甫征程远，心羡屈原正气凌。

未悔斋人陇上狂，锦纶满腹写华章。
名家不少传诗意，总表曾经弟子行。

侯金保，甘肃天水市秦州区人。毕业于西北师范大学中文系，高级经济师。中华诗词学会、中国楹联学会会员，天水诗词学会会长，天水市楹联学会副会长。著有《三余杂录》一书，与人合编《天水古今诗词选》，均由中国文联出版社出版。

浣溪沙·闻张老遗作付梓致贺

姚　越

谋面未曾素具闻，夜深酬唱往来频。吟坛陇上一时春。
“敢有豪情超旧韵，能无椽笔颂新人。”先生厚望叹殊伦。

我佛乡人意自真，心犹未悔见精神。唐音宋韵况清醇?
古道寻幽生感慨，渭滨吟草忆艰辛。诗坛追往叹龙麟。

张举鹏老诗集出版有贺

胡喜成

肩挑日月载歌还，一路红桑槛外敫。
犹闻健笔惊三界，早有高名播两间。
朱围星霜石鼓响，清流激荡野云闲。
曾同结社嗟何及，巨帜遥张天水关。

读张举鹏先生诗，爰赋七律一首以赠

胡喜成

笔卷秋蛇岂等闲，弹冠星月载诗还。
壮游曾上青云路，正气遥瞻朱圉山。
为雨为霞是非外，一觞一咏水天间。
新裁丽句已盈箧，自对秦川展笑颜。

金缕曲·犹未悔斋姑父诗文集付梓

王　静

十载离愁绕。望葱茏、南山谁写，东篱诗稿。湖岸西风何萧瑟，寂寞案头《吟草》。忆秦陇、绿云烟袅。绛帐春风曾说道，引杖藜、便踏青山好。城郭外、杏花早。

冰心难与遭逢老。最霜晨、乡音谁识，吟肩青袄。照雪梅窗重洗砚，盼得月明清晓。叹白发、惊人才藻。遗落珠玑应无价，更重阳、想见诗翁笑。观集锦、意多少。

读更生斋主人诗文集

谢景繁

看戏人间走一遭，批风弄月带云涛。
羲乡岭上承天道，石像崖边引口醪。
步履如新霜草白，吟笺依旧性灵高。
重温一祭老盟主，家有墨香园有桃。

谢景繁，甘肃甘谷人。甘肃省诗词学会会员。中学英语高级教师，诗人，著有《山陬看云集》《知露集》。

张老诗集付梓感怀

景凌云

羲皇公祭献祈文，古韵新声颂立勋。

史苑骚坛勤润泽，墨池词海著耕耘。
渭滨结社诗风蔚，秦陇滋兰桃李芬。
清誉流芳垂世范，赓飏健笔任凌云。

景凌云，女，陕西凤翔人。诗人，曾任天水市科技局副局长。

鹧鸪天·恭读张老伯父《犹未悔斋诗文集》感赋

贾锦云

别具才情别有天，渭滨树帜聚诗缘。
高怀化作东篱句，锦卷翻开大雅篇。
新桂酒，小青莲，清辉犹照碧湖边。
陇原一带金声振，遗玉松风后世传。

贾锦云，女，甘肃天水市麦积区人。诗人，现任天水经济技术开发区税务局三级高级主办。

更生斋诗文集付梓感怀

张晓翔

案上砚空呈，堂中手泽横。
十年心漠漠，几度泪盈盈。
佳句传秦陇，清名响玉筝。
慈言犹在耳，家训有余声。

甘肃文化界评析张举鹏先生诗词楹联文章

张举鹏先生《天水农村杂咏》浅析

李蕴珠

张举鹏先生《天水农村杂咏》15首登载在《渭滨吟草》第六辑。组诗描绘了一幅改革开放后田园风光的图景。立意新颖，不落前人窠臼。独具慧眼，比较深刻地反映了农家忧乐。组诗中展现了新时代农家的欢乐图景，开一代新田园诗诗风，引领时代风骚。诗文准确地反映了社会现实，诗人笔下的农家乐与旧田园诗中反映的知足、安逸的农家乐有着显著区别，给田园诗赋予了新的内容。

诗人首先塑造了一组有时代气息的农村新人形象。有“争说甘甜彼此同”“光阴真个老来红”的老农，有“风姿潇洒胜诗人”的倚杖田翁，有“郎播种子妹扶犁”的陌上最俏人，有“剪裁大地文章”“争登驾驶台”的姑嫂，有“拉着阿婆讲赖宁”的儿童大毛。个个形象生动，呼之欲出。

诗人笔下的农村不仅有“桃花映粉墙”的“胭脂水”，有“疏离高柳草如茵”的十里清溪，还有千年“旱原”所变的鱼塘；有“轧轧吼”的“铁牛”，有碾麦场上“颗颗珍珠任品评”的“杂交小麦”；有“村北又添”的“开门生意闹如花”的乡村酒家，有“硕果压枝低”的园林；有“乱摊红叶卖秋梨”声声叫卖的农民。真是目不暇给，美不胜收，展示了一幅新农村生机盎然可与《清明上河图》媲美的长卷。

在反映农家乐的同时，诗人慧眼独具，还刻画了一个渴望有足够化肥指标的老农形象。

塑料大棚暖气生，备耕归去月儿升。
化肥闻说指标紧，磕着烟锅恼到明。

化肥是农业生产的重要物资。化肥到哪里去买？为什么指标紧？可能这是个没什么门路的老实农民，他能做的就是恼到明。而且他应当还是一位没有脱贫的农民，因为他吸了一夜闷旱烟，仍然是磕着烟锅，一支纸烟都没有。可以说，这首诗里蕴藏着诗人对老实淳朴农民的无限同情之心。读了他的诗，悯农之心油然而生。在刻画老农的同时，诗人着眼于深山更深处，指出尚有未脱贫的人家。

莺语蝶飞碧水深，桃红又是一年春。
深山极目最深处，尚有人家未脱贫。

读到此处，不由让人想到这首诗与北京诗人王成纲的“近海已多餐鳖客，山中犹有类猿人”。诗句有异曲同工之妙。

在这组农村杂咏诗中，诗人采用现实主义的艺术手法，对一些细节做了生动的描绘，描写农家“围坐檐前趁日光”，用吃饭时间来商量秋播大计。这种白描式的写法，既写出了田家的实情实景，又反映了农民朴实节约的心理特点，收到了一箭双雕的艺术效果。在塑造人物反映现实中，还出现了一个“破晓下平芜”时身带收音机的小姑娘，边干活边希望收听到比“今年合人意”的“麦宝”（一种化肥）更好的信息。这种写实的艺术手法，使人如临其境，如见其人。

晚风吹拂月儿弯，几处炊烟袅袅闲。
彩电扭开丝鼓动，秦腔正唱《柜中缘》。

秦腔，这个西北人民喜闻乐见的传统剧种，观众已由城市移向广大农村了。逢年过节，过庙会，秦腔是农民助兴的基本文娱活动。在农村，只要什么地方有“大戏”，方圆几十里的人特别是老年农民，都有极大的兴趣和热情。现在他们有了彩电，晚上月儿弯弯，月色正好，炊烟袅袅，晚风拂拂，多好的夜色啊！在这样的晚上，再不用走上十几里路，只要坐在家里，一开动电钮，就可以坐在电视机前一面品茶，一面看大戏了。这是一幅多么美好的农村消夜图啊！

在词汇的运用上，诗人虽然用中华传统诗词的格律，却抛开了陈词旧句，以新词语入诗，将化肥、塑料棚、指标、拖拉机、驾驶台、麦宝、彩电、机器、铁牛等入诗。他还将俗言俚语、口语入诗，如“磕着烟锅”“穷过渡”“真个老来红”等，使这组诗更富有生活气息。诗人以当代人用当代语写当代事，而且运用得那样生动活泼，运斤成风，优游余刃，展示了诗人深厚的文学功底和绝大手笔。

我们初学写诗的人，总被题材所限，认为所有的好诗句都被古人写完了，要翻新谈何容易！今天我们从张举鹏先生的农村题材诗里，或能得到一些启示。

1995年12月

李蕴珠，女，甘肃天水市人。甘肃省诗词学会副会长，天水市诗词学会副会长。

举鹏老师《雅集韩宅求正》其二赏析

李秋明

登楼恣纵目，争说主人贤。
不饮贪泉水，幸无造孽钱。
栽培心上地，涵养性中天。
身外无长物，但求心所安。

张老的这首诗写于2006年春节。那时，我们几个诗词爱好者在韩玉琳老师家中聚会，大家吟诗联句，张老随口吟出两首，这是其中之一。

这首诗自然淡雅，意境深远，有着陶渊明诗歌之风。陶诗一般是五古，而张诗是五律，情趣相合而各有千秋。

诗人登上主人高楼纵目远望的时候，大概也很自然地想起了隐居在青山绿水间的陶渊明，想到了充满乐趣的田园生活。从诗面上来看，诗人是在夸赞主人韩老，其实这也是抒发他自己的生活旨趣，表述自己的人生追求。

诗人的生活旨趣与人生追求是什么呢？从诗中可以看出，那就是修心养性，不为物累，廉洁自好，恬淡自然，无怨无悔地度过一生。

在尘世喧嚣的今天，要平和自然地度过一生也是很难的事情。笔者知道，张老的人生道路也是坎坷的。虽然如此，张老还是堂堂正正地做人，堂堂正正地走路。他也曾当过官，但他一直是两袖清风，一尘不染；他也曾受过不公正的对待，但他还是心地宽广，保持淡泊，不怨天尤人。为什么会是这样？是因为他的心中别有天地，他以一个宽广博大的胸怀来容纳这世界，所以他的心始终安然。

这首诗看来明白如话，但却包含着几个典故。好诗就是这样，不知道其中典故的人也能读懂，懂得典故体会则会更加深切。

“贪泉”在广东南海县，水味甘甜，很有诱惑性。相传过路的官员喝了，以后都成了腰缠万贯但人人憎恨的大贪官。当然，保持高洁情操的官员是不喝贪泉之水的。就像张老这样的人。

“造孽钱”来自唐伯虎的诗。造孽钱是指官员贪污的公款或是搜刮老百姓的钱。唐伯虎也是一个高士，他以书画为生，说自己“闲来写就青山卖，不使人间造孽钱”，表现了他富贵浮云的高雅情怀。这与张老的情操相通。

“身无长物”是南北朝时王恭的故事。王恭是大官，但他为人很廉洁。有人去他处索要一个竹席，他就将自己坐的竹席送了去。那人不解，王恭说：“您不了解我，我从来没有多余的东西。”这也是张老生活的写照。

总之，张老引用这三个典故，表现的是自己的生活旨趣和做人道理。我们如今读他的诗，还要像他一样做个高雅的人，一个有道德的人，一个脱离了低级趣味的人，一个堂堂正正的人。

2006年9月

李秋明，甘肃秦安县人。诗人，作家。

甘谷张举鹏楹联选析

徐维强

张举鹏（1925—2009），号我佛乡人、犹未悔斋主人，甘肃甘谷县人。生前任甘肃省诗词学会副会长，天水市诗词学会常务副会长，曾主持天水诗坛20多年，作品散见于各诗词刊物。他是陇上诗书大家冯国瑞的弟子，曾撰有《冯国瑞年表》，国学底蕴深厚，诗词骈赋俱佳，古文白话兼善，而犹长于楹联撰制，联作多见于天水各名胜景观。在省上工作时曾与省长邓宝珊切磋诗文，并与邓之后人有长期密切交往。2021年张举鹏后人欲将其作品结集出版，笔者曾有一联相贺：陇上话才人，看凤翥鹏抟，长领风骚夸巨擘；庭前生玉树，数根深枝茂，好将事业付名山。

自撰春联

十年人比梅花冷；
九死谁怜屈子忠。

赏析：此联感慨颇深，上联十年有特指。梅花冷让人联想到五代徐钧题《宋璟》诗句：“一片刚方铁石心，梅花冷淡独知音。君王外貌虽加敬，卖直谁知内忌深。”可见作者经历劫难之后的黯然心情。下联则以屈原经历，对自身经历更深一步加以慨叹。然细察其意，宋璟为唐代四大名相，曾在未入仕途前著《梅花赋》以明其志，其中有名句“若其贞心不改，是则足取也已”。九死，语出自《离骚》：“亦余心之所善兮，虽九死其犹未悔。”作者斋号犹未悔斋主人正是出于此，是以梅花、屈子皆为作者自身之类比，因此联语看似消沉，实见其不屈不挠之情。

天水诸葛军垒

羽扇话风流，连营遥对祁山堡；
笙歌当盛世，古郡犹闻梁甫吟。

赏析：诸葛军垒为古秦州八景之一，位于天水市秦州区耤河南路。相传蜀军行军时每人身背盛有家乡泥土的乡土袋，到异乡饮水吃饭，在饮食中撒入一撮可防水土不服。诸葛大军攻下天水城后，发现此地水质甚好，士兵无不服水土者，于是士兵们将泥土倾倒在天水城东门外，形成一座丈八高的大土墩，后诸葛亮经常于土墩上布兵点将。祁山堡，位于陇南市礼县祁山镇，距天水市七十多公里，建于西汉，是诸葛亮挥师北上进攻曹魏的营堡，因六出祁山而闻名。古郡，此处即指天水。梁甫吟，即梁父吟，传为诸葛亮创作的乐府诗，《三国志·诸葛亮传》载：亮躬耕陇亩，好为梁父吟。

上联追溯往事，遥想诸葛亮“羽扇纶巾，谈笑间樯橹灰飞烟灭”之绝世风采，追思其在天水扎下连营和祁山堡遥遥呼应对垒魏军的雄壮军容。下联则回到当下，时局清明，百姓安乐，再无战乱之苦，农人们耕作于陇亩，恍惚听闻他们如当年诸葛亮一般边耕作边吟唱着梁父吟，古郡一派安乐气象。联语脉络分明，古今相对，行文流畅，对仗工稳。

麦积山

悬崖置屋牢，会心中土明珠，六朝杰构；

云间登雄峻，放眼东方瑰宝，千载风流。

赏析：麦积山以精美泥塑艺术闻名世界，被誉为东方雕塑艺术陈列馆，开凿始于后秦，历经北魏、西魏、北周、隋唐，后历代都不断地开凿和修缮，现存造像中以北朝造像原作居多，因此联中有“中土明珠”“东方瑰宝”“六朝杰构”“千载风流”之说。“悬崖置屋牢”，出自唐代杜甫的《山寺》，与下联“云间”之语，极言麦积山石窟所在地势之险峻。联语浑然一体，对仗工稳，唯上下联首句个别字眼平仄不协，中土明珠、东方瑰宝亦有重复之意、合掌之嫌。

南郭寺一览亭

千年老柏记沧桑，共碧岭白云，依然无恙；

百二雄关来胸臆，看近郊远浦，换了人间。

赏析：南郭寺位于天水市城南两公里山坳，建寺已有一千多年。千秋古柏，即天水八景之一南山古柏，又名春秋古柏，栽种于春秋时期，其同根分为三枝，北侧一短枝已经枯死，南北两侧各一枝都还完好存活，成倒“八”字奇特长势。上联以近景落笔，数千年沧桑过往，大好山河依然无恙。百二雄关，通指函谷关或潼关以西的秦国领地。下联则极目远望，百二雄关似乎就在眼下，遥想千秋成败终成过往，而当下海岳澄清，一派蓬勃气象激荡人间。联语借景抒情，大气包举，雄浑壮阔。

玉泉观玉皇殿

新堂还旧规，殿峻台崇，千里河山拱北斗；
明时开胜境，年丰物阜，一川风雨壮西州。

赏析：北斗，喻受人景仰。明时，指政治清明的时代。西州，泛指中原之西，此处也可理解为天水。上联直入破题，描绘玉皇殿之巍峨高峻，如泰山北斗般为时人所景仰。下联则予以升华，对当下加以赞颂，政治清明、河山锦绣，因而天水大地风调雨顺、年丰物阜，人民一派安居乐业景象。联语转承自然，气脉流畅，句式铿锵，对仗工妙，结句尤为雄浑壮阔。唯上联首句个别字眼平仄不协。

南郭寺杜少陵祠

自先生乱离来兹，望陇坂九回，长忧家国多难；
从秦州留寓去后，只杂诗廿首，足令河山增辉。

赏析：安史之乱后，唐肃宗乾元二年（759）秋，杜甫携眷流寓秦州，前后三个月中，写出了近百首诗作，其中就有著名的《秦州杂诗》二十首，“山头南郭寺，水号北流泉”乃是其中名句。光绪三十年（1904）南郭寺重修和新建其他庙宇时，为纪念杜甫，将东禅林院改为杜少陵祠。九回，此处形容愁思起伏，郁结不解。此联紧紧围绕杜甫秦州流寓行迹与诗作，扣题精准，承接得法，对仗工稳，尾句归结得力。至于上下联首句“自先生”“从秦州”相对音律不协，可放宽视为领字（词）。

挽天水师院某教授

为老年人竭尽思虑，大雅云亡，忍忆音容悲夜月；
给黄土地培育英才，形神俱渺，空留桃李泣春风。

赏析：此联明白如话，所挽教授，在执业教坛同时，应该有为天水师院老干部服务的经历。上下联浑然一体又各有侧重，上联重在述其德，下联重在述其功，下笔流畅，转承有致，情感自然，典雅得体。首句以散句入笔，格律有不协调处。

伏羲庙先天殿

当鸿蒙其未辟，成纪有圣人焉，俯法仰观，鸟兽山泽呈易象；

泄天地之蕴密，渭滨集至德矣，开物成务，神龙华夏启文明。

赏析：俯法仰观，即仰观天文俯察地理。开物成务，意为通晓万物之理。二词均出自《周易·系辞上》。联语对伏羲氏功德做了充分阐述，引经据典、对仗工巧，虚词应用而使联语节奏跌宕、气息典雅。重一“成”字，然一为地名一为成词，不好规避。

天水师范学院大门春联

稽古曰成纪曰上邽汉阳，忆莽莽岁月，自飞将勇、营平谋、御史斥奸以来，每望秦州思国士；

学宫近麦积近东柯西崦，数历历游踪，从子山铭、少陵诗、若兰回文而下，也应陇上有人才。

赏析：稽古，考察古事。成纪、上邽、汉阳，皆天水所辖各地古称。飞将勇、营平谋、御史斥奸指天水古代三位名人李广、赵充国、安维峻及其事迹。麦积、东柯、西崦，指天水三处名胜，即麦积山、东柯谷、崦嵫山。子山铭，指庾信（字子山）《秦州天水郡麦积崖佛龛铭》。少陵诗，即杜甫（号少陵野老）秦州杂诗。若兰回文，指苏蕙（字若兰）在秦州时所作织锦回文璇玑图诗。

此联虽为春联，但扣春字不紧，可以说是题学院联。上联从天水地名变更说起，追忆历史变迁，而李广、赵充国、安维峻这些熠熠生辉的名字，却因为岁月长河的淘洗而更加光彩夺目，令人每每念起秦州大地，必然会联想到这些为国为民的先贤。下联则说到天水山川秀美，历代有才人来此游历，并留下锦绣诗文，列举庾信、杜甫、苏蕙等人，并勉励众学子，我陇上也应有如此人才。联语一泻而下、气势不凡、句式跌宕、韵律起伏，料是作者得意手笔也。

2023年5月

徐维强，甘肃漳县人，现居兰州。中国楹联学会、中华诗词学会会员，对联文化研究院研究员，甘肃楹联学会副会长，甘肃省工笔画协会会员，中青诗联网青莲书画院副院长，甘肃诗歌创作研究会副秘书长，漳县作协顾问。

张老新游仙诗一组赏析

刘向京

本人入道较晚，张老的诗读得很少。前些年负责主编《天水诗词》（原《渭滨吟草》）期间，“耆旧遗韵”栏目选登了一组张老的“新游仙诗”，一见便被惊艳到了。由于当时主要精力都在编辑杂志上面，没有更多时间去认真品味，虽然只是粗略浏览了一遍，但这组作品给我留下了深刻的印象。日前，张老的公子、老同学笑青兄约我写一篇关于张老诗词作品的赏析文章，我马上想到了张老的这组“新游仙诗”，便慨然应允，权当是再给自己一次学习佳作的机会。

张老的这组诗原本共20首，从具体内容来看，大概可以分为两组。本篇先学习前十首，笔者将试着从以下四个方面进行赏析。为了方便读者，现将序文及原诗附录如下：

新游仙诗

丁亥长夏，午梦正酣，忽有紫衣小吏揖予而言曰：“天帝诏君一行！”机场有直升机在焉。上机入座，直飞天宫，游历兼旬。见物质文明与人间不殊，历史人物如秦桧、汪精卫、杨玉环以及老庄孔孟之徒也在天宫，或组党任党魁，或为博士头衔，或为社会贤达，或为一品天官，熙熙然，遑遑然，使天国之精神文明大放异彩。因借薛校书之笺，捧蒙小姐之笔，即兴赋感，得诗百首，将欲献之天帝，以求得一官半职，而嫦娥仙子谓余曰：“以卿之才之资，正宜同返尘寰，炼钢铁之石，补离恨之天；倾西江之波，洗人间之秽。岂能效贫女之压线，作天帝之鹰犬乎？”旋取钢针如杵，猛刺予脑，骇极大呼，乃一梦耳。于时炎阳已西，凉风入户，百首新诗，泰半遗忘。追录所及，只二十首，名之曰新游仙诗。

书剑人间岁月穷，战鼓咚咚震耳聋。
忽传天帝诏书至，还派飞机迎太空。

御风直下南天门，遥看凌霄殿影森。
多谢门官通电话，玉皇亲候碧霞村。

嘉宾下榻碧凝轩，小玉殷勤劝加餐。

天膳索然无美味，巴黎新到洋拼盘。

箫声远引御香芬，天后霞觞亲洗尘。
最是一生得意事，同观无线电传真。

赐来吉普游天宫，吉普女郎笑靥红。
对我含睇柔声道："人间生死乐相从。"

云中仙乐故迟迟，恍似开元天宝时。
梅妃趋前低诉说："玉环正弄留声机。"

牛郎织女开门迎，报道"汽船新造成"。
天堑银河夜夜过，交颈一睡到天明。

愚叟移山渤海西，子生孙又孙生儿。
阿毛拍手走相告："天帝又赐推土机。"

香飘桂子树森森，执斧吴刚有泪痕：
"一自发明电锯后，月宫也有失业人！"

广寒宫阙生苍苔，青女素娥去复回。
见说"从今不寂寞"，挨肩教我玩桥牌。

一、新词入诗，别开生面

新词入诗历来是令古典诗词写作者头疼的一件事，盖因格律诗词一般是文言文所写，新词的加入总会让人感觉有点别扭。比如启功先生的《飞行旅途口占》："华岳齐天跻者稀，如今俯瞰有飞机。一拳不过儿孙样，万仞高岗也振衣。"如果没有"飞机"二字，就是一首很好的格律诗，而有了这两个字，就很扎眼，其新词入诗的效果是很不理想的。愚见以为，造成这种情况的主要原因是作品中的其他文字过于文雅，没有给"飞机"的出场营造好适合的环境和氛围。就好比一群老学究正在那里高谈阔论，突然闯进来一个西装革履的年轻后生，结果自然是可想而知的。

本人见过近代新词入诗运用得最好的要数聂绀弩先生了，他的"把坏心思磨粉碎，到新天地作环游""明朝不雨当酣战，新到最新脱粒机"都是脍炙人口的作品。张老的这十首诗，每首里都有新词，非常难能可贵。组诗中分别使用了“飞机”“电话”“洋拼盘”“无线电传真”“吉普”“留声机”“汽船”“推土机”“电锯”“桥牌”等十个现代名词。新名词的加入，让人耳目一新，倍感亲切。更加让人敬佩的是张老这些诗中的新名词，不仅毫无违和之感，而且读起来妥帖自然、顺畅流利。这也为后辈诗人学习新词入诗，提供了很好的示范模本。

二、借古讽今，揭露现实

从诗序中借嫦娥仙子之口所言：“以卿之才之资，正宜同返尘寰，炼钢铁之石，补离恨之天；倾西江之波，洗人间之秽。岂能效贫女之压线，作天帝之鹰犬乎?”可以看出张老对自己的才学还是非常自信的，同时也表明了不愿为反动政府效命，希望自己能为建立新中国做点贡献的决心!

这组诗所描绘的既是一场春梦，更像是一幅宫廷游乐图。从组诗序言可以看出，这个所谓的“天宫”实则暗指国民党政府，自己梦中所见所闻亦都是暗示当时的社会现实。这组诗也揭示了国民党政府虽然表面上看着笙歌不断、繁华无比，实则已经到了腐败不堪、穷途末路的境地。表面的繁华终究是一场美梦，而这个美梦必然会随着时间的推移被无情打破。根据序言中的“丁亥”推算，张老写这组诗的时间应该是1947年。当时张老22岁，应该正在国立西北师范学院上学，可谓风华正茂。张老在序言中用“炼钢铁之石，补离恨之天；倾西江之波，洗人间之秽”来象征伟大的人民解放事业。嫦娥仙子“旋取钢针如杵，猛刺予脑，骇极大呼，乃一梦耳”，这里美丽的“嫦娥仙子”不正是光明的使者、共产主义思想传播者的化身吗？所以这组诗也可以看作张老政治意识觉醒的一个有力的佐证，因为次年6月他就毅然决然地加入了中国共产党，投身于浩浩荡荡的革命洪流中，开始了为共产主义事业而奋斗的人生新篇章。

三、想象奇特，构思巧妙

张老的这组新游仙诗，亦可当成联章体来读。组诗使用的体裁都是七言绝句，但是从内容上来看，每首之间联系紧密。比如从第一首开始依次写：接到诏书乘飞机、玉皇亲候南天门、宾馆服务五星级、天后设宴为洗尘……（可以看出，这“一条龙”服务是多么的贴心和周到，难怪很多人会沉迷其中、乐不思蜀啊。）这组诗虽不似李白的古风体《梦游天姥吟留别》那样意境雄伟、气势磅礴，但是在形象辉煌流丽、缤纷多彩方面与李白之作有异曲同工之妙，可谓深得谪仙浪漫主义之精髓。

自古以来，游仙诗在思想上往往表现出超越世俗社会局限的强烈愿望；在艺术上则想象奇特，善于运用夸张、拟人、象征等修辞手法。张老的这组新游仙诗正是运用奇特的想象、巧妙的构思，以虚拟的场景——天宫，巧妙地将古今融为一体。诗中人物诸如天帝、天后、梅妃、牛郎、织女、嫦娥、吴刚、愚公、阿毛、青女、素娥等，既有神话人物，也有真实历史人物，而这些人物与象征文明的新名词诸如留声机、洋拼盘、吉普、飞机等的“混搭”使用，给读者以强烈的视觉冲击，使人物形象更加丰满立体，情节更加生动感人，增添了无穷的艺术感染力。

四、语言朴素，不事雕琢

与古人的游仙诗所不同的是张老这组诗语言力求平淡，不追求辞藻的华丽，显现出其平易近人、朴实无华的特点。类似于绘画中的素描、速写，简明扼要，寓意深刻。质朴的语言中，是作者真诚情感的表露，也是作者崇高品德的折射。

熟悉张老的人都知道，张老博览群书、学识渊博，具备了非常扎实的古文学基础。从张老的很多文章可以看出其文学天赋极高，尤其是骈体文更加精彩。张老的骈体文赋声律铿锵、对仗工整、辞藻华丽、用典精当，不仅具有很强的实用价值，更具有非常高的艺术价值。但是，在这组诗中，张老并没有引经据典来卖弄学问，我们丝毫看不到大多数旧知识分子很容易犯的“掉书袋”的毛病。比如组诗中的“多谢门官通电话，玉皇亲候碧霞村”“最是一生得意事，同观无线电传真”“阿毛拍手走相告：‘天帝又赐推土机。’”，既通俗易懂、几近口语，又轻松活泼、幽默风趣，正所谓“清水出芙蓉，天然去雕饰”。

元代周德清论散曲作法时说过“文而不文，俗而不俗”的创作原则。张老则是当雅则雅、该俗能俗，完全根据题材内容的需要灵活掌握形式及风格，以便让文字更好地服务于主题。这一点一般人是很难做到的，也正是我们这些后辈需要认真向张老学习的地方。

总之，张老的这组新游仙诗，不仅具有很强的现实意义，同时也具有很高的欣赏价值，是一组难得的佳作。我市前辈诗人张根存先生曾经评曰：“体似郭景纯之‘游仙’，意在阮嗣宗之‘咏怀’，想象丰富，谐趣横生，令人时而捧腹，时而扼腕。”可谓一针见血、精准到位！

2024年6月13日

刘向京，甘肃甘谷县人。甘肃省诗词学会理事，《甘肃诗词》副主编，天水市诗词学会副会长。

张举鹏先生《犹未悔斋诗文集·诗词卷》感读

王元忠

张举鹏先生的《犹未悔斋诗文集》要出版了，先生的公子笑青希望我能为其中的诗词卷写点文字。他未曾明示，但言来语去，可能的理由似乎也非常充分：他和我有同学之谊；我写诗且同时更常作评论。

举鹏先生是天水范围内我所认识且敬重的前辈乡贤，其生平所历丰富，见识既广，阅读甚博，复具才情，生前颇多文字，其中诗词创作尤为突出。职是之故，笑青之请，原本合情合理，自当慨然应允。只是，笑青旁观，肯定以为诗无古今，理不二致，其父写诗，我亦写诗，写诗人评写诗人，正所谓当行正道。而他所不知道的是，汉语诗从古代到现代，由音乐整饬典雅蕴藉到白话自由随意质朴，其间所经历的种种变化，其实是要大过同一时代两种不同语言的诗歌表现的，这正如现在许多孙子和爷爷的区别，是要远大于一个中国青年和一个外国青年一样。

举一个例子。旧体诗的写作，其对以平仄对仗为代表的音乐性节奏的讲究，几乎就是诗人们创作之时语言组织的生命了；但新诗却更多遵从胡适所言的“想写什么就写什么，想怎么写就怎么写”的理念，其以“自由”为标志的新审美精神的写作，诗的平仄对仗等，则一般是不被诗人们所特别在意的。所以，虽然都写诗，但因为理念和做法之不同，对于身边进行旧体诗词创作的人，我多半是不作评价的。

接受笑青邀约之后，很长一段时间，我因此深陷于言说与否的矛盾和徘徊之中，总感觉不说不对，说吧，又担心极有可能不得要领。

不过，一段时间的矛盾徘徊之后，积极去面对，想到真正的接受甚或批评，以接受美学的理念去看，大不了也便是接受者自我的一种表现。缘此，以举鹏先生的诗词创作为由头，避己所不能而扬己所可能，顺延他诗词创作中我所感兴趣的话题，谈一谈我对于旧文学和新审美的看法，我想，也未尝不是读先生文字的某种应有之意。

依我个人的阅读感受，举鹏先生的古诗词写作，是得益于其对于中国古典诗词多方面的修习的。从《诗经》《离骚》开始，中经古乐府唐诗宋词，一直到近现代黄公度郭沫若毛泽东，其中尤以杜甫和陆游为其追慕对象，学古像古，学古化古，别见一种汇通消融、参而后养的良性生长态势。

看举鹏先生的诗词创作，我有两点印象至为深刻：其一，就是十足的古意。和不少旧体诗词写作者的写作不同，举鹏先生于旧体诗词的熟稔操练，得益于其如书法修习一般的“认真临帖”。从标题的制作到韵头的选择，从精心的造句到意象的营造，从意象的营造到意境的设置，他学古像古，学古如古，每每让人忘却时间的距离，不禁作历史的穿越，仿佛真见古人，真闻古吟，断不似许多人邯郸学步之后的非牛非马、不伦不类的表现。

“夕阳影里艳欲浮，一片绛霞画不如。无限娇羞春意醉，刘郎如梦到玄都”，《安宁堡看桃花》如此表现，诗友张存根由此评说：“恍见刘梦得‘山桃红花，蜀江春水’之一片天地”；“平安家信平安难，每接家书不忍看。上言丁役兵款紧，小民日夜窜荒山；下言今年春又旱，颗粒无存尽输官”，观《接家书志感》此类感叹，丁楠先生则谓“可作《诗经·硕鼠》续篇读”；看《雨中过秦岭》“一雨生新绿，千岩倚旧葱。云行岭欲动，山隘路如空。竹外田家近，天边雁阵雄。明霞犹带湿，诗思应无穷”之句，诗友猗竹阁则直呼“颔联直与王右丞‘竹喧归浣女，莲动下渔舟’一决高下”。

其二，则是当下生活的古意装框。张举鹏先生生于1925年，卒于2009年，从生卒年看，自当是现当代新人。但语言的惯性作用，旧瓶装新酒，读其作品之时，亦常常让阅读者浑然忘却其所置身的时代，恍然作庄周梦蝶今生前世之时光错觉。

“踏碎残英旧板桥，东风十丈软红绡。枇杷门巷乌衣燕，杨柳帘栊白玉箫。明月三生百尺恨，离魂千缕五更潮。隔溪也有闲花草，海样相思总不消。”（《社友赏游桃花园诗补作》）这样的句子，若不看诗题中作者的提示，谁会想到诗作所写，原来已是1985年上巳日的生活了？又，“且复吟笺泄恨，听几声杜宇，吹老鬓丝。况磨人短墨，前路叹多歧。更垂老心情渐非昨，尽飞尘填海不能施。金城好，望征鸿远，别意迟迟。”（《八声甘州·送海洋之任兰州得“时”字》）如此表达，谁又会想到诗的写作，其实只是因为上世纪末身边一位青年诗友调到兰州工作，先生因此油然而生的感喟啊？诗所表现，固然是新时代新生活，但久在成习，长期醉心于古诗词的精心修为，新生活在以旧诗词眼光去审美打量之时，一番平仄对仗和造句的熟稔修辞，水墨洇染之处，先生种种诗体的写作，也便自然发散出自千年古典诗词特有之审美传统而来的亲切的认同了。

举鹏先生如此这般的表现，在为其《文集》所作之《序》文中，引得甘肃诗词学会会长袁第锐先生频频赞叹。观其《咏蝶》，袁先生叹曰："诗乃咏蝶，清新秀逸，寓事拟人，明白晓畅，侧之唐人集中，殆无痕迹。"而阅其《桃花园竹枝词》后，袁先生更是赞说："如此好句，使刘禹锡复生，亦当叹吾道之不孤也"。"先生律诗尤佳。夫律诗之神，在于沉郁；律诗之髓，在于精炼。二者又皆体现于颈腹联之造意与对仗。先生律诗，五、七言工力皆胜""先生古风朴质无华，不事雕琢，而至情感人。余特爱其《秦岭分水阁放歌》，试读'天河注水风雷激，屋脊妙化水一滴。一滴水中藏世界，一滴圆溜滚的沥。千滴万滴踢踏歌，半入长江半入河。东南奔腾千万里，江河恣肆人文起。遂令中华尧舜邦，东涝西旱有如此'等句，其气势之豪迈、嵚奇，恍如天籁，如读李太白佳制也"。于此反复例举之赏叹中，可见袁先生对举鹏先生旧体诗词写旧如旧、直逼古贤之功力的高度肯定。

当然，一时代有一时代之文学，汉语诗无论新旧，因为时代已然发展到了一个千年未有之变化的局面，中国现代文学一个非常重要之主题，也就是努力使得中国文学能够对人们当下的生活进行有力的表达。但事与愿违，滞后于时代的变革，虽然诗人已进入现代、后现代的当下语境，但是近现代以来太多的旧体诗词写作，却不能因缘际会与时俱进，相反却活在当下而偏偏欲做古之羲皇上人，固守于旧诗词的形式规范，写旧只旧，倚老卖老，让其旧诗词的写作显现出某种尾大不掉的腐朽之味。

与许多新时代的耆老遗民之诗人不同，虽然同样是写旧体诗词，且在旧体诗词本身的表达上，要表现得更为纯正、更具功力，但举鹏先生的旧体诗词写作，我觉得其吸引人之处，却恰巧在于其旧写但不泥古、用熟但不守旧，始终能够积极去吸收新的生活内容，运用新的词语和手法，尽可能挖掘旧体诗词的新活力，从而确保他的文字能够有效呈现自己所身在的当下生活，于新时代发抒新的见闻和感受。

《读报得五首》《乡民谈及国大代表选举事》《黄牛党》《"五四"三十九周年有感》《顷者以青年从、伤兵友、国大代三大奇观，因各咏以诗。此外，尚有如新闻记、立法委等，其诗亦将陆续成立》，或者《开国大典观礼有感》《厦门前线巡礼》《乙丑初夏，我去兰州临时工作，留别社友》《庆祝我党十三大开幕》《香港回归颂》《题王友楠先生画"四爱图"》《武术晨练咏》《侄辈来，谈及老院已易主，门前垂柳巍然合抱》等，文本且慢打开，单单顺延目录将标题一路看去，即可见举鹏先生对于现实生活强大的表现力。生活中发生之事，大至国家政治、时代热点，小到亲来友去、风吹雨打、花开花落，凡自己之所见所闻、所感所知、所思所想，似乎都可以随意成为其写作素材，于旧文学的操持之中，表现出新文学“纵意自由”的特征。

对应于作品标题所体现的这种取材上的当下、鲜活和自由特征，翻开文集，读者也便随处能够清楚看见并感知，区别于身边许多旧体诗词写作者自觉不自觉所表现出的无病呻吟、捏腔拿调，举鹏先生的旧体诗词写作，却更经常地与身边的生活密切关联，表现出了某种热气腾腾的现场感或当下感。“十里洋场十里灯，金迷纸醉歌升平。才来盟国新吉普，又报饥民抢米声”，这是《中国十大名城咏》组诗中写上海的一首，诗文在调皮讽刺的语言运用之中，活化了抗战结束后上海腐朽和动荡的现实生活形态；“中枢号令迅雷霆，飒爽白衣涌燕京。誓对瘟君挥利剑，细从科技觅真经。中西医献平戎策，南北士同敌忾声。必胜决心虹贯日，全民团结笑长城”，这是非典时期诗人为抗疫而写的《抗击非典三章》之二，真切记录了当时医疗工作者上下同心、众志成城、尽心竭力抗击疫情的真切情状。

“举鹏于上世纪之四十年代末，毕业于西北师大教育系，文采风流，思想进步，曾参与著名之反剥削、反饥饿运动，固一时之隽者。毕业以后，长期从事党政工作，晚年退休返里，与堇庵等同创天水诗词学会，于秦州斯文之传承与诗词继起人才之培养，其功固不可没；而若论才情，则自亦睥睨当代，卓然成家者也。”袁第锐先生于张举鹏先生生平的概述，虽志不在专论其生活与创作的关系，但借此示意，读者自然也能够明白，举鹏先生生性率真，无论解放前还是解放后，其都对政治和现实葆存了十足的热情，所以其旧体诗词的写作，和一般同道者将其仅作为个人雅趣或修养的追求不同，而是将自己的写作积极与党、国家和人民相连，在自觉的现实参与之中，赋予了其笔下的文字以一般旧体诗词写作所鲜有的生活温度和脉动。

将时代与旧体诗词的写作紧密关联，从活生生的身边日常提炼鲜活的词语，借此化古为今，力求挽传统审美表现于既颓，让旧体诗词焕发出新的生机，从而丰富汉语文学于新时代的具体构成，这是举鹏先生旧体诗词写作极为突出的特点之一。关于这一点，读者多举其《“五四”三十九周年志感》之一为例。其诗谓：“乞灵德赛两先生，春去秋来夏又冬。阿嫂阿妹成一统，皓然白发二老翁。”其中“德赛两先生”分别指democracy（民主）和science（科学），其是“五四”精英从国外引进的两种新思想的旗帜；而阿嫂（authority）则指权力，阿妹（army）指军队。在外语词语的中文翻译引用甚或创建之中，抽象词语拟人化，在新旧思想的生动对比之中，通过权力和军队对于民主和科学的替代，诗人感喟时间之无谓的流逝，深刻揭示了现实的中国却愈来愈为专制权力和军阀战争所驱使，五四启蒙精神的民主与科学不再入时，而专制和军队则大行其道，良知之士尽皆深陷于绝望的残酷现实。而我却更喜欢援引其《农村杂咏》之类文例，具体说明举鹏先生旧体诗词写作的新活力。不管是“塑料大棚暖气生，备耕归去月儿升。化肥闻说指标紧，磕着烟锅恼到明”，还是“村学而今朝气生，助人为乐树新风。大毛放学归来晚，拉着阿婆讲赖宁”，不管是“小店油盐酱醋茶，开门生意闹如花。孙儿拍手走相告，村北又添卖酒家”，还是“新事山村喜气腾，小儿考取留洋生。莫忘黄土育成汝，泉水甘甜月亮明”，新生活中新事物通过新词语的新鲜表达，文以时变，旧枝新芽，在时代变化鲜活的口语化呈现之中，其表达确如先生之徒艾叶所言：“当今诗人，苦于田园诗难写，原因是口语化难以入诗。本组诗二十五首，以诗心慧眼，摄取改革开放初期农村中各方面的镜头，反映发生的可喜变化，真可谓一诗一世界矣。且每首都有清新自然的口语化句子，这又是闭门敲诗者所不能比拟的。创作来源于生活，不只是一句套话。范石湖地下有知，应欣然于他的《四时田园杂兴》有续篇矣。”

毋庸讳言，于现当代中国而作旧体诗词，操持者在站位上是具有先天的劣势或者不足的，因缘于此，所以我们能够经常发现，虽然许多旧体诗词写作者的文化修养和审美修养都要远过于新诗的写作者，但在实际的接受之中，一时代有一时代之文学，新诗的写作，不管其实际情形如何，但相对而言，是较容易引起一般读者特别是青年读者的喜欢的，而旧体诗词的写作，即便其有着大体相似的表现，但鲜能引发读者特别是青年读者同样的兴趣。所以，旧体诗词的写作，以我个人的看法，在目前的形势下，其困难愈来愈多，其生存也愈来愈难。

知难而上，或者知其不可为而为之，时至暑夏，于燥热的时光里静静翻看举鹏先生的旧体诗词，并细细体味其写作背后的种种挣扎、无奈、感伤，我因此也不时生发某种“逝者如斯”的苍凉感喟；但也因此，也便更为强烈地体会到面对文学史无情之颓然时，一个旧文人于新时代的不甘、不愿，甚或更进一步的努力、追随、狷傲和遒劲。

“生生不息谓之易。”考查中国现当代文学的发展，太多的人将其注意力更多地集中在了时代和西方影响之下的中国文学的新的变化的审视，而忘记了新时代中国旧体文学的生存和变化。这是不对的，在我看来，新文学的新，固然是中国现当代文学研究的应有内容，但旧文学的新，其实也是且更应该是中国现当代文学研究的应有内容。何以如此？原因即在于旧文学的新，是要远比新文学的新更为复杂，因而也更具意涵的。

职是之故，我个人以为，张举鹏先生旧体诗词的写作，因此是有着为中国现当代文学史考查提供鲜活标本或典型案例的意义的。

2024年6月22日于天水坡下居

王元忠，甘肃甘谷县人，文学博士、二级教授，甘肃省优秀硕士论文指导教师，中国文艺家评论协会会员、天水市文艺评论家协会主席。主要从事文艺学和中国现当代文学的教学和研究，主持并完成国家社科基金项目“文艺民俗视野下的鲁迅创作研究”。由人民出版社、中国社会科学出版社出版个人学术专著7部。在《兰州大学学报》《文学理论与批评》《当代文坛》等刊物发表论文40余篇。学术专著《鲁迅的写作与民俗文化》获2013年甘肃省社会科学优秀成果二等奖、甘肃省高校社会科学优秀成果一等奖。业余进行文学写作和评论，在《诗刊》《十月》《星星》等大型文学杂志发表作品多篇，出版个人诗集《渭河南岸》。

张举鹏先生对联作品初探

王正威

对联，又称楹联、对子、门对、春贴等，是一种对偶语句。其起源，既与桃符、春贴有关，又与骈文与律诗有关。其形式精致，言简意深；对仗工整，音律协和；内容由最初的禳灾辟邪、迎祥纳福，演化为摹景论理、抒情达意。故艺术精湛，内容丰富，是一种广受百姓与文人雅士喜欢的文学形式，也是中华传统文化的精华之一。

张举鹏先生，素擅诗、文、词，佳什多有传世。其于对联，亦用功甚深，佳作累累。又作联话数十则，稽古钩沉，发微索隐，真知灼见，令人感佩。今略析先生之对联作品，以为引玉，以就正于方家。

《犹未悔斋诗文集》，是张举鹏先生之子张笑青收集、整理先生之文学作品合集，很好地反映了张老文学创作历程与成就。其书《联话卷》，共收录先生之对联作品近二百副，当然由于种种原因，作品并未搜集完备。但是这些作品，依然表现了作者广阔的眼界和高超的艺术功力。

一、题材广泛，内容丰富

《犹未悔斋诗文集·联话卷》收录先生对联，题材内容涉及节令、喜庆、哀挽、名胜、行业、杂感、题赠、谐趣、咏物、言志、学术等各个方面，反映了作者广阔的视域和丰富的人生阅历。如名胜联《仙人崖山门》：

旭日蒸红，宝树千花光梵宇；
仙悬叠翠，松涛万顷壮山门。

写天水名胜仙人崖，胜景如在目前。哀挽联如《纪念王祥麟先生联语》：

百里吊芸窗，唯闻正气一歌，赤壁两赋；
十年捐馆舍，空剩天门山碧，渭水河清。

哀悼甘谷一中名师王祥麟先生，情义真挚。杂感联《读赤壁赋有感》：

滚滚长江，昔日英雄淘尽；
彤彤霞彩，今朝石壁映红。

怀古观今，感慨甚深。如此等等，山川名胜，宛然可见。人情世事，舞于笔端，给我们留下了鲜明而深刻的印象。

二、有鲜明的时代印痕

时代性，是文学艺术的重要特征之一。张举鹏先生的对联，写时代发展、时代大事，辞短意深，脉络清晰。如《庆祝新中国成立四十周年》《党庆八秩对联》《新中国成立五十周年联》《港澳双归联》《纪念抗洪胜利》《2003年伏羲文化旅游节及经贸洽谈会门联》等，具有很清楚的时间线索。时代的重大事件、重要人物在对联中次第出现。这说明先生不是一个沉溺于文而万事不关心的现实旁观者，而是一个心随时代、具有家国情怀的文人与时代的追随者。

三、形式多样，体式齐备

先生之对联，从形式上看，十字以内的短联、十字至百字以内的中联、百字以外的长联均有，但以中、短联居多。短联如《颐和山庄（农家乐）联》：

颐颜多福；
和气致祥。

一句四字。而《上联征下联》之十四：

远溯羲皇成纪画卦，皇帝崆峒问道，夏禹积石导流，发祥陇右鸿基以来，继起汉关飞将，晋廷针经，唐室英主，赓续旷代殊勋垂汉青。且休说刘锜扬威江淮，吴璘破金蜀道，更何况张芝草圣，太白诗仙，梦阳文魁，晓峰铁汉，八千春秋，烈烈雄风人宛在。

缅怀志丹南梁起义，红军会宁会师，彭总兰州歼敌，迎来全省解放而后，耸兴白银铜矿，酒泉钢城，金昌镍都，综合工业经济开宏图。最难忘黄河电输西北，中部林绿华岭，又不论炳灵佛寺，莫高石窟，麦积造佛，大地古湾，万里花雨，昭昭伟绩史常新。

仅单独一联就将近百字。另有五字、六字、七字、八字、九字、十字、十一字、十二字、十三字至二十字，乃至二十余字、三十余字均有，可谓形式多样，众体皆备。

四、辞约义丰，艺术精湛

对联由于篇幅的限制，不太适合铺张开来写作，需要用有限的字数来表达丰富的内容，这就要求作者有高超的艺术功力，善于驾驭文字，善于剪裁熔铸、点化锻造，以收到言有尽而意无穷之效。而张老之对联，大多具有高度的概括性、语言的精洁性和内涵的丰富性。其联作形象鲜明，情感深沉，内涵丰富，义理深刻。如《诸葛军垒》：

羽扇话风流，连营遥对祁山堡；
笙歌当盛世，清晖普照古今人。

此联绾合古今，在古今映照中体现出盛世景象，又羽扇、连营、祁山堡、清晖等意象，叠印在一个画面里，使此联极具形象性；同时，笙歌意象的融入，又使此联有声有色。深沉的古今意识引人遐思，是此联成功的关键。仅仅二十四字，其丰富的内涵和精妙的构思，让人由衷赞叹。其自撰春联：

十年人比梅花冷；
九死谁怜屈子忠。

十年生命之感喟压缩在寥寥十四字中，作者在特定时期的压抑、孤独、痛苦、委屈，得到了集中体现，可谓语短情长，感慨遥深。而“梅花冷”，又让人想起五代徐钧《宋璟》诗中“梅花冷淡独知音”句。下联言屈原故事，实际上是作者以梅花、屈原自喻，含蓄地表明自己的风骨及处境。此联构思巧妙，善用典故，语短情长，绝对是张老对联之佳作。再如《缅怀马建元校长》：

当年幸立程门雪；
此日空催马帐心。

此联连用程门立雪及马援设帐授徒典故，既写了当年有幸成为马建元弟子的喜悦及对恩师的怀念，又写出了失去恩师的无奈与悲痛。此联明写自己，而暗写对方，又今昔对照，善用典故，表现了作者富赡的学识和高明的艺术功力。

善于点化锻造，妙于化用，是张老对联又一鲜明的艺术特征。诗人黄庭坚曾言“古之善为文章者，真能陶冶万物，虽取古人之陈言，入于翰墨，如灵丹一粒，点铁成金也”，而张老颇多点铁成金之作。《腿病卧床有感》联云：

对半床书，思窥圣域；
有一盂饭，不入公门。

此联化用清人张日衔《书室联》“相对半床书，冀渐臻圣域；但啜一瓯粥，誓不入公门”，经过化用剪裁，上联感觉更谦虚些，而下联弃粥写饭，则更符合北方人的生活习性。全联相比原联，显得简洁、明了、得体。又《代弟子挽师长》联：

解惑感昔年，犹忆化雨宜人，春风坐我；
昭雪恸今日，空剩杜鹃泣血，秋草断魂。

上联化用湖南云山书院联“广厦正新开，此间化雨宜人，春风坐我”，经作者点化剪裁，非常适合哀挽之意。对他人联句，作者或适当挪用，或剪裁化用，一定程度上确实收到了点铁成金之效。

善于用典也是张老对联的重要特征。文章运用典故，有以少胜多之益，又有使作品典雅含蓄、词约义丰之效，所以与对联有着天然的联系。如《兔》联用守株待兔事，《鸡》联用“一人得道，鸡犬升天”事，《读赤壁赋有感》用杨慎《临江仙·滚滚长江东逝水》语，凡此种种，不胜枚举，皆使对联作品简约而深邃，丰富了作品内涵，又显示了作者渊博的学识。另外，张老之对联，善用铺排、对比、情景相生等手法，又平仄相宜，音律协和，体现了很高的艺术水准。

总之，《犹未悔斋诗文集·联语卷》所收录张老之对联作品，内容丰富，艺术精湛，不仅显示了作者广博的学识和高深的艺术功力，也给后学留下了学习的范本，我们理当学习，理当研究。

2024年6月28日

王正威，甘肃甘谷县人。甘肃省诗词学会学术委员会副主任，天水师范学院文传学院教授，天水市政协委员，九三学社天水师院主委。

有境格自高

——赏读张举鹏先生送春小令两阙之感想

姚　越

张举鹏先生1946年考入国立西北师范学院，1949年兰州解放后，因工作需要，被组织调去参加行政工作。先生在兰州上大学期间正是解放战争时期，国统区人民在国民党的反动统治下，生活在水深火热之中。此时先生已加入党的外围组织，并积极参加“反饥饿，反内战，反迫害”运动，参与和组织了1949年3月29日反对国民党在甘肃的统治者向全省发行的“300万元建设公债”而举行的兰州市各大专院校甘籍学生游行请愿行动，史称甘肃“三二九”学生运动。就是在这样的时代背景下，暮春时节，先生感怀时事，填小令两阙。

春深矣，聊为送春之赋，因填小令两阙 1948年

浣溪沙

花暝柳昏燕语柔，夜来丝雨落沙洲，夕阳红映望河楼。
依旧风光三月半，不堪离乱两年头，此生无可奈何休。

临江仙

岁岁春深恨无尽，今年更怕春深。落红飘絮乱纷纷。感时无气力，泪眼看人民。

有意流莺声婉转，无情战鼓森森。河淮白骨最销魂。凄凉垂老别，惆怅石壕村。

清代学者王国维先生说，“词以境界为上，有境界自成高格，自有名句”。也就是说，词以境界为评判标准，有境界的词则自有一番高的格调，自有其绝妙的名句。词作的境界是词作者的心境，心境大者，自能写出“大江东去，浪淘尽，千古风流人物”的豪迈气概，心境细腻也有“杨柳岸晓风残月”的婉约情怀，而这些在张举鹏先生解放前所作的两阕小令凄婉词风中体现得淋漓尽致。

境界有“有我”的境界，也有“无我”的境界。有我的境界，是以

我的角度来观赏事情变化，描写出的景物都带有自我的主观色彩。先生在《浣溪沙》上阕中说春深了，花柳也变得朦胧了，燕声也变得柔弱了，当暮色来临，看着夕阳落下，怅望着对面的河楼。在夜晚又感到有丝丝细雨落入大地，有润物细无声的感觉。下阕说一年中，春天依旧要风光三个月多的时光，在这风光的背后，最不能忍受的是两个年头的离乱。人这一辈子，何尝不是如此呢？无可奈何，大好年华眨眼间就变老了。先生一生阅历丰富，知识渊博，曾经受过不公正的待遇，拨乱反正后投身到天水文化事业中，为挖掘传承、发扬光大历史文化，对培养文学新秀、诗词后学，推动天水文化事业做了大量工作。这首小令又何尝不是先生人生经历的真实反映呢？

无我的境界则是站在物的角度观赏物，不知道主观的我的存在、客观的物在何处。但无我之境讲究物我二者的融合、相忘，这是人生大境界、大智慧，最能体现一个诗人的眼界和胸襟。先生所作的《临江仙》则是。从上阕的落红纷纷，恨春深到怕春深，到“感时无气力，泪眼看人民”，再到下阕莺鸣的婉转声联想到森森的战鼓声，又联想到秦淮河的白骨，杜甫笔下“暮投石壕村，有吏夜捉人”的情景，先生的家国情怀，显而易见。

先生的两支小令从环境的变化到心境的变化，从有我之境到无我之境，处处追求意境美，字少而韵长，调高而音凄，其雄恢才笔，写尽了人间的悲欢离合。

先生还注重词句、格调和韵律统一。在这两支小令中，能够将抽象的情感具体形象地展现在人们眼前，词里夹杂着自己的真情实感，没有丝毫的矫揉造作之意，豁达深远。其文既有“林花谢了春红，太匆匆”的哀伤惋惜，也有“流水落花春去也，天上人间”的凄婉绝望，其境界之深，语言之美，感慨之切，感人肺腑。

当然，每个人都有各自的人生阅历，先生的这两支小令作于解放以前，有当时的时代背景。现在我们则应以希望的态度面对春天的离去，相信春天会年复一年地回来。“莫怨春归早，花余几点红。留将根蒂在，岁岁有东风。”

2024年7月8日

姚越，甘肃天水市人。甘肃省诗词学会常务理事，甘肃省散曲委员会常务副主任，天水市诗词学会副会长。